dtv premium

ASTRID RUPPERT

WILDE JAHRE

ROMAN

dtv

Ausführliche Informationen über
unsere Autorinnen und Autoren und ihre Bücher
finden Sie unter www.dtv.de

Von Astrid Ruppert
sind bei dtv außerdem erschienen:
Leuchtende Tage (21842)
Obendrüber, da schneit es (25419)

Die Spotify-Playlist zu ›Wilde Jahre‹
ist unter www.dtv.de/wilde-jahre-playlist zu finden.

MIX
Papier aus verantwortungsvollen Quellen
FSC® C083411
FSC
www.fsc.org

Originalausgabe 2020

Dieses Werk wurde vermittelt durch die Literarische Agentur
Thomas Schlück GmbH, Hannover
Das Motto von Peter Rühmkorf auf Seite 5
wurde dem Band ›Sämtliche Gedichte 1956–2008‹,
hg. von Bernd Rauschenbach, entnommen.

Umschlaggestaltung: www.buerosued.de
unter Verwendung eines Fotos
von Werek/ Sueddeutsche Zeitung Photo
Satz: Uhl + Massopust, Aalen
Gesetzt aus der Rotation LT Std/
Gill Sans MT Pro/Caecilia LT Std
Druck und Bindung: CPI books GmbH, Leck
Printed in Germany · ISBN 978-3-423-26270-5

was nur einmal ist und auch nicht umzuändern,
siehe: das bist du.

Peter Rühmkorf

1977

Dicke Tropfen klatschen gegen die Fenster. Das Geräusch beginnt allmählich an ihren Nerven zu zerren. Ist es Gischt oder ist es Regen? Mittlerweile kann sie es schon nicht mehr unterscheiden. Seit Tagen peitscht der Sturm gegen die dünnen Scheiben, die sie von der Außenwelt trennen, seit Tagen hört sie den Kies über den Strand rollen, wenn die aufgebrachten Wellen die Steine an Land schleudern und sie grollend wieder zurück ins Meer ziehen. Die ganze Welt da draußen versinkt im Wasser. Manchmal denkt sie, dass sie sich gar nicht mehr an Land befindet, gar nicht in einem festen Haus direkt am Strand, sondern dass sie auf hoher See auf einem Schiff ist, das haltlos von den Wellen hin und her geworfen wird. Und auf diesem Schiff gibt es nur sie und diesen neuen Menschen, dieses kleine Mädchen, das neben ihr auf dem Sofa liegt und schläft, ungerührt von dem Sturm, der da draußen wütet. Sie muss sie immerzu anschauen. Alles an ihr ist so unglaublich perfekt. Die Wimpern, die feinen Ohrmuscheln, der zarte Mund, die Nase und dieser Duft, mit dem sie auf die Welt gekommen ist. Dieser süße, erdige Duft. Dass man mit einem gebrochenen Herzen so verliebt sein kann. So verliebt und so voller Zweifel. Vielleicht ist Verliebtsein auch das falsche Wort. Verliebt, das klingt jugendlich und beschwingt. Dieses Verliebtsein hier ist gewaltig. Als ob eine uralte Kraft sie ergriffen und mitgerissen hat. Sie konnte gar nichts dagegen tun. Der englische Begriff für verliebt ist eigentlich viel passender: Sie ist *in love*. In Liebe. Sie und dieser kleine Mensch in ihrem Arm, sie sind in Liebe.

»Ich habe eine Tochter«, sagt sie laut, aber niemand hört es. Es ist so schade, dass es niemand hört.

Jetzt ist sie Mutter, und alles ist anders, als sie es sich vorgestellt hat. Sie betrachtet das kleine Gesicht und kann es kaum glauben, dass das Kind, das sie in ihren Armen hält, das gleiche Wesen ist, das die letzten Monate in ihr gewachsen ist, dessen Strampeln sie gefühlt hat. Ihr Baby öffnet die dunklen Augen, und interessiert mustern sie sich gegenseitig.

»Hallo, Maya«, flüstert Paula, und die Kleine verzieht einen Mundwinkel. Maya lächelt. Eine große warme Welle flutet durch Paula hindurch, unwillkürlich lächelt sie zurück und ist: in Liebe.

Sie wird eine gute Mutter werden. Weil sie das will. Auch wenn sie keine Ahnung hat, was das ist, eine gute Mutter. Und wie man eine werden kann. Vielleicht gibt es ja ein Buch, in dem man etwas darüber lesen kann? Sie nimmt sich vor, im Buchladen danach zu fragen. Woher soll man wissen, wie man alles richtig macht, wenn es einem keiner zeigt? Im Krankenhaus hat man ihr beigebracht, wie man das Köpfchen hält, wenn man das Baby hochnimmt, wie man wickelt, wie man stillt, wie man das Baby sein Bäuerchen machen lässt. Vielleicht kann man dann ja auch lernen, wie man den ganzen Rest richtig macht? Wenn man es überhaupt lernen kann. Vielleicht braucht man dafür aber auch Talent? Denn wenn man es lernen könnte, warum hat ihre eigene Mutter es dann nicht gelernt?

Wie es ihrer Mutter wohl damals ging, als sie sie zur Welt gebracht hatte? Sie selbst war einmal ein kleines Baby, das im Arm der Mutter lag, so wie Maya jetzt in ihrem Arm liegt. Sie würde ihrer Mutter gerne sagen, dass sie eine Tochter hat. Mutter, ich habe eine Tochter. Und in diesem Moment steigen ihr Tränen in die Augen. Dabei hat sie ihre Mutter doch noch nie vermisst. Noch nie. Warum auch? Mama …, sagt eine kleine Stimme in ihr, und sie versucht, die Kinderstimme in sich zum Schweigen zu bringen. Denn sie weiß genau, dass es diese Mama, nach der sie sich gerade sehnt, gar nicht gibt. Die Liebe ihrer Mutter hat sich immer darin gezeigt, dass sie sie mit allem versorgte, was nötig war. Essen, warme Pullover, ein Pflaster, wenn sie sich verletzt hatte. Auf den Rest musste man verzichten können. Mit ihrem Wunsch nach Mitgefühl oder Trost war sie oft alleine gelassen worden. Kein Wunder, dass sie kein Heimweh kennt. Und trotzdem ist da dieses Ziehen in ihr, und sie hat kein anderes Wort dafür als das: Heimweh.

Draußen tobt noch immer der Sturm. Die Fenster sind trübe vom Salz des Meeres. Ob man sie zwischendurch putzen muss, damit das Salz das Glas nicht angreift? Sie weiß nicht, ob das Glas immer dünner wird, so wie auch ihre eigene Schutzschicht immer dünner wird, in diesem nicht enden wollenden Sturm. Eigentlich ist es ganz in Ordnung, dass das Wetter draußen und das Wetter in ihr sich so ähneln. Sie hat das Gefühl, dass die Natur zu ihr hält.

Zusammen mit Harry wäre das jetzt alles leichter. Aber Harry ist fort. Wahrscheinlich ist er sehr verwirrt, alles ist ihm zu viel, und er braucht einfach Zeit. Sie muss Geduld haben und ihm diese Zeit geben. Dabei ist Geduld wirklich nicht ihre Stärke. Noch nie gewesen. Aber irgendwann wird er doch erkennen, um was es eigentlich geht, er wird aufwachen, wie Dornröschen aus dem Zauberschlaf, und wieder zu ihr kommen. Sie muss lächeln, als sie sich vorstellt, dass er in Rosen schlummert. Er wird wiederkommen. Weil sie daran glaubt. Weil sie auf ihn wartet. Weil etwas anderes überhaupt nicht möglich ist.

Sie hat ihre kleine Tochter Maya genannt. Maya ist in Nepal das Wort für Liebe. Sie kennt das Wort in vielen Sprachen, die sie alle nicht spricht. Aber was Liebe heißt, das weiß sie. Sie lauscht nach draußen. War da eben ein Geräusch vor der Tür? Sie versucht, zwischen dem trommelnden Regen und dem heulenden Wind zu hören, ob da nicht doch Schritte waren. So überzeugt ist sie, dass Harry jetzt vor der Tür stehen muss, dass sie sogar aufsteht, und die Tür öffnet, um nachzuschauen. Es zieht gewaltig. Aber niemand ist da. Leer und kalt gähnt das Treppenhaus.

In ihrem Arm liegt ihre kleine warme Tochter, deren Ärmchen unentwegt rudern, wenn sie wach ist. Sie schlägt das dunkelrote Wolltuch enger um sie herum, damit sie es warm hat, und stellt sich mit ihr ans Fenster. Ganz dicht, so dass sie den Wind spürt, der überall durch die Ritzen pfeift, und flüstert ihr zu, dass sie keine Angst vor dem Sturm haben muss. Weil er vorübergehen wird. Und dass es im Auge des Sturms ruhig sein wird. Ganz ruhig. Und wenn es ruhig wird, dann weiß man, dass die Hälfte schon vorbei ist und dass man die andere Hälfte dann auch noch schafft. Irgendwann wird der Sturm aufhören, und dieses Schiff wird seinen Hafen ansteuern und dann wird sie ankommen. Dann wird sie endlich da sein. Sie hat keine Ahnung, wo das sein wird und wann. Aber sie weiß genau, dass sie irgendwann einmal ankommen will, und deshalb fasst sie jetzt einen Entschluss. Sie beschließt, nicht mehr zu jammern und nicht mehr zu warten. Sie beschließt, sich wieder auf den Weg zu machen. Das hat sie immer gemacht, wenn es nicht mehr weiterging. Das macht sie auch jetzt. Ab jetzt wird alles besser, sagt sie der kleinen Maya. Und ich werde eine gute Mutter sein, weil wir einfach alles anders machen. Und irgendetwas davon wird schon richtig sein.

1

Du weißt ja gar nicht, wie gut du es hast.

1949

Das Dorf lag eingebettet zwischen Weideland und Feldern, Obstwiesen und bunten Futterwiesen, in denen Margeriten und Klee blühten, bevor sie im Frühsommer gemäht wurden. Die oberhessische Landschaft war sanfter als das Rheingau, aus dem sie stammte, dafür war das Klima rauer, und auch die Menschen, die hier lebten, waren rauer. Aber vielleicht stimmte das auch gar nicht, dachte Charlotte. Vielleicht konnte man die Menschen vor dem Krieg nicht mit den Menschen nach dem Krieg vergleichen. Der Krieg hatte sie alle verändert. Auch sie war eine andere geworden. Charlotte war jetzt schon fünf Jahre hier, und inzwischen kannte sie die wiederkehrenden Gerüche der Landschaft, die sie umgab. Heute roch es nach süßem Heu, denn überall waren die Wiesen geschnitten worden. Sie waren früh hinausgefahren, um das Heu noch einmal zu wenden, bevor sie es morgen einholen würden. Der Tag versprach warm zu werden, und die Sonne schien aus einem klaren blauen Himmel auf sie herab. Das perfekte Wetter fürs Heuen.

Das Fuhrwerk ruckelte auf den unebenen Wegen, und sie hielt sich den Bauch. Fritz schaute sie besorgt an und fragte, ob alles in Ordnung sei. Er hatte sie morgens nicht mit hinausnehmen wollen, aber sie hatte gesagt, etwas Bewegung würde ihr guttun. Sie hatte Licht und Luft gebraucht und einen Himmel über sich.

Das Kind würde bald kommen. Ihre Schwiegermutter

hatte gemurmelt, dass sie nicht da sein könnte, um ihr zu helfen, sollte das Kind auf den Wiesen geboren werden. Fritz hatte noch ängstlicher geschaut, als er sowieso schon immer schaute, aber Charlotte hatte den Kopf geschüttelt und versprochen, sich nicht zu sehr anzustrengen, sie wolle doch nur hinaus ins Freie. Das hatte ihn beruhigt. Sie konnte ihn immer beruhigen. Das war wahrscheinlich der einzige Grund, warum ihre Schwiegermutter den Kampf gegen sie aufgegeben hatte. Weil Fritz in ihrer Gegenwart ruhiger wurde.

Als sie an der Wiese ankamen, musste Fritz ihr vom Wagen helfen. Aber dann griff sie wie die anderen auch nach einer Gabel und nahm sich eine Reihe vor. Sie arbeitete langsam, und die Heuladungen, die sie wendete, waren klein und flogen nicht so mühelos wie bei den anderen. Aber es tat gut, draußen zu sein. Immer wenn die schweren Gedanken kamen, tat es ihr gut, draußen zu sein und Arbeit zu haben. Es war das Einzige, was half. Jetzt, kurz vor der Geburt ihres Kindes, wo sie doch glücklich sein müsste und froher Erwartung, da war es besonders schwer. Doch sie versuchte, die düsteren Gedanken zu vertreiben und sich nichts anmerken zu lassen. Es war wichtig, sich nichts anmerken zu lassen. Als ihr der Duft des Heus, der sich schon bald über der Wiese ausbreitete wie ein Teppich, in die Nase stieg, wurde alles leichter. Sie streckte sich, stützte ihre Hände ins Kreuz, und der Schmerz im Rücken ließ etwas nach. Sie atmete tief durch und sah in den Himmel, in dem weiße Wolkenschleier wie Spitze vor einem hellblauen Himmel schwebten. Die Feldlerchen schraubten sich hoch und sangen, Fliegen brummten, und der Heustaub begann auf ihren bloßen Armen zu jucken, während der Tag immer wärmer wurde.

Charlotte sah, wie die anderen schnell ihre Reihen zogen, und wie Fritz sich zu ihr umdrehte, um zu schauen, ob alles in Ordnung war. Sie nickte ihm zu, alles ist gut. Er nickte zurück, und sie musste lächeln, wie schnell er das Heu heute wendete. So als wollte er so schnell sein, dass nichts mehr für sie übrig bliebe. Das war auch schon ganz anders gewesen. Als er aus der Gefangenschaft zurückgekehrt war, da war sie es, die seine Ladungen für ihn gewendet hatte. Wie oft hatte er wie verloren im Feld gestanden, als ob er vergessen hatte, was er hier eigentlich sollte. Dann wieder hatte er sich wie irre über die Wiesen gearbeitet, über die Felder, durch die Ställe, wie ein Besessener, der erst aufhören konnte, wenn er fast zusammenbrach vor Erschöpfung. Den anderen hatte das bisweilen Angst gemacht, den jungen Bauer so zu sehen. Da waren sie erst froh gewesen, dass er heil aus dem Krieg zurückgekommen war. Der Körper war dürr, aber er war noch ganz. Und dann das. Das war doch nicht heil.

Sie hatte ihn verstanden. Ihr ging es genauso, sie konnte ihre Verletzungen nur besser verbergen, weil sie gut gelernt hatte, alles zu verbergen.

Mittags waren sie fertig und fuhren zurück. Als das Fuhrwerk auf den gepflasterten Hof ruckelte, spürte sie, dass es losging. Ein Krampf ließ den Bauch fest und hart werden, und der Schmerz im Rücken wurde schärfer, als würde jemand mit einer Zange hineinkneifen. Das war die erste Wehe. Heilige Margarete, steh mir bei, betete sie, und das Beten half. Bis zur nächsten Wehe, die sie mit Margaretes Hilfe gut ertragen konnte, dauerte es eine ganze Weile, und sie sagte niemandem etwas, bis der Abwasch nach dem Mittagessen erledigt war. Die Wehen kamen jetzt in kürzeren Abständen, und der Schmerz wurde spitzer. Charlotte hängte die nassen Geschirrtücher ordentlich an den Herd zum Trocknen und wandte sich zu ihrer Schwiegermutter um.

»Es dauert nicht mehr lang. Ich gehe hoch. Würdest du die Hebamme rufen?«

Ihre Schwiegermutter warf ihr einen irritierten Blick zu. »Ja, hast du denn schon Wehen?«

»Sie kommen jetzt ständig.«

Damit verließ Charlotte die Küche und ging langsam die Treppe hoch. Als sie spürte, dass die nächste Wehe anrollte, klammerte sie sich am Geländer fest, bis es vorbei war, und die heilige Margarete stützte sie, und dann ging sie weiter nach oben in ihr Schlafzimmer.

Es dauerte eine Stunde, bis die Hebamme da war, und noch eine weitere Stunde, bis das Kind da war. Wie in einem Traum zog alles an ihr vorbei, unwirklich schien es ihr, dass sie hier lag und auf Kommando den Atem anhielt und presste und wieder atmete. Sogar der Schmerz schien irgendwie in diesen Traum zu gehören. Das ist es jetzt. Jetzt bekomme ich ein Kind, sagte sie sich immer wieder. Mein Kind kommt jetzt. Aber es blieb sonderbar, sie war da und spürte den Schmerz, und gleichzeitig war sie wie in einer Trance und ganz woanders. Und als es vorbei war und die Hebamme ihr irgendwann das Kind in den Arm legte, da wurde es plötzlich Wirklichkeit.

»Es ist ein Mädchen«, sagte sie und setzte sich zu ihr auf die Bettkante. »Das hast du gut gemacht, Charlotte, sehr gut, weißt du das?«

Charlotte spürte das kleine Gewicht in ihrem Arm und schaute in die dunklen Augen des kleinen Mädchens, in denen die Weisheit der ganzen Welt zu liegen schien. Die alles sahen, was es zu sehen gab. Sie sah den dunklen, suchenden

Blick über ihr Gesicht wandern, und als das kleine Wesen den Mund verzog wie zu einem Lächeln, da löste sich etwas ganz tief in ihr. Sie begann zu weinen. Sie hielt ihre Tochter und dachte, sie müsse jetzt aufhören zu weinen, jetzt sofort, sonst würde sie nie mehr aufhören können. Nie mehr. Etwas Gewaltiges überschwemmte und schüttelte sie und ließ sie nicht los. Gleich würde sie hemmungslos schluchzen. Sie musste damit aufhören und rang nach Luft. Wenn sie tief genug atmete, würde sie aufhören können, das wusste sie, das konnte sie. Aber so tief sie auch zu atmen versuchte, es brach einfach aus ihr heraus. Dieses Weinen, das waren keine stillen Freudentränen, das Weinen schwemmte sie weg aus diesem Raum, diesem Haus und hin zu etwas, was sie für immer vergessen wollte.

Die Hebamme nahm ihr das Kind aus dem Arm und gab ihr ein Tuch, in das sie ihr Gesicht vergrub und das sie sich in den Mund stopfte, um das Schluchzen zu stoppen. Dieses Schluchzen, es musste doch aufhören … aufhören.

Wortfetzen drangen an ihr Ohr, durch das Schluchzen hindurch … Erschöpfung … so tapfer … jede Frau ist anders … Ruhe … Ruhe, ja. Ruhe. Wie gerne hätte sie Ruhe. Aber würde sie die jemals wieder finden können?

Mein Ruh ist hin, Mein Herz ist schwer; Ich finde sie nimmer und nimmermehr.

Später, als alles wieder sauber war, als sie sich frischgemacht hatte und die Kleine neben ihr schlief, kam Fritz und legte sich neben sie. Vorsichtig schlang er den Arm um sie beide.

»Wir haben eine Tochter«, flüstert er leise und legte seinen Kopf an Charlottes Schulter, und sie spürte, wie sie ruhiger wurde. Sie schloss die Augen, und sie lagen ganz still zusammen, spürten, wie sie atmeten, zu dritt, und wie ihre drei Herzen klopften. In diesem Nest war alles gut. Hier war alles gut und ruhig. Aber durfte das überhaupt sein, alles ruhig und gut?

»Wir nennen sie Helene, wie meine Mutter«, sagte Fritz.

Aber Charlotte schüttelte den Kopf. »Sie heißt Paula«, sagte sie. »Ich habe sie schon Paula genannt.«

»Aber alle Kinder werden hier nach den Großeltern benannt. Schon immer«, widersprach Fritz, und sie spürte, dass die Ruhe vorbei war. Er hatte Angst, es seiner Mutter zu sagen, es machte ihn nervös. »Und deine Mutter heißt doch auch nicht Paula. Woher kommt …?«

»Meine Tochter heißt Paula«, wiederholte sie noch einmal in einem Ton, der noch weniger Widerspruch duldete, und er verstummte.

Zur Taufe gab es zwei Bleche Butterkuchen und echten Bohnenkaffee für alle. Die Taufe des ersten Enkelkindes, auch wenn es nun Paula hieß und nicht Helene, war ein Grund zum Feiern, ein Grund, aufzutischen und einmal nicht zu verzichten. Verzichten konnten sie gut. Die Kriegsjahre hatten ihnen beigebracht, dass man auf alles verzichten konnte, wenn man musste.

Die Haustür stand nicht still, denn das halbe Dorf kam zum Gratulieren. Vielleicht weil es sich herumgesprochen hatte, dass es frischen Butterkuchen gab, mit echter Butter gebacken, ohne zu sparen. Vielleicht auch, weil der Duft die halbe Dorfstraße hinunterzog und man ihm einfach folgen musste. Vielleicht auch, weil man sich einfach freute, dass ein Kind zur Welt gekommen war. Ein Kind, das nichts wusste von Angst und Verlust, von Leid und Krieg. Ein neuer Mensch, der noch keine Schuld auf sich geladen hatte.

»Kinder sind die Hoffnung«, sagte der alte Heiner und

stopfte sich das dritte Stück Butterkuchen in den Mund, so dass Helene den Teller mit den Kuchenstücken nahm und etwas weiter von ihm wegstellte, damit er die duftenden Stücke nicht mehr so leicht erreichen konnte. Es überraschte Charlotte, dass der Teller dabei in ihre unmittelbare Nähe wanderte. Das kannte sie nicht, dass ihre Schwiegermutter ihr etwas Gutes einfach so vor die Nase schob. Vielleicht galt es doch eher ihrem Sohn, der neben ihr saß und die vielen Glückwünsche mit einem stillen Lächeln entgegennahm. Natürlich. Helene hatte für ihn gebacken. Für ihn hatte sie die Butter gespart. Bestimmt nicht für sie. Sie wollte ja noch nicht einmal ihre Tochter nach den Frauen der Familie benennen, in die sie eingeheiratet hatte.

»Wer in deiner Familie heißt denn nun Paula?«, hatte Helene sie misstrauisch gefragt, und Charlotte hatte nicht geantwortet. Sie hatte nicht viel erzählt von ihrer Familie, wo sie herkam und wie sie gelebt hatte, bevor sie im letzten Kriegswinter hier im Dorf gelandet war. Und sie würde es auch weiterhin so halten. Es war besser, wenn man nicht zu viel erzählte. Es ging doch niemanden etwas an.

»Wenigstens ist es kein Junge«, sagte das alte Mariechen. Und alle wussten, was sie dachte. Ihr ältester Sohn und ihr Enkel waren in den Krieg gezogen und nicht mehr nach Hause gekommen. Die Zeiten änderten sich. Früher war es wichtig gewesen, Jungen auf die Welt zu bringen, starke Arbeiter, die den Hof erbten und mit Kraft weiterführten. Jetzt, wo die Männer fehlten, hatten alle gemerkt, dass es völlig egal war, wer die Arbeit machte, und dass auch Frauen einen Hof weiterführen konnten.

»Vielleicht gibt's ja noch ein Mädchen«, sagte sie und nickte der Jüngsten von Lemmers zu. Hilde vom Nachbarhof war hochschwanger und stöhnte, dass sie nur wünschte, es wäre schon draußen, was immer es auch sei, und dass sie die Lotte beneidete.

»Du hast es wenigstens schon hinter dir.«

»Nur kein Kanonenfutter«, setzte Mariechen bitter nach. »Ein Mädchen wird kein Kanonenfutter. Sei mal froh, Lotte.«

»Mädchen passieren andere Sachen. Im Krieg leidet jeder«, sagte Charlotte. Alle verstummten und sahen Charlotte an. Doch ihr Gesicht war verschlossen, und keiner fragte nach. Man fragte nicht nach. Es war nicht gut, zu viel zu wissen.

»Hoffen wir für alle, dass es keinen Krieg mehr gibt«, sagte Charlotte, und alle brummten zustimmend, tunkten den Butterkuchen in den echten Bohnenkaffee und versuchten, alles andere zu vergessen.

2006

Paula zog mal wieder um. Ich kannte niemanden, der so oft umzog wie meine Mutter. Vom Altbau in einen Neubau, von der ruhigen Seitenstraße mitten ins Szeneviertel, von Charlottenburg nach Kreuzberg, von Prenzlauer Berg nach Friedrichshain und dann wieder nach Charlottenburg.

»Ach, der alte Westen, der hat schon was«, sagte sie, während ich ihr half, die Lampen und die Bilder in die neue Wohnung zu tragen, die keine zweihundert Meter entfernt von der Wohnung lag, in der vor vierzehn Jahren ihr Berliner Leben begonnen hatte. Aber auch bevor sie nach Berlin gezogen war, waren wir ständig umgezogen, hatten Städte und Stadtviertel gewechselt, als wären wir zwei Abenteurer auf Entdeckungsreise und nicht eine kleine Mutter-Tochter-Familie, die ein Zuhause brauchte. Ich konnte schon früh Kisten packen wie ein Profi und wusste immer genau, wie viele Kisten ich benötigte, um mein Kinderzimmer einzupacken. Wenn bei einem Umzug einer von Paulas Verehrern mit im Spiel war, der versuchte, seine väterlichen Seiten zum Klingen zu bringen und mir beim Packen zu helfen, ging es immer schief. Dann kamen Bär und Bobo am Ende noch in die Kiste mit den Büchern, obwohl die beiden niemals in die Bücherkiste gesteckt werden wollten, weil sie in Kisten Angst hatten, weil es darin doch hart und dunkel war. Bär und Bobo zogen immer zusammen mit meinem Bettzeug und allen Kissen in einem großen Bettbezug um. Aber ich wusste, dass man die Vateranwärter nicht so früh entmutigen durfte, sonst war Paula stinksauer. Wenn sie verliebt war, dann wünschte sie sich, dass ich darüber genauso glücklich war wie sie, und ich hatte immer das Gefühl, ihr das irgendwie schuldig zu sein. Aber es war mir lieber, wenn ich einfach so packen konnte, wie ich es für richtig hielt und ohne dass meine Kuscheltiere Angst haben mussten.

Am allerliebsten mochte ich es, wenn wir gar nicht umzogen. Während meine vagabundierende Mutter schon immer geglaubt hatte, dass es irgendwo anders besser wäre als da, wo sie sich gerade befand, wohnte ich noch immer in meiner Studentenwohnung, aus der ich mit fast dreißig inzwischen eigentlich herausgewachsen sein sollte. Aber sie passte mir immer noch wie ein etwas abgetragener, gemütlicher Pullover, von dem man sich nicht trennen mochte, obwohl er schon länger nicht mehr gut aussah. Von dieser Sorte Pullover besaß ich einige. Während Paula sich ständig neu erfand, hatte ich mir angewöhnt, Halt an den Dingen zu suchen, die mich umgaben und die mir erzählten, wer ich war.

Freust du dich auf dein neues Zimmer? Bist du schon gespannt auf die neue Klasse? Wie aufregend, wir entdecken einen ganz neuen Schulweg! Ich nickte, weil Paula es in ihrer Begeisterung so erwartete, aber ich glaube, ich war nie sehr überzeugend. *Bestimmt ist deine neue Lehrerin viel netter als die blöde Sumpfkuh in der alten Schule.* Ja. Bestimmt war die neue Lehrerin netter als die blöde Sumpfkuh. Aber keine konnte so nett und so wunderschön sein wie meine allererste Klassenlehrerin Frau van Nelle, von der ich lange Zeit überzeugt war, dass sie Vanille hieß. Die Hausaufgaben für Frau Vanille machte ich mit besonders viel Liebe, weil ihr rot geschminkter Mund mich dann besonders schön anlächelte. Erst auf der Karte, die Frau Vanille mit der ganzen Klasse für mich zum Abschied gebastelt hatte, entdeckte ich, wie man ihren Namen richtig schrieb. Keine Grundschullehrerin hatte danach jemals wieder so schön gelächelt, keine hatte geduftet wie Nachtisch, und ich machte nie wieder gerne Hausaufgaben. Warum auch?

»Du hättest viel Geld gespart, wenn du einfach in Charlottenburg geblieben wärst«, sagte ich, als wir in dem Straßencafé bei ihr um die Ecke frühstückten, weil in ihrer Wohnung noch nichts funktionierte und die Küchenkisten noch nicht ausgepackt waren. Die Tische im Freien waren voll besetzt. Es war ein schöner warmer Oktobertag, und jeder hier schien noch einmal die Sonne genießen zu wollen, solange sie noch über die Häuserdächer schien.

»Dann hätte ich aber nicht gewusst, wie es ist, mitten in Kreuzberg zu wohnen oder eine Prenzlbergerin zu sein. Du solltest auch mal umziehen, du musst mal raus aus deiner Wohnung, du bist viel zu sesshaft für dein Alter. Komm doch nach Berlin, hier findest du bestimmt auch mal einen gescheiten Job!«

Paula fand mein Leben langweilig. Und meinen Job auch. Vielleicht fand sie auch mich langweilig. Vielleicht hätte sie lieber eine Tochter gehabt, die etwas glamouröser war, ausgeflippter, interessanter. Aber sie hat nun mal mich bekommen, damit mussten wir uns beide abfinden. Immer wieder aufs Neue.

»Ach, ich liebe Charlottenburg.« Sie schaute den Menschen nach, die am Café vorbeigingen. »Hier muss man nicht so hipp sein wie im Osten. Es ist viel entspannter hier. Und weniger Touristen.«

Sie schaute verdächtig oft auf ihr Handy und schien auf eine Nachricht zu warten.

»Mann oder Job?«, fragte ich, als sie schon wieder ihr Handy kontrollierte.

Sie sah mich fragend an.

»Na, auf was wartest du, auf eine Nachricht von einem Mann oder einem Engagement?«

Sie lachte und warf ihre goldenen langen Haare nach hinten über ihre Schulter. Paula war von Natur aus blond, aber seit einigen Jahren half sie dem Blond, das mit der Zeit immer dunkler geworden war, etwas nach. Sie ließ es regelmäßig in einem wunderbaren Goldton färben, der fast noch besser zu ihr passte als ihr natürliches Blond. Paula war eine sehr schöne Frau. Sie steuerte auf die sechzig zu, was man nicht erwähnen durfte, und freute sich, wenn man sie jünger schätzte, was regelmäßig passierte.

»Ist es so offensichtlich?«

Ich nickte.

»Ach, er ist einfach toll«, sagte sie. »Und es fühlt sich alles total richtig an.«

Das tat es meistens, am Anfang, den Satz kannte ich schon.

»Er spielt Klavier, weißt du, und er hat eine Sängerin gesucht. Jemand hat ihm von mir erzählt, und wir haben uns getroffen, und … ja …«

»Und ja?«

»Wir arbeiten an einem Programm. Ein paar Klassiker und ein paar von meinen alten Songs. Er mag sie, ist das nicht schön? Vielleicht tingeln wir damit ein bisschen durchs Land? Wer weiß.«

Ich wunderte mich, dass meine Mutter sich wieder mehr auf die Musik konzentrieren wollte, von der sie behauptete, man könne davon einfach nicht leben. Es musste sich um einen tollen Mann handeln.

»Frauen in meinem Alter werden nicht gerade überschüttet mit Rollenangeboten. Männer werden immer gerne besetzt, mit grauen Schläfen, im besten Alter, aber die spielen dann mit den jungen Hüpfern an ihrer Seite und nicht mit den Frauen, die vom Alter her zu ihnen passen.«

Das stimmte. Wenn sechzigjährige Männer im Film dreißigjährige Frauen heirateten, fanden das alle normal. Und wenn eine sechzigjährige Frau mit einem Mann von Ende vierzig zusammen war, dann war es gleich *das* Thema des Films.

»Und ich möchte doch nicht nur Großmütter spielen. Meine Stimme ist noch richtig gut, da kam die Begegnung mit Mark gerade recht.«

»Mark«, sagte ich. »Wie alt ist Mark eigentlich?«

»Keine Ahnung«, erwiderte sie lächelnd. »Und wie geht's deinem Yannick?«

»Mein Yannick ist nicht mehr mein Yannick.«

Ich erzählte ihr, dass wir uns im Sommer getrennt hatten. Sie reagierte betroffen, dass sie das erst jetzt erfuhr, und warum ich das denn nicht erzählt hätte?

Ich zuckte die Achseln. »Du mochtest ihn ja eh nicht besonders.«

»Das stimmt nicht«, protestierte sie. »Ich mochte ihn, aber ich fand eure Liebe zu … zu klein. Ich wünsche dir eine größere Liebe. Deshalb weiß ich jetzt nicht, ob ich vielleicht sogar froh bin, dass ihr euch getrennt habt. Du weißt ja …«

»… wenn die Liebe nicht groß ist, braucht man gar nicht erst anfangen, ich weiß.«

Das war Paulas Wort zum Sonntag. Paulas lebenslange Überzeugung und der Motor für Paulas immerwährende Suche nach der einen, der ganz, ganz großen Liebe. Einer Liebe, wie sie meine

Urgroßmutter Lisette gefunden hatte und deren Erfüllung uns Frauen der Familie Winter über die Generationen hinweg verloren gegangen war. Wie gerne wüsste ich, warum das so war.

»Du hättest es mir sagen sollen! Ich hätte dich getröstet, wir wären zusammen weggefahren …«

Vielleicht hatte ich genau das nicht gewollt, vielleicht hatte ich auch ihr gegenüber nicht zugeben wollen, dass sie irgendwie recht gehabt hatte. Ich schwieg und rührte den Schaum in meinem Milchkaffee glatt.

»Und gibt es jemand anderen?«

Ich schüttelte den Kopf, und genau in diesem Moment kam die SMS, auf die sie gewartet hatte. Lächelnd wandte sie sich ihrem Handy zu.

Nein, es gab niemand anderen. Wie auch? Ich verstand nicht, wie jemand von einer Beziehung in die nächste springen konnte, als wäre man unfähig, alleine zu sein, als müsste man sich schnell ablenken, als wäre man nur mit einem Partner vollwertig. Ich würde mich bestimmt besser fühlen, wenn ich nicht alleine wäre, aber ich musste die Trennung doch erst einmal verarbeiten, es war ja alles erst wenige Monate her. Ich dachte viel darüber nach, warum wir uns getrennt hatten, was in unserer Beziehung schiefgelaufen war. Damit war ich so beschäftigt, dass es in mir gar kein freies Zimmer gab, in das eine neue Liebe hätte einziehen können. Und immer öfter dachte ich, dass dieses freie Zimmer in mir vielleicht überhaupt nicht existierte, dass auch Yannick deshalb nicht viel Platz in meinem Leben einnehmen konnte.

Manchmal fühlte ich mich einsam. Die meisten meiner Freunde und Bekannte waren Pärchen, und als Single fiel man plötzlich raus aus der Pärchenwelt. Zum Glück gab es Lukas, der erst seit Kurzem in Frankfurt war. Wir hatten uns zu einer praktischen Notgemeinschaft zusammengetan und verabredeten uns ab und zu am Wochenende. Sonntags gingen wir frühstücken oder wir machten

Ausflüge, bei denen wir uns alte, verlassene Häuser anschauten, in denen Farne und Moose wucherten, wo früher Menschen gelebt, geträumt, gestritten, geliebt hatten. Wir gehörten beide in die gleiche Gruppe von Urban Explorern, die diese Lost Places fotografierten und der Seele verlassener, zerfallener Orte nachspürten. Man brauchte einen gewissen Abenteuergeist dafür, der mir oft in dem Moment abhandenkam, in dem ich mich plötzlich alleine in einem leeren Raum in einem verlassenen Haus befand. Sobald ich alleine war, kam von irgendwoher diese unbegreifliche Angst angeflogen und nistete sich in mir ein. Es war mir oft peinlich, und ich versuchte, diese Panik vor anderen zu verbergen. Lukas hatte damit überhaupt kein Problem, deswegen war ich gerne mit ihm unterwegs. Ihm konnte ich davon erzählen, und er ging damit um, als wäre es völlig normal, dass man in einem leeren, alten Haus Angst bekam. Lukas war wirklich nett, und ich war froh, dass wir im Moment in einer ähnlichen Situation waren und uns gegenseitig darüber hinweghalfen. Aber wenn ich Paula jetzt von ihm erzählte, würde sie gleich vermuten, dass da mehr wäre. Ich hielt also lieber den Mund.

Als wir zurückkamen in Paulas neue helle Altbauwohnung, öffnete sie die Flügeltüren zu ihrem Balkon und begann zu planen, was sie alles auf den Balkon pflanzen würde. Eine Rose wollte sie unbedingt, eine duftende, rankende Rose, und bunt sollte es werden. Paula fiel ein, dass in dem Blumenladen um die Ecke doch noch Töpfe mit blühenden Rosen gestanden hatten, griff nach ihrer Tasche und verschwand auf der Suche nach ihrer Traumrose, während ich weiter ihre Kisten auspackte.

In einer Kiste kam mir ein ganzer Schwung alter Fotos entgegen. Es waren Schwarz-Weiß-Bilder aus Paulas Jugend. Ich kannte die meisten davon, aber ich hatte sie lange nicht angeschaut. Bilder vom Hof meiner Großeltern, Paula mit ihrer besten Freundin Doro, Paula in Schlaghosen, Bilder ihrer ersten Band. Eine Aufnahme hatte ich noch nie gesehen. Sie zeigte Paula als junge Frau an einem Kiesstrand, im Hintergrund ragten Buhnen in regelmäßigen Abständen ins Meer. Der Wind war in ihre zerzausten Haare gefahren, sie lachte in die Kamera. Gelöst, ungeschminkt und so jung. Zum Verlieben sah sie aus. Ich konnte mich nicht daran erinnern, dass meine Mutter je so ausgesehen hat wie auf diesem Foto. Diese junge Frau, die hier in die Kamera lachte, sah anders aus als die Mutter aus meinen frühesten Erinnerungen. Wer war diese junge Frau, bevor sie meine Mutter geworden war? Und könnte ich sie kennenlernen? Vielleicht, wie ich eine junge Frau kennenlernen würde, der ich zufällig begegnete, oder käme mir doch immer die Mutter dazwischen, die ich so viel besser kannte?

Weiter unten in der Kiste stieß ich auf die Schachteln, in denen Paula all ihre Fotos aufbewahrte. Paula war nicht der Typ, der Fotoalben klebte. Ich suchte die Schachtel, aus der die Bilder herausgefallen sein mussten, und stieß zuerst auf meine Babybilder. Es gab natürlich kein Fotoalbum mit Babyfotos von mir. Keinen Storch, der ein Tuch mit einem Säugling im Schnabel hielt, kein eingeklebtes Blatt, auf dem stand, wie groß ich war und wie schwer, als ich das Licht der Welt erblickte. Manche Bilder waren schwarzweiß, andere hatten diesen typischen Orangeton, den Bilder aus den Siebzigern oft hatten. Irgendjemand hatte eine Serie von Polaroids gemacht. Es war ein Sammelsurium von Bildern, die mehr oder weniger zufällig dort gelandet waren. Denn an meiner Wiege hatte kein verzücktes Elternpaar gestanden, das alle fünf Minuten beschloss, noch ein Bild von diesem süßen Baby zu machen. Guck mal, wie süß sie guckt, ach, guck doch mal diese Schnute. Und noch ein Bild. Und noch eins.

Es hatte nur meine Mutter gegeben. Bestimmt hatte auch sie Momente, in denen sie verzückt eine Schnute von mir bewundert hat, aber sie hatte keine eigene Kamera besessen, bis ich ungefähr zwei Jahre alt war. Und Fotoalben fand sie schon immer sehr spießig. »Ich weiß, wie mein Leben war, ich habe die Bilder doch alle hier!«

Dabei deutete sie erst auf ihre Stirn und dann auf ihr Herz. »Ich muss die nicht in ein Buch kleben und in ein Regal stellen. Das ist doch der Tod der Erinnerung!«

Sie war davon überzeugt, dass ein Bild die Erinnerung nicht nur verfälschte, sondern sogar ersetzte. Dass man sich irgendwann nicht mehr daran erinnerte, wie dieser Moment wirklich gewesen war, dass man nicht mehr wusste, wie es gerochen hat, dass man das Plätschern des Regens vorm Fenster genauso vergaß wie das Gefühl, das einen genau da erfüllt hatte. An das Wichtige, erklärte sie, erinnere sie sich sowieso, und den Rest könnte man dann auch getrost vergessen. Bilder in Alben zu kleben, fand sie, war, wie Schmetterlinge zu fangen und aufzuspießen. Paula hat nie gesammelt. Von uns beiden war ich die Sammlerin, die Zuckertütchen und abgerissene Bustickets von Reisen mit nach Hause nahm und Kronkorken von italienischen Limonaden mit dem Hammer so platt klopfte, dass man sie ins Urlaubstagebuch kleben konnte, ohne dass die Seiten zu sehr aufsprangen.

Warum, fragte ich mich, konnte ich mich nicht an meine Mutter erinnern, als sie so aussah wie auf diesem Bild? Warum erinnerte ich mich nur an ihr viel späteres Muttergesicht, wenn sie keine Zeit hatte, mir etwas vorzulesen, weil sie zu einer Probe musste, wenn sie uns vorher noch schnell Miracoli machte, was der Gipfel ihrer Kochkünste und zum Glück mein absolutes Lieblingsessen gewesen war, wenn sie auf der Bühne stand und sang. In all meinen Erinnerungen war sie älter, und ihr heutiges Gesicht überlagerte das junge Gesicht. Eigentlich müsste ich dieses Lächeln doch gekannt haben. Wer war diese junge glückliche Frau? Und was hatte sich in dem Moment verändert, in dem ich in ihr Leben gekommen war?

Vielleicht hatte mein Vater das Bild gemacht? War er es, den sie da so glücklich anlächelte? Mein Vater war der große blinde Fleck in meinem Leben. Ein schwarzes Loch, dem man sich nicht nähern durfte. Ich kannte alle möglichen Männergeschichten meiner Mutter, aber die Geschichte von ihr und meinem Vater war das große Tabu, an dem nicht gerührt werden durfte. Auf keine Frage hatte ich je eine Antwort bekommen. Ich hatte versucht, über Paulas Freunde etwas herauszubekommen, hatte in ihren Sachen geschnüffelt, aber nie war irgendwo ein Hinweis auf den Mann aufgetaucht, so dass ich es irgendwann wahrscheinlich aufgegeben hatte. Ich hatte wirklich lange nicht daran gedacht. Ich legte das Bild der glücklichen jungen Frau wieder zu den anderen.

Auf dem nächsten Bild lag ich in ihrem Arm. Es war unscharf, man sah von mir ein kleines, kahles Köpfchen, und über der dunkelroten Babydecke schwebte Paulas verschwommenes Lächeln. Das Schwarz-Weiß-Bild von Oma Charlotte und der neugeborenen Paula war viel kleiner, aber gestochen scharf, mit einem weißen gezackten Rand, der es wie eine Spitzenborte zierte. Ich legte die beiden Bilder nebeneinander. Es war erstaunlich, wie ähnlich sich die beiden jungen Mütter sahen. Paula hörte das überhaupt nicht gerne, dass sie ihrer Mutter ähnlich sah. Beide waren blond und blauäugig, und auch wenn sie sich vom Wesen her sehr, sehr unähnlich waren, konnte man die Verwandtschaft eindeutig erkennen. Doch als ich diese beiden Bilder betrachtete, erstaunte mich etwas ganz anderes: Beide lächelten in die Kamera. Aber ihre Augen lächelten nicht mit. Ich wollte diese drei Bilder unbedingt mitnehmen und schob sie in meine Umhängetasche. Bestimmt würde Paula gar nicht merken, dass sie fehlten.

»Ach, du liebe Zeit, was machst du denn da? Kannst du mir mal helfen, mir fällt gleich alles runter …«

Paula war zurückgekommen, die Arme voller Blumen, Rosen und Kräuter, doch auf dem Balkon sah es verschwindend wenig aus. »Ich glaube, ich muss jedes Mal, wenn ich da unten vorbeikomme, noch Töpfe mitnehmen.«

»Und wer gießt die alle, wenn du durch die Lande tingelst mit deinem Pianisten?«

Sie seufzte.

»Du bist echt wie Oma, die ist auch immer so ein Spielverderber.«

»Wieso bin ich ein Spielverderber, wenn ich mich fürs Überleben deiner neuen Blumen interessiere?«

»Ich finde schon jemanden«, sagte sie, ohne darauf einzugehen.

Da hatte sie wahrscheinlich recht. Paula fand oft Leute, die ihr Gefallen taten. Sie war kein großer Star, aber sie tauchte immer wieder in kleineren Rollen im Fernsehen auf. Es würde bestimmt nicht lange dauern, und die halbe Hausbewohnerschaft würde bei ihr Schlange stehen, um ihre Blumen gießen zu dürfen und sich dabei in dem Glanz zu sonnen, den sie verbreitete.

Das Problem, niemanden zum Blumengießen zu haben, war eher meines. Ich wohnte seit acht Jahren in Frankfurt in meiner kleinen Dachwohnung und hatte vor allem in den ersten Jahren keine Ahnung gehabt, wer eigentlich noch in diesem Haus wohnte. Es fiel mir nicht leicht, einfach an einer Tür zu klingeln, zu sagen, dass ich oben wohnte und etwas Zucker brauchte, oder zu fragen, ob jemand im Haus wäre, wenn die Heizung abgelesen wurde. Meistens machte ich mir so lange und komplizierte Gedanken darüber, dass ich doch stören könnte und nachher vielleicht eine bessere Zeit wäre, dass es irgendwann wirklich zu spät war, um bei Fremden zu klingeln.

Paula ließ sich neben der Kiste mit den alten Fotos auf den Boden sinken und nahm eines der Bilder in die Hand.

»Mein Gott. Wie aus einem anderen Leben. Schau dir dieses kleine Mädchen an!«

Sie hielt mir ein Bild entgegen, auf dem sie selbst ein kleines Mädchen war, eine Ziege am Strick hielt und stolz lächelte. Sie war barfuß, hatte helle Zöpfe und trug ein kariertes Kleidchen.

»Unsere Berta die Zweite und ich. Das war der Hit damals, dass ich die Ziege gewonnen hatte.«

Ich betrachtete das kleine Foto. »Das war wirklich eine komplett andere Welt, oder? Die Straßen sind überhaupt nicht geteert. Was für ein Idyll …«

Ihr Handy piepste, und sie ließ das Bild sinken, um ihre neue Nachricht zu lesen, und antwortete sofort. Manchmal bekam ich das immer noch nicht zusammen, dass meine städtische, weltgewandte Mutter auf dem Land aufgewachsen war, dass sie tatsächlich die Tochter meiner Großmutter Charlotte war, dass sie als Kind mit einer kleinen Ziege und mit Hühnern gespielt hatte. Es wunderte mich immer noch oft, dass meine Oma, meine Mutter und ich eine Familie waren und zusammengehörten. Vor allem meine Oma und meine Mutter schienen unterschiedlichen Welten entsprungen zu sein. Wie den Bildern, die in dem Karton lose durcheinanderfielen, fehlte unserer kleinen Drei-Frauen-Familie eine Klammer, die uns zusammenhielt.

»Das war auch eine komplett andere Welt«, sagte Paula und sah von ihrem Handy auf. »Für ein Kind war es schön dort. Na ja, nicht immer, aber meistens. Aber als das Kind kein Kind mehr war …«

Ich schaute sie fragend an.

»Fünfzig Kilometer weiter haben die jungen Frauen Petticoats getragen, Rock 'n' Roll getanzt und sich Hochfrisuren gemacht, und in Lerchenrod wurden die Frauen schon angestarrt, wenn sie die langen traditionellen Wollröcke ausgezogen haben. Wie oft ich mir gewünscht habe, fünfzig Kilometer weiter weg geboren worden zu sein …«

Und wie oft, dachte ich, hatte ich mir gewünscht, genau dort hinzugehören und ein richtiges Zuhause zu haben. Mit Tieren. Mit einer Ziege oder wenigstens mit einer Katze. Ob man sich immer genau nach dem sehnte, was man nicht hatte? Sehnte man sich nach Freiheit, wenn man ein Nest hatte, und sehnte man sich nach einem Nest, wenn man frei war?

1955

Der Tag, an dem der Tiermarkt war, war für Paula ungefähr so schön wie Geburtstag und Weihnachten zusammen. Sie wusste gar nicht genau, auf was sie sich am meisten freute. Auf all die kleinen Tiere, die Häschen, die Ferkel und Lämmer, die man anschauen und streicheln konnte, oder auf den Bonbonstand, an dem man in kleinen Papiertüten die herrlichsten buntesten Bonbons erstehen konnte. Und dieser Duft! Der Tiermarkt roch nach allem gleichzeitig. Nach Pferdedung, nach Stall und Stroh, nach gebrannten Mandeln und Bonbons und nach etwas, das größer war als Lerchenrod.

Es fing schon morgens damit an, dass sie neben dem Vater vorne auf dem Fuhrwerk sitzen durfte und dass er an diesem Tag immer gute Laune hatte. Seit sie die zwei Pferde hatten, war er immer besonders gutgelaunt, wenn es mit dem Fuhrwerk rausging. Wahrscheinlich freute er sich genauso sehr darauf wie sie.

»Bringt mir ein Zicklein mit«, sagte ihre Mutter, als sie ihr den Schal noch einmal festzog, bevor Paula auf den Sitz neben dem Vater kletterte. »Ich such dir das schönste aus!«, rief sie und winkte ihrer Mutter zu. Mit dem Vater auf dem Fuhrwerk zu fahren war herrlich, auch wenn es lange dauerte. Aber es wurde nie langweilig. Auf dem Weg zeigte der Vater Paula die Felder und Wäldchen, die ihnen gehörten. Sie kannte sie schon alle beim Namen, und er freute sich, wenn er links hinüber zu den Flusserlen deutete und sie rufen konnte, dass dort das

Auenstück lag. Und oben rechts am Hang das Obere Baumstück, und darunter war das Gründchen.

»Jetzt dauert's noch ein paar Jahre«, sagte er, dann suchen wir dir einen guten Mann, und dann könnt ihr das alles übernehmen. Hauptsache, du findest jemanden, der gut hierherpasst, versprichst du mir das?«

»Versprochen ist versprochen und wird nicht gebrochen«, krähte Paula fröhlich, und ihr Vater nickte zufrieden.

»Dann hat es sich doch alles gelohnt«, sagte er eher zu sich selbst als zu Paula. Er strich ihr lächelnd über den Kopf, so dass Paulas Mütze verrutschte und kalte Luft an ihr linkes Ohr zog. Aber sie wollte die Mütze nicht wieder geradeziehen. Es war so selten, dass ihr Vater ihr über den Kopf strich. Er sollte doch nicht glauben, dass er etwas nicht richtig gemacht hatte.

»Und das ist die Kornhohl, und daneben ist das Hölzchen«, rief sie mit ihrem kühlen Ohr und deutete in die Richtung, und ihr Vater nickte.

Als sie das Fuhrwerk abstellten, um das letzte Stück zum Markt zu Fuß zu gehen, fühlte sie sich wie eine Verbündete, als ob nur sie und ihr Vater alle Namen ihrer Äcker und Felder kannten, und deshalb nur sie beide berechtigt waren, sie zu bestellen. Zusammen bahnten sie sich einen Weg durch die vielen Menschen, die an diesem Tag aus der ganzen Umgebung zusammenkamen. Es roch nach Tieren, und von der Wiese, auf der einige Stände zur Belustigung und Verköstigung der Besucher aufgebaut waren, klang die Musik einer Drehorgel zu ihnen herüber. Aber dahin würden sie erst später gehen, zuerst wollten sie zu den Tieren.

Sie gingen über den Markt, an den Pferden und den Kühen vorbei, die mit ihren Kälbchen auf dem weiten Platz standen und mit ihren großen, schönen Augen erstaunt umherschauten. Am liebsten hätte Paula jedes einzelne Tier gestreichelt. Zum

Glück traf ihr Vater viele Bekannte, mit denen er redete, so dass sie überall ein bisschen Zeit hatte, die Kälbchen zu kraulen oder den Fohlen etwas von dem Heu anzubieten, das die Besitzer neben dem Gehege aufgetürmt hatten. Bei den Ziegen blieb sie wieder stehen. Neugierig kamen die kleinen Ziegen zum Zaun des kleinen Geheges gelaufen und drängelten sich meckernd vor Paula, auf der Suche nach Futter.

»Mama mag Ziegen gerne«, sagte Paula.

»Die brauchen wir aber nicht«, sagte ihr Vater, als er fertig geredet hatte mit den Männern, und zog sie wieder weiter. »Das sind Arme-Leute-Tiere.«

»Mama hätte aber doch so gerne eine Ziege, und ich gebe auch einen Groschen dazu.«

Ihr Vater sah sie überrascht an. »Wieso will sie denn eine Ziege?«

»Weil sie als kleines Mädchen eine Ziege hatte, die hieß Berta, und die hatte sie so gerne.«

»Aha«, sagte ihr Vater. »Davon weiß ich nichts. Wir brauchen trotzdem keine Ziege.«

Sie gingen weiter, und weil Paula sich immer noch umdrehte, um die Ziegen zu sehen, stolperte sie fast. Ihr Vater griff ihre Hand etwas fester und zog sie weiter.

»Wer braucht denn eine Ziege, wenn er Kühe hat? Jetzt sind die Schweine dran, komm.«

Auf dem Weg zu den Ferkeln kamen sie an einem Tombolastand vorbei, wo ein bunt gekleideter Verkäufer Lose für zwanzig Pfennig verkaufte.

»Darf ich ein Los haben?«, fragte Paula hoffnungsvoll und blieb stehen, um zu schauen, was es zu gewinnen gab. Sie sah Käfige mit kleinen Tieren, Hühnern, Vögeln und Kaninchen. Ein Lämmchen und eine Ziege waren auch neben den Käfigen angebunden. Paula hätte gerne gewusst, ob man alles, was man hier sah, auch gewinnen konnte, und was wohl in den Schachteln und Säcken war, die sich neben den Käfigen auftürmten. Wahrscheinlich war das langweiliges Tierfutter. Oder Saatkartoffeln. Nein, Saatkartoffeln wollte sie nicht gewinnen. Aber die Ziege. Wenn man die gewinnen konnte!

»Geldverschwendung«, brummte ihr Vater und ging einfach weiter.

»Ich möchte aber so gerne ein Los!«, rief Paula und blieb einfach stehen, um in ihrer Jackentasche nach den Geldstücken zu kramen, die sie eigens für den Markt gespart hatte. Sie zählte die Groschen in ihrer Hand, es waren neun, und fragte den Losverkäufer, ob die Gewinne auch wirklich etwas für Kinder wären oder nur für Erwachsene. Und ob die Tiere alle auch dazugehörten? Der Mann schaute sie an und antwortete, wenn sie Tiere mochte, dann wäre auch etwas für Kinder dabei.

»Auch die kleine Ziege?«, fragte sie, und er nickte. Sie schaute von den Groschen in ihrer Hand zur Ziege und zögerte. Sie wollte eigentlich nur die Ziege gewinnen. Dann würde ihre Mutter sich freuen. Vielleicht sollte sie es wagen. Ihr Vater würde bestimmt keine Ziege kaufen, da half auch kein Betteln. Sie wusste genau, wenn sie noch ein paar Mal davon anfing, würde er böse werden. Aber Mutter wollte doch so gerne ein Zicklein. Und wenn sie ehrlich war, dann wollte sie das auch gerne. Sehr gerne sogar. Unschlüssig schaute sie auf die Groschen in ihrer Hand.

Ihr Vater kam zurück, als er merkte, dass sie nicht nachkam, und griff nach ihrer Hand, um sie weiterzuziehen.

»Fall nicht drauf rein, Mädchen. Man gewinnt sowieso nichts. Der Einzige, der dabei gewinnt, ist derjenige, der sich am Ende des Tages all das Geld in die Tasche steckt.«

Der Losverkäufer tat so, als hörte er nicht, was ihr Vater sagte, aber er zwinkerte ihr noch mal zu. Dann drehte er sich um und steckte einem Vogel im Käfig ein Stück trockenes Brot durch die Stäbe.

»Mit Speck fängt man Mäuse. Aber wer am Ende dumm guckt, ist immer die Maus, merk dir das gut.«

»Gut, ich merke mir das«, sagte Paula und blieb stehen. »Aber ich kaufe trotzdem zwei Lose. Eins für dich und eins für mich. Dann hab ich immer noch genug für die Bonbonliesel.«

»Mach keinen Unsinn, Mädchen. Ich will kein Los, ich …«

»Zwei Lose hätte ich gerne«, sagte Paula und zählte dem Verkäufer zweimal zwei Groschen in die Hand. Dabei schlug ihr das Herz bis zum Hals, weil sie Angst hatte, dass ihr Vater recht behalten würde und sie jetzt ihre schönen Groschen verloren hatte. Vier Groschen. Wie viele Bonbons sie davon hätte kaufen können! Beinahe hätte sie dem Mann die Groschen wieder abgenommen. Aber seine Hand hatte sich schon um die Geldstücke geschlossen, und sie waren klingelnd in seinen Beutel gefallen.

»Um zehn Uhr ist die nächste Tombola. Dann kommst du wieder her, und dann sehen wir mal, was du gewonnen hast.«

Er gab ihr zwei gelbe Zettelchen, auf denen rote Nummern gedruckt waren, eine 71 und eine 72, und Paula stopfte sie in ihre Jackentasche. Sie warf dem Losverkäufer einen verzweifelten Blick zu. Jetzt zwinkerte er nicht mehr.

»Dann pass wenigstens auf, dass du sie nicht auch noch verlierst«, sagte ihr Vater kopfschüttelnd und zog sie jetzt weiter zu den Ferkeln, wegen denen sie ja eigentlich hier waren. »Jetzt müssen wir auch noch aufpassen, dass wir zu der dummen Verlosung wieder hier sind.«

»Wenn ich doch sowieso nichts gewinne, brauchen wir auch nicht mehr herkommen …«

Inzwischen war Paula davon überzeugt, dass sie einen Fehler gemacht hatte. Aber sie durfte nicht jammern. Der Vater war jetzt enttäuscht von ihr, weil sie ihr Geld für Unsinn verschwendete, sie musste aufpassen, dass er nicht auch noch schimpfte. Und dass sie sich jetzt nur noch zwei Sorten Bonbons kaufen konnte, war auch ganz schrecklich. Wie sollte sie sich da bloß entscheiden? Es gab doch so viele Sorten! Aber das hatte sie schon ausgerechnet. Ein Tütchen kostete drei Groschen. Und sie hatte jetzt nur noch sechs Groschen übrig. Sie hatte wirklich alles falsch gemacht. Hätte sie nur auf ihren Vater gehört.

Als sie die neu gekauften Ferkel in ihrem Anhänger verstaut hatten, wo sie sich quiekend zusammendrängten, gingen sie schnell zurück zur Tombola, um da zu sein, wenn die Losnummer vorgelesen wurde. Bitte, bitte, bitte, betete Paula still, bitte, bitte, bitte, ich will gewinnen. Mit großen Augen verfolgte sie, wie der Losverkäufer das Gefäß mit den Losen drehte und irgendwann anhielt, um hineinzugreifen und einen Zettel nach dem anderen herauszuziehen. Es waren schon drei Käfige vergeben worden und zwei Säcke mit Vogelfutter, ein Huhn und etliche Mausefallen. Die Stapel mit den möglichen Gewinnen leerten sich zusehends. Ihr Vater wurde schon ungeduldig. Er wollte gehen. Aber die Ziege war immer noch da. Paula würde keinen Schritt weichen, solange die Ziege noch zum Gewinn stand.

»Und der Hauptgewinn geht heute an …« Der Losverkäufer machte eine lange Pause und kniff die Augen zusammen. Paula griff unwillkürlich nach der Hand ihres Vaters. Die Ziege war der Hauptgewinn.

»Hm, ich kann die Nummer so schlecht lesen«, fuhr der Losverkäufer fort und legte die Hand über die Augen. »Meine Augen werden aber auch immer schlechter. Würde der Herr mir freundlicherweise helfen und diese Nummer vorlesen?«

Er hielt einem Mann, der ganz vorne stand, das Los hin, und dieser rief laut: »Das ist die 72!«

Wie ein Blitz fuhr es durch Paulas ganzen Körper. »Das bin ich!«, rief sie und sprang in die Luft. »Das ist mein Los! Vater, wir haben den Hauptgewinn! Mein Los, mein Los, mein Los!«

Sie hatte den Hauptgewinn gezogen! Ausgerechnet sie. Ihr Vater lächelte sogar, als sie ihm das Los mit ihrer Nummer hinhielt, auf dem die rote Zahl prangte. Es war so schön, wenn der Vater lächelte, selten genug kam es vor. Dann leuchteten seine Augen, und die Fältchen um seine Augen sahen aus wie Sonnenstrahlen. Sie hüpfte auf der Stelle auf und ab und konnte es kaum abwarten, ihr Gewinnerlos endlich einzulösen.

»Jetzt halt doch mal still«, brummte ihr Vater, und Paula versuchte, sich zusammenzureißen, bis der Losverkäufer ihren kleinen Loszettel entgegennahm und ihr die Leine in die Hand gab, an der sie ihr kleines Zicklein wegführen konnte.

Sie hatte den Hauptgewinn für ihre Mutter gewonnen.

»Weißt du was, Papa«, sagte Paula. »Wer nichts wagt, der nichts gewinnt, oder?«

»Da hast du ausnahmsweise mal Glück gehabt«, nickte ihr Vater. »Aber trotzdem: nicht übermütig werden. Übermut tut selten gut.«

Ganz egal, ob es gut war oder nicht, Paula war jetzt fröhlich und übermütig. Beinahe hätten sie darüber die Bonbonliesel vergessen. Aber weil ihr Vater richtig gute Laune hatte, ging er zusammen mit ihr noch den ganzen Weg über den kleinen Jahrmarkt zu dem Stand mit den vielen bunten Bonbons, vor dem immer eine ganze Traube wartender Kinder stand. Paula stellte sich zu den anderen Kindern, die sich alle kaum entscheiden konnten, welche Bonbons sie haben wollten. Aber Paula wusste schon genau, welche sie kaufen würde. Ein Tütchen Goldnüsse, die innen so schön krümelig waren, wenn man die Goldhülle außen abgelutscht hatte, und die man dann kauen konnte, bis der ganze Mund voller Goldnusssand war. Und dann würde sie sich noch ein Tütchen von den rot-weiß-gestreiften Pfefferminzkissen kaufen, weil es einfach die allerschönsten Bonbons waren. Am liebsten würde sie auch noch von den roten Himbeerbonbons kaufen, die die Zunge rosa färbten und ganz wund machten, wenn man zwei hintereinander lutschte. Doch dafür würde ihr Geld jetzt nicht mehr reichen. Aber was war schon ein Tütchen Himbeerbonbons gegen den Hauptgewinn?

»Jetzt habe ich mein ganzes Geld ausgegeben«, sagte Paula, als sie die zwei Bonbontütchen in ihre Jackentasche stopfte.

Auf der Rückfahrt überlegte sie, ob es nicht schön wäre, noch mehr Ziegen zu haben. »Wenn ich mal groß bin und den Hof geerbt habe, mit meinem Mann, dann kaufe ich noch mehr Ziegen. Und die nenne ich dann Betti und Lilo und Gerlinde. Und Hasen kaufe ich dann auch. Wir waren gar nicht mehr bei den Hasen«, seufzte sie, und ihr Vater schüttelte den Kopf.

»Jetzt sei mal zufrieden, du kleines Fräulein Nimmersatt.«

Als sie nach Hause kamen, nahm Paula die Ziege wieder am Seil und führte sie über den Hof, die Treppe hinauf zur Eingangstür und zu ihrer Mutter, mitten hinein in die Küche. Ihre Mutter lachte laut auf, als sie die Ziege sah.

»Aber das war doch ein Spaß!« Ungläubig sah sie ihren Mann an. »Das hättest du doch nicht machen müssen, mir eine Ziege kaufen, ach du liebe Zeit!«

»Das war ich auch nicht«, sagte er und deutete auf Paula.

»Die hab ich für dich gewonnen«, sagte Paula stolz. »Und wir können sie Berta nennen. Weil deine Ziege früher doch so hieß. Die schenke ich dir.«

Sie hielt ihr das Ende der Leine hin, doch ihre Mutter nahm

die Leine gar nicht an. Sie stand ganz still, und ihre Augen wurden erst ganz dunkel und dann ganz hell, weil das Licht in ihnen plötzlich doppelt funkelte. Dann ging sie vor Paula in die Hocke und nahm sie fest in den Arm.

»Das ist das schönste Geschenk, das ich je bekommen habe. Danke, meine Kleine.«

Stolz floss durch Paula, wunderbar warmer goldener Stolz, bis in die Zehenspitzen floss er und in den Kopf und die Arme entlang, die ihre Mutter umschlangen und ganz lange ganz festhielten. Sie hatte etwas richtig gemacht. Ganz richtig gemacht. Ab jetzt waren sie drei Freundinnen. Mama, Berta und sie. Und dass ihre Großmutter den Kopf schüttelte und sagte, dass Ziegen Arme-Leute-Vieh seien, war ihnen ganz egal.

»Bertas Milch hat uns nach dem ersten Krieg gerettet, und bei Kummer helfen Ziegen auch. Sie sind so lustig. Schau doch mal, wie dumm sie guckt!« Mutter lachte wieder laut auf, als die Ziege den Kopf schief legte, als hätte sie verstanden, was sie gerade gesagt hatte. »Wir nennen sie Berta die Zweite.«

Es kam nicht oft vor, dass Mutter so lachte. Und es kam auch nicht oft vor, dass der Vater lächelte.

»Heute warst du ein richtiges Glückskind«, sagte der Vater beim Abendessen. Dann hielt er das Messer hoch wie einen übergroßen Zeigefinger: »Aber glaube jetzt nicht, dass jeder Tag so weitergeht.«

Paula nickte, weil sie wusste, dass ihre Eltern das von ihr erwarteten. Aber sie wusste auch, dass sie genau das wollte. Dass es jeden Tag so weiterginge. Dass alle lachten, weil sie alles richtig machte. Weil sie alle überraschte und alle sich freuten und glücklicher waren als vorher. Immer ein Glückskind zu sein und Glückstage zu haben, das wäre so schön.

Ab diesem Tag gehörte Berta die Zweite zur Familie, und Paula versuchte immer wieder, diesen Glückstag heraufzubeschwören. »Mama, erzählst du mir von früher, von Berta der Ersten?«

Manchmal erzählte ihre Mutter dann Ziegengeschichten, aber meistens sagte sie viel zu schnell: »Jetzt ist mal gut. Du kennst doch jetzt alle Geschichten. Komm und hilf mir Pflaumen entkernen.«

»Wenn du dabei erzählst?«

Mutter seufzte tief und schwieg. Paula spürte, dass sie jetzt besser auch schweigen sollte, so schwer es ihr auch fiel. Irgendwann würde ihre Mutter wieder eine Geschichte erzählen. Es war nur so schwer, darauf zu warten. Seit sie die Ziege hatten, hatten sie etwas, was sie beide miteinander verband. Sie sammelten alle möglichen grünen Blätter für sie in der Küche in einem Eimer, und sie lachten sich zusammen kaputt, wenn Berta ihre witzigen Bocksprünge vollführte und den Kopf schief legte und sie anmeckerte. Es war so schön, wenn ihre Mutter und sie lachten. Paula wollte, dass das nie aufhörte.

Aber oft genug seufzte ihre Mutter und sagte die verhassten Worte: »Ach, nicht schon wieder, wir machen jetzt erst mal hier weiter.« Weiter mit Wäsche kochen, mit Wäsche wringen, mit Wäsche aufhängen, mit Treppe putzen, mit Küche wischen, mit Beeren ernten, Kirschen ernten, Pflaumen ernten, Birnen ernten. Pflücken, sammeln, putzen, schneiden, einkochen. Unkraut jäten, Hühner füttern, Hühner misten, Feuern, Essen kochen, Teig kneten, Diele wischen, Hof kehren, es war immer viel zu tun. Und es war schön, immer helfen zu dürfen. Aber am allerschönsten war es, wenn Mutter dabei Geschichten erzählte.

»Paula, du musst lernen, dass auch mal Schluss ist.«

»Ja, *mal!* Aber es ist *immer* Schluss!«

»So ist das halt im Leben. Es geht alles vorbei. Besser, du gewöhnst dich schon mal dran. Und das hat auch sein Gutes, glaub mir.«

»Was soll daran gut sein? Es soll nicht immer aufhören, wenn es gerade Spaß macht!«

»Das Fräulein Nimmersatt will ich hier nicht haben. Jetzt sei mal zufrieden.«

Paula war aber nicht zufrieden. Die schönen Sachen hörten immer viel zu schnell auf, und Ausnahmen gab es wenige. Niemand außer ihr schien auf Ausnahmen zu warten. Nur in ihr war immer etwas Unruhiges, Zappeliges, das immer etwas anderes wollte als die anderen. Zum Glück hatte sie ihre Freundin Doro. Doro wohnte nebenan und war genauso alt wie sie. Doro gehörte zu denen, die zufrieden waren, so wie es sich gehörte. Deshalb versuchte Paula immer alles genauso zu machen wie Doro, damit sie nicht auffiel und damit man nicht merkte, dass sie das Fräulein Nimmersatt war. Zum Glück waren die Regeln gut zu verstehen, wenn auch nicht immer leicht zu befolgen.

Montag war Waschtag. Da wurden zwei Kessel mit Wäsche gekocht, gespült, gewrungen und aufgehängt, und aus dem Waschkeller roch es bis auf den Hof nach Seife. Später half sie ihrer Mutter beim Aufhängen der Wäsche. Sie reichte ihr immer zwei Holzklammern und nacheinander all die kleinen Wäscheteile, damit sie sich nicht immer so tief bücken musste. Dienstag war Einkaufstag, und sie kauften alles ein, was sie nicht selbst auf dem Hof hatten. Zucker, Reis, Kaffee, Kakao. Meistens bekam sie Bonbons geschenkt, und wenn sie Glück hatte, kaufte ihre Mutter einen weichen Hefezopf beim Bäcker. Zum Kaffee am Nachmittag gab es manchmal auch Brötchen, aber der weiche Zopf war das Allerbeste. Mittwoch war Bügeltag. Da stand die Großmutter am Bügelbrett und plättete die Wäsche, bis ihr Gesicht unter dem streng zu einem Knoten zurückgezurrten Haar rot glänzte von der Hitze des Eisens. Ihre Mutter kümmerte sich an dem Tag immer um den Gemüsegarten. Mittwoch war auch der Tag, an dem der Brotteig angesetzt wurde, wenn ihre Backwoche war. Im Dorf hatte jede Familie ihre eigenen Backtage, die beim Dorfdiener angemeldet wurden. Das Backhaus wurde jeden Morgen in aller Frühe schon angeheizt, und die Familien aus dem Dorf wechselten sich in regelmäßiger Reihenfolge dabei ab. Sie gingen immer am ersten Donnerstag im Monat backen, weil die ganze Familie schon immer am ersten Donnerstag im Monat backen gegangen war. Außer, es wurde mal besonders viel Brot verbraucht, im Sommer, wenn es viele Helfer zu füttern gab, oder wenn die Dreschmaschine kam, und der ganze Hof von Menschen wimmelte. Paula liebte den Backtag, sie mochte es, mit ihrer Mutter zusammen ganz früh aufzustehen und mit ihr zum Backhaus zu laufen, wenn sie schon morgens als Erste an der Reihe waren mit Anfeuern. Dann war die Welt am schönsten. Es machte ihr nichts aus, dass sie dann früher aufstehen musste und in der Schule vielleicht früher müde wurde.

Das ganze Dorf lag noch im Dunkeln, und Paula hatte das Gefühl, dass sie ganz alleine auf der Welt waren, nur ihre Mutter und sie. Ihre Mutter nahm sie an der Hand, und Paula genoss diese Nähe und kuschelte sich eng an deren Rock.

»Du musst dir vorstellen, dass die Dunkelheit dein Freund ist«, sagte ihre Mutter. »Und dass sie dich beschützt, dann hast du auch keine Angst mehr.«

Niemals hätte Paula lieber geschlafen, als jetzt mitten in der Nacht an der Hand ihrer Mutter durchs Dorf zu gehen, um mit ihr anzufeuern und diese leisen Gespräche zu führen.

»Ich hab gar keine Angst«, sagte sie.

Die Nacht war besonders klar, es war kalt, und der Atem stand in kleinen Wolken vor ihren Gesichtern. Sie konnten die Milchstraße sehen, die hoch oben im All funkelte, und blieben stehen, den Kopf in den Nacken gelegt, während ihre Mutter ihre Hand festhielt.

»Wäre das schön, wenn wir fliegen könnten, wenn wir jetzt da hochfliegen könnten, die ganze Milchstraße entlang! Wie in *Peterchens Mondfahrt*, oder, Mama?«

Ja, es war schön, vom Fliegen zu träumen, während Mutters Hand sie warm und fest hielt. Sie blieben zusammen stehen, bis ihnen der Nacken wehtat und es wirklich Zeit wurde, das Feuer zu machen. Das Holz, das der Vater am Abend schon bereitgelegt hatte, begann rasch zu brennen, und sie blieben dabei stehen und warteten, bis sie zum ersten Mal nachlegen konnten. Die roten Funken stiebten hoch und tanzten durch die Luft, das war fast so schön, wie die Sterne zu sehen.

Als sie zurück nach Hause kamen, machten sie kein Licht. Sie blieben im Dunklen sitzen, als hätten sie es so verabredet. Ihre Augen hatten sich ja schon an die Dunkelheit gewöhnt, und die kleinen Lichtpunkte, die vom Feuer des Küchenherds rot glommen, reichten ihnen völlig. Sie reichten aus, um Mutters blondes Haar golden schimmern zu lassen. Sie tranken heißen Muckefuck mit Milch, um sich aufzuwärmen. Eigentlich redeten sie so gut wie kein Wort, gähnten nur etwas vor sich hin und schlürften ihre heiße Milch. Aber Paula hatte das Gefühl, sich mit ihrer Mutter so einig zu sein wie sonst nie.

Später, wenn sie den Brotteig ins Backhaus brachten und der Ofen die richtige Hitze hatte, wenn es hell wurde und auch die anderen Frauen mit ihren Brettern voller Brotteige dazukamen, war der Zauber dieser frühen Stunde vorbei. Für Paula war es dann sowieso Zeit in die Schule zu gehen. Aber wenn sie später nach der Schule nach Hause kam, dann roch es im ganzen Haus nach frischem Brot. Und Paula hatte den ganzen Tag Hunger.

Am größten war der Hunger, wenn es nach frischem Brot duftete, aber das langweilige alte Brot zuerst gegessen werden musste. Alle fanden es viel bekömmlicher. Alle, außer ihr. Einmal hatte Paula versucht, ihre Eltern davon zu überzeugen, dass es doch ganz, ganz dumm war, nicht zuerst das frische Brot zu essen. Weil es doch schließlich auch alt wurde, wenn man so lange wartete, bis man es anschnitt. Und warum sollte man das schöne frische duftende Brot mit der knusprigen Kruste liegen lassen, bis es genauso alt und trocken war? Das alte Brot könnte man ja immer noch dann essen, wenn das frische Brot auch nicht mehr frisch war.

»Du willst uns also sagen, dass wir dumm sind?«, hatte ihr Vater ernst gefragt, während er seinen Bissen Brot vierzig Mal gekaut hatte, weil er alles vierzig Mal kaute. Das hatte er im Krieg gelernt und in der Gefangenschaft. Weil man dann an jedem Bissen länger hatte.

»So meine ich das doch nicht.«

»Das will ich hoffen«, hatte ihr Vater mit dunklem Blick gemurmelt und weitergekaut. Sein Mund zuckte manchmal in komischen Grimassen, während sich seine Kiefer langsam und beständig weiterbewegten. Ewig schien er zu kauen. Ewig. Manchmal wurde Paula allein vom Zuschauen schon ganz hippelig, aber wegschauen konnte sie auch nicht. Stattdessen rutschte sie immer auf ihrem Platz auf der Bank hin und her und zählte mit, bis ihr Vater endlich schluckte.

»Du könntest doch auch das frische Brot vierzig Mal kauen«, hatte Paula eingeworfen und noch rasch hinzugefügt: »Wenn du willst.« Weil sie gemerkt hatte, dass der Vorschlag ihrem Vater nicht gefiel. Aber es war schon zu spät. Die Ader auf seiner Stirn hatte zu pochen begonnen, auf der einen Seite über den Augenbrauen, wie immer, wenn er sich furchtbar aufregte. Sein Gesicht wurde rot, und er schlug mit der Faust so fest auf den Tisch, dass die Wassergläser hüpften und sie vor Schreck aufschrie. Ihre Mutter hatte ihre Hand auf seine gelegt, bis er sich beruhigt hatte, und gezischt, sie solle aufstehen. Das Abendbrot sei für sie vorbei heute. Mit einem Kloß im Hals, einem Kloß im Bauch und einem Zittern in den Beinen war sie aufgestanden und nach draußen gegangen. Erst draußen war der Kloß langsam weggegangen. Draußen wurde meistens alles besser, was drinnen nicht gut war.

1956

Seit ungefähr einer Woche stand ein Glas Honig in der Speisekammer. Goldner flüssiger Honig. Genau der, den Paula am allerliebsten mochte. Sie hatten ein Glas geschenkt bekommen. Jetzt gab es sonntags für jeden ein Honigbrot, so lange, bis das Glas leer war. Dann gab es wieder Marmelade. Obst hatten sie genug im Garten. Erst kamen die Erdbeeren, dann die Kirschen, die Himbeeren, die Mirabellen und die Pflaumen. Honig gab es selten. Honig, fand Vater, war Schnickschnack. Rüben waren viel ergiebiger, wenn man sie zu Sirup kochte. Süßen Rübensirup mochte Paula auch, aber goldenen Honig mochte sie am allerliebsten. Jeder bekam ein Löffelchen davon, denn wenn man sich alles gut einteilte, dann hatte man lange daran. Paula ließ den dünnen Honigfaden in vielen Kreiseln auf das Butterbrot laufen, bis ihre Mutter sie ermahnte, damit aufzuhören. Mit Essen spielte man nicht. Für Essen musste man dankbar sein. Und sie solle froh sein, dass sie es so gut hatte. Paula schämte sich, dass sie Honig so gern mochte, und dass sie es so gut hatte. Aber sie konnte es nicht ändern. Es gelang ihr kaum, nicht an den Honig zu denken. Immer wenn sie an der Speisekammer vorbeiging, stahl sie sich kurz hinein und betrachtete das goldene Glas.

Das Abendbrot verlief meist schweigend. Heute war das Schweigen besonders dicht. Wie eine Wolke hing es über dem Küchentisch, und der Kümmelgeruch, der aus dem Topf mit dem Kochkäse von der Mitte des Tisches aufstieg, war streng. Paula mochte keinen Kochkäse und erst recht keinen Kümmel. Und Kochkäse mit Kümmel auf altem Brot schon gar nicht. Unglücklich schaute sie auf das Essen auf dem Tisch und in die kauenden Gesichter ihrer Eltern und der Großmutter. Manchmal stellte Mutter ihr etwas anderes hin, wenn es Kochkäse gab. Dann durfte sie Butterbrot essen oder Marmeladenbrot. Heute nicht. Sie musste an den Honig denken, der in der Speisekammer stand.

»Hast du denn gar keinen Hunger?«, fragte ihre Großmutter und schaute auf die leere Scheibe Brot, die unberührt auf Paulas Teller lag.

»Ich mag doch keinen Kochkäse«, sagte Paula leise. »Kann ich nicht ein bisschen Honig haben?«

Vaters Mundwinkel zuckten. »Dann hast du auch keinen Hunger«, sagte er, nahm ihr das Stück Brot vom Teller und warf es zurück in den Brotkorb. »Wenn du Hunger hättest, wärst du froh, ein trockenes Brot zu haben. Meinst du, wir hätten uns im Krieg aussuchen können, was wir zu essen bekommen? Von Kochkäse haben wir nur geträumt!«

Heute war also einer von diesen Tagen, an denen ihr Vater ärgerlich wurde. Manchmal wurde er sogar so ärgerlich, dass ihm die Hand ausrutschte. Es war besser, sich unsichtbar zu machen, bevor das passierte. Aber es gab auch andere Tage, an denen ihr Vater sagte: »Ach, dann wollen wir der Kleinen mal ein Stück Butter holen. Sie soll es doch besser haben.« Dann streichelte die gleiche Hand ihr über die Haare, und alles war gut. Man wusste nie genau, wie er reagieren würde. Sie senkte den Blick auf ihren Teller und versuchte sich klein und unsichtbar zu machen. Doch heute gelang es nicht. Heute regte sich der Trotz in ihr.

»Wir sind aber gar nicht im Krieg, und wir haben doch Honig! Warum darf ich denn dann keinen essen?«

Ihre Mutter schaute sie streng an, und ihr Vater kaute stumm weiter.

»Ich würde mir auch nur ganz dünn Honig aufs Brot machen. Damit er noch lange hält, aber …«

Vaters Faust donnerte auf den Tisch, so dass das Geschirr klapperte. Danach sagte niemand mehr ein Wort. Paula starrte auf ihren leeren Teller, bis das Abendessen vorbei war. Ihr Magen knurrte.

»An diesem Tisch hat noch kein Kind Hunger gehabt«, sagte ihre Großmutter vorwurfsvoll, als sie den Tisch abräumten. Ihre Mutter seufzte, und ihr Vater, der die Küche gerade verlassen wollte, drehte sich in der Tür um.

»Es bringt aber nichts, wenn sie verweichlicht. Verwöhnte Kinder haben es schwer. Es ist zu ihrem Besten.«

Das war das Schlusswort, und niemand widersprach. Sie war also verweichlicht. Und verwöhnt. Einzelkinder waren immer verwöhnt. Das sagten alle. Und das war nicht gut. Sie wollte nicht, dass ihre Eltern enttäuscht von ihr waren. Sie musste unbedingt eine bessere Tochter werden, damit Mutter sie wieder anlächelte und wieder liebhatte. Sie musste beweisen, dass sie nicht verwöhnt war. Sie würde einfach keinen Honig mehr essen. Dann würden sich alle freuen. Dann würde ihr Vater ihr zuzwinkern, und sie wäre ein liebes Mädchen, das alles richtig machte. Kein goldener Honig mehr. Das war ein hartes Los. Aber sie würde das schaffen. Sie war nicht verweichlicht.

»Ich werde von diesem Honig nicht mehr essen«, flüsterte sie. »Ich bin nicht verwöhnt.«

»Wenn du das schaffst …«, sagte ihre Mutter, und Paula spürte, dass sie ihr das nicht zutraute.

Später im Bett vergrub sie den Kopf im Kissen und weinte heiße Tränen, weil sie sich schämte, dass sie es so gut hatte, und trotzdem immer mehr wollte. Heiße Tränen, weil sie armes, armes Kind nun keinen Honig mehr essen konnte.

Am nächsten Sonntag schaute sie beim Frühstück mit zusammengepressten Lippen zu, wie alle ihr Honigbrot aßen, und verzog keine Miene, obwohl der Honig so gut duftete wie noch nie. Als sie hinterher half, den Tisch abzuräumen, nickte ihre Mutter ihr zu. Das hieß, dass sie es gut gemacht hatte. Und obwohl sie es selbst überhaupt nicht gut fand und dem schönen goldenen Honig am liebsten nur hinterherweinen wollte, war sie trotzdem auch ein kleines bisschen stolz. Und an diesem kleinen bisschen Stolz hielt sie sich jeden Sonntag fest. So lange, bis das Honigglas leer war und alle wieder die gleichen Marmeladenbrote aßen.

Sie war nicht verwöhnt.

Bei Lemmers nebenan war die Sache mit dem Honig ganz anders. Bei Doro gab es immer Honig, weil sie einen Onkel hatte, der Imker war. Bei Doro wurde auch mehr gelacht als bei ihnen zu Hause, und Doro war auch kein verwöhntes Einzelkind, weil sie noch eine kleine Schwester hatte. Doros Mutter Hilde war viel jünger als Paulas Mutter, manchmal sah sie fast aus wie Doros große Schwester.

Als Lemmers ihren Backtag hatten, war Paula mit Doro und ihrer Mutter zum Backhaus gelaufen, um zu helfen, deren frischgebackenes Brot zu holen. Die Frauen trugen die Laibe auf einem großen Brett, das sie auf einem kleinen runden Kissen auf ihrem Kopf balancierten, vom Backhaus durchs Dorf. Jede Familie hatte ihr eigenes Kissen, manchmal war es bunt, manchmal einfarbig, mit oder ohne Verzierungen. Doros Mutter machte immer ein kleines Kunststück daraus, als wäre sie im Zirkus, wenn sie das Brett mit den Broten auf dem Kopf balancierte, und die alten Frauen schüttelten oft den Kopf über sie, aber es gab immer etwas zu lachen. Mit Doros Mutter konnte man Spaß haben. Sie trugen die Brote in die Speisekammer, wo sie abkühlen sollten, und es duftete so wunderbar nach frischem Brot, dass Paula sich am liebsten dazugelegt hätte, um in den Duft hineinzukriechen. Doros Mutter richtete sich die Haare auf dem Oberkopf, wo das Kissen sie plattgedrückt hatte, und klagte, dass sie noch einen Plattschädel bekommen würde vom Brotholen. Dann schaute sie die beiden verschwörerisch an.

»Mach mal die Tür zu«, flüsterte sie, und Doro schloss die Tür, während ihre Mutter ein Brotmesser nahm, einen großen Knust abschnitt und in drei Stücke teilte. Paula verfolgte das staunend.

»Die Großmutter sagt immer, davon bekommt man Bauchweh. Und es ist nicht bekömmlich«, sagte Paula und wusste nicht so recht, ob sie das warme, duftende Stück Brot in ihrer Hand wirklich essen durfte.

»Ich verrate euch jetzt ein Geheimnis«, flüsterte Doros Mutter, »aber ihr dürft es keiner Menschenseele verraten. Schwört ihr das?«

Paula und Doro schworen hoch und heilig, und Doros Mutter flüsterte, dass das mit dem Bauchweh eine Erfindung der Alten sei, um Brot zu sparen. Denn wenn man es frisch essen würde, würde man bestimmt doppelt so viel essen, und da die Alten ja immer sparen mussten, weil ihnen der Krieg in den Knochen saß und sie Angst hatten, dass sie wieder hungern müssten, wenn das Brot zu schnell weg wäre, hatten sie dieses Märchen vom Bauchweh erfunden.

»Aber du bist doch auch eine Mutter«, hatte Paula stirnrunzelnd gesagt, während sie andächtig das duftende, warme Stück Brot an ihre Wange legte.

»Du meinst, deshalb gehöre ich auch zu den Alten«, lachte Doros Mutter, »und ich müsste das Märchen auch erzählen?«

Als Paula nickte, zuckte sie die Achseln.

»Schätzchen, ich bin viel zu jung, und ich kann das ewige Gejammer von Krieg und Hunger nicht mehr hören. Ist doch ein Glück, dass es vorbei ist und dass jetzt alles wieder gut ist! Wir wollen doch wieder Spaß haben. Trübsal haben wir schon genug geblasen, oder?«

Ja, das fand Paula auch und war ein bisschen neidisch auf Doro und ihre fröhliche Mutter. Weil sie Späße machte, weil sie heimlich frisches Brot naschte und weil sie Spaß haben wollte. Und auch, weil sie einen roten Lippenstift hatte, mit dem sie sich die Lippen anmalte, wenn sie mit ihrem Mann zum Tanzen ging. Paula und Doro schauten sich den Lippenstift oft an und schnupperten daran. Er roch so erwachsen und fremd, aber sie wagten es nicht, ihn auszuprobieren, weil es jeder sofort sehen würde. Aber in der Kirschenzeit bissen sie die süßen Schwarzkirschen an, malten sich mit dem Kirschsaft die Lippen rot und fühlten sich wunderschön.

»Warum hast du eigentlich keinen Lippenstift?«, fragte Paula ihre Mutter und bereute es sofort, als sie ihr Gesicht sah.

»Niemand braucht Lippenstift«, antwortete Mutter knapp.

»Es sieht doch schön aus«, sagte Paula, und ihre Mutter zuckte die Achseln. »Aber du siehst auch schön aus«, fügte sie hinzu. »Auch ohne Lippenstift bist du die schönste Mutter.« Nicht dass ihre Mutter noch dachte, sie fände nur Doros Mutter schön. Sie umarmte sie schnell und versteckte ihr Gesicht in ihrer Schürze.

Doro fiel alles leicht. Sie machte das richtig, was für Paula oft viel Mühe und viel Nachdenken bedeutete. Es gelang ihr, einfach durch die Tage zu gleiten, sie musste sich nie anstrengen, um brav zu sein: Sie war einfach brav. Sie hatte nie Angst, alles falsch zu machen, sie musste sich nicht verstecken, sie musste nie so tun, als ob sie jemand anders wäre. Paula beobachtete sie genau und versuchte, alles genauso zu machen wie Doro. Sie versuchte, fröhlich zu sein, sie versuchte, zufrieden zu sein. Sie versuchte, sich zu freuen, wenn sie helfen durfte. Aber manchmal dachte sie, dass es vielleicht in Doros Familie auch einfacher war, alles richtig zu machen, weil es immer erlaubt war, Honig zu essen, weil man am frischen Brot naschen durfte, weil viel gelacht wurde.

Sonntags gab es zwei Gottesdienste, und sie teilten sich immer auf. Wenn die Großmutter ins Hauptamt ging, dann begleitete Vater sie in die Kirche, und Paula ging mit ihrer Mutter in die Frühmesse, damit sie sich um das Mittagessen kümmern konnten, während die anderen beteten. Wenn die Großmutter das Mittagessen machte, durfte Paula mit ihren Eltern zusammen in die Kirche gehen. Dann machten sie sich alle drei fein und gingen zusammen durchs Dorf. In der Kirche trennten sie sich, denn die Frauen saßen links und die Männer rechts. Wenn Paula besonders inbrünstig sang, um den lieben Herrn zu loben, stieß ihre Mutter sie an, sie solle leiser singen.

»Aber das Mariechen singt doch noch viel lauter als ich«, flüsterte Paula und wurde gleich noch mal angestoßen, weil sie nicht reden sollte in der Kirche. Auf dem Heimweg erklärte ihre Mutter, warum sie nicht so laut singen solle.

»Weil ’s Mariechen schlecht hört, deshalb singt sie so laut. Wenn du auch so laut singst, denkt jeder, du machst dich über sie lustig. Und außerdem hält man sich ein bisschen zurück in der Kirche. Du gehst doch nicht in die Kirche, um dich zur Schau zu stellen.«

In die Kirche ging man, um zu beten. Mutter betete auch zu Hause und am liebsten zur Maria, besonders im Mai. Der Mai war der Monat, in dem Maria jeden Tag angerufen wurde. *Meerstern, ich dich grüße, oh, Maria, hilf.* Meerstern, das war ein schönes Wort, auch wenn Paula keine Ahnung hatte, was das war. Es gab auch etliche andere Heilige, die ihre Mutter um Hilfe bat. Für fast jedes Problem gab es einen speziellen Heiligen, der einem half, wenn man ihn anrief. Man musste nur den richtigen kennen. Der Heilige Antonius wurde am allermeisten gerufen, denn der half einem, etwas Verlorenes wiederzufinden. »Heiliger Antonius, wo hab ich bloß das Messer hingelegt?« Und dann fand man es im Garten beim Schnittlauch im Beet, wo man es vergessen hatte. Wenn man Halsweh hatte, gab es einen Kartoffelwickel und der Heilige Blasius wurde um Hilfe gebeten, bei Kopfschmerzen wandte man sich an den Dionysius, und wenn man eine Einsicht brauchte, dann war Katharina die Richtige.

»Die Heiligen sind unsere Freunde. Die sind für uns da, wenn wir Hilfe brauchen.«

»Aber müssen wir denen nicht auch mal helfen?«, fragte Paula ihre Mutter. Im Dorf half man sich schließlich auch gegenseitig. Der Heiner half dem Vater beim Schlachten, und der Vater half dem Heiner beim Holzmachen. Man konnte doch nicht immer nur bitten?

»Du hilfst den Heiligen, wenn du brav bist. Das freut sie, und dann sind sie immer für dich da.«

»Mama, war ich heute brav?«

Weil es in der Küche immer warm war, durfte Paula sich im Winter in der Küche waschen und musste nicht im kalten Badezimmer bibbern, wo der Badeofen nur samstags angefeuert wurde. Sie stand auf einem Stuhl am weißen Spülstein, in dem heißes Wasser dampfte, und seifte sich so ordentlich mit Kernseife ab wie noch nie. Sie wusch sich den Hals und tauchte ihre ganzen Arme in das Wasser, sie schrubbte ihr Gesicht, bis es ganz bestimmt glänzte. Sie machte keine Wasserpfützen, sie planschte nicht herum und wartete schon die ganze Zeit darauf, dass ihre Mutter sie lobte. Aber die sagte kein Wort. Den ganzen Tag schon versuchte Paula, ein ganz braves Mädchen zu sein. Sie hatte es sich morgens schon vorgenommen. War gleich aufgestanden, als Mutter sie geweckt hatte, hatte sich alleine angezogen, sogar die kratzigen Wollstrümpfe, ohne sich auch nur einmal zu beschweren, hatte an all ihre Schulsachen gedacht, hatte nach dem Mittagessen ohne Aufforderung das Geschirr abgetrocknet, ihre Schularbeiten gemacht und dann gleich angeboten, die Hühner und die Hasen zu füttern, hatte die Treppe gekehrt und der Großmutter aus der Schulfibel vorgelesen. Abends waren ihre Zöpfe noch ordentlich, ihr Kittel war noch sauber, und sie fand, sie war so brav gewesen wie noch nie. Wenn sie es heute geschafft hatte, brav zu sein, dann würde sie es bestimmt auch noch einen Tag schaffen. Und wenn sie es dann noch einmal und noch einmal schaffen würde, dann wäre sie vielleicht irgendwann wirklich ein braves Mädchen, so wie sich Mutter das immer wünschte. So brav wie heute. Dummerweise war es niemandem aufgefallen. Sie wurde so oft geschimpft und ermahnt, sie hatte fest damit gerechnet hatte, es würde auffallen. Mutter würde lächeln, sie in den Arm nehmen und sagen, was für ein wunderbar braves Mädchen sie doch hatte. Aber sie sagte nichts. Gar nichts. Deshalb musste sie die Frage nun eben selbst stellen.

»Mama, war ich heute brav?«

Ihre Mutter sah vom Herd zu ihr herüber, wo sie gerade Feuer nachgelegt hatte, richtete sich auf und runzelte die Stirn.

»Geht so«, sagte sie und nahm den leeren Feuerkorb, um ihn

draußen im Schuppen neu zu befüllen. Paula seufzte schwer, trocknete sich ab und zog ihren Schlafanzug an. Geht so. Wenn das alles war, lohnte es sich dann überhaupt, sich so eine Mühe zu geben, immer brav zu sein?

2

Was glaubst du eigentlich, wer du bist?

1957

Mutters Fahrrad war noch viel zu groß für Paula. Es war anstrengend, im Stehen gleichzeitig den breiten Lenker festzuhalten und in die Pedale zu treten. Sie musste ihr ganzes Körpergewicht dabei einsetzen. Aber wie schnell man fahren konnte! Wie schnell man am Fluss war, bei den großen Steinen am Waldrand oder am Viadukt. Es war viel besser, als zu laufen. Die Frühlingswiesen und die frisch gepflügten Felder flogen an ihr vorbei, es roch nach Erde und nach jungem Grün. Paula spürte den Wind an ihrem Kopf und war froh, dass die Zeit der kratzigen Wollmützen endlich vorbei war. Doro fuhr hinter ihr. Sie hatten zusammen so lange auf den Fahrrädern ihrer Mütter geübt, bis sie es richtig gut konnten. Der Feldweg war holprig, aber sie konnte die drei Eichen schon sehen. Jetzt war es nicht mehr weit. Nach den drei großen alten Bäumen machte der Weg eine Biegung, hinter der das Viadukt auftauchte.

Der Weg lief unter dem Viadukt hindurch. Als sie ankamen, legten sie die Fahrräder hin und Paula suchte ihre Stelle. Beim letzten Mal hatte Paula sie mit einem Stein markiert. Er lag immer noch da, wo sie ihn hingelegt hatte. Sie stellte sich genau an den Stein, holte tief Luft und ließ einen ersten Ton aus ihrem weit geöffneten Mund fliegen.

»Aaaaaaahhhhaaaaaa … eeeeiiiiiiiaaaaaaa …«

Es war noch schöner, als sie es in Erinnerung hatte. Es überraschte Paula jedes Mal aufs Neue, wie ihre Stimme hier klang.

Sie konnte es kaum glauben, dass sie in der Lage war, solche Töne zu singen. Töne, so viel größer als sie. So viel größer als alles. Doro sah sie mit großen Augen an und strahlte.

»Noch mal«, rief sie, nachdem der erste Ton verklungen war. Paula holte wieder Luft und sang einen höheren Ton und noch einen höheren. Immer höher und immer lauter wurde ihre Stimme. Die Töne hallten von den Wänden zu ihnen zurück, umhüllten sie, sie schienen sie fast körperlich zu spüren. Es war wie fliegen.

»Sing auch mal!«, forderte Paula ihre Freundin auf, und sie sangen zusammen, breiteten die Arme aus und stellten sich vor, in den Tönen zu schweben. Alle Lieder, die sie kannten, sangen sie hintereinander. Und wo sie die Worte vergessen hatten, ersetzten sie ein lalala und stellten fest, dass lalalaaaa sowieso am besten klang, dass es sie höher hob und weiter fliegen ließ. Am schönsten war es, wenn man ganz langsam sang, dann konnten sie spüren, dass die Töne sie wie Wellen umspülten.

Als sie zurück nach Hause fuhren, redeten sie nicht miteinander. Ihre Stimme schien Paula nun klein und dumpf. Sie wollte die wundervoll weit schwingenden Töne, in denen sie gebadet hatte, in sich bewahren und schwieg fast den ganzen Rest des Tages.

Paula war alleine im Haus, weil alle draußen beschäftigt waren, und wie so oft, zog es sie sofort zum Radio. Sie schaltete es an, merkte sich die Zahl an der roten Linie, die den Sender markierte, und begann dann, langsam an dem rechten Knopf zu drehen, so dass die Linie weiterwanderte. Gebannt lauschte sie dem Knistern aus den Lautsprechern. Manchmal hielt sie den Knopf an, um einzig und allein das Rauschen zu hören, das wie ein Zauber direkt aus dem Äther kam. Sie stellte sich vor, es wäre das Rauschen aller Stimmen der Welt, die sprachen, sangen, summten, schrien und lachten und hoch in den Himmel stiegen, wo sie einen Teppich bildeten, den sie hier hören konnte. An diesem Radiogerät in der Küche in Lerchenrod fühlte sie sich verbunden mit der ganzen Welt. Wenn sie am Knopf weiterdrehte, hörte sie Fetzen fremder Sprachen, vernahm zwischen dem Knistern manchmal Töne, die sie noch nie zuvor gehört hatte, und manchmal auch Musik, die sie kannte. Immer wenn Conny sang, freute sie sich. Conny Froboess war fröhlich und hübsch. Abends im Bett träumte sie davon, wie es wäre, wenn sie so singen und tanzen könnte wie sie. Wenn sie genauso hübsch wäre, dann würde Peter Kraus sie bestimmt heiraten, sie würden zusammen wegfahren und ein Leben lang lachen und singen und tanzen.

Es gab in ihrem Haus nur einen einzigen Spiegel, und der befand sich in der Mitte des Schrankes im Schlafzimmer der Eltern. Dahin hatte Paula sich in einem unbeobachteten Moment verdrückt, obwohl sie eigentlich Wäsche zusammenlegen sollte. Aber die Wäsche lief ja nicht weg. Jetzt musste sie ausnutzen, dass sie alleine im Haus war. Denn nur dann konnte sie vor dem Spiegel singen. Singen wie Conny. Neuerdings gab es einen Fernsehapparat in der Dorfschänke, und das ganze Dorf kam, um dort Fernsehen zu gucken. Doro und sie teilten sich jedes Mal eine Limonade mit zwei Strohhalmen und tranken abwechselnd winzige Schlückchen davon, damit sie lange hielt. Seit Paula dort zusammen mit Doro Musiksendungen schauen konnte, hatte sie so viele Lieder im Kopf, dass sie immerzu singen wollte.

»Ich dachte doch, ich hätte dich gehört. Vor was versteckst du dich denn im Schlafzimmer?«

Mutter kam genau in dem Moment ins Zimmer, als sie die hohen Töne übte und dabei mit den Fingern schnipste. Ertappt brach Paula ab.

»Ich verstecke mich nicht, ich übe …«

»Übe mal lieber Wäsche zusammenzulegen.«

»Ich wollte wissen, wie es aussieht, wenn ich singe …« Paula versuchte ihrer Mutter zu erklären, warum sie dazu ins Schlafzimmer gekommen war. Paulas Lehrerin sah nämlich immer ein bisschen dumm aus, wenn sie mit ihnen in der Schule sang, weil sie den Mund so komisch verzog. Aber Conny Froboess sah immer schön aus. Obwohl es tatsächlich nicht so leicht war, gleichzeitig zu lächeln und zu singen und dabei keinen komischen Mund zu machen.

»Ach, habe ich hier etwa ein eitles Mädchen?« Mutter sah sie stirnrunzelnd an. »Conny Froboess? Für was hältst du dich denn eigentlich?« Damit wandte sie sich kopfschüttelnd ab.

Am schlimmsten war die Scham, dabei ertappt zu werden, dass sie etwas sein wollte. Etwas Besonderes sein wollte. Dass sie gedacht hatte, sie könnte sein wie Conny. Und die Erkenntnis, dass sie es anscheinend nicht war und nie sein würde. Sonst hätte ihre Mutter jetzt doch eigentlich überrascht sein müssen, wie schön sie singen konnte, sie hätte sich doch freuen müssen. Wahrscheinlich konnte sie doch nicht so schön singen. Wahrscheinlich nicht.

Als Oma Lisettes roter VW Käfer auf den Hof rollte, rannten die Nachbarskinder alle hinterher und umringten das Auto neugierig. Ein Auto hatte hier so gut wie niemand. Wenn man hier überhaupt in etwas mit Motor investierte, dann war es ein Traktor. Der brachte einen schließlich auch überallhin. Weiter weg, als man mit dem Traktor kam, wollte hier sowieso niemand. Und wenn doch, dann gab es ja den Zug. Lisette stieg aus, und die Kinder starrten sie genauso fasziniert an wie ihr Auto.

Die Großmütter hier sahen alle anders aus als Lisette. Lisette hatte sich ihre kurzen grauen Locken mit einem bunten Tuch aus dem Gesicht gebunden, auf dem sich alle Farben der Welt tummelten. Die Großmütter in Lerchenrod trugen ihr dünnes langes Haar in kleinen Knoten am Hinterkopf festgesteckt. Und wenn sie sich Tücher um den Kopf banden, dann, um ihr Haar vor Staub zu schützen, bei der Ernte oder beim Dreschen. Aber nicht einfach so zum Spaß oder weil ein Tuch schöne Farben hatte. Die Großmütter im Dorf trugen auch keine Hosen wie Lisette. Sie hatten ihre dunklen langen Wollröcke und waren der Meinung, dass Hosen etwas für Männer seien.

Paula rannte hinaus, um ihre Großmutter zu begrüßen.

»Da ist ja mein kleiner Schatz!«, rief Lisette und breitete die Arme aus, damit Paula sich hineinwerfen konnte. Oma Lisette roch immer wunderbar blumig, weil sie Parfüm benutzte, das sie sich hinters Ohr tupfte, ein Tröpfchen jeden Tag. Und manchmal durfte Paula sich auch etwas Parfüm vom Rand des kleinen Fläschchens abtupfen.

Paula liebte es, wenn Lisette zu Besuch kam. Sie fand, dass sie viel zu selten kam. Es war bestimmt schon ein ganzes Jahr her, dass sie das letzte Mal hier gewesen war. Aber sie wusste noch genau, dass es immer wichtig war, ihre Freude etwas zurückzuhalten und nicht zu offen zu zeigen. Denn irgendwie veränderte sich alles, wenn Oma Lisette da war. Sie beide hatten immer viel zu lachen, aber die Erwachsenen stritten sich viel öfter als sonst, und Paula verstand nicht, warum.

Mutter kam ebenfalls auf den Hof, um Lisette beim Auspacken zu helfen. Als sie den großen Korb vom Rücksitz hievte und sah, dass er mit Essen gefüllt war, schüttelte sie den Kopf.

»Als ob wir hier nichts zu essen hätten …«

»Ich wollte dir eine Freude machen und etwas von zu Hause mitbringen. Jetzt lass dich doch erst mal umarmen!«

Lisette ließ die Tasche fallen und nahm ihre Tochter in den

Arm. »Außerdem schaut mich deine Schwiegermutter dann vielleicht nicht ganz so böse an. Ich glaube, sie hat immer Angst, dass ich euch die Speisekammer leer esse.«

»Hat sie nicht. Sie ist gar nicht so schlimm, wie du denkst.«

Paula, Charlotte und Lisette schauten alle gleichzeitig zum Küchenfenster, wo sie dem Blick der anderen Großmutter begegneten, in dem wenig Freude lag. Mutter seufzte laut, nahm den schweren Korb und trug ihn zum Haus.

»Ich hab doch gar nichts gesagt«, sagte Oma Lisette und winkte zum Fenster.

Sofort wuchs der Knoten in Paulas Bauch. Als wäre es falsch, sich zu freuen, und als wäre es besser, auch stiller zu werden und mehr zu schweigen, wie die anderen Erwachsenen. Aber das genaue Gegenteil passierte. Weil Lisette ihr zuhörte, erzählte Paula alles, was ihr nur in den Sinn kam. Sie erzählte von Doro und von Doros Mutter, von der Ziege und von ihrem Lieblingshuhn, dem Duckchen, das immer auf ihren Schoß sprang, wenn sie sich hinsetzte, und so wohlig vor sich hin duckerte. Und dass dieses leise Duckern eines der schönsten Geräusche auf der Welt war. Lisette wurde nie müde, ihr zuzuhören. Sie fragte immer noch weiter nach, wenn andere schon längst gesagt hätten, sie solle jetzt mal den Mund halten.

»Welche Geräusche findest du noch schön?«, wollte sie wissen.

»Wenn Mama ein frisches Brot aus dem Backhaus anschneidet und die Kruste so richtig kracht.«

»Das ist herrlich, das stimmt. Und was noch?«

Sie erzählten sich, wie schön es klang, wenn die Kraniche flogen, und überlegten, was sie sich wohl zuriefen, wenn sie sich da oben am Himmel unterhielten. Und wie schön es war, wenn die Sonntagsglocken läuteten und wenn dann am Ende, nachdem alle Glocken schon verstummt waren, noch ein einzelner kleiner Glockenschlag erklang. Sie überlegten, ob knallende Tannenzapfen im Kaminfeuer oder Grillengesang an Sommerabenden das bessere Geräusch waren, und entschieden sich für die Grillen.

»Oder kennst du das Geräusch, wenn man im Freien frühstückt und das Messer ans Porzellan stößt oder das Löffelchen auf die Untertasse gelegt wird? Das ist auch eines meiner Lieblingsgeräusche«, sagte Lisette.

»Wenn wir draußen essen«, sagte Paula, »dann ist das auf dem Feld, dann klingt das aber anders.«

»Dann kommst du mich bald besuchen. Wir frühstücken im Garten, und dann wirst du hören, wie schön das klingt. Emile mochte das auch sehr. Er hätte sich gefreut über deinen Besuch. Du wärst seine kleine Prinzessin gewesen.«

Dann schwieg sie, und Paula wusste, dass sie jetzt an Emile dachte, der ihre große Liebe gewesen war. Ihren Großvater Emile hätte sie gerne kennengelernt, doch er war ganz früh im Krieg gestorben, so früh, dass noch nicht mal Mutter ihren Vater kennengelernt hatte. Am liebsten hätte Paula sofort ihren Koffer gepackt und wäre mitgefahren. Aber jetzt war Lisette ja gerade erst angekommen, und Paula durfte ihr beim Auspacken helfen.

»Ach, was habe ich denn da?« Oma Lisette zog etwas aus dem Koffer und hielt es hoch. Es waren blaue Hosen. Für Paula. Hosen! Kein Mädchen trug hier Hosen. Hier trug man das ganze Jahr über Röcke

»Weißt du, was der Vorteil von Hosen ist?«, fragte Lisette. »Man kann damit all das machen, was Jungs auch machen. Klettern. Rennen. Fahrradfahren. Und man muss auf nichts aufpassen.«

Paula dachte daran, wie ihr manchmal der Rock hochflog, wenn sie rannte, oder wie alle kicherten, wenn sie einen Purzelbaum machte und der Rock sich selbstständig machte und man ihr Höschen sah. Mit diesen Hosen würde das nicht mehr passieren. Paula zog ihren Rock aus und schlüpfte in die Hose, die Oma Lisette ihr hinhielt. Sie passte genau. Paula machte gleich einen Purzelbaum und strahlte.

»Hosen sind so schick. Die hat hier keiner! Jetzt sehe ich aus wie Conny! Und wie du …«

Lisette lachte. »Es kommt nicht so oft vor, dass Kinder gerne so aussehen wie ihre Großmütter!«

Paula lief hinunter in die Küche, um allen zu zeigen, was Oma Lisette ihr mitgebracht hatte. Sie hüpfte in den Raum und breitete die Arme aus.

»Haben wir jetzt plötzlich einen Jungen, oder was?«, brummte ihr Vater.

»Warum soll das Kind denn Hosen anziehen?«, fragte die andere Großmutter. Und da war es gleich wieder, das Gefühl, etwas falsch zu machen, und die Freude verblasste. Etwas zu mögen, was Lisette mochte, war offenbar nicht richtig.

»Hier hat kein Mädchen Hosen an«, sagte ihre Mutter. »Das Kind muss doch nicht gleich auffallen.«

»Soll jeder gleich sehen, dass ihr was Besseres seid, hm?« Paulas Vater schüttelte den Kopf und ging zum Spülstein, um sich die Hände zu waschen.

»Das hat doch damit nichts zu tun!«, widersprach Lisette. »Die Mädchen tragen jetzt überall Hosen. Nur weil ihr das hier draußen nicht mitbekommt, heißt das nicht, dass es etwas Besonderes ist.«

»Ich glaube nicht, dass *du* beurteilen kannst, was besonders ist und was nicht. Es ist einfach nicht jedem egal, was die anderen denken.« Mutter seufzte und goss den Kaffee auf.

Lisette nickte ernst und ging hinaus in den Hof. Paula hatte schon Angst, dass sie wieder fahren würde, obwohl sie doch gerade erst gekommen war. Sie lief zum Fenster und schaute hinaus, aber zum Glück ging Lisette nur ein paar Schritte über den Hof.

»Deck du mal den Tisch«, wurde Paula vom Fenster weggerufen, und sie warf einen letzten Blick auf Oma Lisette, die mit verschränkten Armen über die Felder schaute. Es sah nicht so aus, als ob sie gleich fahren würde. Paula holte Teller und Tassen für alle aus dem Küchenbuffet.

»Sollen wir nicht das gute Geschirr nehmen?«, fragte die Lerchenroder Großmutter, als Mutter mit der Marmelade aus der Speisekammer kam.

»Es ist nur meine Mutter und kein Staatsbesuch«, seufzte sie und stellte die Butter auf den Tisch. »Jetzt ist sie gerade mal eine halbe Stunde hier …«

Mutter verstummte, umarmte das Brot vor der Brust und schnitt es mit einer Vehemenz, dass Paula Angst bekam und mit großen Augen verfolgte, wie das große Brotmesser sich gefährlich nah am Körper ihrer Mutter hin- und herbewegte.

»Lauf raus und hol sie wieder rein«, sagte sie, als der Kaffee fertig war.

»Wenn du dich nicht wohlfühlst in den Hosen, dann ziehst du sie einfach aus«, sagte Oma Lisette am Kaffeetisch zu Paula. »Du musst die Hosen ja nicht anziehen.«

»Ich will aber«, erwiderte Paula, und alle schwiegen. »Conny hat auch Hosen.«

»Und wenn diese Conny von einer Brücke springt, machst du das dann auch?«, fragte ihr Vater, und Paula senkte den Blick. Es war wieder alles falsch. Alles, was sie mochte, war falsch.

»Du kannst die Hosen hier zu Hause anziehen, und in die Schule gehst du im Rock, wie alle anderen auch«, sagte ihre Mutter in die Stille hinein, die sich jetzt über die Küche gesenkt hatte wie ein Nebel. Keine schöne Stille war das, nicht so wie in dem schönen Lied mit der Abendstille überall, das Paula nicht laut singen durfte, weil es ihre Mutter traurig machte. Eine dumpfe, trübe Stille war es, von der sie sich wünschte, dass sie schnell verging.

»Dabei sind sie so praktisch«, seufzte Lisette, schwieg dann aber ebenfalls.

Lisette sah aus, als käme sie von einem anderen Stern, als wäre sie von irgendwo ganz weit weg bei ihnen gelandet. Dabei war sie mit ihrem Auto nur zwei oder drei Stunden zu ihnen gefahren. Es war also gar nicht so weit. Trotzdem fühlte es sich für Paula so an, als ob Lisette aus einer anderen Welt kam. Sie lachte und redete mehr als alle hier, und Paula ertappte sich bei dem Wunsch, die Großmütter austauschen zu können. Wie herrlich das wäre, wenn Oma Lisette hier mit ihnen zusammenleben würde, und die Lerchenroder Großmutter nur ein- oder zweimal im Jahr eine Weile zu Besuch käme. Oder wenn sie gleich alle dort leben würden, wo Oma Lisette lebte. Aber sie schämte sich schnell für den Gedanken. Sie hatte die Großmutter ja auch lieb. Und sie wusste, dass die Lerchenroder Großmutter ihre Mutter aufgenommen hatte, als sie damals mit nichts hier vor der Tür gestanden hatte. Erst später fragte sie sich, ob ihre Mutter eigentlich froh wäre, wenn sie ihre eigene Mutter in der Nähe hätte, statt ihrer Schwiegermutter. Sie war sich nicht so sicher, wie die Antwort ausfallen würde.

»Jetzt gehören wir halt hierher«, sagte Mutter, wenn Paula sie danach fragte, warum sie Oma Lisette nie besuchten, und sie sagte es in diesem Ton, den Paula gut kannte. Und der bedeutete: »Und jetzt will ich nichts mehr dazu sagen.«

Mit den Hosen fing es an, aber es ging jeden Tag weiter. Den Wein von Onkel Henri wollte Mutter nicht trinken, er bekäme ihr nicht gut, und als Paula und Lisette einen großen bunten

Wiesenstrauß pflückten und in einem Krug auf den Küchentisch stellten, verließ ihre Mutter türenschlagend die Küche, als hätten sie etwas Unrechtes gemacht. Als sie später zum Abendessen wieder in die Küche kamen, war der Krug mit den Blumen verschwunden. Er stand jetzt in der Diele. Als Mutter am Johannistag den letzten Rhabarber im Garten erntete, fragte Lisette, ob es einen Walnussbaum in der Nähe gäbe, dann könnte man doch jetzt Walnusswein ansetzen.

»Weißt du noch?«, fragte sie. »Das haben wir immer an Johanni gemacht, wenn wir Schnaps und Zucker bekommen konnten.«

»Grüne Walnüsse …«, tönte es abfällig aus dem Nachbarbeet, wo die andere Großmutter Unkraut zupfte, und Mutters Gesicht klappte zu wie ein Fenster.

»Ich finde, so ein Wein gehört in jedes Haus«, rief Lisette zurück. »Du musst ihn ja nicht trinken, wenn er dir nicht schmeckt. Meiner Tochter und mir bekommt er immer sehr gut!«

»Mutter, bitte …«

Lisette hob die Arme gen Himmel und ließ sie entmutigt wieder fallen. Später machten Paula und Lisette einen ihrer langen Spaziergänge, und Paula konnte die ganze Zeit über singen. Ein Lied nach dem anderen, und niemand sagte, dass es jetzt aber mal reichte. Im Gegenteil.

»Du singst so schön«, sagte Oma Lisette, »ich freue mich immer, wenn ich dich singen höre. Du könntest Sängerin werden.«

»Wie kann man denn Sängerin werden?«

Hier in Lerchenrod wurde man Bäuerin. Man ging nach der Schule nach Marburg auf die Hauswirtschafts- oder Landwirtschaftsschule, oder man wurde Verkäuferin, oder man arbeitete in der Molkerei. Die Schlauen wurden vielleicht Sekretärin in der Stadt, Kindergärtnerin oder Krankenschwester, und die ganz Schlauen gingen studieren und wurden Lehrerin. Das war dann schon etwas ziemlich Besonderes. Aber Sängerin? Dass das überhaupt ein richtiger Beruf war, war Paula neu.

»Deine Conny ist doch auch Sängerin!«

»Es ist nicht meine Conny …«, sagte Paula verlegen.

»Aber du magst sie doch! Und es ist gut, wenn man ein Vorbild hat.«

Das hatte noch niemand zu ihr gesagt, dass es gut war, Conny zu mögen. Bis jetzt war das immer falsch gewesen. Sie sah Lisette fragend an.

»Aber ich wusste nicht, dass Singen ein Beruf ist. Ich dachte, sie singt halt …«

»Natürlich ist das ein Beruf. Wenn man eine richtig gute Sängerin ist, dann kann man damit Geld verdienen. Man muss nur wirklich sehr gut sein.«

»Und wie wird man sehr gut?«

»Wahrscheinlich muss man sehr viel üben und die Stimme trainieren.«

Das war kein Problem. Paula würde am liebsten noch viel mehr singen, den ganzen Tag singen üben, das war doch das Schönste! Aber sie musste ja immer so bald aufhören, weil irgendjemand ihr Geträller nicht mehr hören konnte.

»Man kann Gesangsunterricht nehmen«, fuhr Lisette fort. »Aber vor allem braucht man eine wunderschöne, besondere Stimme.«

»Ach so.«

Paulas Freude sank ein wenig, als sie den letzten Satz hörte. Alles andere würde sich vielleicht irgendwann, irgendwie bewerkstelligen lassen, auch wenn sie keine Ahnung hatte, wie. Von Gesangsunterricht hatte sie zum Beispiel noch nie gehört. In der Schule hatten sie Rechenunterricht oder Schönschreiben oder Rechtschreibung. Manchmal sangen sie Lieder zusammen, aber das war wahrscheinlich nicht die Art von Gesangsunterricht, die einen irgendwann zur Sängerin machte. Ob es Schulen gab, in denen man singen lernen konnte? Aber wenn man eine wunderschöne, besondere Stimme haben musste, dann nutzte das ja alles nichts. Ihre Stimme war ja Geträller. Das würde dann also nichts werden. Seufzend kickte sie Steine über den Weg und schwieg.

Und dann standen sie plötzlich vor einem Walnussbaum.

»Na bitte«, sagte Lisette. »Jetzt nehmen wir ein paar grüne Nüsse mit und setzen den Wein einfach an. In eurem Dorfladen wird es wohl einen Obstbrand geben, den man nehmen kann.«

»Aber die sind doch erst im Herbst reif«, sagte Paula.

»Das ist ja das Besondere«, erwiderte Lisette. »In den unreifen Nüssen stecken sehr viele gesunde Sachen und ganz besondere Aromen. Der Likör wird schwarz wie die Nacht und tut dem Magen gut. Dann wissen wir auch, wohin mit dem Wein von deinem Onkel Henri, den deine Mama nicht trinken will.«

»Warum will sie ihn nicht trinken?«

»Ach, meine Kleine, das sind so dumme alte Geschichten, die vergessen wir lieber.«

Zu Hause hackten sie die grünen Nüsse, die innen noch ganz weiß und weich waren, und gaben sie mit duftenden Gewürzen und viel Kandiszucker in zwei große Einmachgläser. Paula durfte den Apfelbrand und die drei Flaschen Wein, die Lisette mitgebracht hatte, dazugießen, und dann stellten sie die Gläser ans Fenster, das nach Süden zeigte. Als die anderen in die Küche kamen, deutete Lisette auf die Gläser.

»Du weißt ja, immer schön umrühren.«

»Ich weiß«, sagte Mutter.

»Und wie lange steht das jetzt hier herum?«, fragte die Lerchenroder Großmutter und betrachtete die Gläser skeptisch.

»Bis Maria Himmelfahrt«, sagten Mutter und Oma Lisette

wie aus einem Mund und mussten lachen. Die Großmutter verließ brummelnd die Küche. Sofort hörte Mutter auf zu lachen und lief ihr nach. Auch Lisettes Lachen verschwand aus ihrem Gesicht, und sie schaute traurig auf die geöffnete Tür, durch die Mutter verschwunden war, um die andere Großmutter zu beruhigen. Sie murmelte etwas, das klang wie »so schwer«. Und dann fiel ihr Blick auf Paula, und sie wischte die Sorgen aus ihrem Gesicht.

»Komm«, sagte sie, »wir nähen dir mal schöne bunte Haarbänder für deine Zöpfe. Vielleicht wird das hier ja besser gelitten, als Walnusswein anzusetzen.«

Sie holte einen Beutel mit Stoffresten, die sie mitgebracht hatte, und Paula durfte sich aussuchen, was sie wollte. Als Paula sich nicht entscheiden konnte zwischen rotem Samt oder dem hellblauen Taft oder doch lieber diesem leuchtenden Orange, lächelte Lisette.

»Du musst dich nicht entscheiden. Wir können die Stoffe auch bunt gemischt zusammennähen.«

»Geht das denn?«, fragte Paula überrascht.

»Natürlich«, sagte Lisette. »Alles geht. Weißt du, mein kleiner Schatz, wenn man es sich vorstellen kann, dann kann man es auch tun. Das kannst du dir mal merken.«

Paula strich zögernd über die Stoffstücke, sie hatte Angst, dass sie einen Fehler machen würde. Oma Lisette würde wieder fahren, und dann wäre sie hier alleine mit den bunten Haarbändern. So viele bunte Stoffe auf einmal, das würde Mutter bestimmt nicht gefallen. Das wäre zu nimmersatt. Da war sie ziemlich sicher.

»Nicht dass du das jetzt nachmachen solltest«, sagte Lisette, »aber ich habe als junges Mädchen mal meine Kleider zerschnitten, weil ich Stoff gebraucht habe, um mir ein Kleid zu nähen, wie ich es gerne wollte.«

»Oje! Bist du ausgeschimpft worden?«, fragte Paula und stellte sich vor, was ihre Mutter machen würde, wenn sie das täte.

»Allerdings. Ich gebe auch zu, es ist nichts richtig Schönes draus geworden. Ein bunt zusammengewürfeltes Flickenkleid war das, aber ich fand es damals wunderschön. Weißt du, es gelingt nicht immer, alles zu verwirklichen, was man sich vorstellt«, sagte sie, während sie die Stoffe probeweise aneinanderhielt, um die schönste Kombination zu finden. »Aber auch wenn etwas nicht klappt, kann man immer noch etwas dabei lernen. Man sollte also alles unbedingt versuchen.«

Paula nickte. Das würde sie sich merken. »Und man kann solch bunte Haarschleifen haben?«

»Warum sollten besonders bunte Haarschleifen nicht auch besonders schön sein?«

»Mama sagt immer, ich muss lernen, mich zu begnügen«, sagte Paula, und Lisette nickte ernst. Sie schwieg eine Weile, während sie Stoffstückchen zurechtschnitt.

»Das ist vielleicht für manche Menschen richtig. Aber es ist auf keinen Fall für alle richtig. Man muss herausfinden, zu welchen Menschen man gehört. Und ich verwette den Inhalt meines ganzen Stoffschranks, du gehörst nicht zu denen, die sich begnügen.«

»Ich weiß. Ich bin ein Fräulein Nimmersatt«, sagte Paula betrübt.

»Da haben wir etwas gemeinsam, deine alte Oma Lisette ist auch immer ein Fräulein Nimmersatt gewesen. Und soll ich dir mal was verraten?«

Paula nickte.

»Ohne die ganzen Fräulein Nimmersatts wäre die Welt sehr langweilig. Also: Bleib um Himmels willen so, wie du bist, versprichst du mir das?«

Paula nickte unsicher, und Lisette zog sie zu sich und legte ihre Hände auf Paulas Bauch.

»Das, was du da fühlst, das ist immer richtig. Egal, was die anderen sagen. Ob sie schweigen oder schimpfen oder dich nicht verstehen, du kannst trotzdem alles machen, wenn es für dich ganz und gar richtig ist.«

»Wirklich?«, fragte Paula hoffnungsvoll.

»Wirklich«, bestätigte Lisette und begann, die bunten Stoffstückchen mit der Nadel zusammenzunähen. »Das kannst du mir glauben, ich bin schließlich die Älteste hier, ich weiß das. Nicht alles, was man will, ist auch richtig. Aber das lernt man dann mit der Zeit zu unterscheiden. Fehler gehören halt dazu.«

Paula überlegte, wie sie das Gespräch noch einmal aufs Singen lenken könnte, ohne dass Oma Lisette dachte, sie würde sich in den Vordergrund spielen wollen. Sie wusste ja, dass es nicht gut war, weil dann jeder dachte, man hielte sich für etwas Besonderes. Dass es besser war, nicht aufzufallen. Die Haarbänder, das wusste sie genau, würden Mutter ganz und gar nicht gefallen. Die waren nämlich wirklich auffällig.

»Und wie findet man wohl heraus, ob … man eine besondere Stimme hat?«

Lisette ließ ihre Hände in den Schoß sinken und sah Paula über ihre Brille hinweg aus ihren grünen Augen an.

»Wenn man so singt wie du zum Beispiel.«

Paula fragte sich, ob sie das glauben sollte. Sie machte so vieles nicht richtig.

»Jetzt singst du erst einmal so oft du kannst, und wenn du älter bist und das immer noch ernsthaft willst, dann kommst du zu mir, und dann sehen wir weiter, Fräulein Nimmersatt!«

Abends legte Paula ihre neuen Haarschleifen auf ihren Nachttisch und strich sie sorgfältig glatt, bevor sie sich ins Bett legte. Es waren auf jeden Fall die schönsten Haarschleifen, die sie je bekommen hatte. Und es war egal, dass die andere Oma den Kopf schüttelte und dass Mama seufzte über die bunten Bänder, die sie natürlich zu auffällig fand. In ihrem Bauch hüpfte ein kleines Glück auf und ab. Und das war es doch, was zählte, das hatte Oma Lisette gesagt. Wenn es in ihrem Bauch hüpfte, dann war alles richtig.

»Gibt es hier eigentlich einen Kinderchor?«, fragte Oma Lisette beim Frühstück, und alle schüttelten den Kopf. Davon hatten sie noch nichts gehört. Warum sie das wissen wolle, fragte Charlotte. Paula wäre am liebsten sofort aufgestanden, weil sie genau wusste, dass das jetzt nicht gut ausgehen würde. Erst die bunten Haarbänder. Jetzt auch noch das Singen.

»Ist euch denn noch nicht aufgefallen, wie schön euer Mädchen singt? Das ist ein Talent, das solltet ihr unterstützen.«

»Sollten wir das?«, fragte der Vater, und Paula hätte sich am liebsten in Luft aufgelöst. »Sie kann den Kühen vorsingen, und wenn die Milch gleich zu Sahne wird, dann hat sie Talent. Oder wenn die Hühner zwei Eier am Tag legen!«

Er lachte, und Mutter seufzte.

»Wer morgens singt, den frisst abends die Katz«, brummte die Lerchenroder Großmutter, und Paula flüsterte: »Wo man singt, da lass dich ruhig nieder, böse Menschen kennen keine Lieder.«

Lisette konnte sich das Lachen nicht verkneifen und schaute amüsiert von einem zum anderen. »Da hört ihr es!«

»Mutter, bitte …« Charlotte schaute ihre Mutter flehend an, aber Oma Lisette schüttelte den Kopf.

»Das hat sie doch von dir! Ich bin völlig unmusikalisch, aber weißt du noch, wie gerne du Klavier gelernt hättest? Und ich wusste es gar nicht. Und erst bei deiner Großmutter hast du endlich Klavier spielen können.«

»Kannst du Klavier spielen?«, rief Paula erstaunt.

»Hör doch auf, dem Kind solche Flausen in den Kopf zu setzen!« Mutter wurde richtig laut, als sie das sagte, und Lisette schloss kurz die Augen.

»Du hast recht«, sagte sie. »Ich höre auf damit. Flausen sind hier nicht angebracht. Genauso wenig wie Hosen, Blumensträuße, Walnusswein …«

Sie brach ab und trank ihren Kaffee aus. Entschlossen stellte sie die Tasse ab und sagte, sie würde früher fahren, sie müsse nach ihrem Garten schauen. Weil man den im Sommer nicht so lange alleine lassen könne.

Paula war traurig. Es gab nur Streit. Alles, was schön war, verursachte Streit. Aber Lisette zwinkerte ihr zu, und Paula nahm sich vor, noch viel mehr zu singen, damit sie bei Oma Lisettes nächstem Besuch viele neue Lieder würde vorsingen können.

1958

Als Paula in die Dorfschänke kam, um für ihren Vater eine Flasche Bier zu kaufen, ging ihr Blick sofort an der Theke vorbei zum Fernseher, der hinten rechts stand. Er war ausgeschaltet. Wie schade. Natürlich hatte sie gehofft, dass sie etwas sehen könnte. Vielleicht ein kleines Stückchen aus einem Film oder mit viel Glück etwas mit Musik, selbst die Nachrichten waren ja manchmal spannend, wenn sie sie verstand. Natürlich war das auch der Grund, warum sie angeboten hatte, dem Vater das Bier bei Schmedts zu holen. Wahrscheinlich wäre sie sowieso geschickt worden, aber man war ein braves Mädchen, wenn man sich gerne schicken ließ, und da es bei ihr oft genug nicht klappte mit dem Bravsein, war es gut, ein bisschen vorzusorgen.

Summend trat sie an die Theke, um das Bier für ihren Vater zu bestellen.

»Na, hier is jo ne ächte Sängerin«, rief der Schmedts Heinrich. »Lass ma hör'n, Mädche, was du sänge kannst!«

Erst verstummte Paula vor Schreck. Sie hatte gar nicht bemerkt, dass sie gesummt hatte. Das war wahrscheinlich, weil es Sommer war und sie gerne mit Doro zum Fluss geradelt wäre, um sich abzukühlen. Wenn schon kein Wannsee, dann wenigstens die Ohm. Und wenn schon keine Ohm, weil es zu spät war, dann wenigstens ein Lied vom Wannsee. Sie wusste, dass es sich nicht gehörte, in der Schänke zu singen. Aber dann begann Schmedts Liesel, die Tochter des Wirts, das Lied auch zu singen, und da konnte Paula gar nichts anders, als einfach laut mitzusingen. *Pack die Badehose ein, nimm dein kleines Schwesterlein*, und dann dauerte es keine Minute, da hatte sie jemand auf einen Stuhl gehoben. Da stand sie nun und sang, und alle drehten sich zu ihr um und lächelten, und sie hörte selbst, dass das Lied einfach aus ihr herausströmte ...*und dann nüscht wie raus zum Wannsee!*

In lauter fröhliche Gesichter schaute sie, hoch hinauf flog ihre Stimme, und Paula hatte das Gefühl mitzufliegen. Irgendetwas in ihrer Brust flatterte frei und kühn heraus, und sie konnte selbst gar nicht genug bekommen von diesen wunderbaren Tönen, die so mühelos aus ihr herausflossen und alle lächeln ließen. Es war ein Moment voller Gold. Sie sang nun schon das dritte oder vierte Lied, und alle lauschten, alle. *Wer kennt der Tage Last, die du getragen hast, wer kennt des Chicos Not und Leid?* Sie sang, und das Lächeln in manchen Gesichtern veränderte sich, wurde wehmütig und stiller. Und sie spürte die Sehnsucht und die Traurigkeit dieses Liedes plötzlich in ihrem eigenen Herzen. *Spiel noch einmal für mich von dem Wunder, das doch nie für dich geschieht.* Dieses Wunder sehnte sie selbst so sehr herbei, und jeder Einzelne, der ihr zuhörte, schien es auch herbeizusehnen, und sie fühlte sich allen verbunden in diesem Augenblick und so glücklich, als eine Hand sie unsanft packte und vom Stuhl zerrte.

Mutter war gekommen, um zu schauen, wo sie blieb. Der Vater hatte Durst, und das Bier hatte sie ganz und gar vergessen. Mutter zog sie nach draußen, obwohl alle applaudierten und Mutter zuriefen, dass sie ja ein Goldkehlchen zu Hause hätten. Paulas Hand war fest eingeklemmt in der Hand ihrer Mutter, die kein Wort sprach und so schnell lief, dass Paula fast hinfiel.

»Das war das letzte Mal, hast du das verstanden? Was glaubst du eigentlich, wer du bist? Sich so in den Vordergrund zu spielen wie ein Flittchen! Mach das nie wieder, hörst du? Nie wieder!«

Erst als sie bei sich zu Hause in der Küche standen, ließ sie sie los, und Paula stolperte noch zwei Schritte, bevor sie stehenblieb.

»So. Und jetzt erklär deinem Vater mal, warum er kein Bier bekommt heute Abend.«

Paula wusste genau, dass es keinen Sinn hatte, davon zu erzählen, wie schön es war zu singen, wie hoch ihre Stimme geflogen war, wie sie genau gespürt hatte, dass die Lieder alle froh gemacht hatten. Es hatte keinen Sinn, weil es darauf nicht ankam. Sie bekam eine Backpfeife, sie war eine bittere Enttäuschung für ihre Eltern, so eine bittere Enttäuschung für den Vater, und wurde ohne Abendessen ins Zimmer geschickt. Damit sie ein für allemal wisse, dass es sich nicht gehörte, sich so zur Schau zu stellen.

Aber die Wut, die unbändige Wut darüber, dass dieser schöne

goldene Moment kaputt gemacht worden war, die kochte in ihr. Paula riss das Fenster auf und begann, am offenen Fenster voller Inbrunst und so laut sie konnte alle Lieder zu singen, die sie kannte, eins nach dem anderen. *Wie ein Märchen fing es an, das die Zauberfee ersann … ooooooohhhhh bleiiiiiib bei mir, Diana! … Lass mich bitte nie versäumen, was das Leben Schönes bringt! … Ein bisschen mehr, ein bisschen mehr, ein bisschen mehr könntest Du mich schon lieben, das ist nicht schwer, das ist nicht schwer …* Sie schrie alles aus sich heraus. Schön war das nicht, das hörte sie selbst, das war nicht das Goldkehlchen, das war kein erhabener Moment wie eben noch in der Dorfschänke, das war Wut, dunkelrote Wut, aber sie musste sie hinausschreien … *ein bisschen mehr … ein bisschen mehr* …. Sie brüllte die Lieder allen entgegen, die in den Hof liefen, um sie unter Androhung von Strafen zum Schweigen zu bringen, weil sie ihr Zimmer in weiser Voraussicht von innen abgeschlossen hatte. Und sie hörte erst auf, als sie nicht mehr konnte, weil ihr Hals brannte, weil ihre Stimme versagte, weil ihr Kopf pochte. Erschöpft weinte sie sich in den Schlaf. Weinte, weil sie nicht das Mädchen war, das ihr Vater gerne hätte, das brav mit ihm vorne auf dem Wagen saß und vom Hölzchen und der Kornhohl und dem Grund an der Au erzählte, die sie einmal erben und erhalten würde, damit sich alle Schmerzen und all der Hunger lohnten, die der Vater im Krieg ausgestanden hatte. Für sie ausgestanden hatte. Und was machte sie? Sie holte dem Vater kein Bier. Noch nicht einmal das konnte sie. Stattdessen stellte sie sich auf einen Stuhl und war eitel.

Die Welt dreht sich nicht um dich, mein Frollein.

2006

»Was ist das denn? Geht das Mädchen hier mit Gänsen spazieren?« Ich hielt Paula ein Foto hin, auf dem ein Mädchen in einer karierten Schürze von Gänsen umgeben war.

»Das war unsere Gänseliesel, ich komme nicht mehr drauf, wie die hieß. Die hat jeden Tag im Dorf die Gänse eingesammelt und ist dann mit ihnen auf eine Wiese gegangen. Da haben die Gänse gegrast, und abends hat sie sie wieder zurückgebracht.«

»Wie im Märchen ... es sieht so idyllisch aus. Die karierte Schürze, die Zöpfe, die weißen Gänse, die Blumen hinterm Zaun ...«

»Ja, sehr idyllisch«, sagte Paula, und ihre Stimme klang ein wenig bitter. »In diesen idyllischen Märchen gehen Mädchen ja auch nicht in die Schule. Da weiden sie halt Gänse. Ich weiß noch nicht mal, ob sie nicht in die Schule durfte oder ob sie nicht konnte. Die Gänse haben sie gekannt und sind einfach mit ihr mitgelaufen, wenn sie vorbeikam. Unsere Gänse hat sie auch manchmal mitgenommen.«

»Ich wusste gar nicht, dass ihr auch Gänse hattet. Das war bestimmt schön. Schade, dass es in Lerchenrod nicht mehr viele Tiere gab, als ich klein war.« Ich blätterte durch Paulas Kindheitsidyll. »Ich hab Lönneberga und Bullerbü im Fernsehen gesehen und wäre am liebsten immer in den Fernseher gekrochen.«

Paula lachte, aber es klang nicht fröhlich. »Und erinnerst du dich auch an die Szenen, wenn Michel in den Schuppen eingesperrt wurde? Oder sich selbst in den Schuppen einsperrte, um den Schlägen seines wütenden Vaters zu entkommen? Das gehört nämlich auch dazu. Zu der ach so idyllischen Kindheit. Hab ich dir lieber erspart.«

»Du wurdest doch nicht geschlagen?«, sagte ich erstaunt.

Ich konnte mir überhaupt nicht vorstellen, dass meine liebe Oma ein kleines Mädchen mit blonden Zöpfen schlagen könnte, das hier mit einem Huhn im Arm lächelnd im Garten hockte. Paula gab darauf keine direkte Antwort.

»Na ja, sagen wir mal so: Gewaltfreie Erziehung hatte nicht die höchste Priorität … ich weiß genau, warum ich immer wegwollte.«

Und ich wollte genau dahin. Was immer auch passierte, wohin es Paula und mich auch verschlug, Oma Charlotte in Lerchenrod war immer für mich da. Sie hatte immer Zeit für mich, saß immer mit mir am Küchentisch und schälte Kartoffeln, während sie mir zuhörte, wenn ich ihr erzählte, was mich bewegte. Mein Bett war immer bezogen mit meiner hellblauen Lieblingsbettwäsche, auf der eingewebte Rosen blühten. Im Licht schimmerten sie dunkler oder heller auf dem glattgemangelten Stoff, weil bei Oma nie ungemangelte Bettwäsche auf die Betten kam. Als Kind hatte ich es immer geliebt, ihr beim Mangeln zu helfen, und fand es wunderbar mitzuerleben, wie die Mangel zerknitterte Wäsche in glattgebügelte, schimmernde Stücke verwandelte. Wenn ich ehrlich war, fand ich diesen Vorgang auch jetzt noch faszinierend. Oma hatte oft einen ganzen Korb voll mit Wäsche herumstehen, aber nicht mehr genug Kraft in den Armen, um lange an ihrer kleinen Hausmangel im Wirtschaftsraum zu sitzen. Es war sowieso bewundernswert, dass sie mit ihren fast neunzig Jahren immer noch alleine zurechtkam und völlig selbstständig auf dem Hof lebte. In diesem großen leeren Haus. Ich würde dort alleine vor Angst sterben, vor allem, weil das Haus nie still war. Immer knackte irgendeine Diele, ächzte ein Balken, seufzte das Dach. Und dazu kam das Trippeln und Fiepsen irgendwelcher Tierchen, die im Gebälk wohnten.

Ich fuhr oft zu meiner Großmutter. Nicht nur, um ihr die Bettwäsche zu mangeln. Es gab immer viel zu tun. Lemmers von nebenan, die immer noch Lemmers genannt wurden, obwohl die Familie seit vielen Jahren Krug hieß, halfen ihr viel im Alltag. Doro, ihre Kinder und Enkel waren immer zur Stelle. Aber ich wusste, dass es ihr am liebsten war, wenn ich ihr half. Paula hielt es kaum aus auf dem Hof, und wenn wir zu dritt da waren, war es immer schwierig.

Meist wurde viel geschwiegen. Es war nie das gemütliche Schweigen, das oft zwischen mir und Oma herrschte, wenn ich alleine da war. Es war ein dickes, nebliges Schweigen, das einem die Luft nahm wie ein dichter Smog. Sosehr ich mich oft darauf gefreut hatte, mit meiner Mutter zu meiner Oma zu fahren, oder wie sehr ich es mir auch jetzt oft noch wünschte, wir könnten es zu dritt einfach schön haben, es gelang selten.

Meine Güte, wir waren nur zu dritt. Eine kleine Familie, drei alleinstehende Frauen, und dann hielten wir es noch nicht einmal ein Wochenende miteinander aus? Das war eigentlich kaum zu fassen. Man sollte meinen, dass eine Familie, die aus nur drei Menschen besteht, näher zusammenrückt. Aber wir verstanden uns immer nur paarweise, Oma und ich oder Paula und ich. Und Paula und Oma? Das kam selten vor.

»Ich bin gerne in Lerchenrod.«

»Ich weiß«, sagte Paula und schaute mich mit diesem mitleidigen Blick an, den ich nicht ausstehen konnte.

»Du könntest ruhig mal froh und dankbar sein, dass ich mich um Oma kümmere. Das wäre eigentlich *dein* Job, und wenn du mal alt bist, dann mache ich das Ganze wahrscheinlich noch mal. Also, schau mich nicht so an, als wäre ich ein armes bedauernswertes …«

Sie runzelte die Stirn.

»Was ist denn in dich gefahren?«

»Das ist so typisch! Wenn ich dich nur *einmal* kritisiere, dann ist immer gleich etwas *in mich gefahren*! Du könntest mir auch einfach mal zuhören.«

»Ich höre dir doch zu! Wir unterhalten uns doch!«

»Ja. Toll.«

Sie seufzte schwer. »Es tut mir leid, dass ich deine hohen Erwartungen an ein idyllisches Familienleben nicht erfüllen kann, und das meine ich richtig ernst, es tut mir wirklich, wirklich leid, aber ...«

»Was ist denn bitte hoch an meinen Erwartungen? Dass wir ab und zu zusammen Oma besuchen? Dass wir uns beide um sie kümmern? Das ist doch wohl normal. Es gibt nun mal nur uns drei in der Familie. Wenn es wenigstens noch den anderen Zweig gäbe, wie bei anderen Menschen, aber nein ...«

»Was für einen anderen Zweig denn?«

»Den Vaterzweig.«

»Ach, jetzt kommt das wieder.«

Ich stand kopfschüttelnd auf.

»Komm, setz dich.«

Ich blieb stehen.

»Ach, Maya, wenn es sich verlogen anfühlt, einen auf Harmonie zu machen, dann ist es doch besser, man lässt es, oder?«

»Stimmt«, sagte ich. »Da hast du völlig recht!« Und damit verließ ich türenschlagend die Wohnung.

1960

Paula hatte einen schrecklichen Tag in der Schule erlebt und wusste nicht, ob sie zu Hause davon erzählen sollte. Selbst auf dem Schulweg hatten Doro und sie darüber geschwiegen. Wahrscheinlich war es sowieso am besten, nichts zu sagen. Sie hatte ja heute schon genug gesagt, in der Klasse. Und alles, was danach passiert war, war schlimm gewesen.

Stumm saß Paula am Küchentisch und bekam keinen Bissen hinunter. Sie konnte noch nicht einmal den Kartoffelbrei mit der goldenen zerlaufenen Butter essen, den sie so liebte.

Niemand schien es zu bemerken. Deshalb fragte auch niemand nach. Der Ärger und die Wut rumorten in Paula. Sie wollte davon erzählen, was heute in der Schule passiert war. Wie schrecklich der Tag gewesen war, wie ungerecht alles war. Auf dem Heimweg von der Schule hatte sie noch nicht einmal mit Doro darüber gesprochen. Schweigend waren sie nebeneinanderher gelaufen. Schweigend saß sie nun am Küchentisch und starrte in den schönen Kartoffelbrei. Man musste alleine klarkommen können. Das wusste Paula, und sie versuchte es, wie immer. Aber heute war es nicht wie immer, denn Oma Lisette war zu Besuch und fragte nach, was denn los sei.

»Hast du etwa geweint?«

»Es wird einen Grund haben«, sagte Mutter und aß schweigend weiter.

»Willst du nicht wissen, warum deine Tochter geweint hat?«

»Wahrscheinlich hat sie etwas ausgefressen und ist dafür bestraft worden.«

»Ist das denn so?«

Paula rutschte auf ihrem Stuhl hin und her. Sie war bestraft worden, das stimmte, aber sie fand nicht, dass sie etwas ausgefressen hatte. Sie nicht. Aber der dicke Willi. Dieser Blödmann hatte schlimme Wörter auf die Tafel geschmiert, um anzugeben, wie mutig er war. Magda hatte sie schnell wegwischen wollen, bevor die Lehrerin in das Klassenzimmer kam und das sah. Da hatte er sich über sie lustig gemacht, weil sie keinen Schneid hatte. Und dann war Fräulein Färber plötzlich hereingekommen, gerade als Magda ganz allein vor der Tafel gestanden hatte und den Schwamm suchte. Es sah so aus, als wäre sie der Schmierfink gewesen, auf frischer Tat ertappt. Dabei hätte das Fräulein wissen müssen, dass Magda so etwas niemals tun würde. Magda war ein sehr liebes Mädchen. Magda hatte dann die Hände aufs Pult legen müssen, und die Lehrerin hatte draufgeschlagen.

»Obwohl Magda unschuldig war! Und sie hat es auch gesagt, dass sie es nicht war! Aber die alte Hexe hat einfach draufgehauen. Mit dem Stock. Und niemand hat etwas gesagt!«

»Und der Willi hatte wohl nicht den Schneid?«, fragte Lisette.

»Dieser Feigling«, fauchte Paula und zog die Nase hoch, weil ihr wegen dieser bodenlosen Ungerechtigkeit schon wieder wütende Tränen in die Augen schossen. »Der ist so dick, wie er feig ist! Und ein Großmaul dazu!«

»Und dann?« Lisette sah sie fragend an.

»Hab ich der Magda geholfen.«

Paula hatte das nicht aushalten können, war aufgesprungen und hatte der Lehrerin in den Stock gefasst, hatte sie angeschrien, dass das nicht richtig sei, dass Magda keine Schuld habe. Sie hatte versucht, dem Fräulein den Stock wegzureißen, was zwar dazu geführt hatte, dass sie von Magda abließ, aber auch dazu, dass sie selbst Stockschläge bekommen hatte.

»Aber die waren nicht so schlimm. Sie hat einfach in meine Richtung geschlagen. Die waren nicht auf die Hände …«, schluchzte Paula, denn jetzt konnte sie die Tränen nicht mehr zurückhalten. »Nicht auf die Knöchel. Die haben mir nicht wehgetan. Überhaupt nicht.«

»Misch dich nicht ein«, sagte ihr Vater und sah sie kurz an. »Das ist immer am besten, wenn man sich nicht einmischt.«

Dann schwieg er und kaute seinen Bissen nicht vierzig Mal, nein, er kaute ihn unendlich Mal, und Paula musste wegschauen, weil sie es nicht ertragen konnte, ihm dabei zuzusehen. Sie überlegte, ob der dicke Willi jetzt wohl auch seine Bissen kaute oder Magda oder die Färber, die alte Hexe, ob alle aus der Klasse ihre Bissen beim Mittagessen endlos kauten und nur sie überhaupt nichts runterbekam?

»Alles, was man tut, hat Folgen«, sagte ihre Mutter leise. »Man muss sich vorher überlegen, ob man die Folgen aushält. Der Willi, die Magda, Fräulein Färber. Und du auch.«

»Das war so unfair.« Paula schluchzte.

»Und du hast dich richtig verhalten«, sagte Lisette. »Du warst die Einzige, die es richtig gemacht hat.« Sie sah ihre Tochter unverwandt an. »Oder? Da gibst du mir doch recht? Diese Lehrerin ist ein Unmensch!«

Mutter schwieg und schaute aus dem Fenster. Vater hatte seinen Bissen jetzt endlich runtergeschluckt. »Die gibt es überall«, sagte er. »Am besten, man bietet ihnen keine Angriffsfläche.«

»Dass diese Sorte immer noch auf Kinder losgelassen wird, ich kann es nicht fassen! Die müssen doch irgendwann mal alle verschwunden sein.« Lisettes Augen funkelten vor Wut. »Die gehört entlassen! Suspendiert! Und das wisst ihr genau.«

Lisette hielt es nicht mehr am Tisch. Sie sprang auf und ging aus der Küche. In der Tür drehte sie sich noch einmal um, um etwas zu sagen, aber dann schüttelte sie doch nur den Kopf und zog die Tür hinter sich zu. Lisette gehörte also auch zu denjenigen, die nicht einfach weiteressen konnten.

»Welche Sorte meint die Oma? Wer soll verschwinden? Fräulein Färber?«

Paula verstand nicht, was Lisette meinte, aber ihre Frage blieb unbeantwortet. Jeder aß schweigend weiter, aber Paula hatte keinen Hunger mehr. Ihr Bauch war voll mit Unglück.

Am nächsten Tag ging Lisette mit Paula zur Schule und wartete auf dem Schulhof auf einen passenden Moment, um die Lehrerin zur Rede zu stellen. Paula, Magda, mit verbundenen Händen, und alle anderen Mitschüler hingen am Fenster und versuchten zu hören, was Paulas Großmutter zum Fräulein sagte, aber leider verstanden sie kein Wort. Sie verstanden nur, dass es etwas mit dem Auftritt von Paulas Oma zu tun haben musste, dass das Fräulein Färber an diesem Tag nicht mehr in die Klasse kam. Statt ihrer erschien der Lehrer aus der Klasse nebenan, gab ihnen Aufgaben und ermahnte sie, leise zu sein. Als Paula nach Hause kam, fragte sie, was Lisette denn zu der Lehrerin gesagt hatte. Oma Lisette zuckte die Achseln und antwortete: »Anscheinend das Richtige.« Und dass die Lehrerin bestimmt nie wieder einen Stock in die Hand nehmen würde. Und wenn doch, dann sollte Paula ihr sofort schreiben.

Später gab es einen lauten Streit in der Küche, den Paula hören konnte, obwohl sie hinausgeschickt worden war. Kurz darauf kam Lisette nach draußen und sagte, es sei besser, wenn sie abreiste.

»Das ist alles meine Schuld«, flüsterte Paula, und es gelang ihr nicht, die Tränen zurückzuhalten. Der Tag gestern war schon so schrecklich gewesen. Aber der Tag heute war noch viel schlimmer, wenn Oma Lisette wieder wegfuhr, weil es wegen ihr, wegen Paula, Streit gegeben hatte.

»Das ist Unsinn, meine Kleine. Du bist überhaupt nicht schuld, und ich bin stolz auf dich. Richtig stolz. Du hattest Mut, und den hatte sonst keiner. Alle in deiner Klasse waren Waschlappen, nur du nicht. Und glaub mir, deine Mutter ist auch stolz auf dich. Auch wenn sie es nicht zugeben kann …«

Sie brach ab und nahm Paula fest in den Arm. Paula atmete tief ein und ließ Lisette gar nicht mehr los, bis Mutter ebenfalls in den Hof kam und Paula wieder ins Haus schickte. Erst wurde sie rausgeschickt, dann wurde sie wieder reingeschickt. Sie wollte protestieren und rechnete mit Lisettes Unterstützung. Aber die Unterstützung blieb aus. Lisette küsste sie und sagte Lebwohl. Die beiden standen schweigend voreinander, und beide warteten, bis Paula im Haus verschwunden war, bevor sie sprachen.

Paula lief sofort zum Fenster und schaute, wie die beiden neben Omas rotem VW Käfer im Hof standen. Sie sprachen miteinander, das konnte Paula sehen, aber sie verstand kein Wort. Es sah ernst aus. Und traurig. Und es war scheinbar nicht für ihre Ohren bestimmt. Das ärgerte sie. Das war doch ihre Oma Lisette. Ihre Oma und sie gehörten zusammen. Plötzlich war sie eifersüchtig, dass Lisette die Mutter ihrer Mutter war und nicht ihre. Sie fand, sie hätte doch viel mehr davon, wenn Lisette ihre Mutter sei, weil sie sich viel besser verstanden. Und gleichzeitig schämte sie sich für den Gedanken und hätte doch zu gerne gewusst, was die beiden sich da draußen sagten. Die beiden, zu denen sie in diesem Augenblick nicht gehörte, weil sie sie reingeschickt hatten.

Es war immer das Gleiche, dachte Charlotte. Sobald ihre Mutter kam, war der Frieden dahin. Sie sorgte immer für Aufruhr und ließ ihnen allen keine Ruhe. Am Anfang hatte sie oft noch versucht, sich selbst zu beschwichtigen. Sich zu sagen, sie meine es ja gut, sie sei halt anders. Sie fahre ja wieder, und dann war alles wieder wie vorher. Aber in letzter Zeit blieb immer etwas von ihrer Mutter hier zurück, weil Paula sie vergötterte. Paula und sie waren aus einem Holz geschnitzt. Und sie blieb außen vor. Wie immer. Wie früher. Dass das in ihrem eigenen Zuhause passierte, war schlimmer als früher, und dass ihre eigene Tochter ihrer Mutter mehr ähnelte als ihr selbst, war wie Salz in einer alten Wunde. So konnte es nicht mehr weitergehen. Es musste aufhören. Und zwar jetzt.

Charlotte strich sich mit nervösen Bewegungen den Rock glatt, und es gelang ihr nicht, ihrer Mutter in die Augen zu schauen.

»Mutter, bitte, ich weiß, das klingt jetzt … nicht schön …«

Sie wusste nicht, wie sie es sagen sollte. Aber dann platzte sie einfach damit heraus. »Bitte, komm nicht mehr her. Du machst es mir nur schwer.«

Lisette sah ihre Tochter ernst an, und Charlotte konnte sehen, wie das Gesicht ihrer Mutter plötzlich kleiner wurde. Sie schien zu schrumpfen. Es tat ihr leid, aber sie hielt es einfach nicht mehr aus. Ihre Mutter zerrte an ihr und dem Leben, das sie gewählt hatte. Ja, natürlich war ihr Leben anders als das ihrer Mutter. Aber musste es deshalb ständig kritisiert werden? Es war doch ihr Leben? Sie hatte es sich so eingerichtet, sie alle hatten es sich hier zusammen so eingerichtet, und wenn es ihr nicht passte, wie sie hier lebten, dann sollte sie doch einfach wegbleiben. Sie wollte nicht mehr, dass ihre Mutter hinterfragte, was für sie alle hier normal war. Warum konnte Lisette sie nicht einfach alle in Ruhe lassen? Wenn ihre Mutter kam, tat plötzlich alles wieder weh. Sonst gelang es ihr oft, so zu tun, als wäre schon alles verheilt. Den Schmerz einzuschläfern und fast zu vergessen. Sie wollte doch nur ihren Frieden, sonst nichts. War das denn zu viel, sich das zu wünschen? Sie wollte ihre Mutter nicht verletzen, obwohl sie sehen konnte, dass sie genau das tat.

»Das klingt wirklich nicht schön«, sagte Lisette und schwieg, und Charlotte war schon erleichtert, dass sie nicht mehr dazu sagte und es einfach zu akzeptieren schien. Doch dann brach es aus ihrer Mutter heraus.

»Ach, Lottchen«, rief sie, griff mit beiden Händen ihre Oberarme und schüttelte sie. »Du gehörst doch nicht hierher! Pack dein Kind und komm nach Hause. Ich habe genug Platz. Ich nehme euch einfach mit. Komm! Bitte.«

»Mutter, mein Zuhause ist hier.«

»Ich verstehe dich nicht! Du könntest es so viel leichter haben? Und schöner? Warum?«

»Das ist mein Leben hier. Und auch wenn du es nicht verstehst, bring es mir nicht durcheinander.«

Lisette schloss die Augen, und ihre Lider zuckten. Es dauerte eine Weile, bis sie die Augen wieder öffnen konnte. Charlotte schwieg und schaute übers Feld, das hinter dem Weg begann. Sie hatte keine Sehnsucht nach ihrem alten Zuhause, ganz im Gegenteil. Hier ging es ihr so viel besser, als es ihr dort gehen konnte. Natürlich konnte ihre Mutter das nicht verstehen, aber genauso wenig konnte sie es ihr erklären.

»Ich lebe mein Leben, du lebst deines. Lass es damit gut sein.«

»Kommst du mich denn dann besuchen, Lottchen, wenn ich nicht mehr herkomme? Ich will meine Tochter doch sehen, und Paula.«

Charlotte schwieg, und ihr Blick wanderte in eine unbestimmte Ferne. Irgendwo hinter ihrer Mutter schien etwas zu liegen, das sie lieber betrachtete als die Frau, die direkt vor ihr stand und verzweifelt ihren Blick suchte.

»Wenn ich kann, dann komme ich«, sagte sie leise.

»Wenn du kannst? Lotte …«

»Mutter, sag jetzt bitte nichts mehr. Es ist alles gesagt.«

Das klang so flehentlich, dass Lisette nickte. Sie atmete tief durch und nickte. »Gut. Wenn du das so möchtest und wenn es dir hilft, dann komme ich nicht mehr. Ich sehe ja, dass es dir zu schaffen macht, und verstehe …«

»Gar nichts verstehst du.«

Der Satz war ihr aus dem Mund geflogen, sie hatte ihn gar nicht sagen wollen. Jetzt würde ihre Mutter diskutieren wollen, hätte sie nur geschwiegen. Sie biss sich auf die Lippen. Wenn ihre Mutter doch nur einfach fahren würde.

Aber ihre Mutter erwiderte nichts, sie schwieg lange und zupfte am Ärmelbündchen ihres Pullovers.

»Nein.«

Lisettes Stimme war leise.

»Offensichtlich verstehe ich wirklich nichts. Und es tut mir leid.« Sie blickte auf und schaute Charlotte direkt in die Augen. »Wirklich, mein Schatz, es tut mir sehr, sehr leid. Ich würde gerne verstehen, was du brauchst für dein Glück. Und es dir alles geben. Alles …«

Sie brach ab. Charlotte sah, dass sie mit den Tränen kämpfte. Sie senkte den Blick und schwieg.

»Glaubst du mir das wenigstens?«

»Natürlich«, sagte Charlotte.

Es war alles ganz anders, als ihre Mutter sich das vorstellte. Aber sie wollte ihr nichts mehr erklären, sie wollte darüber einfach nicht mehr sprechen.

»Nimm mir nicht auch noch die Kleine.«

Charlotte seufzte.

»Weißt du noch, wie wichtig dir deine Großmutter war? Und das war nicht leicht für mich damals, das weißt du auch. Vielleicht will sie mich ja besuchen …«

»Natürlich will sie das! Sie weicht dir ja kaum von der Seite, wenn du da bist.«

»Es ist schön für sie, mal etwas anderes zu erleben.«

»Weil das Leben hier so furchtbar ist?«

Lisette schüttelte den Kopf.

»Wenn es das Leben ist, das du gesucht hast, dann bin ich froh, dass du es gefunden hast. Aber ich muss es trotzdem noch einmal sagen, Lotte, du hättest mehr verdient. Mehr von allem! Mehr Liebe, mehr Freude, mehr Blumen …«

»Mehr Trallala. Träller ihr nur vor, so lange, bis sie unser Leben hier genauso furchtbar findet wie du das tust. Das habt ihr zwei gemeinsam, das Geträller.«

Lisette biss sich auf die Lippen.

»Dir würde es auch ganz guttun, mal ein bisschen zu trällern.«

»Du weißt doch gar nicht, was mir guttut.«

»Ich nehme sie dir doch nicht weg. Ich zeige ihr etwas, was du ihr nicht zeigen kannst, warum auch immer. Und ihr tut es gut, das weißt du genau.«

Charlotte nickte. Ja, sie wusste, dass es Paula guttat. Sie sah ja, dass sie fröhlicher wurde, sobald Lisette auftauchte. Aber eben auch übermütiger und aufgedrehter, und sie wusste nicht, ob das letztlich richtig für sie war. Sie gab sich einen Ruck.

»Paula kann dich besuchen kommen. Ich setze sie hier in den Zug, das schafft sie ja alleine. Sie ist mutig. Das hat sie wohl von dir.«

»Oder von dir?«

Lisette schaute Charlotte ernst an, und Charlotte schlug die Augen nieder. Mut, was war das? Hatte sie wirklich einmal Mut besessen? Wenn ja, dann war er jetzt verbraucht. Aber darüber würde sie mit ihrer Mutter bestimmt nicht sprechen.

»Ach, Lotte, warum hast du sie bloß Paula genannt?«

Sie schwiegen beide. Auf diese Frage würde es keine Antwort geben. Nicht nur ihrer Mutter, auch sich selbst gegenüber blieb Charlotte diese Antwort schuldig.

Vielleicht, dachte Charlotte, als sie wieder ins Haus ging, hatte es damit zu tun, was sie Paula gestern gesagt hatte:

Alles, was man tat, hatte Folgen. Man musste sich vorher gut überlegen, ob man die Folgen seiner Taten aushalten würde. Sie hatte offensichtlich nicht gut überlegt. Aber die Folgen dieser Entscheidung, die würde sie jetzt tragen, bis an ihr Lebensende.

»Mama, was ist denn?«

Paula war von der Schule nach Hause gekommen, und die Küche war leer. Die Großmutter war im Gemüsegarten, das konnte sie durchs Küchenfenster sehen. Wahrscheinlich war sie alleine. Es kam selten vor, dass sie alleine im Haus war. Paula begann laut zu singen. Das Lied, dass sie heute in der Schule gesungen hatten. *Am Brunnen vor dem* Tore, *da steht ein Lindenbaum.* Sie ging ins Badezimmer, um sich die Hände zu waschen, und erschrak, weil etwas Dunkles auf dem Rand der Badewanne saß und komische Töne von sich gab. Erst im zweiten Moment erkannte sie, dass das Dunkle ihre Mutter war, deren Umriss sie im Gegenlicht kaum erkennen konnte. Und erst dann verstand sie die Töne, die sie hörte. Ihre Mutter weinte.

Sie erschraken beide.

»Mama …?«

Sofort fühlte Paula sich schuldig. Was hatte sie gemacht, dass die Mutter so weinte? Sie hatte sie traurig gemacht, bitter-, bittertraurig, sonst würde sie nicht so weinen. Aber womit bloß? War es wegen der Sache in der Schule?

Ein letzter Schluchzer kam von ihr, dann hustete sie und drehte sich um, um Wasser laufen zu lassen und es sich mit den Händen ins Gesicht zu schöpfen. Ein paar Mal zitterte ihr Körper noch, aber dann drehte sie das Wasser ab, und Paula beeilte sich, ihrer Mutter ein Handtuch zu reichen. Sie vergrub das Gesicht kurz in dem Handtuch, dann rubbelte sie sich trocken und versuchte Paula anzulächeln.

»Danke.«

»Ist das wegen gestern?«, fragte Paula ängstlich. »Es tut mir leid, ich wollte das nicht. Ich wollte auch nicht, dass Oma Lisette schon fährt, ich …«

»Nein, es ist gar nichts. Es ist alles gut.«

»Aber warum weinst du dann?«

»Ach, jeder muss ab und zu mal weinen. Damit die Augen durchgespült werden. Vergiss es einfach ganz schnell wieder.«

Unsicher stand Paula vor ihrer Mutter. »Wirklich?«

»Was für einen Grund sollte ich denn sonst haben? Uns geht es doch gut.«

3

1962

So eine Musik hatte Paula noch nie gehört. Aus einem der offenen Fenster im Neubaugebiet, wie die Straße am Ortsrand genannt wurde, an der ein neues Haus nach dem anderen entstand, erklang Musik, und sie merkte gar nicht, dass sie stehenblieb, um zuzuhören. Dass sie anfing, im Takt mitzuwippen, dass sie begann, zu lächeln, weil so viel Freude aus diesem geöffneten Fenster zu ihr drang. Sie verstand kein Wort, aber die Musik erzählte ihr alles. Und sie wollte hüpfen, wollte die Arme in die Luft werfen, wollte sich drehen und laut mitsingen, wollte diese Sprache kennen und diese Melodie und alles. Das war ihr Lied! Was war das bloß für ein Lied? Und wer wohnte hier?

Lerchenrod war gewachsen. Viele Flüchtlinge, die aus zerbombten Städten oder aus dem Osten geflohen waren, waren in den letzten Kriegsjahren hier gestrandet. Hier gab es viel Arbeit, Felder, die bestellt werden mussten, wenig Menschen und in den großen, alten Bauernhäusern gab es Platz. Viele waren hiergeblieben, hatten sich eingelebt in der neuen Heimat und hatten angefangen, sich eigene Häuser zu bauen und sich gegenseitig zu unterstützen. So war das Neubaugebiet entstanden. Manche nannten die neuen Häuser Sudetenhäuser und grüßten die Menschen nicht, die darin wohnten. Aber Paulas Vater sagte immer, sie seien fleißig und ohne die aus dem Osten hätten sie alle viel weniger zu essen gehabt, jeder müsse eine Chance haben.

Aber in diesem Haus wohnte jemand aus dem Dorf. Das war doch bestimmt das Haus vom Roste Willi, der hier neu gebaut hatte, weil er mit seiner Frau aus seinem Elternhaus hatte ausziehen müssen. Sein älterer Bruder hatte dort mit seiner wachsenden Familie mehr Platz beansprucht und das Vorrecht als Ältester angemeldet. Das hatte ihm nicht gepasst, dass er bei den Flüchtlingen bauen musste, in der Sudetensiedlung.

»Dem passt ja nie etwas«, hatte ihre Mutter gesagt. »Dem passt es wahrscheinlich noch nicht mal, dass er jetzt fließend Warmwasser hat. Ausgerechnet der. Und eine Zentralheizung und allen Komfort.«

Daraufhin hatte Vater sofort eine Waschmaschine bestellt, damit Mutter etwas mehr Komfort haben konnte, ohne dass man gleich ein neues Haus bauen musste. Als sie die Waschmaschine in Betrieb genommen hatten, hatten sie alle staunend drum herumgestanden und die tropfnasse Wäsche danach in die elektrische Schleuder gepackt, auf die immer jemand aufpassen musste, während sie schleuderte, weil sie sonst durch den ganzen Waschkeller tanzte. Die Waschtage waren seitdem jedenfalls leichter, und der alte Waschzuber gehörte der Vergangenheit an.

Aber der Roste Willi hörte doch bestimmt nicht so eine Musik? Der sang Heimatlieder und mochte die Schlager von Freddy Quinn, das wusste Paula, weil sie oft genug in der Dorfschänke war, seit es dort den Fernseher gab. Und er sang immer die falsche Nationalhymne, die mit *Deutschland, Deutschland über alles*, der hatte noch nicht mitbekommen, dass es eine neue gab. Und alles Englische nannte er Negermusik, oder er schimpfte, es ginge zu wie bei den Hottentotten.

»Na, hast du nichts zu tun, oder was?« Der Roste Willi stand plötzlich vor ihr. »Was ist denn hier so interessant, he?«

»Nichts«, rief Paula und ging weiter. Aber sie ging langsam. Sie ging so langsam, dass sie das Lied weiter hören konnte.

»So ein Krach! Sind wir hier bei den Hottentotten? Ruhe jetzt!«

Paula konnte hören, wie der Roste Wille hinter ihr sein eigenes Haus anschrie. Er war wirklich nicht für seine Freundlichkeit bekannt. Der war früher anders, sagten manche im Dorf. Das sagte man von vielen. Und *früher* bezog sich stets auf die Zeit vor dem Krieg. Paula hätte gerne gewusst, wie alle hier gewesen waren. Vor dem Krieg. Der Krieg schien viel Freude geschluckt und alles verändert zu haben. Aber wenn sie nachfragte, warum das so war, dann erhielt sie nie zufriedenstellende Antworten. Manchmal wurde einfach geschwiegen, manchmal wurde geseufzt. Wenn sie ihren Vater fragte, wie es im Krieg gewesen war, sagte er: »Das willst du nicht wissen.« Die Lerchenroder Oma sagte: »Was vorbei ist, ist vorbei.« Und ihre Mutter sagte: »Sei froh, dass du das nicht erlebt hast, und lass uns beten, dass du das nie erleben musst.«

Manchmal war Paula fast neidisch, dass alle, die den Krieg erlebt hatten, ein Geheimnis zu haben schienen. Es war etwas passiert, von dem sie nichts erzählten, was sie aber alle verändert hatte. Es musste etwas Großes gewesen sein und etwas so Ernstes, dass man gegenüber Kindern nicht davon sprach. Dabei war sie gar kein Kind mehr. Sie war dreizehn, also ein Teenager, und so gut wie erwachsen. Und sie fand, es war Zeit, dass etwas Neues begann. Etwas anderes. Etwas Aufregendes. Etwas für sie. Etwas ohne Seufzen und Schweigen, etwas, das Spaß machte. Und in dieser Musik lag all das. In dieser Musik lag ein neues Leben. Das war mehr als Conny und Peter, das war besser als Elvis, besser als alles.

Sie schlich sich hinter die Garage des Hauses nebenan, um unentdeckt zu bleiben und um noch eine Weile in diesen Klängen zu baden. Als das Lied zu Ende war, war sie fast traurig, aber zum Glück fing es noch mal von vorne an.

Beim Abendessen erfuhr Paula, dass die Schwester vom Roste Willi mit ihrem Sohn aus Frankfurt zu Besuch war. Mitten in der Woche, das war ungewöhnlich, weil der Junge noch zur Schule ging. Wahrscheinlich war er es, der diese Musik gehört hatte. Paula überlegte, wie sie es anstellen könnte, ihn kennenzulernen.

Als Paula am nächsten Tag geschickt wurde, Brötchen für den Nachmittagskaffee zu kaufen, sah sie einen Jungen beim Bäcker, den sie nicht kannte. Sie überlegte nicht lange und sprach ihn einfach an.

»Bist du der Besuch bei Roste? Hast du gestern Musik gehört?«

Er runzelte die Stirn und musterte sie skeptisch, als wüsste er nicht so genau, ob er überhaupt mir ihr reden sollte. »Bei Roste? Redet ihr hier alle so?«

Paula wurde rot, aber der sollte sich mal gar nichts darauf einbilden, dass er so städtisch sprach.

»Dann halt bei *Rosts*, wenn du das besser verstehst.«

»Ja.«

Paula versuchte, möglichst unbeteiligt auszusehen und ihre Stimme etwas genervt klingen zu lassen. »Ja, du verstehst das? Ja, du bist bei Rosts? Oder: Ja, du hast Musik gehört?«

»Und warum willst du das wissen?«

Jetzt versuchte Paula schon gar nicht mehr, lässig zu erscheinen. »Was war das, was du da gehört hast?«, platzte es aus ihr heraus. »Ich will das wieder hören! Unbedingt!«

»Das ist Beatmusik. Das waren die ›Beatles‹.«

»Bietels?«

Er nickte. »Aus England. Brandneu. Wahnsinn, oder?«

Paula nickte auch. »Ja. Wahnsinn.«

Sie kaufte die Brötchen und wandte sich zum Gehen. »Bietels, ja?«

Er nickte. »Kennst du ›Stunde der Schlagerfreunde‹?«

Paula schüttelte den Kopf und kam sich dumm vor.

»Im Radio. Donnerstags. Willst du ›Beatles‹ hören?«, fragte er. »Kannst mitkommen. Ich bin übrigens Wolfgang.«

»Natürlich will ich Bietels hören! Ich kann mitkommen?«

Paula konnte ihr Glück nicht fassen.

Auf dem Weg versuchte sie herauszufinden, wieso Wolfgang nicht zur Schule ging, wieso seine Mutter mitten in der Woche zusammen mit ihm Besuche machte, ob er schon öfter hier gewesen war. Aber Wolfgang war ein bisschen wortkarg, und sie erfuhr eigentlich nichts. Sie vergaß, dass Herr Rost das bestimmt nicht gut finden würde, wenn sie einfach mitging. Und sie vergaß, dass alle zu Hause auf die Brötchen zum Kaffee warteten, die es geben sollte, wenn alle vom Feld zurückkamen. Mit dem frischen Pflaumenmus, das sie erst letztens gekocht hatten. In diesem Moment rutschte das alles weit, weit weg, und das Einzige, was zählte, war, dass sie diese Musik noch einmal hören konnte.

Sie war froh, dass sie die Hosen trug, die sie regelmäßig von Oma Lisette geschickt bekam. Denn Wolfgang trug sogar diese blauen Amihosen. Er sah anders aus als die Jungs vom Dorf. Seine Haare waren so lang, dass sie fast seine Ohren verdeckten.

Wie sie das bloß hier aushielt, in dieser Langeweile, wollte er wissen. Paula zuckte die Achseln und versuchte möglichst wenig zu sagen, damit er nicht merkte, dass sie keine Ahnung hatte, wovon er sprach, denn langweilig war es doch nie. Ohne seinen Kofferplattenspieler würde er eingehen, sagte er, als er in seinem Zimmer bei Rosts den Deckel öffnete und das Gerät anschaltete. Er hatte tatsächlich einen eigenen Plattenspieler, der an ein großes Röhrenradio angeschlossen war. Paula kannte niemanden, der einen eigenen Plattenspieler hatte und ohne dieses Gerät auch noch eingehen würde. Ehrfürchtig verfolgte sie, wie er die kleine schwarze Scheibe auf den Drehteller legte und den Arm des Plattenspielers so hin- und herbewegte, dass die Platte sich zu drehen begann, um dann die Nadel behutsam darauf abzusetzen. Es krakeelte ein wenig aus dem Radio und rauschte, und dann ging es los. Die Musik tönte durchs Zimmer. Was für eine Musik! Es war noch besser als am Tag zuvor. Die Musik fuhr ihr direkt in den Bauch, fuhr mitten in sie hinein. Wolfgang und sie wippten zusammen mit den Köpfen, es war herrlich. Das Lied machte fröhlich, es machte frei, es war hell, es machte sogar mehr als fröhlich: Es machte glücklich. Nachdem sie es dreimal gehört hatten und Wolfgang ihr gezeigt hatte, wie die jungen Männer aussahen, die diese Musik machten, verstand Paula, warum Wolfgangs Haare länger waren.

»Darfst du das?«, fragte sie ihn. »So lange Haare haben wie die?«

Er zuckte die Achseln. »Ich sag immer dem Frisör, er soll bloß nicht viel abschneiden, und dann sage ich meinen Eltern, dass der Frisör das so richtig gut findet. Aber die haben gerade andere Probleme als meine Haare, glaube ich.«

Er sagte aber nicht, welche, und Paula fing an, den Text mitzusingen, den sie nicht verstand. Aber schwer war es nicht, die Silben aneinanderzureihen. *Lahf, lahf mi du, ei noh ei lahf ju, ei ohlwes bi tru so pliiiiihihihiihiiihihiiiiiiiiiiiis laf mi duhu …*

Wolfgang, der die ganze Zeit im Takt mitwippte, sah sie jetzt neugierig an. »He, du kannst ja richtig gut singen. Aber Englisch kannst du nicht, oder?«

Sie schüttelte den Kopf und sang weiter, Wolfgang trommelte auf den Tisch, und sie hörten das Lied immer wieder von vorne. Paula fühlte sich schon selbst wie ein echter Beatle, und vor allem konnte sie überhaupt nicht aufhören zu lächeln.

In den kurzen Pausen, wenn Wolfgang die Platte wieder von Neuem abspielte, erfuhr Paula, dass sein Vater ein Elektrogeschäft hatte und er sich aussuchen konnte, welche Geräte und Platten er haben wollte. Paula fühlte sich noch unwissender und bettelarm dazu. Sie kannte keine Beatmusik, sie kannte keine ›Beatles‹, sie konnte kein Englisch, wusste nichts von einer Schlagerstunde im Radio, und sie hatte natürlich auch keinen Plattenspieler. Aber eigentlich war das alles egal, denn das Einzige, was zählte, war diese Musik. Sie fühlte sich so gut wie nie.

Und dann fiel ihr Blick plötzlich auf die Bäckertüte. Die Brötchen! Sie fuhr hoch, schnappte sich die Tüte, und stürmte aus dem Zimmer. Sie hörte noch das erstaunte »Heee …«, das Wolfgang ihr nachrief. Aber die Angst vor zu Hause hatte sie jetzt gepackt, und sie konnte sich noch nicht einmal mehr umdrehen, um ihm zuzurufen, warum sie so schnell weglief. Die Brötchen mussten pünktlich zum Kaffee da sein. Hoffentlich waren die Männer noch auf dem Feld. Wie lange war sie bei Wolfgang gewesen? Wie oft hatten sie das Lied gehört? Was sollte sie bloß sagen, wo sie gewesen war? *Laaaf, laaf mi duuuu …* Es summte und wippte in ihr weiter, während sie nach Hause rannte, so schnell sie konnte.

Als sie um die Ecke bog, sah sie das Fuhrwerk schon im Hof stehen. Vater war also schon da. Aber vielleicht stand er noch am Waschbecken, vielleicht war der Kaffee ja noch nicht fertig. Sie rannte die Treppe hoch zum Eingang, nahm gleich zwei Stufen auf einmal und bog in der Diele gleich ab in die Küche. Da saßen sie schon wartend am Tisch und schauten sie an, wie sie nach Luft japsend vor ihnen stand. Sie war zu spät. Viel zu spät.

»Ist es zu viel verlangt, dass ich meinen Kaffee kriege, wenn ich vom Feld komme und Hunger habe?«, donnerte der Vater.

»Wo hast du denn wieder herumgetrödelt?«, fuhr Mutter sie an, und die Lerchenroder Oma schüttelte den Kopf.

»Das hätte ich mich nie gewagt. Nie.«

»Paula«, sagte Mutter streng, weil sie eine Antwort wollte, aber Paula hatte gar keine Luft, um zu antworten. Sie hörte nur ihr eigenes lautes Keuchen.

»Du hast das Mädchen nicht im Griff«, sagte Vater, und Mutter verstummte. »Ab in dein Zimmer! Wer trödelt, hat auch keinen Hunger.«

Das ganze Glück, das in Paulas Körper wie bunte schillernde Seifenblasen auf und ab getanzt war und sie so leicht gemacht hatte, so federleicht, verschwand mit einem Schlag. Sie warf die Brötchentüte auf den Tisch und rannte nach oben. In ihrem Zimmer ließ sie sich aufs Bett fallen und musste plötzlich weinen. Nicht weil sie kein Brötchen bekam. Sondern weil für das richtig Schöne im Leben einfach nie Platz war.

Wolfgang hat recht, dachte sie. Hier kann man es doch gar nicht aushalten. Warum hatte sie das nicht schon früher bemerkt? Aber die Klänge, die blieben bei ihr, und das Einzige, was zählte, war diese Musik. *Lahf, lahf mi du, ei noh ei lahf ju …*

In den folgenden Tagen schlenderte Paula immer öfter durchs Dorf, in der Hoffnung, Wolfgang wiederzusehen und dass er sie wieder einladen würde, mit ihm Musik zu hören. Sie sang Doro das Lied immer wieder vor, so dass Doro es fast schon selbst singen konnte, obwohl sie es noch nie gehört hatte. Paula schlug den Takt mit allem, was gerade herumlag, Löffel, Kehrschippe, Holzstücke, und die beiden schmetterten das Lied. Und egal, ob es richtig war oder nicht, es war wunderbar.

Am nächsten Donnerstagabend hörte sie am Küchenradio zum ersten Mal die Schlagersendung, von der Wolfgang ihr erzählt hatte. Sie kauerte ganz dicht vor dem Radio, denn sie durfte die Sendung nur sehr leise hören, damit ihre Eltern sich währenddessen unterhalten konnten. Dabei redeten sie kaum. Aber sie beschwerte sich nicht, sie hatte ja schon Glück, dass die Strickstunde, zu der sich die alten Frauen im Dorf immer ausgerechnet donnerstags trafen, um Strümpfe zu stricken und zu stopfen, heute nicht bei ihnen in der Küche stattfand, denn dann hätte sie bestimmt nicht Radio hören dürfen. Sie klebte vor dem Gerät, damit sie auch ja nichts verpasste, und sie schrieb sich alles auf, was sie sich merken wollte.

Wie jeden Morgen pfiff Paula vor Doros Hof. Aber nicht Doro trat vor die Tür, um mit Paula zur Schule zu laufen, sondern Doros Mutter. Paula hatte Scharlach und sollte besser zu Hause bleiben. Paula trabte alleine los, bis sie ein paar Straßen weiter eine Stimme hinter sich hörte: »He, Aschenputtel!«

»Du bist doof«, sagte Paula, als sie sich umdrehte und Wolfgang erkannte. »Nur weil ich keine Kleider wie die Städter habe, musst du mich nicht Aschenputtel nennen.« Aber sie konnte nicht verhindern, dass sie dabei übers ganze Gesicht strahlte, weil sie ihn endlich wiedersah.

»Das sage ich doch, weil du so schnell verschwunden bist, ohne ein Wort. Wie Aschenputtel halt. Um Mitternacht.«

»Ach so. Ich musste ganz schnell nach Hause. Ich hatte doch die Brötchen zum Kaffee geholt ...«

»Gab's Ärger?«

Paula nickte.

»Bei mir auch«, sagte Wolfgang. »Ich darf keine Mädchen auf mein Zimmer mitnehmen. Die haben sie doch nicht mehr alle im Oberstübchen, oder?« Er tippte sich an die Stirn und schüttelte den Kopf. »Wir haben die B-Seite noch nicht gehört. Wenn du willst, kannst du heute Nachmittag mitkommen, wir müssten dann nur unten im Wohnzimmer Musik hören.«

Paula sah ihn fragend an. »B-Seite?«

»Auf der Rückseite der Schallplatte ist noch ein Lied.«

»Auch von den Bietels?«, fragte Paula hoffnungsvoll, und als er nickte, nickte sie auch. »Und wenn ich mitsingen muss?«, fragte sie. »Im Wohnzimmer?«

»Geht klar«, sagte Wolfgang und ging weiter neben ihr her. »In welche Klasse gehst du hier eigentlich?«, fragte Wolfgang.

»In die siebte, warum?«

Erst jetzt entdeckte sie, dass er eine Schultasche trug. Und bis sie in der Schule ankamen, wusste Paula, dass Wolfgang in Lerchenrod bleiben und auch in Paulas Schule gehen würde. Sogar in ihre Klasse. Eigentlich sollte er nach Marburg aufs Gymnasium. Er brach ab, jetzt ging er jedenfalls erst einmal mit in die Dorfschule. Was Paula freute, denn sie konnten den ganzen Schulweg über Musik reden. Sie konnte sich die Namen all der Bands, die man unbedingt kennen musste, gar nicht alle auf einmal merken.

»Bleibt ihr etwa für immer hier?«, fragte Paula hoffnungsvoll. »Aber das Elektrogeschäft? Was wird dann aus dem?«

Er zuckte die Achseln. Er hatte keine Ahnung, was der Plan war und ob überhaupt irgendjemand einen Plan hatte, und schwieg.

Doro würde sich grün ärgern, dachte Paula, dass sie ausgerechnet jetzt krank war. Paula brachte Doro jeden Nachmittag die Hausaufgaben, aber natürlich redeten sie nie über das, was Doro gerade in der Schule verpasste, sondern nur über »den Neuen«. Das Leben hatte sich deutlich verändert. Jetzt gab es die ›Beatles‹, und es gab Wolfgang. Und sie war diejenige, die über alles am besten Bescheid wusste, weil sie ihn schon vorher kennengelernt hatte. Sie war diejenige, mit der er zur Schule ging, sie war diejenige, die er fragte, wenn er etwas nicht wusste. Und sie war auch diejenige, die über ihn ausgefragt wurde. Sie hatte plötzlich einen Vorsprung. Es gefiel ihr gut, Vorsprung zu haben.

Aber als Doro wieder gesund war, holte ihre Freundin diesen Vorsprung schnell auf. Sehr schnell. Doro sah aus wie Schneewittchen, als sie wieder halbwegs gesund war. Sie war viel blasser als sonst, und ihre Haare wirkten dadurch noch dunkler. Sie hatte keine Zöpfe, sondern einen Pferdeschwanz, den sie öffnete, kurz bevor sie zum Backhaus kamen, wo Paula und Wolfgang morgens bisher immer aufeinander gewartet hatten. Das Erste, was Wolfgang von Doro sah, waren ihre fliegenden dunklen Haare. Doros dunkle Augen leuchteten, als sie Wolfgang sah, und Wolfgangs Augen leuchteten ebenfalls. Und plötzlich waren die beiden diejenigen, die miteinander zur Schule liefen, und Paula lief irgendwie nebenher. Sie versuchte mitzubekommen, über was die beiden gerade redeten, aber sie fühlte sich überflüssig und abgeschoben. Anscheinend mochte Wolfgang Doro lieber. Obwohl sie gar nicht singen konnte. Es war so peinlich, wie Doro ihn anhimmelte. Alles, was er sagte, fand sie ganz prima, alles. Und wenn sie nicht prima sagte, dann sagte sie einzigartig oder nur: einzig. Oder schick. Und als sie auch noch sagte, dass sie die ›Beatles‹ kannte, und anfing das Lied zu singen, das Paula ihr beigebracht hatte, da strahlte Wolfgang noch mehr.

»Endlich ist hier jemand, der richtige Musik kennt!«, rief er begeistert.

»Das Lied geht ganz anders«, brummte Paula. Aber Wolfgang schien es egal zu sein, dass Doro falsch sang. Und Doro schien vergessen zu haben, dass Paula ihr das Lied überhaupt erst beigebracht und sie die ›Beatles‹ vorher gar nicht gekannt hatte. Aber noch schlimmer als das Gefühl, plötzlich nicht mehr dazuzugehören und nicht mehr diejenige zu sein, die Wolfgang am besten kannte, war die Tatsache, dass sie Doro plötzlich nicht mehr wiedererkannte. Und wenn sie ehrlich war, musste sie sich schmerzlich eingestehen, dass sie diese neue Doro überhaupt nicht mochte.

An diesem Morgen auf dem Weg zur Schule spalteten sich Paulas Gefühle auf. Auf der einen Seite hüpften die guten Gefühle, über diese Musik, über die Entdeckung, dass es eine Welt gab, die außerhalb von Lerchenrod lag und ihrem ganzen Leben ein neues Ziel gab. Und auf der anderen Seite war da diese Eifersucht, die sie mit aller Kraft zu verdrängen versuchte, damit sie nicht all das zerstörte, was so neu und wunderbar in ihr Leben gekommen war. Immer wenn sie es wieder nicht geschafft hatte, zu Hause die Tochter zu sein, die ihre Eltern erwarteten, dann hatte es Doro gegeben. Doro, mit der sie doch eins war, mit der sie lachen konnte, mit der zusammen immer alles gut wurde. Jetzt lag plötzlich alles schief.

Und nicht nur Paulas Gefühle, das gesamte Dorf schien sich in den kommenden Wochen aufzuspalten. Auf der einen Seite gab es diejenigen, die Beatmusik gut fanden, und diejenigen, die sie als schreckliches Gekreische und Negermusik verachteten, auch wenn die ›Beatles‹ alles andere als eine schwarze Hautfarbe hatten. Da gab es die Jungen, die versuchten, sich die Haare wachsen zu lassen, auf die Gefahr hin, als langhaarige Zottel aus dem Urwald beschimpft zu werden. Es gab die Mädchen, die sich die Zöpfe abschneiden und am liebsten nur noch Hosen tragen wollten. Diejenigen, die ›Bravo‹ lasen, und diejenigen, die den Kopf darüber schüttelten. Es war so, als hätte sich Lerchenrod geteilt, wie das Land, und als müsste man sich bekennen, auf welcher Seite man stand. So wunderbar die Entdeckung dieses Musikparadieses war, so hoch war auch der Preis, den sie dafür zahlten. Sie gewannen neue Freunde, und die andere Hälfte verwandelte sich in Feindesland. Auch durch den Schulhof lief eine regelrechte Zonengrenze, die man nicht einfach passieren konnte. Auf der einen Seite standen die Anhänger des Beat, auf der anderen tummelten sich die Anhänger des Schlagers und der Volksmusik. Und jeder hatte nur mitleidige bis verächtliche Blicke für die andere Fraktion übrig.

Dann gab es diejenigen im Dorf, die mit Wolfgangs Mutter redeten, und die, die wortlos an ihr vorbeigingen. Die neuen Spaltungen liefen plötzlich auch mitten durch die Familien. Während Doro Wolfgang anhimmelte, wechselte ihre Mutter die Straßenseite, um seiner Mutter nicht zu begegnen.

Es standen schon einige Frauen beim Bäcker an, als Paula zusammen mit ihrer Mutter den Laden betrat. Vorne, direkt an der Verkaufstheke, stand Wolfgangs Mutter, und erst als zwei andere Kundinnen, die viel weiter hinten standen, vor ihr drangenommen wurden, bemerkte Paula, dass Wolfgangs Mutter nicht bedient wurde. Die Bäckerin behandelte sie wie Luft. Alle behandelten sie wie Luft, und Paula wünschte sich, dass Wolfgangs Mutter, die in einem schicken hellblauen Mantel mit großen Knöpfen unbeweglich dort stand, etwas sagen würde. Dass sie laut werden und sich beschweren würde. Aber sie stand ganz still und stumm, wie das Männlein im Walde, und wartete, als sei es das Normalste auf der Welt. Es war so ungerecht. Paula musste aufpassen, dass sie nicht ständig in ihre Richtung starrte.

»Bitte«, sagte die Bäckerin freundlich, »was darf es sein?«

Plötzlich waren sie an der Reihe, und ihre Mutter tat etwas Unglaubliches.

»Ich glaube, wir sind noch gar nicht dran? Die Dame hier haben Sie ganz übersehen.«

Sie nickte der Bäckerin lächelnd zu und forderte Wolfgangs Mutter mit einer Geste auf, doch zu sagen, was sie wollte. Der

Bäckerin fiel das Lächeln aus dem Gesicht, und hinter ihnen begannen alle im Laden zu tuscheln.

»Ein Zweipfünder und eine kleine Platte Mattekuchen, bitte.«

Die Bäckerin zögerte kurz, gab Wolfgangs Mutter dann aber das Gewünschte. Als diese sich mit dem Brot im Beutel und dem Kuchen auf der Hand zum Gehen wandte, nickte sie ihnen kurz zu, und Mutter nickte ebenso kurz zurück, bevor sie sehr freundlich ihre zehn Hefewecken bestellte.

Als sie diese Hefewecken später zu Hause in den Kaffee tunkten, räusperte sich ihr Vater und sagte laut: »Ich will nicht, dass unsere Paula Umgang mit Roste hat. So etwas färbt ab.«

Es dauerte einen Moment, bis Paula verstand, dass ihr Vater damit Wolfgang meinte. Dass er ihr verbieten wollte, mit Wolfgang Musik zu hören. Das wäre furchtbar! Dann würde Doro alleine mit ihm Musik hören, und die beiden würden den ganzen Schulweg über tolle Lieder sprechen, und sie würde überhaupt nicht mehr mitreden können. Dann wäre alles vorbei. Alles in ihr schrie *Nein, nein, nein!*

»Wir gehen aber zusammen in eine Klasse. Soll ich ihm sagen, mit dir rede ich nicht, oder was?« Sie spürte, wie ihr die Tränen in die Augen schossen, und wollte aufbegehren, aber ihre Mutter gab ihr ein Zeichen, jetzt nichts zu sagen. Was sollte das? Warum half sie Wolfgangs Mutter beim Bäcker, und hier sagte sie kein Wort?

»Aber du hast doch …«, brach es aus ihr heraus, aber Mutter fiel ihr ins Wort.

»Du hältst einfach Abstand.«

»Du gehst da nicht mehr hin. Wir wollen mit denen nichts zu tun haben.«

»Ich will aber doch nur …«

Vater sah sie streng an. »Du hast nichts zu wollen. Solange

du die Füße unter meinen Tisch stellst, machst du, was ich sage.«

Paula holte Luft, um etwas zu erwidern, aber das leise, strenge »Paula« ihrer Mutter hielt sie zurück.

Stur schaute Paula auf ihren leeren Teller und sagte kein Wort. Aber ihr ganzer Körper zitterte vor Protest.

»Hör auf deinen Vater«, sagte Mutter, als sie zusammen nach dem Essen den Abwasch machten. »Und reiß dich mal ein bisschen zusammen. Es muss ja nicht immer jeder sehen, was du denkst. Die Rosts sind kein Umgang.«

»Aber warum denn? Du warst doch vorhin auch nett zu seiner Mutter …«

»Das ist etwas anderes.«

»Wie soll ich das denn machen? Wir sind doch Freunde!«

»Du betrittst dieses Haus nicht mehr. In der Schule seht ihr euch, das reicht. Wenn ich gewusst hätte, dass du da hingehst … du hast da nichts verloren.«

»Aber in der Schule hören wir keine Musik … der Plattenspieler ist bei ihm zu Hause!«

»Dann hört ihr halt mal keine Musik, davon geht die Welt auch nicht unter!« Mutter wurde laut, als sie das sagte, sehr laut.

»Doch«, protestierte Paula. »Du hast ja keine Ahnung!«

»Wer keine Ahnung hat, bist du. Du gehst da nicht mehr hin.«

»Dann erklär mir doch, warum, wenn ich keine Ahnung habe.«

Ihre Mutter schwieg.

»Also, warum?«

»Weil …«

»Das ist keine Antwort!«

»Geh in dein Zimmer.«

»Aber Doro darf es doch auch, und dann … ach, ihr seid so gemein … ihr …«

»Paula!«

Paula verließ türenschlagend die Küche und rannte über den Hof hinaus in die kahlen, winterlichen Wiesen. Obwohl sie keine Jacke anhatte, nahm sie die Kälte überhaupt nicht wahr. Irgendwann spürte sie, dass jemand hinter ihr her kam. Es war Doro. Sie sah verheult aus, genau wie Paula.

»Ich darf nicht mehr mit Wolfi Musik hören«, sagte sie und zog die Nase hoch.

»Echt? Ich auch nicht«, sagte Paula. »Die haben sich doch abgesprochen.«

»Glaube ich auch.«

Das war jetzt das einzig Gute, sie und Doro waren sich einig. Sie hatte plötzlich wieder eine Verbündete.

»Es ist wegen seiner Mutter«, verkündete Doro, deren Eltern redseliger waren als Paulas. »Die ist ihrem Mann weggelaufen. Und hat Wolfgang einfach mitgenommen. Und jetzt will sie sich scheiden lassen. Weil ihr Mann alles bestimmt. Dabei ist es doch normal, dass die Männer alles bestimmen. Damit muss man sich abfinden, sagen meine Eltern. Und dass sie sich das mal vorher hätte überlegen sollen.«

»Man muss sich damit abfinden? Wozu wird man denn dann erwachsen? Erst verbieten einem die Väter, mit wem man Musik hören darf, und dann die Ehemänner? Ich heirate überhaupt nicht, wenn das so ist.«

Doro hob die Schultern.

»Sie hätte sich ihren Mann halt besser aussuchen müssen, sagt meine Mutter. Und sie findet, sie muss machen, was er sagt. Wie sich das gehört. Das sagt der Roste Willi auch, übrigens. Und er will sie nicht mehr lang im Haus haben.«

Paula dachte daran, wie ihre Mutter Wolfgangs Mutter

beim Bäcker geholfen hatte, und war sich nicht sicher, ob das wirklich der Grund war. Oder würde ihre Mutter sie eigentlich schon zu Wolfgang lassen und verbot es ihr nur, weil ihr Vater das so bestimmte? Konnte auch ihre Mutter nicht einfach machen, was sie wollte, sondern musste auf ihren Vater hören? War es das, was sie meinte: *Das ist etwas anderes*, und war es das, wovon Paula *keine Ahnung* hatte? Dass die Männer bestimmten und die Frauen mitmachen mussten?

»Weißt du«, sagte Doro, »wir heiraten einfach Wolfi. Der will wenigstens auch immer Musik hören.«

»Wir? Wir können ihn nicht beide heiraten«, sagte Paula düster. »Und wenn du noch nicht mal zu ihm nach Hause darfst, dann glaubst du ja wohl selbst nicht, dass du ihn dann heiraten darfst.«

Nach einer Weile nahm Doro Paulas Hand.

»Du bist mir böse, gell? Kann man nicht eine beste Freundin haben *und* einen Freund? Ich mag euch doch beide. Aber ich habe immer das Gefühl, ich müsste mich entscheiden. Du bist doch meine Freundin, oder?«

Paula drückte Doros Hand. »Bin ich«, flüsterte sie und sagte nichts davon, wie weh es tat, wenn Doro und Wolfgang miteinander lachten und fast vergaßen, dass sie auch noch da war. Oder wie weh es tat, wenn Doro bei Wolfgang mit Gedanken glänzte, die eigentlich Paulas Gedanken waren und die sie nachplapperte, weil sie wusste, dass sie ihm gefallen würden. Doro war echt so doof. Aber gleichzeitig war sie ihre beste und einzige Freundin. Und der einzige Weg, sie als Freundin und Wolfgang als Freund zu behalten, war der, so zu tun, als sei das alles überhaupt nicht schlimm. So tun als ob, das konnte Paula gut. So tun, als ob sie so dachte wie die anderen, als ob sie brav war, als ob sie dazugehörte.

»Dann sind wir jetzt ein Kleeblatt«, sagte sie tapfer, und

Doro nickte und drückte ihr einen Kuss ins Gesicht. »Genau. Wir sind das Kleeblatt!«

Sie trafen sich natürlich weiterhin mit Wolfgang. Zwar mit schlechtem Gewissen, aber sie trafen sich. Sie erwähnten Wolfgangs Namen einfach nicht mehr zu Hause, sie gingen Umwege durchs Dorf, und passten auf, dass sie nicht zusammen gesehen wurden.

Aber sie waren und blieben das Beatkleeblatt, das sich mit Wim plötzlich erweiterte. Wim war ein Junge aus Wehrsdorf, einem Nachbarort, der mit ihnen auf der richtigen Seite des Schulhofs herumstand und die richtigen Klamotten trug. Sie waren zu einem Glückskleeblatt angewachsen und lasen den ›Musikexpress‹. Donnerstagabends hörten sie die ›Stunde des Schlagers‹ im Radio, jeder bei sich zu Hause, und dann redeten sie auf dem Schulhof darüber, wie unmöglich Leute abstimmten, wer ihrer Meinung nach unbedingt auf Platz eins gehörte und wer nicht. Paula bekam Tobsuchtsanfälle, wenn sie die Sendung in der Küche nicht hören durfte, weil ihr Vater mit den Landarbeitern dort noch ein Bier trank oder weil ihre Großmutter dort mit den Landfrauen strickte. Ihre Tobsuchtsanfälle führten wiederum meist dazu, dass sie in der kommenden Woche die Sendung auch nicht hören durfte und sich dann heimlich zu Doro schleichen musste, um mit ihr zusammen Radio zu hören. Unvorstellbar, wenn sie am nächsten Tag nicht mitreden könnte.

Sie stritten sich, welcher Beatle ihnen der liebste war, und wer welchen Beatle verkörperte, wenn sie so taten, als wären sie die ›Beatles‹. Sie schrabbten auf Holzstücken, die ihnen als Gitarren dienten, und schrien *Yeah, yeah, yeah* in die Haarbürsten, die ihre Mikrofone waren. So ausgelassen sie auch waren, Paula war immer auf der Hut und gab sich immer Mühe, abwechselnd zu Doro zu halten, die ja ihre Freundin war, aber auch zu Wolfgang, damit Doro ihn nicht ganz und gar alleine vereinnahmte. Gleichzeitig versuchte sie, sich mit Wim anzufreunden. Aber nicht so komplett, nicht so, dass es nur noch heißen würde, Paula und Wim, Wolfgang und Doro. Es war wichtig, dass sie nicht zwei Pärchen, sondern ein Kleeblatt waren.

»Wir könnten doch auch selbst eine Band gründen«, schlug Paula vor, als sie mit Doro, Wim und Wolfgang vor dem Plakat einer Beatband stand, die sich ein paar Dörfer weiter gegründet hatte und am Sonntagnachmittag in der Glastanzdiele in Ohmdorf auftreten würde.

»Wir?«, fragte Wolfgang und lachte. »Ich spiele überhaupt kein Instrument, und selbst wenn, dann bin ich ja noch lange keine Band!«

»Na, ich singe, du spielst Schlagzeug, und Doros Vater hat eine Gitarre, da kann er ihr doch auch beibringen, wie man spielt. Und Wim besorgt sich eine Bassgitarre.«

»Zwei Mädchen in einer Band?«

Wolfgang lachte sich schier kaputt, und Doro lachte mit, weil er lachte. Wim grinste.

»Warum denn nicht?« Paula fand das überhaupt nicht lustig.

»Sag mir eine einzige Beatband mit Mädchen. Und komm mir jetzt nicht mit deiner Conny.«

»Ist überhaupt nicht meine Conny.« Paula bereute es schon, Wolfgang überhaupt davon erzählt zu haben, dass sie mal für Conny Froboess geschwärmt hatte.

»Und überhaupt ist es ja wohl egal, dann sind wir halt die Ersten, die Mädchen in der Band haben, oder Doro?«

Doro zuckte die Achseln. »Ich finde, Wolfi hat recht. Das ist nichts für Mädchen.«

»Beat ist Beat, egal, wer ihn spielt!« Paula sah ihre Freunde fassungslos an. »Wim? Jetzt sag doch auch mal was.«

Wim zuckte die Achseln. »Keine Ahnung. Wäre schon irgendwie komisch, Mädchen auf der Bühne.«

»Mensch, Paula, kein Mädchen würde kommen, die kommen doch nur wegen der Jungs! Und die Jungs würden auch nicht kommen! Warum sollten sich denn Jungs Mädchen auf einer Bühne anschauen?«

Wolfgang schüttelte den Kopf.

»Warum denn nicht?« Paula war empört. Sie konnte es kaum glauben, dass ihre Freunde sich so dagegen sträubten. »Ich gehe jedenfalls zu Bands, um mir Beat anzuhören, und nicht, weil es Jungs sind. Und diese dummen Jungs hier«, sie deutete auf das Plakat, »die interessieren mich überhaupt gar nicht.«

Paula drehte sich um und ging wütend davon. Irgendwohin, Hauptsache in eine andere Richtung. Was war nur mit ihren Freunden los? Glaubten die denn wirklich, dass nur Männer auftreten konnten? Okay, die ›Beatles‹ waren Männer. Aber das hieß doch nicht, dass Mädchen und Frauen nicht auch Beat spielen konnten? Über ihre zugegeben wirklich dumme Idee, dass Wim die Bassgitarre spielen könnte, hatte niemand auch nur ein Wort verloren.

Zu dem Konzert in der Tanzdiele ging Paula dann tatsächlich nicht. Sie tat so, als ob sie etwas Besseres vorhätte. Natürlich wussten alle drei, dass sie nichts Besseres vorhaben konnte, als mit ihren Freunden zu dieser Band zu gehen. Sollten sie doch wissen, dass sie gekränkt war. Aber gekränkt war eigentlich das falsche Wort dafür. Eigentlich war das Gefühl viel schlimmer. Es saß tiefer als eine Kränkung. Sie hatte Angst, dass sie falschlag, und dass etwas nicht mit ihr stimmte. Dass ihre Ideen und Gedanken zu seltsam waren, um ernstgenommen zu werden. Dass sie zu seltsam war. Nicht nur für ihre Eltern, sondern auch für ihre Freunde. Und wen hatte sie dann überhaupt noch? Sie hatte gedacht, sie könnten gemeinsam anders sein. Gemeinsam gegen den Rest der Welt.

Das war wirklich dumm gewesen von ihr. Mutter hatte recht. Sie musste lernen, sich zusammenzunehmen. Lernen, öfter mal den Mund zu halten. Paula fühlte sich einsamer als je zuvor.

1963

Als das Wetter zu Beginn des Jahres allmählich besser wurde, durfte Paula Oma Lisette in Rauenthal besuchen. Beinahe hätte es nicht geklappt, weil ihr Vater meinte, Kinder gehörten nach Hause und müssten nirgendwohin fahren. Aber ihre Mutter hatte etwas von »Verpflichtung der Familie gegenüber« geredet, auch Oma Lisette brauche Hilfe, und sie hatte schließlich niemanden sonst, und dann durfte sie fahren.

»Ich weiß ja, dass du sie gernhast«, sagte Mutter abends beim Gute-Nacht-Sagen, als Paula sich dafür bedankte, dass sie ein gutes Wort für sie eingelegt hatte. »Meine Großmutter habe ich erst spät kennengelernt, da war ich schon so alt wie du jetzt. Wenn ich sie besucht habe, dann war das wie eine Reise in eine andere Welt, das hat mir gefallen.«

»Was war das denn für eine andere Welt?«

Andere Welten, das war etwas, was Paula interessierte. Außerdem kam es selten vor, dass ihre Mutter und sie sich so unterhielten. Sie wollte nicht, dass es aufhörte. Es war ein Moment wie früher, wenn sie zusammen noch halb in der Nacht zum Backhaus zum Anfeuern gegangen waren.

»Meine Großmutter war eine feine Dame, und sie lebte in einer sehr feinen Wohnung. Mit schönen Möbeln, kostbaren

Teppichen. Der Tisch wurde mit Silber und Kristall gedeckt. Alles war richtig vornehm.«

»Und warum sind wir dann nicht auch vornehm?«, fragte Paula schnell, denn Mutter hatte schon wieder die Türklinke in der Hand. Das hieß, dass ihr Gespräch gleich vorbei sein würde.

»Das ist alles lange her«, sagte Mutter knapp. »Schlaf schön.«

Charlotte zog die Tür hinter sich zu, lehnte sich gegen die Wand im Flur und atmete tief durch. Ob es falsch war, Paula zu ihrer Mutter fahren zu lassen? Es gab viel zu viel, was lange her war, was zum Glück lange vorbei war, und an dem nie mehr gerüttelt werden sollte. Durch Paula wurde nun aber wieder daran gerüttelt. Unsinn, versuchte sie sich selbst zu beruhigen. Das Kind besuchte seine Großmutter. Was war denn schon dabei? Aber richtig wohl war ihr nicht. Warum hatte sie sich bloß dafür ausgesprochen, vorhin beim Abendessen? Sie hätte auch einfach den Mund halten können. Die Vergangenheit war vergangen. Das war ja das Gute daran.

Kurz schloss sie die Augen und genoss den kleinen Moment der Ruhe. In letzter Zeit war sie oft müde. Sie merkte, dass sie älter wurde und dass ihr die Arbeit nicht immer so leicht von der Hand ging wie früher. Es gab viel Arbeit hier auf dem Hof. Als sie damals hierhergekommen war, hatte es gutgetan, sich mit Arbeit zu betäuben. So viel und hart zu arbeiten, dass sie abends einfach nur ins Bett fiel, und ohne einen einzigen Gedanken in einen traumlosen Schlaf sank, aus dem sie morgens hochschreckte, um wieder zu arbeiten. Es gefiel ihr noch immer, dass es viel zu tun gab, dass man immer mit irgendetwas beschäftigt war und stets wusste, was danach zu tun war und danach. Aber was sie mit dreißig noch gut geschafft hatte, das fiel ihr jetzt, mit Mitte vierzig, schon schwerer. Fritz ging es ebenso. Ihre Schwiegermutter Helene war ein zäher Knochen, genau wie ihre eigene Mutter. Als ob jeder Krieg sie abgehärtet und gegerbt hätte, bis sie ganz zäh geworden waren. Zwei Kriege, es war unvorstellbar. Sie hatte den einen Krieg schon kaum überlebt. Wie hatten diese Frauen das bloß geschafft? Helene war Mitte sechzig und ihre Mutter schon über siebzig. Manchmal hatte sie ein schlechtes Gewissen, dass sie ihre Mutter so alleine ließ. Sie könnte in ihrem Alter viel mehr Hilfe gebrauchen, so zäh sie auch war. Aber sie hatte ja Henri. Ihr Bruder lebte immerhin im gleichen Ort, der half ihr bestimmt, auch wenn sie nie über ihn sprachen, als hätten sie es miteinander abgesprochen. Seit sie ihre Mutter gebeten hatte, wegzubleiben, war sie tatsächlich nie wieder nach Lerchenrod gekommen. Zwei-, dreimal im Jahr trafen sie sich in Frankfurt, gingen zusammen mit Paula in den Zoo und hinterher Eis essen. Manchmal trafen sie sich im Kaufhaus Schneider, kauften etwas Neues zum Anziehen und aßen hinterher Torte im Café des Kaufhauses, das sich im Dachgeschoss befand. Es war immer ein großer Tag für Paula, und wenn sie ehrlich war, dann waren es auch für sie besondere Tage, die sie genoss. Aber jedes Mal, wenn sie sich trafen, hing die Frage in der Luft, wann sie sich wiedersähen, warum sie nicht einfach mit ihrer Mutter nach Rauenthal fuhren und ein paar Tage blieben. Sie führte immer den Hof an, dass sie Fritz nicht alleine den Stall überlassen könne, dass es zu viel Arbeit gäbe. Es stimmte ja auch. Und es stimmte auch nicht. Denn wenn sie es wirklich gewollt hätte, hätten sie für zwei, drei Tage natürlich immer eine Lösung finden können. Aber sie wollte nicht nach Rauenthal fahren. Nie mehr.

Sie erinnerte sich daran, wie wütend sie auf ihre Mutter gewesen war, damals, weil sie ihre Wiesbadener Großmutter und sie voneinander ferngehalten hatte. Lisettes Freundin Henriette hatte eingreifen müssen, damit sie sie überhaupt besuchen durfte. Als Kind hatte sie es natürlich überhaupt nicht verstanden, in welche Zwickmühle sie ihre Mutter damit gebracht hatte, die ihre hochwohlgeborene Herkunft jahrelang wie ein Geheimnis verschwiegen hatte. Weil sie sich geschämt hatte, ihren Kindern zu offenbaren, dass sie weggelaufen war von zu Hause. Und nun wahrte sie selbst ihre Geheimnisse vor ihrer Familie.

Trotzdem war es gut, dass Paula jetzt hinfuhr. Das Mädchen war alt genug, der Großmutter mit vielem zu helfen, und die beiden mochten sich gern. Sie würde es Paula noch einmal einprägen, dass sie ihrer Oma so viel wie möglich zur Hand gehen sollte.

Aus der Räucherkammer, die sich am Ende des Flures auf der Nordseite des Hauses befand, kam heute ein starker Geruch. Das Wetter würde drehen. Wenn das Wetter schlechter wurde, drückte es immer durch den Abzug über dem Kamin nach unten, und das ganze Stockwerk hier oben roch nach Geräuchertem. Sie sollte den Geruch mögen. Dass sie Wurst räuchern konnten, bedeutete, dass es ihnen gut ging und dass sie alle genug zu essen hatten. Aber sie mochte den Geruch trotzdem nicht.

»Sollen wir einen Abendspaziergang machen und auf den Rhein schauen.«

»Jetzt noch?« Paula sah ihre Großmutter Lisette überrascht an.

»Es dämmert ja erst.«

Paula nickte begeistert und schlüpfte in ihre Schuhe. Wie anders das Leben hier war als zu Hause. Gestern hatten sie abends Musik gehört. Heute gingen sie zusammen über Feldwege aus dem Dorf hinaus. Rauenthal lag oben auf dem Hügel über dem Rhein, und im Tal begannen die Lichter von Eltville in der Dämmerung zu funkeln. Die Weinberge waren noch kahl und rochen herb. Während die Dunkelheit sich allmählich herabsenkte, kamen sie zu der kleinen Anhöhe, unterhalb derer sich die Weinberge die Hänge hinunter bis zum Rhein zogen. Sie setzten sie sich auf eine Bank und schauten ins Tal.

»Das ist ja praktisch, dass die hier steht«, sagte Paula, und Lisette lachte.

»Ja. Die hat Henri hier für mich aufgestellt, als ich siebzig wurde. Er fand, dass seine alte Mutter auf einer Bank sitzen sollte und nicht mehr auf der Wiese. Wahrscheinlich hatte er Angst, dass ich irgendwann nicht mehr alleine hochkomme.«

Paula hatte ihren Onkel Henri erst gestern kennengelernt. Er hatte ihr seinen Weinkeller gezeigt und sie sogar verschiedene Schlucke Wein probieren lassen. Sie sollte sagen, welcher ihr am besten schmeckte, und dann hatte er ihr eine Flasche aus ihrem Geburtsjahr geschenkt. 1949 stand auf dem Etikett.

»Die trinkst du mal, wenn du heiratest«, sagte er und erklärte, dass sie sie am besten im Keller zu Hause aufbewahren sollte. »Deine Mutter weiß schon, wo sie am besten liegt, die fragst du mal.«

Und er konnte so gut Witze erzählen. Paula hoffte, dass sie sich alle merken konnte.

Vom Weinkeller waren sie in die Küche gegangen. Dort hatte Onkel Henris Frau, Tante Gundel, einen Teller mit Keksen gerichtet.

»Ach, verschenkst du wieder deinen guten Wein«, sagte sie, als sie die Flasche in Henris Hand sah, und bückte sich, um hinter Paula ein Blättchen aufzuheben, das sie am Schuh mit in die Küche gebracht hatte. Paula fühlte sich sofort schuldig und wagte kaum, sich zu bewegen.

»Da lernen sich Cousin und Cousine ja endlich mal kennen!«

Lisette winkte Paula herbei und setzte sich zu dem kleinen Hubert an den Küchentisch. Hubert schaute sie nur kurz an, sein Interesse galt allein dem Teller mit den fünf Keksen, der in der Mitte des Tisches stand. Fünf Kekse! Das war genau einer für jeden. Das kannte Paula von zu Hause nicht, dass Essen abgezählt wurde, wenn Besuch kam. Tante Gundel füllte einen Krug Wasser ab, und wischte sofort mit einem Tuch durch das blitzblanke Spülbecken, weil ein Wassertropfen danebengegangen war. Paula saß stocksteif vor Angst, irgendetwas schmutzig zu machen. Wasser war doch sauber. Das musste man doch nicht wegwischen. Lisette teilte ihren Keks in zwei Hälften für die Kinder, und auch Onkel Henri bot ihnen seinen Keks an. Aber Paula lehnte höflich ab. Sie hatte das Gefühl, es wäre besser, das Angebot abzulehnen.

»Dann esse ich ihn ganz alleine«, sagte Paulas kleiner Cousin und stopfte ihn in seinen kleinen Mund. Auch das wäre bei ihnen zu Hause anders gewesen. Man hätte es nicht geduldet, dass der Besuch weniger bekam, der Keks wäre einem Gast förmlich aufgezwungen worden. Paula mochte Hubert nicht und Tante Gundel auch nicht. Aber Onkel Henri war lustig, den mochte sie richtig gerne.

»Warum kennen wir Onkel Henri eigentlich gar nicht?«, fragte Paula ihre Großmutter. »Er ist doch Mamas Bruder, und er ist so lustig! Warum besucht er uns nie? Ist es wegen Tante Gundel und wegen Hubert?«

»Ach, die Gundel«, Lisette seufzte und schüttelte den Kopf. »Nein, nein. Als Lotte und Henri klein waren, haben sie sich immer so gut verstanden …«

Lisette sprach nicht weiter, und Paula dachte schon, dass sie die Frage vergessen hätte. Aber dann lächelte sie Paula an.

»Man muss manche Dinge einfach ruhen lassen … Siehst du die Schiffe?« Sie deutete auf die bunten Lichter der Frachtkähne, die langsam den Rhein hinunterzogen. »Als ich so alt war wie du, habe ich davon geträumt, mit ihnen in die weite Welt zu ziehen. Ich hatte immer große Sehnsucht nach der weiten Welt. Deshalb sitze ich hier so gerne.«

»Ich habe auch Sehnsucht. Ich will nicht immer in Lerchenrod bleiben. Aber warum bist du denn hiergeblieben und nicht mehr durch die Welt gezogen wie die Schiffe?«

»Emile und ich sind früher oft gereist. Wir waren in Paris, in Italien, auf Stoffmessen, in England, in Wien. Bis der Krieg kam, der erste Krieg, da haben wir viel gesehen. Und ohne meinen Emile wollte ich dann nirgends mehr hin. Ich wollte hierblieben, wo wir immer zusammen waren. Wo ich am besten an ihn denken kann.«

»Denkst du immer noch an ihn?«

»Jeden Tag.«

»Aber er ist doch so lange schon tot, Mama kennt ihn ja noch nicht mal …«

Lisette nickte. »Jeden einzelnen Tag denke ich an ihn. Wenn man einmal so eine große Liebe erlebt hat, dann reicht die für ein ganzes Leben.«

Auf dem Rückweg gingen sie an Lisettes Haus vorbei, obwohl es schon dunkel war, und gingen weiter ins Dorf, wo sie das erste Veilchen für Emile an das Kriegerdenkmal legten, das sie am Wegrand gepflückt hatten.

»Veilchen, fast so blau wie seine Augen«, sagte Lisette. »Oder wie die deiner Mutter. Oder deine. Ihr habt beide seine Augen. Wenn ich euch sehe, sehe ich ihn. Er ist noch immer irgendwie da, weißt du.«

Zu Hause holte Lisette eine Schachtel aus ihrem Zimmer. Sie war voller Briefe von Emile, die er Lisette aus dem Krieg geschrieben hatte. Paula las einen nach dem anderen. Sie waren voller Schönheit, voller Liebe. Solche wundervollen Worte hatte sie noch nie gehört. Sie war sich sicher, dass ihre Mutter und ihr Vater nicht so miteinander sprachen, und sie schwor sich, auch so etwas erleben zu wollen. Solche Worte hören zu wollen. *Nachts streichele ich die Seide, die Du an mein Herz genäht hast, so wie Du selbst fest in mein Herz genäht bist. Küsse meine Geliebte, Küsse für Dich, mein Lieschen … bitte vergiss nicht zu essen, damit Du durchhältst meine Liebste … ich will nichts anderes als nach Hause kommen. Gibt es ein schöneres Paradies als das?*

Paula bemerkte gar nicht, dass ihr Tränen übers Gesicht liefen. Erst als eine Träne auf den Brief in ihrer Hand tropfte, merkte sie, dass sie weinte, und wischte sich schnell übers Gesicht.

»Jetzt habe ich den Brief nass gemacht, das wollte ich nicht …«

»Auf die Briefe sind schon viele Tränen getropft, mein kleiner Schatz, das halten sie aus.«

»Erzähl mir noch mehr von meinem Opa«, bettelte Paula, und Lisette erzählte, wie sie Emile kennengelernt hatte, wie er sie erkannt hatte, als einziger Mensch auf der Welt, wie sie zusammen weggelaufen waren und alles hinter sich gelassen hatten.

»Man denkt ja oft, dass die Familie, also genau die Menschen, die einem am nächsten sind, einen auch am besten kennen müssten, weil man sich jeden Tag sieht, weil man zusammenlebt. Aber das ist oft gar nicht der Fall.«

Paula sah Lisette erstaunt an, denn sie sprach ihr mitten aus der Seele.

»Emile zu begegnen war wie ein Wunder. Weißt du, wir haben uns ins Herz schauen können. Er wusste, wer ich bin, ohne dass ich ihm viel erklären musste. Und weil es verboten war, dass wir uns treffen, und alle versucht hätten, uns auseinanderzubringen, sind wir zusammen weggelaufen.«

»Hattest du da keine Angst?«, fragte Paula, und Lisette lächelte.

»Doch. Natürlich hatte ich Angst. Aber ich wäre erstickt, wenn ich geblieben wäre! Und ich habe es nie bereut. Es hat oft wehgetan, dass ich meine Familie dadurch verloren habe, aber nein, bereut habe ich es nie. Zu bleiben wäre wahrscheinlich noch schmerzhafter gewesen.«

Paula fühlte sich bei Lisette so verstanden wie nie. Hier war nichts falsch, alles war gut, sie war gut. Lisette verstand ihre Sehnsucht, verstand, dass sie mehr wollte als in Lerchenrod zu finden war. Nachts lag Paula lange wach und begann davon zu träumen, aus Lerchenrod wegzulaufen, begann davon zu träumen, verstanden zu werden, geliebt zu werden und schöne Briefe zu bekommen. Ihren eigenen Emile zu treffen, der bei ihr blieb, für immer, weil es keinen Krieg mehr geben würde, nie wieder.

Tagsüber arbeiteten sie im Garten, und Paula half ihrer Großmutter beim Umgraben, beim Holzschichten und beim Fegen, überhaupt bei allem, bei dem sie helfen konnte. Lisette war begeistert davon, was Paula alles konnte.

»Noch keine vierzehn und schon so patent«, sagte sie immer wieder. Lisette verstand auch, dass sie donnerstags am Abend unbedingt Radio hören wollte. Sie setzte sich sogar dazu, um zu hören, was Paula so faszinierte. Sie hielt sich dann bei jedem zweiten Lied die Ohren zu, manchmal lachte sie lauthals über den Krach, der da aus dem kleinen Lautsprecher tönte, und Paula fühlte sich beobachtet. Sie befürchtete, jetzt bei ihrer Großmutter durchzufallen, weil sie so eine Sendung mochte. Aber Lisette hörte bis zum Schluss mit, und danach stellte sie fest, dass die Musik sehr ungestüm und laut wäre.

»Und ich glaube, genau das gefällt euch jungen Leuten, oder?«

»Meinen Eltern gefällt die Musik überhaupt nicht«, erzählte Paula. Und dass sie sie nur sehr, sehr leise hören durfte im Küchenradio, und wenn die Strickrunde der Lerchenroder Landfrauen einmal im Monat bei ihnen in der Küche stattfand, dann musste sie sich heimlich zu den Nachbarn schleichen, um die Musik hören zu können.

Lisette nickte nachdenklich. Sie wüsste nun ein Geburtstagsgeschenk für Paula, manchmal gäbe es Sonderbedingungen für sehr frühe Geburtstagsgeschenke.

»Und ich glaube, so einen Fall haben wir hier gerade. Morgen fahren wir hinunter nach Eltville. Da gibt es ein Elektrogeschäft. Und da kaufen wir dir ein kleines Transistorradio. Dann kannst du deine Musik hören, wo und wann du willst.«

Das kleine Radio war das beste Geschenk, das Paula je bekommen hatte. Es war cremefarben und hatte eine Antenne, die man ausfahren und ausrichten musste, damit die Töne eingefangen werden konnten.

Paula weinte, als die Woche vorbei war und Oma Lisette sie in Wiesbaden wieder in den Zug setzte. Sie hatte das Gefühl, noch nie eine so schöne Woche erlebt zu haben. Voller bunter Farben, voller Musik, voller großer Gefühle und neuer Träume, eine Woche voller leuchtender Tage. Und sie ahnte schon, dass es besser sein würde, zu Hause nicht allzu viel davon zu erzählen, nicht zu sehr zu schwärmen, sondern lieber dafür zu sorgen, dass sie bald wieder hinfahren durfte. Und bis es soweit war, hatten ihre Träume eine neue Richtung. Und sie hatte ihr eigenes Transistorradio.

Was nicht gut zu ihren Träumen passte, war die Tatsache, dass ihr letztes Schuljahr in der Dorfschule bald zu Ende ging. Nach acht Jahren waren die vorgesehenen Klassen durchschritten, und die Zukunft, die auf sie alle wartete, war plötzlich zum Greifen nah.

Die meisten aus ihrer Klasse würden auf die Landwirtschaftsschule gehen, die wenigen, die keinen eigenen Hof hatten, gingen auf die Handelsschule. Manche machten auch eine Lehre oder gingen gleich arbeiten.

Da Wims älterer Bruder den Hof der Eltern erben würde, musste Wim auf die Landwirtschaftsschule gehen, in der Hoffnung, ein Mädchen kennenzulernen, das einen Hof erben würde und einen Mann brauchte. »Na, da hast du ja schon mal zwei zur Auswahl«, neckte ihn Wolfgang. »Oder suchst du dir lieber eine dritte?«

»Mal sehen, was sich so findet …«, grinste Wim, und Paula runzelte die Stirn.

Wolfgang würde mit seiner Mutter zurück nach Frankfurt gehen und dort ein Gymnasium besuchen. Doro brach in Tränen aus, als er es nach den Osterferien erzählte.

»Geht deine Mutter zurück zu deinem Vater?«, fragte Paula. Und als Wolfgang nickte, fand sie das noch trauriger als die Tatsache, dass Wolfgang nicht mehr in Lerchenrod sein würde. Diese Frau hatte weggehen wollen, weil sie das Leben mit ihrem Mann nicht mochte, und nun ging sie genau dahin zurück. Obwohl sie erwachsen war? Das war doch schrecklich.

»Und findest du das richtig?«, fragte sie ihn.

»Natürlich findet er das richtig!« rief Doro aufgebracht. »Er ist doch heilfroh, wenn seine Eltern sich wieder vertragen und alles wieder normal ist und so, wie es sich gehört. Es ist ja auch richtig so. Aber … aber …« Sie brach erneut in Tränen aus.

Wolfgang sagte dazu nichts, und Paula sah ihn fragend an. »Und? Findest du es jetzt gut oder nicht?«

»Meine Mutter … na ja, sie will eben auch, dass ich aufs Gymnasium gehe. Sie will mir die Zukunft nicht verbauen. Und weil ich nur aufs Gymnasium gehen kann, wenn wir zurückkommen, machen wir das jetzt.«

Paula war schockiert. »Das ist doch Erpressung.«

»Was soll sie machen?«, fragte Wolfgang. »Unser Onkel will uns nicht mehr bei sich haben. Sie findet keine Wohnung, weil sie keine Arbeit hat, und sie findet keine Arbeit, weil sie die Erlaubnis meines Vaters dafür nicht bekommt. Das ist eben das Gesetz.«

»Wir haben das Grundgesetz doch durchgenommen. Männer und Frauen sind gleich«, protestierte Paula. »Das ist doch nicht gerecht!«

Wim zuckte die Achseln. »Ist halt so.«

»Männer sind anscheinend noch ein bisschen gleicher«, sagte Paula empört. »Findet ihr das nicht fürchterlich ungerecht?«

Paula starrte ihre Freunde fassungslos an. Die zuckten die Achseln, es sei halt so, was solle man denn machen?

»Na, wenn man nicht das machen kann, was man will, muss man doch weggehen dürfen! Da kann man ja auch gleich bei den Eltern bleiben! Die erzählen einem auch, was man tun und was man lassen soll. Also, wenn das so ist, will ich wirklich nie heiraten!«

Die drei lachten, als ob Paula einen Witz gemacht hätte, dabei war es ihr bitterernst. Sie erinnerte sich an das Gespräch mit Lisette, und dachte, dass die drei sicher nicht in ihr Herz schauen konnten.

»Wim«, sagte Wolfgang, »da hörst du es, deine Auswahl reduziert sich gerade! Kommt ihr mich denn mal besuchen?« Wolfgang versuchte das Thema zu wechseln. »Wenn ihr in Marburg auf die Landwirtschaftsschule geht, könnt ihr von dort mit dem Zug nach Frankfurt fahren. Das dauert gar nicht lange. Dann können wir Eis essen gehen und Platten hören. Im Geschäft von meinem Vater.«

»Das werden wir nicht dürfen«, sagte Doro betrübt.

»Ich gehe sowieso nicht auf die Landwirtschaftsschule«, sagte Paula.

»Aber was machst du denn dann?« Alle drei stellten wie aus einem Mund die gleiche Frage.

Jetzt lachte Paula, als hätte sie einen Witz gemacht, um nicht länger darüber reden zu müssen. Sie war selbst noch ganz überrascht, dass sie das gesagt hatte. Aber in dem Moment, als ihr der Satz über die Lippen gekommen war, war ihr klar geworden, dass er stimmte. Egal wie sie es bewerkstelligen würde, keine zehn Pferde würden sie auf diese Schule bringen. Weil sie nichts von dem wirklich lernen wollte, was man ihr dort beibringen würde. Sie sah das Leben plötzlich in aller Klarheit vor sich, das für sie vorbestimmt war. Landwirtschaftsschule, Unterricht im Kochen, Putzen, Stopfen, Haushalten, einen guten zuverlässigen Landwirt ohne eigenen Hof kennenlernen, wie Wim, sich verlieben und heiraten. Damit er mit zu ihnen auf den Hof kommen würde. Mit ihm in den beiden Zimmern oben leben, den Vater und die Mutter entlasten, wenn sie älter wurden, und irgendwann einmal den Hof alleine führen, die Eltern versorgen und niemals aus Lerchenrod hinauskommen. Damit sich all die Schmerzen des Vaters gelohnt hatten. Damit er einen Nachfolger hatte für alles, was er erhalten wollte. Das Gründchen, das Auenstück, die Kornhohl, Haus und Hof und Hühnerstall.

Niemals. Nein, da würde sie nicht mitmachen. Da konnte sie nicht mitmachen. Auch wenn Wim sie gerade verständnislos ansah. Sie mochte Wim gern. Aber nicht so. Und den großen Wunsch ihres Vaters, dass seine Tochter den Hof übernehmen würde, den würde sie ihm nicht erfüllen können.

Für Doro war das alles völlig in Ordnung. Sie freute sich darauf, nach der Landwirtschaftsschule wieder in Lerchenrod zu leben und den Hof irgendwann zu übernehmen. Sie freute sich auf dieses Leben. Ab und zu in die Glastanzdiele fahren, tanzen, einen eigenen Lippenstift haben, Musiksendungen im Fernsehen in der Wirtschaft im Ort schauen und vielleicht irgendwann einen eigenen Fernseher haben. Ansonsten würde sie alles genauso weitermachen wie ihre Eltern.

Paula wusste zwar noch nicht, wie sie all dem entkommen könnte, aber sie würde es irgendwie schaffen. Sie musste es schaffen. Und sie spürte mit einem unerwartet heftigen Schmerz, wie weit man voneinander entfernt sein konnte, auch wenn man den Alltag, die Hausaufgaben und die Musik teilte. Eigentlich waren es die Träume, die einen wirklich verbanden. Und letztlich waren es dann auch die Träume, die einen einsam machten, wenn man sie alleine träumte.

Noch vor dem Ende des Schuljahres ging Fräulein Färber sehr plötzlich in Rente, und ein neuer junger Lehrer kam in ihre Schule. Er trug Blue Jeans, und seine Haare waren zwar nicht lang, aber auch nicht richtig kurz. Sie waren beinahe lang. Er sah eigentlich fast so aus, wie sie alle hier auf der richtigen Seite des Schulhofs aussahen.

Als er in die Klasse kam, setzte er sich als Erstes aufs Pult. Unglaublich, dachte Paula und hielt den Atem an. Mit seinen blauen Amihosen saß er fröhlich vor ihnen, schaute sie alle an und stellte sich vor.

»Ich heiße Hannes Metz, und ich bin euer neuer Lehrer. Sagt mal, mögt ihr Geschichte? Wer von euch findet es denn spannend, Jahreszahlen von den Römern auswendig zu lernen?«

Alle lachten. Die blöde Maria, die ein Jahr älter war als sie alle, weil sie eine Klasse wiederholt hatte, lachte ganz besonders laut und legte den Kopf schief. Paula hatte den Verdacht, dass sie ihren Pullover dabei noch strammer nach unten zog, damit ihre kleinen Brüste besser zu sehen waren. Doro und sie zogen die Augenbrauen hoch. Natürlich fiel Maria Hannes Metz auf, sie fiel überall auf. Und es machte Maria überhaupt nichts aus, sich lachend in den Mittelpunkt zu stellen. Paula fand sie fürchterlich doof, und gleichzeitig beneidete sie Maria darum, dass sie es sich einfach traute, so fürchterlich doof zu sein.

Was glaubst du eigentlich, wer du bist?

»Habt ihr euch schon mal darüber Gedanken gemacht, dass unsere Zeit heute in hundert Jahren auch Geschichte ist?«

Nein, darüber hatte Paula sich noch nie Gedanken gemacht, aber es war ein spannender Gedanke. »Aber was könnte denn an unserer Zeit jetzt wichtig sein?«, fragte sie den Lehrer, ohne sich überhaupt gemeldet zu haben. »Was sollen denn Schüler irgendwann vielleicht mal über uns lernen?«

Er nickte. »Genau. Das ist die große Frage. Fällt dir etwas ein, was dieses oder letztes Jahr passiert ist, worüber man vielleicht einmal sprechen wird?«

Paula überlegte nicht lange. »Die ›Beatles‹ sind passiert.«

Die ganze Klasse lachte.

»Kann gut sein, dass das mal in den Geschichtsbüchern steht.« Herr Metz nickte.

»Schwachsinn«, sagte der dicke Willi, der inzwischen noch

dicker geworden war, und schlug auf den Tisch. »Die halbstarken Affen sollen doch in den Urwald mit ihrem Geschrei!«

Herr Metz wurde rot und fixierte Willi. »Wer hier wild auf den Tisch haut und seine Ausdrucksweise nicht im Griff hat, gehört vielleicht selbst in den Urwald?«

Jetzt war es Willi, der rot wurde, und Paula freute sich darüber. Auf jeden Fall gefiel der neue Lehrer ihr immer besser.

Am Ende der Stunde gab es ungewöhnliche Hausaufgaben. Sie sollten eine Liste aufstellen von allem, was wichtig gewesen war. Was war 1962 und 1963 passiert, wovon man vielleicht in fünfzig oder hundert Jahren noch reden würde?

»Zusätzlich zu den ›Beatles‹«, ergänzte er und zwinkerte Paula zu. »Die gehören natürlich auch auf die Liste.«

Paula war elektrisiert. Dann lebten sie gar nicht in einem Nichts, wie sie immer dachte? In einer Nicht-Zeit, die nichts bedeutete, weil die Zeit, die vor ihrer Geburt lag, immer so viel bedeutsamer gewesen war. So bedeutsam, dass niemand mehr darüber sprach und allen die Worte dafür ausgegangen waren. Paula wollte unbedingt ganz viele wichtige Ereignisse sammeln, unbedingt ihrer Zeit eine Bedeutung geben. Sich eine Bedeutung geben, eine ungewöhnliche Idee haben für diesen ungewöhnlichen Lehrer. Und für sich selbst.

»Was war denn im letzten Jahr besonders?«, fragte sie beim Abendessen, und ärgerte sich, dass sie immer so wenig Nachrichten mitgehört hatte.

»Gab wenig Äpfel«, sagte ihr Vater. Und die Großmutter sagte, dass sie den neuen Trecker gekauft hatten.

»Das meine ich nicht, ich meine etwas Richtiges!«

»Was ist denn daran nicht richtig?«, wollte ihr Vater wissen.

»Etwas richtig Wichtiges eben, etwas Wichtiges für die Welt!«

»Für unsere Welt ist das wichtig.«

»Etwas wie für ein Geschichtsbuch. Worüber man in fünfzig Jahren noch spricht. Das ist meine Hausaufgabe für die Schule.«

»Dann wird's ja Zeit, dass die Schule vorbei ist, wenn nur noch herumspekuliert wird und sie euch nichts mehr beibringen können.«

»Ich will aber gute Noten haben in meinem Abschlusszeugnis.«

Ihr Vater schluckte seinen unzählige Male gekauten Bissen hinunter und trank einen kleinen Schluck Bier, um nachzuspülen. Bevor er das nächste Stück vom Brot abbiss, schüttelte er noch mal den Kopf.

»Ist gut, wenn du ein kluges Mädchen bist, aber gute Noten brauchst du nicht im Kuhstall. Und auf dem Feld auch nicht.« Er deutete mit dem Messer aus dem Fenster zu den Feldern. »Das, was du da draußen lernst, das ist wichtig. Und dass du einen gescheiten Mann findest, der das hier alles mit dir aufrechterhält. Das ist wichtiger als gute Noten.«

»Gute Noten schaden jedenfalls nicht. Man weiß nie, was kommt«, sagte Mutter.

»Was weißt du denn von guten Noten?«, fragte der Vater und sah Mutter stirnrunzelnd an.

»Ich hatte immer gute Noten. Aber mein Bruder ist auf die Weinbauschule, und ... dann kam der Krieg«, sagte sie nach kurzem Zögern. »Da hat niemand mehr nach guten Noten gefragt.«

Damit war das Thema erledigt. Das Abendbrot war fertig, und Mutter erhob sich, um den Tisch abzuräumen. Nach einem Wink von ihr stand Paula ebenfalls auf und half ihr, das Geschirr zum Spülstein zu tragen. Sie ließ Wasser und reichlich Seife in die Spülschüssel laufen. Das heiße Wasser aus dem Kessel goss sie in einem hohen Bogen dazu, damit es Schaum gab. Viel Schaum. Wenn man schon spülen musste, dann wenigstens mit Schaum.

»Dass sie eine Mauer gebaut haben, mitten durch Berlin. Dass es jetzt zwei Deutschlands gibt«, sagte Mutter, während sie abtrocknete. »Die schlimme Sturmflut in Hamburg. Und dass sie den Eichmann verurteilt haben.«

Von der Mauer durch Berlin und von der Sturmflut erzählten am nächsten Tag so gut wie alle. Auch, dass es wenig Äpfel gegeben hatte und der Winter kalt und lang gewesen war. Wolfgang und Magda hatten auch irgendetwas von Kuba gehört. Aber nur Paula wusste, dass man den Eichmann für seine Kriegsverbrechen erhängt hatte.

»Aber begeht denn nicht jeder Verbrechen im Krieg?«, fragte Paula. »Man darf nicht töten. Das ist doch ein Gebot. Aber im Krieg müssen alle töten. Also sind doch eigentlich alle Menschen im Krieg Verbrecher? Warum wird dann nur einer erhängt?«

»Weil er besonders hinterhältige, grausame und gnadenlose Verbrechen begangen hat«, antwortete Herr Metz. »Aber ich gebe dir recht. Krieg heißt, dass man bereit sein muss zu töten. Und das ist ein Verbrechen an der Menschlichkeit. Und wer dieser Meinung ist, den nennt man Pazifist. Du bist also eine Pazifistin.«

»Muss dann nicht eigentlich jeder ein Pazifist sein?«

Er nickte zustimmend.

»Aber denkt mal darüber nach: Die Amerikaner zum Beispiel haben Krieg geführt, um Hitlers Krieg zu beenden. Sie haben Krieg geführt, um Frieden herzustellen. Ist das dann richtig oder falsch? Was meint ihr?«

»Sie hätten sich raushalten sollen«, rief einer aus der letzten Reihe, und der dicke Willi rief laut: »Genau!«

»Sie hätten dabei zusehen sollen, wie in ganz Europa Unrecht geschieht? Zulassen, dass ganze Länder und Völker durch Hitler zerstört und ermordet werden? Macht euch mal Gedanken darüber, ob man da nicht besser eingreift, um Schlimmeres zu verhindern.«

Es war wirklich eine schwierige Frage. Paula drehte sich um und schaute den dicken Willi an. Sie hatte es nie vergessen, dass er den Mund nicht aufgemacht hatte, als Magda die ungerechten Schläge bekommen hatte. Als sie sich wieder nach vorne wandte, begegnete sie Magdas Blick und konnte sehen, dass sie das Gleiche dachte.

»Es ist jedenfalls richtig, nicht einfach zuzuschauen«, sagte Magda, und es war das erste Mal, dass sie etwas im Unterricht sagte, ohne direkt gefragt zu werden. Sie musste so froh sein, dass das Fräulein Färber endlich weg war.

In der Pause stellte Paula fest, dass sie ihr Pausenbrot in der Tasche vergessen hatte, und lief zurück in die Klasse, um es zu holen. Herr Metz saß noch am Lehrerpult und trug etwas ins Klassenbuch ein. Sie beschloss, diese Chance zu nutzen.

»Herr Metz, wie schafft man es, aufs Gymnasium zu gehen? Ich muss auf die Landwirtschaftsschule. Aber ich will das nicht.«

Er sah auf. »Ah, Paula, der pazifistische ›Beatles‹-Fan«, sagte er freundlich. »Dazu musst du eine Eignungsprüfung bestehen. Und du brauchst die Erlaubnis deiner Eltern natürlich. Einmal, um die Prüfung abzulegen, und dann, um das Gymnasium zu besuchen.«

Das waren gleich zwei große Hürden.

»Und könnte ich die Prüfung bestehen? Angenommen, meine Eltern würden es erlauben. Würde ich das schaffen?«

Er sah sie einen Moment nachdenklich an.

»Ich kann dir eine Prüfung vom letzten Jahr zeigen. Die schaust du dir an. Und wenn du Fragen hast, fragst du mich. Und wenn ich mal mit deinen Eltern reden soll …«

»Das mach ich besser selbst«, sagte Paula und lief beschwingt aus dem Klassenzimmer. In der Tür drehte sie sich noch einmal um. »Danke schön, Herr Metz.«

»Bitteschön«, sagte er und nickte ihr zu.

Jetzt hatte sie einen Plan. Sie würde als Erstes diese Prüfung machen. Und erst wenn sie die bestanden hatte, würde sie ihren Eltern davon erzählen. Vielleicht würde Mutter ihr helfen. Sie hatte ihr ja auch mit den Hausaufgaben geholfen.

»Bei wem wird zu Hause über die Auschwitz-Prozesse gesprochen?«

Keiner meldete sich. Herr Metz lief vor der Klasse auf und ab. Dann blieb er stehen und ließ seinen Blick über sie alle schweifen.

»Bei keinem von euch?«

Schweigen.

»Wisst ihr denn alle, was Auschwitz bedeutet und um was es bei den Prozessen geht?«

Schweigen.

»Es ist ja beileibe nicht der erste Prozess, in dem es um die Konzentrationslager geht, darüber wisst ihr doch Bescheid?«

Niemand antwortete.

»Ihr wisst es nicht oder ihr wollt es nicht sagen?«

Es blieb still in der Klasse. Ein paar Füße scharrten über den Boden, der ein oder andere Stuhl knarrte.

»Eigentlich auch egal«, sagte er und schaute eine Weile auf den Fußboden. Paula schaute Doro von der Seite an. Sie zuckte die Achseln, und Paula wünschte sich, sie hätte besser aufgepasst, als in den Nachrichten von Auschwitz die Rede gewesen war. Dass davon die Rede gewesen war, das wusste sie. Auch in der Zeitung hatte sie das Wort gelesen, zusammen mit Fotos von Männern in Anzügen. Ernste Gesichter und dunkle Anzüge. Es hatte mit dem Krieg zu tun, aber was, das wusste sie nicht. Das waren die Art von Nachrichten, die sie nicht verstand und die sie sich nie merken konnte. Die Art von Nachrichten, zu denen zu Hause niemand etwas sagte, bei denen es aber immer irgendwie unangenehm still im Raum wurde, peinlich, als ob jemand einen Fehler gemacht hätte. Paula wusste nur nicht, welchen. Aber wenn Herr Metz danach fragte, dann hatte es eine Bedeutung.

Als sie von der Schule nach Hause kam, fragte Paula ihre Mutter, was das bedeutete, die Auschwitz-Prozesse. Sie schwieg erst und rührte weiter in dem Topf, in dem die Bohnensuppe kochte. Paula dachte schon, sie würde keine Antwort mehr bekommen.

»In Auschwitz wurden schlimme Verbrechen begangen«, sagte sie nach einer Weile. »Und jetzt versucht man, die Verbrecher in diesen Prozessen zur Rechenschaft zu ziehen.«

»Verbrecher wie den Eichmann?«

Mutter nickte.

»Warum versucht man es nur?«

»Sie streiten alles ab. Rührst du mal gerade weiter?« Sie drückte Paula den Kochlöffel in die Hand, wischte sich die Hände an der Schürze ab und verschwand aus der Küche. Paula rührte weiter.

Während des Mittagessens versuchte sie es noch einmal. Ihr Vater wurde direkt laut.

»Waren wir denn dabei? Wir wissen doch nichts, oder? Wissen wir, was da war?« Er schaute alle am Tisch vorwurfsvoll an. Mutter schwieg. »Und was das jetzt in der Schule soll, das soll mir mal einer erklären.«

Das waren nicht wirklich Antworten, mit denen Paula in der Schule punkten könnte. Nachmittags versuchte sie, Zeitung zu lesen, sie wollte doch irgendetwas beisteuern können. Aber sie fand nichts heraus.

In der Schule erfuhr sie dann mehr darüber und konnte es nicht glauben. Dass Menschen zum Duschen geschickt und in den Duschen mit Giftgas getötet wurden. Und dass keiner etwas dagegen gemacht hatte. Keiner. Und dass alle sagten, sie hätten doch nichts davon gewusst.

»Aber wie kann man denn nichts davon wissen? Derjenige, der den Gashahn aufgedreht hat, der wusste doch davon! Und derjenige, der die Menschen tot in der Dusche gefunden hat, ja wohl auch. Wie kann man dann nur sagen, dass … Wie kann man nur?«

In der nächsten Aufgabe, die Herr Metz ihnen stellte, sollten sie ihre Eltern fragen, was sie während des Krieges gemacht und ob sie davon gewusst hatten? Und wie sie davon erfahren haben. Darüber wollten sie dann in der Klasse sprechen.

»Jetzt schlägt's aber dreizehn!«, brüllte ihr Vater und schlug mit der Faust auf den Tisch, dass die Teller klirrten. »Das geht niemanden etwas an. Und wenn dieser Kerl euch nichts beibringen kann, sondern nur dumm herumspekuliert, dann hat er als Lehrer hier nichts verloren.«

»Hast du denn davon gewusst, dass Juden vergast wurden, oder nicht?« Paula wusste, dass sie besser schweigen sollte, aber sie konnte nicht anders. Sie musste das jetzt wissen.

»Natürlich nicht!«, schrie ihr Vater.

Paula öffnete schon den Mund, um weiter zu fragen, da sah sie den Blick ihrer Mutter. Schweig sofort still, sagte der Blick, und Paula verstummte.

»Wusstest du davon?«, fragte Paula ihre Mutter später beim Abräumen.

»Man konnte nichts daran ändern.«

»Kannst du mir nicht irgendwas sagen, was ihr während des Krieges gemacht habt?«

»Das geht wirklich niemanden etwas an.«

»Was hast du denn gemacht in der Zeit?«

»Ich habe meiner Mutter geholfen. Und du bring mal den Schweineeimer in den Stall. Der ist ja schon wieder voll. Und dann kannst du auch gleich die Hühner einschließen.«

Warum redete niemand mit ihr? Warum wurde sie angeschrien oder angeschwiegen, wenn sie nachfragte? Es war doch sonst auch richtig, die Aufgaben für die Schule zu machen. Dieses Mal offensichtlich nicht. Worüber wollten ihre Eltern nicht sprechen? Dass sie doch davon gewusst hatten? Paula fühlte sich allen so fremd. Ihren Freunden, ihren Eltern. Sie wusste nicht mehr, wohin sie gehörte.

Die Hühner wussten genau, was Sache war, als sie zum Hühnerhaus kam. Eines nach dem anderen ging die kleine Rampe hoch und verschwand im Stall. Nur Ingeborg, die immer als Vorletzte die Rampe hochhüpfte, machte wie jeden Abend auf halber Strecke kehrt, pickte noch ein, zwei Körner und tat so, als interessiere sie das Ganze nicht, bis sie sich nach drei Schubsern von Paula bequemte, dann doch im Stall zu verschwinden. Gerda, die Letzte, wartete immer in der Nähe so lange, bis Ingeborg tatsächlich im Stall war, und hüpfte dann kreischend und flügelschlagend hinterher. Hinter Gerda verschloss Paula die Tür, damit die Hühner über Nacht sicher waren, und stand noch einen Moment still neben dem Hühnerhaus und lauschte den Hühnern, die sanft vor sich hin duckerten. Warum konnte sie nicht einfach so zufrieden sein wie die Hühner? Selbst Ingeborg, der man immer zutraute, dass sie jeden Moment die Flügel aufspannte, um einfach davonzufliegen, ging letztendlich zufrieden gackernd in den Stall, um sich einschließen zu lassen.

Früher hatte Paula sich immer zusammen mit ihrem Vater um die Hühner gekümmert. Sie hatten sie gefüttert, ihre Eier gesucht und hatten die kleinen runden Unglückseier im hohen Bogen über das Hühnerhaus geworfen, damit sie alle von Unglück verschont blieben. Manchmal, selten, hatte ihr Vater so getan, als wüsste er nicht, wo Paula das Huhn versteckt hatte, das er eigentlich schlachten wollte. Dann hatten sie sonntagmittags vor den Kartoffeln gesessen und davon geredet, wie gut das Brathuhn jetzt schmecken würde. Wenn es nicht weggelaufen wäre. Und Paula war selbst hin- und hergerissen zwischen dem Wunsch nach einem leckeren Brathuhn und der Liebe zu ihren gefiederten Freundinnen, allen voran Duckchen. Plötzlich tauchte noch eine Erinnerung auf. Sie erinnerte sich an den Tag, an dem ihr Vater die dicke Betti schlachten wollte. Die Großmutter hatte schon eine ganze Weile vor dem Haus gesessen und darauf gewartet, dass sie das Federvieh endlich zum Rupfen bekam. Weil es so lange dauerte, war Paula geschickt worden, nachzuschauen, wo denn der Vater mit der Betti blieb. Als sie zu der Ecke hinter der Scheune kam, saß ihr Vater vor dem Holzklotz auf dem Boden, das Beil lag neben ihm, und er weinte so sehr, dass es ihn schüttelte. Die dicke Betti saß ganz still neben ihm und duckerte leise vor sich hin, als wolle sie ihn trösten. Beide bemerkten Paula nicht. Paula war so erschrocken, dass sie ohne ein Wort zu ihrer Mutter gelaufen war.

Das ist noch vom Krieg, hatte sie gesagt. Aber die Lerchenroder Großmutter hatte laut geschimpft, dass ihr Sohn kein richtiger Bauer war, und wie ein Hof ohne einen richtigen Bauer geführt werden sollte, aber dann hatte niemand mehr darüber gesprochen, und sonntags hatte es einen Falschen Hasen gegeben statt des Hühnerbratens. Ihr Vater versuchte mit aller Kraft, als Bauer zu bestehen, auch wenn es ihm entsetzlich schwerfiel. Und sie? Sie wollte es noch nicht einmal versuchen.

Und jetzt würde sie ihren Vater enttäuschen. Sie waren keine Verbündete mehr. Unwillkürlich traten Tränen in ihre

Augen, und sie versuchte, die Traurigkeit hinunterzuschlucken. Aber es gelang ihr nicht. War das der gleiche Vater, der jetzt über alles schimpfte? Über ihren Lehrer, über die Schule, über die Musik, die sie hörte, über ihre Freunde? Wo war der Vater hin, mit dem zusammen sie immer die Hühner ins Bett gebracht hatte? Mit dem zusammen sie vor dem Stall gelauscht hatte, wie sich die Hühner Gute Nacht sagten. Hatte er sich so sehr verändert oder sie? Sie hatten nichts mehr gemeinsam. Sie fuhren nicht mehr zusammen über die Felder, sie brachten die Hühner nicht mehr ins Bett. Sie wussten gar nichts mehr voneinander. Es tat weh.

2006

Wir waren nicht sehr streiterfahren miteinander, Paula und ich. Wahrscheinlich, weil es immer irgendwie unsicher gewesen war, zu streiten. Es gab halt nur uns beide. Es gab keinen Dritten, der zwischen uns vermittelt hätte. Und mir fiel zum ersten Mal auf, dass Paula eine falsche Harmonie zwar immer vehement und wortreich ablehnte, einem Streit mit mir jedoch genauso gerne aus dem Weg ging wie ich.

Auch wenn dort wahrscheinlich neuer Zündstoff lagerte, zog es mich wieder zu der Kiste mit den alten Fotos. Ich wollte mehr wissen von der Vergangenheit unserer kleinen Drei-Frauen-Familie. Die Geschichte meiner Urgroßmutter Lisette, ihrer großen Liebe und ihrem legendären Mut beschäftigte mich legendären Angsthasen noch immer sehr, und ich suchte den Zusammenhang, ich suchte das, was uns verband. Aber vielleicht bestand die Geschichte unserer Familie auch nur aus einzelnen Fragmenten, die sich nicht ordnen ließen, um einen Sinn zu ergeben? Auch wenn ich mir das wünschte. Vielleicht war Geschichte überhaupt ein Sammelsurium aus Fragmenten, die sich immer nur nachträglich zusammensetzen ließen und erst einen Sinn ergaben, wenn man sie ordnete und erzählte? Wurden bei uns keine Geschichten erzählt, weil man dieser Ordnung misstraute oder weil es keine Geschichten gab?

Mein Blick blieb an einem kleinen Foto hängen. Es zeigte das Fuhrwerk mit den beiden Ackergäulen, auf der Bank saß Paulas Vater und neben ihm die kleine Paula, die ganz gerade saß, um groß zu wirken, und sehr stolz die Zügel hielt, während sie ihren Vater von der Seite anstrahlte. Er lächelte wohlwollend und mit ähnlichem Stolz im Blick herunter zu seiner kleinen Tochter. Natürlich, ein Vaterbild. Ein Vater-Tochter-Bild war es wieder, das mich anzog. Ich war noch klein gewesen, als mein Großvater starb, und kannte ihn kaum. In meiner Erinnerung war Oma immer allein gewesen. Allein in dem großen, leeren Haus, allein in dem weiten Garten, in dem nach und nach immer mehr Beete einer Rasenfläche wichen, die ich mähte, wenn ich zu Besuch kam. Allein in den großen leeren Ställen, der Scheune, dem Heuboden. Auf diesem Bild war plötzlich eine Familienwelt zu sehen, von der Paula nie erzählte. Wenn sie etwas von früher erzählte, dann immer nur, dass sie wegwollte. So schnell es ging, nichts wie weg. Und immer, wenn sie mal wieder nach Lerchenrod fahren musste, weil ein Besuch lange überfällig war, dann wurde viel geseufzt, es wurden viele Male die Augen gerollt, aber ich erfuhr nicht wirklich etwas von diesem Leben, in das dieses kleine Bild mir einen kurzen Einblick gewährte. Und da war er, der Stich im Herzen. Ich beneidete das kleine Mädchen auf dem Bild: Paula hatte einen Vater gehabt, und die beiden hatten sich angelächelt.

Paula tauchte in der Tür auf und fragte, ob ich auch einen Kaffee wollte. Das war ihr Versöhnungsangebot, ihre Art, die zerknitterte Atmosphäre wieder glatt zu mangeln. Von gemangelter Bettwäsche hielt sie nicht viel, aber eine gemangelte Stimmung zwischen uns war ihr wichtig. Mehr würde darüber also nicht gesprochen werden. Ich nickte.

»Ja, gern. Und vielleicht kannst du mir beim Kaffeetrinken einmal sagen, wer eigentlich mein Vater ist?«

Wir schauten uns beide erschrocken an. Ich war, wenn ich ehrlich war, genauso erstaunt wie meine Mutter, dass diese Frage einfach so aus mir herauskam. Natürlich hatte ich dieses Thema irgendwann, irgendwie wieder ansprechen wollen, das Vaterthema, das zwischen uns lag wie ein schwerer Stein, der jedes Jahr schwerer wurde und den man kaum noch heben konnte. Aber ich hatte es vorsichtig machen wollen, geschickt, diplomatisch. Jetzt war es ohne jede Vorwarnung aus mir herausgeplatzt. Aber verdammt, warum musste ich überhaupt geschickt und diplomatisch sein, um etwas über meinen Vater zu erfahren? Das war doch schließlich ein Menschenrecht.

»Ach, Mayamia.«

Paula lehnte sich an den Türrahmen, seufzte schwer und schwieg.

»Und bekomme ich eine Antwort?«

»Er spielt keine Rolle.«

»Wie kannst du das einfach sagen, dass er keine Rolle spielt? Du musst es mir irgendwann sagen!«

»Ich muss überhaupt gar nichts!«

Eine Frage und fünf Sekunden später überschlugen sich unsere Stimmen schon. Ich war aufgebracht, und ich war kurz davor, wieder aufzuspringen und wegzulaufen. Aber das würde mich nicht weiterbringen. Es war schrecklich, Streit mit Paula zu haben, ich hatte es immer vermieden, aber ich wollte einfach nicht mehr so tun, als wäre nichts. Es musste doch einmal weitergehen, wir mussten doch irgendwann einmal von der Stelle kommen.

Paula setzte sich mir gegenüber und betrachtete das Foto, das ich angeschaut hatte. »Glaub mir, man kann sehr gut ohne Vater leben. Ich hatte einen und hatte doch keinen«, sagte Paula und warf das Foto zurück in die Schachtel.

»Ich weiß, dass man das kann«, sagte ich patzig und klang wahrscheinlich wie ein beleidigter Teenager und nicht wie eine Frau, die nächstes Jahr dreißig wird. »Ich mache das schon mein ganzes Leben lang so, falls du das vergessen hast. Ich habe nämlich keinen Vater. Weil meine Mutter es vorzieht, mir nicht zu sagen, wer er überhaupt ist.«

Paula setzte den Deckel auf die Schachtel und stand wieder auf.

»Es bringt doch nichts, in der Vergangenheit zu stochern. Wir leben jetzt! Was haben wir denn noch damit zu tun? Dieser ganze alte Mist, ich sollte das alles einfach wegwerfen! Wir haben unser Leben doch in der Hand. Was wir daraus machen, das zählt. Nur das! Und nicht das, was irgendwann mal war.«

Ich schwieg, denn ich wusste genau, dass das Gespräch jetzt beendet war. Als ich jünger war, hatte ich davon geträumt, dass mein Vater ein Star war, ein berühmter Mann, über den sie nicht reden durfte. Je älter ich wurde, desto mehr verloren diese Träume an Glamour. Stattdessen wuchs in mir immer mehr der Verdacht, dass etwas wirklich Schlimmes passiert sein musste, dass das Geheimnis ein sehr dunkles war. Warum sonst schwieg sie so hartnäckig? War er ein Straftäter, ging es um Gewalt? Oder wusste sie überhaupt nicht, wer mein Vater war? Aber hätte sie mich dann Maya genannt? Das nepalesische Wort für Liebe. Hätte sie ihre Tochter *Liebe* genannt, wenn es um etwas richtig Schlimmes ging oder wenn sie gar nicht wusste, wer überhaupt der Vater der kleinen *Liebe* ist? Aber wenn es Liebe gewesen war, warum, verdammt noch mal, erzählte sie mir nicht davon?

Paulas neue Wohnung hatte nach vorne zwei Zimmer mit Balkon, die durch eine hohe Flügeltür verbunden waren. Ihr Wohnzimmer und ihr Schlafzimmer waren helle Räume, luftig und sparsam möbliert. Die Wohnküche war groß, und das dritte Zimmer, das nach hinten ging, war voller Schränke und Regale, in denen Paula alles aufbewahrte, was sich in einem Leben so ansammelte. Im Wohnzimmer stand ein dekorativer kleiner Sekretär, der so aussah, als ob sie daran Briefe schrieb. Aber im hinteren Zimmer stand der Tisch, auf dem sich die Rechnungen stapelten, wo sich all das anhäufte, was erledigt werden musste, was sie aber nicht gerne ständig vor Augen haben wollte. Vielleicht traf das auf alles zu, was sich in diesem dritten Zimmer befand. Die alten Fotos, die Papiere, die Wintermäntel, der Wäscheständer. Und das Gästebett. Das dritte Zimmer war meines, wenn ich zu Besuch kam. Als ich abends in ihrem dritten Zimmer im Bett lag, konnte ich nicht schlafen. Wir waren beim Italiener an der Ecke gewesen und hatten Rotwein getrunken. Vielleicht hatte ich davon Herzrasen? Aber manchmal raste mein Herz auch ohne Rotwein, und vielleicht war es auch die Frage nach meinem Vater, die das Herzklopfen verursachte hatte.

Ich knipste das Licht wieder an. Es war zwei Uhr nachts, Paula schlief tief und fest, und ich befand mich mitten im frisch eingeräumten Archiv ihres Lebens. Ordner für Ordner zog ich aus dem Regal und blätterte alles durch. Ihre Verträge, neue, alte, ein einziges Durcheinander von Daten, aber nichts davon war älter als ich. Ich fand ihre Versicherungspolicen, ihre Zeugnisse, ihren Sozialversicherungsausweis, aber keinerlei Unterlagen zu meiner Geburt oder aus der Zeit vor meiner Geburt, nichts aus der Zeit, während der sie in England gelebt hatte. Ich wusste noch nicht einmal, wie lange sie genau in England gewesen war. Warum war das so ein großes Tabu? Warum sprach sie nie davon? Ich suchte nicht zum ersten Mal danach. Meine Geburtsurkunde war eine deutsche, die nachträglich ausgestellt worden war. Der Geburtsort war mit »Bridge« angegeben, und Paula hatte mir gesagt, es sei in der Nähe von London, wo sie ein paar Jahre gelebt hat. Vater: unbekannt. Nicht gerade viel, was diese Urkunde preisgab.

Paula hatte ein Repertoire unterhaltsamer London-Geschichten, in denen die Carnaby Street auftauchte, der Linksverkehr, die frühen Sperrstunden in den verrauchten Pubs, in denen sie gesungen hatte, revolutionäre Theateraufführungen, berühmte Regisseure. Aber von einem Ort namens Bridge hatte sie nie erzählt. Und auch nicht von einem Ort am Meer mit einem Kiesstrand. Plötzlich fiel mir etwas auf. Immer wenn Paula genug Geld hatte, sind wir zusammen verreist. Wir waren in ganz Europa unterwegs gewesen, im Norden, Süden, Osten, Westen. Aber wir waren noch nie zusammen in England gewesen.

Ich spürte mein Herz im Hals klopfen. Das machte man nicht. Man schnüffelte nicht im Leben seiner Mutter herum, die ein Zimmer weiter schlief, trotzdem schaute ich weiter in die Schachteln und Boxen, die ich alle in den letzten Tagen noch selbst ins Regal geräumt hatte. Sie hat es mir ja nicht verboten, argumentierte ich mit mir selbst, und wenn sie mir alles sagen würde, was ich wissen wollte, müsste ich ja auch nicht schnüffeln. Ich fand Bilder von Auftritten, Setlisten, die mich melancholisch machten, weil sie mich daran erinnerten, wie ich als kleines Kind manchmal irgendwo zwischen Kabeln hinter der Bühne auf einem Sofa oder in einem Sessel schlief, während meine Mutter sang und ich mir vorstellte, dass sie all die Lieder nur für mich sang. Als ich älter war, durfte ich im Publikum sitzen und bewunderte sie maßlos. Im Kegel des goldenen Bühnenlichts leuchteten ihr Haar und ihre Stimme um die Wette, und ich war so stolz, dass sie meine Mutter war. Später wollte ich nicht mehr mit. Ich wollte zu Hause bleiben und wollte, dass auch sie zu Hause blieb. Aber das sagte ich ihr nur selten, weil sie dann traurig wurde, und sie sollte doch leuchten. Es gab Bilder von Theateraufführungen, dazwischen kleine Notizen, ein loser Lederknopf, den ich in der Hand drehte und mich fragte, ob er wohl irgendeine Bedeutung hatte. Während ich Kisten mit sorgfältig beschrifteten Musikkassetten und durcheinandergewürfeltem

Kram öffnete, schlug mein Herz immer stärker, und irgendwann pochte es so stark, dass ich Angst bekam. Ich hatte das Gefühl, kaum noch Luft zu bekommen, und versuchte, irgendwie ruhig zu bleiben und weiterzuatmen. Ganz ruhig, sagte ich mir, ganz ruhig bleiben. Ich fühlte mich, als wäre ich mitten in einem Krimi gelandet, in dem hinter dem Vorhang der Mörder auf mich wartete. Ich war in heller Panik. In letzter Zeit war es nicht so oft vorgekommen, aber da war sie wieder, die panische Angst, die mich manchmal ergriff, und ich hatte keine Ahnung, warum. Einatmen, sagte ich mir, ausatmen, einatmen, ausatmen. Ich legte beide Hände neben mich und fühlte das Holz der Dielen, um mich zu vergewissern, dass ich festen Boden unter mir hatte. Das hatte mir eine Therapeutin empfohlen, die ich wegen dieser Panikattacken aufgesucht hatte. Eine Wand anfassen, den Boden spüren und mich aufs Atmen konzentrieren, mir immer wieder sagen, dass ich nicht sterben werde. Nicht jetzt. Dass alles vorbeigeht, wenn ich einfach nur weiteratme. Dass alles gut ist. Dass alles gut sein wird. Einatmen, ausatmen. Ich spürte, wie die Panik abebbte und meine Hände auf dem Boden zu zittern begannen wie nach einer langen Anspannung. Ich wusste auch nicht, warum ich plötzlich weinen musste.

So fand mich Paula. Sie hatte sich Wasser holen wollen, hatte Licht gesehen und sah mich zitternd zwischen ihren Kisten auf dem Boden sitzen.

»Was machst du denn, um Himmels willen? Ist etwas passiert?«

Als sie realisierte, dass ich in ihren Sachen gewühlt hatte, trat sie an das Fenster und schwieg.

»Da sind noch ein paar schlaflose Gestalten unterwegs, im Hinterhaus und gegenüber auch.«

Ich schwieg. Paulas schlaflose Nachbarn interessierten mich herzlich wenig.

»Das ist das Schöne an Städten, man ist nie allein.«

»Toll«, sagte ich. »Das freut mich für dich.«

»Maya, der Mann ist Vergangenheit. Du wirst über ihn hier nichts finden, weil er keinerlei Bedeutung hat.«

»Er ist mein Vater. Natürlich hat er eine Bedeutung! Und wenn er die für dich nicht hatte, dann tut mir das vielleicht leid, dass der Mann, von dem du schwanger wurdest, dir nichts bedeutet hat. Vielleicht tut es mir sogar *sehr* leid! Aber die Hälfte meiner Gene sind von ihm! Natürlich hat das eine Bedeutung! Oder habe ich auch keine Bedeutung für dich?«

»Du bedeutest mir alles, und das weißt du.«

Richtig sicher war ich mir da nicht. Ich zuckte die Achseln.

»Natürlich weißt du das. Maya, du bist du. Und sonst niemand. Du bist die, die du sein willst. Egal, was für Gene du hast.«

»Das hättest du vielleicht gerne. Aber du bist auch ein Produkt deiner Eltern, ob du es willst oder nicht.«

»Davon habe ich mich lange befreit! Man ist viel freier, wenn man nur nach vorne schaut und nicht zurück. Ich wünschte, das würdest du auch irgendwann merken. Du würdest dich viel besser fühlen.«

»War er ein Arschloch?«

Sie atmete tief ein und aus.

»Nein.«

»Früher dachte ich manchmal, vielleicht war es ja Paul McCartney, den du in London getroffen hast, und .... er weiß natürlich gar nicht, dass er eine deutsche Tochter hat ... und irgendwann stehe ich vor seiner Tür, und er nimmt mich in die Arme und freut sich, und dann schreibt er ein Lied über mich, und Stella ist meine schöne Schwester ... Aber vielleicht war es ja auch gar kein Engländer? Ein Deutscher? Ein Verbrecher?«

»Maya ... also wirklich ...«, sagte sie und blickte zur Decke.

»Irgendjemand, mit dem du zufällig eine Nacht verbracht hast?«

Sie antwortete nicht, aber sie sah mich traurig an.

»Ein One-Night-Stand?«

»Reden wir jetzt über mein Liebesleben, oder was?«

»Dein Liebesleben interessiert mich überhaupt nicht. Mich interessiert, wer mein Vater ist. Ich würde zu jedem Zeitpunkt meines Lebens wissen, von wem ich schwanger bin.«

»Das weiß ich auch, du musst mich jetzt nicht als Flittchen hinstellen, nur weil ich nicht über den Mann spreche, der …«

»Du weißt also, wer mein Vater ist.«

»Natürlich.«

Sie wusste es. Selbst das war bis dahin nie klar gewesen. Und warum, verdammt noch mal, sagte sie es mir dann nicht? *Natürlich.* Sie hatte es leise gesagt. Sehr leise. Dennoch hing das Echo des Wortes noch im Raum. Natürlich wusste sie es.

»Weiß er denn, dass er eine Tochter hat?«

Sie schwieg. Ich wartete, dass sie noch etwas sagen würde, aber sie schwieg weiter. Auf was ich hoffte, wusste ich nicht. Ja? Nein?

Irgendwann seufzte sie schwer. »Es spielt alles keine Rolle, Mayamia. Überhaupt keine. So, und jetzt komm, genug geredet. Gehen wir wieder schlafen.«

Sie stand auf. In der Tür drehte sie sich noch mal um. Sie sah müde aus.

»Oder hast du irgendetwas vermisst?«

Ich schwieg.

»Hast du?«

Ich sah ein kurzes unsicheres Suchen in ihren Augen, aber ich ignorierte es. Ich habe es nie geschafft, ihr zu sagen, dass ich etwas vermisst habe. Stattdessen habe ich an dieser Stelle bisher immer den Kopf geschüttelt. Aber das würde ich heute nicht tun, ich würde nicht das Gegenteil behaupten und alles beschönigen.

Aber nein, ich habe nichts vermisst, natürlich nicht.

»Schlaf schön«, sagte ich knapp und knipste das Licht aus. Aber als sie die Tür hinter sich zugezogen hatte und es nicht mehr hören konnte, flüsterte ich ins Dunkel: »Ja, Paula, ich habe etwas vermisst.«

Es war das erste Mal, dass ich diesen Satz nicht nur verschämt dachte, sondern aussprach. Zugegeben, sehr leise aussprach, aber selbst nach einigen Minuten hörte ich ihn noch. Er hing im Raum, direkt neben Paulas *Natürlich*. Und ich wiederholte ihn sogar noch einmal etwas lauter. Aber das konnte ich ihr unmöglich ins Gesicht sagen. Sie hat mich alleine großgezogen, sie hat alles gegeben, damit ich nichts vermisse. Sie hat Geld für uns verdient, sie ist mit mir in den Ferien verreist, sie hat mit mir Hausaufgaben gemacht, hat meine Hamster mit mir beerdigt und mir gezeigt, wie man extralange Spaghetti isst, sie hat meine vielen verschiedenen Kinderzimmer in allen Farben gestrichen, an den Wochenenden endlose Filmeabende lang mit mir zusammen auf dem Sofa gelümmelt, wenn sie keine Engagements hatte, und sie hat mir Fahrradfahren beigebracht.

Wie sollte ich ihr da sagen, dass ich einen Vater vermisst habe. Der mich auf seinen Schultern trägt, wenn ich nicht mehr laufen kann, der mich anlächelt, der auf meiner Seite ist und zu mir hält, der stolz auf mich ist. Der beim Abiball mit mir tanzt. Alle meine Mitschülerinnen tanzten damals eine Runde mit ihren Vätern, und Paula wollte mit mir tanzen. Ich wollte aber nicht mit Paula tanzen. Sie fand das furchtbar spießig von mir und dachte, dass ich mich nicht traute, vor den anderen mit meiner Mutter einen Walzer zu tanzen. Aber darum ging es gar nicht. Ich wollte es einfach nicht. Und ich wollte einmal Nein sagen und nicht aus Mitleid mit ihr mitmachen, nur weil sie es sich wünschte. Weil sie die Bestätigung haben wollte, dass es alles toll war bei uns, und dass wir keine Männer brauchten. Wir doch nicht. Wir Winterfrauen brauchten doch keine Männer! Noch nicht mal beim Abiball.

Am nächsten Morgen weckte sie mich mit einer Tasse Milchkaffee und frischen warmen Butterhörnchen, die sie schon gebacken hatte. Es kam nicht oft vor, dass sie die Butterhörnchen backte, nach dem Rezept ihrer Großmutter Lisette, aber heute war anscheinend so ein Tag.

»Weißt du, Mayamia«, sagte sie und setzte sich zu mir aufs Bett, »wenn du nach deinem Vater fragst, dann habe ich immer das Gefühl, ich war und bin dir nicht genug. Aber ich habe mir wirklich Mühe gegeben. Immer.«

Das ist mir egal, dachte ich. Ich hatte keine Lust, sie zu bedauern, weil ich jetzt im Moment gerade mal mich selbst bedauerte. Aber ich wusste auch, dass es unfair wäre, ihr das zu sagen, denn sie hat sich ja Mühe gegeben. Hat sie. Wirklich. Also schwieg ich. Der Satz von gestern Abend, er wollte mir nicht über die Lippen kommen.

Sie sah mich hilflos an. »Wirklich, Mayamia, ich hab wirklich alles …«

»Ich weiß doch«, sagte ich und versuchte zu lächeln, damit sie sich besser fühlte. »Aber manchmal geht es auch einfach um mich. Und nicht immer nur um dich.«

Ich biss in das Hörnchen und beschloss, später wieder zurück nach Frankfurt zu fahren. Wie hatte Paula gestern noch selbst gesagt: Es hat keinen Sinn, einen auf harmonische Familie zu machen, wenn es gar nicht stimmte. Ich befürchtete nur, dass mir das letztlich mehr zu schaffen machte als ihr. Ich fand Harmonie nämlich wunderbar.

4

»Und wenn Sie können, hüpfen Sie!«

Hans Verres,
Moderator der Schlagerbörse des Hessischen Rundfunks

1964

Paula legte das Gesicht an die kühle Scheibe des Busses. Sie hatte rennen müssen, um den Bus noch zu bekommen, mit dem sie jeden Tag von Marburg nach Hause nach Lerchenrod fuhren. Sie hatte mal wieder die zwei letzten Stunden am Donnerstag für ihren Gesangsunterricht geschwänzt. Zweimal im Monat konnte sie sich mit einem Zuschuss von Oma Lisette eine Stunde bei Madame Lefevre leisten, über die das Gerücht kursierte, sie hätte der Piaf in den Fünfzigern in Paris Gesangsunterricht gegeben, weil die sonst ihre Stimme verloren hätte. Es war der langweiligste Gesangsunterricht, den man sich vorstellen konnte. Paula hatte gedacht, sie würde eine wunderschönes Lied nach dem anderen lernen können, um dann festzustellen, dass sie nun schon seit Wochen nur *Alle meine Entchen* sang. Und bis sie die Töne nicht sauber und perfekt und »schön wie *paradis*« traf, würde es auch kein weiteres Lied geben. Paula beschloss, dass das die letzte Stunde war, für die sie ihr mühsam zusammengespartes Geld ausgeben würde.

Madame gab ihr einen Ton, und Paula fing an.

»Al-le-mei-ne-Ent-chen-schwimm-«

»'alt! Mademoiselle ist nischt bei Sache. Noch mal.«

Paula fand es unglaublich, dass Madame Lefevre es hören konnte, wenn sie beim Singen an etwas anderes dachte.

»Es ist so langweilig, immer nur Kinderlieder zu singen«, beschwerte sich Paula.

»Aha?« Madame hob fragend ihre dünn gemalten Augenbrauen.

»Ich würde gerne richtige Lieder singen. Dann würde es mir viel mehr Spaß machen zu üben.«

Madame schüttelte so energisch den Kopf, dass ihre Ohrringe klimperten. »Aber andere Lied würde disch ablenken. Entschen sind perfekt für *concentration*! Jede Ton muss sprechen von eine ganze Welt, wie eine 'immel voller Sterne. Jede Ton. Wenn isch muss weinen, wenn du mir von die Entschen singst, dann du kannst alle Lieder von die Welt singen. Alle! *Alors!* Mach misch weinen, Pauline!«

Sie spielte einen Ton auf dem Klavier, und Paula holte Luft.

»Falsch! Wie musst du atmen?«

Dass Singen so schwer sein konnte! Und an was man alles denken musste, allein schon beim Luftholen, bevor man überhaupt anfing zu singen. Man musste geräuschlos einatmen und versuchen, den Ton zu hören, bevor man ihn anstimmte. In die hohen Töne musste man Tiefe bringen und in die tiefen Töne Höhen, und Madame hörte immer genau, ob sie im richtigen Moment an die richtigen Dinge dachte. Manchmal war es ihr unheimlich.

»Du wirst besser, *Chérie*, und du 'ast wunderschöne Stimme. Wir machen Edelstein aus disch«, hatte sie ihr beim Abschied gesagt und ihr ermutigend zugelächelt. Aber das nützte ihr auch nichts, wenn Doro sie bat, ihr vorzusingen, was sie gelernt hatte. Sie konnte ihr ja schlecht sagen, dass sie seit Wochen nur die »Entschen« im See schwimmen ließ. Selbst Berta die Zweite fing schon an zu meckern und wollte noch nicht einmal den frischen Löwenzahn, den sie ihr pflückte, wenn sie dabei sang. Sie schloss die Augen und stellte sich vor, dass die »Entschen« allesamt den See verließen, weil sie auch keine Lust mehr hatten.

Die Landwirtschaftsschule war genauso schlimm, wie Paula es befürchtet hatte. Aber Marburg! Marburg war ein Paradies. Sie hätte nie gedacht, dass die Stadt so viele Wunder für sie bereithielt. Und deshalb musste sie auch immer öfter die Schule schwänzen. Manchmal sagte Paula in der Schule, sie müsse früher gehen, um auf dem Hof zu helfen, manchmal sagte sie, es ginge ihr nicht gut, manchmal verschwand sie auch einfach so. Sie hielt es immer weniger aus zwischen den braven und properen Mädchen, die so gerne kochen lernten und Schürzen nähten und Strümpfe stopften. Viel lieber bummelte sie durch Marburgs Oberstadt und beobachtete die Studenten, die bestimmt ein abenteuerliches und freies Leben hatten. Auf jeden Fall aufregender als ihr Leben. Als der Bus in Lerchenrod hielt, stiegen Doro und sie aus. Auf dem Weg nach Hause erzählte Doro ihr, dass sie Hygieneunterricht gehabt hatten und wie wichtig das Händewaschen war, vor allem, wenn man aus dem Stall kam. Doro erzählte Paula immer, was sie durchgenommen hatten, während Paula schwänzte, damit sie etwas zu erzählen hatte, falls jemand nachfragte. Und auch, damit Paula in der Schule mithalten konnte, wenn sie irgendwann wieder »vernünftig« werden würde. Paula konnte sehen, dass ihr Verhalten Doro und Wim beunruhigte. Die beiden waren heilfroh gewesen, dass Paula die Aufnahmeprüfung fürs Gymnasium nicht geschafft hatte und deshalb bei ihnen in der Landwirtschaftsschule und in ihrer gemeinsamen Welt blieb. Oft bat Doro sie, nicht schon wieder zu schwänzen.

»Geh heute nicht weg«, zischte sie ihr besorgt zu, wenn sie sah, dass Paula ihre Tasche heimlich packte, bevor die Schule zu Ende war. »Das Fräulein schreibt noch an deine Eltern, dass sie dich nicht so oft vom Unterricht fernhalten dürfen.«

»Dann sag ich ihr, dass es mir nicht gut geht. Wir sehen uns nachher im Bus.«

Paula versuchte, die Sorgen ihrer Freunde nicht zu beachten, aber sie konnte nicht bestreiten, dass der Abstand zwischen ihnen wuchs. Doro hatte neue Freundinnen in der Schule, mit denen sie mehr gemeinsam hatte als mit ihr. Die Kluft zwischen der Welt ihrer Kindheit und der Welt, in der Paula so viel lieber leben wollte, wurde immer größer, und der Spagat, den sie vollbringen musste, schmerzte immer mehr.

Wenn die Mädchen im Bus sich zusammen darüber kaputtlachten, wie Marias Klöße sich im Topf komplett aufgelöst hatten, oder darüber, wie das Fräulein Schmidt hinter ihrer angelaufenen Brille geguckt hatte, als Doros Braten schwarz aus der Röhre kam, dann tat das weh, nicht mitlachen zu können. Und dass die anderen Mädchen stolz waren auf ihre sauberen Haushaltsbücher und ihre selbstgeschlagene Mayonnaise, tat auch weh. Paula fragte sich oft, warum sie nicht einfach so sein konnte wie die anderen? Warum hatte sie keinen Spaß an dem Wettbewerb, wer in einer Stunde das schönste Puppenkleidchen nähen konnte? Oder wer am schnellsten ein weißes Männerhemd faltenfrei bügelte? Es wäre alles so viel leichter. Warum konnte sie nicht einfach dazugehören? Auch die Tanznachmittage, auf die sich alle anderen freuten, waren ihr eine Qual. War das nicht eigentlich eine ganz offensichtliche Kuppelei, die hier stattfand? In den Wintermonaten, wenn auf den heimischen Höfen nicht mehr so viel zu tun war, kamen die Jungen der Landwirtschaftsschule mit Pomade im Haar zur Mädchenschule zur Tanzstunde. Bei Walzer, Rumba und Foxtrott standen die Lehrer den Takt klatschend auf der Tanzfläche und riefen den übers Parkett stolpernden Paaren Anweisungen zu, denen beileibe nicht alle Füße folgen konnten. Wenn Paula an einen dieser Jungen geriet, der, befreit von jeglichem Rhythmusgefühl, seiner Tanzpartnerin mit rotem Kopf vom Schweinebraten seiner Mutter vorschwärmte, wollte sie nur noch weg. Mit Wim ging es schon besser. Und wenn Wim mit Doro tanzte, war Paula heilfroh, wenn Karl aus Bauerbach vor ihr auftauchte. Karl hatte längere Haare als die meisten, trug Beathosen und war sogar stolzer Besitzer eines T-Shirts mit dem Zeichen der Band ›The Who‹. Es war direkt aus London in seinem Briefkasten in Bauerbach gelandet, und Paula wollte am liebsten auch eines haben. Außerdem kannte er sich mit Musik richtig gut aus und hörte wie sie auch nachts heimlich leise Radio Luxemburg, wenn die Eltern schliefen. Einmal gestand er ihr, dass er manchmal fünf Postkarten an die Schlagerbörse schrieb, in der Hoffnung, dass er damit seine Lieblingssongs länger in der Hitparade halten könnte. Mit unterschiedlichen Stiften, natürlich, damit es nicht auffiel. Sie waren beide große Fans von den ›Rolling Stones‹, von den ›Kinks‹ und von ›The Who‹, neue Bands, die die ›Beatles‹ allmählich von ihrem Spitzenplatz vertrieben. Wenn Paula nicht jeden Groschen für den Gesangsunterricht sparen müsste, würde sie das genauso machen und jede Woche mit vielen Karten für ihre Lieblingssongs abstimmen.

»Karli, ich halt es nicht mehr aus«, flüsterte sie Karl zu, als sie zu Peter Alexander eine Rumba tanzen mussten.

»Ich auch nicht«, flüsterte er zurück und ließ seinen Blick durch den Saal schweifen. Die Lehrer waren alle auf der anderen Seite. »Lass uns abhauen. Hast du deine Sachen hier drin im Saal oder draußen?«

»Draußen an der Garderobe«, sagte Paula und fand den Tag plötzlich doch gar nicht mehr so schlecht.

»Sehr gut. Wir tanzen jetzt zur Tür«, schlug er vor. »Du verschwindest und ich komme gleich nach.«

Paula war wie elektrisiert, als sie nach ihrem Mantel griff und so schnell sie konnte zum Ausgang lief. Sobald Karl nachkam, rannten sie gemeinsam los, als wäre der Teufel hinter ihnen her. Erst als sie schon ein paar Ecken weiter waren, blieben sie stehen und versuchten, wieder zu Atem zu kommen. Sie mussten fürchterlich lachen. Paulas Herz raste von dem Spurt, den sie gerade hingelegt hatten, und die Luft war kalt und prickelte im Gesicht. Es war herrlich.

»Und jetzt?«, fragte sie und sah Karl erwartungsvoll an.

»Im Club E proben heute die ›Beatbombs‹, da gehen wir hin, oder.«

Im Club E konnten heimische Beatbands tagsüber in einem Probenkeller spielen. Als sich herausstellte, dass immer mehr beathungrige Jugendliche schon nachmittags in den Probenraum strömten, um den Bands dabei zuzuhören, hatte der Wirt beschlossen, den Übungskeller in eine Beatkneipe umzuwandeln. Tagsüber probten die jungen Bands vor einem überwiegend jugendlichen Publikum, abends spielten die professionelleren Bands gegen Eintritt vor Erwachsenen oder denen, auf die die Bezeichnung zumindest vom Alter her zutraf. Denn in den Club E gingen genau diejenigen, die die normale Erwachsenenwelt verpönten und sich jung und anders fühlten. Und jung und anders bleiben wollten, genau wie die Besitzer des Clubs. Das Ehepaar Wagner gehörte zwar fast zur Generation von Paulas Eltern, aber natürlich waren sie anders, ganz, ganz anders. Sie waren locker, nicht so steif und verkrampft wie die meisten Erwachsenen.

Es fing schon an zu dämmern, als Paula und Karl zügig über das holprige Kopfsteinpflaster durch die Oberstadt liefen. Fast rannten sie den Steinweg hinunter, weil jede Minute dieser kostbaren gestohlenen Freiheit zählte. Sie betraten den Club und ließen sich hineinziehen in die neue Welt. Hier lebte der Beat, und die Konventionen blieben alle draußen.

Die Band, die heute probte, kannte Paula schon. Die ›Beatbombs‹ waren drei Jungs aus Marburg, die ›Beatles‹-Lieder sangen. Wobei nur einer überhaupt singen konnte, aber das war egal. Hauptsache, der Rhythmus stimmte. Hauptsache, man konnte wippen. Und hüpfen. Hauptsache, man konnte hüpfen! Eine eigene Band zu finden und hier aufzutreten, das war Paulas heimlicher Traum. Wie sie es bloß anstellen könnte, selbst Musik zu machen, um das auszudrücken, was immer in ihr rumorte? Paula und Karl ließen sich vom Rhythmus treiben, hüpften und wippten zu der Musik der Jungs auf der kleinen Kellerbühne. Schon nach zwei, drei Songs war der Sänger so heiser, dass er keinen Ton mehr herausbrachte. Paula sang noch lauter mit, bis der Sänger sie einfach zu sich auf die Bühne zog und ihr das Mikrofon in die Hand drückte.

Das Publikum johlte und applaudierte, als sie ungläubig auf das Mikrofon in ihrer Hand starrte.

»Sing«, krächzte der Sänger, und Paula sang. Mit den ersten Tönen öffnete sich eine Tür in ihr. Die Tür schwang weit auf und entließ alles, was sich dahinter angestaut hatte. Paula sang die ganze Beklemmung aus sich heraus, die Sehnsucht, die Heimlichkeiten, die selbstgemachte Mayonnaise und die Wut. Alles war Beat, und alle gingen mit. Sie sah Karlis Augen leuchten, sah, wie der Wirt selbst in den Keller kam, um ihr zuzuhören. Sie war lebendig und sang ihre Töne in die Welt. Die Musik in diesem Keller, das war sie. Sie sang, bis Karl ihr signalisierte, dass es Zeit war, zum Bus zu gehen. Und den durften sie auf keinen Fall verpassen. Alle klatschen wild, die ›Beatbombs‹ bedankten sich mit einem Trommelwirbel, und als sie nach ihrer Jacke griff, um die Kellertreppe hochzulaufen, rief der Wirt hinter ihr her, sie solle wiederkommen, unbedingt. Sie müsse hier wieder auftreten! Zusammen mit Karl rannte, nein, flog sie vor Glück zum Bahnhof, wo die Überlandbusse warteten.

»Das war abgefahren«, sagte Karl, als sie Paulas Bus gerade noch erreichten. Er nahm ihre beiden Hände in seine und strahlte sie atemlos an. »Spitze warst du.« Seine Augen wanderten über ihr Gesicht, und fast sah es so aus, als wollte er sie küssen. Paulas Herz pochte schnell, vom Rennen, vom Singen, vor Aufregung. Doch dann drehte sich Karl abrupt um und lief zu seinem Bus. Paula sah ihm nach und stieg langsam ein. Es wäre schön gewesen, wenn er sie geküsst hätte.

»He, weitergehen. Träumen kannst du später!«

Der Busfahrer ranzte sie an, weil sich hinter ihr am Einstieg ein kleiner Stau gebildet hatte. Lauter Mädchen und Jungen, deren Wangen glühten wie ihre. Auch Doro war dabei, die von der Tanzstunde schwärmte und ihr versicherte, sie glaube, es sei nicht aufgefallen, dass sie sich aus dem Staub gemacht hatte. Und Wim habe die ganze Zeit nur mit ihr getanzt. »Eigentlich passen wir viel besser zusammen als Wolfgang und ich, findest du nicht?«

Paula nickte, es war ihr alles egal. Nur dass sie gesungen hatte, das zählte. Aber sie erwähnte den Auftritt mit keinem Wort. Sie sagte, sie wäre spazieren gegangen, weil sie Kopfweh bekommen hatte.

»Du immer mit deinem Kopfweh. Du musst mal zum Doktor gehen. Das ist doch nicht normal, wie oft du Kopfweh hast.«

Vielleicht war es sogar lieb gemeint. Vielleicht machte sich Doro ja wirklich Sorgen um sie. Vielleicht schob sie die aber auch vor, um die eigentliche Botschaft rüberzubringen: Das ist doch nicht normal. Du bist doch nicht normal.

Die Heimlichkeiten nahmen zu. Heimlich nahm sie Gesangsunterricht, heimlich sang sie nachmittags im Club E, heimlich hörte sie zusammen mit Karli auf dem Weg zum Busbahnhof neue Platten im Radiogeschäft, heimlich traf sie Hannes Metz in der Milchbar. Und all das, während sie eigentlich in der

Schule lernen sollte, wie man Wäsche pflegte und Marmelade konservierte.

Als sie Hannes die Bücher zurückgegeben hatte, nachdem sie durch die Prüfung fürs Gymnasium gefallen war, hatte er ihr sehr nett versichert, dass es bestimmt nicht an ihr lag, sondern an ihrer alten Lehrerin, die ihnen einfach nichts Richtiges beigebracht hatte. Das hatte ihr gutgetan. Er hatte sie zum Trost zu einem Eis in die Milchbar eingeladen, und seitdem trafen sie sich dort gelegentlich. Sie hatte ihm gestanden, dass sie die Unterschrift ihrer Eltern gefälscht hatte, und er hatte gegrinst und sie nicht mehr »Beatles-Fan«, sondern »kleine Revolutionärin« genannt. Er war nach seinen Versuchen, die Lerchenroder Schüler zu politisieren, direkt vom Schuldienst abgezogen worden, und wartete in Marburg schon seit einem halben Jahr auf eine neue Stelle.

»Eigentlich ist es noch viel zu kalt für Eis«, sagte Hannes, als sie sich zu ihm setzte. »Wie wär's mit einem warmen Kakao?«

»Das wäre himmlisch«, sagte Paula, denn ihr war nicht nur kalt, sie war auch hungrig. Weil sie die Schule schon vor dem Mittagessen verlassen hatte, hatte sie seit dem Frühstück nichts mehr gegessen. Hannes' Stimmung war düster. Bis der Kakao kam, erzählte er ihr, dass er noch keine neue Stelle in Aussicht hatte.

»Da sitzen doch immer noch die alten Konsorten an den entscheidenden Stellen.« Hannes konnte sich nicht beruhigen, dass die Lerchenroder Eltern allesamt Sturm gelaufen waren. »Das können sie«, sagte er bitter. »Sich ganz laut beschweren, wenn einer zu kritisch ist. Aber sich mal ganz laut beschweren, wenn ein Diktator kommt, o nein! Da haben sie alle gekuscht. Dem wollten sie alle gefallen. Denk mal gut darüber nach, warum sie alle dafür gesorgt haben, dass ich so schnell wegkomme. Und denk mal drüber nach, warum deine Eltern dir bis heute nicht gesagt haben, was sie während des Krieges gemacht haben.«

»Wie meinst du das«, fragte Paula, während sie vorsichtig ihren heißen Kakao schlürfte.

»Da kommst du auch selbst drauf, wenn du dein schlaues Köpfchen einschaltest. Meine Eltern haben auch nie etwas erzählt. Und nach dem ersten Auschwitz-Prozess wusste ich plötzlich, warum. Bei all den früheren Prozessen war ich noch zu jung, um überhaupt nachzufragen. Aber wenn sich alle fast zwanzig Jahre nach Kriegsende noch weigern zu reden …«

Mehr sagte er nicht, aber in Paulas Kopf begann es zu rattern, und sie starrte Hannes erschrocken an.

»Glaubst du wirklich, alle, die nicht reden …?«

Hannes nickte ihr bestätigend zu.

»Natürlich! Das ganze Land ist noch voll mit alten Nazis. Und die waren nicht alle nur harmlose Mitläufer. Ein Land von harmlosen Mitläufern bringt nicht Millionen Juden um. Das sind Täter, und die sind noch überall.«

»Aber das ist doch alles lange her und vorbei. Das geht uns doch nichts mehr an, wir leben doch jetzt!«

Paula wollte nicht zurückschauen. Ihr Leben lag in der Zukunft. Und die interessierte sie viel mehr, denn das würde ihre Zeit sein, ihre ganz eigene Zeit.

»Wenn das alles vorbei wäre, warum bin ich dann so schnell abgezogen worden?«

Da hatte Hannes recht. Sie begann, ihre Eltern skeptisch zu beobachten, streute Fragen in ihre Unterhaltungen, aber sie erfuhr nichts, was sie nicht schon wusste. Vater war an der Westfront gewesen und einige Jahre in französischer Kriegsgefangenschaft, und ihre Mutter hatte ihrer Mutter geholfen, und war dann irgendwann in Lerchenrod gelandet, weil sie ausgebombt gewesen war. Über ihre Einstellungen erfuhr sie nichts, und irgendwann hörte sie auf zu fragen. Hannes redete mit Paula über Politik, über Kapitalismus, über Individualität. Sie erfuhr, dass Ideen gedacht wurden, in denen sie sich wiederfand, und dass es Worte gab, für das, was in ihr war. Er lieh ihr Bücher, die ihm wichtig waren. Böll, Frisch, Andersch. Sie las die *Ansichten eines Clowns* und fand alles ungerecht. So vieles war ungerecht in den Büchern, und oft fühlten die Menschen in den Geschichten ganz ähnlich wie sie. Aber eine Sache fragte sie sich immer wieder: Warum waren alle Schriftsteller Männer? Warum waren so viele Musiker Männer? Durften sich nur Männer mit interessanten Sachen beschäftigen? Warum sollten Mädchen lernen, wie man Puppenkleider näht und Mayonnaise schlägt? Damit würde man doch niemals etwas erreichen oder verändern können in der Welt!

Das erste Schuljahr an der Landwirtschaftsschule war vorbei, und das Zeugnis wog schwer in Paulas Tasche. Alle Stunden, die sie versäumt hatte, waren aufgeführt. Es waren genau sechsundsiebzig Fehlstunden. Wie hatte sie nur glauben können, damit durchzukommen? Langsam stieg sie zu Hause die Stufen zum Eingang hoch und schaute in die Küche. Dort saß Oma Helene und entsteinte Kirschen. Klack, klack, klack. Sie hatte ein Tuch ausgelegt, damit der Kirschsaft nicht alles verdarb. Es war das Tuch, das immer da lag, wenn Obst eingemacht wurde. Es gab für alles ein Tuch, einen Platz, eine Regel. Alles war so, wie es sich gehörte. Die Einzige, die nicht ins Bild passte, war Paula.

Sie hatte keine Ahnung, was jetzt mit ihr passieren würde. Sechsundsiebzig Fehlstunden. Das reichte wahrscheinlich schon, um ins Heim zu kommen. Auf jeden Fall würde sie von der Schule fliegen. Sie würde nie mehr nach Marburg fahren dürfen. Wahrscheinlich müsste sie weglaufen. Wie Oma Lisette das auch gemacht hatte. Aber wohin könnte sie gehen, mit gerade mal fünfzehn Jahren? Es hatte doch alles keinen Sinn.

»Sei am besten ganz ehrlich«, hatte Herr Wagner gesagt, als sie ihm nach der Schule im Club E von der Misere erzählte. Mit ihm konnte sie gut reden. Viel besser als mit ihren Eltern. »Schlimmer kann's ja sowieso nicht werden. Sag deinen Eltern, wie es ist.«

Vielleicht hatte er recht. Und wenn das schiefging, könnte sie immer noch weglaufen. Paula ging leise an der Küche vorbei nach oben in ihr Zimmer. Sie setzte sich aufs Bett und stellte sich vor, wie ihre Mutter schweigen und ihr Vater toben würden. Am liebsten würde sie das Zeugnis verbrennen.

Die Tür öffnete sich, und Mutter kam herein und lächelte. Ausgerechnet heute lächelte sie! Sie wusste ja nicht, was Paula angestellt hatte.

»Du hast Ferien«, sagte sie, »und ich habe mir gedacht, du hast dir auch mal eine Belohnung verdient. Deshalb fahren wir morgen nach …« Sie stoppte mitten im Satz. »Paula, was ist denn los?«

Paula kniff die Lippen zusammen, um nicht sofort loszuheulen. Ihre Mutter setzte sich neben sie aufs Bett und schwieg. Ein paar Mal holte Paula Luft, aber sie brachte die ersten Worte einfach nicht heraus. Sie wollte ihre Mutter doch nicht enttäuschen. So viele Gefühle tobten in ihr, sie schämte sich, sie war wütend, sie wusste nicht, womit sie anfangen sollte.

»Mama, ich wollte doch nie auf die Landwirtschaftsschule«, brach es irgendwann aus ihr heraus. »Ich will das alles nicht. Ich wollte aufs Gymnasium und habe auch heimlich die Prüfung gemacht, aber ich hab's nicht geschafft. Ich bin durchgefallen. Und Vater hätte es ja sowieso nie erlaubt.«

»Was? Was sagst du da …?«

»Weil es den Kühen ja egal ist. Ob man rechnen kann oder

nicht. Das ist ja alles, was zählt. Ich will aber nicht bei den Kühen bleiben! Und ich will den Hof auch nicht übernehmen! Ich will singen. Ich habe auch Gesangsunterricht genommen. In Marburg. Immer in den letzten Stunden. Damit ich eine richtige Sängerin werden kann. Und ich hab hier in der Wirtschaft gekellnert, damit ich davon den Unterricht bezahlen kann. Nicht für die Aussteuer. Ich brauche gar keine Aussteuer. Ich werde nämlich nie heiraten.«

So. Nun war alles draußen. Mutter sagte kein Wort. Sie tobte nicht, sie schimpfte nicht. Sie schwieg einfach nur. Sehr lange, und dann seufzte sie.

»Ich wusste nicht, dass du so gerne aufs Gymnasium wolltest.«

»Habe es ja eh nicht geschafft.«

Ihre Mutter nickte.

»Und jetzt? Willst du die Landwirtschaftsschule denn fertig machen?«

Paula schüttelte den Kopf.

»Ich gehöre sowieso nicht dazu. Ich passe da nicht hin.«

Ihre Mutter sah sie ganz komisch an und schüttelte den Kopf. Es war irgendwie gut, dass es raus war. Aber irgendwie war es auch schrecklich. Sie hatte das Gefühl, dass sie am ganzen Körper zitterte, aber wenn sie an sich heruntersah, war nichts davon zu sehen. Das Zittern saß ganz tief in ihr drin. Was würde jetzt passieren?

»Mama …?«

Ihre Mutter vergrub für einen Moment ihr Gesicht in den Händen.

»Mama, es tut mir leid«, flüsterte sie.

Ihre Mutter richtete sich wieder auf und atmete tief durch.

»Was willst du denn machen? Wenn du es dir jetzt aussuchen könntest, was würdest du wollen?«

»Sängerin werden.« Schneller, als sie denken konnte, war die Antwort aus ihrem Mund geflogen.

»Das ist aber doch kein Plan fürs Leben. Was willst du denn werden?«

»Das ist aber mein Plan.«

Mutter schüttelte den Kopf. »Wenn du schon nicht heiraten willst, brauchst du einen Beruf.«

»Sängerin ist ein Beruf.«

»Wenn du willst, dass ich dir helfe, dann musst du vernünftig sein. Dann brauchst du einen Plan, den dein Vater verstehen kann. Dem er zustimmen kann.«

»Warum muss ich denn einen Plan haben, den er verstehen kann? Warum kann er denn nicht versuchen, meinen Plan zu verstehen?«

Mutter schloss die Augen und schüttelte den Kopf, und Paula wusste, dass das nie passieren würde. Ihr Vater würde sie nie verstehen.

»Du wirst ihm das Herz brechen. Das weißt du.«

»Es bricht mir ja auch das Herz, aber ich kann nicht anders, Mama, ich kann nicht …« Paula begann zu weinen.

»Das müssen wir auch nicht jetzt entscheiden. Nicht alles auf einmal.«

Ihre Mutter stand auf, strich sich den Rock glatt und schaute aus dem Fenster. »Wir dürfen jetzt nichts überstürzen. Wir machen das ganz anders. Du bist ein schlaues Mädchen, und weil du sehr schlau bist, können wir stolz auf dich sein, und die Lehrerin hat empfohlen, dass du auf die Handelsschule gehst. So könnte es gehen.«

»Was soll ich denn auf der Handelsschule, ich will nicht …«

»Du bist jetzt mal still, lass mich nachdenken. Das könnten wir deinem Vater so erklären. Dass es immer wichtiger ist, Buchhaltung zu können, dass ein Hof ein moderner Betrieb werden muss heutzutage. Dass die Zeiten sich ändern. Dazu könnte er Ja sagen. Und dann gehst du auf die Handelsschule, und in zwei Jahren bist du schon siebzehn, und wer weiß, was bis dahin ist.«

»Dann bin ich immer noch lange nicht volljährig! Das sind dann immer noch vier Jahre!«

»Paula! Ich versuche dir gerade zu helfen, merkst du das nicht? Ich kann es auch lassen.«

»Warum hast du ihn bloß geheiratet?«, brach es aus Paula heraus. »Warum ausgerechnet ihn? Warum machst du immer, was er sagt? Warum sind wir hier?«

Ihre Mutter sah sie traurig an und schüttelte den Kopf.

»Jetzt beruhigst du dich erst mal. Und geh dir das Gesicht waschen. Ich rede mit ihm.«

Paula nickte. Ihr Gesicht war heiß und brannte, sie ahnte, dass das, was ihre Mutter vorhatte, das Beste war, was überhaupt passieren konnte. Die Worte »Heim« und »Schande« oder »Hausarrest« waren nicht gefallen. Nur Paulas eigene Vorstellung, von dem, was am besten wäre, war trotzdem eine ganz, ganz andere.

»Danke, Mama«, sagte sie leise. »Danke, dass du mir hilfst. Und es tut mir leid, alles … ich wünschte, es wäre alles …«

»Ich weiß«, sagte Mutter und zog die Tür hinter sich zu.

Charlotte sorgte sich um Paula. Es war nicht gut, so viel zu wollen. So viel zu träumen. Es wäre besser, wenn sie auf dem Boden der Tatsachen bliebe, das würde das Mädchen noch lernen müssen. Sie hoffte nur, dass sie es nicht auf die schmerzliche Art lernen musste. Es würde nicht leicht sein, mit Fritz über Paula zu reden. Er würde es nicht verstehen.

Sie ging hinaus, um ihn zu suchen. Lieber wollte sie mit ihm alleine reden, seine Mutter würde nur den Kopf schütteln über alles, was sie vorschlug, und das würde das Gespräch unnötig erschweren.

»Lass es uns erlauben, dass sie die Schule wechselt«, sagte Charlotte zu Fritz, den sie in der Scheune gefunden hatte, wo er an seinem roten Traktor herumschraubte. »Es passt besser zu ihr, glaub mir, sie ist viel zu schlau, um damit zufrieden zu sein, nur den Haushalt zu machen. Lass sie noch etwas lernen.«

»Von uns hat sie das nicht«, sagte Fritz. »Hier sind immer alle zufrieden gewesen. Ich dachte immer, sie wäre auch zufrieden. Hat sie das von deiner Mutter? Die wollte auch immer hoch hinaus, oder?«

»Das hat damit gar nichts zu tun. Jeder ist anders. Die Zeiten sind anders. Und wer weiß, wozu es mal gut ist.«

Es tat Charlotte leid, zu sehen, wie weh es ihm tat.

»Das ist diese Singerei, stimmt's? So etwas gab's früher nicht.«

»Das ist doch Unsinn. Gesungen wurde schon immer.«

»Fernsehen, Radio, das macht die Jugend doch ganz durcheinander. Die sind doch alle verrückt heute! Da sehen sie Sachen im Fernsehen, und dann denken sie, das wäre das Leben. Früher waren die Zeiten besser. Ohne Fernsehen. Und ohne dieses Geplärre.«

»Sei froh und dankbar, dass die Zeiten nicht mehr so sind wie früher. Wir konnten uns das nicht aussuchen. Unsere Jugend war einfach dahin …«

Er nickte. »Du hast ja recht, sie soll es besser haben als wir«, sagte er. »Und wenn sie das wirklich will.«

Charlotte nickte. »Sie hat ihre eigenen Gedanken. Das ist vielleicht gut so.«

»Du hast mir nie erzählt …«, sagte er und brach ab, aber Charlotte wusste sofort, wovon er sprach.

»Und du hast nie gefragt. Dafür war ich dir immer dankbar. Und bin es noch.«

»Ich dir auch.« Er nahm ihre Hand, zog sie zu sich, und Charlotte wusste, warum sie hier war. Warum sie hiergeblieben war und Fritz geheiratet hatte. Sie schloss die Augen und lehnte sich an seine Schulter. Wahrscheinlich würde sie es Paula nie erklären können. Aber Kinder mussten ihre Eltern ja auch nicht verstehen.

»Das Mädchen weiß gar nicht, wie gut sie es hat«, seufzte Fritz und küsste ihr Haar. »Nach dem Kaffeetrinken reden wir mit ihr.«

»Ich setze den Kessel auf«, sagte Charlotte. Am Scheunentor drehte sie sich noch einmal um. »Sie ist so jung. Vielleicht kommt in drei Jahren der Richtige vorbei, und dann ist sowieso alles ganz anders.«

»Wenn sie zu schlau ist, wird kein Bauer sie heiraten.«

»Lernen schadet nie.«

»Und ich soll auf meine Frau hören, hm?« Der Anflug eines Lächelns zeigte sich in Fritz' Gesicht.

»Du bist bisher nicht so schlecht damit gefahren, oder?«

»Nein«, sagte er. »Da hast du recht. Ich hoffe nur, dass du hier auch recht hast.«

Nach dem Kaffeetrinken stand Paula auf, um den Tisch abzuräumen, und als sie fertig war und gehen wollte, hielt Fritz wohl den richtigen Zeitpunkt für gekommen. Er räusperte sich, und Paulas fragender Blick flog zu ihr. Sie nickte fast unmerklich. Mädchen, vermassle es jetzt bloß nicht, betete Charlotte stumm. Paula stand mit großen Augen und bockigem Gesicht vor ihnen. Ob sie auch so bockig geguckt hatte, früher, wenn ihr irgendetwas nicht gepasst hatte? Sie sahen sich so ähnlich. Und irgendwann war sie auch einmal so jung gewesen und so bockig. Auch wenn es lange her war.

»Dir reicht es also nicht, eine gute Bäuerin zu werden, wie alle deine Vorfahren.«

Charlotte sah, wie es in Paula tobte, und schaute sie eindringlich an. Bleib ruhig, versuchte sie ihr mit den Augen zu signalisieren. Bleib jetzt bloß ruhig.

»Ach, aber Fritz«, unterbrach sie ihn, »das hat doch gar nichts damit zu tun. Wir können doch stolz sein, dass deine Tochter so schlau ist.«

Er nickte stumm. »Hast recht. Hast ja recht. In Gottes Namen dann. Aber glaub nicht, dass du weniger zu helfen hast.«

Paula nickte stumm. Beinahe hätte sie sogar geknickst. Charlotte konnte sehen, dass ihr rechtes Bein kurz zuckte. Sie befürchtete, dass Paula noch viele Flausen im Kopf hatte. Wahrscheinlich noch viel mehr, als sie ahnten. Und dass sie es schwer haben würde. Wäre es heilsamer gewesen, es ihr nicht durchgehen zu lassen? Ihr die Flausen auszutreiben, oder würde das Leben das von ganz alleine richten? Sie war sich nicht sicher, ob sie wirklich richtig entschieden hatte, ihr zu helfen.

Es war dieser eine Satz. *Ich gehöre sowieso nicht dazu.* Wenn Paula diesen Satz nicht gesagt hätte, wäre alles anders ausgegangen. Aber der hatte sie schwach gemacht, der hatte ihr die Fassung geraubt. Dabei hatte sie alles dafür getan, damit sie hier dazugehörten. Alles. Und es hatte wohl doch nicht gereicht.

Doro riss entgeistert die Augen auf, als Paula ihr erzählte, sie würde nach den Ferien auf die Handelsschule gehen. »Und da willst du dann einen Mann finden, mit dem du den Hof übernimmst? Die von der Handelsschule, die können das doch gar nicht, die haben doch gar keine Ahnung, wie alles geht!« Und nach einer Weile sagte sie traurig: »Es ist alles so anders als früher, oder?«

Alle waren traurig über diese Entscheidung. Ihre Eltern, Doro. Und sie selbst irgendwie auch. Weil Abschiede, auch wenn man sie selbst herbeiführte, einfach traurig machten. Und weil es jetzt noch offensichtlicher war, dass sie nicht richtig dazugehörte.

Karli kam in den Sommerferien mit dem Fahrrad zu Besuch. Er brachte ihr ein Päckchen. Ein in braunes Packpapier gewickeltes Päckchen, das an ihn adressiert war und auf dem fremde bunte Briefmarken klebten, die sie nicht kannte.

»Schau, woher es kommt!«

Er tippte auf den Absender. Das Päckchen kam aus London. Neugierig entfernte sie das Papier, und zum Vorschein kam das T-Shirt von ›The Who‹. Sie zog es sofort an und strahlte, stolz, auch endlich so ein T-Shirt zu besitzen.

Natürlich wurde Karl eingeladen, zum Mittagessen zu bleiben. Und er hielt es aus, dass alle ihn neugierig musterten, beantwortete alle Fragen, und als er mitbekam, dass sie nachmittags Heu wenden würden, bot er an mitzuhelfen. Paula merkte, dass ihr Vater Karl mochte. Immer wieder schaute er zu ihnen, und Paula konnte seine Hoffnung fast mit Händen greifen, dass das etwas Ernstes war und dass es dem Karl hoffentlich noch gelingen würde, sie umzustimmen. An diesem Nachmittag wünschte sie es sich fast selbst. Es könnte alles so einfach und leicht sein, und niemand wäre traurig. Und Karl war doch auch wirklich nett. Er hatte ihr ein T-Shirt in London bestellt! Keiner erwähnte die Handelsschule, auch Paula nicht.

Der Himmel war blau und wolkenlos, und das Heu duftete. Paula sang, und sie wendeten das Heu im Takt ihrer Lieder, es war einfach ein schöner Tag. Später waren sie wie paniert vom Sommerschweiß und Heustaub, und die Haut juckte am ganzen Körper. Paula schlug vor, zum Fluss zu radeln, um zu baden. Langsam rollten sie auf Feldwegen nebeneinanderher, und aus den Wiesen strömte dieser trockene sonnige Sommerduft. Die roten Blätter des Klatschmohns leuchteten neben den Kornblumen, und Paula dachte, dass alles genauso bleiben könnte. Wenn sie jetzt einfach so weitermachen würde, dann wären alle glücklich.

Das kühle Wasser des kleinen Flusses war erfrischend. Sie planschten im flachen Wasser und tauchten unter, um sich den Staub aus den Haaren zu spülen. Danach legten sie sich auf die Wiese, um wieder trocken zu werden. Mücken surrten, Bienen brummten, ihre Haut war kühl und frisch. Paula pflückte einen Grashalm und kitzelte Karls Schulter. Er versuchte, den Grashalm zu fangen, und sie balgten herum, bis sein Gesicht über ihrem war. Gleich würde er sie küssen, und Paula dachte: Endlich. Endlich küsst er mich. Aber dann machte sie alles kaputt.

»Karli, ich muss dir etwas sagen. Ich wechsele ich auf die Handelsschule.«

Karl runzelte die Stirn. Er freute sich nicht. Er verstand genau, was es bedeutete, und drehte sich von ihr weg, um sich aufzusetzen.

»Ich dachte, wir ziehen das zusammen durch«, sagte er, und sie konnte die Enttäuschung in seiner Stimme hören.

»Was ziehen wir zusammen durch?«, fragte Paula und setzte sich ebenfalls auf.

»Du bist doch die Einzige, mit der ich reden kann. Ohne dich habe ich da niemanden mehr.«

»Wir treffen uns doch immer noch. Im Club E. Und überhaupt, oder? Wir sind doch Freunde?«

Er nickte trübsinnig. »Ist aber was anderes. Und das weißt du auch.«

Sie saßen noch eine Weile nebeneinander im Schatten der alten Weiden, deren Blätter silbrig flirrten, und schwiegen. Später schoben sie die Fahrräder auf dem Feldweg am Fluss entlang zurück. Die Mohnblumen ließen die Köpfe hängen, und die blauen Sterne der Kornblumenblüten waren geschlossen.

»Ich dachte, mit dir könnte ich das schaffen«, sagte Karl nach einer Weile. »Auf einem Hof. Wir würden arbeiten, so wie heute, und lachen. Und dann schwimmen gehen. Und wir hätten zu Hause einen Plattenspieler und würden abends zusammen Musik hören. Wir hätten die gleichen Lieblingslieder. Und es wäre egal, dass die anderen uns für verrückt halten. Wir würden einfach so bleiben, wie wir sind. Musik hören und dazu tanzen. Und alles auf unsere Art machen. Na ja, es reicht dir eben nicht. Und ich reiche dir auch nicht.«

Paula schwieg. Sie müsste ihm jetzt widersprechen, genau jetzt müsste sie ihm sagen, dass das nicht stimmte und wie gerne sie ihn hatte. Aber sie schwieg. Als er sich später aufs Rad setzte und losfuhr, wusste sie, dass sie gerade ihren besten Freund verloren hatte.

Dieser Sommer der Veränderung trennte sie von ihren Freunden, befreite sie von manchen Erwartungen und schürte viele Hoffnungen. Paulas Zukunft wurde aber auch ungewisser, und sie suchte oft Zuflucht unter dem Viadukt. Hier sang sie alle Lieder, die in ihr waren, die meisten von den ›Beatles‹, und badete in den Klängen, die von den Wänden zurückhallten.

Aber ein Lied, das sie gerade erst entdeckt hatte, wurde zur Hymne ihres Sommers. Ihr neuer Held war Mick Jagger, und die ›Stones‹ sangen *But it's all over now*. So viel Englisch verstand sie inzwischen schon. Es ist alles vorbei! Genauso fühlte sie sich. Sie schrie ihre ganze Unsicherheit heraus, sang sie an die Pfeiler des Viadukts, und ihr eigenes Echo umhüllte sie und gab ihr Zuversicht. Alles wurde hier größer, die Sehnsucht, die Angst, die Freude, die Töne. Und sie selbst. Wenn sie vom Viadukt nach Lerchenrod zurückfuhr, fühlte sie sich gestärkt.

In der Handelsschule gehörte sie zu den Stillen. Sie war eine der wenigen Schülerinnen, die von den Dörfern kamen, und die Jugendlichen aus der Stadt verunsicherten sie. Sie wussten alle mehr als Paula, hatten mehr gelesen, mehr durchgenommen, und sie musste sich gehörig anstrengen, um mitzuhalten und nicht als die dumme Trine vom Land zu gelten. Mit ihren Noten musste sie beweisen, dass sie klug war. Auch wenn sie sich überhaupt nicht so fühlte.

»Enttäusche uns nicht«, hatte Mutter gesagt, als sie zum ersten Schultag nach den Ferien das Haus verlassen hatte. Und sie hatte sich vorgenommen, dieses Versprechen zu halten.

Madame Lefevre kamen die Tränen, als Paula in ihrer ersten Gesangsstunde nach den Ferien ihr Lied sang und alle Erfahrungen dieses Sommers hineinlegte. Die »Entschen« steckten die Köpfchen nicht mehr ins Wasser. Im Gegenteil, sie flogen davon. Sie breiteten die Flügel aus und verließen den heimischen Tümpel auf dem Weg zu neuen Ufern! Madame küsste sie mit feuchten Augen, versprach, in diesen »Clüb Ö« zu kommen, um sie zu hören, wenn sie auftrat, und dass sie jetzt alle Lieder singen könne, die sie wolle. Auch ohne sie. »Du bist jetzt eine gute Sängerin, *ma Chérie*«, sagte sie.

Im Herbst ging der Beatclub zum ersten Mal auf Sendung, und Paula erlebte eine Offenbarung. Die ›Liverbirds‹ spielten im Fernsehen. Vier Frauen! Da waren sich immer alle so einig gewesen, es gäbe keine Mädchen in Beatbands. Aber hier war der Beweis: junge Frauen auf der Bühne, und nicht nur eine einzelne Sängerin. Auch die Gitarre, der Bass und das Schlagzeug wurden von Frauen gespielt. Vor allem aber bedeutete es doch, dass sie gar nicht so falsch gelegen hatte. Wenn jemand anderes eine Frauenband gründen konnte, warum sollte sie es nicht auch können?

Sie nahm ihren Mut zusammen und erzählte den beiden Wagners im Club E, dass sie am liebsten eine Mädchenband hätte. Wie die ›Liverbirds‹.

»Aber ich weiß nicht, wie ich die anderen Mädchen finden soll.«

Die beiden hörten aufmerksam zu, und plötzlich brach alles aus Paula heraus. Dass sie so viel mehr wollte, dass keiner sie verstand, dass sie immer früh zu Hause sein musste, weil ihre Eltern ihr niemals erlauben würden, in Marburg auszugehen. Geschweige denn aufzutreten! Aber sie wollte es so unbedingt! Sie wollte doch Musik machen. Und singen! Und Mädchen konnten das doch genauso gut wie Jungs auch! Die Wagners fanden die Idee von der Mädchenband gut und beschlossen, ihr zu helfen.

»Wir machen hier einen Aushang, und wenn du deine Musikerinnen gefunden hast, dann probt ihr hier, und wenn ihr gut seid, spielt ihr zweimal im Monat. Sonntagnachmittags. Da können auch die Eltern nichts dagegen haben. Abgemacht?«

Paula brachte keinen Ton heraus. Wenn sie jetzt irgendetwas sagen würde, würde sie sofort losheulen, das wusste sie ganz genau. Die beiden unterstützten sie, einfach so.

»Ich nehme mal an, das ist ein Ja. Babsi, gib unserem neuen

kleinen Star mal ’nen Persico, damit sie ihre Stimme wiederkriegt. Und für mich den Bärenspezial.«

Als die Getränke vor ihnen standen, hob Wagner sein Glas, um mit Paula anzustoßen. Sie hoffte nur, dass sie nicht so zitterte, aber sie verschüttete keinen Tropfen. Es gelang ihr, das randvolle Glas zum Mund zu führen und sogar ganz elegant zu trinken. Der süße rote Likör schmeckte wie Kirschbonbons, und als er im Magen ankam, lächelte sie und atmete tief durch.

»Geld gibt’s natürlich auch. Nicht dass du denkst, wir wollen euch ausnutzen. Zwanzig Mark am Anfang. Und wenn ihr gut seid und die Leute kommen, sehen wir weiter.«

Paula platzte fast. Aber als sie zum Bus lief, um nach Hause zu fahren, merkte sie, dass sie es unbedingt jemandem erzählen musste. Dass sie vielleicht bald eine eigene Band haben würde. Ihre eigene Mädchenband! Aber wem konnte sie es erzählen? Doro oder Wim? Die fanden ja, dass Mädchen nicht auf die Bühne gehörten. Karli grüßte sie zwar, wenn sie sich begegneten, aber ob er sich mit ihr freuen würde? Oma Lisette könnte sie anrufen. Oma Lisette war wahrscheinlich die Einzige, die sich richtig mit ihr freuen würde. Wenn sie aus Lerchenrod anrufen würde, wo das Münztelefon in der Diele der Dorfschänke hing, wo ständig jemand vorbeiging, dann wüsste es gleich das ganze Dorf. Sie würde in die Telefonzelle am Bahnhofsvorplatz gehen und sie anrufen, bevor ihr Bus von dort nach Hause fuhr. Am liebsten hätte sie es jedem, der ihr entgegenkam, zugerufen, dass sie eine Band haben würde!

Oma Lisette war begeistert und freute sich mit ihr. »Wenn ihr auftretet, komme ich.«

»Aber du magst unsere Musik doch gar nicht.«

»Ich mag dich. Das ist Grund genug.«

Zu dem ersten Treffen kamen fast zwanzig Mädchen. Aber nur zwei spielten Gitarre und wollten ernsthaft Musik machen.

Die anderen wollten einfach nur dabei sein. Anni war sechzehn und hatte sich selbst alle Griffe beigebracht. Sie schlug die Gitarre mit viel Begeisterung und vielen schiefen Tönen, aber sie sagte, sie würde üben bis zum Umfallen, denn das sei ihr großer Traum: eine Mädchenband! Wie die ›Liverbirds‹! Damit war Anni dabei. Helga, die andere Gitarristin, sparte schon seit ein paar Monaten auf einen Bass und träumte davon, Bassistin zu sein. Damit waren sie schon zu dritt. Fehlte nur noch jemand fürs Schlagzeug. Wagner versprach, sich nach einem gebrauchten Bass zu erkundigen, und kam nach drei Wochen mit einem Fender, den er jemandem abgeschwatzt hatte. Die drei begannen schon mal ohne Schlagzeug zu proben. Sie nahmen sich eines der Lieder der ›Liverbirds‹ vor, das diese bei ihrem allerersten Auftritt im Beatclub gesungen hatten: *Love hurts*. Paula fand, dass es die beste Version des Songs war und genau richtig, dass eine Mädchenband das Lied spielte. Dass Mädchen auf Bühnen standen und sangen! Und auch wenn Karli nicht im Publikum sein würde, andere würden da sein. Viele andere.

2006

Wenn man von Berlin nach Frankfurt fuhr, kam man fast zwangsläufig am Hof meiner Oma vorbei. Ich meldete mich von unterwegs und kündigte an, am Nachmittag zum Kaffee vorbeizukommen. Ich würde uns Kuchen mitbringen, und sie könne schon mal überlegen, was ich für sie erledigen solle.

»Wir waren lange nicht mehr einkaufen, Oma«, sagte ich. »Vielleicht fahren wir ja einkaufen? Du könntest schon mal eine Liste machen, wenn du willst.«

Sie war einsilbig am Telefon, aber ich dachte mir nichts dabei, denn sie telefonierte nicht gerne.

Als ich in Lerchenrod aus dem Auto stieg, bemerkte ich gleich, dass die Blumen am Haus alle etwas zerzaust aussahen. Und ich erschrak, als sie mir die Tür öffnete. Meine Großmutter schien geschrumpft und wirkte fahl und unordentlich, gar nicht so adrett und proper wie sonst.

Ich spürte, wie sich Panik in mir ausbreitete, wie der Boden unter mir weich wurde und wie ich schneller atmete. Sobald Oma mir den Rücken zuwandte, um mit vorsichtigen Schritten wieder hineinzugehen, hielt ich mich am Türrahmen fest und versuchte, ruhiger zu werden. Zum Glück war Oma so langsam, dass ich mich hinter ihrem Rücken etwas fangen konnte. Wenigstens so weit, dass es mir gelang, ihr gegenüber zu vertuschen, wie sehr ihr Anblick mir zugesetzt hatte. Wahrscheinlich waren wir beide froh, als wir es bis auf das Sofa geschafft hatten und endlich saßen. Nein, meine Oma Charlotte sah überhaupt nicht gut aus.

»Was ist los, Omilein?«, fragte ich sie. »Warum geht es dir nicht gut und warum, um Himmels willen, sagst du niemandem Bescheid?«

»Wollte euch doch nicht zur Last fallen. Es geht ja schon wieder«, sagte sie und tätschelte mir die Hand.

Es stellte sich heraus, dass sie sich trotz einer bösen Erkältung natürlich nicht geschont hatte, sie war ja schließlich aus hartem Holz geschnitzt, sie haute doch so schnell nichts um.

»Ich leg mich doch nicht tagsüber ins Bett und tue so, als wäre ich krank!« Das war nur etwas für Faulpelze und Taugenichtse, aber doch nicht für jemanden wie sie.

»Ich glaube ja nicht, dass du so tun müsstest, als wärst du krank«, sagte ich. Und während sie weiterhin alles herunterspielte, rief ich bei ihrer Hausärztin an. Sie versprach, gleich nach der Sprechstunde bei uns vorbeizukommen.

Nachdem die Ärztin meine Großmutter untersucht hatte, plädierte sie dafür, sie ins Krankenhaus zu bringen, damit sie medizinisch bestmöglich versorgt sei. Das Schlimmste wäre jetzt, wenn sich auf den grippalen Infekt noch eine Lungenentzündung draufsetzte, drohte sie, als Charlotte sich stur weigerte.

»Und wenn Sie sich nicht erholen, Frau Winter, passiert nämlich genau das.«

Die Frau war seit einigen Jahren hier Landärztin und kannte ihre Schäfchen. Und ich kannte Oma. Ins Krankenhaus ging man ihrer Meinung nach zum Sterben. Und das wollte sie nicht. Ich rechnete kurz hin und her und bot an, dass ich genau vier Tage bleiben konnte, um mich um sie zu kümmern. Wenn es dann noch nicht besser war, dann würde ich sie persönlich ins Krankenhaus bringen.

»In vier Tagen? Da bin ich wieder ganz die Alte. Werdet ihr schon sehen«, sagte meine Oma und lächelte.

Ich brachte die Ärztin zur Tür.

»Diese Generation, die redet noch auf dem Sterbebett davon, dass sie morgen aber wieder in den Stall müssen.«

Ich sah sie bei dem Wort »Sterbebett« erschrocken an, aber sie schüttelte schnell den Kopf und entschuldigte sich.

»Es ist nur ein grippaler Infekt, keine Sorge. Aber in dem Alter muss man das ernster nehmen, als sie es tut.« Sie versprach, morgen wieder nach ihr zu schauen, und wenn es ihr schlechter gehen würde, sollte ich mich sofort melden.

Oma legte sich aufs Sofa, ich deckte sie zu mit der Decke, die durchaus mal eine Wäsche vertragen könnte, wie so einiges, wenn man mal genauer hinschaute, und kochte ihr den Erkältungstee, auf den sie schwor. Jeden Sommer pflückte und trocknete sie dafür Kamillen-, Linden-, und Holunderblüten. Es duftete nach Kindheit, als ich den Tee aufgoss, und es fühlte sich verrückt an, es für sie zu tun. Wie oft hatte sie für mich diesen Tee aufgegossen und mir die dampfende honigsüße Tasse ans Bett gebracht? Paula hatte mich immer nach Lerchenrod gebracht, wenn ich krank war und sie arbeiten musste. Zumindest in den Jahren, als ich noch zu klein war, um alleine zu Hause zu bleiben. Oma hatte mich immer wieder aufgepäppelt, mit ihrem Spezialtee und mit dem Essen, das es bei uns nie gab. Nudeln mit Butter und Semmelbröseln und eingemachten Pflaumen. Oder Kartoffeln mit ausgelassenem Speck und Zwiebeln und dazu einen Teller kalte Dickmilch. Auch durchs Abitur hatte sie mich gepäppelt, nachdem ich mit sechzehn beschlossen hatte, nicht mit Paula nach Berlin zu ziehen, sondern lieber bei Oma zu bleiben.

»Wenn ich daran denke, was ich dafür gegeben hätte, in deinem Alter nach Berlin gehen zu können, und du gehst freiwillig nach Lerchenrod? Ich hoffe nur, meine Mutter unterstützt dich ...«

Paula hatte damals nur verständnislos darüber den Kopf geschüttelt, dass ihre eigene Tochter lieber auf dem Dorf leben wollte.

»Hat sie dich denn nicht unterstützt?«

»Hab ich Abitur gemacht?«, sagte Paula und lachte bitter.

Paula hatte es nie verstehen können, dass es mir einfach zu viel war, schon wieder in eine fremde Stadt und in eine fremde Welt umzuziehen, in das neue, wiedervereinte Berlin, zu dem doch alle hinstrebten. Alle, außer mir. Vielleicht würde ich heute keine Betriebsanleitungen übersetzen, vielleicht wäre eine interessante Übersetzerin neuer interessanter Literatur aus mir geworden. Vielleicht aber auch nicht. Vielleicht wäre ich einfach untergegangen.

Und Oma unterstützte mich. Sie war ein fester Punkt in meinem Universum, in dem ich liebevoll versorgt wurde. Sie ließ sich geduldig alles erzählen, was ich lernen musste, kochte Mittagessen, brachte Kuchen, wenn ich mit Nicole von nebenan Mathe übte. Ich half ihr im Garten und mit dem Holz und machte in genau dieser Mischung aus Fürsorge und Bewegung an frischer Luft wahrscheinlich das beste Abi, das mir möglich war. Bei der Zeugnisverleihung hatten Paula und Oma beide geweint, als ich aufgerufen wurde und mein Zeugnis bekam. Ich hatte gedacht, sie weinten wegen mir, vor Freude, weil ich die Erste in der Familie war, die Abitur machte. Aber wenn ich an die Bitterkeit dachte, die in Paulas Lachen gelegen hatte, hatten die Tränen vielleicht gar nichts mit mir zu tun, sondern eher mit ihnen selbst? Paula und Oma hatten beide kein Abitur. Warum hatte ich danach nie gefragt?

Oma trank brav den Tee, den ich ihr in dieselbe Tasse gegossen hatte, die sie mir immer gebracht hatte. Es war eine große beige Tasse mit einem braunen Rand, und wenn man daraus trank, schaute man auf ein paar Gänseblümchen. Sie lächelte, als ich sie ihr hinstellte.

»Ach, Kind, jetzt bringst du mir den Tee …«

Danach machte sie ein Nickerchen auf dem Sofa. Ich deckte sie zu und ging rüber zu den Nachbarn, um zu hören, wie lange das schon ging mit ihr.

Doro war mit ihrer Familie immer auf dem Hof geblieben, auf dem sie aufgewachsen war. Sie war sesshaft, sie war das Gegenteil von Paula. Alle waren immer hiergeblieben, und das sah man dem Hof auch an.

Omas Hof sah noch genauso aus wie vor hundert Jahren. Die Winters hatten, bis Paula geboren wurde, immer Söhne als Hoferben gehabt, weshalb der Name immer gleich geblieben war. Und es war ein lustiger Zufall, den besonders Paula gerne zum Besten gab, dass der Mädchenname ihrer Mutter ebenfalls Winter war, und deshalb alle Frauen bei uns trotz dieser einen Heirat alle weiterhin Winter hießen, wie schon meine Ururgroßmutter Dora und meine Urgroßmutter Lisette, sie und ich natürlich. Darin lag immer auch die unausgesprochene Botschaft an mich, nie zu heiraten oder zumindest meinen Namen nie aufzugeben. Damit wir immer die Winterfrauen bleiben würden.

Bei Lemmers nebenan war überall etwas an- und umgebaut worden, und man konnte deutlich erkennen, in welcher Zeit was passiert war. Der neue Anbau stammte aus den Siebzigern, nachdem Doro Wim geheiratet hatte, mit der ebenerdigen Einliegerwohnung als Altenteil für die Eltern. Ende der Neunziger hatte Melanie, die Älteste, dann mit ihrer eigenen Familie das alte Bauernhaus wieder renoviert. Nachdem Lemmers durch Doros Hochzeit mit Wim Krug geheißen hatten, lebten dort nun die Rabolds, weil Melanie einen Herrn Rabold geheiratet und ganz selbstverständlich seinen Namen angenommen hatte. Aber der mittlere Bruder hieß noch Krug und lebte unterm Dach, Doros Eltern, das alte Ehepaar Lemmer, lebte im Altenteil. Und wenn Melanies Kinder einmal so weit waren, würden sie sich wahrscheinlich die Scheune ausbauen und ebenfalls hierbleiben. Pläne dafür gab es schon. Wahrscheinlich würde es dann auch noch einen weiteren neuen Familiennamen geben. Aber es war alles egal, denn was immer sie auch taten und wen sie auch heirateten, wie sie auch hießen: Alle hatten hier Platz, und alle hießen weiterhin im ganzen Dorf Lemmers.

Die Einzige, die ausgezogen war, wenn auch nur drei Straßen weiter, war Nicole. Doros jüngste Tochter, die genauso so alt war wie ich, fuhr von hier jeden Tag zur Arbeit nach Marburg. Wenn ich länger bei Oma war, gingen wir oft zusammen aus. Sie hatte mich schon ein paar Mal in Frankfurt besucht. Aber auch wenn sie es genoss, einen Tag dort mit mir zu verbringen, sie würde nie auf die Idee kommen, freiwillig dorthin zu ziehen. Obwohl es mit dem Auto keine Stunde dauerte, war ihr das doch viel zu weit weg von zu Hause. Der Zusammenhalt und die Nähe der Familie waren ihnen allen wichtiger.

»Wie gut, dass du da bist«, sagte Melanie, als sie die Tür öffnete. Im Flur lagen Berge von Schuhen durcheinander, und Melanie kickte mir einen Weg frei, damit ich ihr in die Küche folgen konnte.

Die Töpfe und Bräter, die bei ihnen in der Küche hingen, sahen aus, als entstammten sie einer Großküche, denn an den Wochenenden kochten sie für mindestens ein Dutzend Familienmitglieder. Natürlich bekam ich sofort einen Kaffee, hier gab es immer fertigen heißen Kaffee für alle. Sie hatten mir auf meinen Anrufbeantworter zu Hause gesprochen und sich schon gewundert, dass ich mich nicht meldete.

Als ich Melanie erzählte, dass ich Paula beim Umzug geholfen hatte, lachte sie.

»Sie ist schon wieder umgezogen? Aber sie ist noch in Berlin, oder? Das ist vielleicht 'ne Nudel, die Paula. Mama sagt immer, die kommt nie zur Ruhe. Wahrscheinlich hat sie recht. Letztens haben wir sie im Fernsehen wieder gesehen ... wo war das denn bloß? Ach, weiß nicht mehr. So ein netter Film. Kann mir die Titel nie merken.«

Sie hatten alle zusammen nach Oma geschaut und sie versorgt.

»Aber sie wollte partout keinen Arzt, wir haben ihr auch angeboten, in der Praxis anzurufen. Aber nein, nein, nein! Bloß nicht!«

»Ich weiß«, sagte ich. »Sie ist stur.«

»Aber wir halten hier doch zusammen, wir lassen sie schon nicht hängen. Mach dir keine Sorgen.«

Als ich zurückkam, kam mir der Hof noch stiller vor, und ich dachte nicht zum ersten Mal, dass Oma hier bestimmt nicht mehr lange alleine bleiben konnte. Ich rief Paula an, die so etwas murmelte wie »Ach, du liebe Zeit, jetzt geht das los«, aber sie überlegte nicht lange, sondern wollte gleich morgen früh losfahren. Ich war erleichtert, dass wir uns nicht wieder stritten.

Als Oma wach wurde, begann sie von Hühnersuppe und Dosenpfirsichen zu träumen. Und von einem frischen Bett und gewaschenen Haaren.

»Aber nein, doch nicht jetzt«, rief sie, als ich aufsprang und überlegte, mit was ich wohl am besten anfing. Sie wollte mir doch keine Umstände machen. Irgendwann nächste Woche, da würde sie all das dann in Ruhe machen.

»Warum denn nächste Woche? Jetzt bin ich doch da.«

»Vielleicht wirklich die Haare?«, fragte sie zögernd. »Ich fühle mich so elend mit diesem Kopf. Ich weiß nur nicht, wie wir das hinkriegen sollen … ich kann mich doch nicht mehr vor die Wanne knien.«

»Und wenn wir dich komplett in die Wanne setzen?«

Sie sah mich hilflos an, aber der Gedanke gefiel ihr. »Kriegen wir mich denn da wieder raus?«

»Wenn wir dich reinkriegen, kriegen wir dich auch wieder raus.«

»Ach, das wäre herrlich«, seufzte sie.

Ich ging einkaufen, setzte nach ihren Anweisungen die Hühnersuppe auf, bezog das Bett frisch, *ach, das sollst du doch nicht*, machte das Zimmer zumindest mal im Schnelldurchgang sauber, *ach, Kind, lass doch gut sein*, lüftete ordentlich und ließ ihr Badewasser ein. Als ich ihr die Haare wusch und ihr den schmalen weißen Rücken einseifte, begann sie zu zittern.

»Ist dir kalt?«, fragte ich. »Sollen wir warmes Wasser zulaufen lassen?«

Sie schüttelte nur den Kopf und sagte kein Wort. Erst als sie später im frischen Bett lag, duftend, warm, satt und erschöpft, nahm sie meine Hand und ließ sie gar nicht mehr los.

»Das hat noch nie jemand für mich gemacht.«

»Das hat doch deine Mutter bestimmt gemacht, als du klein warst, du weißt es nur nicht mehr. Und Opa bestimmt auch, oder? Wenn du krank warst.«

Sie schüttelte den Kopf. »Wir waren nicht krank. So etwas gab es nicht, im Bett liegen. Am helllichten Tag.«

»Dann holst du das jetzt mal nach«, sagte ich. »Aber bitte nicht zu oft.«

»Ich habe lange nicht mehr gebadet. Ich traue mich das nicht allein.«

»Na, dann machen wir das jetzt immer, wenn ich zu dir komme. Du hättest auch mal was sagen können.«

Sie winkte ab. »Ist ja nicht so wichtig.«

Vielleicht begann ich in diesem Moment zu verstehen, warum Paula sich immer aufregte, dass Oma nie redete. Gerade als ich ihr sagen wollte, dass es mir aber wichtig war, dass es ihr gut ging, lächelte sie verschmitzt.

»Als ich hierherkam«, begann sie zu erzählen, »habe ich heimlich gebadet. Ich war noch gar nicht lange hier, vielleicht eine Woche? Und dann war Waschtag, und ich bin in die Waschküche gegangen, um mich aufzuwärmen. Es war überall so kalt. Im Waschkessel war noch die Seifenlauge von der Wäsche, die hatten sie vergessen rauszulassen. Und die war noch warm. Da dachte ich, ich wasche schnell meine Kleider darin, hab mich ausgezogen, und dann habe ich mich einfach dazugesetzt. Stell dir das mal vor. Ich bin einfach in den Waschkessel geklettert! Ach, danach habe ich mich wieder wie ein Mensch gefühlt.«

Sie schüttelte den Kopf und schloss sie die Augen. Ihre Lippen bewegten sich, als wollte sie noch etwas sagen.

»Warum musstest du denn heimlich baden?«, fragte ich, aber sie war schon eingeschlafen. Meine Hand hielt sie immer noch fest, und es dauerte ein paar Minuten, bis sie sich im Schlaf so entspannte, dass ihre Hand aus meiner glitt. Ich deckte sie sorgfältig zu und verließ das Zimmer leise. Ich war zwar müde von der langen Autofahrt und dem ganzen Herumgewusel um Oma. Aber ich glaube, der Schreck saß mir auch noch in den Knochen, und ich wusste genau, dass ich noch nicht schlafen konnte. Ich stellte noch eine Wäsche an, kochte mir auch einen Erkältungstee und ging damit ans Wohnzimmerfenster. Das war die einzige Stelle im ganzen Haus, von der aus man mit dem Handy telefonieren konnte. Ich hätte auch in den Hof gehen können, da war der Empfang noch besser, aber ich wollte nicht vor einem einsamen Hof am Ortsrand im Freien stehen, wo die Dunkelheit in mondlosen Nächten wie eine schwarze Wand über den Feldern hing. Dunkelheit jagte mir schon immer Angst ein. Und nicht nur Dunkelheit. Wie Oma das hier nur alleine aushielt.

Lukas und ich waren für das kommende Wochenende verabredet. Er hatte von einem verlassenen Haus gehört, das er mit mir zusammen suchen und erkunden wollte. Ich musste ihm sagen, dass ich noch länger wegbleiben würde. Er fand es schade, und ich versprach ihm, dass wir unseren Ausflug bald nachholen würden.

»Hast du auch noch Großeltern?«, fragte ich, und er verneinte.

»Aber auch als sie noch lebten, wäre ich wahrscheinlich nicht derjenige gewesen, der sich um sie gekümmert hätte. Es wimmelt bei uns nur so von Kindern und Enkeln.«

»Du kommst aus einer großen Familie? Ich habe vorhin mit einem einzigen Anruf alle informiert. Und heute habe ich zum ersten Mal gedacht, dass wir irgendwann nur noch zu zweit sind. Ganz schön mager, oder?«

»Ich gebe dir gerne ein paar von meiner Sippe ab.«

»Ich nehme aber nur die richtig Netten.«

»Das habe ich befürchtet. Und wo bist du jetzt gerade?«

»Du meinst in diesem Moment?«

Er bejahte, und ich beschrieb ihm, wie ich zwischen Omas Usambaraveilchen und der Häkelgardine hing, beschrieb das alte Buffet, in dem sich das Geschirr mit dem Goldrand für die besonderen Anlässe stapelte, das gute Sofa, das so bequem war wie ein Fußschemel, aber mit dunkelrotem Samt neu bezogen wurde, und auf das sich niemand setzte, aus Angst, es abzunutzen. Ich erzählte ihm von meinem Lieblingsraum, der Küche, und dem Kartoffeltopf, in dem wahrscheinlich schon seit dem Ersten Weltkrieg Kartoffeln gekocht wurden, und von den Sticktüchern. »*Trautes Heim,*

Glück allein, und daneben hängt der jährliche Apothekenkalender.«

»Ich sehe es vor mir!«

»Ich nehme dich mal mit hierher«, sagte ich. Und schob schnell nach: »Irgendwann einmal. Falls du Lust hast.«

Nicht dass er jetzt dachte, er müsste mit mir meine Oma besuchen.

»Bin dabei«, sagte er. »Und wenn du zurückkommst, brauche ich mal deinen Rat. Magst du Uhren?«

»Uhren?«, fragte ich erstaunt. »Ich weiß nicht, kann man Uhren mögen?«

Seine Eltern wollten ihm zum Geburtstag eine Uhr schenken. Zum dreißigsten, die Uhr fürs Leben, weil das in seiner Familie Tradition hatte.

»Bei meinem Vater. Und seinem Vater. Und seinem Vater. Und so weiter. Und du könntest mit mir eine aussuchen gehen.«

»Ich kenne mich weder mit Vätern noch mit Traditionen noch mit Uhren aus.«

»Klingt so, als wärst du genau die Richtige«, sagte er, und ich versprach, mich zu melden, sobald ich zurück war.

Ich hoffte, dass er das nicht sagte, weil er das Gefühl hatte, sich um mich kümmern zu müssen. Wir hatten uns im Sommer in einer meiner nicht so guten Phasen kennengelernt, mitten in der Trennung von Yannick. Erst vor wenigen Wochen hatte er mich unter meiner Bettdecke hervorgeholt, unter der ich mich nicht nur metaphorisch, sondern sehr tatsächlich und physisch verkrochen hatte. Das war mir jetzt noch unangenehm, wenn ich daran dachte. Ich wollte doch kompetent und interessant wirken. Und nicht so, als käme ich nicht klar.

Paula war schon vor dem Mittagessen da, sie war wirklich früh losgefahren. Oma schien glücklich, dass wir zusammen am Tisch saßen, sah von einer zur anderen und aß die Hühnersuppe mit noch mehr Appetit als am Tag vorher. Sie nahm sich sogar noch eine zweite Kelle Brühe.

»So eine Hühnersuppe hält …«

»… Leib und Seele zusammen«, vervollständigten wir alle zusammen den Satz und lachten. Nachdem sie auch noch ihre Dosenpfirsiche zum Nachtisch gegessen hatte, legte sie sich zufrieden und ohne zu widersprechen wieder ins Bett für ihren Mittagsschlaf.

»Das gefällt ihr, von uns verwöhnt zu werden«, sagte ich. »Ich glaube, sie findet es richtig schön, dass du auch da bist.«

Paula nickte. »Du hast recht. Ich sollte mich echt mehr um sie kümmern.«

Wir spülten zusammen das Geschirr vom Mittagessen. Paula spülte, und ich trocknete ab. Wie früher.

»Aber es ist immer so … ach …« Sie brach ab. »Du kanntest Lisette ja leider nicht. Aber wenn ich das hier sehe … Ich muss mich das einfach immer wieder fragen, warum meine Mutter sich für dieses Leben hier entschieden hat. Warum sie nicht einfach weggegangen ist, nachdem mein Vater gestorben ist. Warum sie jetzt immer noch hier ist. In diesem großen leeren Haus!«

»Sie hat mir gestern erzählt, dass sie heimlich im Waschkessel gebadet hat, als sie hierherkam.«

»Echt?« Paula schüttelte den Kopf. »Das hat sie mir noch nie erzählt.«

Sie zog den Stöpsel und wischte mit dem Spüllappen und dem restlichen Schaum einmal durchs ganze Becken, genau wie Oma das immer machte. Die gleiche Bewegung. Gelernt ist gelernt, dachte ich.

»Vor allem habe ich niemals Antworten bekommen, wenn ich mal nachgefragt habe. Wir hatten diesen jungen Lehrer, damals, durch den habe ich erst angefangen zu verstehen. Kaffee?«, fragte sie und setzte den Wasserkessel auf. »Wir sollten herausfinden, was unsere Eltern oder Großeltern während des Krieges gemacht haben. Ich habe natürlich keine Antworten bekommen. Keiner hat eine Antwort bekommen. Das war die Zeit der Auschwitz-Prozesse, und keiner wollte irgendetwas gewusst haben, keiner wollte reden, sie wollten lieber alles vergessen. Fast zwanzig Jahre nach dem Krieg war das! Das muss man sich mal vorstellen. Und all die Angeklagten, die da auf der Bank saßen und natürlich ganz unschuldig taten, waren richtig hohe Tiere. Die saßen noch überall. In den Ämtern, in der Justiz, in den Ministerien. Aber davon wollte niemand etwas wissen.«

Der Kessel begann zu pfeifen, und sie löffelte das Kaffeepulver in den Filter.

»Und warum hat wohl keiner etwas gesagt? Dreimal darfst du raten. Mein Vater hat getobt und wollte mich aus der Schule nehmen. Na ja, ich bin dann in der Schule geblieben, aber sie haben alle dafür gesorgt, dass der Lehrer versetzt wurde.«

Sie goss das heiße Wasser in den Filter, und Kaffeeduft verbreitete sich in der Küche.

»Bestimmt waren sie auch Nazis. Mehr oder weniger, ich hoffte immer, weniger. Aber ich weiß es bis heute nicht. Vielleicht ja auch mehr?«

»Was? Oma? Das glaubst du doch selber nicht.«

Ich wedelte abwehrend mit dem nassen Abtrockentuch und hängte es an die Ofenstange, so wie Oma das immer machte.

Paula starrte in den Filter und goss heißes Wasser nach.

»Kennst du irgendeine Geschichte aus der Zeit? Hat Oma dir mal irgendwas erzählt?«

»Ja klar, aber …« Ich dachte nach und merkte, dass ich überhaupt nichts Konkretes wusste. Unsere Gespräche hatten meist mit dem Satz geendet, dass es böse Zeiten gewesen waren, oder dass ich froh sein sollte, das nicht erlebt zu haben.

»Genau«, sagte Paula. »Es fielen immer die gleichen Sätze. Sei froh, dass du das alles nicht erlebt hast. Ach, man musste ja … man hatte ja keine Wahl … man durfte nicht auffallen … der schlimme Krieg … das verstehst du nicht. Aber kein kritisches Wort. Nie.«

»Ich frage Oma«, sagte ich.

»Viel Glück.«

Paula goss den nächsten Strahl heißes Wasser über den Filter und beobachtete konzentriert, wie das Wasser sich dunkel färbte und langsam durch den Filter tropfte.

»Ich habe vergessen, die Kanne vorzuwärmen. Jetzt ist das alles nur lauwarm.«

»Dann machen wir eben die Milch heiß«, schlug ich vor und setzte etwas Milch auf. »Pass du drauf auf, dann räume ich das Geschirr weg.«

»Überleg dir das gut, ob du wirklich nachfragen willst«, sagte Paula. »Dann musst du die Antwort nämlich aushalten. Ich habe genau deshalb aufgehört zu fragen, irgendwann. Was hätte ich denn gemacht, wenn meine Mutter gesagt hätte, dass sie für die Nazis gearbeitet hat? Oder wenn mein Vater die KZs am Ende sogar gut fand? Ich hätte doch nie mehr nach Hause gehen können, wenn ich gewusst hätte, dass meine Eltern für alles stehen, wogegen wir uns alle aufgelehnt haben!«

»Davon hast du noch nie erzählt.«

»Ich wollte dir deine Oma nicht nehmen«, sagte Paula, und in dem Moment kochte die Milch zischend über. Wir schrien beide auf. Sofort roch es verbrannt, und bis wir das Gröbste beseitigt hatten, hatte sich auf der Milch eine dicke Haut gebildet, die ich angewidert rausfischte. Wir nahmen unsere Tassen mit und setzten uns vorm Haus auf die Treppe in die Sonne.

Paula nippte an ihrem Kaffee.

»Eigentlich bist du genau wie Oma«, sagte ich.

»Aha!?« Mit ihrer Mutter wollte Paula auf keinen Fall verglichen werden. »Und warum?«

»Du bist genauso schweigsam, wenn es um die wirklich wichtigen Fragen geht, oder?«

Erst sah sie mich verständnislos an, aber dann seufzte sie schwer. »Ach, kommt das jetzt schon wieder?«

»Ja«, sagte ich. »Das kommt jetzt schon wieder. Und ich habe gerade gedacht, dass es mir vielleicht immer genauso ging wie dir. Vielleicht habe ich immer zu viel Angst gehabt. Vor der Wahrheit. Und deshalb auch nie so richtig konsequent nachgefragt.«

»Stattdessen richtig konsequent meine Sachen durchsucht.«

»Das tut mir auch leid, wirklich, aber dann sag mir halt, was ich wissen muss. Ist das denn so schwer?«

Wir schwiegen und schauten in unsere Kaffeetassen, in denen weiße Fitzelchen von Milchhaut schwammen.

»Oder bist du diejenige, die zu viel Angst hat?«

»Ich?« Paula schüttelte lachend den Kopf, aber das Lachen wirkte aufgesetzt. »Findest du mich denn ängstlich?«

»Na ja. Vor gewissen Wahrheiten scheinen wir beide Angst zu haben, oder?«

Darauf schwieg sie. Vielleicht müsste ich auch lernen, Paulas Schweigen zu akzeptieren. So wie sie irgendwann Omas Schweigen akzeptiert hatte, als eine Art Selbstschutz. Vielleicht war es besser, in der Schutzzone zu bleiben. Irgendeinen Grund musste es ja haben, dass sie nichts erzählte.

1966

»So verlässt du das Haus nicht!«

Ihre Mutter rief sie zurück, als Paula versuchte, das Haus unbemerkt zu verlassen. Sie bestand darauf, dass sie den Minirock wieder auszog

»Dann verpasse ich aber den Bus und komme zu spät!«

»Das ist mir egal. Mit nackten Beinen aus dem Haus, ich glaube, es geht los!«

»Du hast doch überhaupt keine Ahnung! Selbst das englische Königshaus trägt Minirock, und Mary Quant bekommt sogar einen Orden dafür.«

»Und wenn sie ein Schloss dafür bekommt! Sollen die Leute über uns reden? Treib es nicht auf die Spitze! Was denkst du eigentlich, wer du bist? Glaubst du, du kannst dir jetzt alles erlauben?«

Kochend vor Wut rannte Paula zurück in ihr Zimmer, zog schnell einen längeren Rock über den Minirock und rannte wieder los, vielleicht konnte sie den Bus ja trotzdem noch erwischen. Alle, die etwas auf sich hielten, trugen nur noch Miniröcke, und wenn selbst die Königin von England fand, dass sieben Zentimeter über dem Knie völlig in Ordnung waren, dann brauchten sich die Lerchenroder nicht als Moralapostel aufzuspielen. Ja, sie glaubte, dass sie sich das erlauben konnte! Ja, es war ihr egal, was die Leute redeten! Die Leute redeten immer. Und trotzdem hatte sie immer ein schlechtes Gewissen. Wenn sie nur ausziehen könnte. Wenn sie nur einen Grund finden könnte, warum sie von hier weggehen müsste. Sie wollte immer noch nur das eine: Singen. Aber das war für ihre Eltern natürlich kein Berufsziel. Dabei spielten die ›Sweet Larks‹ inzwischen nicht nur regelmäßig im Club E, sie spielten in etlichen Glastanzdielen und auf Partys in der Gegend. Und nicht nur, weil sie die hübscheste Mädchenband waren, sie waren auch einfach gut. Paulas Unterricht bei Madame war nicht umsonst gewesen, und auch die anderen beherrschten ihre Instrumente gut. Alle vier hatten sie das Gefühl, als Mädchen noch besser sein zu müssen als die Jungen. Niemand sollte über sie sagen, sie seien ja echt hübsch, aber Musik machen könnten sie nicht, die Mädchen. Helga spielte den Bass inzwischen ziemlich virtuos, wenn Anni Gitarre spielte, quietschte kein unsauberer Ton mehr, und Uschi war am Schlagzeug deutlich besser als Ringo Starr. Dazu gehörte zwar nicht viel, da waren sich alle einig, aber Uschi konnte richtig einheizen, und ihre Soli hatten bereits einen gewissen Grad an Berühmtheit erreicht.

Paulas Eltern zeigten sich völlig unbeeindruckt von ihren Erfolgen. Vielleicht war es auch gut, dass sie so wenig von ihnen wissen wollten und die anderen »Lerchen« kaum kannten. Das ließ ihnen genug Raum für die unterschiedlichsten Geschichten, die sie ihren Eltern erzählten, für kleine Freiheiten, von denen niemand wusste. *Wir übernachten nach dem Konzert alle bei Helga,* oder: *Uschis Eltern haben uns eingeladen, wir kommen ja von dort auch gar nicht mehr nach Hause.* Es musste ja keiner wissen, wo sie tatsächlich übernachteten. Nicht dass jemals ungehörige Dinge passiert wären oder sie weit über die Stränge geschlagen hätten. Aber in diesen Stunden, in denen keiner wusste, wo sie wirklich waren, fühlten sie sich unabhängig und erwachsen, frei wie eine echte Rockband.

Manchmal hatte Paula Angst, dass sie aufflogen, dass sie alle ins Heim kommen würden für schwer erziehbare Mädchen, über das viele Gerüchte kursierten. Schließlich waren sie alle vier noch weit von der Volljährigkeit entfernt, auch wenn sie sich erwachsen fühlten und durch die Auftritte mehr eigenes Geld hatten, als andere in ihrem Alter. Aber in ihr fühlte sich alles so richtig an. Mit den drei Freundinnen Musik zu machen, das war das Beste überhaupt. Deshalb hatte sie auch kein schlechtes Gewissen. Was war denn falsch am Musikmachen? Da gab es so vieles, was wesentlich schlimmer war. Schließlich lebten sie in einem Land, in dem Menschen, die an Massenmorden teilgenommen hatten, noch nicht einmal alle zur Rechenschaft gezogen wurden, während man um die wenigen überlebenden Juden, wie den Herrn Levi im Nachbarort, lieber einen großen Bogen machte. Vor allem, wenn er im Sommer kurzärmelige Hemden trug und man die grausame eintätowierte Nummer nicht übersehen konnte. Sie lebten in einem Land, in dem die Frauen von elektrischen Küchenhelfern träumten und glücklich waren, wenn ihnen ein Toast Hawaii gelang, mit Puschkin-Kirsche, wie es Clemens Wilmenrod im Fernsehen empfahl. Von einem eigenen Konto und der Möglichkeit, ohne die Erlaubnis der Ehemänner zu arbeiten, schienen weit weniger Frauen zu träumen. Nein, in einem Land, in dem die neuen Autos stolz poliert und die Straßen sauber gekehrt wurden, so dass man gar nicht auf die Idee kommen könnte, dass irgendwo tief drinnen vielleicht noch schwarze Stellen das Gewissen befleckten, da brauchte man auch kein schlechtes Gewissen zu haben, wenn man heimlich einen Minirock trug. Wenn man heimlich küsste und Erfahrungen machte, die einem halfen zu verstehen, um was es in diesen ganzen Liedern von der Liebe eigentlich ging.

Natürlich hatte Paula trotzdem immer ein schlechtes Gewissen.

Die ›Sweet Larks‹ konnten sich über einen Mangel an Fans und Verehrern nicht beklagen, da hatten ihre Freunde damals wirklich falsch gelegen. Sie waren die einzige Mädchenband weit und breit, und wenn sie spielten, kamen alle. Die Mädchen kamen, um ihnen zuzujubeln, und die Jungen, um sie anzuhimmeln und ihnen hinterher einen Persico auszugeben und auf einen Kuss zu hoffen. Oder mehr. Selbst Wolfgang, der extra aus Frankfurt zu einem Konzert angereist kam, und mit Doro und Wim ganz vorne an der Bühne stand, musste zugeben, dass sie gut waren.

Mick Jagger war Paulas Held. Die Band coverte einige Songs von den ›Stones‹, weil sie sie liebten, aber Paula hatte immer das

Gefühl, dass eigentlich nur die ›Stones‹ selbst ihre Songs singen durften. Sie suchte vermehrt nach Songs von Frauen, die sie mit den ›Sweet Larks‹ covern könnten, weil es ihr so viel richtiger erschien, sich mit all den Frauen zu verbinden, die ihre Stimme laut werden ließen. Frauen mussten sich doch zusammentun, und zeigen, dass sie überhaupt eine Stimme hatten! Sie sangen Songs von Marianne Faithfull, von den ›Shangri-las‹, von ›The Mamas and the Papas‹, die richtig groovten. Für Nancy Sinatra schwärmten sie alle vier, doch deren Song mussten sie besonders lange üben. Als sie das Lied dann endlich richtig draufhatten, wurde es zu ihrer Hymne, und sie fühlten sich erwachsen und frei, wenn sie in ihren Stiefeln auf der Bühne hin und her liefen, um zu zeigen, wofür diese Boots gemacht waren. *These Boots are made for walking*. Zum Laufen. Zum Weglaufen.

Paula hatte sich inzwischen an die Handelsschule gewöhnt, hatte Mitschülerinnen und Studentinnen kennengelernt, die ganz anders waren als die Mädchen aus Lerchenrod. Es gab viele junge Frauen wie sie, die unzufrieden waren mit dem Hausfrauenleben, das ihnen vorherbestimmt war. Die sich nicht für selbstgeschlagene Mayonnaise interessierten, sondern sich dagegen auflehnten, dass Frauen nur arbeiten durften, wenn ihr Ehemann es ihnen erlaubte, dass sie allein für den Haushalt verantwortlich waren und Männer nicht. Was waren das eigentlich für Gesetze? Und warum durften nicht alle Frauen die Pille nehmen? Wenn es sie doch schon gab, sollte sie doch allen Frauen zugänglich sein, die nicht schwanger werden wollten. Es war einfach nicht gerecht.

»Weißt du«, erklärte sie Doro, als sie sich nach der Schule im Bus nach Lerchenrod trafen, »wenn wir uns nicht wehren, dann wird sich nie etwas verändern. Und mit der Verhütung fängt es nämlich an.« Paula senkte ihre Stimme und schaute sich im Bus um, ob jemand ihnen zuhörte. »Sobald man schwanger ist, ist ja alles vorbei. Aber wie sollen wir an die Pille kommen? Es ist doch gemein! Da gibt es eine Pille, und dann dürfen wir sie nicht nehmen. Ich habe von einem Arzt gehört, der sie auch Mädchen verschreibt.«

»Auch wenn man nicht verheiratet ist?«

Paula nickte.

»Aber es ist eine Todsünde …«, flüsterte Doro.

»Es ist aber nicht fair«, zischte Paula zurück. »Es ist alles nicht fair, und der Herr Papst, der von so etwas keine Ahnung hat, macht es noch unfairer, als es sowieso schon ist.«

»Das darfst du nicht sagen.«

Paula zuckte die Achseln. Ihre kleine Rede hatte sie wirklich der Falschen gehalten. Doro wollte doch gar keine Rechte. Doro würde glücklich sein und alles genauso weitermachen wie ihre Mutter.

Als sie in Lerchenrod aus dem Bus ausstiegen, verlangsamte Doro ihre Schritte und wartete, bis alle, die aus dem Bus ausgestiegen waren, schon weitergelaufen waren. Paula sah sie fragend an und wunderte sich über Doros verzweifelten Blick.

»Paula, ich hab … ich muss …«

Sie brach ab und fing an zu weinen. Paula legte ihren Arm um Doros Taille und zog sie ein bisschen näher zu sich.

»He, was ist denn los?«

»Ich bin schwanger«, gestand Doro ihr leise. »Und keiner weiß es, und ich weiß nicht, was ich machen soll.«

»Und ich Hornochse rede auch noch davon, dass dann alles vorbei ist. Das habe ich natürlich nicht so gemeint, das weißt du, oder? Also … du liebst Wim doch und er dich. Ihr wollt doch sowieso heiraten. Es ist doch alles gar nicht so schlimm, ich habe das doch nicht so gemeint …«

Doro schluchzte noch mehr. Ohne sich abzusprechen, nahmen sie nicht den Weg nach Hause, sondern schlugen eine andere Richtung ein. Hinaus aus dem Ort, über die Wiesen bis zum Waldrand, wo sie sich auf die Holzstämme setzten, die dort lagerten.

»Es ist schlimm«, sagte Doro, als sie sich geschnäuzt hatte. »Richtig schlimm. Es ist nicht von Wim.«

Paula war überrascht. Doro ging seit Ewigkeiten mit Wim, es hatte doch schon hier in der Schule angefangen. Es war allen sonnenklar, dass sie Wim heiraten würde und mit ihm den Hof übernehmen wollte. Wahrscheinlich würden sie noch nicht einmal warten, bis sie volljährig waren. Doro wusste schon, wie ihr Brautkleid aussehen sollte. Und jetzt war das Kind von einem anderen?

»Von wem ist es denn?«

»Karli.«

Das war ein Schlag. Karli? Karli und Doro hatten miteinander geschlafen? Paula hatte er noch nicht einmal geküsst! Sie starrte Doro an.

»Und woher willst du wissen, dass … also, dass …«, der Name kam ihr etwas schwer über die Lippen, »… dass Karli der Vater ist. Und nicht Wim?«

»Wim und ich haben noch gar nicht … also … du weißt schon. Wim wollte warten, bis wir verheiratet sind. Und mit Karli ist es passiert, als Wim nicht in der Schule war. Er kann so gut tanzen und … na ja.«

»Das ist ja … ein ganz schönes Ding.«

Paula dachte an den Sommertag, den sie mit Karli verbracht hatte. An das T-Shirt von ›The Who‹, das er extra für sie in England bestellt hatte. An seinen enttäuschten Blick.

»Ich kann mit niemandem reden. Ich dachte, bei euch Musikern …?«

»Du meinst, wir sind so ein unmoralischer Haufen?«

»So meine ich das doch nicht!«

»Ist schon gut. Wahrscheinlich hast du recht. Das sehen viele lockerer. Aber ich hab noch nie mit einem Jungen geschlafen. Es … hat sich irgendwie nie … na ja, ich habe Angst, wenn ich ehrlich bin. Ich habe Angst, dass ich alles falsch mache und … sofort schwanger werde.«

Das hatte Paula noch nie jemandem anvertraut. Aber die Erfahrungen, die sie hinter der Bühne knutschend gemacht hatte, waren nicht so gewesen, als dass sie unbedingt mehr davon gewollt hätte. Wenn sie ehrlich war, hatte sie wirklich Angst, dass sie zu viel von sich zeigen würde, es nicht richtig machte, nicht gut genug wäre. Nicht sexy. Vielleicht stimmte etwas nicht mit ihr? Das Küssen war ja manchmal ganz schön, aber wenn dann Hände unter ihren Pullover rutschten oder unterm Minirock ihre Beine hinaufwanderten, dann war alles schlagartig vorbei. Dann roch sie plötzlich den Alkohol oder den Schweiß und wollte, dass das alles aufhörte. Es war nie so, wie sie sich das vorstellte. Es waren immer die Falschen, die etwas von ihr wollten, und sie hatte keine Ahnung, wer der Richtige sein könnte. Aber wenn erst der Richtige käme, dann wäre bestimmt alles ganz einfach und wundervoll. Außerdem hatte sie wirklich große Angst, schwanger zu werden.

»Echt?« Doro war völlig perplex. »*Du* hast Angst? Ausgerechnet du?«

»Ich warte, bis ich mal die Pille habe.«

»Das hätte ich nicht gedacht.« Nach einer Weile seufzte sie tief. »Du warst schon immer schlauer als ich.«

Paula hob die Schultern. »Was willst du denn jetzt machen? Willst du denn mit Karli zusammen sein?«

»Nein! Ich will Wim heiraten, ich lieb doch nur den Wim …« Sie fing wieder an zu weinen. »Ich weiß nicht, wie das passieren konnte, es kam eins zum anderen, und dann plötzlich … er hat gesagt, er passt auf, aber ich glaube, es war schon zu spät. Und jetzt ist es passiert, und jetzt ist alles kaputt. Ich hab mein Leben zerstört. Und Wims Leben auch. Und die Schande …«

Doro zog ihr Taschentuch hervor. Ihr schönes, fein säuberlich besticktes Taschentuch. Genauso wenig, wie Doro es glauben konnte, dass Paula noch nie Sex hatte, konnte Paula es fassen, dass Doro mit einem anderen als Wim geschlafen hatte. Doro machte doch immer alles richtig. Sie hatte den besten Frankfurter Kranz in ihrer Klasse hinbekommen, hatte das Wettbügeln gewonnen und trug seitdem den Spitznamen »Bügelfee« auch noch mit Stolz. Und jetzt weinte die Bügelfee in ihr hübsch besticktes Taschentuch und war schwanger.

»Warum kann ich nicht die Zeit zurückdrehen? Ich schäme mich so. Ich hab mich benommen wie ein Flittchen«, schluchzte sie, »und das habe ich jetzt davon.«

»Na ja, Karli hat ja wohl auch seinen Teil dazu beigetragen.«

»Ich hab gehofft, dass du vielleicht weißt …«, sie zögerte. »Ich kann dir doch vertrauen, Paula?«

»Natürlich.« Paula drückte ihr die Hand.

»Ich habe von einer Frau gehört, in einem der Dörfer hier, aber ich habe keine Ahnung, wo. Da kann man doch nicht einfach nachfragen? Wie macht man das denn bloß?«

»Da gehst du auf keinen Fall hin«, sagte Paula sehr bestimmt. »Ich weiß jemanden, den ich fragen kann. Mach dir keine Sorgen, wir finden einen richtigen Arzt. Ich kümmere mich darum.«

»Ein Arzt? Das kostet viel zu viel Geld! Das habe ich nicht. Die Frauen auf den Dörfern nehmen nicht so viel.«

»Da passiert aber viel zu viel. Da gehst du auf gar keinen Fall hin.«

»Dann ist das halt die Strafe, wenn ich sterbe.«

»Jetzt hör auf, so einen Mist zu reden. Ich habe gut gespart, von den Auftritten«, sagte Paula. »Das wird schon reichen.«

»Das dauert ewig, bis ich dir das zurückzahlen kann.«

»Brauchst du nicht.«

»Das kann ich doch nicht annehmen.«

»Hör auf mit dem Quatsch. Wofür hat man denn eine Freundin.«

Doro drückte ihre Hand.

»Ich bin so froh, dass ich dich habe. Auch wenn wir so verschieden sind, du bist die Einzige, mit der ich reden kann.«

Paula nahm Doro in den Arm und hielt sie fest.

»Eigentlich müsste Karli das bezahlen. Der ist fein raus, weißt du! Es ist so unfair.«

»Er soll das aber nicht wissen!« Doro stand die Panik im Gesicht. »Du darfst ihm das nicht sagen.«

»Ich sag nichts. Von mir erfährt keiner irgendetwas. Versprochen.«

»Meine Mutter steckt mich zu den Nonnen ins Heim, wenn sie das erfährt.«

»Sie erfährt es ja nicht.«

»Ich glaube, ich werde trotzdem bestraft. So eine Sünde darf man nicht ungestraft begehen.«

»Vielleicht denkt unser lieber Gott da oben ja ganz anders als der Papst. Der kann sich das doch alles gar nicht vorstellen. Ich glaub nicht, dass Gott will, dass es dir schlecht geht. Meine Mutter würde jetzt sagen, dass du zur Maria beten musst. Vielleicht gibt es sogar eine Spezialheilige für solche Fälle?«

»Du glaubst nicht, wie viele Rosenkränze ich schon gebetet habe. Und zwar alle. Den schmerzensreichen, den glorreichen, den lichtreichen und den freudenreichen auch. Obwohl die Freude … na ja …«

»Ich hab solche Angst«, flüsterte Doro und klammerte sich kreidebleich an Paulas Arm, als sie durch die Marburger Oberstadt gingen. Paula zitterte selbst, aber sie versuchte sich zusammenzureißen.

»Merk dir dieses Haus mit dieser Tür hier«, sagte sie, als sie eine kleine Seitenstraße entlanggingen. »Hierher kommst du direkt danach, ja? Du musst in den zweiten Stock gehen und bei Schmitt klingeln, da warte ich auf dich.«

»Kommst du nicht mit?«

Doro sah sie erschrocken an, und Paula schüttelte bedauernd den Kopf.

»Ich würde gerne, wirklich. Aber der Arzt hat gesagt, es ist zu gefährlich. Zu zweit fallen wir auf. Und du musst so unauffällig wie möglich in seinem Hauseingang verschwinden, du kleines Zittergras. Es wird bestimmt alles gut. Es ist ein wirklich guter Arzt. Ich warte hier auf dich. Und dann bleib ich bei dir. Du musst es nur alleine wieder hierherschaffen.«

Doro nickte tapfer, obwohl ihr bestimmt überhaupt nicht tapfer zumute war, und Paula sah ihr nach, bis sie um die nächste Straßenecke verschwand. Sie würde so gerne mitgehen, es tat ihr weh, Doro nun alleine zu lassen. Aber der Arzt hatte recht, sie würde ihr keinen Gefallen tun, wenn jemand sie zusammen in die Praxis hineingehen und wieder herauskommen sah. Die Praxis war vor gar nicht langer Zeit durchsucht worden, und eigentlich hatte der Arzt sich vorgenommen, keine Abbrüche mehr durchzuführen. Paula stieg die Treppen in den zweiten Stock hinauf und klingelte. *Fräulein Schmitt* stand an der Tür. Hier wohnte Gertrud, eine Medizinstudentin, die Frauenärztin werden wollte. Paula hatte sie in den Frauenkreisen kennengelernt. Durch sie hatte sie den Tipp bekommen. Der Arzt konnte es nicht ertragen, dass Frauen sich in die Hände von Engelmacherinnen begaben oder selbst versuchten, das Kind wegzumachen. Es war gar nicht so selten, dass jemand an den Folgen eines missglückten Abbruchversuches starb, später nie mehr Kinder bekommen konnte oder chronische Schmerzen zurückbehielt. Er fühlte sich schuldig, wenn er nicht half. Paula fand es ungerecht, dass die Frauen diejenigen waren, an denen alles hängenblieb. Die Schande, der Schmerz, die Gefahr, die Strafe, wenn es herauskam. Oder eben ein Kind und damit ein komplett verändertes Leben. Gertrud hatte angeboten, dass Doro und Paula danach bei ihr bleiben konnten, sie kannte auch genug Schwestern im Krankenhaus, mit denen sie in solchen Fällen zusammenarbeitete. Das war das einzig Gute, zu wissen, dass Doro in guten Händen sein würde.

Nervös warteten Gertrud und Paula darauf, dass Doro endlich klingelte, doch die Klingel blieb still. Paula wurde immer nervöser und war sich sicher, dass etwas passiert und dass sie nun daran schuld war. Alle fünf Minuten lief sie zum Fenster, um nach Doro Ausschau zu halten. Nach einer Weile hielt sie es kaum noch aus und wollte schon loslaufen, um bei der Praxis nachzuschauen, aber Gertrud hielt sie zurück. Manchmal dauerte es eben auch länger, und es sei gut, wenn sie danach noch in Ruhe etwas liegen könne. Zunächst beruhigten Gertruds Worte Paula, aber sie spürte, dass Gertrud selbst zunehmend unruhig wurde. Sie mussten sich gegenseitig davon abhalten, ständig am Fenster zu stehen und die Straße hinunterzuschauen.

Doro sprach nicht, als sie kam. Leichenblass sank sie in das Bett, das Gertrud ihr bereitet hatte, und drehte den Kopf zur Wand.

»Es ist schlimm und es tut weh«, sagte Gertrud, als sie sich zu ihr ans Bett setzte. »Aber es geht vorbei. Glaub mir, es geht vorbei. Und es wird alles wieder gut.«

Doro sagte kein Wort.

»Lass ihr Zeit«, sagte Gertrud in der Küche zu Paula, die ganz außer sich war darüber, wie dieser Vormittag ihre Freundin verändert hatte.

Abends legte Gertrud eine Matratze auf den Boden neben ihr Bett, in dem jetzt Doro lag. Darauf würden sie beide schlafen. Doro hatte leichtes Fieber, aber das sei normal, sagte Gertrud. Solange es nicht weiter stieg und die Blutung nicht schlimmer wurde, wäre alles gut. Paula hatte zu Hause einen Auftritt mit den ›Sweet Larks‹ als Grund ihres Wegbleibens angegeben, und dass sie Doro mitnehmen und mit ihr zusammen bei Helga übernachten würde. Es war ihr leicht über die Lippen gegangen, es war ja nicht das erste Mal, dass sie die Wahrheit verkleidete. Zum Glück hatte niemand Verdacht geschöpft. Doro hatte also bis morgen Zeit, sich so zu erholen, dass sie den Nachhauseweg gut schaffen würden.

Als alle drei schlaflos im Dunkel des Zimmers lagen, an dessen Decke das Licht einer Straßenlaterne helle Muster zeichnete, begann Doro irgendwann zu sprechen. Davon, wie sehr sie sich schämte, davon, wie weh es tat und dass sie das nie wieder vergessen könnte. Und dass sie jetzt nie wieder Sex haben würde. Weil sie das immer daran erinnern würde. Und dass Wim sie bestimmt verlassen würde. Und sie nie Kinder haben würde. Obwohl sie immer so gerne Kinder wollte. Und jetzt hatte sie ein Kind … Die Stimme brach ihr weg, und sie musste lange schluchzen. Und die Strafe und Gott.

Jetzt fing auch Paula an zu weinen. Die arme, arme Doro. Vielleicht war eine Abtreibung ja doch viel schlimmer als alles andere? Hilflos schaute sie zu Gertrud, die sich ebenfalls Tränen aus dem Gesicht wischte und leise zu sprechen begann.

»Doro, ich weiß genau, wie es dir geht. Ich helfe Frauen, weil ich das auch erlebt habe.«

Paula sah erstaunt zu ihr. Das hatte sie nicht gewusst, Gertrud hatte es nie erwähnt.

»Und es stimmt, es wird nie wieder genau wie vorher, wenn man das erlebt hat. Wir wissen einfach, dass es immer an den

Frauen hängen bleibt. Alles, alles, alles.« Sie setzte sich auf und sah Doro an, deren Gesicht im Schein der Straßenlaterne blass war wie der Mond.

»Und das ist die große Veränderung. Du weißt jetzt Bescheid. Das ist alles, was jetzt anders ist in deinem Leben. Aber es ist nicht unbedingt schlimm, wenn man das weiß. Es ist halt eine Tatsache.«

»Aber man kann doch sowieso nie wieder …«

»Man kann«, sagte Gertrud. »Glaub mir, man kann.«

Und da war der Bann gebrochen, und Paula machte die Erfahrung, dass man tatsächlich gleichzeitig lachen und weinen konnte.

Am nächsten Tag packte Gertrud Doro einen dicken Verband um den linken Fuß. »Zur Ablenkung. Damit kannst du drei Tage humpeln und dich viel hinlegen, ohne dass jemand blöd fragt. Ruhe ist am wichtigsten.«

Sie umarmten sich zum Abschied. Und als sie zu Hause erzählten, wie Doro beim Tanzen umgeknickt war und dass sie kein Auge zugemacht hatten, die ganze Nacht nicht, und unbedingt noch mal schlafen mussten, da wunderte es keinen.

Als Paula abends in ihrem Bett lag, fuhren ihre Gedanken Karussell. Doro und Karli. Doro und Wim. Doro und Wolfgang. Wann würde es mal heißen Paula und …? Ja, es stimmte, dass sie zurückschreckte, weil sie wirklich Angst hatte, schwanger zu werden. Aber wenn sie ganz ehrlich war, dann hatte sie am meisten Angst davor, wie schon so oft, zu merken, dass irgendetwas mit ihr nicht stimmte, dass sie einfach zu anders war, als dass sich jemand in sie verlieben könnte. Sich in Doro zu verlieben war einfach. Erstens war sie hübsch. Aber das allein war es nicht. Sie ruhte irgendwie in sich. Doro war zufrieden, mit ihrem Leben, mit dem, was sie hatte, und mit dem, was die Zukunft ihr versprach. Und dadurch versprach sie dem Jungen, der sie anschaute, dass sie auch ihn zufrieden machen würde. War es Paulas eigene Unzufriedenheit, die dafür sorgte, dass sich niemand in sie verliebte? Oder würde es da draußen auch mal irgendjemanden geben, der sie so akzeptierte, wie sie war? War ein Fräulein Nimmersatt liebenswert? Vielleicht begegnete sie auch den falschen Jungs? Ein Mick Jagger würde sich bestimmt nicht in Doro verlieben. Der schrie es ja heraus, dass er nicht zufrieden war. Dem ging es wie ihr. Und seit er es herausrief, in die Welt, *no satisfaction, no no no,* wusste sie, dass sie von der gleichen Unruhe und dem gleichen Hunger nach Leben angetrieben wurde. Oma Lisette hatte, als sie in ihrem Alter war, die große Liebe schon längst gefunden. Wann würde Paula sie wohl endlich finden?

Paula ging sehr bald darauf zu diesem Zahnarzt, von dem man sagte, er würde auch unverheirateten Frauen die Pille verschreiben. Eine Seltenheit. Denn wenn ein Arzt sich überhaupt über das päpstliche Diktum der »Todsünde« hinwegsetzte, dann meist nur, wenn verheiratete Frauen schon vier Kinder hatten und am Ende ihrer Kräfte waren.

Als sie vor dem Arzt saß, begann er sie über ihr Liebesleben auszufragen. Wie oft oder regelmäßig sie denn Sex habe? Paula starrte ihn an. Das war eine Frage, die sie nicht mit einem fremden Mann erörtern wollte. Sie müsse schon etwas erzählen, beharrte er, damit er entscheiden könne, ob sie denn die richtige war, um die Pille zu nehmen. Nicht jede wäre dafür geeignet. Ob sie denn einen festen Freund habe? Als Paula verneinte, hob er die Augenbrauen. Warum sie denn dann die Pille einnehmen wolle?

»Damit ich nicht ungewollt schwanger werde, wenn … es dann so weit ist.«

»Ich weiß eine Lösung, wie Sie nicht ungewollt schwanger werden«, sagte er. »Sie klemmen sich einen Pfennig zwischen die Knie und sorgen dafür, dass der Pfennig nicht zu Boden fällt. Sie sind doch ein ordentliches Mädchen. Bleiben Sie einfach so.«

Paula kochte innerlich. Welch Demütigung. Und dann konnte man sich noch nicht einmal irgendwo über ihn beschweren. Weil es das Recht auf die Pille einfach nicht gab. Man hatte Glück und musste dankbar sein, wenn man sie irgendwo verschrieben bekam. Man hatte Glück, wenn ein Junge sich bereit erklärte, mit rotem Kopf in einer Apotheke oder einem Sanitätshaus nach Kondomen zu fragen. Und wenn man erwischt wurde, dann hatten die Menschen, unter deren Dach »es« geschah, auch noch Verfahren wegen Kuppelei auszustehen. Aber man wollte doch frei sein! Jetzt war sie doch schon siebzehn! Wann fing die Freiheit denn endlich an?

Plötzlich schien ihr sogar Marburg eng und klein. Im Vergleich zu Lerchenrod hatte es zwar schon ziemlich viel Ähnlichkeit mit der großen weiten Welt, aber es war doch eine nicht ganz so große, nicht ganz so weite Welt, durch die sie sich bewegte. Es musste doch irgendwann mehr von allem geben, mehr Welt, mehr Freiheit. Mehr.

1967

Fremdsprachenkorrespondentin. Das war ein Wort mit verheißungsvollem Klang. Paula hatte keine Ahnung, was genau die Aufgabe einer Fremdsprachenkorrespondentin war, aber es klang nach fernen Ländern und fremden Sprachen, nach Reisen und Abenteuern. Es klang auf jeden Fall besser als Verkäuferin und Fachverkäuferin oder Bürokraft. Besser als Buchhaltung oder als mittlere Beamtenlaufbahn. Ausgerechnet die mittlere. Das klang so mittelmäßig. Wer würde denn freiwillig eine mittlere Laufbahn einschlagen, dachte Paula, während sie beschloss, dass Fremdsprachenkorrespondentin ihr neues Berufsziel war. Als sie während der Berufsberatung zum Ende der Handelsschule erfuhr, dass man nach Frankfurt gehen musste, um die Ausbildung zu machen, fühlte sie sich der großen weiten Welt doch gleich ein Stückchen näher.

Doch kaum war der Plan entstanden, hatte er sich auch schon in Luft aufgelöst. Für ihre Eltern war es undenkbar, dass sie in eine andere Stadt ging. Was sie sich eigentlich vorstellte?

Die Frage war natürlich eine theoretische. Denn was Paula sich wirklich vorstellte, das wollte zu Hause niemand wissen.

»Aber du hast doch auch bei deiner Oma gelebt. Du warst erst achtzehn, als du weg bist, um bei deiner Oma zu leben«, versuchte sie mit ihrer Mutter zu argumentieren. »Ich bin jetzt auch achtzehn! Ich könnte auch zu Oma Lisette ziehen und die Ausbildung in Wiesbaden machen. Ich muss ja nicht unbedingt nach Frankfurt. Oder Kassel.«

Lisette unterstützte ihr Vorhaben natürlich. Doch ihre Mutter blieb bei ihrem sturen Nein und ließ sich auf kein Gespräch darüber ein. Vielmehr drohten ihre Eltern, die Musik zu verbieten, wenn sie keine Vernunft annähme.

Kochend vor Wut und Enttäuschung wählte Paula das kleinere Übel. Dann würde sie halt eine Ausbildung zur Sekretärin beginnen und zusätzlich Fremdsprachen lernen. Das konnte man auch in Marburg. Sprachen waren die Hauptsache, versuchte sie sich einzureden, um mit der Enttäuschung klarzukommen. Mit Englisch würde sie anfangen, England war ihr erstes Traumziel. London, die Stadt der Mode, der Miniröcke, Ledermäntel und bunten Hüte, die Stadt der Musik und all ihrer Lieblingsbands. Aber erst einmal musste sie diese Lehre machen. Am Küchentisch schauten sie die Stellenanzeigen für Lehrlinge in der Zeitung an.

Die Behringwerke fielen sofort durch. Paula weigerte sich, in einer Firma zu arbeiten, die mit den Nazis kollaboriert hatte.

»Die haben der Waffen-SS Erreger für ihre Versuchsreihen geliefert, die Schweine. Da gehe ich nicht hin.«

»Paula …« Das linke Auge ihrer Mutter zuckte, aber sie sagte nichts weiter dazu.

»Ist doch wahr! Die sitzen da doch immer noch in den Chefsesseln«, versuchte Paula, sie zu provozieren, aber die einzige Reaktion blieb das Zucken des linken Unterlids. Erzählte das Zucken etwas, das sie verschwieg?

»Da lass ich dich sowieso nicht hin«, brummte ihr Vater. »Die hatten da die kranken Affen, wer weiß denn, was man da noch alles mit rausschleppt? Geh doch zur Raiffeisen. Hier!«

Er tippte auf die Anzeige. Paula verstand natürlich, dass das für ihren Vater wunderbar wäre, seine Tochter bei der Raiffeisen zu wissen. Dann hätte er nämlich doch noch darauf hoffen können, dass ein junger Landwirt daherkäme und sie sich verlieben würde. Er hätte darauf hoffen können, dass seine Welt intakt bliebe. Aber sie würde ihrem Vater aufs Neue sagen müssen, dass sie in Marburg arbeiten wollte. Zumindest, bis sie volljährig war. Dann würde sie hier nichts mehr halten. Frankfurt oder noch weiter weg. Alles, aber nicht hier. Ganz bestimmt nicht hier. Aber das sagte sie ihm natürlich nicht. Es war so schwer, ihren Eltern klarzumachen, dass das, wovon sie träumte, keine Flausen waren, die vergehen würden, wenn sie älter wurde, und dass man nur abwarten müsse, dann wäre »das Mädche wieder normal«.

Sie begann eine Ausbildung zur Sekretärin am Fachbereich für Biologie der Universität in Marburg. Die eher langweilige Arbeit war der Brückenzoll, den sie zahlen musste, um ihrer

Welt der Musik nah zu sein. Wenn sie die Heiligen so verehren würde wie ihre Mutter, würde sie jetzt bestimmt zum Heiligen Nepomuk beten, dem Wächter der Brücken und Hüter aller Geheimnisse, damit sie immer unbeschadet von einer Welt in die andere hinüberkäme. Bei einem Besuch in Rauenthal fragte sie ihre Oma Lisette, warum sie dem Heiligen Nepomuk immer über den Fuß strich, wenn sie an seiner Statue vorbeiging, und sie antwortete, er habe ihr immer geholfen hatte, ihre Geheimnisse zu bewahren. Was das denn für Geheimnisse waren, wollte Paula wissen. Doch Lisette hatte gelacht.

»Das kann ich dir doch nicht sagen. Sonst wären es ja keine Geheimnisse mehr.«

Ihre Ausbilderin, Fräulein Friedrich, die das Vorzimmer des Professors führte, der den Fachbereich leitete, beäugte die Länge ihrer Röcke ebenso skeptisch wie ihre übersichtlichen Tipp- und Stenokünste.

»Wenn Sie bestehen wollen, Fräulein Winter, müssen Sie noch ein wenig zulegen.«

Hätte sie eine Ausbildung in Beatmusik ablegen müssen, sie hätte die allerbesten Noten erzielt. Aber Stenografie? Sie vergaß die Zeichen, sobald sie ihr Heft zuschlug. Doch sie kannte alle Songs. Nächtelang klebte sie am Radio, um die Sender zu suchen, die die beste Musik spielten. Radio Luxemburg oder AFN. Wie sie die Ansagen liebte:

»It's ten o'clock in Central Europe. From UPI and the major American Networks, the news is next on AFN!«

Und nach den Nachrichten kam Musik, der sie bis spät in die Nacht hinein lauschte. In Marburgs Plattenladen war sie bekannt und durfte sich dort alle Neuzugänge anhören, so oft sie wollte. Ihre neueste Errungenschaft war ein kleiner Kassettenrecorder, mit dem man aufnehmen konnte. Auf den Aufnahmen, die sie direkt vom Radio machte, indem sie das Mikro vor den Lautsprecher hielt, war vor allem ein großes Rauschen zu hören. Aber es war egal, Hauptsache, sie konnte die Texte abhören und den Song so oft mitsingen, bis sie ihn auswendig konnte. Davon wurden ihre Stenografiekünste zwar nicht besser, aber ihr Englisch. Manchmal war sie überrascht, wie simpel die Texte der Lieder waren, die ihr so viel mehr bedeuteten, als diese wenigen Worte aussagten. Musik war eben eine eigene Sprache, und mit deren Hilfe konnte man all das ausdrücken, wozu Worte gar nicht reichten. Wenn sie einmal genug Englisch konnte, dann würde sie selbst Songs schreiben.

Die Lerchenroder Oma schüttelte nur noch den Kopf über diese Welt mit all den Veränderungen, die sie nicht mehr verstand. Sie trug, wie die anderen alten Frauen im Dorf, noch immer ihre Bauerntracht, während die jüngeren Frauen sie inzwischen alle abgelegt hatten und in den Katalogen von Schickedanz neue Kleider bestellten. Es gab immer mehr Autos im Dorf, und auch in ihrem eigenen Wohnzimmer flimmerten nun Bilder von Urlaubsreisen und von Gammlern in den Städten über den Fernsehschirm. Immer öfter saß ihr Vater abends rechnend am Küchentisch, und manchmal rief er sie zu sich.

»Das kann nicht sein. Hilf mir mal, du bist doch ein schlau' Mädche«, sagte er, und Paula rechnete mit ihm alle Rechnungen durch. Sie kamen immer zum gleichen Ergebnis: Landwirtschaft lohnte sich nicht mehr. Skeptisch beobachtete er die Nachbarn, die begannen, große Pläne zu schmieden. Lemmers verlegten sich allein aufs Milchgeschäft, vergrößerten die Kuhställe, pachteten Felder dazu und wurden modern. Doch Winters hatten keine Pläne, irgendetwas zu vergrößern. Fritz Winter wollte, dass alles so blieb, wie es war. Manchmal dachte

Paula, dass ihr Vater ihr persönlich die Schuld gab an der Veränderung. Wenn sie sich einen Bauern gesucht hätte, so wie Doro nebenan ihren Wim, dann wäre auch bei ihnen alles gut. Aber weil Paula andere Pläne hatte, ging hier nun alles zugrunde. Sie war schuld. Wenn sie sonntags mit in die Kirche ging, weil es undenkbar war, nicht mit in die Kirche zu gehen, regte sich in ihr der Widerstand, wenn die ganze Gemeinde murmelte. *Durch meine Schuld, durch meine Schuld, durch meine große Schuld.* Sie hatte immer das Gefühl, alle würden dabei zu ihr schauen, und wenn sie am Sonntagnachmittag einen Auftritt mit ihren ›Sweet Larks‹ hatte, dann sang sie all dies Bedrückende wieder laut heraus. Je schwerer die Stimmung zu Hause war, desto mehr floh sie in die Musik und richtete sich in dieser Art von Doppelleben ein.

Paula tippte eine Vorlesung für den Professor der Botanik, über die Unterschiede zwischen Laub- und Lebermoosen. Ihre Finger verknoteten sich, wie immer, wenn sie lange tippen musste, und sie schüttelte die Hände aus, als Hans ins Büro kam. Hans war der netteste Doktorand des Fachbereichs. Er schaute kurz auf das Papier, das in ihrer Schreibmaschine steckte.

»Das hübscheste Moos ist auf jeden Fall das Frauenhaarmoos.«

»Das erfindest du doch«, sagte Paula und lächelte ihn an, dankbar für die kleine Ablenkung.

»Keineswegs«, antwortete er. »Wenn du mit mir spazieren gehst, zeige ich es dir im Wald.«

Fräulein Friedrich räusperte sich vernehmlich. Das gefiel ihr nicht, wenn Paula mit den Doktoranden flirtete, und Paula vermutete, zusammen mit den anderen jungen Sekretärinnen und Assistentinnen des Fachbereichs, dass die alte Jungfer, wie sie sie alle nannten, nur eifersüchtig war, dass sie ihr Leben alle noch vor sich hatten.

Er zwinkerte ihr zu und klopfte an die Tür des Professors, der nebenan seine Sprechstunde hatte.

Fräulein Friedrich schaute Paula über ihre Brille hinweg an. »Wir siezen die Doktoranden, Fräulein Winter. Warum, wenn ich das fragen darf, haben Sie sich für diese Stelle entschieden? Machen Sie das, um einen Akademiker zu ehelichen, oder weil Sie die Leitung eines Büros wirklich interessiert?«

Paula schaute ihre Ausbilderin an.

»Ich habe nicht vor zu heiraten, ich will ganz sicher keine brave Hausfrau werden, egal, ob es sich um einen Akademiker oder um einen Landwirt handelt.«

»Dann sollten Sie sich mehr anstrengen. Sie könnten viel mehr erreichen, wenn Sie sich Mühe geben.« Fräulein Friedrichs Blick war jetzt etwas interessierter. Ob sie ihr die ganze Wahrheit sagen könnte?

»Ich habe diesen Beruf gewählt, um unabhängig sein zu können und immer mein eigenes Geld zu verdienen. Natürlich will ich auch gut sein. Aber was ich wirklich will …«, sie zögerte, »… das spielt eigentlich keine Rolle. Aber darf ich Sie auch etwas fragen?«

Fräulein Friedrich nickte.

»Sind Sie gerne Sekretärin?«

Ihre Ausbilderin lächelte. »Merkt man das denn nicht? Ich hatte übrigens den gleichen Beweggrund wie Sie. Ich möchte unabhängig bleiben, mein eigenes Geld haben und meine eigenen Entscheidungen treffen. Und der Fachbereichstratsch ist mir übrigens herzlich egal. Ich bin lieber eine alte Jungfer als eine abhängige Ehefrau. Und lassen Sie mich festhalten: Es spielt eine sehr große Rolle, was man wirklich will.«

Damit spannte sie einen neuen Bogen in ihre Schreibmaschine und begann in einem Tempo zu tippen, das Paula wahrscheinlich nie erreichen würde. Paula quälte sich durch die

Klassifizierungen der Lebermoose, und das einzig Gute daran war, dass diese Listen niemals aus vollen Zeilen bestanden, und man dadurch zumindest glaubte, schneller voranzukommen. Sie schaute ein paar Mal zu Fräulein Friedrich hinüber, die jedoch konzentriert weiterarbeitete, als hätte es ihr Gespräch nie gegeben.

Am späten Nachmittag machte Paula Feierabend, deckte ihre Schreibmaschine ab, legte Fräulein Friedrich die abgetippte Vorlesung hin und verabschiedete sich. Doch in der Tür drehte sie sich noch einmal um, weil der letzte Satz ihrer Ausbilderin noch in ihr nachklang.

»Was ich wirklich will, das ist, eine noch viel bessere Sängerin zu werden, mehr Musik zu machen und mehr zu reisen.«

»Was singen Sie denn?« Fräulein Friedrich sah sie neugierig an.

»Ich singe in einer Band. Sie würden die Musik wahrscheinlich nicht mögen.«

»Weil ich zu alt bin?«

»Ihre Generation hört meist andere Musik.«

»Wie heißt Ihre Band?«

Paula erzählte ihr von den ›Sweet Larks‹, wo sie auftraten, was sie sangen und dass ihr Herz für die Musik schlug. »Auch wenn ich die Arbeit hier sehr mag«, fügte sie schnell hinzu, und dass es wirklich eine gute Arbeit war. Und dass Paula hoffte, dass sie ihr deshalb nicht böse sei.

Fräulein Friedrich wünschte ihr einen schönen Abend. Schon wenige Tage später bat sie Paula um ein Autogramm.

»Ich bin im Ansehen meiner Nichte sehr gestiegen, weil ich Sie persönlich kenne. Sie sind ja schon eine Berühmtheit hier! Und ich bin Ihnen ganz und gar nicht böse, dass Sie mir Ihre Pläne verraten haben. Sie werden Ihren Weg gehen, und es ist eine gute Grundlage, dass Sie diese Ausbildung machen. Wenn

Sie richtig gut sind, finden Sie immer Arbeit und bleiben unabhängig. Und daran arbeiten wir jetzt.«

1969

Im Kaufhaus Schneider, in dem Paula früher zusammen mit ihrer Mutter ihre Großmutter Lisette getroffen hatte, wurde ein Brandanschlag verübt. Paula starrte auf die Schlagzeile, und in ihr rumorte es. Natürlich war sie entsetzt gewesen, als Benno Ohnesorg letztes Jahr erschossen worden war. Alle waren entsetzt. Und froh, dass es Auflehnung gab gegen diesen Staat, der das angerichtet hatte. Das war nur richtig, sich aufzulehnen. Trotzdem tat es ihr weh, dass es gerade das Kaufhaus Schneider getroffen hatte, den Ort ihrer ganz eigenen schönen Erinnerungen. Jetzt war es ein Ort, über den jeder sprach, über den sich jeder empörte. Und sie musste sich entscheiden, was ihre eigene Meinung dazu war. Das Kaufhaus Schneider war nun ein Ort, der markierte, dass ihre Kindheit unwiderruflich beendet war.

Genau wie ihre Ausbildung. Sie bestand alle Prüfungen und wurde vom Fachbereich Biologie direkt übernommen. Fräulein Friedrich hatte sich für sie ausgesprochen. Es war ein rührender Moment, als Fräulein Friedrich ihr die Hand schüttelte, um sie als vollwertige Kollegin willkommen zu heißen.

Sie bekam jetzt wesentlich mehr Geld als während ihrer Ausbildung. Und wenn Paula ehrlich war, war das auch der Grund, warum sie die Stelle angenommen hatte. Zu Hause musste sie weiterhin nur so viel abgeben wie in ihrer Lehrzeit, so dass sie viel sparen konnte. Aber als eine teure Reparatur des Traktors ihren Vater schlaflose Nächte kostete und er nicht mehr wusste, was er machen sollte als Bauer ohne Trecker, da zögerte sie nur kurz. Sie gab sie ihm das ganze Geld, das sie bisher verdient hatte, damit der Traktor repariert werden konnte. Ungläubig starrte er auf die Geldscheine und sagte nichts. Dann schaute er zu ihrer Mutter und nickte bitter. »Du hattest recht. Das Mädche ist schlauer als wir.«

Das war alles.

Paula bereute schon im gleichen Moment, dass sie ihm das Geld überhaupt gegeben hatte, und stürmte aus der Küche hinaus ins Freie, um sich abzureagieren. Kein Wort, kein Dankeschön, nichts als Missgunst und Bitterkeit. Als sie zurückkam, saß ihre Mutter am Küchentisch und wartete auf sie.

»Du darfst ihm nicht böse sein. Der Hof wirft nichts mehr ab. Das erschüttert ihn, dass du so gut verdienst, als Anfängerin. Und dass seine ehrliche Arbeit nichts mehr wert ist.«

»Meine Arbeit ist nicht unehrlich.«

»Das habe ich auch nicht gesagt.«

»Er könnte sich trotzdem bedanken.«

»Das hättest du nicht gemusst, und das weiß er auch. Sei ihm nicht böse.«

»Ich gebe ab jetzt die Hälfte dazu.«

Damit ging Paula türenschlagend in ihr Zimmer. Warum musste sie jetzt einen Kloß im Hals haben und sich schlecht fühlen, nur weil ihr Vater nicht in der Lage war, zu sehen, dass die Zeiten sich eben änderten, dass man umdenken musste. Was konnte sie denn dafür, dass er so stur war und keine Veränderung wollte?

Und dann flogen die Amerikaner zum Mond. Sie schossen eine Rakete ins Weltall, das bis dahin den Sternen und Planeten und Sonnen allein gehört hatte, und die Rakete landete auf dem Mond. Die Astronauten stiegen in ihren großen weißen Anzügen aus dem Raumschiff und liefen, besser gesagt hüpften und schwebten, schwerelos auf dem Mond herum.

Paula schaute hinauf zum Mond in diesen Nächten und fand es unvorstellbar, dass da oben jetzt Menschen waren. Dass die Bilder, die über den Fernsehbildschirm flimmerten, jetzt vom Mond auf die Erde übertragen wurden. Dass es Menschen gelungen war, zum Mond zu fliegen. *Peterchens Mondfahrt* war Wirklichkeit geworden. Aber dann war doch alles möglich, dachte Paula. Alles! Und jedes Mal, wenn sie den Vollmond sah, der satt und rund über den Lerchenroder Feldern stand, dann wuchs ihr Fernweh stärker als je zuvor. Menschen flogen zum Mond. Dann würde es ihr doch wohl gelingen, zumindest in ihr eigenes Leben zu fliegen. Wo immer es auch auf sie wartete, es war bestimmt näher als der Mond.

2006

»Was hat Paula eigentlich immer so aus England erzählt, damals?« Ich hatte Oma noch nie danach gefragt. Nachdem ich Paula draußen verabschiedet hatte, die wieder zurück nach Berlin fuhr, hatte ich plötzlich die Eingebung. Es war mein vorsichtiger Versuch, etwas mutiger zu sein als bisher, einen neuen Weg einzuschlagen.

»Ach, Kind, sie hat nie von ihm gesprochen«, sagte sie und wusste anscheinend sofort sehr genau, worauf ich hinauswollte. Sie verstummte, und ich hatte das Gefühl, dass ein unausgesprochenes *Aber* in der Luft hing. Ich wusste genau, wie es aussah, wenn meine Oma nachdachte. Ich begann das Oma-Gulasch aufzuwärmen und setzte Salzwasser auf für die Bandnudeln, die es immer dazu gab. Eiernudeln natürlich, mit viel Butter. Selbst wenn ich genau diese Bandnudeln zu Hause machen würde und so viel

Butter dazugeben würde wie Oma, sie würden anders schmecken. Vielleicht mussten sie einfach in dieser Küche, in diesem Topf gekocht werden und in der Schüssel mit den kleinen roten Punkten auf den Tisch kommen, um genau so zu schmecken. Ich goss die Nudeln ab, füllte sie in die Schüssel und gab ein überdimensioniertes Stück Butter dazu. Als ich die Schüssel auf den Tisch stellte, sah ich den Brief neben meinem Teller. Ich hatte dieses Gefühl, das man hat, wenn man plötzlich zu schnell über einen Buckel auf der Straße fährt und einen ganz kurzen Moment fliegt. Diese Mischung aus Schwerelosigkeit, einem nach unten sinkenden Magen und einem Anflug von Übelkeit.

Ich stellte die Schüssel ab und nahm den Brief in die Hand.

»Den hab ich mal im Feuerkorb in ihrem Zimmer gefunden. Den hat sie geschrieben und abgeschickt, aber er kam aus irgendeinem Grund zurück. Sie wollte ihn anscheinend verfeuern. Ich hab damals das Feuer gemacht. Weiß auch nicht, warum ich ihn aufgehoben habe.«

Wir schauten beide auf den Brief. Hellgraues Umweltschutzpapier. Eine in Marburg abgestempelte Briefmarke. Und ein Name. Ein Name. Harold. Eine Adresse, die vor meinen Augen verschwamm. Harold. *Return to sender*. Der Stempel befand sich links auf der freien Fläche neben der Adresse.

»Das stimmt nicht. Natürlich weiß ich, warum …« Oma schüttelte den Kopf und setzte sich hin. »Ich wollte wissen, wie es ihr geht, wie es ihr wirklich geht, aber … na ja. Ich hab ihn dann nie geöffnet.«

»Warum hast du sie nicht einfach gefragt?«

»Sie wird ihre Gründe gehabt haben, warum sie nicht redet.«

Sie zuckte die Achseln, und ich nickte. Warum fragte ich überhaupt? Ich wusste doch, dass man in unserer Familie lieber schwieg.

Ich starrte auf den Brief. Harold N. Davenham. *Return to sender*. Und sofort hatte ich dieses Lied im Kopf. *Return to sender, address unknown, no such number, no such zone.* In dem Lied war ein Brief an die Liebste geschrieben worden, den diese beharrlich an den Absender zurückschickte. Warum war dieser Brief hier zurückgekommen?

»Was wirst du damit machen?«, fragte Oma. »Willst du ihr davon erzählen oder … ihn aufmachen?«

»Ich weiß es nicht.«

»Ist ja auch egal. Er gehört jetzt dir.«

Plötzlich gab es einen Namen. Harold. Es konnte der Name meines Vaters sein, es konnte aber auch jemand ganz anders sein. Jemand, mit dem sie aufgetreten ist. Ein Vermieter. Ein Bekannter. Ein Nachbar. Es konnte alles und nichts bedeuten.

Return to sender. Harold N. Davenham. Es stand keine Straße in der Adresse, ob das der Grund war, weshalb der Brief zurückgeschickt worden war? Aber ich glaubte mich zu erinnern, dass die besten Adressen in England immer diejenigen waren, die ohne Straße und Hausnummer auskamen, diejenigen, in denen die Häuser so markante Namen trugen, dass es weder Straße noch Nummer brauchte. So wie hier. Harold N. Davenham, Millstone House, Whichford, Warwickshire. Dass derjenige, der diesen Brief zurückgeschickt hatte, immer noch dort wohnte, war nicht sehr wahrscheinlich. Davenham klang irgendwie vornehm. Und Millstone House, das konnte sowohl ein schrulliges kleines reetgedecktes Cottage als auch ein viktorianisches Anwesen mit Kiesauffahrt sein. Das Datum des Poststempels war verblasst, aber ich glaubte, es war 1977. Das Jahr, in dem ich geboren wurde.

An die Fahrt nach Frankfurt konnte ich mich kaum erinnern. Ich weiß nur, ich stellte mir alle möglichen Gesichter vor. Mal sah Harold N. aus wie Prince Charles, mal wie Sting, mal wie Paul McCartney, Tony Blair oder gleich wie Hugh Grant. Wie alt war eigentlich Hugh Grant? Wahrscheinlich deutlich zu jung.

Zu Hause starrte ich auf den Brief. Jetzt, da ich mit dem Brief alleine war, ging eine noch größere Anziehungskraft von ihm aus. Ich war versucht, ihn zu öffnen. Was hatte Paula geschrieben? Wem hatte sie geschrieben? Welches Geheimnis verbarg sich in diesem Umschlag? Nachdem ich den Brief fast den ganzen Abend betrachtet hatte, holte ich in der Küche ein Messer, um ihn zu öffnen. Doch als ich das Messer ansetzte, kam es mir falsch vor. Bevor ich den Brief las, konnte ich auch erst einmal versuchen, Harold N. Davenham zu finden. Wenigstens hieß er nicht John Smith oder Tom Brown. Ich schaltete meinen Computer an und gab den Namen ein. Ich entdeckte keinen Harold Davenham. Aber ich war auch nicht besonders gut darin, etwas im Internet zu finden. Ich rief die Auslandsauskunft an und fragte, ob man auch nur nach dem Namen in einem Land suchen könne, wenn man die Stadt nicht kenne. Das würde aber dauern, sagte die Auskunftsdame. Das war für mich kein Problem. Während ich wartete, versuchte ich mir zu sagen, dass es durchaus sein konnte, dass dieser Harold *nicht* mein Vater war. Aber selbst wenn nicht, er war auf jeden Fall jemand, mit dem ich Kontakt aufnehmen könnte, um etwas von Paula aus dieser Zeit zu erfahren. Und so nah dran war ich noch nie gewesen.

Nach einer schier endlosen Zeit sagte die Dame in der Leitung, es sei in ganz England kein Harold N. Davenham gelistet. Das wäre ja auch zu schön gewesen, dachte ich. Und zu einfach. Es gäbe aber zwei H. Davenham und einen N. Davenham und eine Reihe von Einträgen, die nur den Nachnamen aufführten. Ich ließ mir die beiden H. Davenhams sagen und notierte die Nummern.

»Gibt es einen Davenham in Whichford?«, fragte ich.

»Da gibt es zwei. Welche Nummer wollen Sie denn? F. Davenham? Oder nur Davenham.«

»Beide«, sagte ich und hörte sie entnervt seufzen. Als sie mir die Nummern diktierte, konnte ich kaum mitschreiben, so sehr zitterte meine Hand.

»Eigentlich darf ich Ihnen pro Anruf nur eine Nummer geben. Das waren jetzt schon vier.«

»Würden Sie vielleicht einfach noch mal in Bridge nachschauen?«

Sie gab keine Antwort. Nach einer Weile fragte ich vorsichtig: »Hallo?«

»Immer mit der Ruhe«, patzte sie zurück.

»Ich wollte nicht drängeln«, sagte ich schnell, »ich dachte, Sie sind vielleicht gar nicht mehr dran.«

Die Idee, nach Bridge zu fragen, war mir ganz spontan gekommen. In Bridge, so stand es in meiner Geburtsurkunde, war ich geboren. Was mir schon immer ein großes Rätsel war. Es gab einen kleinen Ort namens Bridge in der Nähe von Canterbury. Aber warum war ich dort geboren worden?

»Ach, das waren so Formalien.« Paula hatte abgewinkt, als ich sie danach gefragt hatte. Sie wäre im Leben noch nicht in Bridge gewesen.

»Du warst doch in London, oder?«, hatte ich nachgefragt, und sie hatte genickt. »Eben. Reiner Formalkram.«

»Kein Davenham in Bridge«, verkündete die Dame von der Auskunft. Ich bedankte mich und schaute auf die vier Nummern, die ich mir notiert hatte. Und jetzt? Würde ich da wirklich einfach anrufen?

Hallo, spreche ich mit Harold N. Davenham?

Ja? Warum?

Kannten Sie in den Siebzigerjahren eine deutsche Sängerin namens Paula Winter?

Ja?

Vielleicht bin ich Ihre Tochter.

Nein, niemals würde ich einfach anrufen. Ich brauchte einen besseren Plan. Vielleicht sollte ich hinfahren und ihn direkt suchen. Alle Telefonbücher Englands durchblättern. Oder ein Detektivbüro beauftragen, wie in einem Film. Ob es Menschen gab, die im echten Leben Detektive beauftragten? Sobald ich sicher sein konnte, dass Oma über den Berg war, könnte ich nach England fahren und ihn suchen. Harold, wo bist du? Und wer bist du überhaupt?

Ich klemmte den Umschlag vorsichtig, ohne ihn zu durchbohren, an meine Pinnwand.

Mein Leben hatte sich seit heute Nachmittag völlig verändert. Ich hatte das Gefühl, dass ich ein Stück gewachsen war, dass die Farben bunter waren als vorher, die Straßenlaternen heller leuchteten und die Hunde lauter bellten.

In den folgenden Tagen schwebte ich durch meine Vaterträume, in denen ich ihn traf, ihm erzählte, wer ich war, in denen ich ihm meine Kinderbilder zeigte, die er traurig betrachtete, weil er all das verpasst hatte. Es war heftiger als in all den Phasen vorangegangener Vaterträume. Weil es jetzt konkreter war. Weil es einen Namen gab. Wenn es überhaupt sein Name war, versuchte ich mich immer wieder selbst zu bremsen. Aber mit wenig Erfolg. Ich war mir irgendwie sehr sicher, dass es sein Name war. Und dass ich endlich auf dem Weg war zu meiner eigenen Geschichte. Ich probierte Tochter-Outfits vor dem Spiegel an und stellte mir vor, dass wir uns sahen und sofort wussten, dass wir verwandt waren. Oder ich stellte mir vor, dass er mich auch schon immer gesucht hatte und sehr glücklich war, mich nun gefunden zu haben. Ich verpasste die U-Bahnstationen, an denen ich aussteigen musste, mein Tee wurde kalt, und meine Pizza im Ofen verbrannte, während ich fiktive Unterhaltungen mit meinem Vater führte, die mich manchmal zu Tränen rührten und ihn natürlich auch. Er war so glücklich, mich kennenzulernen, und genauso wütend wie ich, weil Paula uns so lange voneinander ferngehalten hatte. Wir waren uns immer einig und verstanden uns unglaublich gut! Fast dreißig Jahre hatten wir auf diesen Moment gewartet und uns so sehr vermisst. Nun gut, vielleicht müsste ich bei dieser Rechnung ein paar Jahre abziehen. Mit zwei Jahren hatte ich ihn bestimmt noch nicht vermisst. Aber wer wusste das schon. Vielleicht hatte ich ihn ja doch vermisst? Nur weil ich mich nicht daran erinnern konnte, bedeutete das nicht unbedingt, dass mir nicht doch etwas gefehlt hatte.

Als Lukas ein paar Tage später anrief und sich besorgt nach meiner Oma erkundigte und ob ich doch noch länger bleiben musste, merkte ich, dass ich in eine Parallelwelt geglitten war. Die Uhr. Wir wollten ja die Uhr seines Lebens zusammen aussuchen. Ich hatte das komplett vergessen. Das Uhrengeschäft, vor dem wir uns verabredeten, war eines dieser Geschäfte, die man zwar irgendwie kennt, an denen man aber immer nur vorbeiläuft und sich fragt, wer überhaupt jemals in so ein Geschäft hineingeht. Das preiswerteste Stück in der Auslage war teurer als mein gebrauchter Opel Corsa. Lukas war schon da, als ich kam.

»Schön, dass du mitkommst«, sagte er.

»Freu dich nicht zu früh, ich bin dir bestimmt gleich furchtbar peinlich. Soll ich mein Kaufhausmodell lieber ausziehen, damit ich dir keine Schande mache?«

»Bloß nicht.« Er zog mich in das Geschäft, wo ein begeisterter Verkäufer endlose Schätze der Uhrmacherkunst vor Lukas ausbreitete und uns in großer Detailverliebtheit Vorträge über die Spezialeigenschaften und Geschichte bestimmter Uhren hielt. Lukas wollte eine schlichte Uhr mit Lederband und auf keinen Fall eine, der man schon von Weitem den Preis ansah. Eine Uhr aus Glashütte schwebte ihm vor, dem traditionellen Ort der vielen Manufakturen. Der Juwelier zeigte uns eine Uhr nach der anderen.

Der Adel unter den Uhren schien aus Glashütte zu kommen, und er stellte uns den gesamten Uhren-Hochadel vor. Als er Lukas das Modell zeigte, mit dessen Herstellung Nomos sich zum ersten Mal Manufaktur nennen durfte, entschied sich Lukas sofort dafür.

Genau das gefiel ihm. Die Uhr war schlicht, flach, und ihr Zifferblatt schimmerte dunkel.

»Gute Wahl«, lobte der Juwelier und begann vom Glashütter Gesperr zu schwärmen, von gebläuten Schräubchen und der Schwanenhalsfeinregulierung. Worte, die ich noch nie gehört hatte. Ich war beeindruckt. Lukas bat mich, sie anzuziehen.

»Damit ich mal sehe, wie sie aussieht.« Er legte sie mir an, trat ein paar Schritte zurück und sah zu mir herüber. Dem Verkäufer war das offensichtlich überhaupt nicht recht.

»Man trägt eine Uhr immer nur selbst, das wissen Sie?«, sah er sich gezwungen zu bemerken, als er mir die Uhr wieder abnahm. »Uhrmacher sind der festen Überzeugung, dass der Herzschlag des Trägers und das Uhrwerk irgendwann eine Einheit bilden. Weshalb Uhren ja auch oft stehenbleiben, wenn der Besitzer stirbt.«

»Ich dachte, das sei ein Märchen«, sagte ich.

Er schüttelte den Kopf. »Keineswegs.«

»Man darf sie, wenn überhaupt, nur einem Menschen geben, mit dem das Herz im Gleichklang schlägt«, sagte Lukas und lächelte mich an. Der Verkäufer sagte dazu nichts, und ich spürte, dass ich rot wurde. Wie meinte er das denn?

»Es ist wirklich eine schöne Uhr«, sagte ich, als wir den Laden verließen und uns auf den Weg zu einer Pizzeria machten. »Aber ich glaube, ich hätte viel zu viel Angst, sie zu verlieren, und na ja … ich käme nie darauf, so viel Geld in eine Uhr zu stecken!«

»Familientradition. Mein Ururgroßvater hat dem Urgroßvater hat dem Großvater hat dem Vater … Man muss das wie eine Aussteuer betrachten. Oder ein Initiationsritual.« Lukas senkte seine Stimme. »Mit dreißig bist du ein Mann!« Er gab zu, dass es verrückt war, aber bestimmt gab es auch unangenehmere Traditionen.

»Musst du deinen Kindern dann auch zum dreißigsten Geburtstag eine Uhr schenken?«

»Wahrscheinlich …«

»Und wenn du es dir gar nicht leisten kannst?«

»Ich sollte vielleicht schon mal anfangen zu sparen. Eigentlich wollte ich dich heute einladen, aber vielleicht kannst du dein Essen doch lieber selbst bezahlen? Wahrscheinlich bleibe ich sowieso ewiger Praktikant.«

»Ich lade *dich* ein«, sagte ich lachend. »Dann kannst du noch mehr zurücklegen.«

»Unsere Kinder werden es dir danken!«

»Hast du gerade von unseren Kindern geredet?«

»Wollte mal hören, wie das klingt.«

»Und dann gleich Plural! Das wird teuer!«

Lukas grinste.

»Willst du denn Kinder?«, fragte ich ihn.

Er nickte. »Ich denke schon. Du nicht?«

»Ich habe keine Ahnung«, sagte ich. »Ich dachte immer: Klar will ich Kinder. Und mit dreißig habe ich eine tolle Familie! Aber ich weiß gar nicht, ob ich Familie kann.«

»Kann man das denn überhaupt wissen?«

»Es wäre ja ziemlich blöd, wenn man Kinder bekommt und dann erst merkt, dass man gar nicht weiß, wie man sie erziehen soll. Weil es kein Vorbild dafür gibt.«

»Meinst du, man braucht ein Vorbild? Ich glaube, man braucht einfach nur Mut.«

»Das reicht nicht. Eine Tradition kann einem doch auch Halt geben. Bei uns gibt es Töchter, die mit ihren Müttern hadern. Aber in großem Stil! Ihr verschenkt in großem Stil Uhren, wir hadern. Das ist unsere Tradition. Aber will ich die fortsetzen?«

Er schaute mich an und zuckte die Achseln. »Glaubst du nicht, man könnte auch aus einer Tradition heraus sein eigenes Ding machen?«

Ich schaute ihn fragend an. Das Wort Tradition kam bei meiner

Mutter zwar nie vor, dagegen kämpfte sie schon immer, aber *ein eigenes Ding*, das war Paula pur, und ich spürte, wie sich in mir ein Widerstand zu regen begann.

»Weißt du, genau deshalb habe ich mich für diese Uhr entschieden. Jemand hatte einen Traum, eine Vision. Von einer eigenen Manufaktur. Und mit diesem Modell hat sich das verwirklicht. Es ist so ein Ding, genau zwischen einer Tradition und einem Zukunftsziel. Dazwischen pendeln wir doch hin und her, oder? Das ist der Weg.«

Bei der Pizza erzählte Lukas, dass sein Praktikum in der Agentur bald vorbei sei, dass er aber ein Angebot für einen Lehrauftrag in München habe, befristet und schlecht bezahlt, aber er würde zumindest zum ersten Mal seine Miete selbst zahlen können. Und ein Studienkollege hatte ihm erzählt, dass eine Agentur in Hamburg dringend Leute suche, aber wahrscheinlich auch erst mal nur zur Probe oder für ein Praktikum. Sicher war also nur, dass er bald wieder unterwegs sein würde. Lukas war Grafikdesigner und machte seit vier Jahren Praktika in unterschiedlichen Werbeagenturen. Jetzt war er gerade in einer der großen Frankfurter Agenturen, wo alle superhip und nervös waren und ein enormer Erfolgs- und Zeitdruck herrschte.

»Mir reicht das jetzt. Ich tingele durch Deutschland, lebe in fremden WGs aus dem Koffer und komme nie an. Ich brauche jetzt eine Art von Ziel.«

Das Gefühl kannte ich. Vielleicht würde ich mit dreißig wenigstens wissen, woher ich kam. Vielleicht wüsste ich bis dahin, wie meine Geschichte ihren Anfang genommen hat. Es waren ja noch einige Monate bis zu meinem Geburtstag. Vielleicht sollte das mein Ziel sein. Nicht die süße eigene Familie aus den Werbeprospekten, der Traumjob und die tolle Wohnung. Diese Statussymbole, denen so viele in meinem Alter nachhechteten und die bei den Abitreffen gerne ausgiebig präsentiert wurden.

»Also, kommst du am 12. 11. zu mir, zur Küchen-WG-Steh-

Party, mit ein paar Kollegen? Es gibt Mojitos, Nachos und Haribo Colorado.«

»Klingt sehr ausgewogen. Ich bin dabei.«

»Und ein richtiges Essen würdest du bekommen, wenn wir mit meiner Familie essen gehen. Am Tag darauf kommen sie alle. Dazu würde ich dich hiermit gerne offiziell einladen.«

»Wow.«

Ich verstummte und teilte den Pizzarand in lauter sehr kleine Stücke.

»So einen Sturm an Begeisterung habe ich jetzt auch nicht erwartet.«

»Du musst das nicht machen«, sagte ich und legte das Messer weg.

»Was muss ich nicht machen?« Er sah mich verständnislos an.

»Mich einladen.«

»Was ist daran jetzt falsch, dass ich dich zu meinem Geburtstag einladen will?«

»Gar nichts, ach, ich …« Ich seufzte. »Du brauchst dich nicht um mich kümmern.«

»Ich verstehe dich gerade nicht«, sagte er und schaute auf den vielfach zerteilten Pizzarand auf meinem Teller. »Was hat das eine mit dem anderen zu tun? Und warum …?«

»Ach, vergiss es, bitte.« Ich sah ihn an und schüttelte den Kopf »Bitte, vergiss es einfach. Ich rede manchmal Unsinn. Ich komme gerne zu deinem Geburtstag. Wirklich.«

Er schaute mich immer noch zweifelnd an.

»Und außerdem«, schob ich nach, »wolltest du mir ja ein paar von den Netten abgeben. Aus deiner Familie. Dann lerne ich die vielleicht mal kennen?«

Die Pizzareste auf meinem Teller sahen elend aus. Ich begann, den Rand aufzuessen, obwohl ich schon satt war, nur damit alles wieder gut aussah.

Beim Abschied nahm er mich in den Arm und sagte, er würde sich freuen, wenn ich mehr Vertrauen zu ihm haben könnte.

»Aber das habe ich doch«, sagte ich und wich seinem prüfenden Blick aus. »Wirklich. Schlaf gut. Und danke noch mal für den Einblick in die mir völlig unbekannte Welt der Zeitmesser.«

»Bitte, bitte«, sagte er, und ich wusste nicht, was er dachte, als er mich anschaute. Sein Blick war warm und nett, aber vielleicht auch mitleidig? Ich hatte es ja schon vermutet. Mitleid. Er glaubte also wirklich, dass er sich um mich kümmern müsste, seine Augen verrieten ihn.

»Es war schön, dass du dabei warst.«

Ich nickte und dachte, dass ich alles wollte, nur nicht diesen mitleidigen Blick.

Während meiner Übersetzerausbildung hatte ich ein Praktikum in London gemacht und vier Wochen bei Lucy gewohnt, die Drehbücher für ein Synchronstudio übersetzte und mir ihre Abstellkammer vermietet hatte, weil die mit gut dreieinhalb Quadratmetern und einem kleinen Fenster für Londoner Verhältnisse eigentlich riesig war. Ich rief sie an und fragte, ob sie eine Idee hätte, wie ich diesen Harold N. Davenham finden könnte. Nachdem ich ihr alles erzählt hatte, war sie Feuer und Flamme und versprach, mir zu helfen.

Keine zwei Wochen später rief sie mich wieder an. Sie glaubte, sie hatte Harold so gut wie gefunden. Lucy war eingefallen, dass sie auf einer Party vor zwei, drei Jahren mal jemanden aus Whichford kennengelernt hatte, einen gewissen Jamie. Und das war ihr eingefallen, weil sie sich mit ihm über eine Töpferei unterhalten hatten, wo er im Sommer immer gejobbt hatte.

»Und stell dir vor«, sagte sie, »es gibt doch irrsinnige Zufälle.« Jetzt hatte sie gerade in einer Sonntagsbeilage der Zeitung einen großen Bericht über diese Töpferei gelesen, die anscheinend die schönsten Blumentöpfe der Welt machte, und da hatte sie sich an Jamie erinnert. Kleiner Ort, berühmte Töpferei. Und es gab nur ein einziges Whichford. Jamie sei sehr nett, plauderte sie weiter, und ich mahnte mich zur Geduld. Jamie interessierte mich am allerwenigsten in diesem Konglomerat von Neuigkeiten, aber wenn Lucy einmal anfing zu erzählen, kam sie vom Hölzchen aufs Stöckchen. Und sie konnte richtig gut und spannend erzählen. Trotzdem musste ich an mich halten, sie nicht zu unterbrechen. Jamie war ein Künstlertyp und sehr schräg. So schräg, dass sie sich zwar deshalb an ihn erinnerte, aber damals keinen Kontakt gehalten habe. Bevor sie mir auch noch das Muster seines Hemdes beschrieb, unterbrach ich sie. Am Ende hatte Jamie, der schräge Künstlertyp, überhaupt nichts mit Harold Davenham zu tun.

»Natürlich hat er etwas mit ihm zu tun, sonst würde ich dir das doch alles nicht erzählen!«

Sie hatte jedenfalls lange herumtelefoniert, bis sie seine Nummer bekam.

»Stell dir vor, er hat sich sogar an mich erinnert! Schicksal, oder?« Und dann hatten sie sich getroffen, sie hatte ihn ausgequetscht, und dann hatten sie zusammen einen Wochenendtrip nach Whichford gemacht.

»Ihr seid gleich zusammen weggefahren?«

»Na ja«, gab Lucy zu, »er wollte seine Mum besuchen und hat gefragt, ob ich mitkommen will.«

»Du bist mit ihm zu seiner Mutter gefahren? Du warst in Whichford?«

»Ja. Wir haben einen Grund gebraucht, Zeit miteinander zu verbringen, und der Grund warst dann eben du. Es war toll. Seine Mum ist echt nett. Und diese Töpferei ist der Wahnsinn. Ich habe mir einen ganz hübschen Blumentopf gekauft.«

»Lucy …«

Lucy riss sich zusammen und erzählte weiter, dass sie von Jamies Mum erfahren hatte, dass die alten Davenhams zwei Kinder haben, Stephen und … Tataaa … Harry. Und Harry lebte irgendwo in der Nähe von London.

»Und du glaubst, es ist *der* Harry.«

»Darling, du hast ja den Ort nicht gesehen, aber er ist winzig klein, und es gibt nur ein einziges Haus dort, das Millstone House heißt, sehr hübsch übrigens, und es gibt nur eine einzige Familie Davenham, die dort schon ewig lebt. Wir sind fünfmal daran vorbeigewandert, aber wir haben niemanden gesehen. Das ist genau *der* Harry. Das kann gar nicht anders sein«

»Das ging jetzt ja so schnell. Ich komme gar nicht mit.«

»Und jetzt krieg ich auch noch raus, wo er wohnt und wo er arbeitet!«

Ich wusste nicht mehr, was ich sagen sollte. Was für eine Kette von Zufällen, die mich jetzt plötzlich genau dahin geführt hatte, wo ich schon immer hinwollte. Zu meinem Vater. Wenn es überhaupt mein Vater war.

»Na, ohne Jamie hätte das nicht geklappt«, sagte Lucy und schnatterte munter weiter. »Und was lernen wir daraus? Es beweist: Man sollte auf viel mehr Partys gehen und mit viel mehr Menschen sprechen. Es ist richtiggehend sinnvoll, auf viele Partys zu gehen.«

»Wahrscheinlich«, sagte ich. »Wahrscheinlich hast du recht.«

»Hast du von dieser Theorie gehört, dass alle Menschen auf der ganzen Welt sich über fünf Ecken kennen? Ist doch Wahnsinn, oder? Und jetzt zähl mal mit. Du kennst mich, ich kenne Jamie aus Whichford, der kennt seine Mutter, die kennt die Mutter von deinem Harold, und die kennt natürlich ihren Sohn. Zack, da sind wir. Fünf Ecken. Die Theorie stimmt.«

»Wann kann ich zu dir kommen und mit dir nach Harry suchen?«, fragte ich sie. »Hast du deine Abstellkammer gerade vermietet?«

»Ja, aber du schläfst einfach bei mir im Bett. Ich fang mit Jamie dann erst was an, wenn du wieder weg bist, okay?«

»Okay«, sagte ich und musste lächeln. Sie war so quirlig. Wenn jemand hier in meiner Nähe so quirlig wäre, würde ich das wahrscheinlich gar nicht aushalten. Aber auf Englisch war es okay. Auch, dass ich still war und dass ich *Darling* genannt wurde, war okay.

Und Harry war plötzlich zum Greifen nah. Dieses einzige kleine Puzzleteil hatte mir all die Jahre gefehlt. Der Name. Ein Name war eben doch mehr als Schall und Rauch.

Und ich hatte den Brief gar nicht öffnen müssen. Was meine Mutter geschrieben hatte, würde ihr Geheimnis bleiben können. Denn wir waren sowieso alle verbunden. Was für ein schöner Gedanke. Ich fühlte mich plötzlich überhaupt nicht mehr allein, ich war nicht mehr nur ein verlorenes Teilchen einer sehr sparsam besetzten Familie. Ich war ein Teil aller Menschen, weil ich über fünf Ecken mit allen verbunden war, ein Teil eines Netzes, das die ganze Welt umspannte. *No man is an island.* War das von Shakespeare oder von Donne? Ich blätterte in meinem Gedichtband von Donne und fand die Zeile. *No man is an island, entire of itself.* Heute fühlte es sich auf jeden Fall genau so an. Dass niemand alleine war und keiner eine einsame Insel nur für sich, sondern dass alle zusammengehörten und eine Menschheit bildeten, einen Kontinent.

Und ich gehörte dazu.

5

dive through the skies
into your river eyes
breathe me
free me
my home's in the salt of your skin

Breathe me, Paula Winter

1971

Der Himmel war blau und hoch, es war warm. Das schlechte Gewissen, das sie hatte, weil sie die Eltern jetzt im Sommer mit der Arbeit alleine ließ, schmolz mit jedem Kilometer dahin, den sie durch das oberhessische Bergland radelten. Das Beatfestival auf der Burg Herzberg fand zum zweiten Mal statt, und Paula wollte es auskosten, dass das hessische Woodstock nur eine Fahrradfahrt entfernt lag. Anni und sie hatten sich Wolldecken auf ihre Fahrräder gepackt, sich bunte Bänder in die Zöpfe geflochten und waren einfach losgefahren. Leider konnten sie nicht zu viert fahren, die beiden anderen ›Sweet Larks‹, Helga und Uschi, wollten aber versuchen nachzukommen.

So müsste man einfach weiterfahren können, dachte Paula, als sie auf dem Fahrrad einen Hügel hinabrollte. Immer weiter. Weg aus dem Alltag, weg von Lerchenrod. Die Stelle an der Uni kündigen und sich auf den Weg machen. Einfach immer weiterfahren, ins Blaue. Sie hatte so ein großes Fernweh. Und immer noch steckte sie fest in ihrem Kosmos zwischen Lerchenrod und Marburg, ihren Auftritten, kleinen Fluchten zu Festivals oder Konzerten. Aber der große Grund, der sie in Bewegung setzen würde, der fehlte.

Als Anni einen Platten hatte, kamen sie nicht mehr weiter.

Sie hatten keine Ahnung, wo genau sie waren, und beschlossen, ihre Fahrräder zu schieben. Vielleicht war es gar nicht mehr weit, vielleicht würden sie in ein Dorf kommen, wo sie den Platten repariert bekämen. Oder ein Traktor mit einem Hänger käme vorbei, der sie ein Stück mitnehmen könnte. Es war allerdings schon eine halbe Stunde her, dass sie von Autos überholt oder noch Trecker und Arbeiter auf den Feldern gewesen waren. Jetzt war die Landschaft menschenleer. Die Stille eines Sommernachmittags hing über ihnen, unterbrochen nur vom Summen der Fliegen und Bienen. Wenn sie bergauf schieben mussten, hatte Paula das Gefühl, auf der Stelle festzukleben, sosehr sie sich auch in den Lenker stemmte. Es war heiß, und die Luft flimmerte über der Straße. Irgendwann fuhr ein orangefarbener VW Bus hupend an ihnen vorbei.

»Hey, die hätten auch mal anhalten können, statt nur zu hupen. Idioten!«, fluchte Anni, die langsam Blasen an den Füßen bekam.

»Sie kommen zurück«, sagte Paula, die sah, wie der Bus wendete. »Es sind Engländer. Vielleicht wollen die auch zur Burg Herzberg? Ich glaube, die wollen uns mit…«

Doch der Bus fuhr wieder an ihnen vorbei, bis er nach noch einem Wendemanöver neben ihnen knatternd zum Stehen kam. Das Fenster war heruntergekurbelt, und ein Typ mit verwuschelten Haaren lachte Paula an, deutete auf ihr Fahrrad und sagte auf Englisch: »In unserem Land fahren wir mit den Dingern. Man kommt echt viel schneller voran!«

»Ach, was für ein wunderbarer Hinweis! Wie nett von euch, dass ihr extra anhaltet und uns an euren praktischen Weisheiten teilhaben lasst.«

Drei junge Engländer schauten amüsiert aus dem Fenster.

»Und was macht man in eurem wunderbaren Land, wenn man einen Platten hat?«, fragte Paula.

»Da wird man mitgenommen. Und bei euch?«

»Hier auch«, sagte Paula erleichtert und drehte sich zu Anni um, die nicht gut Englisch sprach und den Wortwechsel so gut wie nicht verstanden hatte. »Sie nehmen uns mit!«

Die drei wollten natürlich zum gleichen Festival, wussten aber den Weg nicht und waren froh, nun zwei Deutsche dabeizuhaben, die ihnen helfen würden.

»Ich glaube nicht, dass es noch weit ist«, sagte Paula, die neben dem Fahrer Platz nahm, um ihm den Weg zu erklären, während Anni mit den Fahrrädern und den beiden anderen Jungs hinten im Bus saß.

»Seid ihr extra von England hierhergekommen? Habt ihr keine eigenen Festivals?«, fragte Paula und erfuhr, dass die drei den ganzen Sommer über von Festival zu Festival tingeln wollten, durch ganz Europa, zwischendurch ihr Geld mit Straßenmusik verdienen und im Bus wohnen wollten. Das war der Plan. Was für ein wundervoller Plan! Am liebsten hätte Paula sofort gefragt, ob sie mitkommen könnte.

»Unterwegs sein, wisst ihr?«, sagte einer von ihnen von hinten. »Wie Kerouac. Habt ihr Kerouac gelesen?«

Paula hatte den Namen noch nie gehört und versuchte für Anni zu übersetzen.

»Woher kannst du so gut Englisch?«

Paula erklärte, dass sie immer Englisch lernen wollte, um verreisen zu können. Weil Englisch eine Weltsprache war und weil sie davon träumte, auf der Carnaby Street einkaufen zu gehen oder im »Wag Club« in London aufzutreten. Oder wenigstens im Publikum zu sitzen.

»Machst du Musik?«

»Wir sind eine Band. Also, wir zwei sind die eine Hälfte. Die anderen beiden kommen morgen nach. Wir sind eine Frauenband.«

»Wow«, sagte er, und dann gab es einen lauten Knall, der Bus rollte noch ein paar Meter, und dann blieb er stehen.

Erst überlegten sie, per Anhalter weiterzukommen, aber es kam kein einziges Auto vorbei. Sie schoben den Bus von der Straße ein Stück in einen Feldweg hinein, bis zu einer Stelle, an der zwei große Eichen etwas Schatten spendeten, und Paula bot an, auf ihrem Fahrrad, dem einzigen intakten Fahrzeug, ins nächste Dorf zu radeln und nach einer Werkstatt zu fragen.

Sie kam zurück mit einem halben Brot, einer Portion Schmalz, einem Kanister mit Trinkwasser, einem Beutel Kartoffeln und der Nachricht, dass es erst am Montag wieder jemanden geben würde, der nach dem Auto schauen könnte. Aber ganz in der Nähe würden sie auf einen sauberen Bach stoßen, keinen Kilometer hinter den zwei Eichen. Da könnten sie bleiben. Sie beschlossen, hier zu campieren und ihr eigenes Festival zu feiern.

Der Bach war gar nicht so klein und sehr klar. Von alten Flusserlen gesäumt plätscherte er über sein steiniges Bett. Sonnenflecken tanzten durch dieses Spiel aus Licht und Schatten und ließen das Wasser funkeln. Die Männer zogen alles aus, bis auf die Unterhosen, und Anni und sie behielten gerade so viel an, dass man nichts von dem sah, was man nicht sehen durfte. Dann wateten sie vorsichtig über die glitschigen Steine in das klare Wasser. Ein Stück weiter gab es tiefere Becken, in die man sich hineinlegen konnte, und Paula tauchte komplett unter, um sich abzukühlen. Das kalte Wasser prickelte auf ihrer Haut, die von der Sonne des Tages brannte, und sie spürte, wie das fließende Wasser sie streichelnd umspülte und die Hitze und den Staub des Tages wegwusch. Alles war leicht, alles war im Fluss. Das war ein Moment, den sie im Leben nicht vergessen würde, eine Perle in einer Kette von Zufällen. Es tat ihr zwar leid, dass sie es nicht zum Festival schaffen würden, aber war das hier nicht besser? War das nicht das Leben, das einfach passierte, wenn man nicht damit rechnete? Ein platter Reifen, ein stehengebliebener Bus. Eine Begegnung. Mit dem prallen Leben. Sie tauchte wieder auf und sah in lachende graugrüne Augen unter nassen dunklen Haaren.

»Ich dachte schon, du kannst unter Wasser atmen wie eine Meerjungfrau und kommst gar nicht mehr raus. Ich dachte, ich bin vielleicht in einem Märchen gelandet?«

Er hatte ein Grübchen, wenn er lachte, und er reichte ihr seine Hand, um ihr beim Aufstehen zu helfen, damit sie nicht ausrutschte.

»Und bist du dann mein Prinz?«, fragte sie ihn, und für einen Moment blieb die Zeit stehen. Sie sahen sich an, lachend und dann ganz ernst, und dann küssten sie sich. Einfach so. Mitten auf den Mund. Denn gerade in diesem Moment war alles möglich, alles. Eigentlich wollte sie noch sagen, dass viele deutsche Märchen genau hier, aus dieser Gegend …, aber dann überließ sie ihm ihren Mund und erzählte ihm alle Märchen, die sie kannte, in einem stummen schier endlosen Kuss. Von eingesperrten Prinzessinnen, Drachen und verborgenen Schätzen, von geheimen Blumen und von Prinzen, die den richtigen Schlüssel fanden, um alle zu öffnen. Und von Freiheit. Sie schlang ihre wasserkühlen Arme um seinen warmen Rücken. Wie einfach plötzlich alles war. Ihn zu küssen war wie Schwimmen. Genauso leicht, genauso schwerelos.

Die anderen waren schon losgelaufen, um Holz für ein Lagerfeuer zu sammeln. Paula legte die Hälfte des Holzes zur Seite, weil es nicht trocken genug war, und schichtete zusammen mit Anni und unter den skeptischen Blicken der Männer das verbleibende Holz auf. Als sie es anzündete, loderten die Flammen schnell, und nachdem der beißende Qualm sich verzogen hatte, begann sich eine erste Glut zu bilden.

»Wieso können Mädchen Feuer machen?«, fragten die Jungs, als sie das ziemlich perfekte Feuer bemerkten.

»Wir sind Mädchen vom Land«, sagte Paula. »Wir können das.«

Im Dunkeln saßen sie um das Feuer und rösteten sich Brot, bevor sie es mit dem Schmalz bestrichen. Es war nur Schmalzbrot, aber es schmeckte so gut wie nie. Später fischten sie mit Stöcken heiße Kartoffeln in schwarzverkohlten Schalen aus der Glut, deren weiches Inneres rauchig schmeckte. Sie tranken Wasser, teilten sich die zwei Flaschen Bier, die die Jungs noch im Bus hatten, und waren berauscht und satt wie nach einem Festbankett.

Und dann fingen sie an Musik zu machen. Paulas Stimme war heute größer als sonst, vielleicht weil die ganze Paula größer war als sonst. Weil alles sich richtig anfühlte und sie eins war mit sich und den beiden alten Eichen und dem Feuer und den Feldern, aus denen der Duft des sonnigen Tages langsam in die Nacht aufstieg, eins mit Anni und dem kaputten Bus und den Engländern. Und vor allem eins mit dem einen, mit den graugrünen Augen, den sie kaum kannte. Aber sie wusste ganz genau, dass sie keinen anderen mehr kennenlernen wollte. Das war ihr Prinz. Sie spürte seine Blicke, als sie sang, und weil er sie hörte, wurde ihre Stimme noch schöner. Wie wunderbar das war, für jemanden zu singen, der so zuhörte. Wie schön das war, sich jemandem zu zeigen, der sie sehen wollte.

Als die anderen schon im Bus schliefen, hüteten sie das Feuer, als hätten sie es stumm verabredet. Es glomm noch immer, und sie unterhielten sich. Über ihre Lieblingslieder, ihre Lieblingsbands, über ihre festgefahrenen Eltern, die sie nicht verstanden, über ihre Träume, über das Unterwegssein, über die Sehnsucht, diese große, große Sehnsucht. Über der letzten Glut trafen sich ihre Blicke, und sie standen wortlos auf, hielten sich bei den Händen und machten sich ein Lager unter den Eichen, wo ihre sehnsüchtigen Körper genauso gut zusammenpassten wie ihre sehnsüchtigen Seelen.

»Du musst aufpassen«, flüsterte Paula, als er in sie eindrang, und wollte trotzdem, dass es nie aufhörte. Mach weiter, dachte sie, und hör auf, hör auf und mach weiter. Und zum Glück verstand er, was sie meinte, und fummelte ein Kondom aus seiner Hosentasche. Es war gar nicht so leicht, das Ding zu benutzen. Sie stellten kichernd fest, dass sie beide nicht besonders viel Übung damit hatten, aber es war alles egal, sie lachten darüber, sie küssten sich und entdeckten zusammen ihre Körper.

Und Paula hatte keine Angst. Paula ließ los und schwebte in die Nacht, und als es vorbei war, wunderte sie sich, dass eine so körperliche Angelegenheit sie so schwerelos machte, dass sie sogar fliegen konnte.

»Kennst du die Geschichte von den Kugelmenschen?«, fragte er leise, als sie sich danach eng aneinandergeschmiegt in eine Decke eingerollt hatten.

Paula schüttelte den Kopf.

»Die Geschichte ist von Platon. Über die Liebe und die Suche der Menschen nach der Liebe. Willst du sie hören?«

Sie nickte.

»Früher gab es die Kugelmenschen. Weil sie Zeus zu mächtig und zu stark wurden, da teilte er sie entzwei, genau in der Mitte. Und dabei sind die Menschen entstanden. Und die Menschen weinten und fühlten sich einsam und nicht mehr komplett. Und seitdem irren wir alle umher und suchen unsere zweite Hälfte, die Hälfte, mit der wir einmal verbunden waren. Wir umarmen uns«, flüsterte er, »wir versuchen miteinander zu verschmelzen, um wieder eins zu werden, ganz, heil, komplett … hey, was ist denn los? Magst du die Geschichte gar nicht?«

Paula liefen Tränen übers Gesicht. »Es ist die beste Geschichte, die ich je gehört habe«, flüsterte sie und schmeckte das Salz ihrer eigenen Tränen in seinen Küssen.

»Wie heißt du eigentlich«, fragte sie ihn.

Er begann leise zu lachen und umarmte sie noch fester.

»Harry. Also, Harold, eigentlich.«

»Harry, also Harold, eigentlich, ich liebe dich.«

»Ich hätte das nie für möglich gehalten. Dass es ein Mädchen wie dich wirklich gibt. Du bist meine verlorene Hälfte. Ich will dich sofort heiraten.

»Ich will nicht heiraten.«

»Ich auch nicht.«

»Wir gehören doch sowieso zusammen.«

»Aber wir könnten das noch mal versuchen, mit dem Verschmelzen, oder?«

»Auf jeden Fall«, flüsterte Paula. »Aber willst du gar nicht wissen, wie ich eigentlich heiße?«

»Du bist Paula«, antwortete er. »Ich hab gehört, wie Anni deinen Namen genannt hat, als du vorhin mit dem Essen wiederkamst. Ich dachte, wie praktisch, dass du einen Namen hast, den man gut auf Englisch sagen kann.«

»Wieso das denn?«

»Wenn ich dich mitnehme nach England, dann haben es meine Freunde nicht so schwer, deinen Namen auszusprechen.«

»Du nimmst mich mit nach England?«

»Meinst du, ich lass dich hier?«

»Und das hast du alles gedacht, als ich mit dem Fahrrad zurückkam?«

»Ich hab es schon auf der Landstraße gedacht, dass ich dich mitnehmen will … als ich dich da stehen sah. Und dann warst du auch noch witzig … und du wirst mit jeder Sekunde perfekter.«

»Du auch …«, sagte sie und verhakte ihren kleinen Finger in seinen kleinen Finger, der ein wenig krumm war und den er anscheinend vor ihr zu verbergen versuchte.

»Das ist unser Familienmakel«, sagte er, als sie ihn genauer betrachtete.

»Das ist der Haken, mit dem du mich eingefangen hast.«

Sie schlief in seinen Armen. Die ganze Nacht lag sie fest in seinen Armen, ihre Beine waren ineinander verschlungen und immer, wenn sie kurz aufwachte, wenn sie Harrys Arme spürte und ihr alles wieder einfiel, strömte Glück durch sie hindurch.

Paula hatte es alles hinbekommen. Sie hatte ihren Eltern erzählt, dass sie eine Stelle in England angeboten bekommen hatte, die sie antreten könnte. Als Übersetzerin. In einem Unternehmen. Sie hatte ihnen erklärt, dass es gut für ihre Zukunft sei, Erfahrungen im Ausland zu sammeln. Und dass ihr Professor und Fräulein Friedrich ihr sehr dazu geraten haben. Dann hatte sie ihre Stelle an der Universität gekündigt, sehr zum Bedauern von Fräulein Friedrich, die ihr natürlich niemals zugeraten hätte, doch unbedingt nach England zu gehen. Im Gegenteil.

»Fräulein Winter«, seufzte sie. »Was kann ich tun, um Sie zu behalten?«

»Nichts.«

»Mehr Geld? Mehr Freizeit?«

»Sie können nichts machen, weil ich mich verliebt habe. Unsterblich.«

»Ach du liebe Zeit«, seufzte sie. »Ich habe wirklich gedacht, Sie schlagen einen anderen Weg ein.«

»Es ist ein anderer Weg. Ich werde nicht heiraten. Ich werde reisen und ich werde singen. Das ist doch das, was ich immer wollte.«

Fräulein Friedrich nickte traurig, auch wenn sie dabei versuchte zu lächeln. Als Paula ihr zum Abschied die Hand hinstreckte, ergriff sie ihre beiden Hände und drückte sie fest.

»Viel Glück, ich wünsche ich Ihnen viel Glück, liebe Paula.«

»Danke«, rief sie fröhlich und schwebte förmlich durch den Flur nach draußen. Nach draußen, ins Freie. Jetzt war sie frei!

Paula hatte nach und nach alle Abschiede hinter sich gebracht. Von allen im Club E, von ihren Lerchen. Von Doro und Wim. Von Lisette, die als Einzige in der Familie die ganze Wahrheit wusste.

»Dein Geheimnis ist hier gut aufgehoben.« Sie deutete auf ihr Herz und küsste Paula. »Es ist gut, dass du weglaufen kannst, ohne mit allem brechen zu müssen. Es ist gut so. Und irgendwann, das wirst du sehen, fügt sich alles wieder zusammen. Und bis dahin singst du davon. Leg alles in deine Lieder.«

Es war der ehrlichste Abschied und deshalb vielleicht der schwerste. Es war auf jeden Fall der einzige, bei dem sie bitterlich weinte. Sie wusste gar nicht, um was sie weinte, aber sie wurde regelrecht durchgeschüttelt. Am Bahnsteig in Eltville legte Lisette ihr ein kleines Päckchen in die Hand.

»London soll doch so neblig sein im Winter, das hier hält dich warm«, sagte sie. Noch als sie im Zug saß und erst den Rhein und dann den Main neben den Gleisen entlangfließen sah, flossen die Tränen. Sie schlug das Päckchen auf ihrem Schoß auf. Es war ein dunkelrotes Wolltuch, ganz leicht und fein gewebt, handbestickt mit weißen Trauben zwischen schwarzem, rankendem Weinlaub, es sah sehr kostbar aus. Eine kleine Karte lag darauf.

Das habe ich für deine Mutter gemacht, als sie einst das Haus verließ. Ich wollte, dass sie etwas Warmes, Schönes hat, was sie an zu Hause erinnert. Jetzt soll es dich an zu Hause erinnern. An die wärmende rote Liebe, die es hier immer für dich gibt.

Erst später fragte sich Paula, warum das Tuch noch aussah

wie neu, wenn Lisette es doch vor vielen Jahren für Charlotte gemacht hatte? Hatte Charlotte es vergessen? Oder hatte Lisette es für sie noch mal neu angefertigt? Sie strich darüber und wusste, dass es sie begleiten würde.

Die Lerchenroder Oma war sich sicher, dass sie sich in diesem Leben nicht mehr sehen würden, wenn sie jetzt wegging, aber vorm Herrgott, da wären sie dann wieder vereint. Nach dem Abschied von ihrem Vater wusste sie genau, dass sein verlorener, fragender Blick sie von nun an immer begleiten würde. Er würde sie nie verstehen.

Am letzten Abend kam ihre Mutter ins Zimmer, setzte sich zu ihr aufs Bett. Eine Weile schwiegen sie. Dann reichte ihre Mutter ihr einen Umschlag. Paula schaute hinein. In dem Umschlag war viel Geld.

»Das kann ich nicht annehmen, Mama, das braucht ihr doch.«

Ihre Mutter schüttelte den Kopf.

»Es ist dein Geld. Du hast uns immer viel gegeben von deinem Gehalt, das hättest du ja nicht gemusst. Ich habe jeden Monat zwanzig, dreißig Mark davon für dich beiseitegelegt. Ich dachte, irgendwann kannst du es mal gebrauchen. Vielleicht ist das jetzt. Pass gut drauf auf.«

Paula schaute auf die vielen Scheine und kämpfte mit dem Kloß, der sich in ihrem Hals bildete.

»Und pass gut auf *dich* auf«, sagte ihre Mutter und nahm Paulas Hand. Dann brach sie ab und schwieg einen Moment. »Nur du kannst das, dich beschützen. Dein Innerstes beschützen. Das kann niemand sonst. Behalte dir immer etwas übrig, und gib nicht alles her von dir. Das ist mein Rat für dich. Und vertraue nicht jedem. Nicht jeder Mensch meint es gut. Und trage diesen Anhänger. Der wird dich beschützen.«

Sie legte ihr eine zarte Silberkette um den Hals, an der ein Anhänger mit dem heiligen Christopheros hing, dem Beschützer der Reisenden.

»Danke, Mama«, sagte Paula und küsste sie. Und als ihre Mutter ihr Zimmer verlassen hatte, dachte sie: Nein. Genau nicht. Genau *das* nicht. Genau *nicht* vorsichtig leben und Gefühle zurückhalten, genau *nicht* misstrauisch sein und leben, um sich zu beschützen. Nein, leben, um zu leben! Genau das würde sie jetzt tun. Leben, um zu leben.

Als es Zeit war, zum Bahnhof zu gehen, fragte Charlotte Fritz, ob er nicht doch mitkommen wolle. Er schüttelte stumm den Kopf. Es setzte ihm zu, dass seine Paula so weit wegging. Seit sie ihnen eröffnet hatte, dass sie ins Ausland gehen würde, war er verstummt. Dass einzige Mal, dass er in seinem Leben im Ausland gewesen war, war im Krieg. Und da hatte er keine Wahl gehabt. Er konnte es nicht verstehen, warum jemand freiwillig von zu Hause wegging. In die Fremde. Er hatte auch sie nie gefragt, warum sie von zu Hause weggegangen war. Wahrscheinlich, weil er es einfach normal fand, dass man hier in Lerchenrod zu Hause war. Er hatte offenbar vergessen, dass sie eigentlich woanders herkam. Und ihr war das nur recht gewesen, über alles Vergangene nie wieder reden zu müssen. Denn dann konnte sie so tun, als hätte sie es selbst vergessen.

Plötzlich dachte sie an den Tag, als sie damals von zu Hause weggegangen war. Wie sie es kaum hatte erwarten können, woanders neu anzufangen und den ewig besorgten Blicken ihrer Mutter zu entkommen. Ob es Paula auch so ging?

Zum ersten Mal tat es ihr leid, dass sie dieses Wollplaid nicht angenommen hatte. Jetzt wusste sie, wie ihre Mutter sich gefühlt haben musste, als sie ihr Geschenk nicht annehmen wollte. Wahrscheinlich hatte sie nächtelang heimlich daran gestickt, um eine Überraschung für sie zu haben. Sie sah sie vor sich, in ihrem Sessel unter der Lampe, die dicke Brille auf der Nase, die sie schon damals zum Nähen und Sticken tragen musste, obwohl sie da noch keine fünfzig gewesen war. Die Erinnerung an diesen Tag stand plötzlich glasklar vor ihr. Sie konnte sich ganz genau an die Ungeduld und die Freude erinnern, endlich ihr Heimatdorf verlassen zu können. Ihr Herz hatte viel schneller geschlagen als sonst. Als wäre sie ein Stück gerannt oder habe sich gerade in einem Walzer am Klinger Tanzplätzchen gedreht. Sie konnte die Aufregung regelrecht wieder fühlen, ihre Unsicherheit, ob es richtig war, ihr Zuhause zu verlassen. Ihren Koffer hatte sie mit allem gepackt, was sie mitnehmen wollte. Die Sachen, die ihre Mutter ihr rausgelegt hatte, hatte sie, soweit möglich, in ihrem Schrank zurückgelassen. Und diese rote Decke war zwar schön, entsprach aber dem Geschmack ihrer Mutter. Jeder lobte Lisettes Geschmack, jeder bewunderte sie für ihre außergewöhnlichen Kreationen. Ihre Mutter wusste immer, was einer Frau stand. Auch was ihrer Tochter gut stand, wusste sie mit schlafwandlerischer Sicherheit. Aber unter diesem Einfluss war es unmöglich, herauszufinden, was ihr selbst eigentlich gefiel. Deshalb hatte sie das Plaid ausgeschlagen. Sie wollte nichts mitnehmen, was ihre Mutter für sie ausgesucht hatte. Wie enttäuscht ihre Mutter gewesen sein musste. Es tat ihr jetzt furchtbar leid. Lisette hatte den gleichen Impuls gehabt wie sie jetzt auch. Der Anhänger mit dem Heiligen Christopheros war ihr eigener Versuch, ihrem Kind etwas mitzugeben, was es beschützte und leitete, wenn sie selbst nicht mehr in der Nähe sein konnte. Ein Symbol, das ihr sagen würde, ich bin bei dir. Sie war extra nach Marburg gefahren, um den Schmuck zu kaufen, und hatte ihn dann in der Kirche ins Weihwasserbecken getaucht. Damit der heimatliche Segen an ihm haftete. Charlotte war froh, dass Paula den Anhänger trug und nicht ausgeschlagen hatte.

Dass man manche Dinge erst so spät verstehen konnte.

Gleich würde der Zug einfahren. Sie wollte Paula noch so vieles sagen, aber ihre Tochter, deren Finger nervös mit dem Anhänger spielten, war eigentlich schon unterwegs. Ihre Blicke folgten den Gleisen in die Ferne, und sie würde nicht mehr zuhören können. Mit einem plötzlichen Schmerz erkannte sie, dass die Zeit vorbei war, in der sie ihrer Tochter etwas beibringen konnte. Paula war so direkt und ungestüm. Damit würde sie noch oft Schwierigkeiten haben. Ihr Weg würde ein anderer sein als ihrer. Vielleicht ein besserer? Wie auch immer er sein würde, sei glücklich, mein Kind, dachte sie stumm, als der Zug sich in Bewegung setzte und Paula mitnahm in die Fremde. Sei glücklich.

Auf der Fähre zwischen Ostende und Dover blies Paula der Wind ihres neuen Lebens um den Kopf. Ihre Haare flatterten, und sie suchte in ihrer Tasche nach etwas, um sie zusammenzubinden, sonst würden sie sich wahrscheinlich nie mehr durchkämmen lassen. Was für ein herrlicher Wind und was für ein herrliches Meer. Zum ersten Mal sah sie das Meer. Sie konnte sich nicht sattsehen daran. Die Weite über den Wellen hatte etwas Befreiendes. Ihr Blick schwebte übers Wasser bis zum

Horizont und weiter, direkt in den Himmel und wieder zurück. Es war ein bisschen wie früher, als sie in ihren Träumen noch fliegen konnte. Sie flog jetzt weg aus Lerchenrod, übers Meer, frei wie ein Vogel fühlte sie sich. Und jetzt kam London. Die Reisepläne der drei Freunde waren zusammen mit dem Bus gestorben. Der Motor war kaputt, und einen neuen konnten sie sich nicht leisten. Dann hatte einer von ihnen einen Studienplatz bekommen, mit dem er nicht gerechnet hatte, Harry hatte sich in Paula verliebt und wollte sowieso aussteigen. Die Tour durch Europa wurde verschoben.

Dafür begann nun Paulas persönliche Tour. Die Kreidefelsen von Dover tauchten vor ihr auf, und jetzt würde es nicht mehr lange dauern. Nur noch eine Zugfahrt von Dover nach London. Und dann wäre sie wieder bei Harry.

Sie hatte Angst, dass es anders sein würde, wenn sie sich wiedersahen. Dass sie sich alles eingebildet hatte. Dass sie sich in den hellblauen Luftpostbriefen, die sie sich in den letzten Wochen geschrieben hatten, in etwas hineingesteigert hatte, was es gar nicht gab. Weil so viel Glück doch einfach viel zu viel war. Sie nahm den Anhänger, den ihre Mutter ihr geschenkt hatte, zwischen Daumen und Zeigefinger und hoffte, dass der Segen helfen würde. Aber dann stand Harry mitten im Getümmel am Ende des Bahnsteigs, die Hände in den Hosentaschen und lächelte noch genauso, und sein Grübchen war noch an der gleichen Stelle, und seine Lippen küssten sie wie im Sommer, sein kleiner Finger fing sie ein, und der Heilige Christopheros wurde überflüssig. Alles war gut.

»Du schmeckst salzig«, sagte er lächelnd. »Warst du auf Deck?«

»Die ganze Zeit. Ich konnte gar nicht verstehen, warum die anderen alle dringeblieben sind.«

Sie verließen Victoria Station, und schon nach wenigen

Minuten rettete Harry Paula zum ersten Mal das Leben, weil sie beim Überqueren der Straße in die falsche Richtung schaute. Als der Bus kam, konnte Paula es kaum glauben, dass sie jetzt tatsächlich in einen roten Doppeldeckerbus stieg, dass sie einfach hinten auf der Plattform aufstiegen und mitfuhren. Sie hatte das Gefühl, in einem Film gelandet zu sein. War das jetzt wirklich ihr Leben oder war das ein Traum? War sie tatsächlich mit Harry in London?

Harry hatte ein Zimmer zur Untermiete bei einer alten Dame in Clapham, in einem kleinen Backsteinreihenhaus, das auf jeder Halbetage ein Zimmer hatte. Sein Zimmer befand sich unterm Dach und war spärlich möbliert. Als sie es zusammen betraten, war es schon voll.

»Willkommen in meinen heiligen Hallen. Machen wir als Erstes eine Schlossführung. Unser Schlafzimmer«, sagte er und deutete auf das schmale Bett unter der Dachschräge. »Und hier ist das Ankleidezimmer.« Das war ein alter Kleiderschrank mit Spiegel. »Das Esszimmer.« Er zeigte auf einen sehr kleinen Tisch mit einem Stuhl. »Und die Bibliothek, gleich neben dem Kaminzimmer.« Damit zeigte er auf einen elektrischen kleinen Heizofen und ein niedriges Regal, in dem seine Philosophiebücher neben einem elektrischen Wasserkocher, einer Tasse und einer Tüte Zucker standen. »Die Bibliothek ist auch gleichzeitig die Küche.«

»Beeindruckend«, sagte Paula. »Und wo würde eine Dame sich die Nase pudern?«

»Das ist das einzige kleine, aber unbedeutende Problem, das diese schlossähnliche Behausung hat: Das Bad benutzen wir zusammen mit der Dame des Hauses, die allerdings nicht der Meinung ist, dass man hier zu zweit wohnen sollte. Deshalb ist das Bad nur benutzbar, wenn sie nicht da ist oder schläft.«

»Und jetzt gerade?«, fragte Paula.

»Donnerstags spielt sie Bridge mit ihren Freundinnen. Da kommt sie nie vor sechs Uhr nach Hause und geht früh schlafen.« Harry fuhr sich durch die Locken. »Ich glaube, auf Dauer müssen wir uns etwas Neues suchen. Etwas, das halbwegs bezahlbar ist. Schwierig. Also, wenn wir hier noch ein bisschen durchhalten könnten, wäre das nicht schlecht.«

»Werde ich verhaftet, wenn ich entdeckt werde?«

»Niemand wird meine deutsche Kusine verhaften, deren Geld und Papiere gestohlen wurden, da muss man doch Nächstenliebe walten lassen, oder?«

»Dann benutze ich jetzt das Badezimmer, und dann ... komme ich sehr gerne auf das Angebot mit der Nächstenliebe zurück.«

Paula wollte London durchlaufen. Sie begrüßte jeden einzelnen roten Briefkasten, auch wenn Harry ihr versprach, dass eine Straße weiter schon der nächste stehen würde. Als Erstes wollte sie in die Carnaby Street, ins Mekka der unerreichbaren modischen Klamotten und Schallplattenläden. Sie kaufte sich ein Stirnband und verzweifelte, als sie bezahlen wollte.

»Acht drei«, sagte der Verkäufer. Paula wühlte in ihrem Portemonnaie, um acht Pfund zu suchen. Dann schaute sie auf das Preisschild, auf dem 99 Pence stand. Das war ein Pfund, dem ein Penny fehlte. Sie musterte den Verkäufer misstrauisch. Wollte er sie betrügen? Aber der raufte sich jetzt die Haare.

»Sorry«, sagte er. »Also, wir hatten 20 Shilling in einem Pfund, und das waren 240 Pence. Aber jetzt ist ein Shilling ja nichts mehr wert, und was das jetzt in Kronen ist ...«

»Gib ihm ein Pfund«, sagte Harry zu Paula. Und zu dem Verkäufer sagte er: »Gib ihr einen Penny.«

»Ihr seid doch verrückt!«, sagte Paula. »Warum macht ihr hier alles anders? Es gibt keine Liter, sondern pints, und keine

Meter, euer Pfund im Geschäft wiegt weniger als unseres, und das Geld verstehe ich überhaupt nicht! Seid ihr alle Rechengenies?«

Er lachte.

»Für uns ist es logisch! Na ja, das Geld wird jetzt neuerdings im Dezimalsystem abgerechnet. Aber du hast es ja eben gesehen, keiner versteht es, anscheinend noch nicht einmal die Verkäufer.«

»Das kann man auch nicht verstehen. Was war jetzt noch mal ein Shilling?

»Der ist ja abgeschafft. Den brauchst du dir nicht merken. Du wirst es schneller verstehen als die Engländer. Schau, das hier war früher ein Shilling«, Harry zeigte ihr eine silberne Münze. »Aber jetzt sind es fünf Pence. Früher waren genau das zwölf Pence. Nach der Währungsreform ist das Geldstück aber gleich viel wert.«

»Das Einzige, was ich jetzt verstehe, ist, warum der Verkäufer das nicht verstanden hat.«

Kopfschüttelnd ging Paula weiter. Vor einem Schaufenster band sie sich das neue Stirnband um den Kopf und fühlte sich wunderbar.

Die Horseguards vor dem Buckingham Palace verzogen tatsächlich keine Miene, wenn sie sich vor sie stellte und ihnen einen guten Tag wünschte. Sie zeigte ihnen sogar ihr neues Stirnband, aber ihr Gegenüber blieb stumm. Sie kauften sich ein Sandwich und machten ein Picknick im St. James Park. Und sie liefen sich die Füße wund, weil Paula nicht genug bekommen konnte. Sie liefen immer einen Weg zu Fuß, und für das Busgeld, das sie dadurch sparten, gingen sie abends ein Bier trinken und schlichen sich heimlich im Schutz der Dunkelheit zurück ins Haus. Harry, der von seinen Eltern unterstützt wurde, weil sie davon ausgingen, dass er jetzt nach seinem Studium eine Arbeit suchte, bestritt die meisten Kosten, und weil sie sparsam waren, kamen sie damit gut klar.

Aber Paulas Geld begann dennoch zu schwinden. Zu Hause hatte Paula durch ihre Auftritte mit den ›Sweet Larks‹ gar nicht so schlecht verdient, und sie hatte angenommen, dass Harry und sie schnell genug Gigs hätten, um davon zu leben. Aber da hatte sie sich verrechnet. In London wimmelte es von begabten jungen Musikern aus dem ganzen Land, die alle vom Erfolg träumten. Alle spielten umsonst in Pubs und Bars, in der Hoffnung, dass zufällig ein Manager eines großen Plattenlabels durch die Tür kam, hier sein Bier trank und feststellte, dass er genau diese Band unbedingt unter Vertrag nehmen musste. Musiker spielten auf der Straße vor den Adressen der Musikverlage und hofften, von der Straße weg entdeckt zu werden. Paula und Harry konnten schon froh sein, wenn sie irgendwo umsonst spielen durften und hinterher einen Hut herumgehen lassen konnten. Aber spätestens als sie bei der alten Dame rausflogen, mussten sie umdenken. Natürlich war klar, dass das Versteckspiel nicht ewig gutgehen konnte. Aber sie hatten die Nachbarn unterschätzt, die hinter den Gardinen lauerten und ihre ahnungslose Vermieterin darüber aufklärten, was in ihrem Haus eigentlich vor sich ging. Dabei hatten sie sich so schön eingerichtet in ihrem kleinen zugigen Reich unter dem Dach, wo sie sich von Weetabix und Käsesandwiches ernährten und sich unter der Decke vergruben, weil das kleine elektrische Heizfeuer, dessen Kohlen rot glühten, eher für optische als für tatsächliche Wärme sorgte. Unter der Decke ihres schmalen Betts vergrößerte sich Paulas Wortschatz. Ihr Englisch stammte bisher aus Songs und aus Lehrbüchern. Jetzt kam das Vokabular von Alltag, Liebesgeflüster und Poesie dazu. Harry las ihr all seine Lieblingsgedichte vor. Niemand hatte ihr bisher Wörter wie *daffodils* oder *haberdashery* beigebracht, und

Paula begann, sich in die Sprache zu verlieben. Sie begann, erste eigene Songtexte zu schreiben, und Harry schüttelte den Kopf, als er sie las. Ob es denn auch irgendetwas gäbe, was sie nicht konnte?

Nachdem sie aus ihrem Liebesnest geflogen waren, kamen sie ein paar Tage bei Freunden von Harry unter, die in Notting Hill wohnten. Dort hatten sich Musiker, Künstler, Einwanderer aus der Karibik und eine Menge Drogen in heruntergekommenen ehemaligen Stadtvillen ausgebreitet, die von dem berüchtigten Slumlord Rachman aufgekauft, in kleine Einheiten zerteilt und günstig vermietet wurden. Die Zeiten, in denen sich eine einzige Familie solche Häuser leisten konnte, waren vorbei. Rachman war berühmt, weil er vermietete, ohne Heiratsurkunden, Einkommensnachweise oder Aufenthaltsgenehmigungen sehen zu wollen. Er wollte sein Geld, und solange man bezahlte, war alles gut und er ließ einen in Ruhe. Harry hatte Hemmungen, mit jemandem wie Rachman zu sprechen.

»Das ist seine gute Erziehung«, lachten Mike und Liz, als sie abends mit ihnen zusammen in der Küche saßen und Paula für alle Kartoffelpuffer machte, die ihre englischen Freunde genauso exotisch fanden wie sie *Baked Beans on Toast.* Der Bratdunst hing wie ein Nebel unter der Küchenlampe, und Paula ließ die nächste Ladung direkt aus der Pfanne auf den großen Teller in der Mitte des Tisches gleiten.

»Du bist also gut erzogen?«, fragte Paula und neckte ihn, dass sie davon ja noch gar nichts gemerkt hatte.

»Wir müssen Paula wohl mal aufklären«, sagten die Freunde und erklärten ihr, dass England quasi aus zwei parallelen Gesellschaften bestehe.

»Wie Deutschland auch«, warf Paula ein.

»Ja, was bei euch Ost und West ist, das sind bei uns die Klassen. Die Upperclass ist natürlich etwas Besseres und die sind sehr gut erzogen. Und dann kommt lange nichts, und dann kommen die normalen Menschen.«

»Seid ihr jetzt fertig?« Harry war genervt, und Paula spürte, dass es ihm unangenehm war, dass die beiden ihr davon erzählten.

»Aber es interessiert mich«, sagte sie und schwenkte neues Öl in der Pfanne. »Ich weiß viel zu wenig über England.«

»Harry war auf einem teuren Internat, wie ich auch übrigens«, erklärte Liz. »Und er war auf einer guten Uni, auf der sein Vater auch schon war. Da kommt nicht jeder hin.«

»Man kann Stipendien beantragen. Natürlich kann jeder da hin«, widersprach Harry und schüttelte unwillig den Kopf.

»Und«, fuhr Liz ungerührt fort, »er konnte es sich leisten, Philosophie zu studieren. Auch wenn man nicht unbedingt einen Job damit bekommt. Und ich konnte Drama studieren. Damit lässt sich auch kein Geld verdienen, aber es klingt interessant, und man hat Themen auf Dinnerpartys, weißt du? Aber Mikey musste gleich arbeiten, als er mit der Schule fertig war.«

»Ich bin ausgestiegen, ich bin in diesem System nicht mehr drin, wir sind alle ausgestiegen, sonst wären wir ja nicht hier.«

»Trotzdem gibt es das System ja noch.«

»Leider«, sagte Harry düster.

Mike nickte. »Genau. Leider! Man ist nicht unbedingt sehr reich, wenn man auf die bessere Seite gehört, Geld ist sogar fast ein bisschen unanständig. Aber man wohnt auf Landsitzen, die einen Namen haben, und man hat eine Kiesauffahrt und eine eigene Familienbank in der Kirche.«

Paula stellte die nächste Ladung Kartoffelpuffer auf den Tisch und setzte sich auf Harrys Schoß. »Dann habe ich armes deutsches Bauernmädchen ja wirklich meinen Prinzen gefunden.« Sie nahm sich einen Kartoffelpuffer und stippte ihn in das Apfelmus, bevor sie sich das Stück in den Mund steckte.

»Ist doch eigentlich gut, wenn dieser Rachman das System auch unterläuft, oder? Es wäre doch toll, hier zu wohnen, hier ist man mittendrin! Ich frag ihn nach einer Wohnung.«

»Das machst du nicht. Wenn, dann frag ich ihn.« Harry klang jetzt sehr bestimmt.

»Weil ich das nicht kann, oder was?«

»Weil er hübsche Mädchen schon zum Frühstück vernascht. Zumindest eilt ihm dieser Ruf voraus.«

»Vielleicht hätte ich da ja auch ein Wörtchen mitzureden«, empörte sich Paula. »Ich kann selbst auf mich aufpassen.«

»Er ist ein Schmierlappen«, sagte Liz. »Aber er ist trotzdem umzingelt von schönen Mädchen, Models, Tänzerinnen ... er hat ein dickes Portemonnaie, das scheint eine Menge zu kompensieren.« Paula und Liz rollten die Augen.

»Du hast mir noch nie von deinen Eltern erzählt«, flüsterte Paula, als sie sich auf ihrer Matratze im Wohnzimmer von Mike und Liz aneinanderkuschelten. »Wo kommst du her? Erzähl mir alles.«

»Es ist mir peinlich, weißt du, wenn man gegen das alles ist. Keiner glaubt es mir, deshalb rede ich nie davon. Jeder denkt, ich mache das hier alles mal ein Jahr zum Spaß. Ich mach das aber nicht zum Spaß, ich glaube daran. Diese Traditionen sind unser Tod. Wir müssen sie brechen.«

»Aber du bekommst Geld von deinen Eltern? Jeden Monat?«

»Weil sie glauben, dass ich mir einen Job suche, und bis ich einen habe, unterstützen sie mich eben.«

»Und warum suchst du dir keinen Job?«

»Weil ich mit dir Musik machen will. Weil ich nicht dazugehören will. Ich will kein Rädchen sein in diesem System. Ich will schreiben. Ich will Artikel veröffentlichen und den Leuten erklären, warum der Kapitalismus sie kaputtmacht, und Protestlieder singen.«

»Wir sind beide Ausreißer«, sagte Paula. »Wir wollen raus aus dem Trott und in eine bessere Welt. Wir könnten der Anfang von etwas Besserem sein.«

Sie bekamen eine Wohnung von Rachman, mitten in Notting Hill, nur um die Ecke von Liz und Mike, nur um die Ecke von Pubs, in denen sie spielten, nur um die Ecke von Musikern, Künstlern und Tänzern. Im Treppenhaus blätterte der Putz von den Wänden, und das Treppengeländer war stellenweise kaputt. Aber sie hatten eine richtige eigene Wohnung. Ein großes Zimmer ging nach vorne zur Straße und war mit dem Nötigsten möbliert. Sie hatten zum ersten Mal ein Doppelbett, *das Schlafzimmer*, und das hohe Sprossenfenster, das man nach oben schob, um es zu öffnen, nannten sie, ihren *Balkon*. Davor standen zwei Sessel, *das Wohnzimmer*. Lachend tanzten sie durch *die Küche*, *das Bad*, *den Speisesaal*, *die Bibliothek*, und plötzlich hielt Paula inne und fragte ihn, ob es all das bei ihm zu Hause gäbe. Harry griff Paulas Hand und drehte sich zusammen mit ihr langsam einmal um sich selbst.

»Das alles gibt es bei uns beiden zu Hause.«

Seine hellen Augen blitzten, er hob die Schultern und ließ sie wieder fallen. Immer wenn sie ihn ansah, konnte sie ihr Glück kaum fassen. Er war für sie der schönste Mann, den sie je gesehen hatte. Seinc Haut war viel heller als ihre. Obwohl sie blond war, war ihre Haut von so vielen Sommern gebräunt, dass sie nie wirklich blass wurde. Harrys Haut war gegen ihre weiß wie Milch, weich, und aus irgendeinem Grund duftete er nach Aprikosen. Abends vorm Einschlafen wünschte sie sich immer, möglichst oft in der Nacht aufzuwachen. Denn dann lag sie in seinen Armen und konnte ihn betrachten, randvoll mit Glück, bis sie lächelnd wieder einschlief. Harrys Augen waren graugrün und erinnerten sie immer an den kleinen Fluss, in dem sie sich zum ersten Mal geküsst hatten. Seine Haare waren dunkel und seine Wimpern schwarz, dicht und weich wie die eines Mädchens.

»Wenn ich deine Wimpern hätte, bräuchte ich kein Mascara«, sagte sie, wenn sie sich vor ihren Auftritten schminkte, die Wimpern schwarz, die Haare lang und blond.

Während Harry mit nur mäßigem Erfolg versuchte, seine philosophischen Artikel an Zeitschriften zu verkaufen, begann Paula in den Theatern zu jobben, in denen Liz auch arbeitete. Sie arbeiteten als Platzanweiserinnen oder verkauften Zigaretten und Erdnüsse in den Pausen. Paula liebte diesen Job, der sie in eine völlig neue Welt führte. Die roten Samtsessel, die goldenen Ornamente an den getäfelten Wänden, die schweren Vorhänge. Wenn das Licht ausging und die Scheinwerfer aufblitzten und Liz mit den anderen Mädchen eine rauchen ging, dann blieb Paula oft allein im Dunkeln an der Seite stehen und schaute sich die gesamte Inszenierung an. Immer und immer wieder. Bis sie alles verstand, bis sie die Dialoge auswendig konnte und die kleinsten Veränderungen im Spiel der Schauspieler wahrnahm.

Sie begann, die Theaterstücke zu lesen. Sie konnte sie nicht leise lesen, sie musste sie immer laut lesen, und sobald sie damit anfing, sprang Harry ihr zur Seite, und sie spielten die Stücke, die Paula auf den Bühnen sah, in ihren eigenen Versionen. Liz spielte manchmal mit oder versuchte sich als Regisseurin. Manchmal spielten sie zu viert, und Paula dachte, singen und schauspielern, das war genau das, was sie machen wollte. Wenn man so tat, als ob man jemand anderes wäre, konnte man viel wahrhaftiger sein als im echten Leben. Was man alles ausprobieren konnte! Jeder Tag war voll von neuen aufregenden Erlebnissen. Nichts war langweilig, alles war möglich.

Wenn sie nicht im plüschigen Theater jobbte, zogen sie durch die Pubs, in denen Pubrock gespielt wurde, tanzten im Roundhouse in Camden bei der legendären *Greasy Truckers Party* oder probten zu Hause ihr neues Programm für ihre eigenen Gigs. Abends vorm Einschlafen dachte Paula, dass sie der glücklichste Mensch auf Erden sein musste, denn dieses Leben war genau das, was sie führen wollte. Sie durfte sich mitteilen. Sie durfte sich zeigen, und Harrys Blicke umfingen sie stets liebevoll. Sie badete in seinen Blicken. Hier war sie zum ersten Mal völlig okay, so, wie sie war.

2006

Es ging plötzlich alles ganz schnell. Lucy rief an, um zu berichten, dass Jamies Mutter den Namen der Firma herausgefunden hatte, für die Harry arbeitete.

»Wie hat sie das denn geschafft?«, fragte ich.

»Sie hat mitbekommen, dass die Frau, die im Pub saubermacht, auch einmal die Woche bei Davenhams putzt. Er ist Unternehmensberater in London. Eine Top-Firma.«

»So etwas wie Richard Gere in *Pretty Woman*?«

»So ungefähr. Und jetzt halt dich fest. Er wird an seinem ehemaligen Londoner College einen Vortrag halten über irgendeinen … ach, was weiß ich, Theorie und Praxis von irgendwas, ist ja auch egal. Aber du kannst hingehen und ihn dir eine Stunde lang ungestört anschauen.«

»Wann ist denn der Vortrag?«

»Am elften November. Und dann bleibst du das Wochenende über hier … du weißt schon, falls ihr euch viel zu erzählen habt.«

»Und wenn er es gar nicht ist?«

»Dann hast du es wenigstens versucht. Und wir machen uns trotzdem ein schönes Wochenende und freuen uns, dass wir uns wiedergesehen haben, oder? Wir haben uns sowieso viel zu lange nicht gesehen.«

Ich dachte an Lukas. Das war genau sein Geburtstagswochenende, und ich hatte zugesagt zu kommen. Aber bestimmt würde er es verstehen, wenn ich ihm erklärte, worum es ging. Und ich würde ihm ein ganz besonderes Geschenk aus London mitbringen. Vielleicht wäre er ja auch erleichtert, wenn ich nicht da war, dann müsste er sich nicht verpflichtet fühlen, sich um mich zu kümmern.

Die meisten Studenten in diesem nüchternen Seminarraum des Imperial College waren viel jünger als ich, und ich hatte Angst aufzufallen. Ich hatte das Gefühl, jeder müsste mir ansehen, warum ich hier war. Ich hatte gedacht, ich wäre euphorisch, hätte wildes Herzklopfen, aber ich saß zwischen all den Studenten und wunderte mich, dass ich so wenig aufgeregt war.

Als ein Mann den Raum betrat und sich als Harry Davenham vorstellte, war mir sofort klar: Das ist er nicht. Es gab ihn nicht, diesen Moment des Erkennens, den ich mir immer ausgemalt hatte, diesen magischen Augenblick, in dem wir uns anschauen würden und wussten: Wir sind verwandt, wir gehören zusammen. Sein Blick streifte mich ein paar Mal, wenn er ihn durch den Raum schweifen ließ, aber er blieb nie an mir hängen. Nichts an mir schien ihn an etwas zu erinnern. Zwischen uns war … nichts. Ich hatte die Reise umsonst gemacht.

Sein Vortrag rauschte an mir vorbei, ich konnte noch nicht einmal sagen, ob er langweilig oder interessant war, weil ich kein Wort verstand. Ich saß unter einer Glocke der Enttäuschung. Was machte ich hier eigentlich? Ich überlegte, ob ich ihn hinterher ansprechen sollte, damit sich vielleicht das Rätsel löste, warum meine Mutter diesem Mann geschrieben hatte. Fast mehr, um es Oma und Lucy erzählen zu können, als für mich, aber dann war er schon umringt von bestimmt der Hälfte der anwesenden Studenten, und es würde schwierig sein, an ihn heranzukommen. Ich folgte den Studenten, die den Raum verließen. Unschlüssig stand ich einen Moment im Foyer, dann suchte ich die Toiletten. Beim Händewaschen betrachtete ich mich im Spiegel und war mir sicher, dass dieser Mann und ich wirklich keinerlei Ähnlichkeit hatten. Ich verließ den Campus und machte mich auf den Weg zurück in die normale Welt.

Die Luft war feuchtkalt, und es war windig. Während ich überlegte, ob ich nicht ein Stück durch den Hyde Park laufen sollte, um diese seltsame Erfahrung abzuschütteln, vibrierte mein Handy wieder. Lucy schickte mir bestimmt schon die zehnte SMS, in der stand, wie aufgeregt sie war und dass sie nicht abwarten konnte, etwas von mir zu hören. Wahrscheinlich würde sie noch enttäuschter sein als ich. Sie hatte sich so eine Mühe gegeben. Aber ich konnte ihr jetzt noch nicht antworten, ich musste erst einmal zu mir kommen. Alles fühlte sich so unwirklich an. Ich war in London und hatte mir den Vortrag eines fremden Mannes angehört, dem meine Mutter mal einen Brief geschrieben hatte. Hätte ich ihn nur geöffnet. Dann hätte ich mir viel Aufwand, Mühe und Geld gespart.

Gegenüber der U-Bahn-Station war ein Starbucks. Ein Starbucks in London, dachte ich, das passt doch gar nicht, das ist nur etwas für die amerikanischen Touristen. Aber der Kaffeeduft und der Gedanke an etwas Warmes waren verlockend, und ich ging hinein. Die Bestellung überforderte mich, ich war nicht Starbucks-erfahren genug, um gleich die richtige Kaffeeart und Bechergröße parat zu haben und dann noch die Milchsorte zu wählen. Als ich auch noch nach meinem Namen gefragt wurde, schüttelte ich den Kopf.

»Muss ich denn auch noch einen Handstand machen, um endlich einen Kaffee zu bekommen?«

Jemand lachte neben mir. Ich schaute zur Seite, und da stand er.

»Latte, tall, halbfett«, sagte er. »Für Harry.« Er ratterte das runter, ohne aufgefordert zu werden.

»Sie sind hier offensichtlich nicht zum ersten Mal«, sagte ich. »Aber warum, um Himmels willen, wollen die wissen, wie wir heißen?«

Er deutete auf die Becher, die am Ende der Theke abgestellt wurden. »Darauf steht jetzt Ihr Name. Damit Sie auch genau *Ihren* Kaffee bekommen. Und nicht meinen.«

Wir bewegten uns zum Ende der Theke, er nahm sich eine Papiermanschette und hielt mir mit der Bemerkung, dass die Becher heiß seien, auch eine hin.

»Danke«, sagte ich und wollte die Manschette gerade nehmen, da sah ich es. Er hatte den gleichen krummen kleinen Finger an der rechten Hand wie ich. Ich starrte seine Hand an. Wir hatten überhaupt sehr ähnliche Hände. Man sollte vielleicht nicht nur im Gesicht nach Ähnlichkeiten suchen.

»Doch nicht?«, fragte er und legte sie wieder zurück. »Ich habe Sie aber gewarnt!«

»Darf ich Ihnen eine Frage stellen? Sie werden es wahrscheinlich seltsam finden.«

Er sah mich fragend an.

»Kannten Sie in den Siebzigern eine junge Deutsche namens Paula Winter?«

Seine Pupillen wurden groß, dann klein, dann wieder groß und wieder klein. So etwas hatte ich noch nie gesehen. Sie leuchteten auf, als würden sie Morsezeichen senden. Er runzelte die Stirn, räusperte sich, schüttelte den Kopf, und dann hustete er auch noch, als hätte er sich verschluckt. Das alles war Antwort genug. Ja, signalisierten seine Pupillen. Ja.

»Wie kommen Sie darauf?«, fragte er.

»Kaffee für Maya und Harry!«, rief es von der Theke. Unsere Kaffees waren fertig.

»Ich bin Paulas Tochter. Und ich nehme an, dass Sie mein Vater sind.«

Ich zeigte ihm meinen kleinen Finger.

»Ausgeschlossen«, sagte er und starrte auf meine Hand. »Wie kommen Sie hierher? Verfolgen Sie mich etwa?«

»Sie sind doch nach mir hier reingekommen, oder?«

»Aber das ist doch jetzt kein Zufall …« Er musterte mich. »Sie waren eben am Imperial? Bei meinem Vortrag?«

»Ja. Ich bin weggegangen, weil ich dachte, ich muss Sie verwechselt haben. Dass wir uns hier begegnen, ist jetzt ein echter Zufall.«

Die nächsten Kaffees waren fertig, wurden ausgerufen, und wir standen allen hinter uns im Weg. Wir nahmen unsere Becher.

»Sie kannten Paula«, sagte ich.

»Okay«, sagte er und deutete auf einen freien kleinen Tisch. »Ganz kurz, ich habe noch einen Termin.«

Als wir saßen, schüttelte er den Kopf. »Sie müssen schon zugeben, dass das eine haarsträubende Geschichte ist. Hat Paula sich die ausgedacht oder Sie? Braucht irgendjemand Geld? Ich meine, wie viele Menschen haben krumme Finger? Das ist jetzt nicht Ihr Ernst, oder?«

Ich starrte ihn an, und es dauerte einen Moment, bis ich verstand, was er gesagt hatte. »Ob jemand Geld braucht?«

Das durfte doch nicht wahr sein! Geld? Da fand ich meinen Vater nach dreißig Jahren, und er sprach von Geld?

»Jetzt verstehe ich, warum Paula mir nie erzählt hat, wer mein Vater ist. Das wollte sie mir ersparen …«

Er starrte mich irritiert an.

»Dass mein Vater so ein …«

Ich sprang auf, riss dabei fast den ganzen Tisch um, mein Becher kippte, aber es war alles egal, ich musste raus hier. Ich stieß gegen Tische und Stühle, als ich blind vor Enttäuschung versuchte, den Laden so schnell wie möglich zu verlassen. Hinter mir hörte ich empörte Rufe, Schimpfen, aber ich entschuldigte mich noch nicht einmal. Ich wollte nichts wie weg aus diesem jämmerlichen Starbucks, und weg von diesem jämmerlichen Mann. Ich wünschte, ich wäre niemals nach London gekommen. Was hatte ich mir eigentlich gedacht? Nichts, das war die Antwort. Ich hatte überhaupt nicht gedacht, ich hatte geträumt. Lächerliche Mädchenträume. O Gott, ich war mir selbst so peinlich, dass ich am mich liebsten in den Boden hineingeschämt hätte. Mit fast dreißig Jahren hatte ich mich in Vaterfantasien hineingesteigert, die ich, wäre ich bei Verstand gewesen, gerade noch einer Zwölfjährigen hätte durchgehen lassen. Aber mein Verstand hatte sich offensichtlich verabschiedet. Jetzt war er wieder da, und ich sah voller Scham zurück auf die letzten Wochen. In was hatte ich mich da bloß hineingesteigert? Zum Glück hatte ich bisher nur Lucy davon erzählt.

»Maya«, hörte ich seine Stimme hinter mir rufen, aber ich lief weiter. Um Himmels willen, ich wollte nur noch weg.

»Maya, warten Sie!« Er lief mir tatsächlich nach, denn seine Stimme kam immer näher. Ich lief noch ein ganzes Stück weiter und beschleunigte meine Schritte, aber er holte mich ein und blieb schnell atmend vor mir stehen. Wir sahen uns nicht an, aber wir versuchten beide, erst einmal wieder zu Atem zu kommen. Er sprach als Erster.

»Vielleicht können Sie ja verstehen, dass ich nicht weiß, wie man in so einer Situation angemessen reagiert. Ich erlebe das schließlich zum ersten Mal. Sie sind offensichtlich sehr emotional, und es tut mir leid, dass Sie oder Paula sich aus irgendeinem Grund dachten, ich könnte Ihr Vater sein. Wir waren zusammen, das stimmt, aber sie war nie schwanger. Jedenfalls nicht, während wir zusammen waren.«

»Ich bin 1977 geboren. Am 22. April.«

Jetzt starrte er mich an, und wahrscheinlich rechnete er.

»Also, es müsste im Juli oder August 1976 passiert sein?«, half ich ihm auf die Sprünge.

Er runzelte die Stirn.

»Juli 1976? August? Aber warum hätte sie dann …?« Er wirkte verunsichert. »Sie haben vorhin gesagt, Paula hat Ihnen nie gesagt, wer Ihr Vater ist?«

»Nie. Und in meiner Geburtsurkunde steht ›Vater unbekannt‹.«

»Wie kommen Sie überhaupt auf mich?«

Ich griff in meine Tasche und reichte ihm den Brief. Er streckte zögernd die Hand aus und schaute darauf. »Das ist die Adresse meiner Eltern.«

Er betrachtete den Brief ernst. In seinem Gesicht konnte ich nicht ablesen, was er dachte, aber er schien berührt.

»Und das ist Paulas Schrift.« Als er mich anschaute, gaben seine Pupillen wieder Morsesignale. »Woher haben Sie den Brief?«

»Sie haben ihr den Brief zurückgeschickt. *Return to sender.*«

»Nein. Diesen Brief habe ich wirklich noch nie gesehen.«

Er versuchte den Poststempel zu entziffern. »Den hat sie aus Deutschland geschickt. Ist das ein Datum? 1977? Da habe ich natürlich nicht mehr bei meinen Eltern gewohnt. Wahrscheinlich ist er deshalb nicht zugestellt worden.«

»Und Ihre Eltern hätten Ihnen den Brief nicht weitergegeben?«

»Vielleicht waren sie verreist? Das ist ja ein Stempel von der Post. Was steht denn in dem Brief?«

»Ich habe ihn nicht geöffnet.«

»Hat Paula Ihnen das nicht gesagt?«

»Paula weiß nicht, dass ich hier bin. Sie weiß auch nicht, dass ich den Brief habe. Oder dass es ihn überhaupt noch gibt.«

»Ich würde ihn gerne lesen.«

Ich nickte und nahm ihm den Brief wieder aus der Hand.

»Ich auch, aber ich weiß nicht … Ich finde es falsch.«

»Er ist an mich adressiert, sie wollte, dass ich ihn lese.«

»Vor dreißig Jahren, ja.«

Er holte tief Luft und atmete langsam aus. »Ich muss jetzt gehen, Maya …«

»Genau. Der Termin.«

»Mein Leben bleibt jetzt nicht stehen. Auch wenn Sie das gerne hätten.«

Ich schüttelte den Kopf. Warum sagte er so einen Mist? Er verstand überhaupt nichts.

»Warum sollte ich das wollen?«

»Geben Sie mir Ihre Telefonnummer, damit ich Sie erreichen kann? Ich bin jetzt zu überrascht. Ich muss das alles erst einmal sacken lassen.«

»Und ordentlich nachrechnen, natürlich«, ergänzte ich.

»Das auch, ja«, gab er zu.

Ich reichte ihm meine Visitenkarte, und er schaute darauf.

»Deshalb sprechen Sie so perfekt Englisch. Sie sind Übersetzerin. Ich melde mich, versprochen«, sagte er und steckte die Karte in die Innentasche seines Jacketts.

Wir standen voreinander, und er schüttelte den Kopf, als könne er das alles nicht fassen. »Okay, wir hören voneinander.«

Damit drehte er sich um und verschwand in der Menge der Passanten, die sich in Richtung U-Bahn-Station schoben. Der Berufsverkehr am Freitagnachmittag begann. Ich beschloss, ein, zwei Stationen weiterzulaufen. Ich brauchte Luft und Bewegung, um mich irgendwie abzureagieren. Aber wie soll man sich abreagieren, wenn der Mann, den man sich immer als Traumvater, als Lichtgestalt vorgestellt hat, plötzlich so ein zaudernder, normaler, langweiliger Typ war. Der erst einmal ordentlich nachrechnen musste. Der einzige wirklich interessante Moment, den ich immer wieder vor mir sah, das waren seine tanzenden Pupillen, die wie Signallampen aufgeleuchtet hatten. An denen hielt ich mich fest. Die waren das ehrlichste an ihm. Den Rest hätte ich am liebsten sofort vergessen.

»Okay, es hat ihn kalt erwischt, das müssen wir ihm zugutehalten.« Lucy hatte mich sofort in einen Pub geschleppt, als ich auf ihrem Sofa zusammenbrechen wollte. Sie war der Meinung, dass dies ein Abend für Lippenstift und Martinis war, und ich hatte noch nicht einmal mehr die Kraft, ihr zu widersprechen.

»Wir haben natürlich gedacht, er freut sich halbtot«, sagte sie und hob ihr Glas, um mit mir anzustoßen. »Eine tolle Tochter aus dem Nichts! Und er musste nie eine Windel wechseln, keine Mathehausaufgaben büffeln, keinen Penny bezahlen, und zack, da steht sie. Wow! Ein Geschenk des Himmels! Haben wir gedacht.«

»Der Penny ist genau das Problem. Er ist ein Finanzmanager. Das Erste, an was er denkt, ist Geld. O Gott, ist das armselig. Ob er damals auch schon so war und Paula mir genau das ersparen wollte? Oder er wurde so, weil sie ihn schändlich verlassen hat, wegen eines anderen, und deshalb hat er sich in die sichere Welt der Zahlen geflüchtet, wo ihm niemand mehr wehtut.«

»Mach dir jetzt keinen Kopf, du wirst sehen, er braucht einen Tag oder zwei, er muss jetzt in Ruhe nachdenken. Wer weiß, ob er noch alte Bilder hat, ob er jetzt in seinen Erinnerungen kramt? Gib ihm ein bisschen Zeit, du hast quasi dreißig Jahre Vorsprung.«

Vielleicht hatte Lucy recht. Aber leicht war es nicht.

»Whichford ist gar nicht so weit«, sagte Lucy und schaute mich nachdenklich an. »Wir könnten Jamies Mum besuchen. Da ist ein hübscher Pub. Und diese sagenhafte Töpferei.«

»Die interessiert mich natürlich am meisten«, sagte ich, und Lucy hob ihre betenden Hände gen Himmel.

»Gott sei Dank! Sie hat ihren Humor wiedergefunden!«

Um ihr die Freude zu lassen, widersprach ich ihr nicht.

Während Lucy uns morgens Tee kochte, sah ich, dass Paula versucht hatte, mich anzurufen. Ich legte das Handy weg und verkroch mich wieder unter Lucys tröstlichen bunten Decken und Kissen. An Paula hatte ich überhaupt noch nicht gedacht. Wenn Harold schon nicht begeistert davon war, dass ich plötzlich auftauchte, was würde Paula dazu sagen?

Als Lucy zwei volle Tassen Tee balancierend zurück ins Bett kam, sagte ich, dass ich keinen einzigen Moment an meine Mutter gedacht hatte. Und dass da noch ein Gewitter auf mich zurollen würde.

»Ich habe mich einfach über sie hinweggesetzt«, sagte ich. »Obwohl sie es nicht will. Und nie wollte.«

»Na ja, jetzt bist du halt mal dran«, sagte Lucy. »Rutsch mal rüber.«

Ich setzte mich auf, lehnte mich in das pinke Kissen, während sie ihre bunte Decke über uns zog, und trank in kleinen Schlucken den kräftigen heißen Tee, den sie mir reichte.

»Immerhin bist du erwachsen.«

»Hab mich aber nicht so benommen.«

»Pffff … Es ist völlig normal, dass du wissen willst, wer dein Vater ist. Jeder Mensch will wissen, wo er herkommt.«

»Das findet sie eben nicht. Sie findet, alles, was zählt, ist die Zukunft und das, was wir daraus machen.«

»Auch ein Ansatz«, sagte Lucy und schlürfte vorsichtig an ihrem heißen Tee. »Wahrscheinlich, weil sie ein schlechtes Gewissen hat. Weil sie ihn verlassen hat, oder? Keks?«

Sie hatte Kekse in ihrem Nachttisch. Lucy wusste, wie man es sich gemütlich macht. Ich nickte. »Wahrscheinlich. Ja. Vielleicht will er sich deshalb auch nicht daran erinnern. Ob er sich überhaupt noch mal meldet?«

Sie zuckte mit den Schultern und gab mir noch einen Keks.

»Es tut mir leid, dass ich dich mit diesem ganzen Kram belästige«, sagte ich. »Ich kann doch einfach auch alleine nach Whichford fahren. Da kommt man bestimmt mit dem Zug hin. Ihr müsst doch nicht schon wieder euer Wochenende opfern …«

Aber natürlich wollte Lucy nichts davon hören und schüttelte verständnislos den Kopf. »Wir lassen dich doch jetzt nicht alleine.«

Lucy hatte viel von all dem, wovon ich zu wenig hatte. Bunte Kissen, Überschwang, Zuversicht, Selbstvertrauen und einen großen Vorrat an süßen Keksen und alkoholischen Getränken. Sie füllte die Tassen so voll, dass sie überschwappten, sie redete ohne Punkt und Komma, und sie lachte laut. Jamie himmelte sie an, das war unschwer zu erkennen.

Später saß ich hinten in Jamies Auto und kam mir vor wie das Kind, dessen Eltern den Weg wissen und mit ihm einen Sonntagsausflug machten. Jamie und Lucy unterhielten sich vorne, und da es im Auto zu laut war, hatte ich den Versuch aufgegeben, ihrer Unterhaltung zu folgen. Während ich aus dem Fenster sah und die sanfte englische Landschaft draußen vorbeiglitt, versuchte ich, die Geschehnisse der letzten Zeit zu sortieren. Ich hatte mich mit dieser Reise auf ein weit unsichereres Terrain begeben, als ich je vermutet hätte. Ja, ich hatte mir das alles anders vorgestellt. Wie naiv von mir, von einem überraschten und gerührten Harold N. Davenham zu träumen, der alles über mich und mein Leben wissen wollte, der genauso traurig war wie ich, dass er meine Kindheit verpasst hatte. Mitsamt dem Vater-Tochter-Tanz beim Abiball. Ich schämte mich, wenn ich nur daran dachte. Ich hatte keine Sekunde in Betracht gezogen, dass er vielleicht gar nichts von mir wissen wollte. Und ich hatte nicht an Paula gedacht. Keine Sekunde. Dabei war sie hier die zentrale Person. Wie würde sie reagieren, wenn sie erfuhr, dass ich Harry gefunden hatte? Sollte ich es ihr überhaupt erzählen? Mein Handy klingelte und riss mich aus meinen Gedanken.

»O Gott, das ist er!«, rief Lucy und drehte sich zu mir um. Ich kramte das Handy hervor und schaute auf das Display. Er war es nicht. Es war Paula. Als hätte sie gehört, dass ich an sie denke. Ich ließ es klingeln. Unmöglich konnte ich jetzt mit ihr reden. Kurz darauf erhielt ich eine Nachricht.

Sag mal, bist du in England? Wenn ich versuche dich anzurufen, klingelt es so, als wärst du dort.

Zwei Minuten später kam noch eine Nachricht.

Arbeit oder Urlaub? Du hast gar nichts davon erzählt.

Ich steckte das Handy wieder ein und schaute aus dem Fenster. Paula hatte einen guten Instinkt. Las ich Alarm aus ihrer Nachricht oder bildete ich mir das nur ein? Bei dem Blick auf das Handy hatte ich auch das heutige Datum gesehen. Ich musste Lukas gratulieren. Zu seinem Geburtstag und seiner schönen Uhr mit den gebläuten Schräubchen. Ich musste ihm sagen, dass ich nicht kommen würde. Was machte ich hier eigentlich? Da wollte ich mich endlich mit meiner Geschichte verbinden und verprellte Lukas, ließ Oma alleine zu Hause, obwohl sie meine Hilfe bestimmt brauchte. Und Paula würde ausrasten. Und das alles wegen meines Vaters, der nichts von mir wissen wollte. Ich hatte meine normalen, abgesicherten Pfade verlassen, und stellte fest, dass es auf dem Weg, auf dem ich mich nun befand, kein Sicherheitsnetz mehr gab.

Die Landschaft um uns herum wurde immer idyllischer, und die Dörfer wurden immer putziger. Und ich und meine Beziehungen waren genau das Gegenteil davon. Und warum das alles? Wegen Paula. Weil meine Mutter unfähig war, sich Realitäten zu stellen. Weil sie durchs Leben schwebte wie eine Biene auf der Suche nach dem nächsten Nektar. Weil sie mir kein Zuhause gegeben hatte. Und keine Geschichte. Weil sie sich zwischen mich und meinen Vater gestellt und uns keine Chance gegeben hatte. Sie war das unüberwindbare Hindernis, das uns trennte. Ich war wütend auf meine Mutter an diesem Samstagvormittag inmitten dieser idyllischen Landschaft, die selbst an einem relativ trüben Novembertag verträumt und friedlich aussah. In mir sah es auf jeden Fall komplett anders aus.

In der Töpferei gab es ein kleines Café, und dort gab es samstagmittags Bacon-Sandwiches, von denen Jamie mit leuchtenden Augen schwärmte. Die müssten wir unbedingt probieren. Ich konnte noch nicht einmal daran denken, etwas zu essen. Aber als wir dann in dem kleinen Café saßen, das in einem ehemaligen Gewächshaus eingerichtet worden war, meldete auch mein Magen, dass ein Schokoladenkeks kein Frühstück ersetzte. Das Bacon-Sandwich war riesig und schwer zu essen, aber tatsächlich tat es gut. Als ich noch mit zwei Tassen starkem Tee nachgespült hatte, fühlte ich mich besser. Um mir anzuschauen, was die mit grauem Ton verschmierten Menschen, die hier ein und aus gingen, eigentlich machten, suchte ich die Werkstatt.

Als ich noch klein war, hatten wir in der Schule getöpfert, und alle Eltern hatten danach kleine schiefe Gefäße zu Weihnachten bekommen, Aschenbecher, die lange zu Hause herumstanden und nie kaputt gingen. Ich hatte eine goldene Tasse für Paula machen wollen, weil ich fand, dass sie morgens aus einer goldenen Tasse ihren Kaffee trinken sollte. Es war ein schiefes Etwas mit Henkel geworden, was man aber durchaus als Tasse bezeichnen konnte. Doch das schöne Gold, das ich ausgesucht hatte, hatte sich beim Brennen in ein unappetitliches Braun verwandelt. Es trieb mir die Tränen in die Augen. Es sollte doch Gold sein, Gold für meine Paula. Als sie die Tasse an Weihnachten auspackte, musste ich wieder weinen, weil ich so enttäuscht war. Und als ich ihr erzählte, warum, musste sie auch weinen, weil sie es so schön fand, dass ich ihr eine goldene Tasse schenken wollte. Das war meine letzte Berührung mit dem Material Ton gewesen.

Aber was hier gemacht wurde, sah aus wie Zauberei, und ich konnte gar nicht mehr wegschauen. Wie aus einem grauen schweren Batzen Ton auf einer Drehscheibe in Minuten, nein, in Sekunden, wunderbare Gebilde entstanden, nur weil der Töpfer seinen Daumen auf eine gewisse Art und Weise gegen den Tonklumpen drückte, faszinierte mich. Ich konnte gar nicht genug davon bekommen. Als der Töpfer sich den nächsten Klumpen nahm und ihn auf die Drehscheibe klatschte, dachte ich, dass ich mich heute genauso fühlte. Schwer und grau. Ein Klumpen Kummer. Aber während der Töpfer mit der richtigen Technik ein elegantes Gefäß herstellte, in dem einmal Blumen gedeihen würden, würde ich mit diesem schweren Kummerklumpen in mir weiterleben. Dafür gab es keinen Töpfer und keine Technik.

»Happy Birthday«, sagte ich, als Lukas sich am anderen Ende meldete. Er klang fröhlich, als er sich bedankte und fragte, ob ich Lust hätte, nachher mit ihm zusammen in die Stadt zu gehen, einen Sekt zu trinken und die Uhr abzuholen, die in dem Geschäft auf ihn wartete. Noch vor dem Mojito-Haribo-Spektakel.

»Mit dir und mit Sekt ertrage ich diese erwachsene Zahl vielleicht besser, und ich muss dir etwas erzählen.«

»Lukas, ich bin überhaupt nicht in Frankfurt!«, unterbrach ich ihn. »Es tut mir wahnsinnig leid, es ist etwas passiert, und ich musste sehr plötzlich wegfahren«, sagte ich.

»Deine Oma?«, fragte er besorgt.

»Nein, nein«, sagte ich. »Der geht es gut. Das ist es nicht, es ist wirklich kompliziert …«

»Du brauchst einen ziemlich guten Grund, wenn du mir heute absagst, das weißt du, oder?«

»Der Grund ist … mein Vater. Also, ich habe meinen Vater gefunden. In London. Und er will nichts von mir wissen, und jetzt versuche ich gerade, damit klarzukommen. Aber, hey, es ist dein Geburtstag, ich will dich jetzt nicht …«

»Maya! Dein Vater? Das ist ja unglaublich. Wie kam das denn jetzt alles so plötzlich?«

Ich erzählte ihm eine Schnellfassung von dem Brief und was seitdem alles passiert war. Er hörte zu, stellte einige Fragen und wollte dann wissen, seit wann ich den Brief denn schon hatte. Als ich es ihm sagte, verstummte er.

»Lukas?«

Es dauerte eine Weile, bis er sprach.

»Du hattest den Brief also schon, als wir uns getroffen haben und über Väter und Familie und Traditionen und das alles gesprochen haben? Und du hattest nicht das Gefühl, mit mir darüber reden zu wollen?«

»Versteh das nicht falsch, bitte. Ich wollte mit niemandem reden, ich musste erst mal selbst damit klarkommen.«

»Warum kommst du nicht auf die Idee, dass man besser mit Sachen klarkommt, wenn man darüber redet? Mit guten Freunden. Mit mir zum Beispiel?«

»Lukas, ich konnte nicht ...«

»Weil ich kein guter Freund bin. Ist es das?«

»Natürlich nicht«, sagte ich. »Natürlich bist du ein guter Freund. Ich wollte ihn einfach erst mal treffen, weißt du, und dann ...«

»Und dann? Alles mit dir alleine ausmachen. Dich vielleicht wieder verkriechen, wie im Sommer, und erst mal abtauchen und lieber nichts erklären ...«

»Ich versuche dir doch gerade zu erklären, dass ich Zeit brauche.«

»Zeit, ja ...« Er seufzte. »Aber damit baust du auch eine Mauer auf, ist dir das eigentlich klar?«

»Warum setzt du mich jetzt so unter Druck? Ich brauche Zeit, ist das so schwer zu verstehen?«

»Was ich verstehe ist: ›Ach, der Lukas ist so nett, der gibt nicht auf, der ruft auch zehnmal an, zwanzigmal, wenn's sein muss. Der kann warten.‹«

»Lukas, was soll das? Was wirfst du mir denn jetzt vor? Ich hab gerade schon genug Probleme ...«

»Du könntest viel weniger Probleme haben, wenn du dich nicht so verschließen würdest.«

»Ich bin so, wie ich bin. Aber wenn das hier das Ergebnis ist, dann ist es ja offensichtlich besser, wenn ich überhaupt nichts mehr erzähle!«

»Ach, Maya …«, seufzte er.

Wir schwiegen einen Moment. Dann gab ich mir einen Ruck.

»Es tut mir leid, dass wir uns jetzt auch noch streiten. An deinem Geburtstag.«

»Mir auch«, sagte er. »Sehr.«

»Hab noch einen schönen Tag«, sagte ich, und es dauerte einen Moment, bis er antwortete.

»Danke, Maya. Ich wünsch dir viel Glück.«

Millstone House war nicht direkt protzig, aber auch keineswegs bescheiden. Es gab Kies, es gab gepflegten Rasen und Rabatten, es gab Erkerfenster, durch die man im Vorbeigehen einen Blick auf antike Möbel und Bücher erhaschen konnte. Wir konnten schlecht direkt davor stehen bleiben und alles anstarren, deswegen spazierten wir langsam daran vorbei. Eigentlich wusste ich nicht mehr, was ich hier sollte. Warum war ich überhaupt hierhergefahren? Ich wusste noch nicht einmal, ob Harry wirklich mein Vater war, und wenn er es war, dann würde ich nichts von ihm wissen wollen, so wie er sich mir gegenüber verhalten hatte. Weder, wo er aufgewachsen war, noch, wo dieser Brief zur Post gebracht worden war. Was also machte ich hier in diesem Dorf? Ob Paula überhaupt einmal hier gewesen war? Diese ganze Englandreise kam mir plötzlich absurd vor. Was interessierten mich diese Davenhams überhaupt, wenn sie sich nicht für mich interessierten.

»Wir hatten nie Berührungspunkte mit den Davenhams«, erzählte Jamies Mutter, die wir nach dem Spaziergang durch das Dorf besuchten. »Die Söhne hatten mit dem Dorf nichts zu tun.

Die waren im Internat, und in den Sommerferien hat man sie mal gesehen, aber die haben sich nicht mit der Dorfjugend abgegeben. Die waren was Besseres. Also kannte man sich auch nicht. Na ja, ich war ja auch einige Jahre weg, aber selbst wenn ich hiergeblieben wäre, hätte ich nichts mitbekommen. Das ist wie eine andere Welt. Die sind da drüben und bleiben da auch schön für sich. Und wir normalen Menschen sind hier.«

Sie schüttelte den Kopf und goss uns Tee ein. Das war das Wunderbare an England. Überall bekam man zu jeder Gelegenheit starken Tee, von dem immer etwas Kräftigendes und Tröstliches ausging.

»Die leben in ihren alten Traditionen, die stecken da richtiggehend fest. Die Kinder gehen auf die gleichen Internate und auf die gleichen Universitäten wie ihre Eltern, und Normalsterbliche brauchen schon ziemliches Glück, um dort überhaupt aufgenommen zu werden. Es geht gar nicht nur ums Geld, obwohl es natürlich ein Vermögen kostet. Es geht darum, woher du kommst. Und dass du in den Kreisen bleibst, in die du gehörst. So sind die.«

Dann klingelte mein Handy. Die Nummer war unbekannt, und ich zögerte, das Gespräch anzunehmen. Ich hatte Angst, dass es Paula sein könnte, mit der ich gerade jetzt am allerwenigsten reden wollte.

»Das ist er, geh dran! Das ist er bestimmt, mach schon!« Lucy wurde ganz hibbelig, als ich nicht sofort auf den Knopf drückte. Aber ich wusste nicht, ob ich dem gewachsen sein würde, was jetzt kam. Die Geister, die ich rief … Aber natürlich musste ich jetzt reden.

»Hallo?«

Jamie und seine Mutter verließen höflich das Zimmer mit einer Tasse in der Hand, als müssten sie abräumen, und Lucy blieb. Sie wollte in meiner Nähe sein, und irgendwie war ich froh darüber.

Es war Harry. »Ist da Maya? Ich habe nachgedacht, Maya«, sagte er. »Ich erzähle dir jetzt, wie es war, okay? Paula und ich waren fünf Jahre zusammen. Wir waren Musiker, wir haben erst in London gelebt, circa zwei Jahre, und dann hatten wir mal einen Gig in einem kleinen Ort in der Nähe von London, an der Küste. Da gab es einen Pub am Strand. Und weil es ein schöner Sommer war, sind wir einfach geblieben. Wir waren jung und verrückt, und ich …« Er schwieg.

Ich lauschte angestrengt in den Hörer, um mich zu vergewissern, dass er noch da war. »Harry?«

»Ich glaube, Paula dachte, das würde immer so bleiben.«

Das klang nach Paula, dachte ich, und schaute zu Lucy, die scheinbar unbeteiligt aus dem Fenster schaute.

»Wir haben begonnen uns auseinanderzuleben, und ich habe angefangen zu arbeiten. In London. Das heißt, in dem Jahr, in dem du entstanden bist, war ich nicht oft in Whitstable. Von der biologischen Wahrscheinlichkeit her ist es nicht völlig unmöglich, aber es ist auch sehr, sehr gut möglich, dass jemand anders dein Vater ist. Und das ist alles, was ich dir im Moment dazu sagen kann. Wenn …«

Ich beendete das Gespräch, ohne nachzudenken. Mein Herz raste, und ich merkte, dass ich die ganze Zeit die Luft angehalten hatte. Ich atmete aus und rang nach Luft. Lucy sah mich mit großen Augen an. Sie hatte fast alles verstanden, denn Harry hatte sehr laut geredet.

»Er hat Angst! Der hat ja wahnsinnige Angst!«

»Er will das alles so weit von sich fernhalten, wie es nur geht. Genau wie Paula.« Der schwere Tonklumpen in mir wurde nicht leichter. »Ich glaube, ich will wieder nach Hause.«

»Wie hieß dieser Ort?«, fragte Lucy.

»Keine Ahnung. Ich habe es nicht richtig verstanden. Irgendwas mit Whits oder Which und Apple, oder so. Und es ist mir ziemlich egal, ehrlich gesagt.«

»Jamie, habt ihr hier den großen gelben Straßenatlas?«, rief Lucy zur Tür, durch die Jamie mit seiner Mutter verschwunden war.

Ich seufzte. »Ach, Lucy, mir reicht's, weißt du. Ich kann nicht mehr.«

Aber Lucy ignorierte mich einfach. Als Jamie das gelbe Heft auf den Tisch legte, suchte sie mit dem Finger die Küsten in der Nähe von London ab.

»Whitstable? Könnte es Whitstable gewesen sein?«

1973

Die Nachricht vom Abriss ihres Hauses kam nicht ganz unerwartet, weil an etlichen Stellen in Notting Hill schon die Abrissbirnen wüteten und ganze Häuserzüge dem Boden gleichmachten, um Platz für ordentliche, charakterlose Neubauten zu schaffen. Die ganze Westbourne Park Road war schon ein Trümmerfeld, und sie spürten das Beben der zusammenstürzenden Bauten bis in ihre Wohnung. Aber sie hatten natürlich gehofft, dass es sie nicht treffen würde. Dass ihre Ecke verschont bleiben würde von diesem Modernisierungswahn, mit dem die Stadt hier aufräumen wollte. Aber dieses Wochenende würden sie einfach nicht daran denken, was werden würde. Dieses Wochenende waren sie unterwegs. Paula lief durch die Wohnung und packte eine Tasche. Sie würden in einem Pub in Whitstable spielen, direkt am Meer. Und es war auch noch ihr Geburtstag. Sie würden dort übernachten, und das Wetter sollte herrlich werden. Es war so schön, im Sommer Geburtstag zu haben, und dann auch noch am Meer. Die Päckchen, die schon für sie angekommen waren, von ihren Eltern, von Oma Lisette, von Doro und auch eines von ihren Lerchen, die sie immer noch nicht besucht hatten, packte sie mit ein. Das führte dazu, dass ihre Tasche sofort voll war, und sie begann, eine zweite zu packen.

»Ziehen wir schon um? Ich dachte wir hätten noch ein paar Wochen Zeit.«

Harry starrte auf die beiden vollen Taschen in der Mitte des Raumes.

»Meine Geschenke-Päckchen müssen doch mit!«

»Stimmt natürlich«, sagte er. »Zum Glück habe ich den Container mit meinen Geschenken schon mal vorgeschickt, damit ich nicht alles schleppen muss.«

»Das klingt angemessen«, sagte Paula und zog den letzten Reißverschluss zu.

Harry studierte den Stadtplan. Jeder in London hatte seinen eigenen ›A-Z‹, in dem jede einzelne Straße verzeichnet war und ohne den man sich nicht zurechtfand.

»Wir nehmen die U-Bahn bis Elephant and Castle, dann ist es nur eine halbe Meile, und wir stehen direkt an der A2, die aus London rausführt.« Er schaute besorgt auf die beiden Taschen. »Wenn meine Gitarre auch noch dabei ist, können uns schon mal keine Minis mitnehmen.«

Es hielt auch kein Mini an, um sie mitzunehmen. Das Auto, das anhielt, war ein Rolls-Royce. Schwarz, poliert, mit Kühlerfigur und einem Armaturenbrett aus glänzendem Mahagoni. Am Steuer saß ein Chauffeur in grauer Livree, der ausstieg, um ihnen zu helfen, das Gepäck einzuladen. Er war auf dem Weg nach Canterbury, um seinem Chef wichtige Unterlagen, die dieser vergessen hatte, vorbeizubringen.

»Wow«, sagte Paula, »ich habe noch nie in einem Rolls-Royce gesessen«, und ließ sich in die weichen Lederpolster fallen. »Das Wochenende fängt ja gut an.«

Und es ging gut weiter. ›The Old Neptune‹ stand tatsächlich direkt am Meer, und die Gäste saßen mit ihren Pints auf dem Kiesstrand in der Sonne. Manche hockten auf den verwaschenen Hölzern der Buhnen, die den Strand in lauter kleine Abschnitte teilten, damit das Meer sich nicht alles einfach zurückholte. Sie tranken ein erstes Bier, hielten die Nase in die Sonne und lauschten den Wellen und den Stimmen, die der Wind in Fetzen zu ihnen trug. Bevor sie sich ein zweites Bier bestellten, fragten sie, ob man hier auch schwimmen könnte.

»Klar«, sagte der Wirt, der sie begrüßt und ihnen ihr Zimmer gezeigt hatte. »Geht ein Stück weiter den Strand entlang, sobald die Häuser aufhören, seid ihr ziemlich für euch.«

Der Publican deutete am Pub vorbei nach links über den Kiesstrand, der sich an der Küste entlangzog, so weit das Auge reichte. Sie warfen sich ein Handtuch über die Schulter und liefen los. Der Kies knirschte unter ihren Füßen. Paula deutete auf die kleinen Häuser, deren Vorgärten direkt bis zum Strand gingen, und Paula fragte sich, wer hier wohl wohnte. »Die Glücklichen, die hier wohnen! Das habe ich noch nie gesehen, die stolpern nur aus dem Haus und stehen gleich am Strand. Und am Pub! Ob die überhaupt wissen, wie gut sie es haben?«

Sie schlug erschrocken die Hand vor den Mund, und Harry sah sie fragend an. »Das ist ein Satz von meinen Eltern. Mein Gott, hab ich den oft gehört! Den will ich noch nicht einmal denken. Dass ich ja gar nicht weiß, wie gut ich es habe. Als ob man jeden Tag um Vergebung bitten müsste, dass man das Glück hatte, den Krieg nicht erlebt zu haben. Wo sie so ein Pech hatten. Es ist so gut, dass das hier keiner zu mir sagt. Es ist so gut, dass wir in einer neuen Zeit leben.«

Harry nickte. »Bei meinen Eltern hieß der Satz: Dafür haben wir nicht gekämpft.« Er bückte sich und warf einen Stein ins Meer. Er flog weit. »Dafür hat der Großvater nicht sein Leben gelassen. Und dafür müssen wir alle nun ewig dankbar sein.« Er warf den nächsten Stein. Er flog noch weiter. »Wir leben aber jetzt. Und das ist nicht unsere Geschichte.«

Wenige Meter weiter stand eine imposante Zeile dreistöckiger viktorianischer Strandhäuser mit hölzernen Erkern und Balkonen, die aufs Meer schauten und deren Haustüren man direkt über eine Treppe vom Strand aus erreichte. Der Putz blätterte ab, und die Holzverkleidungen an den Fenstern waren sicher irgendwann mal in bunten Farben lackiert worden, wie die Reste auf dem Holz verrieten. Die Witterung hatte ihnen zugesetzt, die stolzen Tage dieser Häuser waren vorbei. Überhaupt schienen die stolzen Tage des ganzen Ortes vorbei zu sein, und gerade das machte ihn so lebendig.

Paula blieb vor den Häusern stehen. »Stell dir mal vor, hier hast du aus jedem Zimmer einen Blick aufs Meer …«

Harry lächelte sie an. »Das gefällt meiner Meerjungfrau.«

»Dir etwa nicht?«

»Doch. Sehr.«

Sie gingen weiter am Strand entlang, bis sie die Häuser hinter sich gelassen hatten, zogen sich aus und liefen in die kalte Nordsee. Paula schnappte nach Luft und blieb stehen, als das Wasser ihr bis zu den Oberschenkeln ging, während Harry sich einfach ins Wasser fallen ließ.

»Komm«, rief er, und als er seine nassen Haare schüttelte, stoben silberne Wassertropfen um seinen Kopf. »Du schaffst das! Komm!«

Paula warf sich ins Wasser und schrie vor Freude, als sie merkte, dass das Meer sie trug. Eine Welle erfasste sie, dieses riesige Wasser hob ihren Körper hoch, schaukelte sie und warf sie sanft ein Stück weiter. Das Meer hatte eine enorme Kraft, und sie überließ sich dieser Kraft, ließ sich treiben, ließ sich heben. Sie spürte ihren ganzen Körper in seiner völligen

Schwerelosigkeit, von den Zehenspitzen bis zu den Haarwurzeln. Sie flog, sie schwamm, sie schluckte Salzwasser. Irgendwann öffnete Harry die Arme, und sie schwamm zu ihm.

»Kannst du hier stehen?«, fragte sie und klammerte sich an ihn. Er nickte, und sie schlang ihre Beine um seine Hüften und ließ sich nach hinten ins Wasser fallen. Über ihr dehnte sich der wolkenlose Himmel ins Unendliche, die Wellen umspielten sie, und Paula konnte sich treiben lassen, einfach treiben lassen. Harry war ihr Anker, der sie hielt, damit sie nicht verlorenging. Und solange er da war, konnte sie alles loslassen, fühlte sich frei und gehalten zugleich.

Später legten sie sich atemlos auf die warmen Steine und ließen sich in der Sonne trocknen. Mit dem Finger fuhr Paula an den feinen Salzspuren entlang, die sich auf Harrys Rücken gebildet hatten, und zerrieb sie sanft, bis Harry sich aufrichtete und sie an sich zog. Sie lagen so eng nebeneinander, dass sie sein klopfendes Herz fühlte. Fühlte, wie kühle Schattenhaut auf warme Sonnenhaut traf und wie alle diese Empfindungen durch ihren Körper schossen. Ihr wurde schwindelig, und es war sein Kuss, der sie festhielt, damit sie nicht davonflog vor Glück.

»Lass uns mehr eigene Lieder schreiben«, flüsterte Paula. »Von dem Salz auf deinem Rücken und von dem Meer und von Freiheit. Und von Liebe.«

»Gibt es nicht schon genug Lieder von der Liebe?«

»Ich meine nicht die Boy-meets-Girl-Lieder. Ich kenne kein Lied, das diesen Moment beschreibt. Diesen Augenblick. Jetzt. Dass man gleichzeitig frei und zu Hause ist. Und verliebt. Okay«, unterbrach sie sich selbst. »Du hast recht. Es wäre doch ein Boy-meets-Girl-Song. Aber es wäre unserer.«

Der Pub war voll, als sie spielten. Es hatte sich eine bunte Mischung von Menschen hier versammelt, die alle zuhörten und mitwippten und dazwischen ihre Wochenendgespräche führten, viel lachten und immer lauter wurden, während der Abend voranschritt.

Nach dem Konzert trank Paula heimischen Cider, sie konnte sich an das englische Bier ohne Schaum nicht gewöhnen.

»Ist es nicht verrückt?«, fragte sie Harry. »Ich lehne so vieles ab, was mein Vater gut findet. Aber das Bier muss bei mir genauso sein, wie er es mag. Mit einem schönen Schaum.«

Sie prosteten dem Mann hinter dem Tresen zu, er prostete zurück. »Tolles Konzert, Leute«, sagte er. »Ihr müsst wiederkommen.«

»Oder gleich hierbleiben«, sagte das Pärchen, das neben ihnen an der Theke stand und sich als Martin und Maggie vorstellte. »Wenn man euch zuhört, wird man ganz glücklich, ihr verströmt Glück, wisst ihr das eigentlich?«

»Danke.« Paula knickste tief, und Maggie kicherte. »Mit diesem Knicks könntest du ins Könighaus einheiraten.«

»Also, wenn wir in einem Haus am Meer wohnen könnten, würde ich hierbleiben. Sogar lieber, als ins Königshaus einzuheiraten, du auch?«

Harry lachte. Nach einem Konzert gab es bei ihm von allem immer ein bisschen mehr. Aus seinem Lächeln wurde ein Lachen, aus seinem Laufen ein Rennen, aus einem Wippen ein Hüpfen. Paula verstand immer mehr, dass seine Erziehung zu Disziplin und Zurückhaltung tief saß. Aber wenn sie zusammen Musik machten, dann löste sich etwas in ihm. Und wenn sie danach im Bett landeten, dann war alles, was dort geschah, noch wilder und unbändiger, als es sowieso war. Er lachte, und sein Grübchen lachte mit.

»Ja. Ein Sommer am Meer. Bin dabei!«

»Bei uns im Haus ist was frei. Da vorne.« Maggie deutete in die Richtung der viktorianischen Strandhäuser. »Nichts Großes. Ein Zimmer, mit Balkon zum Meer, Küche, na ja, was man so Küche nennt, und eine Badewanne.

»Da wohnt ihr?«

Martin nickte. »Die Studenten, die diese Wohnung hatten, sind schon nach Hause gefahren. Für die Ferien.« Er zuckte die Achseln. »Die wollten nicht den ganzen Sommer über Miete zahlen. Aber wir bleiben hier. Ist doch die beste Zeit!«

Paula spürte ein Kribbeln in sich aufsteigen und griff nach Harrys Hand. Sie drückte sie fest, und er erwiderte den Druck.

»Und was kostet das?«

»Nicht viel. Ist keine Luxussuite. Schaut es euch an. Wenn ihr aus London kommt, denkt ihr wahrscheinlich, es kostet nichts. Zehn oder fünfzehn die Woche vielleicht?«

»Was?« In London zahlten sie mehr als das Doppelte. »Und Jobs? Gibt es hier Jobs?«

»Es gibt viele Pubs, in denen ihr spielen könnt. Im Sommer kann man hier überall kellnern. Und Obst pflücken. Reserven für den Winter anlegen.«

»Harry, bitte, lass uns das machen!«, rief Paula und hüpfte auf und ab. »Lass uns für den Sommer hierherziehen!«

Der Umzug von London war schnell gemacht. Der Sommer war ein Traum. Die Austern, die hier vor der Küste geerntet wurden, waren billig, und der Fisch am Hafen auch. Sie gingen jeden Tag schwimmen und schrieben Songs auf dem Balkon, die sie ihrem Publikum im ›Neptune‹ vorspielten. Abends saßen sie am Strand und schauten zu, wie die Sonne im Meer versank. In diesem Sommer entwickelte sich eine neue Kraft zwischen ihnen. Vielleicht lag es am Meer. An der täglichen Dosis von Schwerelosigkeit, die sie erst im Wasser und dann auf ihrem bunten Deckenlager schwimmen und schweben ließ. Vielleicht lag es daran, so nah an dieser gewaltigen Urkraft des Meeres zu leben. Vielleicht lag es auch an den blonden Härchen, die auf Paulas gebräunten Armen schimmerten wie Gold und die Harrys Fingerspitzen unwiderstehlich anzogen. Vielleicht lag es daran, dass sie sich über Wolken unterhalten konnten und wie sie ihre Form veränderten und sich ständig verwandelten. Und daran, dass sie sich einig waren: Wie Wolken wollten sie sein.

»Meine Eltern wollen dich kennenlernen.«

Harry kam aus der Telefonzelle, die sie immer benutzten, um zu Hause anzurufen, oder vielmehr, um von zu Hause aus angerufen zu werden. Harrys Eltern hatten die Nummer dieser Zelle direkt neben ihrem Telefon liegen, und wenn Harry das Telefon seiner Eltern zweimal hintereinander je dreimal klingeln ließ, dann riefen sie ihn zurück. Harry hatte eine Geschichte erfinden müssen, warum er aus London weg- und nach Whitstable gezogen war. Paula lebte in seiner Geschichte bereits in Whitstable und hatte ihm netterweise ein Apartment im gleichen Haus vermittelt. Er würde jetzt mit ihr zusammen Musik machen, eine Menge Geld sparen und weiter nach Jobs suchen. Seine Artikel könnte er ja auch dort schreiben.

»Und spielt diese Paula in deinem Leben eine wichtige Rolle, wenn du wegen ihr aus London weggezogen bist?«, hatte ihn seine Mutter mit dem muttertypischen siebten Sinn gefragt. Er hatte ihre Frage mit Ja beantwortet, ohne zu ahnen, was das nach sich ziehen könnte. Ein Besuch in Whichford auf dem Landsitz seiner Eltern.

Als Liz aus London bei ihnen zu Besuch war und von dem bevorstehenden Besuch hörte, versuchte sie Paula darauf vorzubereiten. Sie zeigte ihr, welche Pralinen sie für Harrys Mutter kaufen müsste, sie übte mit ihr die korrekte Intonation des »Oh« der Upperclass, und sie schauten zusammen Paulas

Kleiderschrank an. Die meisten Kleider fielen natürlich durch. Schlaghosen, Miniröcke, bunte Blusen, Häkeljacken, zu bunt, zu sehr Hippie, zu ausgeflippt.

»Paula soll sich nicht verkleiden. Paula ist Paula«, sagte Harry. »Ich ziehe auch nichts an, nur weil es meinen Eltern gefällt. Warum sollen wir so tun, als wären wir jemand, der wir gar nicht sind?«

»Vielleicht könnt ihr es deinen Eltern leichter machen, Paula zu mögen?«

»Paula muss sich denen nicht verkaufen, sie ist wunderbar, genauso wie sie ist«, sagte Harry und küsste Paula, die glücklich strahlte.

»Ich meine ja nur«, seufzte Liz. »Vielleicht fühlt Paula sich wohler, wenn sie nicht wie eine Kriegserklärung in der Tür steht. Aber vielleicht kommt auch nur das brave Mädchen in mir durch. Sorry, folks, hört einfach nicht auf mich!«

Maggie und Martin von nebenan fanden auch, dass es die reinste Heuchelei wäre, wenn Paula sich verstellen würde.

»Ich glaube, ich habe schon in der Wiege so getan, als sei ich jemand anderes«, seufzte Liz.

Paula nickte. Genauso ging es ihr auch. Wahrscheinlich mochte sie Liz deshalb so gerne. Und wahrscheinlich liebten sie genau deshalb das Theater so sehr.

Letztlich entschied sie sich dafür, keine bunten Bänder in die Haare zu flechten und sich nicht so anzuziehen, als ginge sie mal eben zum Strand. Seit sie in Whitstable wohnten, zog sie sich noch bunter an als in London. Sie schwamm jeden Tag, ihre Haare waren flachsblond, ihre Haut war braungebrannt. Manchmal trug sie ihren Bikini und ihr Strandkleid tagelang, wusch die Sachen zwischendurch und hängte sie zum Trocknen übers Balkongeländer in die Sonne, um alles wieder ein paar Tage lang anzuziehen. Abends, wenn sie draußen vor dem

›Old Neptune‹ am Strand noch ein Bier tranken, zog sie einen Pullover darüber. Eigentlich brauchte man in diesem Sommer am Meer nur das: einen Bikini, ein Strandkleid und einen Pullover. Und trotzdem fühlte sie sich reich wie eine Königin.

Die Cotswolds, in denen Harrys Heimatort Whichford lag, waren sanft und hügelig. Fast sah es ein bisschen aus wie bei ihnen zu Hause im hessischen Märchenland, dachte Paula, als sie aus dem Zugfenster schaute. Sie fragte Harry, ob es ihn nicht auch an Deutschland erinnerte. In Oxford waren sie in einen Bummelzug gestiegen, mit dem sie weiter aufs Land fuhren, wo Harrys Vater sie am nächsten Bahnhof abholen wollte.

»Stimmt.« Harry nickte. »Dieses komische Märchenland, in dem Prinzessinnen ihre Fahrräder schieben, statt sie zu fahren. Zum Glück hatte Anni einen Platten. Stell dir mal vor, wir wären uns nie begegnet.«

»Das kann ich mir überhaupt nicht vorstellen«, sagte Paula und lächelte, als Harry die Gitarre nahm und leise zu spielen begann. Erst summte sie nur mit, dann begann sie zu singen, und als sich am nächsten Halt jemand zu ihnen ins Abteil setzte, hatten sie das Glück, dass der Mann seine Mundharmonika hervorzog und einfach mitspielte. Sie sangen Lieder von Donovan, und der Schaffner beschwerte sich bitterlich über diese Hippies im Zug und über die Lärmbelästigung. Man müsste Aufpreis verlangen, schimpfte er. Aber offenbar fühlte sich keiner der anderen Fahrgäste belästigt, und er zog vor sich hin schimpfend weiter.

Trotzdem war ihre gute Laune auf einmal getrübt.

»Wir nähern uns meinem Zuhause«, rief Harry. »Nicht nur was die Entfernung, auch was die Stimmung betrifft! Willkommen, verlorener Sohn!«

»Ich hätte doch besser das Tweedjackett von Liz ausleihen sollen, oder?«

»Nein«, sagte Harry. »Hab keine Angst. Sie werden sehr höflich zu dir sein und sehr glücklich, dass ich so eine schöne junge Frau mit nach Hause bringe.«

Doch da täuschte sich Harry.

»Die Gegend hier ist wirklich schön«, sagte Paula und versuchte, nette Konversation zu machen. »Es erinnert mich an meine Heimat. Der einzige Unterschied ist, dass es bei uns nicht so viele Steinhäuser gibt. Auf dem Land wurden immer sehr viel mehr Fachwerkhäuser gebaut«, erklärte Paula Harrys Familie beim Mittagessen. Harrys Eltern, sein Bruder Stephen und dessen Frau, seine Großmutter und sie beide saßen an einem vornehm gedeckten Tisch und aßen dicke Scheiben von gekochtem Schinken mit Erbsen und Kartoffelbrei. Paula fehlte die Soße oder die Butter, und es war alles wässriger, als es dem Essen guttat. Aber trotzdem hatte sie das Essen höflich gelobt.

»Und wo ist das, Ihre Heimat?«, fragte Harrys Vater interessiert.

»In Hessen«, sagte Paula. »Das liegt in der Mitte von Deutschland, nicht sehr weit von Frankfurt, falls Ihnen das …«

Paula verstummte, denn Harrys Mutter ließ ihr Besteck fallen. Klirrend schlug es auf den Teller. Harrys Vater starrte Paula an, und die Großmutter erhob sich, schob den Stuhl mit einer Vehemenz zurück, die den ganzen Tisch wackeln ließ, und verließ den Raum.

»Was ist denn jetzt los?« Harry schaute seine Eltern fragend an.

»Wie kannst du uns eine Deutsche ins Haus bringen? Ohne jede Vorwarnung?« Harrys Mutter sah ihren Sohn anklagend an.

»Warum denn, bitte schön, nicht?« Harry schaute fassungslos in die Runde.

»Die Deutschen haben deinen Großvater umgebracht!«

Der Satz hing in der Stille über dem Tisch, keiner regte sich. Paula erstarrte.

»Das darf doch jetzt nicht wahr sein!« Harry warf seine Serviette auf den Tisch. »Was können wir denn dafür?!«

»Das tut mir sehr leid«, sagte Paula leise.

»Als Paula geboren wurde, war der Krieg längst vorbei! Was hat sie denn damit zu tun? Nichts! Genauso wenig wie ich! Paula hat den Großvater bestimmt nicht umgebracht!«

»Aber vielleicht ihr Vater? Oder ihr Großvater?« Harrys Mutter sah aufgebracht von einem zum anderen.

»Millie, bitte, das ist doch jetzt wirklich …« Harrys Vater legte seine Hand auf die seiner Frau und versuchte, sie zu beruhigen.

»War Ihr Vater im Krieg? Ja? Und Ihr Großvater? Waren die im Krieg?«

»Mein Großvater ist in Verdun gestorben. Er hat den Zweiten Weltkrieg gar nicht mehr erlebt. Und mein anderer Großvater ist im Zweiten Weltkrieg gefallen.«

»Ihr habt beide Kriege selbst angezettelt«, sagte Harrys Mutter bitter. »Deutschland hat viel Unheil gebracht. In viele Familien.«

»Deshalb sind wir Pazifisten«, sagte Paula mit fester Stimme. »Wir sind gegen Krieg. Harry und ich, wir sind gegen das sinnlose Töten.«

»Sinnlos?«, sagte Harrys Vater. »Wie können Sie sagen, dass es sinnlos war, dass wir Sie befreit haben von Ihrem Diktator? Es ist also sinnlos, dass unsere Soldaten gestorben sind, um euch zu befreien? Um ganz Europa zu befreien?«

»Es ist doch trotzdem nicht unsere Schuld!«

»Schuld verjährt nicht.«

Paula stand auf und rannte aus dem Haus. Sie hörte nicht, dass Harry nach ihr rief, sie rannte davon, durch den hübschen Vorgarten, die adrette Straße entlang, rannte einfach weiter, ohne zu wissen, wohin. Harrys Eltern hassten sie, weil sie eine Deutsche war. Und vielleicht stimmte es ja? Vielleicht hatte ihr Vater gegen Harrys Großvater gekämpft? Diese Vergangenheit! Dieser Krieg! Sie hatte gedacht, sie wäre allem endlich entkommen und sie könnten hier frei von dieser bedrückenden Last leben. Es war dreißig Jahre her, und noch immer lauerte der Hass, noch immer ging es um Schuld. Das konnte doch nicht wahr sein.

Sie hatte das Ende des Dorfes erreicht und war vor einem Schuppen gelandet, aus dem ihr ein kleines Kind entgegenlief. Seine Mutter kam in einer Töpferschürze hinterhergerannt. Sie sah die völlig aufgelöste Paula und fragte, ob sie ihr helfen könnte. Paula brach in Tränen aus.

»Das sind die Leute, die noch nicht gemerkt haben, dass Zeit vergeht und sich wandelt. Diese Menschen sind steckengeblieben in der Vergangenheit. Sei froh, dass du nicht so bist«, versuchte die Töpferin sie zu trösten. »Wir haben es hier auch nicht so leicht, das ganze Dorf ist misstrauisch, aber wir machen unser Ding und versuchen, uns etwas aufzubauen. Ton ist ein wunderbares Material, die Landschaft ist schön und den Rest versuchen wir zu ignorieren.«

Sie hörten Harrys Rufe nach Paula, und Paula winkte, um sich bemerkbar zu machen.

»Paula, damit habe ich nicht gerechnet«, sagte Harry und zog sie an sich. »Es tut mir so leid.«

Sie standen eine Weile eng umschlungen, bis Harry erklärte, dass er ihre Tasche schon ins Auto gepackt habe und sein Bruder sie zum Zug fahren würde. Unter diesen Umständen wollte auch er nicht mehr, dass sie bei seinen Eltern blieben.

Die Töpferin wünschte ihnen viel Glück, und Paula drehte sich noch mal um, bevor sie hinter der Hecke verschwanden, und winkte. Es war hier genau wie bei ihr zu Hause. Der Krieg hatte die Menschen geteilt. In die Guten und in die Bösen. In die Opfer und in die Schuldigen. Die Trennungslinie verlief hier anders, und sie wurde als Deutsche plötzlich in einen Topf geworfen mit den Bösen, mit den Schuldigen. Mit denen, gegen die sie in Deutschland mit auf die Straße gegangen war. Der Krieg wirkte auch hier noch nach. Sie hatte es nur bisher nicht wahrgenommen.

»Ich dachte, der Krieg sei vorbei. Seit mehr als achtundzwanzig Jahren. Offensichtlich nicht«, sagte Harry, als sie im Auto seines Bruders saßen.

»Du hättest es ankündigen müssen, dann hätten sie sich drauf einstellen können«, sagte Stephen. »Wenn sie ein bisschen Zeit gehabt hätten … Es tut mir wirklich leid, Paula.« Er schaute in den Rückspiegel, und begegnete Paulas Blick.

»Ja, natürlich«, Harry lachte bitter. »Sie hätten nur ein bisschen Zeit gebraucht! Klar!«

»Paula, wir alle sind eigentlich Pazifisten. Aber es ist schwer. Du musst das verstehen.«

Paula sang leise *Universal Soldier* von Donovan, den sie in ihrem Programm hatten, nicht ahnend, wie aktuell er für sie tatsächlich war. Sie summte die Melodie und beendete das Lied laut mit der letzten Zeile.

»This is not the way we put an end to war.«

6

waiting
even that slice of toast is
waiting
black, burnt and bitter

Waiting for you, Paula Winter

1974

Der Winter am Meer war eine Herausforderung. Sie dichteten die Fenster mit Decken ab, weil der Wind durch jede kleinste Ritze pfiff. Sie kauerten um den elektrischen Heizofen und sammelten Münzen, die sie neben dem Stromautomaten in der Küche stapelten, damit sie immer etwas zum Nachwerfen hatten, wenn der Strom ausging. Keine Münze: kein Strom. Kein Strom, keine Heizung, kein warmes Wasser, kein Tee, kein Licht. Oft genug hatten sie gerade abends nichts mehr zum Nachwerfen, wenn alle Pubs und der letzte Fish-'n'-Chips-Shop geschlossen hatten. Für alle Fälle stellten sie überall Kerzen auf, denn die mondlosen Nächte am Meer waren dunkel, und man sah die Hand vor Augen nicht. Wenn die Winterstürme tobten, der Wind heulte und die donnernden Wellen am Strand brachen, machten sie kaum ein Auge zu. Aber unter ihren Decken war ihre warme Höhle, in der sie sich suchten und fanden, in der sie überwinterten. Harry las viel und schrieb seine philosophischen und politischen Artikel, die er verschiedenen Zeitungen und Zeitschriften anbot. Der richtige Durchbruch blieb aus. Ein paar linksgerichtete Magazine mit kleiner Auflage und ein paar Universitätsjournale druckten seine Texte, aber in die großen Zeitungen schaffte er es nicht. Es frustrierte ihn, aber Paula versuchte ihn anzuspornen, dass sie zusammen mehr Songs schreiben sollten.

»Wenn wir nicht nur covern, sind wir etwas Besonderes, vielleicht entdeckt uns dann wirklich mal jemand?«

»In Whitstable?«, fragte Harry skeptisch, und Paula nickte.

»Es kommen doch genug Londoner hierher an den Wochenenden.«

Das stimmte. Aber es war nicht die richtige Sorte Londoner. Jedenfalls nicht die, die einen Plattenvertrag aus der Tasche zogen.

Und dann fand Paula ein Klavier. Sie hatte den Aushang gesehen, dass jemand ein altes Klavier bei Abholung verschenken würde, und hatte direkt bei der alten Dame geklingelt, die froh war, es loszuwerden. Im Pub fragte sie einige der starken Jungs, die dort regelmäßig ihr Feierabendbier tranken, ob sie helfen würden. Einer von ihnen besorgte Tragegurte, und zusammen schafften sie das schwere Klavier unter sehr viel Ächzen und Keuchen in das Zimmer am Meer.

Harry spielte ganz gut Klavier. In seiner Familie war man zwar nicht sonderlich künstlerisch interessiert, aber es gehörte zur guten Erziehung, wie Tennis und Cricket auch. Er hatte es natürlich aufgegeben, weil er fand, dass Mozart und Beethoven nicht zu einem *angry young man* passten, und sich stattdessen selbst beigebracht, Gitarre zu spielen.

Es war gar kein schlechtes Klavier und hatte einen schönen Klang. Aber selbst wenn es gescheppert hätte, hätte sich Paula gefreut, endlich Klavierspielen lernen zu können. Sie übte, bis sie das Gefühl hatte, dass ihre Finger sich verkrampften. Doch sie erinnerte sich an die Gesangsstunden bei Madame, die nun schon so lange her waren. Sie dachte an die Entchen im See und zügelte ihre Ungeduld. Die gleichen Läufe übte sie immer wieder, bis ihre Finger und sie ein Gefühl für das Instrument bekamen.

Zusammen studierten sie neue Songs ein. Endlich konnten

sie die Lieder von Carole King spielen, die einfach eine Klavierbegleitung brauchten. Paula schwärmte für die Musikerin, die nur einige Jahre älter war als sie und schon solche Welthits geschrieben hatte.

»Wenn ich anders aufgewachsen wäre, wenn ich schon früh am Klavier gesessen hätte …, vielleicht könnte ich dann jetzt auch Musik schreiben? Wenn ich in einer Welt gelebt hätte, in der so ein Talent gefördert wird … Warum wurde ich ausgerechnet in Lerchenrod geboren?«

Harry wärmte sich die Hände an den Tassen mit heißem Tee, damit er überhaupt spielen konnte. Aber jetzt stellte er die Tasse ab und zog sie zu sich.

»Weil du eine Kämpferin bist, hast du es ja auch so geschafft. Vielleicht hast du genau den Widerstand ja gebraucht. Ich beneide dich eigentlich darum.«

Paula sah ihn verblüfft an.

»Meine Eltern sind mir peinlich. Wie ich aufgewachsen bin, ist mir peinlich. Und mir war es peinlich, Klavier zu spielen. Du bist die größere Strecke gegangen von uns beiden.«

»Aber du kannst Klavier spielen. Und ich nicht.«

»Das stimmt jetzt so genau auch nicht mehr …«

Sie besuchten ihre Londoner Freunde, schauten sich neue Stücke im Theater an, gingen in Clubs, um neue Bands zu hören, die alte Songs sangen, und dachten darüber nach, wieder nach London zu ziehen. Aber dann kamen die ersten frühen Sonnenstrahlen zurück, und das Meer, das wochenlang eine bleigraue trübe Suppe gewesen war, begann im Licht zu glitzern. Sie nahmen ihre Teetassen mit an den Strand, kauerten sich vor die Buhnen, so dass sie windgeschützt die ersten Sonnenstrahlen aufsaugen konnten, hörten die Wellen rauschen und wussten, dass sie diesen Sommer noch einmal hierbleiben würden.

Paula fing an, im Eiscafé zu bedienen. Sie servierte mit Grandezza große Eisbecher, Knickerbocker Glorys und Banana Splits, und wenn es nötig war, richtete sie sie auch selbst hinter der Theke an. Nicht nur die Kinder strahlten, wenn sie die riesigen Becher an die Tische brachte. In Paulas Knickerbocker Glories türmten sich große Kugeln von Erdbeer- und Vanilleeis, über die sie die Obstcocktailstückchen löffelte, die in großen Dosen hinter der Theke standen. Paula achtete immer darauf, dass niemand nur die langweiligen weißen Birnenstückchen bekam, sondern dass immer genug Pfirsichstücke in den Bechern landeten und natürlich mindestens eine rote Kirsche als Farbtupfer. Der Chef schimpfte oft, wenn er sah, wie groß Paulas Portionen waren. Sie waren auf jeden Fall üppiger, als er das normalerweise duldete. Aber das Eiscafé bekam mehr Zulauf, seit Paula da war. Die Wunderbecher sprachen sich herum.

»Erhöhen Sie doch einfach den Preis ein wenig«, schlug Paula vor. »Dann haben Sie das wieder drin. Kleine Becher gibt es überall!«

Tatsächlich hörte er auf ihren Rat und begann damit zu werben, dass die Becher größer und schöner wären als irgendwo sonst. Und er erhöhte Paulas Stundenlohn. Gerade so, dass es ihm nicht wehtat, aber dass sie sich freute und noch fröhlicher bediente.

Paulas Glück machte sie großzügig. Sie sprühte vor guter Laune, die Liebe ließ sie immer schöner werden. Harry und sie spielten ihre Gigs mit den neuen Liedern, die sie im Winter einstudiert hatten. Paulas Stimme war wie gemacht für die Songs von Carole King und Joni Mitchell, für die Balladen von Bob Dylan und Cat Stevens, und dazu spielten sie ihre eigenen Versionen von Liedern von ›Pink Floyd‹, von den ›Kinks‹ und allem, was sie liebten. Vorsichtig platzierten sie immer wieder ihre eigenen Songs dazwischen, auch wenn die Coverversionen oft besser ankamen.

»Da können die Leute mitsingen, weil sie die Texte kennen. Aber wenn wir unsere eigenen Lieder öfter aufführen, werden sie auch irgendwann mitsingen. Wart's nur ab.«

Sie aßen abwechselnd Austern und Fish 'n' Chips, schauten den Schiffsbauern bei der Arbeit zu, wenn sie am Strand die Fischerboote reparierten, und manchmal machten sie für sie Musik. Wenn die Zimmerleute dann später im ›Neptune‹ ihr Feierabendbier tranken, gaben sie den beiden oft ein Bier aus.

»Und einen Drink für die Musiker!«, riefen sie dann, und oft musste Paula dann singen, und jemand ließ den Hut für sie herumgehen. An den Wochenenden fuhren sie zu Festivals in der Nähe, wo sie vor großem Publikum spielten, sie machten Musik in Londoner Parks oder traten in Pubs auf. Aber nirgendwo spielten sie so gerne wie im ›Old Neptune‹. Ihr Pub am Strand war ihr großes Wohnzimmer. Und Tom, der neue Barkeeper, der Paula anhimmelte und vergaß, seine Gäste zu bedienen, wenn sie sang, sorgte dafür, dass sie dort viele Auftritte hatten.

Als sie Tom erzählte, dass sie in *good old Germany* eine eigene Mädchenband hatte, die ›Sweet Larks‹, begann er immer öfter davon zu reden, dass Paula sie herholen müsse.

»Wir machen euer Comeback hier im Pub! Lade sie ein, Pauls, sie können hier wohnen«, schlug er vor und fragte Harry, ob die anderen drei auch so hübsch seien.

»Sie sind alle wahnsinnig hübsch, aber natürlich lange nicht so hübsch wie meine Paula.«

»Quatsch«, sagte Paula und freute sich gleichzeitig, dass er das sagte.

Alle hielten das für eine gute Idee, und Paula schrieb an Anni, Helga und Uschi, um sie nach Whitstable einzuladen. Aufgeregte Briefe flatterten hin und her, in der roten Telefonzelle am Fischerhafen wurde einige Male telefoniert, und dann endlich war es so weit.

Es war ein schöner Tag im August, und Paula war froh, dass sie ihren Freundinnen ein sommerliches Whitstable zeigen konnte, obwohl alle nur englischen Regen erwarteten. Paula war viel zu früh losgelaufen und wartete fast eine halbe Stunde am Bahnsteig, bis der Zug endlich einfuhr. Die drei fielen übermüdet und gleichzeitig völlig überdreht aus ihrem Zugabteil und Paula in die Arme. Es flossen etliche Freudentränen über das Wiedersehen, das sie mit einem ersten Pint im ›Old Neptune‹ feierten. Es tat so gut, Deutsch zu sprechen und die ganzen Geschichten von zu Hause zu hören. Anni war extra nach Lerchenrod gefahren und hatte von Paulas Mutter eine ganze Tasche Proviant mitbekommen, die sie brav bis Whitstable geschleppt hatte. Bei jedem Umstieg hatten sie sich abgewechselt, und so war die schwere Tasche mit einem Marmorkuchen, einem Bauernbrot, einem Töpfchen Schmalz und einer Flasche schwarzem Walnusswein nun in England gelandet. Über das Schmalz und das Brot freute sich Harry ganz besonders, denn das war das Essen, mit dem er Paula kennengelernt hatte. Bei dem abendlichen Picknick am Strand aßen die drei frisch angereisten Lerchen zum ersten Mal Fish 'n' Chips, und Paula und Harry futterten Schmalzbrot. Paula hatte dabei plötzlich den Geruch von Lerchenrod in der Nase. Von Feldern und Wiesen im Sommer, dem Geruch von Heu und Holz in der Scheune, von der Räucherkammer und frischgebackenem Brot in der Küche. Sie biss in das Schmalzbrot und dachte an zu Hause. Der Moment währte jedoch nur kurz, sehr kurz, denn schon einen Augenblick später tauchte die Sonne ins Meer und färbte es golden. Ihre Freundinnen seufzten glücklich.

Es war fast ein Wunder, dass sie tatsächlich alle vier hier zusammengekommen waren. Anni lebte in Marburg, war schon seit zwei Jahren verheiratet und hatte ein Kind, das ihre Mutter nun während ihrer kleinen Englandreise betreute. Sie fand es sehr nett von ihrem Mann, dass er sie hatte fahren lassen, und wieder schwor sich Paula, nie zu heiraten.

»Und was sie noch nicht erzählt hat: Sie hat eine orangefarbene Einbauküche!«, rief Helga. Sie kannte die Küche, denn sie war auch in Marburg geblieben und besuchte Anni dort ab und zu. Sie arbeitete als Krankenschwester in der Klinik und wohnte noch bei ihren Eltern. Uschi war als Einzige nach Frankfurt gegangen, wo sie in einer Wohngemeinschaft lebte, am Konservatorium Schlagzeugunterricht nahm, in der schallgedämmten Garage eines Freundes üben durfte und sich mit verschiedenen Jobs über Wasser hielt.

»Wir sind also die beiden Unsteten«, resümierte Uschi und zwinkerte Paula zu.

Am nächsten Tag begannen sie zu proben. Tom hatte ein Schlagzeug für Uschi aufgetrieben, und die vier fanden sofort wieder zusammen, als hätte es überhaupt keine Unterbrechung gegeben. Jede von ihnen war auf ihre Art besser geworden. Paulas Stimme klang reifer, Uschi spielte virtuoser und viel präziser als früher, Anni war lockerer und zu mehr Späßen aufgelegt, und Helga rockte mit dem Bass, als könnte sie dadurch in ein anderes Leben springen.

Als die ›Sweet Larks‹ im ›Old Neptune‹ auftraten, kochte die Stimmung. Liz und Mike waren extra aus London angereist, um Paulas *girlband* zu hören. Es war einer der legendären Abende, von denen Stammgäste noch Wochen später schwärmten. Als die Gäste noch immer Zugaben forderten, sie aber keine weiteren Stücke mehr vorbereitet hatten, fragte Paula die anderen, ob sie *Abendstille* im Kanon singen könnten. Als sie bejahten, wandte sich Paula an das Publikum und kündigte an, dass sie jetzt zum Abschluss ein deutsches Abendlied singen würden.

»Das Lied beschreibt, wie es Abend wird, wie die Welt still wird und nur der Gesang einer Nachtigall durch das Tal klingt. Heute hört ihr aber keine Nachtigall, sondern vier Lerchen aus Deutschland. Danke schön!«

Es wurde schon hell, als sie ins Bett gingen. Harry zog sie zu sich und flüsterte ihr ins Ohr, dass das letzte Lied magisch gewesen sei.

»Ich habe es schon als kleines Mädchen geliebt und habe es sehr gerne gesungen. Aber ich musste es immer heimlich singen. Meine Mutter durfte es nicht hören. Sie hat richtig geschimpft. *Hör auf mit diesem traurigen Lied! Das will doch kein Mensch hören.* Ich dachte immer, es geht nicht um das Lied, es geht um mich. Mich will kein Mensch hören.«

1975

Der letzte Winter hatte mehr gekostet, als sie geplant hatten, und alle Reserven, die sie je angelegt hatten, waren jetzt endgültig aufgebraucht. Doch nun war wieder Sommer, und hier in Kent waren sie inmitten des Gartens von England, umgeben von Obstfarmern, die zu den Erntezeiten Obstpflücker brauchten. Mit den Erdbeeren fing es an, dann kamen die Kirschen. Im August brauchte die Brauerei im nahen Faversham Hopfenpflücker, und im September kamen die Birnen und die Äpfel. Paula meldete sie überall an, denn die Arbeit wurde gut bezahlt. In der relativ kurzen Erntezeit wurden Helfer verzweifelt gesucht.

»Ist es nicht witzig, dass ich jetzt hier Kirschen pflücke wie zu Hause?«, fragte Paula, als sie ihre dritte Obststeige gefüllt hatte. »Freiwillig und auch noch bezahlt.«

»Frustriert dich das nicht?«

Paula schüttelte den Kopf. Sie biss eine Kirsche an, färbte sich mit dem roten Saft die Lippen und küsste Harry.

»Solange du dabei bist, frustriert mich gar nichts.«

Paula war als Kind immer gerne auf den Feldern gewesen. Im Heu, in den Äpfeln, im Wald. Das, was sie bedrückt hatte, war nicht die Arbeit an sich, sondern dass immer alles so schwer und ernst war.

»Dass man alles mit krummem Rücken machen musste. Nur nicht aufrecht gehen. Nur nicht lachen. Im Krieg hatte ja auch keiner was zu lachen …«

»Und hättest du nicht lieber wieder einen Job, wie du ihn an der Uni hattest?«

»Um Gottes willen, nein! Ich liebe unser Leben! Wir sind frei, wir haben die Musik, wir haben uns.«

»Und du bist auch noch eine gute Pflückerin.«

Harry schaute auf seinen Korb, der gerade mal halbvoll war, während Paula in der gleichen Zeit drei Steigen gefüllt hatte.

»Tja!« Paula lachte mit ihren roten Kirschenlippen. »Gelernt ist gelernt!«

Später pflückten sie wannenweise duftende Hopfenblüten, sie legten Aprikosen in Körbe und setzten vorsichtig Äpfel und Birnen in Obststeigen. Paula genoss das Gefühl von verschwitzter Haut an sonnigen Tagen im Freien, die warme, manchmal stehende Luft, die Freude über jeden Windhauch, dazu die Geräusche summender Bienen, brummender Käfer, das Gras, das ihre nackten Waden kitzelte. Das alles war Paula genauso vertraut wie die schmerzenden müden Glieder am Abend, bevor sie sich am Strand ins Wasser fallen ließ. Der Himmel war blau, und der Sommer gehörte ihnen. Für Paula hätte es immer so weitergehen können. Sie war so glücklich in diesen Tagen, dass sie zunächst nicht bemerkte, dass Harry immer stiller wurde. Als sie ihn schließlich darauf ansprach, seufzte er tief.

»Du bist ein Mädchen vom Land, dir macht es nichts aus, zwischen Kirschen und Äpfeln zu arbeiten. Für mich ist das neu. Ich bin es nicht gewohnt. Du hast ein Talent dafür. Auch wie du in der Eisdiele bedienst. Und alle lieben dich. Ich kann das einfach nicht.«

»Ach, dann lass es doch«, erwiderte Paula. »Du findest bestimmt auch einen anderen Job. Etwas, das dir mehr Spaß macht. Hast du mal im Buchladen nachgefragt? Da war doch letztens der Aushang …«

»Paula, ich …«

Sie sah seinen Blick und wusste mit einem Mal, dass es nicht um den Job für diesen Sommer ging. Oder den nächsten. Es ging um etwas anderes. Ihr wurde plötzlich schlecht. Sie setzte sich zu ihm und sah ihn ernst an.

»Du bist nicht mehr glücklich.«

Er nickte, dann schüttelte er den Kopf. »Quatsch, das klingt viel zu dramatisch. Aber ich … ach, ich brauche eine richtige Aufgabe. Mich nervt es, dass keiner meine Artikel will. Ich will keine Äpfel pflücken, ich will veröffentlichen. Ich will einen Beitrag leisten und etwas verändern. Ich habe doch etwas zu sagen! Ich möchte etwas machen, was eine Bedeutung hat. Für die Gesellschaft. Wir können doch nicht immer so weitermachen!«

Paula sah ihn stirnrunzelnd an und nickte dann. »Ich verstehe dich. Ich kenne das Gefühl, dass das, was man macht, nicht reicht.«

»Wirklich?«

»Früher, da hatte ich das immer.«

»Du wirkst so zufrieden …«

»Hier ist ja auch alles gut. Okay, eine warme Heizung im nächsten Winter fände ich schon gut. Aber solange du mit mir unter der Decke liegst, tut's auch der kleine elektrische Ofen.«

Harry schwieg.

Paulas Gedanken fuhren Karussell in ihrem Kopf. Wie konnte es sein, dass sie so glücklich war und er nicht? Hatte es mit ihr zu tun?

»Ich reiche dir nicht. Nicht mehr.«

»Das ist Quatsch«, sagte Harry. »Ich liebe dich, wie immer.« Jetzt wandte er ihr sein Gesicht zu und lächelte. Warum war das Lächeln so viel kleiner als sonst?

»Ich glaube, das Apfelpflücken setzt mir zu. Das ist echt keine Lebensaufgabe für mich.«

»Dann mach ich das jetzt alleine weiter, bis die Ernte vorbei ist. Und dann überlegen wir einfach, ob wir den Winter über wieder nach London gehen. Vielleicht hast du da bessere Chancen?«

Er zog sie zu sich und vergrub sein Gesicht in ihrem Haar »Ich bin so froh, dass du mich verstehst.«

»Wir machen das, womit es uns gut geht«, sagte Paula und schlang ihre Arme um ihn, wie immer. Aber es fühlte sich plötzlich anders an.

Paula saß im Zug und schaute aus dem Fenster in die herbstliche Landschaft. Die Namen der Orte, in denen der Zug hielt, wurden immer vertrauter. Als die Nachricht vom Tod der Lerchenroder Großmutter gekommen war, hatte Paula sich gleich am nächsten Tag in den Zug gesetzt. Vor drei Jahren war sie das letzte Mal nach Lerchenrod gefahren. Da hatte sie noch gedacht, alles würde für immer so bleiben, weil sich auch in Lerchenrod nichts veränderte. Die Fliegen surrten am Fliegenfänger in der Küche, an dem sie festklebten, im Keller gor das Sauerkraut in dem großen Tontopf, in dem es schon immer gegoren hatte, die Hühner kamen abends in den Stall und morgens wieder raus, sonntags gab es Braten und zu besonderen Anlässen Mutters berühmte Schwarzwälder Kirschtorte. Die würde es jetzt bestimmt nicht geben. Zu Beerdigungen gab es Blechkuchen. Aus dem Backhaus. Wahrscheinlich hatten Doro und ihre Mutter gebacken. Die Nachbarn unterstützten die trauernde Familie, auch das war schon immer so gewesen und würde so bleiben. Man betete die Totengebete zusammen, man brachte Essen, man half dabei, den Leichenschmaus zu richten. Würde es an ihr sein, die Totengebete vorzubeten? Den schmerzensreichen Rosenkranz? Ob sie den überhaupt noch konnte? Aber würde man sie, die abtrünnige Tochter, überhaupt vorbeten lassen? Sie strich sich über die Hosenbeine und merkte, dass sie völlig vergessen hatte, sich dunkle Kleidung anzuziehen. Ihre Cordhose war dunkelrot, ihr Pullover buntgestreift. Kurz überlegte sie, ob sie wenigstens einen anderen Pulli in ihrer Tasche hatte, den sie schnell anziehen könnte, aber sie hatte gar nicht daran gedacht, etwas Passendes einzupacken.

Am Bahnsteig in Kirchhain stand ihre Mutter, um sie abzuholen. Eine schmale schwarze Gestalt. Sie umarmten sich, und als sie die Arme voneinander lösten, hatte Paula das Gefühl, dass ihre Mutter sie noch einmal zu sich zog, ein kurzer Moment von Innigkeit, ein fast unterdrücktes Beben, in dem sie sich beide noch mal festhielten. Die Trauer wallte in Paula auf. Wenn sie jetzt zurückkamen, würde die Oma nicht mehr da sein. Seufzend ließ ihre Mutter die Arme sinken und schaute sie an und bemerkte jetzt die dunkelrote Cordhose und den kurzen buntgestreiften Pullover.

»So kannst du aber nicht nach Hause kommen.«

Paula zuckte die Achseln. Obwohl sie den gleichen Gedanken vor wenigen Minuten selbst gedacht hatte, ärgerte sie sich, dass eine Maßregelung das Erste war, was sie aus dem Mund der Mutter hörte.

»Hättest du nichts Ordentlicheres anziehen können?«

»In England sehen alle so aus«, sagte Paula. Sie beschlossen, in das Modegeschäft zu gehen, das ganz in der Nähe des Bahnhofs war. Natürlich war die Auswahl bescheiden. Unglücklich schaute Paula auf die schwarzen halblangen Röcke und die schwarzen Kleider, die die Verkäuferin ihnen zeigte.

»Und was ziehst du an, wenn du ins Büro gehst?«, wollte die Mutter wissen.

Paula zuckte die Achseln. »Das ist auch bunt«, sagte sie und wich dem Blick der Mutter aus. Hoffentlich verplapperte sie sich nicht. Ihre Eltern gingen ja noch davon aus, dass sie in der Nähe von London in einem Büro als Sekretärin arbeitete. Eben hatte sie sich noch gefreut, ihre Mutter zu sehen. Jetzt schlossen sich ihre inneren Tore schon wieder.

»Muss ich jetzt wirklich die ganze Zeit Schwarz tragen?«

»Die ganze Zeit?«, fragte ihre Mutter zurück. »Du bist keine Woche hier, und es ist dir zu viel, für deine Großmutter Schwarz zu tragen? Was soll *ich* denn da sagen?« Sie schüttelte den Kopf, und Paula fühlte sich sofort schuldig.

»So meine ich das doch nicht«, sagte sie schnell. »Natürlich ist es mir nicht zu viel. Ich will nur nicht ..., dass wir jetzt so viel Geld ausgeben müssen. In England brauche ich ja nichts Schwarzes.«

»Du bleibst noch dort?«

Die Feststellung klang wie eine Frage, und Paula nickte.

»Es gefällt dir da, hm?«

Wieder nickte Paula. Sie hatte das Gefühl, es wäre falsch, jetzt freudig Ja! zu sagen. Ja, Mama, ich bin so glücklich. Das konnte man nicht sagen, wenn man Trauerkleidung anprobierte. Ihre Mutter strich langsam über eine blaue Bluse. Blau war ihre Lieblingsfarbe. Alle Arten von Blau.

»Die meisten im Dorf sagen, dass es auch etwas für sich hat, wenn man einfach jeden Tag das Gleiche anziehen kann.«

Sie strich noch einmal wie zum Abschied über die blaue Bluse.

»Es ist ja nur ein Jahr. Andere in meinem Alter kommen gar nicht mehr raus aus dem Schwarz.«

Paula fühlte sich noch schuldiger. Ihre Mutter würde jetzt ein ganzes Jahr lang Schwarz tragen, und sie hatte noch nicht einmal daran gedacht, sich so dunkel wie möglich anzuziehen. Sie kam aus einer so anderen Welt, aus einem solch anderen Leben. Und kaum war sie hier, machte sie schon wieder alles falsch.

»Ich kann mir gar nicht vorstellen, dass sie nicht mehr da ist, wenn wir jetzt nach Hause kommen.«

Ihre Mutter nickte. »Manchmal erschrecke ich richtig, dass sie nicht auf ihrem Platz sitzt, wenn ich in die Küche komme.«

Paula wollte sie fragen, ob sie traurig war, oder ob ihr Vater sehr traurig war. Aber wie sollte man jetzt plötzlich damit anfangen, über Traurigkeit zu reden, wenn man darin keine Übung hatte? Gefühle waren nie ein Thema gewesen.

Stell dich nicht so an. Bis du mal heiratest, ist alles vorbei.

Sie probierte eine schwarze Hose und einen Pullover dazu an. Das reichte doch, meinte sie, als ihre Mutter ihr noch eine Bluse und einen Rock zum Anprobieren herbeiholte.

»Hängt denn mein schwarzes Kleid noch im Schrank? Das passt mir bestimmt noch, oder?«

Jeder im Dorf hatte Trauerkleidung für die Beerdigungen im Schrank hängen. Die Männer besaßen schwarze Anzüge, die sie ihr Leben lang trugen, auch wenn die Jacken sich vielleicht nicht mehr zuknöpfen ließen. Nur bei einem Trauerfall in der eigenen Familie kaufte man sich einen neuen Anzug, wenn der alte nicht mehr passte und wenn man es sich leisten konnte. Ihr Vater hatte nie zugenommen, sein Traueranzug würde ihm wahrscheinlich noch viele Jahre passen. Ihre Mutter musterte Paula und nickte.

»Ich glaube schon, dass das Kleid passt. Du bist dünn geworden. Isst du denn genug? Kann man da überhaupt ordentlich essen?«

»Es geht so. Sie werfen alles entweder ins Wasser und kochen es tot oder sie werfen es in Öl und frittieren es. Es ist jedenfalls nicht so gut wie zu Hause.« Und weil ihre Mutter ein kleines bisschen lächelte, fügte sie noch hinzu. »Lange nicht so gut wie bei dir. Kauf du dir lieber noch etwas Schwarzes, Mama. Die Bluse würde dir bestimmt stehen.«

Paula deutete auf die Bluse, die ihre Mutter eigentlich für sie ausgesucht hatte. Sie war schmal geschnitten, mit einem modischen langen Kragen, und der Nylonstoff schimmerte ein wenig.

»Das ist viel zu jugendlich.«

»Probier's mal. Für mich«, fügte sie hinzu, als ihre Mutter zögerte.

Kurz darauf standen sie beide nebeneinander vor dem Spiegel und betrachteten sich. Mutters Rock, der das Knie bedeckte, sah durch die schmale Bluse sogar schick aus, und Paula konnte sehen, dass ihre Mutter sich im Spiegel gefiel.

»Die musst du nehmen«, sagte Paula. »Wir haben Glück, dass wir blond sind und ein bisschen Farbe im Gesicht haben. Wir sehen gar nicht aus wie die Nebelkrähen, wir sehen aus wie kluge französische intellektuelle Frauen. Jetzt müssen wir nur noch rauchen und dicke Brillen tragen …«

»Ach, du liebe Zeit«, sagte ihre Mutter. »Müssen wir das wirklich?« Sie betrachtete sich im Spiegel. »Sehen so französische Frauen aus?«

»Die elegante Pariserin trägt Schwarz«, sagte Paula. »Die Engländerin trägt eher Regenbogen.«

»Na, da sieht man aber die Ähnlichkeit, wenn Sie nebeneinanderstehen«, sagte die Verkäuferin, die neben ihnen aufgetaucht war. »Das können Sie nicht verleugnen, selbst wenn Sie's wollten, Mutter und Tochter!«

Ihre Blicke trafen sich im Spiegel. Paula sah ein kleines Lächeln in den Augen ihrer Mutter, als die Verkäuferin das sagte, und sie spürte eine warme Welle in sich aufsteigen. Als sie nach der Hand ihrer Mutter griff, hielt diese Paulas Hand einen langen Moment fest und erwiderte den Druck.

»Schön, dass du da bist«, sagten ihre Hände, »ich hab dich vermisst«, und der Mund ihrer Mutter sagte gleichzeitig: »Wir müssen nach Hause. Dein Vater wartet bestimmt schon auf seinen Kaffee.«

Die Küche war leer. Sehr leer. Vorsichtig ging Paula in das Zimmer ihrer Großmutter. Das schien noch leerer zu sein. Da stand ihr halbes Ehebett, in dem sie länger geschlafen hatte als im kompletten Ehebett. Sie setzte sich auf das gemachte Bett, und zum ersten Mal kamen ihr die Tränen. Sie strich über die Bettdecke und betrachtete dieses Zimmer, das sich nie verändert hatte, solange Paula zurückdenken konnte. Wenn sie sich richtig erinnerte, dann war ihr Opa, den weder sie noch ihre Mutter kannte, 1942 gefallen. Gefallen, das klang so harmlos wie »hinfallen«. Aber bei dem Wort waren immer alle verstummt. Wenn man hinfiel, konnte man wieder aufstehen, wenn man fiel, nicht. Ihre Großmutter hatte dreiunddreißig Jahre lang nachts alleine geschlafen. Und die Jahre davor, die ihr Mann im Krieg gewesen war, ja auch schon. Sie dachte an Harry, und dass sie heue Nacht zum ersten Mal alleine schlafen würde. Der bloße Gedanke beunruhigte sie schon. Obwohl sie wusste, dass sie nur ein paar Tage getrennt sein würden, hatte sie keine Ahnung, wie sie schlafen sollte, ohne seinen warmen Körper neben sich zu spüren, ohne seinen Arm um sich zu haben, ohne seinen Atem im Dunkeln zu hören.

Plötzlich bereute sie es, ihre Oma nie danach gefragt zu haben, wie das war, in einem halben Bett zu schlafen, und ob sich ihr Leben genauso halbiert angefühlt hatte seit dem Tod ihres Mannes. Aber sie wusste, dass ihre Oma sie verständnislos angeschaut hätte. Sie hätte die Frage gar nicht verstanden. Es war, wie es war. Wofür sollte man sich denn unnütze Gedanken machen, warum Worte darauf verschwenden? Es gab Stachelbeeren einzukochen. Es gab Wäsche zu bügeln. Es gab Strümpfe zu stopfen.

Über dem Bett hing das Bild von der Heiligen Maria, die zwischen Blumen kniete und ihrem Sohn nachsah, der golden umglänzt auf einer Wolke in einen blauen Himmel schwebte. Sie wusste, dass ihre Großmutter sich so den Tod vorgestellt hatte. Als etwas Goldenes, Befreiendes. Als eine Erlösung.

Ihr Vater kam leise ins Zimmer und klopfte ihr mit der Hand auf die Schulter.

»Mein Beileid, Papa«, sagte Paula und dachte, dass diese zwei Worte bei Weitem nicht das ausdrückten, was sie ihm sagen wollte. Aber andere Worte gab es hier nicht. Er nickte. Er erwartete nicht mehr und verstand, was sie meinte. Zusammen betrachteten sie das Bild.

»Da ist sie jetzt auch.«

Er nickte wieder, und zusammen gingen sie an den Kaffeetisch, den ihre Mutter gedeckt hatte. Es war seltsam, ohne die Großmutter dazusitzen, die niemals eine Mahlzeit versäumt hatte, solange Paula sich erinnern konnte.

»Sie hat viele Mahlzeiten versäumt, am Schluss.« Ihr Vater starrte in seine Tasse.

»Sie konnte nicht mehr aufstehen«, sagte ihre Mutter, und Paula fühlte sich sofort schuldig, dass sie nicht da gewesen war. Sie hatte nicht helfen können. Ihre Mutter hatte alles alleine gemacht. Dabei waren die beiden sich nie nah gewesen. Sie hatten sich auf einen Waffenstillstand geeinigt, der nur sehr selten gebrochen wurde. Sie spürte, wie das wattige Schweigen und das altbekannte Gefühl, immer alles falsch gemacht zu haben, sich über den Tisch senkte, und begehrte innerlich auf.

»Ich habe euch Tee mitgebracht«, sagte Paula in die Stille hinein. Ihre Stimme klang viel zu laut. »Da können wir mal zusammen Tee trinken, wie die Engländer.«

»Tee trinken?«, brummte ihr Vater. »Tee gibt's, wenn ich krank bin.«

Später ging Paula nach nebenan zu Doro, die nach ihrem ersten Kind schon das zweite erwartete. Die beiden fielen sich in die Arme. Wenigstens Doro freute sich über alles, was Paula ihr mitgebracht hatte. Eine Dose bunte Quality-Street-Bonbons. Doro war eine rundum glückliche Ehefrau, sie und Wim hatten sich im Haus der Eltern eine kleine Wohnung eingerichtet, die Doro ihr stolz zeigte. Bald würden sie anbauen. Für das Ehebett hatte sie eine Decke gehäkelt, es sah aus, als hätte sie über tausend bunte Topflappen aneinandergesetzt. Paula bewunderte alles. Die Stofftapete, die Nachttische, die Nachttischlampen. Das Kinderbettchen, auf dem die gleiche Häkeldecke lag, in klein.

»Das hätte ich alles nicht, ohne dich«, flüsterte Doro. »ich werde dir immer dankbar sein. Und irgendwann zahle ich dir auch alles zurück.«

»Vergiss es einfach«, sagte Paula. »Das ist schon längst verjährt. Seid ihr denn glücklich?«

Doro nickte. »Ich war so froh, als ich endlich schwanger wurde. Es hat so lange gedauert, alle wurden schon unruhig, weißt du. Und ich erst recht.«

»Hast du denn mit irgendjemandem reden können?«

Sie schüttelte den Kopf.

»Ich dachte, jetzt habe ich meine Strafe doch bekommen. Aber jetzt ist alles gut. Nummer zwei ist unterwegs, und alle machen Witze, dass wir's jetzt wohl endlich raushaben, wie's geht …«

Doro lachte und legte glücklich die Hände auf ihren dicken Bauch.

»Ach, sollen doch alle ihren Spaß haben!« Sie wurde ernst und drückte Paulas Hand. »Ich hoffe, ich kann dir auch irgendwann mal helfen. Ich vermisse dich oft. Wir führen so unterschiedliche Leben, aber ich vermisse dich trotzdem. Ich stelle mir manchmal vor, du wärst noch nebenan. Und wir würden abends noch manchmal einen Spaziergang machen und uns erzählen, wie der Tag war, oder überlegen, was wir morgen kochen …«

»Ich kann immer noch nicht kochen.« Paula zuckte die Achseln. »Ich kann nur Kartoffelpuffer. Und Pellkartoffeln mit Quark. Aber in England gibt es überhaupt keinen Quark.«

»Und willst du denn wieder zurück?«

Paula nickte. »Natürlich. Da wartet die Liebe meines Lebens …«

Am Tag vor der Beerdigung kam Lisette, und Paula schloss sie in die Arme.

»Ach, du lieber Himmel, jetzt sehen wir uns schon nur noch bei Beerdigungen«, sagte Lisette und tupfte sich Tränen aus den Augen. »Ich hoffe, du kommst noch mal zu mir, bevor ich sterbe. Denn wenn ich im Sarg liege, habe ich doch nichts mehr davon.«

Paula verbot ihr, davon zu sprechen. »Du lebst noch ewig. Du bist viel zu jung zum Sterben«, sagte sie.

»Na, deine Großmutter hier war viel jünger als ich. Der Tod schaut nicht nach dem Alter, wenn er jemanden holen will. Sonst wäre mein Emile ja auch noch da.« Was denn Paulas große Liebe mache, wollte sie wissen, und warum sie ihn nicht mitgebracht habe und ob sie vorhätten zu heiraten und ob sie von ihrer Musik leben könnten?

»Das ist gut, dass ihr euch habt«, sagte Lisette, als Paula ihr alles erzählt hatte. »Aber es tut mir leid, dass seine Familie dich nicht akzeptiert. Es ist alles schwerer ohne die Familie.«

»Meistens ist es doch *mit* Familie schwerer«, seufzte Paula. »Und das weißt du doch am allerbesten.«

»Komm, wir schauen mal, was wir aus dem Schrank der Großmutter für dich ändern können«, sagte Lisette zu Charlotte, und sie breiteten all die schwarzen und dunklen Kleider aus, die die Lerchenroder Oma fast zeitlebens getragen hatte.

»Das kann Mama doch alles nicht anziehen«, rief Paula. »Dieses olle Zeug, dazu ist sie viel zu jung! Aber ich könnte ihr schwarzes Wolltuch anziehen zur Beerdigung, oder? Meinst du, sie würde das wollen?«

»Das Tuch ist wunderschön«, sagte Lisette und schaute sich die feine Stickerei an. »Handarbeiten konnte sie, das muss man ihr lassen.«

»Wirklich?« Ihre Mutter sah Paula erstaunt an. »Ihr altes Tuch willst du nehmen? Du willst doch immer so besonders aussehen …«

»Das hat mit *besonders* nichts zu tun, ich möchte mit meiner Kleidung zeigen, wie ich denke.«

»Als ich so alt war wie du, als wir gerade angefangen hatten, Kleider zu entwerfen, galt es eine Zeit lang als sehr unschicklich, wenn eine Frau ihre Persönlichkeit durch Kleidung offenbarte. Genau das war aber immer mein Ziel. Dass die Kleidung einer Frau ihre Persönlichkeit zeigt.« Lisette runzelte die Stirn. »Wie hieß diese Dame noch mal, die hat immer sehr geschimpft über die Eigenkleider … na ja, es fällt mir wieder ein. Oder auch nicht. Du hättest ihr wahrscheinlich zugestimmt«, fügte sie hinzu und lächelte ihre Tochter an. Die hob kurz die Schultern.

»Es kann nicht jeder auffallen wollen.«

»Darum geht es gar nicht!«, sagte Paula.

»Jetzt schaut euch diese Stoffe an«, sagte Lisette. »Da muss man doch noch etwas draus machen. So eine Qualität bekommst du heute gar nicht mehr. Hier, dieser Wollstoff. Der hält noch mal drei Generationen.«

»Der ist wirklich zu schade zum Weggeben.«

Da waren sich Mutter und Tochter ausnahmsweise einmal einig und befühlten einen von den langen weiten Wollröcken. »Daraus bekommst du fast ein ganzes Kostüm.«

»Na ja ...« Charlotte schaute zweifelnd auf den weiten Rock.

»Aber für einen schönen Rock reicht es. Den nähst du dir aber mal ein bisschen kürzer, so wie man es jetzt hat.«

»Mama kann doch gar nicht nähen«, sagte Paula, und Lisette seufzte laut.

»Mutter«, sagte Charlotte und sah ihre Mutter streng an. So streng, wie sie auch Paula immer ansah.

»Ich finde, es reicht jetzt«, sagte Lisette. »Ich sehe nicht mehr gut genug, ich kann nicht mehr nähen. Und warum willst du denn Geld dafür ausgeben? Näh es selbst!«

Paula runzelte die Stirn. Was war denn das? Ihre Mutter konnte doch noch nie nähen. Keinen einzigen Saum hatte sie für sie je gekürzt oder verlängert, weil sie immer sagte, sie hätte nicht die Geduld für diese kleinen Stiche. Kopfschüttelnd verließ Mutter das Zimmer.

»Mama ist doch viel zu ungeduldig zum Nähen! Sie kann das nicht, sie hat es nie gelernt«, sagte Paula.

»Also, ich kenne keinen Menschen auf der Welt, der mehr Geduld hat als deine Mutter!« Lisette legte den Rock wieder aufs Bett. »Deine Mutter kann besser nähen als ich. Irgendwann ist auch mal gut.«

Ob Lisette jetzt doch allmählich alt wurde und begann, Sachen durcheinanderzubringen? Aber dass ihre Mutter der geduldigste Mensch auf der Welt war, das stimmte, sonst hätte sie dieses Leben hier niemals leben können.

»Hat sie noch mehr Unsinn geredet?«, fragte Charlotte Paula später, als sie nach dem Totengebet in der Kirche zusammen den Abendbrottisch deckten. Paula schüttelte den Kopf.

»Glaubst du, dass sie das wirklich vergessen hat, dass du nicht nähen kannst? Aber sie hat gesagt, du wärst ein geduldiger Mensch.«

Paula sah ihre Mutter fragend an. Die winkte ab.

»Das hat sie sich so zurechtgelegt. Zum Nähen braucht man jedenfalls Geduld in den Fingern. Und die habe ich nicht. Egal, was deine Oma glaubt oder nicht glaubt.«

Vater kaute sein Brot wie immer. Am nächsten Tag wurde seine Mutter beerdigt, und er sprach wenig. Wenn er etwas sagte, dann, dass er der Nächste sei, es sei bald alles dahin. Der Hof ging den Bach runter, sie hätten ja mal keine Erben. Und mit Blick auf Paula sagte er dann:

»Das Paula will ja wieder weg. Weit weg! Dem ist Lerchenrod nicht gut genug. Dem Mädche ist Deutschland nicht gut genug. Englischen Tee trinkt sie jetzt.«

Und dann verfiel er wieder kopfschüttelnd in stundenlanges Schweigen. Paula widerstand dem Impuls, sich zu wehren, sich zu erklären. Er würde es doch nicht verstehen.

»Warum hast du kein Lied für sie gesungen?«, fragte Lisette, als sie die Kirche verließen und sie sich bei ihr einhängte, damit sie miteinander hinter ihren Eltern dem Sarg zum Friedhof folgen konnten.

»Es hätten doch alle gesagt, dass ich mich nur in den Mittelpunkt stellen will. Selbst wenn die eigene Großmutter stirbt, muss sie sich wieder darstellen, die lässt ja keine Gelegenheit aus. Nein, Oma Lisette, lieber nicht.«

Lisette nickte und drückte ihren Arm.

»Aus Rosen kann man keine kleinen Veilchen machen. Eine Rose blüht, wann sie will. Und das ist auch gut so. Und auf meiner Beerdigung singst du bitte, versprichst du mir das?«

»Ich will nicht, dass du beerdigt wirst. Jetzt hör auf damit.«

»Wenn du versprichst, dass du singst?«

»Wenn du jetzt damit aufhörst?«

Es war so einsam hier ohne dich. Ich bin in London, komme am Wochenende zurück. Liebe dich, Harry

Die Wohnung fühlte sich leer an ohne Harry. Wenn man nach einer weiten Reise in eine andere Welt voller Sehnsucht zurück nach Hause kam und keiner da war, fühlte es sich besonders leer an. Sie hatte den Nachtzug genommen und zum Glück in einem normalen Abteil Platz genug gehabt, um zumindest ein paar Stunden zu schlafen. Im Morgengrauen war sie in Ostende auf die Fähre gegangen, hatte sich draußen auf dem Deck in die Kälte gesetzt, um sich durchzulüften. Seitdem war sie nicht mehr richtig warm geworden. Jetzt war die Wohnung kalt, das Bett war nicht gemacht, der Kühlschrank leer, der Pub hatte noch nicht geöffnet, und Paula fühlte sich verloren. Es war Ebbe, das Watt war grau und das Meer weit weg. Vielleicht, dachte sie, wäre es schön zu baden nach der langen Zugfahrt, das würde sie gleichzeitig auch aufwärmen. Aber dann sah sie, dass keine Münzen mehr am Stromzähler lagen. Sie musste erst Geld wechseln gehen. Aufwärmen kam später. Auf dem Weg in die Stadt versuchte sie sich zu sagen, dass sie nicht enttäuscht sein musste, dass Harry weg war, dass die Wohnung sie so wenig willkommen hieß, dass Maggie und Martin tagsüber an der Uni waren und niemand da war, um sie zu begrüßen. Sie würde sich ihr Zuhause wieder zurückerobern.

Sie wusste, wie man für wenig Geld viel einkaufen konnte, um lange satt zu sein. Aber weil jeder ihr in Lerchenrod etwas zugesteckt hatte, erst die Mutter, dann der Vater und dann auch noch Lisette, ging sie direkt zur Bank, um alles in Pfund zu wechseln. In einem Anflug von Großzügigkeit ließ sie sich auch gleich eine ganze Rolle Münzen für den Stromzähler geben. Damit war die Stromversorgung für bestimmt zwei Wochen gesichert. Zu Hause lüftete sie, fand, dass man mal putzen müsste, bezog das Bett frisch und sammelte die Wäsche in dem großen Sack, den sie immer zum Waschsalon schleppten. Sie putzte sogar die Fenster, und als sie dann den Heizofen anwarf und sich heißes Badewasser einlaufen ließ, hatte sie doch allmählich das Gefühl, zu Hause angekommen zu sein. Wie zur Belohnung rissen die Wolken auf, die Sonne kam heraus und schien durch die frischgeputzten Scheiben. Die hatten durch ihr Putzen zwar lauter Streifen bekommen, wie sie leider feststellte, aber das war jetzt egal. Paula machte laut Musik an und tanzte durch das Zimmer. Glücklich, wieder in ihrem Leben angekommen zu sein. Glücklich, ihre Musik zu hören, laut zu singen, ihre eigene Stimme zu hören und sich nicht verstellen zu müssen.

Maggie und Martin, mit denen sie abends im ›Neptune‹ ein Bier trank, wussten nicht genau, wann Harry losgefahren war, und auch nicht, wann er wiederkommen würde. Morgen war Freitag, bestimmt kam er morgen.

Doch Harry kam nicht. Am Freitagabend ging sie zur Telefonzelle und versuchte, Liz in London anzurufen. Das Telefon klingelte ins Leere. Erst am Samstagnachmittag erreichte sie Liz und erfuhr, dass Harry gar nicht bei ihnen gewesen war, wie sie vermutet hatte.

»Was? Der Schuft war in London und hat sich nicht gemeldet? Dem werde ich was erzählen«, schimpfte Liz und erzählte munter von dem neuen Theaterstück, bei dem sie jetzt die Assistentin des Assistenten des Regieassistenten war. Ihre Aufgabe beschränkte sich darauf, für Kaffee, Tee und Wein zu sorgen und andere Botendienste zu tätigen. Sie fand es großartig, weil sie ab und zu, wenn sie die Sachen in den Probenraum brachte, dem großen Regisseur bei der Arbeit zuschauen konnte, bevor der Assistent des Assistenten sie unwillig wegwedelte,

»Ich schmuggele dich mal mit rein, wenn du kommst. Du wirst es lieben. Es ist … anders. Und so spannend. Komm doch gleich nach London! Setz dich in den Zug, ich nehme dich mit in die Abendprobe.«

Aber Paula wollte natürlich auf Harry warten. Bestimmt kam er mit einem der nächsten Züge. Es war ja schließlich Wochenende, und er hatte doch geschrieben, dass er am Wochenende da sein würde. Als sie zurückkam in die Wohnung, dämmerte es schon. Das fröhliche Geplauder von Liz tanzte noch in ihrem Ohr auf und ab, aber die Wohnung war immer noch sehr leer. Paula überfiel plötzlich ein seltsames Gefühl, dessen sie sich einfach nicht erwehren konnte. Sie dachte, dass sie von nun an immer hier alleine bleiben würde. Und dass das bunte schöne Leben irgendwo draußen war, bei den anderen, im Pub, bei Liz in London, nur nicht hier bei ihr. Wenn sie nur wüsste, wo Harry war. Sie machte laut Musik an, um dieses Gefühl zu vertreiben. Doch es ließ sich nicht vertreiben. Was, wenn ihm etwas passiert war? Wenn er per Anhalter nach London gefahren war, einen Unfall gehabt hatte und jetzt in einem Krankenhaus lag, einsam und allein? Oder wenn es ein schlimmer Unfall gewesen war und er gar nicht mehr lebte? Und sich deshalb alles so leer und ungewiss und schrecklich anfühlte? Nur seine Eltern würden informiert werden. Sie würde es nie erfahren. Sie legte sich ins Bett und weinte sich in den Schlaf.

Als Harry am Sonntagabend in der Tür stand, war sie schon fast davon überzeugt, dass sie ihn nie mehr wiedersehen würde. Sie starrte ihn an wie eine Erscheinung, und Harry lachte laut.

»Da fährt meine Süße eine Woche nach Deutschland, und dann schaut sie mich an wie den Geist von Hamlets Vater und erkennt mich nicht mehr!«

»Wo warst du?! Wo wo wo wo warst du? Du warst nicht in London! Du warst nicht bei Liz und Mike, ich bin fast verrückt geworden hier!«

Paula sprang auf und rannte auf ihn zu, mit solcher Wucht, dass er sie nicht halten konnte. Sie fielen gemeinsam um, aufeinander, ineinander, rollten durchs Zimmer, endlich, endlich war Harry da, seine Jacke, die nach ihm roch, seine Haare, die ihm ins Gesicht fielen und die sie mitküsste, als könnten Haare ihre Küsse erwidern, seine Haut unter dem Pullover, unter den sie am liebsten gekrochen wäre, um ihm noch näher zu sein als nahe. Sie küssten sich, als hätten sie sich eine Ewigkeit nicht gesehen und nicht nur eine Woche. Paula konnte ihn gar nicht wieder loslassen.

»Also, ich war gar nicht in London«, sagte er später, als er zwei Tassen Tee zum Bett balancierte und versuchte, nichts davon zu verschütten, während er wieder zu ihr unter die Decke kam.

»Wie, du warst nicht in London? Wo warst du denn?«

»Ich stand am Bahnhof in London und dachte, Paula fährt nach Hause, ich könnte eigentlich auch mal wieder nach Hause fahren. Und dann war ich in Whichford, bis heute Morgen.«

Aus irgendeinem Grund spürte Paula, wie Panik in ihr aufstieg. Sie verstand selbst nicht, warum.

»Aber du wolltest doch nie mehr hinfahren«, hörte sie sich

sagen und wusste im gleichen Moment, dass es dumm war, das zu sagen. Und auch noch in so einem vorwurfsvollen Ton. Natürlich würde Harry irgendwann wieder zu seinen Eltern fahren. Nur weil sie die deutsche Freundin nicht mochten, würde er ja nicht auf ewig mit seinen Eltern brechen. Sie brach ja auch nicht mit ihren Eltern, auch wenn es bestimmt ähnlich viele Gründe gab. Es war doch ganz normal, sagte sie sich und verstand nicht, warum ihr Herz so raste.

»Ich wollte sie halt wiedersehen.«

»Ja klar ... Und? Wie war es?«

»Sie haben nach dir gefragt. Und sie haben gefragt, was wir aus unserem Leben machen wollen. Und ...«

»... da hast du ihnen gesagt, wir müssen nichts mehr aus unserem Leben machen, weil unser Leben schon gemacht ist.«

»Paula, ich finde ...«

»Jetzt sag nicht, dass sie dich rumgekriegt haben!«

»Niemand hat mich zu irgendetwas rumgekriegt. Ich habe doch selbst das Gefühl, dass ich mehr aus meinem Leben machen will. Wir können doch nicht ewig so weiterleben! Wir treten auf der Stelle ...wir ... Paula ... jetzt höre mir doch zu!«

»Was?«

Paula war aus dem Bett gesprungen und stand frierend mitten im Raum. »Was sagst du? Ich verstehe dich nicht!«

Sie starrte ihn an und versuchte, ihre immer größer werdende Panik in den Griff zu bekommen.

»Komm wieder her, Paula, komm ...«

Er hob die Bettdecke an, damit sie zurück zu ihm ins Bett kam, aber sie blieb zitternd und starr in der Mitte des Raumes stehen.

»Das musst du doch einsehen, noch so ein Winter ohne Geld und immer nur Musik ...«

»Immer nur Musik ...?«

»Ich will einen richtigen Job, weißt du. Ich kann in London anfangen, in einer Firma, die einem Freund von meinem Vater gehört.«

»In einer Firma? Bei Kapitalisten? Hast du jetzt die Seiten gewechselt?«

»Da arbeitet ein Freund von mir. Von der Uni. Von früher. Der sagt, der Laden ist okay.«

»Ach, mit dem Freund von der Uni hast du auch schon geredet? Von früher! Aber mit mir nicht? Hieltest du das nicht für nötig, oder wie?«

»Paula, du warst doch gar nicht hier, das hat sich jetzt alles irgendwie sehr schnell entwickelt …«

»Schnell? Was heißt das denn?«

»Ich fange übernächste Woche an. Ich probiere es. Es ist eine gute Chance. Und am Wochenende komme ich immer hierher.«

Paula schwieg.

»Ich gehe nicht mit nach London?«, fragte sie nach einer Weile.

»Ich komme erst mal bei den Stantons unter. Dem Freund meines Vaters, netterweise. Da gibt es ein kleines Gästezimmer, aber ich suche uns etwas. Wenn ich Geld verdiene und dableiben sollte, kann ich uns beiden eine richtige Wohnung suchen. Mit einer Heizung … vielleicht.«

»Und was soll ich hier machen, ohne dich? Die ganze Woche über?«

»Das, was du jetzt auch machst. Du hast doch gesagt, es gefällt dir hier.«

»Mit dir, ja, aber doch nicht alleine! Und wer macht mit mir Musik?«

»Paula, sei bitte vernünftig …«

Das hörte sie noch oft in den nächsten Tagen. Dass sie vernünftig sein sollte. Dass es doch so nicht weitergehen könnte.

Dass man ein Studium nicht absolvierte, um es wegzuwerfen. Und immer wieder wurde die Vernunft ins Spiel gebracht. Die Vernunft. Die sie nicht hatte. Als Mädchen vom Land, das ja schon glücklich war, wenn es Äpfel pflückte. Dass es nicht das Apfelpflücken war, das sie glücklich machte, sondern das freie Leben, das sie führten, verstand er nicht oder er wollte es nicht verstehen. Martin und Maggie nickten bedächtig, als sie mit ihnen darüber redete, und sagten, dass sie sie bewunderten, schon immer bewundert hatten.

»Dass ihr das so schafft, dass ihr euch einfach frei gemacht habt von den ganzen Erwartungen, die die Gesellschaft an einen stellt«, sagte Maggie. Und Martin sagte, dass er Harry schon verstehen könnte, dass man nicht ewig frei sein könnte, dass man ja auch etwas aus seinem Leben machen müsse. Sie würden sich ja auch Jobs suchen, nach dem Studium. Klar, das wäre hier jetzt eine tolle Zeit. Aber irgendwann käme er dann auch, der Ernst des Lebens.

Paula stand dem geballten Ernst des Lebens plötzlich sehr alleine gegenüber.

»Liebst du mich denn noch so wie immer?«, fragte Paula ihn am Sonntagabend, als er für seine erste Woche nach London fuhr und sie am Bahnhof standen.

»Natürlich liebe ich dich. Ein Job hat doch nichts mit Liebe zu tun.« Er küsste sie und rieb seine Nase an ihrer. »Ich rufe dich jeden Abend an, jeden Abend um acht in der Telefonzelle, okay?«

»Okay.«

»Und am Freitag bin ich wieder da, und alles ist wie immer.«

»Okay.«

Sosehr Paula auch versuchte, ihm zu glauben. Sie wusste, dass nichts mehr so sein würde wie immer. Und sie sollte recht behalten.

2006

Adam und Eva waren aus dem Paradies vertrieben worden, weil Eva vom Baum der Erkenntnis gegessen hatte. Weil sie mehr wissen wollte, als Gott für gut und richtig befand. Ich hatte auch mehr wissen wollen, als Paula für gut und richtig befand. Und, was hatte ich erreicht? Dass alle Träume zerplatzt waren. So ruhelos ich auch vorher gewesen war, jetzt war ich kein bisschen zufriedener. Im Gegenteil. Der Zustand, bevor ich wusste, wer vielleicht mein Vater war, schien mir deutlich paradiesischer als der jetzige. Im Paradies meiner Unwissenheit hatte ich immerhin von einem Vater träumen können. Von diesem Harry würde ich bestimmt nicht mehr träumen, und es tat weh, sich davon verabschieden zu müssen.

»Darling, es tut mir so leid«, sagte Lucy, als wir zusammen am Bahnhof standen. »Ich glaube, ich bin schuld. Ich habe mich da völlig hineingesteigert, wie in ein Detektivabenteuer. Ich habe überhaupt nicht nachgedacht, was das alles bedeutet. Das war wirklich dumm von mir. Ich mach's wieder gut.«

»Quatsch«, sagte ich. »Wenn sich hier jemand in etwas hineingesteigert hat, dann war das eher ich. Wie ein Teenager! Das hätte ich alles vorher bedenken können. Ist mir ein bisschen peinlich vor dir. Und mir.«

»Sag mir auf jeden Fall Bescheid, ob du den Pub dort findest.«

»Mach ich«, sagte ich und umarmte sie, als der Zug einfuhr. »Willst du nicht mit mir nach Frankfurt kommen? Ich will eigentlich jeden Tag mit dir Tee trinken. Oder Martinis.«

Sie lachte. »Das willst du nicht!«

»Stimmt«, sagte ich. »Nur jeden zweiten, wenn ich ehrlich bin.«

»Ich komme drauf zurück«, rief sie und rannte noch ein paar Meter wild winkend neben dem Zug her, und ich winkte ihr durch das Fenster zurück.

Dann verschwand sie aus meinem Blickfeld, im gleichen Moment vermisste ich sie schon. Ich kannte niemanden, der so war wie Lucy. So sprudelnd und warmherzig und bunt und lustig. Und mit ihr zusammen hatte ich das Gefühl, auch ein bisschen bunter und lustiger zu sein, als ich war. Als hätte mein graues Mäusefell ein paar pinke Flecken bekommen. Während der Fahrt überlegte ich, ob ich Paula schreiben sollte. Sie hatte schon wieder versucht, mich anzurufen, aber ich konnte sie einfach noch nicht zurückrufen. Sie würde sich aufregen, ich müsste mich erklären, rechtfertigen, zugeben, dass es ein Fehler war. Es würde wieder nur um sie gehen, und ich war gerade zu sehr mit mir selbst beschäftigt.

Am Bahnhofsdach in Whitstable befanden sich noch viktorianische Holzverzierungen. Es sah hübsch aus, wie es sich für einen traditionellen Ausflugsort am Meer gehörte. Ich trat aus dem Bahnhof und suchte ein Hinweisschild, das mir verriet, in welche Richtung es zum Zentrum ging. Ich fragte eine Frau, die mit mir ausgestiegen war. Ihre Erklärung war so umständlich, dass ich sie mir nicht merken konnte. Ich fragte nach der groben Richtung und ging dann einfach los. Ich lief eine Weile durch ein Wohngebiet, aber ich hörte die ganze Zeit über Möwengeschrei und bildete mir ein, dass ich das Meer riechen könnte. Schon bald bog ich in eine Bilderbuchstraße voller kleiner Läden mit bonbonfarben angestrichenen Holzverkleidungen ein. Gleich in einem der ersten Shops klebte eine Frau einen Zettel in die Tür: Ferienapartment zu vermieten. Ich blieb stehen. Der Laden war eine kleine Galerie namens »Frank«, mit bunten Drucken und Bildern und lokalem Handwerk. Es sah einladend aus, die Frau lächelte mich freundlich an, und ich dachte, ich bleibe einfach hier.

Die Wohnung war frei, ich war eine der ersten Mieterinnen, und Mary Claire freute sich genauso darüber wie ich. Aus dem Wohnzimmer führte eine steile Holzstiege in ein Schlafzimmer unterm Dach, von dessen Fenster man den nahen kleinen Fischerhafen und das Meer sehen konnte. Ich hörte das Schreien der Möwen, als ich mich aus dem Fenster lehnte. Und plötzlich war ich mir sicher, dass es gut war, hier zu sein und ein paar Tage für mich alleine zu haben. Ich beschloss, eine Woche zu bleiben.

»Im Sommer ist es natürlich viel schöner hier«, sagte Mary Claire. »Aber diese Zeit jetzt ist besonders, weil es so leer ist. Ohne Touristen mag ich es hier eigentlich am liebsten. Auch wenn ich ohne sie wahrscheinlich nicht überleben könnte mit meinem kleinen Laden.«

»Gibt es hier einen Pub am Strand?«, fragte ich meine Vermieterin.

»Ja, ›The Old Neptune‹. Das ist eine Institution. Immer nach links am Meer entlang. Kannst du nicht verfehlen.«

Ich packte meine kleine Tasche aus, natürlich hatte ich viel zu wenig dabei. Für eine ganze Woche am Meer hätte ich ganz anders gepackt als für ein Wochenende in London. Aber Mary Claire hatte mir erklärt, wo ich etwas einkaufen gehen könnte, und ich ging los, um den Ort zu erkunden, in dem Paula und Harry zusammengelebt hatten.

Alles in diesem Ort strahlte gute Laune aus. Es war ein milder Tag, und ich schlenderte an kleinen trendigen Galerien und bunt dekorierten Boutiquen vorbei, dazwischen gab es alteingesessene Geschäfte für Metall- und Haushaltswaren, Nähmaschinen, einen Schuster und eine ganze Reihe unterschiedlichster Antiquitätengeschäfte, in denen man von einzelnen Knöpfen, staubigem Kristall und zerlesenen Taschenbüchern bis hin zu Jugendstilvasen alles bekam. Vielleicht könnte ich hier ein Geschenk für Lukas finden. Das schlechte Gewissen nagte an mir und unser Gespräch auch. Aber ich zwang mich, das alles wegzuschieben, ich wollte mit niemandem sprechen. Nicht mit Lukas, nicht mit Paula. Ich musste erst einmal alles sortieren, ohne irgendjemandem irgendetwas erklären zu müssen. Dazu war ich hier. Um ganz in Ruhe mit mir alleine zu sein.

Als ich ans Meer kam, erkannte ich sofort den von Buhnen durchzogenen Kiesstrand. Es war genau der Strand vom Foto. Der Wind blies mir ins Gesicht, ich schloss die Augen und genoss es einfach für einen Moment. Die Weite des Meeres und die Helligkeit, die in dieser Weite lag, taten mir gut. Es war der Gegenpol zu dem grauen schweren Tonklumpen, den ich in mir trug. Wahrscheinlich trug ich ihn schon viel länger mit mir herum. Nicht erst seit Harry und dem Ende meiner Vaterträume. Aber seitdem spürte ich ihn in seiner ganzen Schwere.

Der Pub war wirklich nicht zu übersehen. Es war das einzige Haus, das wirklich unmittelbar am Wasser stand. Es gab Biergartentische im Freien, direkt auf dem Kies, und es saßen einige Leute draußen, die rauchten und ihre Pints aus großen Plastikbechern tranken.

Es war kein gediegener Pub. Es roch nach Bier, und nicht nur der Holzboden war abgewetzt und hatte schon bessere Zeiten gesehen. Aber die Stimmung war fröhlich, und die Gäste standen hier bunt gemischt beieinander. Bauarbeiter, Künstlertypen, Hausfrauen, Studenten, alle tranken hier ihr Bier. Die Bedienung hinterm Tresen hätte direkt in einem Piratenfilm mitspielen können und machte ihrem Job als Bardame in einem ›Old Neptune‹ alle Ehre, mit ihren Tattoos und ihrem lila Haar, und ich war mir nicht sicher, ob ich nicht sogar eine Zahnlücke entdeckt hatte.

»Was kann ich dir bringen, Darling?«

Ich bestellte ein kleines Glas Cider und schaute mir die Plakate an, die jeden Freitag Livemusik ankündigten.

»Sind vor dreißig Jahren hier auch Bands aufgetreten?«

»Hier war immer Musik! Aber vor dreißig Jahren durfte ich noch nicht in den Pub, da war ich noch zu grün hinter den Ohren!

Hey, Tom!« Sie winkte dem Barmann am anderen Ende der Theke zu und zapfte meinen Cider.

»Frag Tom, der kann dir alles erzählen!«

»Damals war viel mehr los als heute.« Tom kam ins Schwärmen. »Da haben am Wochenende oft zwei, drei Bands hier gespielt. Die kamen aus London runter, das waren keine schlechten Bands, weiß Gott nicht.«

»Ich glaube, meine Mutter hat hier mal gesungen.«

»Ach was, in den Siebzigern? Wie hieß sie denn?«

»Paula Winter.«

»Paula, hm? Sagt mir jetzt nichts. Wie hieß denn die Band?«

»Keine Ahnung.«

»Guck mal, dahinten ist eine Fotowand, da hängen noch ein paar Fotos aus der Zeit. Komme gleich!«, rief er einem Kunden zu, der an der Theke ungeduldig wurde, und ging seelenruhig mit mir zu einer Wand, wo ein paar Dutzend verblichene Fotos von Bandauftritten gerahmt nebeneinanderhingen.

Ich entdeckte sie sehr schnell. Sie und Harry, der kaum wiederzuerkennen war mit viel längeren Haaren und wahnsinnig jung. Paula und Harry, beide, zusammen auf einem Bild. Wie sich die Puzzleteile zusammenfügten.

»Das ist sie.«

»Ach, das ist Pauls!« Tom schaute mich überrascht an. »Du meintest Pauls!«

1976

Seit zehn Minuten telefonierte diese Frau jetzt in ihrer Telefonzelle. Es war schon nach acht, und wenn diese Frau nicht gleich aufhörte, würde sie Harrys Anruf verpassen. Außerdem war es kalt hier draußen, sie schlotterte schon. Paula trommelte noch einmal gegen die Tür. Die Frau redete wie ein Wasserfall, nickte ihr aber zu, was wahrscheinlich so viel bedeutete wie »Ich weiß, dass du wartest, aber ich muss meinen zwanzigminutenlangen Satz noch zu Ende sprechen«. Als es zehn nach acht war, riss Paula die Tür auf.

»Bitte, ich erwarte um acht einen Anruf!«

»Ist ja eh schon vorbei«, blaffte die Frau und drehte sich weg, um ungerührt weiterzureden. Die Acht-Uhr-Verabredung in der Telefonzelle gelang mit viel Glück höchstens einmal in der Woche. Manchmal war die Telefonzelle besetzt. Manchmal verpassten sie sich. Manchmal musste sie den Platz in der Kabine gegenüber einer Warteschlange von drei, vier Menschen verteidigen, die nicht einsahen, dass sie in der Kabine stand und den Platz nicht räumte, obwohl sie gar nicht telefonierte. Manchmal wartete sie ewig in dem roten Häuschen, und er rief nicht an. Sie hätte nie gedacht, dass man in einer roten Telefonzelle so unglücklich sein konnte.

Einmal hatte sie die Nase gestrichen voll von dem ewigen Warten und ging gar nicht hin. Um zehn vor acht ging sie trotzig mit Maggie und Martin in den ›Old Neptune‹. Genau um acht fiel ihr Blick auf die Uhr, und sie wäre am liebsten zur Telefonzelle gerannt, aber da reichte ihr Tom gerade ihren Cider über die Theke und sie blieb. Trotzdem schaute sie alle fünf Minuten auf die Uhr und fühlte sich genauso mies, wie wenn sie in der Telefonzelle auf seinen Anruf wartete. Als Harry bei ihrem nächsten Telefonat sagte, wie traurig er gewesen war, dass sein Anruf ins Leere gegangen war, bereute sie es fürchterlich, nicht hingegangen zu sein. Irgendwann, erzählte er, hatte ein Fremder abgehoben, und das war noch viel schlimmer gewesen als das endlose Klingeln. Danach stand sie wieder Abend für Abend in der Telefonzelle, und wenn sie danach in den Pub kam, konnte jeder ihr ansehen, ob Harry angerufen hatte oder nicht, und Tom schob ihr schweigend einen Drink zu.

Paula fuhr oft nach London. Sie wohnte dann bei Liz und Mike, die innerhalb von Notting Hill umgezogen waren. Liz nahm sie mit ins Theater und sorgte dafür, dass sie ab und zu kleine Jobs bekam, die sie über Wasser hielten. Aber eigentlich wollte Paula abends gar nicht im Theater jobben, sie wollte Harry treffen. Sie wartete vor der Firma auf ihn, wenn er seine Mittagspause hatte, damit keine Minute von der kostbaren Stunde verlorengehen würde, die sie zusammen verbringen konnten. Sie hoffte jeden Abend, dass er mit ihr zusammen bei Liz auf dem Sofa übernachten würde und nicht in sein kleines Zimmer bei den Stantons in dem feinen Stadthaus in Kensington zurückkehren würde, das sie noch nie gesehen hatte. Meistens klappte es nicht, weil er kein frisches Hemd für den morgigen Tag dabeihatte oder noch Unterlagen holen musste oder noch etwas nachlesen musste vor der nächsten Besprechung. Obwohl sie in der gleichen Stadt waren, waren sie sich an diesen Abenden so fern wie nie zuvor.

»Du freust dich gar nicht, wenn ich komme, oder?«, fragte Paula, die immer mehr das Gefühl bekam, ihm nachzulaufen und ihn trotzdem nie zu erreichen. »So fühlt sich wahrscheinlich eine Geliebte«, sagte sie. »Die Ehefrau hat immer Vorrang, und nur wenn die Ehefrau weg ist, darf die Geliebte mal erhört werden. Dein Job und diese Stantons sind plötzlich deine Ehefrau!«

»Das ist doch Unsinn!« Harry wehrte alles ab. Es sei schließlich sein Job, mit dem er auch die Miete in Whitstable bezahlte, oder etwa nicht?

»Dann bezahl ich die Miete halt alleine. Dafür brauchen

wir deinen Job nicht. Ich will nicht, dass du Miete bezahlst, ich will, dass du bei mir bist!«

»Das ist jetzt eine Durststrecke, das müssen wir eben mal aushalten. Sei doch nicht so unvernünftig.«

»Warum ist es denn unvernünftig, dass ich Sehnsucht nach dir habe? Es gibt nichts Vernünftigeres, als dass wir beide zusammen sind.«

»Du hast ja recht«, sagte er und nahm sie in die Arme. »Aber du machst es mir so schwer. Es ist echt schwierig für mich, es sind zwei Welten. Unsere Welt am Meer und die Welt hier. Ich krieg das nicht zusammen.«

Paula tat es gut zu hören, dass es auch ihm schwerfiel.

»Ich verstehe das ja«, sagte sie schweren Herzens. Und es stimmte. Es war gar nicht so schwer, es zu verstehen. Schwerer war es, es zu akzeptieren.

»Weißt du, es ist irgendwie einfacher, wenn ich hin- und herfahre und von der einen in die andere Welt springe. Wenn du hier bist, bin ich immer durcheinander.«

Paula nickte und versuchte, ihre Erwartungen herunterzuschrauben. In der Telefonzelle. Und bei den Londonbesuchen. Und überhaupt.

Maggie hatte an der Universität in Canterbury einen Aushang gesehen, dass jemand gesucht wurde, der deutschsprachige Konversationsstunden für Studenten anbot. Obwohl Paula keine Ausbildung dafür hatte, unterstützte das Zeugnis von Fräulein Friedrich mit dem Wappen der Marburger Philipps-Universität ihre Bewerbung, und sie bekam die Stelle. Sie wurde für drei Doppelstunden pro Woche bezahlt, und das half ihren Finanzen enorm auf die Sprünge. Am Anfang suchte sie Artikel aus deutschen Zeitungen oder sie schauten deutsche Filme an, über die sie diskutierten, so gut es eben ging. Als sie sich innerhalb der Gruppen besser kennenlernten, fingen sie an, sich darüber zu unterhalten, woher sie kamen und wohin sie wollten, wovon sie träumten. Sie traf bei den Studenten auf eine Art von Ehrgeiz, die ihr fremd war. Da gab es einen Antrieb, etwas zu erreichen, um des Erreichens willen. Sie wollten die Welt gar nicht verändern, sie wollten in ihrer Welt bestehen. War es auch das, was Harry antrieb? Sosehr Paula sich bemühte, sie konnte es nicht nachfühlen. Ihr Antrieb war ein anderer. Sie wollte einfach sein. So wie sie war, was auch immer das sein könnte. Sie wollte, dass es okay war, wie sie war. Gut. Richtig. Besonders. Wenn sie mit Harry zusammen war und mit ihm Musik machte, dann war sie verbunden mit sich und mit Harry und mit der ganzen Welt. Dann war sie Paula, so wie Paula sein wollte. Aber diese Gewissheit, die sie nun jahrelang beflügelt hatte, begann zu bröckeln.

Im Juni stiegen die Temperaturen in sommerliche Höhen. Wenn Harry an den Wochenenden kam, war alles wieder wie immer. Von Freitagabend bis Montagmorgen lebten sie ihr Sommerleben. Sie probten für ein neues Programm, entwarfen gemeinsam Melodien zu den Texten, die Paula schrieb, während sie unter der Woche alleine war. Lieder vom Warten, von Sehnsucht und von Zügen, die Verspätung hatten. Die Songs waren untrennbar verbunden mit der anhaltenden Hitzewelle, die den gesamten englischen Süden wochenlang heimsuchte. Es war wie am Mittelmeer. Nachmittags flüchteten sie schon in den Schatten, und selbst nachts kühlten die Temperaturen nur wenig ab.

Als sie mit ihrem neuen Programm im ›Old Neptune‹ auftraten, lösten sie einen Sturm der Begeisterung aus. Als Tom ihnen in der Pause ihren Cider brachte, kniete er vor Paula hin und sagte, er würde sich auch vor ihr niederlegen, damit ihre holden Füße den Boden nicht berühren müssten, aber dann könnte er ihr das Glas nicht reichen, dazu wären seine Arme dann doch zu kurz.

»Hey, das ist *meine* Freundin …«, beschwerte sich Harry.

»Leider«, seufzte Tom. »Leider. Und ich schwöre, das bedaure hier nicht nur ich …«

Paula ließ sich glücklich in diesen Sommer hineinfallen, gab sich dem Augenblick hin, gab sich der Musik, gab sich ganz und gar der Liebe hin. Die Ängste, dass Harry ihr entgleiten würde, während er in London war, schmolzen wie Vanilleeis in der Sonne, und sie beide verschmolzen ganz und gar miteinander, wurden eins, wurden der ursprüngliche Kugelmensch, bevor die Götter sie getrennt hatten. Paula schrieb das Wort Liebe in allen Sprachen der Welt an die Wände ihres Zimmers. Love. Libe. Kjærligheten. Amour. Dragoste. Armastus. Aloha. Evîn. Rabu. Pag-ibig. Amor. Dorogoy. Katresnan. Uthando. Cariad. Elsku. Maya.

Eine große Dürre beendete den rauschhaften Sommer. Harry hatte mehr Verpflichtungen, er musste mehr reisen und hinterließ ihr immer öfter freitagabends im Pub eine Nachricht, dass er gerade erst in London angekommen und einfach zu müde war, um sich noch einmal in den Zug zu setzen.

»Warum dauert das so lange mit einer Wohnung für uns in London?«, fragte sie ihn, als sie sonntags zusammen am Meer spazieren gingen, und er davon sprach, schon nachmittags zurückzumüssen.

»Du hast doch jetzt Geld! Da wird doch etwas zu finden sein?«

»Ich habe aber keine Zeit mehr. Wenn ich uns eine Wohnung suche, kann ich am Wochenende nicht kommen.«

»Dann suche ich uns eine Wohnung. Ich wohne eine Weile bei Liz und kümmere mich darum.«

»Ich wollte es dir erst sagen, wenn es spruchreif ist«, sagte er zögernd. »Es kann sein, dass ich versetzt werde. Es kann sein, dass ich aus London in den Norden geschickt werde, um die Kunden dort direkt zu betreuen.«

»Dann kündigst du doch wohl und suchst dir etwas anderes hier in der Nähe, oder?«

»Es wäre eine Chance, es wäre eine riesige Beförderung. Die finden mich gut.«

»Das verstehe ich. Ich finde dich ja auch gut.«

Sie lächelten sich an.

»Und was heißt das jetzt für uns?«, wollte Paula wissen. »Ziehen wir um? Wie ist es im Norden? Sehr anders?«

»Das heißt erst mal, dass wir abwarten. Eine Wohnung in London wäre jetzt echt Unsinn. Und wir können viel Geld sparen, solange ich noch weiter bei den Stantons lebe. Ein bisschen Geduld, okay?«

Geduld. Paula konnte Liebe inzwischen in hundertdreiundfünfzig Sprachen sagen. Aber Geduld war ein Fremdwort für sie.

Sie kannte Harry gut. Zu gut, vielleicht. Als er in den Zug gestiegen war, hatte sie genau gespürt, dass er es gar nicht schlimm fand, schon fahren zu müssen. Die Angst kehrte zu ihr zurück, als sie alleine vom Bahnhof zurücklief in ihre kleine Wohnung am Meer, die ihr viel leerer vorkam als vorher.

Als dem großen Londoner Regisseur, zu dessen Assistentin des Assistenten Liz inzwischen aufgestiegen war, bei den Proben zu seinem neuen Stück einfiel, dass er gerne eine Sängerin auf der Bühne hätte, die ein altes englisches Volkslied sang, fragte Liz sofort Paula, ob sie das nicht machen wollte.

Es ging darum, dass ein Ehepaar sich in einer Pub-Szene stritt, während die Barkeeperin hinter der Theke Gläser spülte und ein altes Lied von der Liebe sang. Der Regisseur entschied sich für *Scarborough Fair*. Paula übte es Tag und Nacht bis zum

Tag des Vorsingens. Mit Schlenkern, ohne Schlenker, sie sang es zart und traurig, wild und leidenschaftlich. Von der Liebe singen, das konnte sie. Und sie entdeckte in sich auch den Wunsch, ihr Repertoire zu erweitern, nicht nur in Pubs aufzutreten, die Theaterbühne reizte sie. Was für ein wundervoller und magischer Ort, an dem Gefühle und Situationen entstanden, nur weil man sie sich ausdachte. Man tat so, als ob, und im gleichen Moment wurde es Wirklichkeit. Und sie wusste, dass sie die Fähigkeit hatte, etwas aus sich zu schöpfen und zu zeigen.

War es auch das, was Harry antrieb? Der Versuch, etwas aus sich herauszuholen, von dem er wusste, dass es irgendwo schlummerte? Etwas auszuprobieren? Egal, was es war, Hauptsache, es brachte sie wieder näher zusammen. Wenn sie in London auftreten könnte, dann wäre sie näher an seiner Welt. Dann könnten sie sich öfter sehen, und sie könnten ihren Alltag besser teilen.

Aber leider verstand Paula nicht wirklich, was sie da eigentlich sang. *Parsley, sage, rosemary and thyme.* Was hatten diese Kräuter in einem Liebeslied zu suchen? *Tell her to find me an acre of land, between the salt water and the sea strands.* Und ein Hemd sollte sie nähen, ohne Nadel und Saum, und es in einem trockenen Brunnen waschen?

Aber sie hatte auch wochenlang *Alle meine Entchen* im See besungen, dann würde sie es wohl auch schaffen, Kräuter in einem Lied zu besingen, ohne es zu verstehen. Trotzdem fragte sie im Pub, ob jemand *Scarborough Fair* kannte und etwas über diese Kräuter wusste. Alle nahmen an, dass es um geheime Kräfte ging.

»Sie stärken die Manneskraft, dafür sind sie da«, meinte einer der Gäste.

»Quatsch«, sagte Martin, »das ist etwas Spirituelles. Aus dem Mittelalter.«

»Was weißt du denn über das Mittelalter?«, fragte Maggie überrascht, und er zuckte die Schultern.

»Thymian steht für Mut«, mischte sich eine Frau vom Nachbartisch ein. »Und Rosmarin für die Treue. Petersilie? Keine Ahnung, damit strecke ich immer die Minzsauce zum Lamm!«

Alle lachten, und Paula dachte, dass sie Harry vielleicht Rosmarin ins Haar flechten müsste, wenn er noch lange in London bliebe. Wusste sie denn, was er dort immer machte? Mit wem er sich traf? Mit wem er zusammenarbeitete? Das Einzige, was sie wusste, war, dass sich etwas veränderte. Sie gab sich viel Mühe, sich ihre Sorgen nicht anmerken zu lassen. Ihn nicht zu belasten, wenn er nach Whitstable kam, nicht zu jammern. Bloß nicht zu viel zu fordern. Sondern stark zu sein und schön und gut gelaunt und unabhängig. Damit er diese Erinnerung an sie mit nach London nehmen konnte und sich nach ihr sehnen würde, sich verzehren würde nach der schönen starken Paula. Aber er war schon zwei Wochenenden hintereinander nicht nach Hause gekommen. Einmal hatte seine Mutter Geburtstag gehabt, das andere Mal war es um den Job gegangen. Die Unsicherheit in ihr wuchs.

Sie wollte unbedingt diese Rolle im Theater. Wenn sie auf der Bühne singen könnte, dann wäre sie jemand. Dann hätte sie die Anerkennung, die sie brauchte. Dass sie etwas wert war, auch für Harry. Es wäre schön, wenn es klappen würde. Wenn sie ehrlich war, war es viel mehr als das. Es war überlebenswichtig.

Paula stand auf der Bühne im blendenden Scheinwerferlicht und konnte die Silhouetten des Regisseurs und seinem Gefolge im leeren Zuschauerraum nur erahnen. Ihr Herz klopfte und sie hoffte, dass ihre Stimme sie nicht im Stich lassen würde.

»Okay, sing mir das Lied von der Unmöglichkeit der Liebe!«, sagte der Regisseur und trat zu ihr an den Bühnenrand. »Sing von der Kraft, es immer wieder zu versuchen, sie festzuhalten, auch wenn es unmöglich ist. Es ist absolut unmöglich, aber trotzdem ist es für dich ganz selbstverständlich, alles für die Liebe zu tun. Darum geht es, alles klar?«

Paula starrte ihn verblüfft an und nickte. Darum ging es also? Jetzt verstand sie plötzlich jede Zeile. Es war ihr Lied. Sie würde für Harry ein Hemd ohne Nähte nähen, sie würde es in einem trockenen Brunnen für ihn waschen, und sie würde das Land zwischen dem Sand und dem Meer finden und es bepflanzen. Das alles würde sie für ihn tun, natürlich.

»Und um Gottes willen kein Pathos. Und keine Ironie, kein intellektuelles Hadern. Ganz schlicht.« Damit drehte er sich um, und die Dunkelheit hinter den Scheinwerfern verschluckte ihn.

Paula schloss die Augen und konzentrierte sich. Und dann sang sie ihre ganze Sehnsucht, ihre Willenskraft und ihre Liebe in diesen schwarzen Raum hinein. Klar und geradeaus. Sie sang so selbstverständlich, wie sie liebte. Strophe für Strophe, und irgendwann begann sie sich zu wundern, dass sie nicht unterbrochen wurde, das Lied war ziemlich lang. Sie sang alle Strophen, eine nach der anderen, und jetzt, wo sie das Lied verstand, liebte sie jeden einzelnen Ton.

Als sie fertig war, blieb es still. Niemand sagte etwas. Paula versuchte blinzelnd, trotz der auf sie gerichteten Scheinwerfer, etwas im Zuschauerraum zu erkennen.

»Okay.«

Das Okay klang nachdenklich. Unsicher. Der Regisseur schwieg. War das jetzt gut oder schlecht? Paula versuchte, etwas von Liz' Gesichtsausdruck abzulesen.

»Okay«, sagte er noch mal und räusperte sich. »Wir schreiben die Szene um. Das funktioniert so nicht.«

Paulas Mut sank. Dann also nicht. Sie atmete tief durch, um

sich ihre Enttäuschung nicht anmerken zu lassen. War es denn nie genug, was sie zu geben hatte? Aber dann hörte sie, wie der Regisseur dafür argumentierte, die Szene so zu ändern, dass sie das Lied nicht während des Streits des Ehepaars sang, sondern erst danach. In die Stille nach dem Streit.

»Dann kommt diese Stimme angeflogen wie eine Vision ihrer früheren Liebe, die sie vergessen haben. Wir setzen Licht auf Paulas goldenes Haar, goldenes Licht auf Debbies Gesicht. Ja, so machen wir's. Perfekt.«

»Das heißt, ich … singe?«

Der Regisseur erhob sich und trat zum Bühnenrand. »Und ob du singst.«

Abends saß Paula mit Liz auf deren Sofa, und sie tranken Sherry.

»Das habe ich hier bei dir noch nie getrunken«, sagte Paula und nippte an dem süßen Wein.

»Wein ist so teuer. Und Sherry ist so elegant.«

»Und unser guter alter Cider?«

»Den trinkt halt jeder. Und Sherry ist so schön süß, oder? Ich kaufe jedenfalls immer nur den süßen.«

»Schmeckt mir«, sagte Paula und fragte Mike, der gerade hereinkam, ob er auch ein Glas haben wollte. Er lehnte ab, fragte aber, wie es gelaufen sei.

»Alle haben Rotz und Wasser geheult, als Paula gesungen hat. Alle. Du hast pure Liebe in den Raum gesungen, und jetzt sind alle Theaterleute infiziert davon! Harry ist so ein Idiot!«

»Wie meinst du das?«, fragte Paula und spürte wie ihr schlecht wurde.

»O Schatz, du wirst ja ganz blass …« Liz sprang erschrocken auf. »Bekommt dir der Sherry nicht?«

»Wie meinst du das?«, wiederholte Paula, und Liz schüttelte den Kopf. »Na, weil er dich goldenen Engel … mein Gott, warst du schön, wie du dastandest, alle sind jetzt verliebt in dich, alle, wirklich. Also, ja, weil er dich die ganze Woche alleine lässt, deswegen ist er ein Idiot, wegen eines Jobs, den er noch nicht mal gerne macht.«

»Er macht den Job gar nicht gerne?« Paula war verblüfft.

»Wo steckt er eigentlich jetzt? Warum feiert er nicht mit uns zusammen?«, fragte Mike.

»Ihr versteht es auch nicht?« Paula sah ihre Freunde fragend an. »Ich dachte immer, jeder findet es gut. Nur ich nicht.«

»Ich verstehe es«, sagte Liz. »Ich verstehe es total, dass er das macht. Aber ich finde es trotzdem … na ja … Wir sind alle Feiglinge und wollen Mama und Papa gefallen. Ich auch. Jetzt sind sie stolz, weil ich endlich Erfolg habe, und dann auch noch beim großen Zampano! Und Harry will genau das auch! Und es gefällt ihm, und gleichzeitig gefällt es ihm auch nicht. Oder, was meinst du?«

Sie sah Mike fragend an, der die Achseln zuckte. »Nicht meine Welt«, brummte er.

»Wir sind nicht so stark wie du, Paula. Wir bewundern dich. Aber du machst uns auch Angst, weil du so unabhängig bist.«

»Ihr und ich? Sind wir plötzlich auf zwei Seiten? Bin ich jetzt die fremde Deutsche? Und was ist denn daran unabhängig, wenn man ständig auf seinen Freund wartet?«

Liz schüttelte den Kopf. »Du bist freier. Wir sind die englischen Weicheier aus der Oberklasse …«

»Einspruch!«, rief Mike.

»… die wir ja eigentlich verachten. Oder immer verachtet haben«, fuhr Liz fort. »Mike ist natürlich die Ausnahme. Das hartgesottene Schlüsselkind.«

Als Paula sich später auf dem Sofa unter ihre Decke schmiegte, fühlte sie sich plötzlich wieder wie früher. Allein, sonderbar. Anders. Und sie fragte sich, ob Liz die Wahrheit gesagt hatte. Oder ob noch etwas anderes dahintersteckte? Zweifel begann sich in ihr auszubreiten. Sie fing an, darauf zu warten, dass Harry etwas Falsches sagte, das ihr bewies, dass etwas nicht stimmte. Sie spürte es doch, dass da etwas war. Aber immer, wenn sie nachfragte, schob er es auf die Arbeit, redete über den Zusammenhang von Kapital und Selbstentfremdung, redete davon, wie Geld korrumpierte, wie glücklich sie, Paula, hier leben konnte, in ihrer paradiesischen Welt am Meer, was für ein Glück sie hatte, dass sie auf die Londoner Bühne kam, dass sie so kompromisslos leben konnte.

»Und warum kommst du nicht zurück, und wir leben hier zusammen glücklich und kompromisslos weiter ... bis an unser Lebensende?«

»Weil das hier kein Märchen ist. Es gibt Realitäten, die kann man doch nicht ewig ignorieren? Wir brauchen Geld. So wollen wir nicht ewig weitermachen, oder?«

Er hatte sich verändert. Oder war sie es, die sich verändert hatte? Schauten sie noch in die gleiche Richtung? Wenn sie Musik machten, verschmolzen sie wir früher, wenn sie sich unter den Decken ihrer zugigen Wohnung am Meer zum Rauschen der Wellen liebten, verschmolzen sie wie immer, und dann war alles gut. Aber in den Zeiten dazwischen wurde Harry ihr immer fremder. Und je fremder er ihr wurde, desto mehr wollte sie ihn an sich ziehen und ihn halten, immer mehr, immer näher, wie ein Fräulein Nimmersatt. Sie waren doch die zwei Hälften der Kugel, die für immer zusammengehörten.

Es dauerte nicht lange, da fiel der falsche Satz. Vor der Premiere kündigte Harry an, er müsse mit den Stantons zur Premiere kommen. Er druckste eine ganze Weile herum, bis er es herausbekam.

»Es sind schließlich die Freunde meiner Eltern. Und sie haben viel für mich getan.«

»Ja …«, Paula sah ihn abwartend an, »… und?«

»Das klingt jetzt doof, aber wir sollten ein bisschen Distanz halten. Ich bringe sie nach Hause nach der Vorstellung und komme dann alleine zur Premierenparty zurück. Und dann feiern wir, okay?«

Paula starrte ihn fassungslos an. »Distanz halten …?«

Aber dann begriff sie es. »Deine Eltern gehen davon aus, dass wir nicht mehr zusammen sind! Die Stantons wissen gar nichts von mir? Deshalb durfte ich nie zu dir kommen? Und deshalb wirst du an dem Abend, der für mich ein ganz besonderer Abend ist, so tun, als kennst du mich nicht?«

»Paula, ich bring die Leute nach Hause, und dann komme ich sofort zurück … das ist doch kein Ding …«

»Kein Ding? Du lügst alle an, und das ist kein Ding? Du stehst nicht zu mir. Das ist armselig.«

Sie schwiegen beide. Paula versuchte nicht zu weinen, obwohl die Enttäuschung sie schier überschwemmte. Er stand nicht zu ihr. Er, der Mann, den sie liebte und der sie glücklich machte, stand nicht mehr zu ihr.

»Warum kommen sie überhaupt mit?«

»Ich habe ihnen gesagt, dass ein paar Freunde von mir in der Produktion sind, und das fanden sie interessant und wollten mit. Ich wollte es ihnen noch ausreden, aber …«

Ein paar Freunde.

»Und warum fahren sie nicht alleine?«, schrie Paula, als die Wut in ihr hochschwemmte. »Die haben doch genug beschissenes Geld, um sich einfach in ein Taxi zu setzen! Warum musst du da auch noch mitfahren?«

»Weil es sich so gehört. Mach jetzt bitte keine Szene, okay? Das sind nun mal die Anstandsregeln, und ich muss da mitmachen.«

Paula nickte, sie hörte gar nicht mehr auf zu nicken.

»Paula, bitte …«

»Regeln. Klar. Du warst ja auch immer ein großer Anhänger von Regeln. Verstehe. Regeln! Jawoll!« Sie sprang auf und salutierte. »Ich liebe Regeln! Paula habe ich auch mal geliebt. Aber jetzt liebe ich Regeln!«

»Paula, das stimmt nicht, ich verstehe ja, dass du enttäuscht bist.«

»Ach ja? Das verstehst du? Und warum erzählst du mir dann so einen gequirlten Blödsinn?«

»Paula, bitte. Ich bin nicht so stark wie du …«

»Das höre ich in letzter Zeit ganz oft! Was soll das? Ich bin stark? Ich bin nicht stark. Ich bin schwach und … verliebt in einen Mann, der …« Sie brach ab. Sie konnte diesen Satz weder zu Ende sprechen noch zu Ende denken. Sie biss sich auf die Lippen und schluckte ihn hinunter. … *der nicht zu mir steht.* Die Worte lagen ihr im Magen wie ein Stein. Und das Einzige, was Paula in diesem Moment guttat, war das Gefühl, die ganze Zeit kein bisschen falschgelegen zu haben. Aber sie hätte lieber falschgelegen. Sehr viel lieber hätte sie völlig falschgelegen, wenn dafür alles noch so wäre, wie es sein sollte. Wenn dafür alles noch gut wäre. Aber ihr Herz raste, ihr war übel, und nichts war gut.

Paula bekam Szenenapplaus. Das Glück darüber durchflutete sie, und für einen Moment vergaß sie, dass Harry mit diesen blöden Stantons im Publikum saß, die nicht wissen durften, dass sie seine Freundin war. Sie hatte für ihn gesungen. Und sie wusste, dass sie gut gewesen war. Man hätte eine Nadel fallen hören, während sie sang. Als das Lied zu Ende war, dauerte es ein paar stille Sekunden, bis der Applaus aufbrauste. Aber das schönste Kompliment machte ihr die Hauptdarstellerin. Debbies Gesicht war tränennass. Und Debbie nutzte das Gefühl, um ihre Rolle so eindringlich zu spielen, wie es ihr in keiner der vorherigen Proben gelungen war. Der Abend war berauschend. Sie schwebten alle ein Stück über dem Boden.

»Das ist der Premierenrausch!«, rief Liz und wirbelte sie durch den Raum. Alle wirbelten sie durch den Raum, der Regisseur nannte sie sein *golden girl* und sagte, dass er mit ihr noch viel vorhabe, sie solle nur abwarten. Paula war schon schwindelig, bevor sie auch nur einen Schluck von dem Sekt getrunken hatte, dessen Korken einer nach dem anderen knallten, um diese Premiere zu feiern.

Plötzlich stand Harry vor ihr. Harry, war doch da, wie wunderbar! Sie wollte ihm gerade strahlend um den Hals fallen, da riss der Rausch entzwei wie ein poröser Stoff. Neben ihm stand eine zarte junge Frau, die ihre Hand ausstreckte, sie mit großen Augen anlächelte und irgendetwas sagte. Irgendetwas sagte dieser hübsche Mund, aber Paula verstand kein Wort. Sie sah nur, wie diese Lippen sich bewegten, sah, wie sie immer wieder zu Harry blickte und ihn anstrahlte. Das Rauschen in ihr wurde lauter, der Schwindel stärker, und als sie spürte, wie ihr Magen sich hob, wollte sie noch weglaufen, aber sie schaffte es nicht mehr. Sie kotzte Harry und der zarten jungen Frau direkt vor die Füße.

Paula lief die halbe Nacht durch London, sie wusste letztlich nicht, wie sie überhaupt den Weg zu Liz gefunden hatte. Aber sie war irgendwie wieder in Notting Hill gelandet.

»Ein Glück«, sagte Liz, die aufgeblieben war, und schloss sie in die Arme. »Wir haben uns solche Sorgen gemacht.« Sie kochte ihr einen starken heißen Tee und hüllte sie in eine Decke. Trotzdem schlotterte Paula und konnte kaum damit aufhören. Erst als Liz ihr zwei Wärmflaschen unter die Decke packte und ihr noch mehr Tee einflößte, hörte Paula langsam auf zu zittern.

»Du wusstest es«, sagte sie zu Liz.

»Wissen? Ich weiß gar nichts.«

»Du weißt, wer sie ist.«

»Die Tochter des Hauses. Elaine.«

»Er hat immer nur von den Freunden seiner Eltern gesprochen. Ich dachte, da gäbe es ein älteres Ehepaar. Von einer Tochter war nie die Rede.« Paula schloss die Augen. »Ich bin so dumm. Ich bin der dümmste Mensch auf dieser Welt. Und er hat es einfach ausgenutzt, dass ich überhaupt nicht auf die Idee gekommen bin …«

»Das hat doch alles nichts zu sagen«, sagte Liz. Aber es klang halbherzig.

Paula weinte die ganze Nacht, den ganzen nächsten Tag und noch eine Nacht. Sie wusste gar nicht, dass man so viele Tränen in sich haben konnte. Immer wieder musste sie sich übergeben, als ob sie damit diesen schrecklichen Gedanken aus sich herauswürgen könnte, der sich nun bei ihr eingebrannt hatte. Elaine liebt Harry, Harry liebt Elaine. Die dumme, dumme Paula ist allein. Sie würgte bittere Galle, weil sie schon nichts mehr in sich hatte. Aber es war ihr unmöglich, etwas zu schlucken, außer Wasser, es gab keinen Platz für irgendetwas in ihr, außer dem Liebeskummer.

Zwei Tage später schaute sie Liz und Mike beim Frühstück zu und hielt sich an ihrer Tasse mit Kamillentee fest.

»Kannst du singen heute Abend?«, fragte Liz.

»Ist heute denn schon die zweite Aufführung?«

Liz nickte. Paula hatte jedes Zeitgefühl verloren.

»Ich habe überhaupt keine Kraft.«

»Das würde ich ihm nicht gönnen, an deiner Stelle«, sagte Mike. »Du bist die goldene Königin. Mit Szenenapplaus! Er ist ein armseliger Lutscher, wenn er sich so billig einkaufen lässt von diesen Stantons. Nur falls du mich mal nach meiner Meinung fragen würdest …«

»Vielen Dank«, sagte Liz. »Das ist jetzt sehr hilfreich.«

Mike stellte seine Teetasse ab und rettete zwei Toastscheiben vor dem Verbrennen. Eine davon bestrich er ganz dünn mit Butter und reichte sie Paula. »Und deshalb beißt du jetzt ein ganz kleines Stückchen ab und spülst es mit einem schönen Schluck Tee runter. Und dann machst du das Gleiche noch mal.«

Paula machte, was Mike sagte.

»Wir wissen doch eigentlich gar nichts«, sagte Liz. »Sie hat ihn doch nur begleitet. Außerdem ist sie überhaupt nicht sein Typ. Sie ist ein Mäuschen.«

»Er hat mich vor dem Mäuschen verleugnet.«

»Hochverrat«, brummte Mike. »Das allein ist schon Hochverrat, wenn du mich fragst.«

»Und warum hat er nie von ihr erzählt? Wenn sie ein Mäuschen wäre, hätte er mir doch von ihr erzählen können!«

»Na, weil er genau wusste, dass du hochgehen würdest!«

»Ich habe es gesehen, ich kenne ihn zu gut. Und ist er mir nachgelaufen? Ist er hierhergekommen, um nach mir zu schauen? Siehst du ihn hier irgendwo?«

Sie schauten alle drei in ihre Teetassen, und keiner sagte etwas. Liz legte ihr die Adresse des Theaterarztes hin, bevor sie losging.

»Lass dir irgendwas verschreiben, das wird schon.«

»Ich bin doch sowieso viel zu verheult«, sagte Paula.

»Dafür gibt es ja Maskenbildner«, erwiderte Liz. »Zumindest wird man es dir nicht mehr ansehen, wie du dich fühlst. Und du singst. Du schaffst das. Ich weiß das.«

Paula lächelte traurig. »Wenn der Arzt ein Zaubermittel hat, damit ich alles vergesse und wieder Liebeslieder singen kann, klar.«

»Der hat für alles ein Zaubermittel«, sagte Liz und ging.

Vielleicht hatte er ein Zaubermittel für alle anderen, aber nicht für sie. Nachdem er sie gründlich untersucht hatte, schaute er sie ernst an und sagte: »Sie erwarten ein Kind.«

7

Indianer kennen keinen Schmerz.

2006

»Wir waren alle ein bisschen verknallt in Pauls«, gestand Tom und starrte wehmütig auf das Bild meiner jungen singenden Mutter an der Wand des Pubs. »Eine Stimme wie ein Engel. Aber nur Augen für ihren Typen.« Er seufzte, und dann schaute er mich an: »Sag bloß, du bist die kleine …, warte mal, gleich fällt mir dein Name wieder ein … Mia? Mara?«

»Fast«, sagte ich überrascht, »Maya.«

»Maya! Natürlich.«

Er breitete seine starken Arme aus und zog mich an seine Brust. Diese kräftige Umarmung voller Bierdunst und Herzlichkeit ließ mich nach Luft schnappen.

»Wir kennen uns, Mädchen«, sagte er, und seine dunklen Knopfaugen funkelten. Er führte mich zurück zur Theke, wo er wieder den Arm um mich legte und mich stolz präsentierte. »Ladies und Gentlemen, das ist Maya, und ihr werdet es nicht glauben, aber sie hat schon süß in meinen Armen geschlafen.« Durch das Gejohle seiner Kumpels rief er lachend: »Vor zwanzig Jahren!«

»Vor fast dreißig«, sagte ich, und er grummelte, ich solle ihn doch bitte nicht älter machen, als er ist. Ich lauschte seinen Geschichten von früher, die er jetzt zum Besten gab, und war mir sicher, dass nur die Hälfte davon stimmte, aber selbst wenn man die Hälfte abzog, klang es noch nach ziemlich legendären Zeiten, damals im ›Old Neptune‹. Nach viel Rock und noch mehr Roll. Und es klang auch so, als ob er »Pauls«, wie er meine Mutter in seinen Erzählungen nannte, ziemlich gut gefunden hatte. Das waren die Geschichten, die mir immer gefehlt hatten, ich saugte jeden seiner Sätze auf.

»Auf Maya und ihre Eltern!«, rief Tom und hob das Glas. Der halbe Pub wiederholte seinen Trinkspruch, der wie ein Echo in meinen Ohren hallte. »Auf Maya und ihre Eltern!«

Es schnürte mir den Hals zu. Mir kamen die Tränen. Meine Eltern. Noch nie hatte irgendjemand von meinen Eltern gesprochen. Während Tom seine Legenden erzählte, ging ich noch einmal zu der Bilderwand, um mir das Foto anzuschauen. Hier waren Paula und Harry, hier waren meine Eltern. Das erste Bild, das ich von meinen Eltern sah, hing verblichen in einem silbern gerahmten Pub in einem Ort, von dem ich erst gestern erfahren hatte. Andere wuchsen mit den Hochzeitsbildern ihrer Eltern im Wohnzimmer oder zumindest im Familienalbum auf, kannten die Geschichten, die dazu geführt hatten, dass sie irgendwann auf die Welt kamen. Das Bild meiner jungen Eltern hing hier, und ein fremder Barkeeper wusste mehr von meiner Entstehungsgeschichte als ich selbst. Ich konnte nicht glauben, wie einfach es letztlich gewesen war, hierherzufinden. Warum war ich nicht früher auf die Idee gekommen, meine Oma zu fragen? Alle möglichen Leute hatte ich über die Jahre gefragt. Hanni, die im Rheingau in Lisettes Haus wohnte. Doro von nebenan, Freundinnen von Paula, von denen ich glaubte, sie könnten etwas wissen. Meine Oma hatte ich nie in Betracht gezogen, weil Paula ihr niemals freiwillig etwas erzählt hätte, bei dem angespannten Verhältnis, das die beiden hatten. Diese Vermutung hatte ja auch gestimmt. Der Brief war der Schlüssel zur Vergangenheit gewesen, der Brief, den sie die ganzen langen Jahre aufbewahrt hatte.

Harrys lange Haare fielen ihm verwegen ins Gesicht, er trug eine dieser Schafsfellwesten, die am Rand bestickt waren, und spielte Gitarre. Paula, hellblond und schön und so jung, jünger, als ich jetzt war, stand lächelnd neben ihm. Sie waren ein wunderschönes Paar. Warum waren sie kein Paar geblieben? Warum war alles, was mit ihnen zu tun hatte, so schwierig und geheim? Warum tat Harry so, als sei er gar nicht mein Vater, warum hatte Paula nie von diesem jungen Mann erzählt, neben dem sie hier strahlte? Es war traurig. Wie schön wäre das gewesen, mit diesem Bild aufzuwachsen. Auf Maya und ihre Eltern! Ich versuchte, den Kloß, der sich in meinem Hals bildete, hinunterzuschlucken, und ging hinaus an die frische Luft, ging ein paar Schritte an den Tischen vorbei, bis ans Meer, sah die Wellen langsam anrollen, sah sie kommen und wieder gehen. Ich weiß nicht, wie lange ich den Wellen zusah, aber ich wurde allmählich ruhiger. Als die Sonne hinter der Bucht versank, wurde es kühl, und ich ging wieder hinein.

»Da bist du ja!«, rief Tom. »Ich dachte schon, ich hätte dich vertrieben mit meinem sentimentalen Geschwätz. Noch 'nen Cider?«

»Ja, bitte«, sagte ich. Als ich bezahlen wollte, winkte er ab. »Geht aufs Haus. Ist ja quasi dein Zuhause hier. Und sag mal, wie geht's Pauls? Warum hast du sie nicht mitgebracht?«

Ich erzählte ihm, dass es manchmal etwas schwierig war mit Müttern und Töchtern und dass sie mir nie von Harry erzählt hat. Das wunderte ihn gar nicht. Er nickte.

»Klar. Sie wollte ihn vergessen. Ich glaube, ohne dich hätte sie das gar nicht überlebt.«

»Was? Was hätte sie nicht überlebt?«

»Er hat ihr das Herz gebrochen.«

»*Er* hat *ihr* Herz gebrochen?«

Ich war völlig verwirrt. Ich war wie selbstverständlich davon ausgegangen, dass es umgekehrt gewesen sein musste. Denn es war immer umgekehrt gewesen. Paula war meistens diejenige, die sich eingeengt gefühlt hatte in Beziehungen, die sich schneller entliebt oder neu verliebt hatte. Er nickte, während ich immer noch versuchte zu begreifen, was er da gerade gesagt hatte.

»Und du glaubst wirklich, dass Harry mein Vater ist?«, fragte ich ihn.

»Das ist so sicher wie das Amen in der Kirche. Da gab es keinen anderen! Würde mich nicht wundern, wenn es nie mehr einen anderen gegeben hat«, sagte er und reichte mir den Cider über die Theke.

Ich schaute ihn fragend an. Sprachen wir wirklich von derselben Paula?

»Hat es denn einen anderen gegeben?«

»Also, ja. Es gab eher viele, eigentlich.«

Er nickte. »Oder so. Das ist dann der andere Weg. Aber, lass mich raten, die eine große Liebe, den einen oder keinen, den hat's nicht mehr gegeben, oder?«

Ich nickte vorsichtig, während das Bild, das ich immer von Paula gehabt hatte, restlos in sich zusammenbrach.

Ich schlief tief und fest und lange. Und nicht nur wegen des vielen Ciders fiel es mir schwer aufzuwachen, es war, als ob ich vom Grund eines sehr tiefen Sees auftauchen müsste. Es dauerte lange, bis ich in den Tag hineingefunden und mir eine Tasse Tee gekocht hatte. Mit der Tasse ging ich zurück ins Bett und betrachtete das Foto von Paula am Strand. Bestimmt hatte Harry es aufgenommen, sie lächelte genauso wie auf dem Bild im Pub, und es rührte mich plötzlich sehr. Paula hatte ihr Geheimnis sehr gut bewahrt. Und ja, sie hatte sich zwischen mich und meinen Vater gestellt, aber nicht, um uns voneinander fernzuhalten. Sondern um mit ihren eigenen Dämonen fertigzuwerden. Meiner schönen goldenen Paula war das Herz gebrochen worden. Jetzt war ich überhaupt nicht mehr wütend auf sie, aber noch wütender auf diesen Harry. Es tat mir so leid. Sie tat mir so leid, wie groß musste dieser Schmerz gewesen sein, dass sie selbst Jahre später nicht darüber reden wollte? Dass sie es komplett vergessen wollte? In einem Impuls griff ich zum Telefon und wählte, ohne nachzudenken, Paulas Nummer. Sie ging sofort dran.

»Maya? Maya, wo … bist du?«

Ihre Stimme klang fast aufgelöst, als hätte sie seit Tagen auf diesen Anruf gewartet. Und sie versuchte, diese Aufregung zu kaschieren, indem sie schnell eine scheinbar harmlose Frage nachschob.

»Ich meine, bist du eigentlich verreist?«

Ich hörte genau, wie verunsichert sie war. Das rührte mich noch mehr, und ich konnte ein Aufschluchzen kaum unterdrücken. Tränen traten mir in die Augen, und ich bekam keinen Ton heraus. Ich wusste ja sowieso nicht, warum ich überhaupt angerufen hatte und was ich eigentlich sagen wollte.

»Maya …?«

»In Whit… ich bin in … Whitstable …«

Wir schwiegen beide.

»Ich komme zu dir. Ich suche mir jetzt einen Flug und komme zu dir … so schnell ich kann.«

»Es tut mir so leid, Paula, ich wusste ja nicht … ich wusste nicht …« Und dann konnte ich nicht mehr weitersprechen.

Paula kam noch am gleichen Nachmittag. Ich lief zum Bahnhof, um sie abzuholen, den Weg kannte ich ja schon. Ich weiß nicht, ob Paula mir in die Arme fiel oder ich ihr, ich weiß nur, dass wir uns sehr lange sehr festhielten. Und dass wir beide weinten, als wäre jemand gestorben. Vielleicht war auch jemand gestorben. Oder vielmehr etwas. Das Geheimnis war gestorben. Stattdessen hatten die Tage der Wahrheit begonnen. Ich verstand allmählich, dass es Wahrheiten gab, die so wehtaten, dass man sie lieber verbarg. Unter einer schönen bunten Decke, die so schwer war, dass man sie, selbst wenn man es wollte, gar nicht mehr alleine anheben konnte. Und weil man so lange nicht mehr unter die Decke geschaut hatte, war die Angst davor, was man darunter entdecken könnte, vielleicht so groß geworden, dass man einfach so tat, als wäre nichts. Doch jetzt hatte ich einen Zipfel angehoben, und wir starrten zusammen auf das, was sich unter der schönen bunten Decke schon immer verborgen hatte: Der große Schmerz über den Verlust einer großen Liebe. Der große Schmerz der Ablehnung.

»Dieser Bahnhof …«, sagte Paula und schaute sich um, »… und der Zug von London kommt noch auf dem gleichen Gleis an wie früher.« Sie deutete auf eine Stelle neben dem Bahnhofsgebäude, wo die Fahrpläne aushingen.

»Hier müssten eigentlich meine Fußabdrücke zu sehen sein, so oft habe ich hier gestanden und gewartet.« Kopfschüttelnd zog sie mich weiter, vorbei an der Stelle, an der ich plötzlich die junge Paula warten sah, voller Hoffnung und voller Enttäuschung.

Wir liefen Hand in Hand zu meiner kleinen Wohnung. Paula hatte so gut wie kein Gepäck dabei.

»Ich hatte mir vorgestellt, ich nehme einfach alles von dir …«, sagte sie, als sie merkte, dass ich auch viel zu wenig mithatte für eine ganze Woche. »Ich konnte überhaupt nicht ans Packen denken, ich wollte nur los und ganz schnell zu dir kommen.«

»Das ist ja auch das Wichtigste«, sagte ich, und sie schaute mich ernst an mit ihren dunkelblauen Augen, die die Farbe des Meeres am frühen Morgen hatten. Und ich dachte, dass es eigentlich total gut zu ihr passte, am Meer zu wohnen.

»Ich habe wirklich Angst«, sagte sie. »Aber ich bin auch froh, dass wir jetzt hier sind.« Sie strich mir die Haare aus dem Gesicht und sah mich liebevoll an. »Sehr froh. Können wir … also, können wir das langsam angehen? Ich erzähle dir alles, ich verspreche es dir, aber, ich glaube, ich kann das nicht sofort.«

»Wir betreten das Sperrgebiet vorsichtig«, sagte ich. »Man muss ja wirklich gut aufpassen. Die ganzen Minen …«

Sie sah mich seltsam an. »Wann bist du eigentlich so erwachsen geworden?«

»Mein Gott, hat sich das alles verändert!«

Wir liefen zusammen durch den Ort mit seinen hübschen bunten Shops. »Damals war das ein abgerissener Fischerort. Hier gab es nur Geschäfte für Fischer und Bootsbauer. Schau dir diese Boutiquen an!«

Sie blieb vor dem Fish-'n'-Chips-Laden stehen, wo ich mir gestern Abend auf dem Rückweg vom Pub noch eine Portion Pommes geholt hatte.

»Ah, das beruhigt mich. Den gab es damals auch schon. Fettige Chips am Strand waren fester Bestandteil unserer Ernährung.«

Sie schnupperte und stellte fest, dass es noch genauso roch wie früher und auch genauso aussah.

»Und hier hab ich mal eine Weile bedient«, sagte sie, als wir an den ›Tudor Tea Rooms‹ vorbeikamen, die schon geschlossen hatten. Sie legte ihre Hand an die Scheibe und schaute hinein. »Peter Cushings hat hier oft seinen Nachmittagstee getrunken. Der Schauspieler, weißt du?«

Ich schüttelte den Kopf. Der Name sagte mir nichts, und mich interessierten im Moment ganz andere Fragen. Zum Glück verstand Paula das sofort.

»Time for a drink?«

Sie nahm meinen Arm, und wir bogen in die kleine Gasse ein, die direkt zum Strand führte. Es dämmerte schon, und der Himmel verfärbte sich allmählich in ein dunkles Blau. Unsere Schritte knirschten, als wir langsam über den Kies auf den ›Old Neptune‹ zugingen. Malerisch lag der Pub am Meer in der Dämmerung. Als wir davorstanden, schüttelte Paula den Kopf.

»Wie kann das sein, dass das noch genauso aussieht? Als wäre überhaupt keine Zeit vergangen. Nur die Tische hier draußen sind neu. Wir saßen damals auf dem Kies und mussten immer aufpassen, dass wir uns nicht in Glasscherben setzten. Was natürlich trotzdem manchmal passiert ist. Vor allem im Dunkeln …«

»Jetzt gibt's für draußen nur noch Plastikbecher.«

»Vernünftig! Komm, ich zeige dir, wo wir gewohnt haben.«

Wir gingen bis zu den hohen Strandhäusern, die mit Erkern, Balkonen und Freitreppen direkt am Meer standen. Nur ein kleiner Fußweg trennte die Eingänge vom Kiesstrand. Wir standen davor, und sie war sich nicht sicher, ob es der dritte oder der vierte Eingang gewesen war, weil die Fenster anders aussahen als in ihrer Erinnerung. Aber dann deutete sie zu dem Balkon und wusste plötzlich genau, dass dies der Balkon war, auf dem sie gesessen hatten, Harry mit der Gitarre, sie daneben, und zu den Sonnenuntergängen in der Bucht Musik gemacht hatten.

»Da bist du entstanden. Hinter diesem Balkon. In einem sehr, sehr heißen letzten Sommer – bevor all die anderen Jahreszeiten kamen. Ach, an die will ich wirklich gar nicht denken. Ich habe es eigentlich ganz gut geschafft, nicht mehr an sie zu denken all die Jahre.«

Sie seufzte tief, und dann gingen wir in den Pub und bestellten uns beide Cider und eine Tüte Chips. Tom war nicht zu sehen, jemand anderes stand heute hinter der Theke. Wir erfuhren, dass er morgen wieder da sein würde, und Paula fragte sich, ob sie ihn wohl wiedererkennen würde. Dann führte ich sie direkt zu dem Foto, das sie lange stumm betrachtete.

»Dass das noch immer hier hängt ...«

Es dauerte eine ganze Weile, bis sie den Blick von dem Bild löste und sich an den Tisch unmittelbar daneben setzte. Sie war jetzt sehr still. Ich nahm das Bild vorsichtig von der Wand und legte es vor uns auf den Tisch. Sie nahm meine Hand, als ich auf den Stuhl neben ihr rutschte, und hielt sie fest, während wir es zusammen betrachteten.

»Ich glaube, ihr wart eine Legende, oder?«

Sie lächelte traurig, und ich begann ihr zu erzählen, wie es mir gestern gegangen war, als ich das Bild zum ersten Mal gesehen hatte.

»Erinnerst du dich daran, wie Harry Potter immer zu dem Zauberspiegel gehen will, in dem ihm seine Eltern erscheinen? So ein Gefühl hatte ich gestern. Als ob hier irgendetwas komplett wird, was mir immer gefehlt hat.«

»Bei Harry Potter ist es der Spiegel, in dem das erscheint, was man sich am meisten wünscht, oder?«

Ich nickte.

»Ich weiß, dass du es immer wissen wolltest, aber ich verstehe es trotzdem erst jetzt«, sagte sie leise. »Wie sehr du dir Eltern gewünscht hast. Ich wusste nicht, dass ich es so falsch gemacht habe …« Sie brach ab und begann ein Taschentuch in ihrer Handtasche zu suchen, aber dann ließ sie es sein und wischte sich mit der Hand übers Gesicht. »Ich habe wahrscheinlich einfach den Weg eingeschlagen, mit dem es mir halbwegs gut ging. Ich … ich habe nicht an dich gedacht.« Ihre Stimme zitterte. »Es tut mir wirklich leid.«

Zusammen starrten wir auf das Schwarz-Weiß-Foto, das älter war als ich, wellig und verblichen, und trotzdem brachte es uns beide zum Weinen. Paula stand auf und kam mit einer Handvoll Servietten von der Bar zurück. Die Sorte, die sich anfühlt wie Papier und nichts aufsaugt. Aber sie waren besser als nichts.

»Ich konnte einfach nichts aufheben, gar nichts«, sagte sie nach einer Weile. »Bis ich endlich verstanden hatte, dass er nicht wiederkommt … das hat gedauert. Weil ich es mir einfach nicht vorstellen konnte, dass er wirklich nicht zurückkommt.«

»Gab es keinen Abschied, keinen Brief, kein Gespräch?«

»Ich habe ihn nie wiedergesehen, nein, das war unser Abschied, als ich ihm vor die Füße gekotzt habe. Und es war schwer, das wahrzuhaben. Bestimmt dachten damals alle, ich sei verrückt. Ich war es wahrscheinlich auch, ich war nicht bei Sinnen … Als ich es endlich kapiert hatte, dass er nie wiederkommt, habe ich alles zusammengetragen, was ihm gehört hat, zu dieser Zeit, zu uns, zu unserem Leben. Und dann habe ich ein Feuer gemacht, hier am Strand. Vor dem Haus. Rituelles Verbrennen. Ich weiß nicht, ob es mir danach wirklich besser ging. Aber es war eine Art Schlussstrich.«

»Du wolltest es ungeschehen machen.«

Paula nickte. »Wenn alles weg ist und nichts mehr daran erinnert und es niemand weiß, dann ist es nie passiert.«

»Aber es ist doch passiert!«

Ich wollte alles, nur nicht, dass es ungeschehen gemacht wurde. Es ging doch um mich.

»Und es gibt mich doch! Es gibt mich verdammt noch mal, was hast du dir denn zurechtgelegt, wo ich dann herkomme? Wenn du versucht hast, Harry in dir ungeschehen zu machen, was ist denn dann mit mir?«

Alles, was ich tief in mir vergraben hatte, drängte wie durch ein Erdbeben an die Oberfläche. Ob ich wollte oder nicht. Sie nickte, aber sie konnte nicht antworten.

»Er hätte in mein Leben gehört! Wer bin ich denn? Ein Luftkind? Aus dem Nichts … kannst du dir vorstellen, wie das ist, wenn man ganz plötzlich und viel zu spät erfährt, warum man eigentlich auf der Welt ist?«

Ich stand auf, ich musste raus, mir war das alles zu viel.

Wie gut das Meer tat. Einfach übers Meer zu schauen. Diese weite Fläche war ganz ruhig. Vielleicht war die Seele irgendwie mit dem Meer verknüpft. Es beruhigte mich, hier am Strand zu stehen und nur zu schauen. Als ich Paulas Schritte hinter mir hörte, drehte ich mich zu ihr um.

»Du hättest ja auch alles ungeschehen machen können, mich auch. Ich meine, das war doch damals in England möglich gewesen, oder? Das hast du aber nicht gemacht.«

»Daran habe ich keine Sekunde gedacht. Ich wollte dich immer haben. Alles war falsch, weißt du, aber dass ich schwanger war, das war das Einzige, was für mich wirklich gestimmt hat. Das hat zu meinem Gefühl gepasst. Du warst ein Kind der Liebe, und es war immer richtig, dich haben zu wollen.«

»Und du hast nie daran gezweifelt?«

Sie schüttelte den Kopf.

»Mir haben einige geraten, die Schwangerschaft abzubrechen. Liz, der Regisseur. Maggie auch. Aber ich war mir ja sicher, dass Harry zu mir zurückkommen würde, irgendwann, und dass wir uns das nie verzeihen könnten. Er würde sich nie verzeihen, dass er nicht da war, und ich würde es mir auch nie verzeihen, dass ich nicht gewartet habe.«

Paula schüttelte den Kopf. Selbst heute fand sie es nicht naiv von sich, sondern irgendwie angemessen. Sie dachte, sie würde ihm sogar verzeihen können, dass er angefangen hatte, mit Elaine Stanton auszugehen. Sogar, dass er dachte, er sei in Elaine verliebt, vielleicht sogar, dass er wirklich in sie verliebt war, dass er sich in eine blöde Situation manövriert hatte, um seinen Eltern endlich ein guter Sohn zu sein.

»Das muss man doch verzeihen können, wenn man es versteht, dachte ich, und ich habe es ja irgendwann verstanden!«

»Aber er hat dich doch so verletzt? Wie kann man das dann verstehen und auch noch glauben, man könnte das verzeihen?«

»Er war ganz anderen Traditionen verhaftet«, sagte Paula.

Harrys Auflehnung war nicht so radikal, dachte ich, seine Eltern hatten immerhin gegen Hitler gekämpft, Paulas Eltern nicht. Natürlich musste sie da viel radikaler sein. Ihre halbe Generation hatte sich damals loslösen müssen von diesem Erbe.

»Wir waren doch mit dem Gefühl aufgewachsen, irgendwie verloren zu sein, weil man das ganze kulturelle Erbe und die Tradition, aus der man kam, ablehnen musste. Und ja auch nichts erzählt bekam. In England waren sie stolz auf den Krieg! Sie haben die Welt von einem Diktator befreit, in den Familien gab es Heldengeschichten! Bei uns wurde geschwiegen. Mein Vater hat lieber jeden Bissen vierzig Mal gekaut, anstatt ein einziges Mal zu erzählen, was er wirklich erlebt hat.«

Deshalb hatte sich das Leben in England wahrscheinlich damals so viel leichter angefühlt. Paula schaute nachdenklich aus dem Fenster, während sie sprach. Man hatte sich aufgelehnt, weil man endlich Spaß haben wollte, laut und lebendig sein wollte, das alte Establishment sprengen wollte. Aber es war eine glamourösere Auflehnung gewesen, bunter, viel weniger politisch. In Deutschland war nach den Achtundsechzigern die RAF entstanden, der die Studentenproteste nicht radikal genug gewesen waren. In England gab es Pop und Knautschlack und viel Glitzer.

»Aber das sind Erklärungen, die mit der Zeit hier entstanden sind.« Sie tippte sich an den Kopf. »Liebe sitzt hier.« Sie legte ihre Hand auf ihr Herz. »Liebe kann man nicht erklären. Das ist Ich und Du, und sonst nichts. Und was davon bleibt, ist: Ich war nicht die Richtige.«

»Und das tut dir immer noch weh.«

Ich sah es Paula an, dass dieser Schmerz immer noch in der Tiefe saß, nach dreißig Jahren. Sie versuchte zu lächeln, aber ihre Augen füllten sich wieder mit Tränen. »Komm, gehen wir rein.«

Drinnen zog ich das alte Foto von ihr am Strand aus meiner Tasche und legte es vor uns hin. »Schau, dieses Bild hat mich nicht losgelassen. Deshalb sind wir jetzt hier, eigentlich. Ich wollte wissen, wer das ist. Wer diese junge Frau ist, die da so glücklich lacht. Damit hat es angefangen.«

»Das Bild hatte ich übersehen. Später ist es irgendwo aufgetaucht, aus einem Buch gefallen, und ich habe es nicht übers Herz gebracht, es wegzuwerfen. Die junge verliebte Paula.« Sie lächelte ihr früheres Ich an, und ich konnte plötzlich etwas von der jungen Frau in ihr sehen. Es war noch da.

»Das war ich mal.«

»Das bist du immer noch.«

Sie schaute mich an und schüttelte den Kopf.

»Es ist ein großer Unterscheid, ob man sich so geliebt fühlt oder nicht. Für mich war unsere Liebe alles. Für ihn war es … eine Phase.«

Wie hatte Harry das ausgedrückt? Wir waren jung und verrückt, und Paula dachte, das würde immer so bleiben. Er hatte gelächelt dabei. Er hat sie auch geliebt, dachte ich. Aber etwas anderes war stärker gewesen. Und das hat sie erkannt.

»Auch wenn ich ihn ziemlich doof fand, er hat genauso gelächelt, als er von dir gesprochen hat. Genauso wie du eben.«

Paula schüttelte den Kopf. »Ich kann es nicht fassen, dass du ihn gefunden und gesehen hast. Wie sah er eigentlich aus?«

»Eher langweilig. Er würde dir nicht auffallen.«

»War das schlimm für dich?«

»Nicht dass er langweilig war. Aber dass er mich abgelehnt hat. Obwohl wir auch noch den gleichen kleinen Finger haben. Das ist schlimm.«

Paula strich mir sanft über die Hand.

»Er hat uns beide rausgekickt aus seinem Leben. Aber weißt du, was mir guttut? Dass er anscheinend wirklich nichts von dir wusste, das tröstet mich ein bisschen. Ich hatte ihm ja geschrieben, und als keine Antwort kam und er sich nie mehr gemeldet hat … das wollte ich dir auch ersparen. Vielleicht kommt er noch zur Besinnung. Vielleicht braucht er mehr Zeit.«

»Hat Lucy auch gesagt.«

»Ich habe jetzt einen Riesenhunger«, sagte sie. »Und wenn ich noch einen Schluck trinke, ohne etwas zu essen, kippe ich um.«

Wir liefen am Strand entlang Richtung Zentrum, und der Meereswind kühlte unsere heißen verheulten Gesichter.

»Ich habe damals oft an Lisette gedacht. Wenn meine Oma

das schon geschafft hatte, ihre Kinder alleine großzuziehen, dann würde ich das fünfzig, sechzig Jahre später doch erst recht schaffen.«

»Du hast es ja auch geschafft.«

»Na ja. Ich wollte immer deine Heldin sein. Und die beste Mutter, die du haben kannst.« Sie hob die Schultern. »Das reicht doch. Dachte ich. Ich brauche ihn nicht, hab ich mir eingeredet, und du auch nicht. Ich dachte, du könntest so stärker sein. Dachte ich halt ...«

Sie zog die Nase hoch und lächelte mich verheult an, meine goldene Paula, mit der roten Nase und rotgeheulten Augen.

»Ist ja auch viel leichter ... die tolle, starke Paula. Die von zu Hause weggegangen ist, der Liebe gefolgt, die das alles alleine schafft ... Wow ... Dabei habe ich alles falsch gemacht.«

»Aber jetzt verstehe ich dich. Du hättest mir das alles viel früher erzählen sollen.«

Wir gingen etwas essen, und es mussten Nudeln sein. An so einem Tag brauchte man einfach Nudeln. Sie waren nicht grandios, aber hinterher gingen wir satt und müde in meine kleine Wohnung über der Galerie zurück und schliefen ziemlich schnell nebeneinander ein. Wie früher, zusammen in einem Bett. Das war lange nicht mehr vorgekommen. Immer wenn ich aufwachte, spürte ich fast unbewusst, dass Paula da war. Dass meine Mutter da war.

Am nächsten Tag gingen wir zu dem viktorianischen Backsteinhaus, in dem ich zur Welt gekommen war. Es lag mitten in einer Wohngegend, und im Vorgarten blühte ein Busch hartnäckig in diesen November hinein, als hätte er vor, den ganzen Winter durchzublühen. Damals war hier das Geburtskrankenhaus von Whitstable gewesen. Die richtige Frauenklinik lag in Bridge, weiter draußen auf dem Land, weshalb auch das rätselhafte Wort Bridge in meiner Geburtsurkunde, vermerkt war. Aber das Licht der Welt hatte ich hier erblickt.

Paula überlegte gerade, welches Fenster wohl zu ihrem Zimmer gehört hatte, als die Tür aufging und eine alte Dame auf die Straße trat. Sie fragte uns, ob wir etwas suchten. Paula erklärte, dass sie mir gerade zeigte, wo ich geboren worden war, und daraufhin bat sie uns entzückt ins Haus und bestaunte uns wie ein Wunder, vor allem mich. Ich fühlte mich sehr besonders. Sie kochte Tee und bat uns ins Wohnzimmer, wo früher die Babys zur Welt gekommen waren. Und nach dem Tee führte sie uns durchs Haus, und Paula erkannte das Zimmer, in dem die neugeborenen Babys in ihren kleinen Bettchen nebeneinander geschlafen hatten. Sie fand auch das Zimmer, in dem sie gelegen hatte. Als sie meine Hand nahm, verschwand die alte Dame ganz dezent und leise und ließ uns dort allein.

»Hier stand mein Bett«, sagte sie und deutete auf die Wand links vom Fenster. »Und rechts stand das andere Bett. Der große Vorteil war, hier konnte ich mich zur Wand drehen und weinen, ohne dass die glückliche Nancy es sah.«

»Du warst eine unglückliche junge Mutter. Wie schade.«

»Ich war unglücklich. Aber nicht, weil du da warst. Im Gegenteil. Du warst mein ganzes Glück.«

Wir hielten uns an der Hand, und sie erzählte mir, was sie noch nie erzählt hatte. Sie erzählte mir meinen Anfang. Wie die Wehen begonnen hatten und Tom aus dem Pub sie abends hierhergebracht hatte mit seinem klapprigen Mini. Davon, dass es leicht gewesen war, mich zur Welt zu bringen, leichter, als sie befürchtet hatte. Davon, wie ich sie angesehen hatte, mit einem langen prüfenden Blick, als ich zum ersten Mal in ihrem Arm lag, und von meinem ersten Lächeln. Von meinen unablässig rudernden kleinen Ärmchen. Wie sie oft lange im Säuglingszimmer an meinem Bettchen gesessen hatte, um mir beim Schlafen zuzusehen. Dass ich gelächelt hatte, wenn sie sang. Davon, wie schmerzhaft das erste Stillen gewesen war, und wie stolz sie gleichzeitig gewesen war, mich stillen zu können. Bei Nancy hatte es nicht geklappt. Dabei hatte Nancy perfekt gebügelte gelbe Nachthemden, eine reizende Mutter und einen reizenden Mann und ein reizendes Baby. Das sie mit Kondensmilch füttern musste. Vielleicht war es ein Hauch von ausgleichender Gerechtigkeit. Oder eine kleine Bestätigung, dass Paula doch etwas konnte und zu etwas gut war. Und es zeigte ihr, dass wir zwei ab jetzt ein Team waren, das zusammenhielt.

1977

»Da wird der Vater aber stolz sein, wenn er seine Tochter sieht. So ein hübsches Baby.« Ja, dachte Paula, als die Hebamme ihr das frischgebadete und angezogene kleine Mädchen in die Arme legte. Ja, wenn er sie erst sieht, dann wird er sie genauso lieben, wie ich es tue, dann wird er stolz sein. Dann wird er zurückkommen. Paula lächelte die Hebamme an und bat sie, ein Polaroidfoto von ihnen beiden zu machen. Mit der Kamera, die sie sich extra dafür gekauft hatte, mit zwei teuren Filmen dazu. Zusammen starrten sie gebannt auf die helle Fläche des Fotos, auf der sie und die kleine Maya allmählich erschienen, wie von Zauberhand gemalt. Nur Harry, der eigentlich dazugehörte, der erschien nicht. Dafür war der Polaroidzauber nicht stark genug.

Zusammen mit einer anderen jungen Mutter lag Paula in einem der beiden Zimmer in dem kleinen Geburtshaus. Vier junge Frauen gab es hier. Vier Mütter. Vier Babys. Aber nur drei Väter, drei Großmütter. Alle Freudentränen mal drei. Nur sie weinte all ihre Tränen alleine. Zum ersten Mal dachte sie, dass es vielleicht doch nicht gut gewesen war, von allem wegzulaufen. Dass es doch besser wäre, irgendwohin zu gehören. Sie fühlte sich verloren. Die mitleidigen Blicke der glücklichen Familien, die sich beim Nachmittagstee zur Besuchszeit um die kleinen Babys scharten, sicher alle gut gemeint, waren noch schwerer auszuhalten als die Freudentränen oder das gemeinsame Lachen der anderen. Die bedauernden Blicke und dann das Flüstern. »Das arme Ding, ganz allein …«

»Mein Freund ist noch verreist, die Kleine kam einfach zu früh«, erklärte sie jedem tapfer, ob er es hören wollte oder nicht. Dass sie noch gedacht hätten, er wäre auf jeden Fall zurück, bis es so weit war. Tja, falsch gedacht! Sie versuchte, lustig zu sein, und schnitt Grimassen, die die anderen zum Lachen brachten, um den mitleidigen Blicken etwas entgegenzusetzen. Gab es etwas Schlimmeres als Mitleid und Trost von Fremden?

Die drei Väter im Krankenhaus, die unbeholfen ihre Babys im Arm wiegten, waren immer froh, wenn sie sie wieder zurücklegen konnten in die Arme ihrer jungen Frauen. Harry würde das besser machen. Harry würde nicht steif herumstehen, und er würde seine kleine Maya halten wollen, solange es ging.

Die drei reizenden frischgebackenen Großmütter wussten alles und hielten damit nicht hinterm Berg. Sie waren die wahrlich erfahrenen Mütter und erklärten ihren Töchtern, wie sie die Kleinen halten, wie sie stillen, wie sie Flaschen geben, wie sie wickeln mussten. Sie kamen alle auch zu ihr und beglückwünschten sie zu ihrem süßen Kind. Wie heißt sie? Maya? Nein, was für ein entzückender Name. Sie brachten ihr *Victoria Sponge Cake*, die sie gebacken hatten, und zuckrigen Sirup, den man mit Leitungswasser verdünnte. Sie musste ihnen allen entsetzlich leidtun, so mutterseelenallein in der Fremde. »Sie Arme! Sie müssen Ihre Mum ja sehr vermissen! Konnte sie nicht kommen? Es ist doch so schön, wenn man seine Mutter in der Nähe hat.«

Dass ihre Mutter nicht den blassesten Schimmer davon hatte, dass sie gerade Großmutter geworden war, musste sie den glücklichen Frauen ja nicht erzählen. Paula hatte keine Ahnung, was zu Hause los sein würde, wenn sie mit einem Kind und ohne Mann zurückkäme.

Ob sie denn in Deutschland auch traditionelle Kuchen hätten, fragten die Damen neugierig, als sie ihr dabei zusahen, wie sie den mit Marmelade gefüllten Rührkuchen aß, den sie ihr lächelnd auf einen geblümten Teller geladen hatten. Da tauchten plötzlich die Bilder von den Schwarzwälder Kirschtorten auf, die ihre Mutter an allen Fest- und Feiertagen auf die Kaffeetafel gestellt hatte. Die beste im ganzen Dorf. An ihrem letzten Geburtstag, den sie zu Hause gefeiert hatte, hatte ihre Mutter Schwarzwälder Kirschtorte gemacht. Und sie hatte kein Stück davon gegessen. Weil sie trotzig gewesen war. Weil sie sich unverstanden gefühlt hatte. Weil sie sich mal wieder gegen irgendetwas hatte wehren wollen und nicht wusste wie. Wie wehrte man sich gegen Schweigen? Wie wehrte man sich gegen Wände aus Watte? Hier auf der Entbindungsstation erinnerte sie sich jetzt an den Blick ihrer Mutter, als sie verstanden hatte, dass Paula kein Stück von dem Kuchen essen würde, den sie für sie gebacken hatte. Sie betrachtete die kleine Maya, die in dem Säuglingsbettchen neben ihrem Bett schlief, und es tat ihr auf einmal sehr leid, dass sie ihrer Mutter das angetan hatte. Es schnürte ihr den Hals zu, und sie bekam plötzlich keinen Bissen mehr hinunter vom süßen *Victoria Sponge Cake* der erwartungsvoll dreinblickenden Großmütter im Zimmer. Die Himbeermarmelade brannte fast in ihrem Gaumen, und der Kuchenteig schien in ihrem Mund zu wachsen, und immer trockener zu werden. Es war unmöglich, ihn hinunterzuschlucken, denn in diesem Kuchen fehlten die saftigen Kirschen, die ihre Mutter immer in einer dicken, fruchtigen Schicht zwischen die Schokoladenböden füllte. Mit der Kirschtorte ihrer Mutter wäre das nie passiert. Was würde sie jetzt dafür geben, genau das Stück zu essen, das sie an ihrem Geburtstag vor vielen Jahren zu Hause verschmäht hatte. Paula erkannte in diesem Moment nicht nur, dass sie Schwarzwälder Kirschtorte wesentlich lieber mochte als *Victoria Sponge Cake*, sie hatte noch eine weitere, ganz überraschende Erkenntnis: Ihre Mutter hatte die Torte nicht nur für sie, das Geburtstagskind, sondern auch für sich selbst gebacken. Für sie beide hatte sie gebacken. Weil der Geburtstag eines Kindes eigentlich auch ein großer Tag für die Mutter war. Mayas Geburtstag, das war doch ihr ganz eigener großer Tag: Ihr Geburtstag als Mutter. Ihr eigener großer trauriger Tag. Und sie sandte ein Stoßgebet zum Himmel, ob der liebe Gott, wenn er denn da oben wäre und sie hörte, doch bitte dafür sorgen könnte, dass ihre Tochter keinen Kuchen von ihr ablehnen würde, an diesem Tag im April, der fortan ihrer beider Geburtstag sein würde.

Nach zwei Wochen wurden Paula und Maya aus dem Geburtshaus entlassen. Paula wusste jetzt, wie man stillte, dass man das Bäuerchen nicht vergessen durfte, wie oft man wickelte, wie man badete. Aber sie wusste nicht, wie sie das Leben mit einem kleinen Säugling hinbekommen sollte, wie es weitergehen würde, wie sie Geld verdienen könnte und wie sie es schaffen würde, diesem kleinen Kind die denkbar beste Mutter zu sein. Eine Mutter, die ihrer Tochter jede Freiheit zur Selbstentfaltung lassen würde und sie bedingungslos lieben würde, weil sie genauso sein und bleiben sollte, wie sie war.

»Du wirst frei sein«, sagte sie zu der kleinen Maya, die in das rote Plaid von Lisette gekuschelt unter der Wand schlief, auf der sie die Liebe in allen Sprachen festgehalten hatte. Love. Libe. Kjærligheten. Amour. Dragoste. Armastus. Aloha. Evîn. Rabu. Pag-ibig. Amor. Dorogoy. Katresnan. Uthando. Cariad. Elsku. Maya.

»Und du wirst es besser haben als ich, Maya. Keine Ahnung,

wie ich das hinbekomme, aber ich mache es anders als meine Mutter. Du musst nicht brav sein, um ein Lächeln von mir zu bekommen. Ich strahle dich an, wenn du aufsässig und wild bist. Du darfst immer auf meinen Schoß, und ich sage dir immer, dass du gut bist, wie du bist. Immer.«

Sie hatte anfangs gedacht, ihr Leben ginge mit Maya einfach weiter wie bisher. Sie hatte sich nicht vorstellen können, dass so gut wie gar nichts weiterging. Und schon gar nicht einfach. Das gesamte Fundament ihres Lebens war ins Wanken geraten. Alles, an was sie geglaubt hatte, war in sich zusammengestürzt. Die einzigen Gewissheiten, die sie noch hatte, waren, dass Maya Hunger bekam, dass Maya gewickelt werden musste, dass Maya sie brauchte.

Paula saß alleine in ihrem zugigen Haus am Meer, und selbst die grandiosen Sonnenuntergänge über der Bucht hatten ihre Romantik erst einmal verloren. Sie versuchte, nicht darüber nachzudenken, was sie machen würde, wenn Harry nicht zurückkäme, oder wie sie nun eigentlich alleine Geld verdienen sollte. Sie konnte überhaupt nicht mehr richtig denken. Und vernünftige Pläne für die Zukunft konnte sie erst recht nicht schmieden. Ihre Gedanken kreisten immer um das Gleiche. Es war unvorstellbar, dass Harry sie nicht mehr liebte. Das, was zwischen ihnen war, konnte doch nicht vorbei sein. Das löste sich nicht in Luft auf, das konnte nicht einfach verschwinden. Das musste doch Bestand haben.

Sie betete sogar zum Heiligen Antonius, der Verlorenes zuverlässig zurückbrachte. Schlüssel, die man verlegt hatte, oder einen Brief, den man nicht mehr fand. Vielleicht konnte er ja auch eine verlorene Liebe zurückbringen? Heiliger Antonius, ich bitte dich, sagte sie leise, und hoffte, er würde sie erhören, auch wenn sie ihn lange Jahre vernachlässigt hatte.

Wenn ihre Gedanken nicht um Harry kreisten, dann drehte sich alles um Maya. Hatte Maya jetzt Hunger oder nicht? Und wenn nicht, wann würde Maya das nächste Mal Hunger haben? Würde sie es vorher zum Einkaufen schaffen oder sollte sie lieber das nächste Stillen abwarten? Aber dann wäre der Laden vielleicht geschlossen, und sie hätte keine Milch mehr für ihren Tee.

Zwischen diesen beiden Gedankenkarussellen blieb wenig Raum für so etwas wie eine stringente Zukunftsplanung. Ab und zu rief sie bei Liz an, um zu hören, ob sie einen Job für sie am Theater hätte, ob der Regisseur sie vielleicht noch einmal besetzen wollte. Aber wenn Liz verneinte, war sie fast erleichtert. Wie sollte sie so einen Job überhaupt schaffen? Die Proben, die Auftritte, das Warten hinter der Bühne, alleine mit einem kleinen unberechenbaren Baby?

Nach den ersten Wochen alleine mit Maya in der kleinen Wohnung fiel Paula allmählich die Decke auf den Kopf. Das Wetter wurde wärmer, und in ihr wuchs die Unruhe, es zog sie mehr nach draußen. Gleichzeitig wurde Mayas Tagesrhythmus regelmäßiger. Mit dem blauen Kinderwagen, den sie gebraucht für wenig Geld erstanden hatte, lief sie kilometerweit am Meer entlang. Linksherum durch die Salzwiesen nach Seasalter oder rechtsherum nach Tankerton, wo sie in dem Eiscafé, in dem sie immer bedient hatte, eine Tasse Tee trank, die sie meist nicht bezahlen musste. Auf diesen langen Spaziergängen merkte sie, dass sie etwas verändern musste. Sie war einsam geworden. Martin und Maggie waren inzwischen nach Bristol gezogen, wo sie so absorbiert waren von ihrem neuen Leben und ihren neuen Jobs, dass der Kontakt fast abgerissen war. Sie hatten für Maya einen bunt gestreiften Strampelanzug geschickt und eine Rassel, und ab und zu telefonierten sie, aber sie hatten sich nicht mehr viel zu sagen. In den ›Neptune‹ ging sie selten, und die Londoner Freunde schienen zusammen mit Harry aus ihrem Leben verschwunden zu sein. Die letzten Gespräche mit Liz waren seltsam gewesen. Wann immer Paula ankündigte, sie in London besuchen zu wollen, weil ihr in Whitstable die Decke auf den Kopf fiel, hatte Liz keine Zeit. Entweder sie war Tag und Nacht im Theater, oder sie besuchte ihre Eltern oder war genau an dem Tag, an dem Paula kommen wollte, irgendwo eingeladen. Paula glaubte ihr die Ausreden irgendwann nicht mehr. Warum verhielt Liz sich so seltsam? War sie wirklich aus dem Freundeskreis herausgefallen, weil sie ein Kind bekommen hatte? Sie waren doch die Aussteiger gewesen, diejenigen, die zusammenhielten, die keine Vorurteile hatten, die keiner falschen Moral nacheiferten. Hatte sie sich die Freundschaft nur eingebildet? War sie für Liz und Mike und die anderen nur attraktiv gewesen, solange sie mit Harry zusammen gewesen war?

Der Einzige, der immer vorbeischaute und sich um sie kümmerte, war Tom. Er ermutigte sie, sich wieder an der Universität in Canterbury zu melden, damit sie wieder Deutsch unterrichten konnte und zu etwas Geld kam. Manchmal ging er mit Maya spazieren, während sie mit den Studenten deutsche Konversation übte. Durch sein Zureden begann sie auch wieder Anschluss zu anderen Musikern zu suchen, die sie in den letzten Jahren kennengelernt hatte und die sich freuten, wenn sie Gastauftritte bei ihnen zusagte. Sie begann, mit einigen Bands zu proben. Die Musik gab ihr Kraft. Wenn sie sang, wusste sie, dass sie da war. Maya war immer dabei und schlief in ihrem Kinderwagen unter dem roten, von Lisette bestickten Plaid, das ihre Babydecke geworden war. Aber sobald sie aufwachte, musste Paula die Probe unterbrechen und spürte deutlich, dass die anderen dafür meist wenig Verständnis hatten. Niemand von den Musikern hatte Kinder, und wenn, dann waren sie nicht bei den Proben dabei, sondern zu Hause bei ihren Müttern oder Großmüttern. Ohne ihr Baby hätte sie wahrscheinlich einige Angebote bekommen, als Frontfrau dauerhaft einzusteigen. Aber keiner war willens, sich darauf einzulassen, die Proben nach einem Säugling zu richten, und so bekam Paula selbst für einzelne Gastauftritte erste Absagen.

Wenn sie mit einer Band im ›Old Neptune‹ auftrat, war Tom immer zur Stelle. Auch wenn er keinen Dienst hatte, kam er, um die Kleine ganz verliebt und geduldig auf- und abwippend durch den Pub zu tragen. Paula musste nur aufpassen, dass er seinen kleinen Finger nicht zu oft in Bier tunkte und der kleinen Maya in den Mund steckte.

»Aber das haben meine Eltern auch gemacht, das beruhigt«, protestierte Tom, wenn sie ihm Maya dann aus dem Arm nahm.

»Nicht nur deine. Aber wer weiß, was aus uns hätte werden können, wenn wir keine Bierfinger abgelutscht hätten? Vielleicht wärst du jetzt ein Nobelpreisträger?«

»Das wäre aber schade, dann wäre ich jetzt wahrscheinlich nicht hier, um dein Baby für dich zu hüten …«

Auf Tom konnte sie sich immer verlassen, er war ihr bester Freund, war zuverlässig und unterstützte sie, wo er nur konnte. Und dann sah er auch noch gut aus. Er würde sich zusammen mit ihr um Maya kümmern und wäre bestimmt ein liebevoller Vater, er himmelte sie beide an, das war nicht zu übersehen. Wenn sie sich nur in ihn verlieben könnte, dann wäre alles viel einfacher. Aber so funktionierte die Liebe nicht. Sie liebte Harry, wie sollte sie je damit aufhören? Tagsüber war Paula tapfer, aber nachts war sie einsam. Sie legte sich das dunkelrote Plaid, das Lisette ihr gegeben hatte, um die Schultern, um sich nicht so alleine zu fühlen, und widerstand der Versuchung, ihre Großmutter anzurufen. Irgendwann müsste sie es allen zu Hause erzählen, dass sie ein Kind hatte. Irgendwann. Aber nicht jetzt. Es wäre leichter, wenn sie zusammen mit Harry nach Lerchenrod fahren könnte. Wenn er irgendwann zu ihnen zurückkäme, dann würden sie zusammen nach Hause fahren.

Paula beschloss, einfach nach London zu fahren. Mit dem Kinderwagen in den Zug steigen und ihren Tagesausflug nicht nach Seasalter oder nach Canterbury zu machen, sondern nach London. So weit war es schließlich auch nicht. Sie würde den Kinderwagen durch den Hyde Park schieben und versuchen, sich am frühen Abend mit Liz und Mike zu verabreden. Zusammenzusitzen und zu reden, wie früher. Über Theater, über Musik. Und über das Leben. Sie hoffte natürlich insgeheim, etwas über Harry zu erfahren, ihm vielleicht sogar zu begegnen. Auch wenn Liz und Mike keine Zeit hätten, würde sie trotzdem für einen Tag nach London fahren und am Haus der Stantons vorbeiflanieren, abends, ganz zufällig, zu der Zeit, wenn Harry gewöhnlich aus dem Büro kam. Wenn er nicht schon längst nach Nordengland versetzt worden war. Sie wusste überhaupt nichts von ihm.

Sie rief Liz abends an, um ihr zu sagen, dass sie morgen in London wäre. Zu ihrer Überraschung war Mike am Telefon.

»Paula, weißt du was«, unterbrach er sie, bevor sie irgendetwas sagen konnte. »Ich komme morgen zu dir nach Whitstable. Wir hängen zusammen am Strand in der Sonne ab, trinken Bier und pfeifen auf alles andere.«

»Ich kann doch gar kein Bier trinken …«, sagte sie noch und merkte, dass er schon aufgelegt hatte. Egal. Er konnte ja trinken, was er wollte, Hauptsache, er kam vorbei. Nach London könnte sie dann ja immer noch fahren. Sie freute sich auf Mike. Es würde ein bisschen so sein wie früher. Sie würden aufs Meer schauen und reden. Wie früher.

Es war kein bisschen so wie früher.

»Liz heiratet Ende des Monats«, sagte Mike und starrte an den Horizont, wo die Isle of Sheppey im hellen Mittagsdunst kaum zu sehen war.

»Was?« Paula war überrascht. »Ihr heiratet? Meine Güte, das ist ja eine Überraschung! Ich dachte immer, ihr glaubt nicht an die Ehe, aber … ach, aber wie schön! Ich freue mich für euch.«

»Ich heirate nicht. Liz heiratet. Am 25. Juli.«

Jetzt erst sah sie seine zusammengekniffenen Lippen und seinen düsteren Blick. Er schaute sie kurz an, dann richtete er den Blick wieder starr geradeaus.

»Und Harry heiratet übrigens auch am 25. Juli.«

Paulas spürte, wie alle Kraft aus ihrem Körper wich. Plötzlich war ihr die Dose mit der Orangenlimonade, die sie in der Hand hielt, viel zu schwer. Die Dose fiel ihr aus der Hand, und die orange Limo versickerte sprudelnd zwischen den Steinen.

»Er wollte nie heiraten«, hörte sie sich sagen. Wie von fern klang ihre eigene Stimme, und viel höher als sonst.

»Liz auch nicht«, sagte Mike.«

Paula schaute auf die orange Spur, die die Limonade auf dem Kies hinterlassen hatte. Harry heiratete? Das war unglaublich.

»Und jetzt machen sie auch noch eine Doppelhochzeit?«

»Es gibt nur eine Hochzeit.«

Es dauerte lange. Es dauerte sehr lange, bis Paula begriff, was Mike da sagte.

Sie sprang auf und schrie das Meer an. Sie warf Hände voller Steine ins Meer, sie rannte ins Wasser, ließ sich mitsamt ihren Kleidern hineinfallen, sie tauchte unter und schluckte Wasser, kämpfte sich wieder an den Strand, lag schluchzend auf dem Kies und grub ihre Hände in die Steine. Sie hörte nicht, dass Maya aufwachte und weinte.

Mike brachte Paula irgendwann zurück in die Wohnung, ließ

ihr heißes Wasser in die Badewanne laufen und sang Maya ein Lied vor, bis sie wieder einschlief.

»Ich wollte, dass du es weißt. Wenn die beiden schon nicht den Mumm haben, es dir selbst zu sagen. Tut mir echt leid, Pauls.« Mike hockte auf dem Boden neben der Badewanne, an die Wand gelehnt, und schaukelte Maya in seinem Arm.

»Aber wie kann er das tun? Er war doch mit Elaine …«

»Liz fand ihn schon immer gut. Er war ihr heimlicher Schwarm. Aber vor dir hatte sie Respekt, solange ihr zwei zusammen wart, hätte sie es nie gewagt, sich einzumischen. Bei Elaine hatte sie keine Hemmungen. Es ging ganz schnell.«

»Das glaube ich nicht.«

»Ist aber so.«

Deshalb. Deshalb war Liz ihr ausgewichen. Deshalb hatte sie nie Zeit gehabt und sich nie gemeldet.

»Und wie geht es dir jetzt?«

Mike seufzte tief.

»Sie ist vor zwei Wochen ausgezogen. Die beiden sind schon in Newcastle und richten sich ein. Tja. Ich war ihr armes Schlüsselkind. Das fand sie eine Zeit lang schick. Jetzt offensichtlich nicht mehr.«

»Mike, das kann doch nicht wahr sein? Das ist doch unmöglich! Die beiden verraten alles, an was wir glauben!«

»Geglaubt haben.«

»Aber wir haben doch ein Kind.«

»Ich bin mir nicht sicher, dass Harry das weiß.«

Paula tauchte in der Wanne unter. Hierbleiben. Versinken. Ertrinken. Sie tauchte auf, als sie keine Luft mehr hatte, und hörte Mayas kleines Krähen, Maya war wach. Sie sollte aus der Wanne steigen, bevor sie wieder zu kalt wurde, aber sie fühlte sich so unendlich schwach. Viel zu schwach, um nach dem Handtuch zu greifen. Sich abzutrocknen.

»Es ist gar nicht wahr, oder?«, fragte sie Mike, als der ihr ein Handtuch hinhielt, damit sie endlich aus dem Wasser kam. »Du hast dir das ausgedacht, stimmt's?«

Mike gab keine Antwort. Er half ihr, sich abzutrocknen, weil sie so zitterte, dass sie es nicht alleine schaffte. Dann packte er sie ins Bett, legte Maya in ihre Arme und kochte erst einmal Tee. Starken süßen Tee. Das englische Allheilmittel. Bei Hunger, bei Kälte, bei Durst und Krankheit, Übelkeit, Erschöpfung, bei Heimweh, Fernweh, Geburtsschmerz und bei Liebeskummer.

»Rutsch mal«, sagte er.

Unter der Decke zog er sie an sich, klemmte ihre eiskalten Füße zwischen seine Waden und wärmte sie.

Sie malten sich aus, wie es wäre, zusammen zu der Hochzeit zu fahren. Ungeladen in der Kirche aufzutauchen. Und wenn der Pfarrer die berühmte Frage stellte, von wegen aufstehen oder für immer schweigen, dann würde Paula aufstehen, mit Maya im Arm, und laut sagen, dass sie die Mutter des Kindes des Bräutigams sei. Und Mike würde aufstehen und sagen, dass Liz eine falsche Schlange sei. Oder sie würde aufstehen und singen. Ein Liebeslied für Betrüger und Lügner. Oder sie würden eine Rockband reinkommen lassen, mit E-Gitarren, die die hehre Stille der Trauung zerfetzten und wie einen Fluch in den heiligen Raum hineingrölen würden. *You won't get no, satisfaction! No no no!*

Sie wussten beide, dass sie nichts davon machen würden. Gebrochene Herzen probten selten den Aufstand. Gebrochene Herzen verkrochen sich und leckten ihre Wunden und versuchten, irgendwie trotz allem zu überleben.

Mike blieb ein paar Tage, bis es Paula wieder besser ging. Er war nett. Er bot ihr an, sie nach Yorkshire mitzunehmen, wo er hingehen wollte, weil dort Freunde von früher waren, über die er wahrscheinlich einen Job an einer Schule bekommen würde. Er hatte keine Lust mehr, in London zu bleiben.

»Komm mit, Paula, meine Freunde da haben ein großes Haus, lauter Künstler und Soziologen, es gibt Kinder, es ist ein tolles Projekt. Wir fangen neu an. Wird dir guttun, von den Erinnerungen hier wegzukommen.«

Aber wenn sie mitgehen würde, dann wären sie auf ewig die beiden Geprellten, die beiden Übriggebliebenen. Der neue Anfang würde auf einer Niederlage aufbauen, an die sie sich täglich erinnern würden.

»Ich muss ganz neu anfangen und das alles vergessen.«

»Wenn du das kannst ...?«, antwortete er und lächelte traurig. »Viel Glück dabei, Pauls.«

Paula baute einen Scheiterhaufen am Strand und verbrannte alles, was Harry gehörte, und alles, was sie an ihn erinnerte. Alles, was an sie beide erinnerte. Das, was übrigblieb, war gar nicht so viel. Das passte gut, dachte sie. Denn von der Paula, die sie gewesen war, war auch nicht viel übriggeblieben. Sie verkaufte das Klavier, verschenkte ihren Hausrat an die neuen Studenten im Haus, die jetzt in der Wohnung von Maggie und Martin wohnten, packte den Rest in zwei große Koffer, die sie auf dem Flohmarkt erstanden hatte, trank ein letztes Glas Cider im ›Old Neptune‹ und machte sich wieder auf die Reise. Tom brachte sie nach Dover und half ihr mit dem Kinderwagen und den Koffern auf die Fähre.

»Kommst du zurück?«, fragte er, und erst als sie seinen bangen Blick sah, wurde ihr klar, wie sehr er hoffte, dass sie es täte. Sie konnte nichts erwidern, sie zuckte stumm die Achseln, und er verstand. Sie würde nie wiederkommen.

Als das Schiff ablegte, stand sie mit Maya im Arm auf dem Deck und schaute, wie die weißen Klippen von Dover, denen sie vor sechs Jahren so freudig entgegengefahren war, immer kleiner wurden, bis sie hinter dem Horizont verschwanden. *Love hurts* hatte sie gesungen. Lange war das her. Da hatte sie gedacht, sie wüsste, wie weh Liebe tun kann. Nichts hatte sie gewusst. Gar nichts. Jetzt wusste sie es.

Zu Hause ahnte niemand, dass sie ein Kind bekommen hatte. Sie hatte es weder ihrer Mutter noch Lisette geschrieben. Wenn sie ihrer Oma Lisette erzählt hätte, dass sie jetzt alleine war und eine Tochter hatte, hätte sie ihr ja auch erzählen müssen, dass ihre große Liebe verloren war. Und nicht, weil das Schicksal zugeschlagen hatte, nicht, weil ein Krieg ihr den Liebsten entrissen hatte. Nein. Weil er weggelaufen war. Weil sie nicht die Richtige war. Weil sie für nichts die Richtige war. Sie schämte sich. Ihrer Mutter hatte sie nichts erzählt, weil sie befürchtete, nicht nach Hause kommen zu dürfen wegen der Schande, die sie nun mitbrachte. Als der Zug sich dem heimatlichen Bahnhof näherte, war sie plötzlich so aufgeregt, dass sie gar nicht wusste, was sie zuerst zusammenpacken musste. Schnell warf sie einfach alles in den Kinderwagen. Zum Glück half ihr ein mitreisender Herr, die schweren Koffer an den Ausstieg zu stellen.

Durch das kleine Fenster in der Zugtür entdeckte sie die dunkel gekleidete schmale Gestalt ihrer Mutter am Bahnsteig neben dem Ortsschild, als der Zug langsam in den Bahnhof einrollte. Bestimmt wartete sie schon lange. Plötzlich dachte sie, dass sie es ihr doch vorher hätte sagen müssen. Plötzlich hatte sie Angst.

Die Bremsen quietschten ohrenbetäubend. Der nette Mitreisende half ihr noch, zuerst die zwei großen Koffer und dann mit ihr gemeinsam den Kinderwagen aus dem Zug zu heben. Da stand sie nun auf dem Bahnsteig, und das Herz schlug ihr bis zum Hals. Sie hielt sich an dem Kinderwagen fest und versuchte zu lächeln, als sie sich in die Richtung drehte, aus der ihre Mutter nun auf sie zukam. Jetzt wusste sie alles. Ängstlich suchte sie in ihrem Gesicht nach einer Reaktion. Aber ihre Mutter zeigte keine Regung, und wenn da eine Regung in ihr war, dann gelang es ihr gut, sie zu verbergen. Sie kam einfach auf sie zu, nahm sie stumm in den Arm und hielt sie fest. Zum ersten Mal war Paula dankbar, dass es nie große Gefühlsausbrüche bei ihnen gegeben hatte. Keine Tränen, keine Vorwürfe, kein Drama. Ihre Mutter nahm ohne ein Wort die beiden Koffer.

»Dann fahren wir mal nach Hause.«

Charlotte war froh, dass sie den Weg nach Hause so gut kannte, dass sie keinen einzigen Gedanken daran verschwenden musste. Das Auto fuhr den Weg fast alleine, und sie konnte versuchen, ihre Gedanken zu sortieren. Neben ihr saß ihre Tochter, ein Baby auf dem Arm, noch schmaler war sie geworden, ein Schatten ihrer selbst. Die Koffer, die sie in den Kofferraum gehoben hatte, waren groß und schwer. Das waren keine Koffer, mit denen man mal eben zu Besuch kam. Es würde sie nicht wundern, wenn sie bleiben wollte. Sie hatte kein Wort davon gesagt, dass sie bleiben wollte. Sie hatte auch kein Wort davon gesagt, dass sie ein Kind bekommen hatte. Das Kleine sah aus, als wäre es schon einige Monate alt. Einige Monate hatte sie alles mit sich alleine ausgemacht.

An einer Straßenkreuzung, an der sie anhalten musste, schaute sie zur Seite. Paulas Wange schmiegte sich an das Köpfchen, das müde an Paulas Hals kuschelte. Sie spürte den Kloß in ihrer Kehle und die Tränen, die ihr in die Augen schossen. Schnell sah sie wieder geradeaus. Blinker setzen, erster Gang, nach rechts sehen, nach links sehen, fahren.

Sie sprachen kein Wort, bis sie den Motor auf dem Hof abschaltete und ausstieg, um die Koffer auszuladen.

»Lass mich das machen, nimm du sie.«

Dann legte Paula ihr die Kleine in den Arm, und jetzt konnte sie die Tränen nicht mehr zurückhalten. Es waren zu viele Gefühle, die sie in diesem Augenblick überschwemmten.

»Hallo, meine Kleine«, flüsterte sie zärtlich und wiederholte es immer wieder, weil sie keine anderen Worte fand.

Während Paula die Koffer und den Kinderwagen auslud, trat Fritz aus der Scheune. Er hatte bestimmt das Auto gehört und kam, um Paula zu begrüßen. Als er das Baby auf Charlottes Arm sah, blieb er wie angewurzelt stehen. Sein Lächeln verschwand. Er drehte sich auf dem Absatz um und verschwand wieder in der Scheune. Charlotte seufzte.

»Jetzt schickt er mich weg«, sagte Paula und starrte auf das Scheunentor. »Wenn er wiederkommt, schickt er mich weg.«

»Das wird er nicht tun«, sagte Charlotte und hoffte inständig, dass sie recht hatte. »Er braucht jetzt nur ein bisschen Zeit.«

Sie gingen zusammen ins Haus, und erst jetzt erkannte sie das rote Wolltuch, in das die kleine Maya gehüllt war. Das war doch das dunkelrote Wollplaid, das ihre Mutter ihr damals mitgeben wollte, als sie nach Wiesbaden ging, um ihre Ausbildung zu beginnen. Sie hatte fast vergessen, wie das Plaid aussah. Vorsichtig strich sie über die Stickerei, schwarzes Weinlaub und weiße Trauben rankten in einer Borte auf dem roten Stoff. Ihre Mutter hatte wirklich ein Händchen dafür gehabt. Das Muster wirkte auch heute noch modern, fast zeitlos.

»Wo hast du das denn her?«

»Hat Oma mir geschenkt, als ich nach England bin«, sagte Paula. »Es hat mich oft warmgehalten. Und seit Maya auf der Welt ist, ist es ihre Babydecke. Sie mag sie. Und ihre Fingerchen suchen immer die Trauben.«

»Das ist schön, dass ihr die Decke habt«, sagte sie.

Wahrscheinlich gäbe es die Decke nicht mehr, wenn sie sie damals mitgenommen hätte, dachte Charlotte. Alles, was sie damals hatte, war verlorengegangen. Alles. Aber jetzt hatte die Decke Paula und ihre Tochter gewärmt. Das war wirklich schön.

Auch wenn alles andere nicht schön war. Dass sie ohne Mann, aber mit einem Kind heimkam. Dass sie rotgeweinte Augen hatte. Dass sie dünn und still geworden war und dass man ihr das tiefe Unglück ansah, von dem sie immer gehofft hatte, dass es ihre Tochter verschonen würde.

Paula stand am Fenster. Draußen hatte ihr Vater begonnen Holz zu hacken, und das regelmäßige Geräusch der gespaltenen, fallenden Scheite klang zu ihnen herein. Klack. Klack. Ihr Vater hatte seine Routine. Alle Arbeiten hatten bei ihm eine Routine, die er mit stoischer Ruhe über die Zeit entwickelt hatte und an der er sich festhielt. Jede Arbeit, jeder Tag, jede Woche, jede Jahreszeit. Alles hatte System.

Paula hatte sich immer dagegen aufgelehnt. Sie tat es auch jetzt noch. Aber fast hatte sie das Gefühl, es zum ersten Mal verstehen zu können, dass es auch guttun konnte, eine Routine zu haben, mit der man durch den Tag kam. Sie lauschte dem Klang der fallenden Scheite.

»Wenn er mich nicht hierhaben will, fahre ich halt zu Oma nach Rauenthal. Das geht ja auch.«

»Natürlich will er dich haben. Er freut sich doch.«

Paula sah ihre Mutter zweifelnd an, die die schlafende Maya

im Arm hielt und betrachtete. Ja, sie war wieder in Lerchenrod. Sie musste sich wohl wieder daran gewöhnen, dass jemand seine Freude zeigte, indem er stumm verschwand.

»Du solltest deine Oma natürlich trotzdem besuchen. Sie wird sich freuen. Weiß sie es denn schon?«

Paula schüttelte den Kopf und wich dem fragenden Blick ihrer Mutter aus.

»Wir holen nachher die Wiege vom Dachboden, wenn wir die saubermachen, ist die wie neu. Wurde ja nicht oft benutzt«, fügte ihre Mutter hinzu.

»Hättest du sie eigentlich gerne öfter benutzt?«, fragte Paula ihre Mutter und merkte, dass sie überhaupt nicht wusste, ob ihre Mutter eigentlich gerne mehr Kinder bekommen hätte.

»Ich war ja schon alt, als ich dich bekommen habe. Man soll das Glück nicht zweimal herausfordern. Und natürlich bleibst du hier Paula. Solange du willst. Hier ist dein Zuhause.«

Das Glück nicht zweimal herausfordern? Das hieße ja, dass sie ein Glück für ihre Mutter gewesen wäre? War sie ein Glück? Wenn ja, hatte ihre Mutter ziemlich oft vergessen, es ihr zu zeigen. Wahrscheinlich war es einfach diese Redensart. Eine von den vielen Alltagsweisheiten, mit denen man sich und anderen die Welt erklären konnte, ohne dass man etwas über sich selbst offenbaren musste.

Es hatte etwas Tröstliches, in dieser Küche zu sein. Das Geschirr mit den roten Punkten. Das Salzfässchen im Küchenbuffet. Der Tonkrug mit der Sauermilch auf der Fensterbank. Die vertrauten Gerüche. Ihre alte Wiege. Sie war so müde. Entsetzlich müde. Zu Hause konnte man schlafen. Zu Hause war Ruhe.

Die Geräusche der fallenden Holzscheite draußen waren jetzt verstummt. Paula atmete einmal tief durch, als der Vater in die Küche kam und sich schweigend die Hände am Waschbecken wusch. Ihr Herz klopfte. Warum war sie so nervös? Mehr als rauswerfen konnte er sie doch nicht. Er trat zum Küchentisch, stellte sich neben ihre Mutter und schaute sich sein Enkelkind an. Er verzog keine Miene. Aber dann beugte er sich hinunter und strich der kleinen Maya mit seinen rauen Händen sehr zart über die Wange. Er setzte sich auf seinen üblichen Platz auf der Eckbank und sagte, ohne aufzuschauen:

»Wann das einer schafft, Mädche, dann du.«

Das war alles, was dazu gesagt wurde.

Paula schluckte und schwieg. Sie setzte sich mit wackeligen Knien an den Abendbrottisch, den ihre Mutter schon gedeckt hatte, und nahm eine Scheibe Brot, die sie für ihre Mutter bestrich, damit sie etwas essen konnte, ohne Maya aus dem Arm zu legen.

Vieles in Lerchenrod war gleichgeblieben, aber einiges hatte sich auch verändert. Als Erstes fiel Paula auf, dass es keine Hühner mehr gab. Es war doch so viel einfacher, die Eier im Laden zu kaufen, war die Erklärung. Im Schweinestall gab es nur noch zwei Schweine, und das Milchvieh wollten sie zum Jahresende ganz abschaffen. Die ersten Felder waren schon verpachtet, die meisten davon an Lemmers nebenan, die stockten nämlich alles auf.

»Nur die Großen überleben«, brummte ihr Vater, als Paula nachfragte. »Wir Kleinen interessieren keinen mehr. Wir werden jetzt alle Mondscheinbauern. Kriegst ja nichts mehr für deine Arbeit. Schaffst dich krumm, und nichts kommt dabei raus. Nur die ganz Großen, die machen Gewinne. Aber schön ist das auch nicht.«

Doro brachte Paula ihre gesamte Babyausstattung vorbei, weil ihr drittes Kind, die kleine Nicole, die ein paar Monate älter war als Maya, gerade aus allem herausgewachsen war.

»Ich brauche jetzt keine Babysachen mehr. Jetzt ist Schluss! Und du musst dir unbedingt diese Pampers kaufen. Ein Wunderzeug! Es ist natürlich teuer, aber du brauchst keine Windeln mehr auszuwaschen, herrlich, sag ich dir. Da machen die Kleinen einfach viel weniger Arbeit.«

Doro war eine große Verfechterin aller Neuheiten, die die Haushaltsführung vereinfachten. Sie besaß eine Küchenmaschine, eine Apfelsinenpresse, einen Toaster, eine Kaffeemaschine, einen Eierkocher, einen Joghurtzubereiter, einen Backautomaten, einen Staubsauger, und sie hatte sich gerade als Tupperware-Vertreterin selbstständig gemacht. Sie schwärmte von allem, was mit guter Haushaltsführung zu tun hatte, und schenkte Paula eine Tupperdose mit einem Sternendeckel.

»Kannst du mal ausprobieren. Deine Mutter konnte ich noch nicht dafür erwärmen. Das ist ihr zu neumodisch. Aber du wirst sehen, es ist sehr praktisch.«

Doro schnatterte glücklich über alle Aspekte eines modernen Haushalts, und Paula beneidete sie darum. Dass sie sich über bunte Plastikdosen und Wegwerfwindeln so sehr freuen konnte. Auch ihr Leben wäre einfacher, wenn sie sich darüber freuen könnte. Aber nach einer Stunde fröhlichem Geschnatter wurde Doro ernst.

»Ach, Paula, du machst jetzt genau das, was ich mich damals nicht getraut habe«, sagte sie. »Wie hast du das geschafft? Alleine ein Kind zu bekommen, ohne Mann, ohne Familie, und das auch noch im Ausland …«

»Ich wurde nicht wirklich gefragt«, antwortete Paula. »Ich dachte … na ja, egal. Du wusstest eben genau, wer der Richtige für dich ist, und deshalb hast du damals ja auch richtig entschieden. Ist Wim denn immer noch der Richtige?«

Doro nickte. »Wenn ich dran denke, dass dieser eine Fehler beinahe mein ganzes Leben zerstört hätte … aber weißt du was? Inzwischen vergesse ich es manchmal sogar. Bei den drei Kindern jetzt …«

»Die Männer machen immer noch weiter, als wäre nichts gewesen, und an den Frauen bleibt es für immer hängen.«

Doro nickte. »Bereust du es, dass du weggegangen bist? Dass du jetzt die Kleine hast?«

»Nein. Ich hatte die schönste Zeit meines Lebens. Es ist nur schrecklich, dass es vorbei ist. Dass ich mich so getäuscht habe. Dass ich dachte, er wäre der Richtige. Er heiratet jetzt jedenfalls eine andere.«

»O nein …« Doro griff ihre Hand. »Kennst du sie?«

»Leider. Ich dachte, sie sei meine Freundin.«

»Deshalb bist du jetzt wieder da?«

Paula nickte.

»Das würde ich ihm mal schreiben«, sagte Doro. »Warum soll es ihm denn besser gehen als dir? ›Alles Gute zur Hochzeit, und weißt du eigentlich, dass wir eine Tochter haben? Du kannst für sie monatlich gerne Geld schicken per Postanweisung, Poststelle Lerchenrod. Und deine Frau ist übrigens eine falsche Schlange.‹«

»Ich mache mich nur lächerlich mit so einem Brief.«

»Ich will nicht, dass dir jemand so wehtut«, sagte Doro.

Paula zuckte mit den Schultern. »Ich auch nicht.«

»Aber weißt du was, ich freue mich, dass du wieder hier bist. Wir können abends hier draußen auf der Bank sitzen und uns unterhalten, wenn die Kinder im Bett sind. Wie früher.«

Paula lächelte traurig. Wie früher. Da war sie weggegangen, um dem ›Früher‹ zu entkommen. Und jetzt war sie wieder mittendrin gelandet.

»Du schaffst das«, sagte Lisette. »Wir Winterfrauen sind aus hartem Holz geschnitzt, wir schaffen eine Menge, wenn das

Schicksal es fordert. Du bist eine starke junge Frau, Paula! Du gehst deinen Weg, das weiß ich.«

»Warum denken alle, dass ich so stark bin? Ich fühl mich elend und schwach! Ich würde am liebsten nur vor mich hin heulen. Er hat mich ja noch nicht mal so geliebt, wie Emile dich geliebt hat. Harry hat mich verlassen! Das ist etwas ganz anderes … das ist … jämmerlich. Und peinlich und …«

Paula und ihre Oma Lisette saßen auf der Bank neben dem Kräuterbeet und schauten auf den alten Pfirsichbaum, der seine knorrigen Zweige gen Himmel streckte.

»Alles ist so schön hier. Schau dir diesen wunderbaren Baum an, aber ich kann mich überhaupt nicht mehr freuen. Alles ist schön, allen geht es besser als mir, alle haben eine Zukunft! Und sogar dieser Baum deprimiert mich. Der hat viel mehr Würde als ich.«

»Es ist ja in Ordnung, eine Weile zu jammern und zu trauern. Ich habe auch gejammert. Und ohne meine Freundin Henriette wäre damals alles den Bach runtergegangen. Sie hat mich zurück ins Leben geholt, als ich nicht mehr wusste, wie das überhaupt geht, leben. Aber du fällst wieder auf die Füße, Paula. Du bist schön und du bist stark, auch wenn du es jetzt nicht merkst. Irgendwann kommt der Zeitpunkt, das schwöre ich dir, da wirst du sagen, meine alte Oma hatte recht. Und ich sag dir noch etwas: Irgendwo da draußen wartet ein anderer, der der Richtige sein wird. Gib nicht auf, meine Kleine. Gib niemals auf.«

Sie schauten stumm in den Pfirsichbaum, in dem schon die ersten kleinen grünen Früchte hingen.

»Ich hätte damals nicht gedacht, dass ich den Baum noch so oft blühen sehe und so oft ernten kann. Und noch weniger, dass ich mich irgendwann auch wieder richtig freue, dass er blüht und dass er wieder Früchte trägt, die Blätter abwirft und wieder neue Knospen treibt. Und jetzt freue ich mich, dass ich das tatsächlich noch einmal erlebe. Dieses Jahr. Mit dir. Wer weiß, ob das nächstes Jahr noch geht.«

»Sag das nicht. Das geht überhaupt nicht, Pfirsiche ohne dich«, sagte Paula und griff nach Lisettes Hand, die runzelig und klein in ihrer lag. »Nächstes Jahr ernten wir zusammen Pfirsiche, und vielleicht geht es mir ja dann schon besser.«

»Dir wird es bestimmt besser gehen, aber ich werde neunundachtzig. Irgendwann geht alles vorbei. Jetzt sind schon so viele gegangen, es ist auch nicht schön, alleine übrig zu sein.«

»Und bist du denn wirklich immer alleine gewesen? Hast du das nicht vermisst, dass es nie mehr einen anderen Mann in deinem Leben gab? Hat dir da nicht etwas gefehlt?«

»Ach, man kann auch nicht sagen, dass es gar keinen Mann mehr gegeben hat.«

»Oma?! Davon hast du nie erzählt.« Paula sah sie überrascht an.

Lisette lächelte leise. »Weißt du, ich wollte immer das machen können, was ich wollte. Wann ich wollte. Wie ich wollte. Und die meisten Männer waren der Meinung, dass nur sie das wissen. Und ja, ich war immer mal wieder sehr fasziniert oder auch verliebt. Es gibt ja wirklich tolle Männer!«

»Wenn du das sagst!«

Paula musste lachen, und Lisette lachte mit.

»Aber wenn einer mir anfing zu erklären, wie ich meine Buchführung umstellen oder den Garten pflegen soll oder, noch besser, wie ich mich doch viel hübscher kleiden könnte …«

»*Das* hat niemand zu dir gesagt!«

»O doch, mein kleiner Schatz. Und ehe ich bis drei zählen konnte, war das Verliebtsein schon davongeflogen. Schwupps. Das war's gewesen. Das ist natürlich das Problem, wenn man vieles alleine schafft. Aber ich konnte mich nie unterordnen. Und du kannst das auch nicht.«

»Aber wo hat Mama das gelernt? Warum ist sie so? Warum genügt ihr dieses Leben auf dem Hof, warum hat sie sich da völlig untergeordnet? Warum wollte sie nie weg? Sie liebt meinen Vater doch gar nicht!«

»Ich glaube, es gibt viele Arten von Liebe. Ich weiß nicht, was damals war, ich kann es dir nicht erzählen. Aber etwas hat sie sehr verändert.«

»Im Krieg?«

Lisette nickte. »Vielleicht erzählt sie es dir irgendwann. Jeder trifft irgendwann seine Entscheidungen über die eigene Geschichte. Und dann lebt man mit diesen Entscheidungen weiter. Das hat sie wohl gemacht. Das machen wir alle. Das ist unser Gerüst. Die Geschichte, die wir uns über unser Leben erzählen. Das trägt uns.«

Paula schrieb mindestens zehn, zwölf, dreizehn Briefe, wenn nicht mehr. Wilde Beschimpfungen. Tränenreiche Vorwürfe. Selbstmitleidige Klagen. Doro hatte recht. Harry musste es wissen, dass er eine Tochter hatte. Und er sollte auch wissen, dass er eine Schlange geheiratet hatte. Sie legte ein Foto von Maya zu dem Brief, klebte den Umschlag zu und trug ihn zu demselben gelben Briefkasten, in den sie all ihre Liebesbriefe an ihn geworfen hatte, bevor sie nach England aufgebrochen war. Danach stellte sie sich vor, wie er erschüttert zusammenbrechen würde, wenn er den Brief las, Liz voller Verachtung stehen lassen würde, um sofort den nächsten Zug zu ihr zu nehmen. Sie stellte sich aber auch vor, dass Liz und er zusammen den Brief lasen, dass Liz ihm eine wahnwitzige Lügengeschichte erzählte, die er ihr glaubte, weil er jetzt Liz glaubte und nicht Paula. Oder dass Liz in Tränen ausbrechen würde, weil sie sich so schämte, ihn angelogen zu haben, und er ihr sofort alles verzieh.

Als keine Antwort kam und kein Harry auftauchte, wusste

sie, dass es eine der letzten beiden Versionen gewesen sein musste. Daraufhin vergrub Paula die Jahre in England so tief in ihrem Herzen, dass sie sie nie wiederfinden würde.

Der Richtige für sie würde bestimmt noch kommen. Irgendwann. Und bis dahin würde sie einfach weiterleben.

Es tut weh. Alles tut weh. Die Liebe tut weh.

Ich würde gerne aufhören, dich zu lieben, damit es nicht mehr so weh tut, aber ich weiß nicht, wie es geht. Du hättest es mir beibringen müssen, bevor du gegangen bist. Ich dachte, Engländer wären höflich, ich dachte, du wärest dazu noch ehrlich und aufrecht. Ich dachte, du würdest dich von mir und deiner Tochter Maya verabschieden, uns vielleicht Glück wünschen, bevor du gehst. Falsch gedacht. So ist es jetzt an mir, dir Glück zu wünschen.

Leb wohl, Harry.

Paula

8

will's löffeln
will's trinken
will ganz drin versinken

Glück, Paula Winter

2006

Ich klingelte dreimal bei Lukas, aber keiner öffnete. Jetzt hatte es auch noch begonnen zu nieseln. Mir war kalt, und ich trat von einem Bein aufs andere. Es war vielleicht naiv von mir, zu glauben, dass in einer WG von jungen Berufstätigen abends einfach jemand zu Hause sein würde. Aber ich hatte ihn überraschen wollen, um den Streit an seinem Geburtstag irgendwie wiedergutzumachen. In meiner Tasche war eine Flasche Sekt, die jetzt schon schwer an meiner Schulter zog. Ein eiskalter Wind peitschte durch die Straßen, und ich ging unverrichteter Dinge wieder zu meinem Auto, bevor das Papier noch durchweichte, in das ich sein Geschenk eingeschlagen hatte. In der Galerie von Mary Claire hatte ich ein Bild gesehen, bei dessen Anblick ich sofort an Lukas denken musste, weil es mit Zeit zu tun hatte. Es war der Versuch, an den Tag anzuknüpfen, an dem wir seine Uhr zusammen ausgesucht hatten, und sollte den blöden Streit vergessen machen. Es war kein gutes Timing gewesen, weder von ihm noch von mir. Ich war ausgerechnet an seinem Geburtstag weggefahren, und er hatte mir Vorwürfe gemacht, als es mir gerade überhaupt nicht gut ging, und das alles auch noch am Telefon.

Der Regen wurde stärker, und ich fuhr wieder nach Hause. Es wäre besser, mich mit ihm zu verabreden und auf die Überraschung zu verzichten.

Hallo Lukas, ich bin wieder da und würde gerne mit dir das Glas

Sekt trinken, das wir an deinem Geburtstag nicht trinken konnten. Wann passt es dir? Am Wochenende? Liebe Grüße, Maya

Nachdem ich die SMS abgeschickt hatte, schaute ich fast stündlich nach, ob er geantwortet hatte, und als ich ins Bett ging, wunderte ich mich, dass nichts gekommen war.

Lukas' Antwort kam drei Tage später.

Bin seit einer Woche in München, weiß nicht, ob oder wann ich noch mal nach Frankfurt komme.

Ich starrte auf das Display. Er war nach München gegangen, ohne mir etwas davon zu sagen. War das jetzt die Retourkutsche dafür, dass ich ihm nicht von meiner Reise nach England erzählt hatte? Doch dann erinnerte ich mich an unser Telefonat, an das ich zugegebenermaßen nicht gerne dachte. Er hatte mir etwas erzählen wollen. Und ich hatte plötzlich wieder seinen letzten Satz im Ohr. Er hatte mir viel Glück gewünscht. Ich hatte das auf meine Reise und meinen Vater bezogen. Jetzt erst verstand ich die Endgültigkeit, die in diesem Satz gelegen hatte. Das hatte ich nicht gewollt. Das hatte ich überhaupt nicht so gewollt.

Ich schmetterte ein Kissen gegen die Wand, und es traf ein Bild, das durch den Aufprall herunterkrachte. Die Glasscherben sprangen überallhin. Ich schlüpfte in Schuhe, damit ich nicht aus Versehen in Scherben trat, und fing an, alles aufzusammeln. Es war ein Druck von Matisse, der abgestürzt war. Paula und ich waren in Paris in einer Ausstellung von Matisse-Gemälden gewesen, die mir gut gefallen hatten. Die Bilder waren farbenfroh und lichtdurchflutet. Bunte Stoffe wehten vor offenen Fenstern, Frauen träumten vor Blumensträußen, lasen oder schliefen, Früchte leuchteten vor üppigen Tapeten. Paula hatte gesagt, dass es auf den Bildern ein bisschen aussah wie damals bei Lisette. Es war eine sehr fröhliche Ausstellung gewesen, und der Druck, den ich mir danach im Museumsshop ausgesucht hatte, war ein Stillleben von Orangen auf einem lila Tisch. Großblättrige Pflanzen wucherten durch das Zimmer wie die Träume der Frau, die auf dem Tisch eingeschlafen war und den Kopf auf ihre Arme bettete. Es war ein buntes verspieltes Bild, ich mochte die Ornamente und die Farben genauso gerne wie die träumende Frau in ihrer gemusterten Bluse. Aber jetzt, wo der Rahmen kaputt war und ich den Druck in Händen hielt, dachte ich plötzlich, es wäre eigentlich an der Zeit aufzuwachen. Träum nicht jahrelang in deinem schönen Zimmer, wollte ich der Frau sagen. Das ist doch unbequem, an diesem Tisch zu schlafen. Steh auf und geh raus!

Kurzerhand entsorgte ich das Bild samt Rahmen und Scherben und packte das Bild aus, das ich eigentlich für Lukas gekauft hatte. Es war ein Scherenschnitt, schwarz-weiß, der zwei Figuren an einem Gartentor zeigte. Ein Mann und eine Frau. Der Garten sah paradiesisch aus, Blumen, Blätter, Vögel, und in dem Tor zum Garten stand die Botschaft: *No minute gone, comes ever back again*. Man konnte es auf zwei Arten deuten, deshalb hatte es mir so gut gefallen. Es konnte heißen: Ergreife den Tag, damit keine Minute ungenutzt verstreicht! Und dann schwingt das Tor auf und dein Leben wird sein wie im Paradies. Es könnte aber auch heißen: Was du verpasst hast, kommt nie mehr zurück. Und deshalb schließt sich die Tür zum Paradies jetzt. Ihr müsst leider draußen bleiben.

Was hatte mich bloß annehmen lassen, dass das das richtige Bild für Lukas sei? Die Uhr, die über allem thronte und tickte? Es war nicht das passende Bild für Lukas, es war genau das richtige Bild für mich selbst. Ich hatte die Chance verpasst, Lukas zu zeigen, dass er mir wichtig war. Und das merkte ich genau in diesem Moment. *No minute gone, comes ever back again*. Ich bemerkte es zu spät.

Innerhalb eines Monats hatte sich durch die Reise nach England mein Leben komplett verändert. Die träumende junge Frau war aufgewacht und musste sich schmerzlichen Erkenntnissen stellen. Ich hatte wissen wollen, was für eine junge Frau meine Mutter gewesen war, und ihre Geschichte gehört. Ich hatte wissen wollen, wer mein Vater war, und erfahren müssen, dass er sich nicht für mich interessierte. Und ich hatte Lukas verloren. Die Bilanz dieser Reise klang nicht so, als hätte es sich gelohnt. War es das wirklich wert gewesen?, fragte ich mich.

Neben dem neuen Bild über die unwiederbringlichen Minuten hing das Foto meiner Eltern aus dem ›Old Neptune‹, das Tom mir zum Abschied geschenkt hatte. Und immer, wenn ich direkt davorstand und es betrachtete, dachte ich: Ja. Denn dieses Bild erzählte mir, woher ich kam. Es füllte eine Leerstelle und gab mir einen Boden unter den Füßen, es gab mir den Anfang meiner Geschichte. Hier hatte meine Geschichte begonnen, mit einer großen Liebe. Und auch wenn die Liebe nicht überlebt hatte, war es schön zu wissen, dass es sie gegeben hatte. Jetzt kannte ich den Anfang. Und dieser Anfang würde mich befähigen, meine eigene Geschichte von da an weiterzuerzählen. Auch wenn ich keine Ahnung hatte, was für eine Art von Geschichte das sein würde. Ich konnte jetzt aufwachen, aufstehen und das bunte Bild mit den wuchernden Träumen verlassen. Und ich konnte mich erinnern. Paulas Geschichte und meine Geschichte gehörten ab jetzt zusammen. Wenn ich an meine Kindheit zurückdachte, begann ich vieles in einem anderen Licht zu sehen.

Lerchenrod war Paula bald wieder zu eng geworden. Sie hatte es natürlich genossen, eine Zeit lang versorgt zu werden, sich auszuruhen, mit Doro zu reden, Erdbeeren für Marmelade zu putzen, wie früher. Aber sie spürte immer öfter die Blicke der Bewohner, das Getuschel, wenn sie den Kinderwagen durchs Dorf schob. Ihr wurde schnell klar, dass sie in Lerchenrod nicht dauerhaft bleiben konnte, dass sie einen ganz neuen Anfang brauchte.

Sie fand ein WG-Zimmer in Frankfurt in einer großen Altbauwohnung in der Nähe der Universität mit Studenten und Künstlern. Uschi, die Schlagzeugerin ihrer ersten Band, die in Frankfurt lebte, hatte ihr den Kontakt vermittelt, und Anfang 1978 zog Paula voller Aufbruchsstimmung nach Frankfurt. Es war sicher nicht leicht für sie, ihren Lebenshunger zu stillen und gleichzeitig ein noch nicht einmal einjähriges Kleinkind zu versorgen. Sie kämpfte jeden Tag aufs Neue mit zwei völlig unterschiedlichen Lebensentwürfen. Sie versuchte, gleichzeitig eine liebevolle Mutter und eine freiheitsliebende Künstlerin zu sein. Dafür hatte sie damals wenig Vorbilder. Ich war oft in Lerchenrod bei meinen Großeltern, die auf mich aufpassten, während Paula sich in der Stadt ihr Leben zurückeroberte. Sie hätte es sich leichter machen können. Sie hätte mich auch einfach in Lerchenrod lassen können. Meine Oma hatte es ihr anscheinend mehrfach angeboten. Aber sie wollte das nicht. Sie wollte mir eine andere Kindheit und den Blick auf andere Lebensentwürfe vermitteln.

»Oma war immer lieb zu dir«, hatte Paula mir bei einem der vielen Strandspaziergänge erzählt, die wir täglich stundenlang in Whitstable unternommen hatten. »Sie war viel weicher als früher, und dir ging es ja gut dort, aber ich wollte dich bei mir haben, wollte, dass du etwas anderes kennenlernst als ich.«

An was erinnerte ich mich? Neben den Erinnerungen an die Himbeeren in Omas Obstgarten, an die Eckbank in der Küche, die heute noch am gleichen Platz steht, an die wassergefüllte Wanne zum Planschen im Hof, hatte ich auch Erinnerungen an Frankfurt. Paula jobbte eine Zeit lang in einem Teeladen, wo der Tee in großen schwarzen Blechdosen mit rot-goldenen chinesischen Ornamenten aufbewahrt wurde. Es duftete immer nach Wildkirsche. Wenn Paula den Tee abwog, waberten die Aromen aus den großen Dosen durch den ganzen Raum. Karamell, Pfirsich, Vanille. Aber Wildkirsche war die beliebteste Mischung. Ich durfte ihr helfen, kleine Fläschchen mit Patchouli-Öl in die Regale zu sortieren, und ich durfte die Päckchen mit den Räucherstäbchen nach Farben ordnen. Nachdem sie schon ganze Tage in diesen Duftwolken zubrachte, gab es zu Hause nie Wildkirschtee. Wenn ihr jemand aromatisierte Tees anbot, zog sie heimlich Grimassen, und ich musste lachen.

Paula war durch Uschi zu einer Frauenband gestoßen, die abends in einer Garage probte. Oft nahm Paula mich mit. Ich durfte tanzen, wenn ich wollte, aber meistens wollte ich nur zuhören. Es gab immer viele Decken, in die Paula mich einpackte, damit ich es warm hatte, und ich liebte es einzuschlafen, während sie sang. Paula wollte aber nicht nur singen, sie hatte in London auch ihre Liebe zum Theater entdeckt, und spielte in schwarzgestrichenen Hinterhoftheatern seltsame Rollen in modernen Stücken. Die Proben dort mochte ich überhaupt nicht. Die Theater waren dunkel, die Erwachsenen redeten und rauchten viel, der Qualm hing in dicken Schleiern vor den Lampen, und ich langweilte mich und war müde. Ich erinnerte mich, dass Paula mich einmal anschrie, dass wir jetzt nicht nach Hause gehen würden und dass sie mich nicht mehr mitnähme, wenn ich nicht sofort ruhig wäre, und ich könne ihr doch nicht auch noch alles kaputt machen.

Diese Erinnerung war für mich der Beweis gewesen, dass es Paula immer nur um ihre eigene Selbstverwirklichung ging, dass sie keine Ahnung hatte, was ein kleines Kind eigentlich brauchte, dass ich mich als kleines Kind schon zurücknehmen musste. Aber ich begann, sie zu verstehen. Sie wollte sich einfach nicht begnügen, sie wollte alles.

Wir waren viel unterwegs. Sie hatte einen roten R4, in dem ich immer hinten saß, neben ihrer riesigen bunten Tasche, in der sie alles mit sich herumschleppte, was wir vielleicht brauchen könnten. Ihre Noten, ihre Schriften, ihre Bücher, die sie in ihrer Frauengruppe lasen, die Plakate für die Friedensbewegung, Buntstifte für mich, ein großes Kissen und Decken und meinen Bobo, damit ich überall schlafen konnte, wenn sie mich mitnahm.

Manchmal nahm sie mich auch nicht mit. Manchmal war ihr

Lebenshunger zu groß für ein kleines Kind. Die kleine Maya war ja gut aufgehoben in der WG, in der immer jemand war. Ich konnte mich noch vage an die Wohnung erinnern. Wir hatten ein Zimmer, in dem wir auf einer Matratze auf dem Boden schliefen, am Fenster hing als Vorhang ein oranges Batiktuch, das das Zimmer in ein warmes Licht tauchte. In der Küche stand ein großer Tisch, auf dem sich immer alles Mögliche stapelte. Tassen mit kalten Kaffeeresten, Töpfe voller Essen, Teller, Gläser. Auch wenn Paula weg war, und ich nachts aufwachte und sie suchte, war immer jemand in dieser Küche, der oder die mich auf den Schoß nahm, und mich mit irgendetwas fütterte, bis ich wieder so müde war, dass ich einschlief.

Einmal lief ich in die Küche, und die Küche war leer. Der Tisch stand voller Geschirr, wie immer, es gab zu essen und zu trinken, und ich aß kalten Reis mit irgendeiner Sauce aus einem Topf. Aber dann begann ich mich zu fragen, wo die anderen eigentlich alle waren, und lief durch die Wohnung. Ich schaute in jedes Zimmer. Ich öffnete alle Türen, aber die ganze Wohnung war leer. Ich war allein. War es eine Erinnerung oder ein Traum? Paula behauptete, dass es ein Traum gewesen sein muss, weil sie mich niemals alleine gelassen hatte.

Es gab niemanden, den ich danach fragen konnte. Durch Paulas unstetes Leben gab es nicht viele langjährige Wegbegleiter, die das gewusst hätten. Eigentlich gab es nur Doro, die meine Mutter schon immer kannte, aber auch Doro konnte nur etwas über die Lerchenroder Ausschnitte aus Paulas Leben erzählen.

Aus diesem Grund war es interessant gewesen, Paula und Tom zusammen zu erleben. In Toms Gegenwart war im Laufe eines sehr langen Abends im ›Old Neptune‹ eine ganz andere Paula zum Vorschein gekommen. Eine fast schüchterne Paula, die ich so noch nie erlebt hatte. Ich hatte die beiden fasziniert beobachtet. Tom und Paula hatten sich fast dreißig Jahre nicht gesehen, aber das, was sie verband, schien noch immer zu bestehen. Die Geschichten, die Tom über die *good old days* zum Besten gegeben hatte, waren das eine. Das, was Paula mir in dieser Woche ein Whitstable erzählt hatte, war das andere. Und das, was ich an diesem Abend von Paula sehen konnte, das erzählte mir eine ganz eigene Geschichte.

1978

Vor dem Haus in Rauenthal hielt Paula an, schaltete den Motor ab und versuchte, tief durchzuatmen, um sich zu beruhigen. Ihr Herz klopfte wild. Sie drehte sich nach hinten. Maya war auf dem Rücksitz eingeschlafen. Leise, um sie nicht zu wecken, stieg sie aus und nahm sie vorsichtig auf den Arm. Die schlafwarme Schwere ihrer Tochter, die sich an sie kuschelte, kurz etwas murmelte und gleich weiterschlief, tat ihr gut. Sie war so schnell gefahren, als könnte sie damit noch etwas bewirken, als könnte sie feststellen, dass ihre geliebte Oma doch nur schlief. Bestimmt hatte Hanni sich doch geirrt? Bestimmt war das doch alles gar nicht wahr? Das konnte doch gar nicht wahr sein.

Sie ging ums Haus in den Garten, wo ein Grüppchen von Frauen zusammenstand und sich umdrehte, als sie sie bemerkten. Die Nachbarinnen, die sich um die Bank versammelt hatten, traten zur Seite, und Paula erkannte sofort, dass die Gestalt, die da auf der Bank saß, nicht schlief. Dass es wahr war und dass sich niemand geirrt hatte.

Ihre Oma Lisette war nicht mehr da. Nur eine Hülle von ihr war geblieben, ihr Körper, der auf der Bank so viel kleiner wirkte als letzte Woche noch, als sie zusammen hier Kaffee getrunken hatten. Paula begann zu zittern. Eine der Frauen nahm ihr Maya aus dem Arm. Sie sank mit weichen Knien neben Lisette auf die Bank und griff nach ihrer Hand. Ihrer kalten, kalten Hand.

Jetzt, da der Pfirsichbaum im Garten blühte, war sie an ihrem Lieblingsplatz, der Bank neben dem Kräuterbeet, einfach eingeschlafen. Hanni, eines der Mädchen von den Eschbachs nebenan, hatte sie gefunden, als sie ihr ein Schüsselchen Grüne Soße zum Mittagessen vorbeibringen wollte. Da hatte Lisette in der Frühlingssonne gesessen, und es hatte so ausgesehen, als würde sie den Pfirsichbaum in seiner duftigen rosaroten Pracht betrachten.

Die Eschbachs umarmten sie und murmelten Worte, die alle an ihr vorbeirauschten. Hilfe, Beileid, friedlich … In Paula breitete sich das lähmende Gefühl von Verlust aus, in das kein Wort dringen konnte. Sie fühlte sich so allein. Harry war weg, und Lisette war jetzt auch nicht mehr da. Nie mehr. Das Wort pulsierte in ihrem Kopf, in ihrer Brust, brannte in ihren Augen und in dem Schluchzen, das ihre Lunge schier zerriss. Was für eine Fülle an Liebe und Wärme Lisette selbst mit ihren fast neunzig Jahren noch immer ausgestrahlt hatte. Geleuchtet hatte sie. Ab jetzt würde sie alleine hier sitzen. Nie mehr mit Lisette. Nie mehr.

Als sie sich etwas beruhigt hatte, zogen sich die Nachbarinnen zurück, nicht ohne ihr vorher alle erdenkliche Hilfe anzubieten.

Lisettes Gesicht war entspannt, fast so etwas wie ein Lächeln lag darin. Paula dachte an das Bild der Himmelfahrt über dem Bett der Lerchenroder Oma und stellte sich vor, dass Lisette direkt über dem blühenden Pfirsichbaum in den Himmel gefahren war. Lächelnd ins weite leuchtende Blau hinein. Unwillkürlich schaute sie nach oben in den hellen Frühlingshimmel. Es tröstete sie, dass Lisette hier auf ihrer Bank neben dem Kräuterbeet gestorben war, wo die Minze und der Thymian schon dufteten und der Rosmarin blühte. Bestimmt hatte sie an Emile gedacht und an sein Eau de Prairie. Vielleicht hatte sie sogar an den Kräutern gerochen, die immer in seinen Taschen steckten, weshalb ihn immer ein Kräuterduft begleitet hatte.

Paula pflückte einige Blättchen und zerrieb sie zwischen ihren Fingern. Es war ein tröstlicher Gedanke, dass Lisette mit diesem Duft von der Welt gegangen war. *Parsley, sage, rosemary and thyme.* Vielleicht sollte sie genau dieses Lied für sie singen? Das Lied, mit dem ihre eigene Liebe zu Ende gegangen war und mit dem Lisette nun wieder zu Emile fand. Sie hatte ihr schließlich versprochen, auf ihrer Beerdigung zu singen, und sie würde das Versprechen mit diesem Lied über die Liebe einlösen. Das würde Lisette gefallen.

Zwei fremde Männer in dunklen Anzügen kamen durch den Garten auf sie zu, und unter ihren großen schwarzen Schuhen verschwanden die Gänseblümchen. Paula setzte Maya auf die Wiese, die das alles mit großen Augen stumm betrachtete, und trat ihnen entgegen. Die Bestatter verbeugten sich, murmelten etwas von Beileid und dass der Chef später persönlich vorbeikommen würde, um alles zu besprechen.

Als Henri später kam, saß Paula noch immer auf der Bank, und Maya krabbelte durch den Garten und rupfte Gänseblümchen. Henri hatte immer eine gute Gesichtsfarbe und eine rote Nase, und wenn er Wein getrunken hatte, was er als Winzer täglich tat, wurde seine Haut noch rosiger. Jetzt, da er weinte, glühte sein ganzes Gesicht hellrot. Er war gerade aus Wiesbaden wiedergekommen und hatte es jetzt erst erfahren.

»War ja klar, dass das mal passiert«, sagte er. »Sie war ja keine fuffzehn mehr, aber trotzdem …«

Er zog ein gebügeltes Taschentuch aus der Hosentasche und trocknete sich die Augen, auch Paula reichte er ein Taschentuch. Es hatte eine dunkelrote Webkante, und sie wagte es nicht, hineinzuschnäuzen.

»Schön, dass du da bist«, sagte er und drückte ihre Hand. »Über sechzig Jahre war sie alleine. Jetzt ist sie wieder bei ihm.«

»Erinnerst du dich eigentlich an deinen Vater?«

Henri nickte. »Ich war ja schon fast sechs, als er fiel, aber er war natürlich wenig zu Hause. Ich bin mir gar nicht sicher, ob ich mich daran erinnere, wie er in den Krieg gezogen ist, oder ob das nach einem Fronturlaub war, als er wieder wegfuhr. Wir waren am Bahnhof. und er hat aus dem Zugfenster geschaut und gewunken.«

Henri versank in der Erinnerung.

»Sie hat viel mitgemacht, unsere Mutter«, murmelte er. »So lange war sie alleine. Ich bin jetzt seit vier Jahren Witwer, aber ich glaube, daran gewöhnt man sich nie.«

Seine Frau Gundel war an Krebs gestorben, sein Sohn Hubert war irgendwo im Ausland, Paula wusste nicht mehr, wo genau. Spanien? Henri hatte jetzt ein Taschentuch in jeder Hand und fuhr sich abwechselnd mit der linken und der rechten übers Gesicht.

»Bügeln hab ich gelernt, Kochen hab ich gelernt, aber nicht das Alleinsein.«

Er schüttelte den Kopf, und Paula dachte daran, wie Lisette ihr erzählt hatte, dass sie nicht immer vollkommen alleine gewesen war. Aber letztlich eben doch. Weil sie innerlich immer unabhängig geblieben war.

»Wann kommt Lotte hierher?«, fragte Henri, und Paula zuckte die Achseln.

»Ich muss sie anrufen. Wenn es die Eschbachs nicht schon gemacht haben.«

»Hoffentlich erkennen wir uns überhaupt. Sag ihr, dass sie bei mir wohnen kann. Mein Haus ist leer. Ich habe viel Platz.«

»Warum sagst du es ihr nicht selbst?«

»Sie wird's nicht wollen.«

»Warum ist das alles so?«

»Es ist so lange her, ich kann mich nicht mal mehr erinnern, ob wir uns überhaupt gestritten haben. Keine Ahnung. Bleibt ihr die nächsten Tage hier? Der Kleinen gefällt's ja …«

Sie schauten zu Maya, die völlig fasziniert alle Gänseblümchen, die sie in die Finger bekam, zerrupfte und probierte. Paula hatte noch nicht darüber nachgedacht, aber sie nickte. Sie würde bleiben. Vielleicht sogar länger. Als hätte ihr Onkel ihre Gedanken gehört, sagte er, dass er nichts dagegen hätte, wenn sie ganz hierbliebe. Er wolle Lisettes Haus nicht haben. Er hatte ja hier im Ort sein Haus, er würde seinen Anteil direkt auf sie übertragen, wenn sie das wollte.

»Wenn du dich um alles kümmerst, könnt ihr es von mir aus haben. Deine Mutter und du. Du bist die Richtige für das Haus. Du magst es doch auch, wenn es so bunt ist, oder?«

Paula sah ihn fragend an. »Und was ist mit dir?«

Er zuckte die Achseln. »Ich habe genug. Ich habe ja damals das ganze Weingut von Henriette und ihrem Mann geerbt, weil sie keine Kinder hatten. Ist nur recht so.«

»Und dein Hubert, würde der nicht …?«

Henri winkte ab. »Ach, der Hubert …« Er schwieg einen Moment. »Der bekommt ja das Weingut. Und wird's wahrscheinlich sofort verkaufen. Der wird kein Winzer. Jeder geht den Weg, den er gehen muss.«

Wie eine Formel, die ihnen über den Tod und den Abschied hinweghalf, sprachen sie alle immer wieder darüber, dass Lisette nun bei Emile war, und wie wundersam, dass sie genau an ihrem Lieblingsplatz neben dem Kräuterbeet gestorben war. Tagsüber trösteten Paula diese Sätze, genau wie die Kuchenstücke, die die Nachbarn vorbeibrachten, oder dass sie sie zum Essen riefen und mit Maya spielten, während es an ihr war, alle Vorbereitungen für die Beerdigung zu erledigen. Nur nachts war sie mit ihrer Trauer alleine.

Mehrmals am Tag wurde sie gefragt, wann ihre Mutter denn nun endlich nach Hause käme. Nach Hause. Das klang seltsam, denn ihre Mutter war doch in Lerchenrod zu Hause. Natürlich wusste sie, dass sie hier ihre Kindheit verbracht hatte. Aber warum waren sie niemals zusammen hier gewesen. Und warum hatte sie es nie erklärt?

Sie fragte die Eschbachs, die ältesten Freunde und Nachbarn von Lisette, aber sie erhielt nur unbefriedigende Antworten.

»Ach, sie ist halt weg. Manche sind geblieben, andere sind gegangen.« Oder: »Der Krieg hat viel zerrissen damals.« Oder: »Ist doch schön, dass sie einen guten Mann gefunden hat und glücklich ist.«

Nichts davon beantwortete Paulas Fragen.

Die Telefonate mit ihrer Mutter waren kurz. Meist fragte sie, ob es Maya denn gut ging. Wie es Paula ging, danach fragte sie nicht. Und wie es ihr selbst ging, das war natürlich auch kein Thema. Wenn Paula mit ihr den Gottesdienst oder die Trauerkarten besprechen wollte, bekam sie keine Antworten. Auch, was man der Großmutter anziehen sollte für die letzte Reise, oder ob sie sich als Tochter noch ein Totengebet am offenen Sarg wünschte, mit allen Entscheidungen blieb Paula alleine.

»Ach, Kind, du machst das schon.«

»Ich will nichts falsch machen, es ist deine Mutter.«

Es war ungewöhnlich, dass ihr einfach alles überlassen wurde. Aber es machte sie nicht stolz, viel mehr beunruhigte es sie. Paula war froh, dass sie sich mit Henri und den Eschbachs über alles austauschen konnte. Es fühlte sich fast so an, als wären sie hier in Rauenthal die engste trauernde Familie. Als gehörte ihre Mutter gar nicht dazu.

Ihre Mutter kam dann immerhin morgens, am Tag vor der Beerdigung an, und ihr Vater wollte am nächsten Tag rechtzeitig nachkommen. Da hatten Paula und Henri schon Lisettes Adressbuch durchtelefoniert, die Traueranzeigen aufgegeben, alles mit dem Pfarrer besprochen, hatten die Lieder ausgesucht, beschlossen, wer den Sarg tragen würde, und den Leichenschmaus in der Winzerhalle besprochen.

Paula hatte ihrer Mutter angeboten, sie in Wiesbaden am Bahnhof abzuholen oder wenigstens in Eltville. Alle hatten angeboten, sie abzuholen. Aber sie hatte darum gebeten, alleine anreisen zu können, sie wollte mit der Bahn bis Eltville fahren und dann den Bus nehmen. Alle hatten es akzeptiert.

Schweigend stand sie in dem Haus, in dem sie aufgewachsen war. Nur schrittweise bewegte sie sich vorwärts. Strich mal über einen Tisch, richtete ein Kissen auf dem Sofa.

»Die Gardinen hätten es mal wieder nötig«, sagte sie und verstummte. Dann ging sie die Treppe nach oben, schaute in das kleine Zimmer, in dem Paula immer schlief, wenn sie zu Besuch da war, und ging dann in Lisettes Schlafzimmer. Regungslos blieb sie dort stehen.

»Mama …«, sagte Paula erst vorsichtig und dann noch einmal lauter: »Mama!?«

Aber sie reagierte nicht. Ihre Mutter nahm sie überhaupt nicht wahr. Zögernd ließ Paula sie alleine und ging wieder nach unten. Henri begegnete sie höflich und zurückhaltend. Wenn Paula nicht gewusst hätte, dass die beiden Geschwister waren, wäre sie nie darauf gekommen. Es überraschte Paula, dass die Eschbachs ihre Mutter alle mit vielen Tränen begrüßten, sich unglaublich freuten, sie zu sehen, sie umarmten und gar nicht mehr losließen. Alle fragten, ob sie denn jetzt bleibe, wie lange sie bleibe, lobten ihre schöne Tochter, fragten neugierig nach ihrem Mann, fragten sie aus, wie das Leben war auf dem Hof in Lerchenrod, und immer wieder umarmten sie einander. Paula beobachtete ihre Mutter und hatte das Gefühl, sie überhaupt nicht zu kennen.

Manchmal stand Charlotte wie verloren vor dem Geschirrschrank, nahm eine Tasse heraus, lächelte plötzlich und erzählte dann eine Geschichte aus ihrer Kindheit. Dann wieder schwieg sie beharrlich. Sie schaute nur sehr kurz in das ehemalige Schneideratelier am Ende des Gartens, schaute hinein und schloss schnell wieder die Tür. Diese Frau war Paula ein Rätsel.

Ihre Mutter hatte sich nicht dazu geäußert, ob sie Lisette noch einmal sehen wollte, aber Paula hatte es einfach entschieden, den Sarg so lange nicht zu verschließen, bis sie da war. Nachmittags gingen sie zusammen zur Leichenhalle.

Mit gefalteten Händen lag Lisette im Sarg, still und blass stand ihre Mutter daneben. Paula steckte den Kräuterstrauß, den sie im Garten frisch für sie gepflückt hatte, zwischen ihre Hände. Pfefferminze, Thymian, Rosmarin, Salbei aus ihrem Kräuterbeet. Dazwischen leuchteten die letzten blauen Vergissmeinnichtblüten, die Paula noch gefunden hatte. Dann ging sie hinaus, damit ihre Mutter ihren eigenen Abschied nehmen konnte. Draußen lehnte sie sich an die Wand und wartete in der Sonne. Die Wärme tat ihr gut.

Als ihre Mutter herauskam, wandten sie sich schweigend zum Gehen. Nach ein paar Schritten hakte Paula ihre Mutter unter, die dankbar ihren Arm drückte.

Käthe, die Älteste von den Eschbachs, die in Frankfurt wohnte, kam extra wegen Charlotte schon am Abend vor der

Beerdigung nach Rauenthal. Auch die beiden umarmten sich lange, und Paula konnte sehen, wie der Rücken ihrer Mutter zitterte. Warum konnte Käthe, die Paula kaum kannte, ihre Mutter so lange in den Arm nehmen, viel länger, als sie es je getan hatte? Warum konnte sie bei ihr weinen, sich halten und trösten lassen, und nicht von ihrer eigenen Tochter?

Abends saßen Käthe und Charlotte auf der Bank im Garten. Auch als es schon längst dunkel wurde, gingen sie nicht hinein. Sie holten sich Decken aus dem Haus und blieben lange zusammen auf der Bank sitzen. Paula konnte kein Wort von dem verstehen, was die beiden miteinander besprachen. Sie hatte das Gefühl, dass sie nicht dazugehörte. Plötzlich war alles fremd und rätselhaft. Sie kannte sich doch aus, hier im Haus und in der Welt ihrer Oma Lisette. Aber seit ihre Mutter hier war, war sie plötzlich befangen wie ein Gast.

Es war eine ganz andere Trauerfeier als die für die Lerchenroder Oma vor drei Jahren. Da war alles tröstlich und bekannt gewesen, und nichts hatte Paula beunruhigt. Für alles hatte es Traditionen und Regeln gegeben, für jeden Moment des Tages, an dem die Oma bestattet worden war, gab es ein Ritual, ein Wort, einen vorgeschriebenen Weg, den alle gemeinsam gegangen waren, und den sie kannte, seit sie auf der Welt war.

Hier war alles anders. Die Kirche war größer und erhabener, die Orgel klang gewaltig. Der Weihrauch wurde üppiger geschwenkt. Es waren viele Menschen gekommen, und die große Kirche war voll. Das halbe Dorf war da und dazu viele Menschen, die Paula nicht kannte und noch nie gesehen hatte. Alle hatten die buntesten Blumen dabei, die vor den dunklen Trauerkleidern wirkten, als seien sie schwarz gerahmt. Als leuchteten sie deshalb noch mehr für Lisette, die bunte Blumen immer so sehr geliebt hatte. Hier gehörte es sich auch, dass sie für Lisette sang, es war richtig. Hier wurde es sogar erwartet.

Paula hatte Angst, überhaupt nicht singen zu können. Gerade für Lisette wollte sie so schön wie möglich singen, aber sie befürchtete, dass ihre Gefühle ihr die Kehle schlichtweg zuschnüren würden. Sie hatte schon den halben Gottesdienst durchgeweint und wusste nicht, wie sie das schaffen sollte, hier zu singen. Als der Pfarrer ihr zunickte und der Gemeinde ankündigte, dass nun die Enkelin ihrer Großmutter ein letztes Lied singen würde, hätte sie am liebsten abgewunken. Aber das war sie Lisette schuldig. Sie erhob sich und trat mit weichen Knien vor die Gemeinde.

»Für meine Großmutter Lisette singe ich jetzt ein kleines Lied von großer Liebe. Von bedingungsloser Liebe, die das Unmögliche möglich macht.«

Sie musste ein Schluchzen unterdrücken und schloss kurz die Augen, versuchte durchzuatmen, um den Aufruhr in sich zu beruhigen.

»Weil sie daran geglaubt hat. Auch wenn das Leben uns oft das Gegenteil beweisen will. An ihrem Kräuterbeet hat sie mir immer davon erzählt, und von diesen Kräutern werde ich singen. Dass ich überhaupt singe, habe ich ihr zu verdanken. Sie hat immer an meine Stimme geglaubt, sie hat immer an mich geglaubt. Und durch jedes Lied, das ich singe, wird sie immer bei mir bleiben.«

Paulas Stimme zitterte, als sie die erste Strophe sang. *Parsley, sage, rosemary and thyme*. Kurz musste sie unterbrechen und neu ansetzen. Aber dann fand sie an den vertrauten Worten einen Halt, und ihre Stimme schwang weit und frei, füllte die Kirche und schenkte allen, die das Lied hörten, die Geschichte von der Kraft einer großen Liebe. *Remember me to one who lives there, for she once was a true love of mine.*

Als sie am offenen Grab standen, fing ihre Mutter an zu weinen. Sie schluchzte so heftig, wie Paula es noch nie gesehen hatte, sie wurde völlig durchgeschüttelt davon. Es machte Paula Angst. Sie hatte Angst, dass ihre Mutter sich in diesem Schluchzen komplett verlieren würde. Ihr Vater und sie standen hilflos daneben. Einige Male trafen sich ihre Blicke, und Paula sah, dass es ihn genauso verwirrte wie sie. Sie hakten Charlotte unter, von beiden Seiten, und hielten sie fest, weil sie Angst hatten, sie würde sonst zusammenbrechen.

»Mama«, wollte sie sagen. »Mama, sei doch nicht so traurig, du hast doch auch noch mich. Sei nicht traurig, ich bin doch da.«

Aber sie sagte kein Wort. Sie wünschte, dass sie ihre Mutter halten und beruhigen könnte. Sie wünschte, dass sie, die Tochter, nun diejenige wäre, die ihre Mutter trösten könnte. Weil dies eine Sache zwischen Müttern und Töchtern wäre. Doch ihre Mutter war unerreichbar, und nichts und niemand konnte zu ihr durchdringen. Sie schien um ihre Mutter zu trauern, wie sie noch nie um etwas getrauert hatte. Dabei hatten sie sich doch noch nicht einmal richtig gut verstanden. Wie konnte man dann so sehr weinen? Oder musste man gerade dann ganz besonders weinen? Weil man etwas verlor, was immer gut sein sollte und nie gut gewesen war?

Paula ließ ihren Blick über die schwarzgekleideten Menschen am Grab schweifen. Sie suchte ihren Onkel, sie hätte gerne gewusst, ob er das verstand, aber sie entdeckte ihn nicht unter den Trauergästen. Paula war froh als sie den Friedhof verließen. Später, in der Winzerhalle, wo der Leichenschmaus gehalten wurde, mit belegten Broten, Kaffee und Kuchen und dann auch noch mit Wein, wie es sich für ein Winzerdorf gehörte, hielt Paula sich an Maya fest. Ihre Tochter war das Tröstlichste für sie, was ihr durch diesen Tag half. Aber ihre Mutter wollte sich von ihrer Tochter nicht trösten lassen.

Sie spürte den Platz, den sie im Kreislauf des Lebens jetzt eingenommen hatte. Geburt und Sterben, Werden und Vergehen. Alles gehörte zusammen, aus dem einen entstand das andere, die Welt war im Fluss. Sie würde irgendwann zusammen mit Maya am Grab ihrer Mutter stehen, an ihrem Grab würde Maya stehen, und vielleicht neben ihr das Kind, das Maya irgendwann zur Welt bringen würde. Sie war Teil des großen Kreislaufs. So war es schon immer. Und so würde es weitergehen.

Als sie zurückkamen, ging ihre Mutter ins Haus, wo ihre kleine Tasche fertig gepackt stand, während Vater im Garten wartete und sich dort umschaute. Paula folgte ihrer Mutter.

»Warum willst du denn schon fahren?«

»Dein Vater will nach Hause.«

»Wir müssen noch so viel regeln … bleib doch noch ein, zwei Tage.«

»Ich kann nicht mehr.«

»Wir müssen entscheiden, was mit dem Haus wird. Und der ganze Papierkram …?«

Charlotte winkte ab.

»Willst du das Haus denn nicht behalten? Das ist das Haus deiner Mutter. Dein Bruder ist bereit, auf seinen Anteil zu verzichten, aber das müssen wir regeln … das ist doch nett, oder?«

»Sehr nett«, sagte sie knapp und ging nach draußen. Ihre Tasche ließ sie stehen. Paula schaute ihr verwundert nach. Nach einer Weile kam Charlotte wieder zurück. Sie wirkte gefasster.

»Du willst das Haus behalten, oder?«

Paula nickte.

»Dann behalten wir es, es ist dein Haus«, entschied sie, und damit war das geregelt. Sie nahm ihre Tasche. »Wir müssen los, dein Vater wird sonst unruhig.«

Unten stand der Vater jetzt staunend im Wohnzimmer, und Paula sah genau, dass er gerne noch bleiben würde, um sich wenigstens dieses bunte ungewöhnliche Haus in Ruhe anzuschauen. Wer unruhig war, war ihre Mutter.

»War das schon immer so?«, fragte er und deutete auf die bunten Wände, die farbigen Teppiche und Kissen, die Bilder, die bemalten Möbel.

»Ja«, sagte Mutter. »Mehr oder weniger. Wir können dann.«

»Ist gut, Lottchen«, sagte er und legte den Arm um sie. »Ist ja gut. Wir fahren.«

Vielleicht verstand Paula in diesem Moment zum ersten Mal etwas von der Ehe ihrer Eltern. Diese kleine, kaum sichtbare Bewegung, mit der Charlotte sich an ihren Mann anlehnte, diese Ruhe, mit der ihr Vater das alles einfach hinnahm. Paula schaute ihnen stirnrunzelnd nach, diesen beiden so vertrauten Fremden und ging zurück ins Haus. In ihr Haus.

Es war ein schweres Jahr. Paula hatte zu viele Gewissheiten verloren, um einfach unbefangen weiterzuleben. Sie war froh über alles, was sie davon ablenkte, über den Verlust ihrer Liebe und den Verlust ihrer Großmutter nachzudenken. Harry und ihre Oma Lisette waren die beiden Menschen auf der Welt gewesen, die ihr gesagt hatten, wer sie war. Ohne diese beiden geriet sie ins Trudeln.

Sie war froh über jeden Tag, an dem sie nicht zu sehr schwankte, an dem sie sich nicht zerreißen musste zwischen dem Wunsch, Geld zu verdienen, bei Maya zu sein und das zu tun, was sie liebte, nämlich singen. Tagsüber rannte sie durchs Leben. Nachts war sie zu erschöpft zum Schlafen. Hörte das jemals wieder auf, fragte sie sich dann. Hörte das irgendwann auf, dass sie sich fühlte wie ein halbierter Kugelmensch, der mit dieser riesigen Trennungswunde herumlief? Heilte das irgendwann? Konnte so eine große Wunde überhaupt heilen? Wann hörte es auf, dass man jemanden so sehr vermisste?

An einem warmen Spätsommertag fuhr Paula mit Maya nach Rauenthal. Vor ihr lag ein freies Wochenende ohne Auftritte, ohne Proben, ohne Termine. Das Wetter sollte halten, und Paula wollte einfach im Garten liegen, Maya mit Wasser planschen lassen und immer dann schlafen, wenn Maya auch schlief, um wenigstens einmal das Gefühl zu haben, ausgeruht zu sein. Am zweiten Nachmittag lagen sie nebeneinander auf einer Decke, die sie im Gras ausgebreitet hatte. Maya schlief schon. Der Pfirsichbaum spendete lichten Schatten, und die Sonnenflecken tanzten über sie beide. Es war warm, die Bienen summten, über ihr hörte sie Vogelgesang, und weiter weg surrte irgendwo ein Rasenmäher. Paula schaute in den Himmel und sah den Wolken zu, die langsam durch das hohe Blau zogen und dabei allmählich ihre Form veränderten oder sich auflösten. Paula wusste nicht, wie lange sie so dagelegen hatte, aber sie stellte plötzlich überrascht fest, dass der Schmerz verschwunden war. Dass sie einfach hier liegen und mit den Wolken träumen konnte, ohne auch nur eine Sekunde daran zu denken, dass es schöner wäre, wenn sie jetzt mit Harry hier läge oder wenn sie mit ihrer Oma reden könnte. Sie lag hier alleine mit ihrem schlafenden Kind, und nichts tat ihr weh. Es war einfach schön, hier im warmen Gras zu liegen. Sie atmete tief durch. Das Leben ging weiter.

1979

»Es sind nur noch ein paar Meter, dann haben wir es schon geschafft!«

Paula versuchte, die vier Männer anzufeuern, die keuchend das alte schwarze Klavier durch den Garten schleppten, und lief voraus, um die Türen von Lisettes ehemaligem Atelier zu öffnen.

Lisettes Nähmaschine und Zuschneidetisch standen noch an ihrem Platz, aber die andere Seite des großen hellen Raumes hatte Paula für das Klavier freigeräumt.

Als das Klavier stand, befreite sie es zuerst vom Staub der Jahre, die es unbenutzt im Hinterzimmer einer Weinschänke gestanden hatte, wo sie es vor Kurzem entdeckt, ausprobiert und für wenig Geld erstanden hatte. Sie war überzeugt, genau dort hatte es auf sie gewartet. Seit sie das Klavier in Whitstable verkaufen musste, hatte sie davon geträumt, wieder ein eigenes Klavier zu haben und endlich richtig spielen zu lernen.

Sie klappte den Deckel auf und ließ ihre Finger über die Tasten gleiten. Ein paar Akkorde konnte sie noch, aber das Klavier war fürchterlich verstimmt. Als Erstes müsste sie einen Klavierstimmer auftreiben, den sie sich leisten könnte. In Wiesbaden gab es einige, das hatte sie schon herausgefunden, aber die waren sehr teuer. Paula nahm sich vor, erst einmal im Ort herumzufragen, ob irgendjemand jemanden kannte, der wiederum jemanden kannte … Auf dem Dorf hatte man mit dieser Art der Vorgehensweise oft Glück. Und sie hatte Glück. Ein Klavierstimmer aus Schlangenbad stimmte ihr das Klavier, und im Gegenzug sang sie ein paar Wochen später auf der Hochzeit seiner Tochter.

Lisettes buntes Haus im Rheingau war Paulas kleine Zuflucht. Es war ihr Ferienhaus, in dem sie mit Maya im Garten

Sommerpicknicks machte, es war ihr Liebesnest, wenn Maya bei Paulas Eltern war, und ihr Rückzugsort, wo sie zum ersten Mal neue Texte auf Deutsch schrieb und versuchte, am Klavier zu ihren Texten eigene Melodien zu finden. Ihre Frauenband war von den neuen Songs begeistert. Sie waren dadurch endlich mehr als eine Coverband, sie wurden ernster genommen, hatten Auftritte als Vorgruppe auf Festivals und gingen auf ihre erste Sommertournee durch die alternativen Musikkneipen unterschiedlicher Studentenstädte.

Ein kleines Label nahm sie unter Vertrag. Voller Hoffnung gingen sie in ein Studio, um ihre erste LP aufzunehmen. Aber damit begann der Ärger erst. Der Chef des Labels wollte in allen Bereichen mitreden. Das ging vom Bandnamen über die Besetzung der Band, von den Klamotten, die sie tragen sollten, über das Make-up, bis hin zu der Art von Musik, die er für erfolgsversprechender hielt. Es schlug einen Keil in die Band. Diejenigen, die bereit waren, für den Erfolg alles mitzumachen, waren dafür, auf Steve zu hören. Dazu gehörte auch Uschi, ihre Drummerin von den ›Sweet Larks‹ in Marburg. Das tat besonders weh. Die, die einfach nur Musik machen wollten, um sich auszudrücken, hielten zu Paula. Steve, der eigentlich Stefan hieß, es aber schicker fand, von allen Steve genannt zu werden, entschied, welche Lieder auf die Platte kamen und welche nicht. Und diese Auswahl deckte sich nicht unbedingt mit Paulas Idee von einer Platte. Genau ihre Lieblingssongs, in denen all ihr Herzblut steckte, waren nicht diejenigen, die er am vielversprechendsten fand. Aber Vertrag war Vertrag. Für Paula war schnell klar, dass sie das nicht noch einmal mitmachen würde. Sie musste nur noch darüber nachdenken, wann sie das der Band endgültig offenbaren würde.

Weil das Studio zum Erscheinen der LP eine Reihe von Gigs im Bayrischen organisiert hatte und sie eine Woche unterwegs sein würden, packte Paula Maya in den Kindersitz auf der Rückbank ihres roten R4.

»Wir fahren zur Oma«, sagte sie. »Freust du dich?«

Maya nickte. Sie freute sich immer, wenn sie nach Lerchenrod fuhren. Hauptsache, ihre Lieblingssachen waren alle dabei, ihr Bär, ihr Bobo und ihr Kuschelkissen. Es regnete in Strömen, und Paula betete, dass die gerade erst reparierten Scheibenwischer durchhalten würden, bis sie ankamen.

Auf der Fahrt passierte das Ungeheuerliche. Wie immer lief das Autoradio, und wie immer sang sie alle Songs mit, die sie kannte. Und sie kannte viele. Im Rückspiegel sah sie, dass Maya kurz davor war einzuschlafen. Sie waren gerade von der Autobahn auf die Landstraße nach Lerchenrod abgebogen. An dieser Stelle schlief sie oft ein. Gerade die kurvigere Landstraße schien sie zu beruhigen. Und dann hörte sie plötzlich vertraute Töne aus dem Radio. Sie konnte es kaum fassen: Da lief ihr Song. Das war doch ihr Song! Hier war das Piano, dann kam der Bass und Uschis dudududumm und dann ihr Einsatz. Sie hatte Gänsehaut am ganzen Körper. Sie war tatsächlich im Radio! Das war unglaublich. Sie wollte anhalten, sie wollte es allen zurufen, sie wollte den Moment festhalten. Paula wusste nicht, wohin mit sich. Ihr schossen Tränen in die Augen.

»Maya, hörst du das? Das bin ich! Ich bin im Radio? Hörst du das? Ich bin im Radioooo!!!«

Ihre Stimme überschlug sich vor lauter Aufregung. Sie wollte schreien vor Glück. Aber ihre Lautstärke und die Tränen in ihrem Gesicht erschreckten Maya so sehr, dass sie anfing zu weinen.

»Nicht weinen, Mayamia«, rief Paula nach hinten. »Nicht weinen! Das bin doch ich! Das ist doch toll … ich freu mich so, komm, freu dich auch!«

Aber ihre gerade mal zweieinhalbjährige Tochter, die sie abrupt aus dem Schlaf gerissen hatte, weinte nun lauthals. Das durfte doch nicht wahr sein. Sie drehte das Radio lauter, um Mayas Weinen zu übertönen, das war jetzt ihr Moment! Mayas Weinen steigerte sich zu lautem Heulen. So ging das nicht. Wie konnte sie nur so dumm sein, sie aufzuwecken? Paula trat auf die Bremse und fuhr rechts ran, wurde auch noch angehupt, stieg hektisch aus, der Regen war jetzt auch egal, und nahm Maya auf den Arm. Vor Überraschung verstummte sie sofort. Maya sah sie stattdessen völlig verwirrt an, aber das war egal. Der Song schallte aus dem Auto, der Regen tropfte ihnen ins Gesicht. Mit Maya auf dem Arm tanzte Paula im strömenden Regen am Straßenrand und sang lauthals mit.

»Will mein Glück löffeln wie Eeeeeeeeerdbeereis … will's löffeln, will's trinken, will ganz drin versinken …«

Kurz darauf stiegen sie mit der Single-Auskoppelung von ihrem Lied in die Charts, wo sie sich drei Wochen zwischen Platz 86 und 98 hielten. Vielleicht hatte Steve doch recht? Vielleicht sollte sie sich doch anpassen und auf ihn hören? War sie größenwahnsinnig, dass sie einen Rat des Plattenstudios ablehnte?

Als der größere Durchbruch ausblieb, war Paula nicht allzu traurig darüber. Es half ihr, bei ihrer Entscheidung zu bleiben. Jetzt hatte sie die Erfahrung gemacht, wie stark ein Plattenlabel sich in alles einmischte. Bestimmt war es doch besser, einfach bei der Musik zu bleiben, an die sie glaubte, und all ihre Ideale nicht des Erfolges willen zu verkaufen. Dann würde sie eben nicht reich werden. Zum Leben genügte es, was sie mit der Musik und ihren kleinen Theaterrollen verdiente. Das war doch das Wichtigste. Paula war glücklich, wenn man sie sehen und hören wollte, glücklich, dass sie andere Menschen erreichte, wenn sie sang, wenn sie ihr eigenes Ding machen konnte, ohne Kompromisse.

Die darauffolgende Trennung von der Band war schrecklich. Paula wurde bitter beschimpft, all die enttäuschten Hoffnungen wurden natürlich ihr in die Schuhe geschoben und über all die Zweifel, die überall lauerten, war sie nie erhaben. Selbst wenn sie drei Zugaben geben musste, stand neben der strahlenden Paula auf der Bühne, wie der Schatten aus der Lenor-Werbung, eine zweite Paula. Die mit dem schlechten Gewissen und den Zweifeln. Das ist doch alles nur für deine eigene Eitelkeit, raunte der Schatten. Und dafür lässt du dein Kind alleine? Dafür hast du es zugelassen, dass deine Band sich trennte? Warte nur, bis sie alle merken, dass du eigentlich gar nicht so gut bist, wie du denkst, warte nur. Irgendwann kommen sie alle dahinter. *Was glaubst du eigentlich, wer du bist?*

1985

Paula brachte Maya oft nach Lerchenrod, wo ihre Eltern ihre Tochter betreuten, damit sie arbeiten konnte. An den Wochenenden, in den Ferien oder wenn Maya krank war. Es war nicht leicht, das alles alleine hinzubekommen. Eigentlich brachte sie Maya zu oft hin. Sie wollte doch eine gute Mutter sein. Die beste. Das hatte sie sich vorgenommen. Aber dazu gehörte es auch, ihrer Tochter vorzuleben, dass die Welt ihr offenstand. Dass es gut war, sich zu zeigen, dass es richtig war, gehört zu werden. Dass jede Frau ihren eigenen Weg gehen konnte. Immer wenn Maya mal wieder überhaupt nicht raus in die Welt wollte und überhaupt keinen Abenteuergeist entwickelte, sondern lieber mit ihr zusammen zu Hause bleiben wollte, dann fühlte Paula sich genauso eingeschnürt wie früher in ihrem Elternhaus, als sie wegwollte und nicht durfte. War das der Einfluss ihrer

Mutter auf Maya? Dann war es zu viel. Doch wenn Maya in Lerchenrod war, war sie immer glücklich. Maya war es egal, ob die Welt ihr einmal offenstehen würde oder nicht. Ihre Tochter hatte es am liebsten, wenn Dinge sich wiederholten, wenn es Routinen gab. Sie genoss die Regelmäßigkeit des Alltags in Lerchenrod. Die Regelmäßigkeiten der Tage, der Wochen, der Jahreszeiten, der Jahre. Das Mittagessen stand jeden Tag zur gleichen Zeit auf dem Tisch, samstags wurde die Straße gekehrt, die Treppe geputzt und Kuchen gebacken, im Herbst köchelte das Pflaumenmus auf dem Herd. Warum konnte sie das für sich selbst nicht genießen? Warum war in ihr immer diese Unruhe?

Wenn Maya und ihre Eltern zusammen den Alltagsroutinen folgten, dann fühlte sie sich ausgeschlossen. Es war wirklich paradox, denn sie hatte ja gleichzeitig auch das Gefühl, ersticken zu müssen, wenn sie bliebe. Sie brauchte doch Luft! Sehnsucht und Fernweh trieben Paula an, trieben sie weiter, ließen sie suchen, ob es nicht doch woanders besser wäre. Wenn ein Wind sie umwehte, dann wollte sie wissen, woher er kam, und wollte gleichzeitig mit ihm weiterziehen. *Die Bremer Stadtmusikanten* war das Märchen, das Paula Maya immer am liebsten vorgelesen hatte. *Lass uns zusammen fortgehen. Etwas Besseres als den Tod finden wir überall.* Es musste ja nicht gleich der Tod sein, vor dem man fortlief, aber wie konnte man denn wissen, ob es nicht woanders besser war, wenn man es nicht ausprobierte? Maya war da völlig anders als sie.

Als Paulas Vater starb, schlug Maya vor, dass sie doch jetzt zusammen zur Oma ziehen könnten. Platz genug hätten sie ja dort in dem großen Bauernhaus in Lerchenrod. Dann wäre Oma nicht so alleine und sie auch nicht. Denn immer, wenn Paula unterwegs war, könnten Oma und sie aufeinander aufpassen.

»Ist das eine Idee von deiner Oma?«, fragte Paula misstrauisch, weil sich beim bloßen Gedanken daran schon ein Bleiband um ihr Herz legte. Niemals könnte sie die Freiheit, die sie sich so mühsam erobert hatte, wieder aufgeben.

»Nein«, sagte Maya. »Das ist ganz alleine meine Idee. Aber ich wusste schon, dass du Nein sagen wirst. Meine Ideen findest du ja nie gut.«

Wie konnte es sein, dass ihre Tochter, die sie so anders hatte erziehen wollen, ihr, genau wie ihre Mutter auch, das Gefühl gab, dass es etwas Seltsames war, frei sein zu wollen? Dass sie zu viel wollte? Dass sie ein Fräulein Nimmersatt war.

Und ein Fräulein Nimmersatt will ich hier nicht haben.

Paula hatte den Eschbachs gegenüber oft ein schlechtes Gewissen, weil sie es waren, die sich um Lisettes Haus kümmerten, es regelmäßig lüfteten und den Garten vor dem kompletten Verwildern bewahrten. Sie liebte das Haus, es war ein Zufluchtsort, der ihr immer guttat. Aber gleichzeitig war es auch oft eine Bürde. Es gab so viel zu tun. Sie müsste viel öfter hinfahren.

Es hatte in den letzten Jahren den einen oder anderen Mann gegeben, mit dem sie in Rauenthal in Lisettes Haus gewesen war. Einmal hatte ihr ein ziemlich netter Mann sagen wollen, wie sie das Haus zu renovieren habe, auf jeden Fall weiße Wände, damit es größer wirkte. Und einige Zeit später hatte ein Architekt, in den sie sehr verliebt war, große Visionen, die sich durch den kompletten Abriss der alten Substanz wunderbar umsetzen ließen, wenn Paula nur nicht so starrsinnig wäre. Er hatte schon begonnen, die Pläne zu zeichnen, aber Paulas Verliebtsein kam in beiden Fällen zu einem schnellen Ende. Paula mochte diese Art von Anweisungen und Bevormundung überhaupt nicht. Trotzdem wusste sie, dass sie sich eigentlich richtig um das Haus kümmern müsste, es renovieren, lüften, heizen und bewohnen sollte. Aber wollte sie sich wirklich darauf festlegen? Auf ein Haus im Rheingau? Für Paula war es einfacher, in Möglichkeiten zu schwelgen.

Als Hanni, die Jüngste der Eschbachs, sich verlobte und fragte, ob sie Lisettes Haus mieten könnten, vielleicht für ein, zwei Jahre, war Paula erleichtert. Sich nicht um das Haus kümmern zu müssen bedeutete eine Sorge weniger. Sie wollte es unbedingt behalten, aber in der nächsten Zeit würde sie eine Vermietung ungemein entlasten.

Paula machte sich daran, das Haus auszuräumen. Lisettes Leben wanderte durch ihre Hände, und sie musste eine Entscheidung nach der anderen treffen. Was sollte passieren mit den gestickten Kissen, dem Brotmesser, dessen Klinge schon ganz dünn geworden war vom jahrelangen Schärfen, den Schränken voller Mottenkugeln, den alten Stoffen und porös gewordenen Kleidern. Als ihre Mutter ihr anbot zu helfen, wunderte sie sich zuerst, weil sie Rauenthal ja immer gemieden hatte, nahm ihre Hilfe aber dankbar an.

Ihre Mutter ging jetzt schon auf die siebzig zu. Trotzdem zog sich kein einziges graues Haar durch ihr Blond. Jeder dachte, dass sie ihr Haar färbte, aber Farbe hatte sie niemals benutzt. Weder für die Haare noch für ihr Gesicht. Die einzige Art der künstlichen Verschönerung, die sie akzeptierte, war die Dauerwelle. Alle zwei Monate ließ sie sich beim Frisör im Nachbarort die Dauerwelle neu machen, damit ihre blonden Locken auch hielten. Einmal in der Woche wurden die Haare gewaschen, eingedreht und unter der hellblauen Haube, die im Abstellraum auf ihren Einsatz wartete, am Küchentisch getrocknet. Das war eine heilige Stunde, in der sie ihre *Frau im Spiegel* las und in der niemand sie stören durfte. Paula hatte schon einige Male versucht, ihr diese Pudelfrisur auszureden, die alle Frauen über sechzig trugen. Aber eine kurze Fönfrisur kam für ihre Mutter nicht in Frage. Vielleicht, weil ihr dann diese Stunde am Küchentisch fehlen würde.

»Wie eng wir hier alle damals zusammengelebt haben«, sagte Charlotte, als sie durch das kleine Haus gingen, um zu überlegen, womit sie anfangen sollten. »Erst meine Eltern und Henri, das war ja noch einfach. Aber dann kam mein Vater nicht zurück aus dem Krieg, ich wurde geboren, und Henriette zog zu uns. Da haben sie die zwei kleinen Zimmerchen hier oben mit Schränken im Giebel einfach noch mal geteilt, vier kleine Schlafkojen waren das, direkt unter der Dachschräge.«

»Und unten ist auch nicht so viel Platz. Da hingt ihr zu viert ganz schön aufeinander, oder?«

Ihre Mutter nickte. »Und drüben im Atelier haben auch immer drei, vier Frauen gearbeitet. Und die ganze Kundschaft, die ein und aus ging, die Anproben. Das reinste Weiberhaus war das hier. Das war auch nicht jedem recht.«

»Wir sind auch ein Weiberhaus«, sagte Maya. »Drei Weiber, oder?« Sie schmiegte sich an ihre Oma, die den Arm um sie legte.

»Warum? Was war denn nicht recht, wer hatte etwas dagegen?«

Paula sah ihre Mutter fragend an.

»Die Männer? Nein, den Frauen im Dorf war das auch nicht immer geheuer. Meine Mutter hat immer für Aufsehen gesorgt, und die vielen Besuche, viele Fremde, das passte nicht jedem.«

Der Impuls, Lisette zu verteidigen, war sofort da.

»Aber es hat auch vielen gepasst, oder? Sonst wären nicht so viele zu ihrer Beerdigung gekommen.«

Charlotte nickte und verstummte. Paula schimpfte innerlich mit sich selbst. Da hatte ihre Mutter einmal von früher geredet, was sie so gut wie nie tat, und sie hatte sie auch noch selbst unterbrochen. Hätte sie nur den Mund gehalten.

»Kann ich oben spielen?«, fragte Maya, und Paula nickte. »Mach das, wir fangen hier in der Küche an. Ich habe schon einiges weggegeben, aber es passt ganz schön viel in so ein kleines Haus …«

Paula stellte die gesammelten Bananenkisten auf die Küchenstühle, während ihre Mutter den Küchenschrank leerte. Eine Kiste für Paula, eine für Charlotte, eine zum Weggeben. Paula stellte zwei alte Tassen, die offensichtlich sehr oft geklebt worden waren, in die Kiste zum Weggeben, aber ihre Mutter protestierte.

»Das musst du aufheben, das ist doch echtes Meißen.«

»Aber die sind völlig kaputt!«

»Sie sind zu wertvoll zum Weggeben.«

»Keiner würde mehr daraus trinken. Schau dir diese vielen Sprünge an!«

»Ich nehme sie«, sagte ihre Mutter. »Stell sie in meine Kiste. Die hat meine Mutter mitgenommen, als sie von zu Hause weggelaufen ist. Meine Großmutter hatte das ganze Service. Indisch Purpur. Ich glaube, es war zwölfteilig, alles komplett … Welche Werte das waren!«

»Und was ist damit passiert?«

»Im Krieg zu Bruch gegangen. Weggekommen. Keine Ahnung. Das Haus, in dem sie wohnte, war zwar stehengeblieben, aber durch die Erschütterungen nach den Bomben war alles kaputt. Davon gibt es nichts mehr.«

»Guckt mal, was ich gefunden habe.«

Maya stand plötzlich in der Küche, in einem schimmernden grünen Seidenkleid, das ihr viel zu lang war und hinter ihr herschleifte. Es hatte einige Löcher und dünne Stellen, manche waren geflickt.

»Darf ich das behalten? Für meine Kiste?«

»Nein«, sagte Paula sehr entschieden. »Dieses Kleid hat

meine Oma mir versprochen. Das hat Emile ihr genäht, das war so etwas wie ihr Hochzeitskleid. Oder?«

Paula schaute ihre Mutter an, die das nickend bestätigte und sich vor Maya hinkniete, um andächtig den Stoff zu befühlen.

»Ich wollte dieses Kleid immer haben. Vor ein paar Jahren wollte ich es zum Kunststopfen geben, aber damals war mir das zu teuer. Ich versuche es jetzt noch mal.«

»Zieh es an.« Maya hielt es ihr bittend entgegen. »Bestimmt siehst du aus wie eine Prinzessin! Da sind noch so viele schöne Kleider in dem Schrank. Können wir die nicht alle anziehen und Prinzessinnen sein?«

Ihre Mutter lachte. Wenn Paula das vorgeschlagen hätte, hätte sie wahrscheinlich ihr »Tsss« herausgezischt, mit dem sie alle Vorschläge abtat, von denen sie nichts hielt. Aber Mayas Vorschläge wurden anders gehandelt, über Mayas Idee wurde gelacht, und Paula traute kaum ihren Ohren, als ihre Mutter vorschlug, sich das alles anzuschauen.

»Na, dann lass uns mal sehen, was da noch so hängt.«

Der Schrank, der Lisettes besondere Schätze beherbergte, alte Kleider, die sie hatte aufheben wollen, stand auf dem Treppenabsatz unterm Dach. Es war ein schmaler Schrank, der nur eine Stange hatte, an der Kleider in allen möglichen Farben und Stoffen schimmerten, als das Licht darauf fiel. Ihre Mutter entdeckte ein Kleid aus einem schweren blauen Seidencrêpe, und zog es langsam hervor.

»Das ist doch genau dein Blau, oder?«, fragte Paula.

Ihre Mutter hielt es vor sich.

»Meinst du, das passt mir noch?«

»War das dein Kleid?«

»Ich wusste gar nicht, dass es das noch gibt. Das hat meine Mutter mir genäht, als …«

Sie verstummte und strich sanft über den Stoff. Dann zog sie ihre Bluse aus, stieg aus ihrem Rock und zog das Kleid an. Sie drehte sich um und wandte Paula den Rücken zu, damit sie die Knöpfchen für sie schloss. Es passte noch perfekt.

»Zum Glück ist der Schnitt eher lose, na ja, es fällt jetzt nicht mehr so schön …«

Als sie sich umdrehte, war Paula überrascht.

»Du siehst aus wie eine Diva, und das ist genau dein Blau. Guck mal, wie die Oma strahlt …«

»Ach was«, tat sie es ab. »Aber es war ein schönes Kleid.«

Ihre Mutter betrachtete sich im Spiegel, und ein wehmütiges Lächeln umspielte ihre Lippen. Sie strich sich den Rock glatt, und Paula erhaschte einen Blick auf die Frau, die ihre Mutter vielleicht einmal gewesen war. Auf eine junge Charlotte, die in diesem Kleid in Kaffeehäusern in Wiesbaden saß und Kuchen aß, die mit Freunden tanzen ging. Vor dem Krieg. Ihre Blicke trafen sich im Spiegel. Ihre Mutter schüttelte den Kopf, und Paula wusste, dass sie gerade die gleiche junge Frau gesehen hatten. Nur wohin war diese junge Frau verschwunden? Die Frau in diesem Kleid hatte nichts gemeinsam mit der stillen genügsamen Frau, die sich in Lerchenrod auf dem Hof krummgearbeitet hatte, bis sie abends umfiel vor Müdigkeit. Die sich begnügt hatte mit wenig und die sie immer ermahnt hatte, sich zurückzunehmen, so wie sie sich selbst zurücknahm, bis hin zur Unsichtbarkeit. Die junge Frau in diesem Kleid hatte sich nicht zurückgenommen, um im Hintergrund zu verschwinden. Diese junge Frau hatte man gesehen. Vielleicht hatte sich sogar die Welt einmal um sie gedreht. *Mein Frollein?* Sie zog das Kleid nicht aus.

Paula hatte immer wieder in diesen Schrank hineingeschaut, die Kleider herausgezogen und bestaunt und sie dann wieder zurückgehängt. Taft in staubigem Rosé, grüne Seide, dunkler Chiffon, verblasstes Himmelblau, feinste weiße Häkelspitzen.

Jedes Jahr hatte Paula frische Lavendelzweige aus dem Garten in den Schrank gelegt, um die Motten fernzuhalten. Ihre Mutter stand in dem blauen Kleid kopfschüttelnd vor den Kleidern und zog das ein oder andere hervor, schien manche wiederzuerkennen, betrachtete sie alle, erzählte eine kleine Geschichte oder hing sie schweigend wieder zurück. Hatte Paula es sich eingebildet, dass ihre Mutter über dieses filigrane Etwas aus weißer Häkelspitze schneller hinwegging als über die anderen Kleider?

Maya konnte sich gar nicht entscheiden, was sie anziehen wollte, weil alles so schön war. Sie zog den Inhalt des halben Kleiderschranks an und wieder aus. Blusen, Kleider, Röcke, Charlotte war geduldig und hängte alle Kleider, die Maya fallen ließ, um nach dem nächsten zu greifen, wieder ordentlich zurück.

Paula zog das grüne Kleid an. Die Seide fiel kühl über ihre Haut, streichelte sie wie Wasser, und plötzlich war der Moment im Bach wieder da, als Harry und sie sich zum ersten Mal geküsst hatten, als sie im Meer gebadet hatten in diesen Sommern in Whitstable. Plötzlich dachte sie an dieses Glück und fühlte sich so schön wie damals. Sie hatte inzwischen in so viel schöneren Meeren gebadet, in tiefblauen, in klaren smaragdgrünen Wassern. Aber die trübe Nordsee, in der die Liebe sie getragen hatte, ihr schwereloser Körper im Wasser, ihr Blick in die Weite des Himmels und Harry, der sie hielt. Das war nie wiedergekehrt. Sie schaute sich im Spiegel an und sah die Frau, die Harry geliebt hatte, und erkannte gleichzeitig, dass es auch diese junge Frau gar nicht mehr gab. Sie spürte den Blick ihrer Mutter und versuchte zu lächeln. Da trugen sie diese wunderschönen Kleider, und dazu die gleiche Wehmut in ihren Gesichtern.

Eigentlich hatten sie vorgehabt, am Abend in einer Straußenwirtschaft essen zu gehen. Aber sie waren sich alle drei einig, dass sie lieber in Lisettes Garten bleiben wollten. In der Küche fand sich noch ein Notvorrat an zwei Packungen Miracoli, ein Glas Oliven, eine Dose Pfirsiche, und Wein war sowieso vorhanden. Sie trugen den Gartentisch unter den Pfirsichbaum, stellten die Teelichter, die Paula noch gefunden hatte, in Gläser, und Charlotte legte eine von Lisettes alten Leinentischdecken über den Tisch.

»Also, ein Menü mit drei Gängen und einer erlesenen Weinbegleitung«, sagte Paula, als sie die Schüssel mit den Nudeln auf den Tisch stellte, und Maya strahlte so glücklich wie selten. In dem rosa Taftkleid, das ihre Oma ihr mit einem Gürtel so zusammengebunden hatte, dass sie es nicht beim Laufen verlor, saß sie am Tisch und schaute zufrieden von einer zur anderen.

»Wir sind alle drei wunderschöne Prinzessinnen.«

Als Maya später einschlief, trug Paula sie die enge Treppe hoch in ihr Schlafzimmer. Lange würde sie das nicht mehr schaffen, Maya war schon viel zu schwer. Aber es hätte ihr zu leidgetan, sie zu wecken, damit sie alleine die Treppe hochlief. Sie legte sie mitsamt dem rosa Taftkleid ins Bett und deckte sie zu. Maya murmelte etwas, das nach »schön« klang und »gut«, und schlang ihre Arme um sie. Paula blieb bei ihr und wartete, bis ihr Atem wieder gleichmäßig ging und ihre Arme weich wurden. Dann deckte sie sie zu und küsste ihr schlafendes Gesicht. Diese Momente gab es selten. Viel zu oft war sie gehetzt, immer auf dem Sprung, immer schon mit einem Bein bei der nächsten Probe, dem nächsten Auftritt, dem nächsten Telefonat. Im Vorbeigehen nahm sie zwei Decken mit hinunter in den Garten und legte ihrer Mutter eine um die Schultern. Charlotte schlug sie dankbar um die Arme, der Abend war kühl geworden.

Die Kräuter neben ihrer Bank dufteten in der Nachtluft,

die Teelichter beleuchteten den Pfirsichbaum in der Mitte des Gartens, und über ihnen dehnte sich der sternenklare Himmel. Es war still. Nur ab und zu raschelten Blätter, surrte eine Grille, schlug irgendwo in der Ferne ein Fenster zu. Paula füllte die Weingläser erneut.

»Das konnte sie wirklich gut, Kleider erschaffen, die etwas herbeigezaubert haben, die einen besonders machten«, sagte Charlotte und trank einen Schluck Wein. »Von überallher sind die Kunden gekommen, um sich diese Kleider von meiner Mutter entwerfen und nähen zu lassen, und ich wollte das nie. Ich wollte nichts von ihr genäht bekommen. Ich habe mich immer verkleidet gefühlt. Als ob sie die Kleider eigentlich für jemand anderen genäht hätte, die ich gar nicht war.«

»Aber das blaue Kleid hier steht dir so gut«, sagte Paula. »Hast du dich in dem auch verkleidet gefühlt?«

»Nein. In diesem Kleid nicht.«

»Als du es vorhin angezogen hast, da habe ich eine junge Frau gesehen …«, sagte Paula.

»Lange her«, flüsterte Charlotte. »Lange, lange her.«

Nach einer Weile nahm sie Paulas Hand.

»Du hättest eine andere Mutter als mich gebraucht, glaub nicht, dass ich das nicht weiß. Aber ich konnte nur diese Mutter sein. Ich … konnte nicht anders. Ich habe nur die in mir gefunden. Deine Oma hat mir mal ihren gesamten blühenden Garten abgepflückt. Weißt du noch, wie bunt es hier immer geblüht hat, früher, als sie noch alle Beete hatte?«

Paula nickte stumm. Sie starrten ins Dunkel und sahen die bunte Pracht vor ihren inneren Augen, die Lisette jedes Jahr aufs Neue hatte wachsen lassen.

»Sie stand vor mir, mit diesem riesigen Strauß, hinter dem man sie kaum gesehen hat, und hat mir gesagt, dass es um die Fülle geht. Immer um die wilde große Fülle. Sie fand, dass es sich lohnte, für diesen einen Moment den ganzen Garten zu plündern und für den Rest des Jahres kaum noch Blüten zu haben. Sie konnte so unbändig sein und so großzügig. Du bist ihr ähnlich.«

Sie schwiegen lange. Es war ein Moment wie früher, wenn sie noch in der Nacht das Backhaus angeheizt hatten und es nur sie beide gab, die schon wach waren und nach den Sternen schauten.

»Du hast es immer anders gemacht«, sagte Paula. »Du hast diese schmale Vase auf dem Küchentisch und schneidest dir eine Blüte im Garten ab … oder zwei.«

Ihre Mutter nickte und schwieg.

Nachdem sie den Schlüssel für das leergeräumte Haus an die Nachbarn übergeben hatten, stiegen sie alle drei ein wenig traurig in Paulas übervoll bepacktes Auto und fuhren davon. Paula dachte, dass sie bald wiederkommen würde. In ein, zwei Jahren würde Hanni wieder ausziehen. Und bis dahin würde sie wissen, was mit Lisettes Haus passieren würde. Zu Hause versuchte sie, für jeden dort geborgenen Schatz einen guten Platz zu finden. Und als Paula Lisettes alte Kleider in ihrem Schrank an die Seite hängte, merkte sie, dass sie das Kleid, das aussah, als sei es von Hand gehäkelt, gar nicht mehr gesehen hatte.

1992

»Aber das ist meine Chance, Maya! Jetzt gibt es neue private Fernsehsender, und alle wollen Filme drehen und Serien, es werden plötzlich überall Schauspieler gesucht, ich könnte mal richtig Geld verdienen! Aber nicht hier, hier besetzt mich kein Mensch!«

Paula spielte in dieser Zeit in einem Provinztheater in Bayern, wo sie ein festes Engagement hatte. Ein Berliner Regisseur, mit dem sie gerne zusammenarbeitete, inszenierte dort ein Stück. Er war im Gespräch für eine Serie, die ab dem Herbst in Berlin gedreht werden sollte, und er wollte sie besetzen. Er wusste schon genau wie. Es war nicht die Hauptrolle, aber es war eine durchgehende Rolle. Diese Rolle würde ihr endlich einmal ein regelmäßiges Einkommen bescheren, sie bekannter machen und das Leben erleichtern. Doch der Haken, von dem sie bis eben gar nicht gewusst hatte, dass es einer sein könnte, war, sie müssten in Berlin wohnen. Sie war noch ganz elektrisiert von seinem Vorschlag. Plötzlich war alles so folgerichtig, als hätten all die Jahre des Tingelns und des Lebens von der Hand in den Mund jetzt ihr Ende gefunden. Berlin! Davon hatte sie schon in ihrer Jugend geträumt. Und jetzt, da sie diese Chance auf dem Silbertablett serviert bekam, ausgerechnet da stellte ihre Tochter sich quer.

»Ich bin mit dir nach Mannheim, ich bin mit dir zurück nach Frankfurt, ich bin mit dir in dieses bayrische Kaff gezogen, mir reicht es jetzt. Ich will keine neue Schule mehr, ich will keine neue Klasse und keine neuen Freunde. Ich ziehe nicht mehr um!«

»Noch der eine Umzug! Und in Berlin bleiben wir dann. Du weißt doch gar nicht, was du dort für Chancen haben kannst! Da eröffnen sich wunderbare Möglichkeiten!«

»Das sagst du immer. Und dann ziehen wir wieder um. Ich will nicht. Lass uns doch einfach wieder nach Frankfurt gehen.«

»Man muss auch mal was Neues wagen, wenn man vorankommen will!«

»Mal?«

Maya stand auf und tigerte in ihrem kleinen Wohnzimmer

auf und ab. »Mal! Das wäre ja okay. Aber wir wagen so ungefähr jedes Jahr etwas Neues, und mir steht es echt hier!«

Maya legte die Hand vor ihr Kinn.

»Nein, hier!« Sie legte die Hand an die Nasenwurzel. »Mir reicht's. Mach, was du willst, aber ich komme nicht mit.«

»Du bist fünfzehn. Du musst mitkommen.«

»Ach, jetzt willst du mich auch noch zwingen? Ich soll doch immer eigene Ideen haben. Jetzt habe ich eine, und jetzt ist es dir auch nicht recht.«

»Wie stellst du dir das denn vor?«

»Ich ziehe zu Oma. Dann bin ich die ganze Oberstufe an einer Schule und kenne die Lehrer fürs Abi. Und ich kenne dort schon so viele in meinem Alter, Nicki von nebenan, und ihre Freunde kenne ich auch alle. Und ich kann mich darauf einstellen. Du willst jetzt deine Chance, ist okay, ich will dich nicht aufhalten! Aber ich will mein Abi machen. Und ich will keine neue Stadt kennenlernen. Ich ziehe zu Oma.«

Paula schaute ihre Tochter an und schwieg. Maya war einfach zu oft bei ihrer Mutter gewesen, darüber war ihr genau das verloren gegangen, was sie ihr immer hatte beibringen wollen. Neue Horizonte entdecken, Abenteuer suchen, Träume wagen. Die Möglichkeiten, die eine Stadt wie Berlin ihr bieten würde, konnte sie gar nicht erkennen. *Trautes Heim, Glück allein.* Maya zog es genau dorthin, wovon es sie immer nur weggezogen hatte. Aufs Land, mit fünfzehn! Was war mit diesem Kind los? Und das Schlimmste daran war: Ihre eigene Tochter wollte weg von ihr. Hatte sie denn irgendetwas in ihrem Leben mal einfach richtig gemacht? Das Glücksgefühl, das eben noch in ihr getanzt hatte, verpuffte, und sie fühlte sich elend. Sie hatte alles richtig machen wollen, und jetzt war doch wieder alles falsch.

»Jetzt guck doch nicht so traurig!«, rief Maya. »Du kannst

doch machen, was du willst! Aber lass mich auch machen, was ich will. Das ist nur fair.«

»Wir schlafen noch mal drüber«, sagte Paula. »Wir denken noch mal in Ruhe nach, und morgen wirst du das anders sehen. Da bin ich mir sicher.« Sie nahm Maya in den Arm. »Das kam ein bisschen plötzlich jetzt, wir reden morgen in Ruhe darüber, ja?«

Maya nickte. Aber Paula konnte genau sehen, was sie dachte: Lass sie nur reden, bis morgen habe ich meine Meinung nicht geändert.

Nachts entwarf Paula einen Plan B. Sie würden zurück nach Frankfurt gehen. Natürlich. Wenn Maya so unglücklich war, dann musste sie das akzeptieren. Sie hatte damals kein Abitur machen dürfen, da musste sie es ihrer Tochter ja wohl ermöglichen. Das war sie ihr schuldig und sich auch. Wie schwer das war, eine gute Mutter zu sein, dachte sie, und wie gut, dass man das alles nicht vorher wusste, wenn man ein Kind bekam.

Sie schlief schlecht, und um vier Uhr morgens war die Nacht für sie vorbei. Die Gedanken fuhren in ihrem Kopf Karussell. Weil sie jetzt sowieso nicht mehr einschlafen würde, stand sie auf und kochte sich einen starken Tee mit Milch und Honig. Die Sorte, die bei allem möglichen Kummer half. Sie setzte sich an den Küchentisch und knetete den Teig für die Butterhörnchen, wie Lisette es ihr früher beigebracht hatte. Kneten, kneten, kneten. Es beruhigte sie. Sie stellte die Schüssel mit dem Teig in den warmen Backofen und sah durch die Scheibe dabei zu, wie er langsam aufging. Es gab nur weniges, was sie gerne zubereitete oder überhaupt zubereiten konnte. Kochen und Backen hatte sie nie interessiert. Aber sie liebte Lisettes Butterhörnchen.

Als Maya aufwachte und in die Küche kam, dufteten die Hörnchen schon im Ofen. Sie saßen sich schweigend gegenüber und hielten sich an ihren Teetassen fest. Erst als die Hörnchen vor ihnen auf dem Tisch lagen, um in diesem schwierigen Gespräch zu vermitteln, konnten sie miteinander sprechen. Maya hatte ihre Meinung über Nacht nicht geändert, und sie ließ auch nicht zu, dass Paula auf das Angebot des Regisseurs verzichtete, und nicht nach Berlin ging. Paulas Plan B lehnte sie einfach ab.

»Du wolltest diese Chance doch unbedingt! Dann nimm sie auch!«

Maya sah sie verstört an, als Paula deshalb in Tränen ausbrach. Aber wie sollte sie ihrer Tochter erklären, dass sie doch bereit wäre, diese Chance für sie aufzugeben, wie sollte sie sich erklären, wenn sie und das Opfer, das sie gerne bringen wollte, einfach abgewiesen wurden?

Es war das erste Mal in ihrem Leben, dass die Hörnchen einfach abkühlten, ohne gegessen zu werden und so lange unberührt auf dem Tisch liegenblieben, bis Paula sich irgendwann erbarmte und die knochenharten Dinger in den Müll beförderte. Sie bekamen beide nichts hinunter. Sie waren beide viel zu unglücklich. Sogar zu unglücklich für Butterhörnchen.

1993

Seit Maya nach Lerchenrod gezogen war, war das alte Gefühl zurückgekehrt wie eine vertraute Freundin, die Paula sofort wiedererkannte und die gleich den alten Platz in ihrem Leben einnahm. Vielleicht war sie auch nie weggewesen, diese alte Traurigkeit. Es war Paula vielleicht nur hervorragend gelungen, sich davon abzulenken. Wenn sie sang, wenn sie in andere Rollen schlüpfte, dann schaute sie in eine andere Richtung, dann ließ sie den Blick in die Ferne schweifen, weg, weit weg von sich. Dann gelang es ihr, zu vergessen, dass die Traurigkeit eigentlich genau hinter ihr stand. Und dass sie sich nur umdrehen musste, um sie zu sehen. Dass sie nur ein bisschen stolpern musste, um ihr direkt in die Arme zu fallen und sich gleich wieder unzulänglich, ungeliebt und abgrundtief falsch zu fühlen.

Um nicht zu oft zu stolpern, hatte Paula gerne Begleitung. Es half einfach sehr, wenn man neben jemandem ging, der einen festhalten konnte, wenn der Sturz in die Traurigkeit drohte. Auf den man sich werfen konnte, um von liebenden Armen und nicht von der Traurigkeit aufgefangen zu werden. Es half, verliebt zu sein, weil es so etwas Hoffnungsvolles war. Verliebtsein war ein Spiel mit der Zukunft, mit der rosigen bunten Zukunft, bei dem man vergessen konnte, was gewesen war, weil ab jetzt sowieso alles anders sein würde.

An diesem Samstagnachmittag im Spätsommer war sie mit einem netten Mann im Schlosspark von Charlottenburg spazieren gewesen. Sie hatten sich gut unterhalten, viel gelacht, zusammen Kaffee getrunken und sich verabredet, um morgen zusammen essen zu gehen. Der Himmel war blau, und es lag ein goldenes Flirren in der Luft und in ihr. Wenn jetzt irgendwo Musik spielen würde, sie würde einfach tanzen. Gut gelaunt stand sie plötzlich vor einem ganzen Meer bunter Sommerblumen, die in Eimern auf der Straße in allen Farben blühten. Sie blieb stehen, und die Blumen lachten sie an. Sträuße mit Sonnenblumen, Zinnien, Astern und Margeriten. Das waren keine gestylten Floristensträuße, aus denen exotische Gräser herauswuchsen, das waren Blumen wie aus dem Garten ihrer Oma Lisette. Kunterbunte Gartensträuße. Der Abend in Rauenthal fiel ihr ein, die Geschichte mit dem großen Blumenstrauß, von der Fülle, von der ihre Mutter ihr erzählt hatte. Der großen wilden Fülle. Sie kaufte drei üppige Sträuße. In der größten Vase, die sie hatte, leuchteten sie nun auf ihrem Tisch. Sie griff zum Telefon, um mit Maya zu sprechen, um ihr von den Blumen zu erzählen. Manchmal überwältigte sie die Sehnsucht nach Maya so sehr, dass sie sich ins Auto setzen musste, um für einen Tag zu ihr zu fahren, sie in den Arm zu nehmen, um sie zu sehen, sie zu riechen, die Härchen auf ihrem Unterarm zu streicheln und ihren kleinen Finger mit Mayas kleinem krummem Finger zu verhaken. Maya sei mit Freunden unterwegs, erfuhr sie von ihrer Mutter, die fröhlicher klang, seit Maya bei ihr lebte. Sie versuchte, sich nicht davon bedrücken zu lassen, dass es den beiden miteinander so gut ging. Es war doch schön, es freute sie wirklich, dass es so war. Und auch ihr selbst ging es gut. Ihnen allen ging es gut. Trotzdem. Sie zupfte an dem großen Strauß, um die Blumen besser zu verteilen.

»Kannst du dich an den Abend erinnern, in Lisettes Garten, als wir zusammen auf der Bank saßen und du mir von dem riesigen Strauß erzählt hast?«, fragte Paula ihre Mutter.

»Natürlich.«

»Du hast mir nie gesagt, warum du immer nur eine Blume in der Vase hast.«

Es war einen langen Moment still in der Leitung. So lange, dass Paula schon nachfragte. »Mama? Bist du noch da?«

»Ja.«

Paula presste den Hörer fester ans Ohr, um sie zu verstehen, weil sie so leise sprach.

»Eine Blume ist besser als keine Blume.«

Paula war es gewohnt, dass sie nie richtige Antworten auf ihre Fragen bekam. Natürlich war eine Blume besser als keine. Sie schaute auf ihren großen bunten Strauß und seufzte innerlich. Aber dann sprach ihre Mutter weiter.

»Und wenn nur eine einzelne Blume verwelkt, dann ist das nicht so schlimm. Damit kann man leben. Eine neue Blume lässt sich immer wieder finden ...«

Das traf Paula. In diesem Satz lauerte ein Abgrund, von dem sie nichts geahnt hatte. Sie sank auf einen der Stühle und sah ihre Mutter vor sich. Ihr kleines Leben in dem großen Haus, die kleine Vase mit der ersten Osterglocke, einer Rose oder einem Zweig im Winter, der irgendwann im Haus blühte. *Und wenn nur eine Blume verwelkt, dann ist das nicht so schlimm.*

»Erzählst du Maya von Lisette?«, bat Paula. »Erzähl ihr, dass man auch große Vasen für alle Blumen haben kann ... bitte ... machst du das?«

Sie redeten dann noch über das Wetter, darüber, was die neue Hüfte machte und dass es ein Apfeljahr war und es viel Saft geben würde. Als sie aufgelegt hatte, betrachtete sie wieder ihren bunten üppigen Strauß.

Man kann doch alle Blumen haben, dachte sie. Alle.

2007

Oma wünschte sich zum neunzigsten Geburtstag nur, dass Paula und ich kamen. Sie wollte »keinen großen Bahnhof« an diesem Tag, es war ihr alles zu viel. Sie hatte sich von der Grippe letzten Herbst wieder erholt und bewältigte ihren Alltag so gut, dass Paula und ich oft genug darüber staunten. Wir kamen zwei Tage vorher, um alles vorzubereiten. Denn natürlich würde der Tag nicht spurlos vorüberziehen können, zumindest die gesammelten Lemmers würden auf jeden Fall vorbeikommen, der Ortsvorsteher, die Zeitung. Neunzig wurde ja wirklich nicht jeder.

»Wozu wollen die mir denn alle gratulieren? Ich kann doch

nichts dafür, dass ich so alt bin? Als wäre das meine Leistung. So ein Unsinn.«

In Omas Vorstellung musste man, wenn überhaupt, dem lieben Herrgott gratulieren oder der Maria, die sie oft aus der Not gerettet hat.

»Aus welcher Not musste sie dich denn retten?«, fragte ich, und Oma schüttelte den Kopf.

»Ach, das sagt man doch nur so.«

Nachdem wir ihre Fenster geputzt hatten, damit sie an ihrem Ehrentag sauber waren, und auch sonst einiges gereinigt hatten, weil sie offensichtlich nicht mehr so gut sehen konnte wie früher, saßen wir beim Kaffeetrinken in der Küche. Ich hatte den Kaffee aufgebrüht, so wie er hier immer aufgebrüht wurde, und wir hatten noch Kuchen, den Paula aus Berlin mitgebracht hatte. Nachher würden wir den Geburtstagkuchen für Oma backen.

»Ich habe einen Wunsch«, sagte sie, und wir horchten auf. Es war selten, dass sie einen direkten Wunsch äußerte. »Dass wir am Sonntag zusammen in die Kirche gehen. Ich lasse eine Messe lesen für die ganze Familie, für alle. Für unsere Toten und für uns drei auch. Für uns kann man ja auch mal beten, habe ich mir gedacht. Habe ich mir zum Geburtstag geschenkt. Und ich habe dem Pfarrer gesagt, dass du uns etwas singst, Paula. Würdest du das tun? Für mich?«

Man konnte sehen, dass es Paula den Hals zuschnürte. Sie musste einige Male schlucken, bevor sie antworten konnte.

»Ich soll singen? Ich soll dir ein Lied singen? Ich dachte immer …« Sie verstummte.

»Was dachtest du immer?«, fragte ich sie.

»Na ja, ich dachte, dass es hier niemandem gefällt, wenn ich singe.«

»Wie kommst du denn da drauf?«, fragte Oma wirklich überrascht.

»Wer morgens singt, den frisst abends die Katz. Singen ist doch kein Beruf. Stell dich nicht so in den Mittelpunkt. Was glaubst du eigentlich, wer du bist … Das ist das, was ich immer gehört habe, wenn es darum ging, dass ich singe.«

Oma schaute traurig auf ihre Hände, die gefaltet im Schoß lagen, und schwieg. Nach einer Weile schaute sie wieder auf.

»Wir wollten nicht, dass du eitel wirst. Und dass du auffällst. Als Mädchen. Man wollte das damals nicht. Das war nicht gut. Aber du singst doch so schön …«

Paula schossen die Tränen in die Augen. »Das ist erste Mal, dass du das sagst.«

Oma schüttelte den Kopf. »Aber das sagt dir doch jeder, dass du schön singst, das weißt du doch. Ich hab doch keine Ahnung von so was. Wenn ich das sage, was heißt das denn schon?«

»Alles«, Paula nahm die geblümte Serviette, um sich über das Gesicht zu wischen. »Alles.«

Oma sah Paula erstaunt an.

»Ach, Kind«, sagte sie und streckte ihre Hand über den Tisch, um sie auf Paulas Hand zu legen. Paula streckte ihr ihre Hand entgegen, und Oma tätschelte sie immer wieder und schwieg. Das war ihre Art, ihre Liebe auszudrücken. Paulas Augen flossen über, und ich konnte sehen, dass sie sich richtig verrenken musste, um diese Berührung zu halten. Aber lieber verrenkte sie sich, als diesen Moment zu früh zu lösen.

»Ach, Kind«, sagte Oma noch einmal. »Wenn ich das gewusst hätte … Ich bin doch so stolz auf dich.«

»Natürlich singe ich für dich, Mama. Natürlich. Jedes Lied, das du dir wünschst.«

»Wie verrückt, oder?«

Paula schälte Äpfel, und ich knetete den Mürbeteig für Omas Geburtstagskuchen. An eine Schwarzwälder für Oma wagten wir uns nicht ran, aber einen Apfelkuchen würden wir hinbekommen.

Paula legte einen weiteren geschälten Apfel zu den anderen in die mit Zitronenwasser gefüllte Schale.

»Jetzt steuere ich auf die sechzig zu und höre das zum allerersten Mal. Ich hätte ihr zu jedem einzelnen Geburtstag Lieder gesungen, jedes Jahr, wenn ich das gewusst hätte. Ich wusste nur, dass ich immer alles falsch mache.«

»So geht es mir auch«, sagte ich.

»Was? Dich vergöttert die Oma doch! *Du* wirst doch nicht kritisiert …«

»Ich meine auch nicht Oma. Ich rede von dir.«

Paula sah mich erstaunt an.

»Von mir? Das stimmt doch überhaupt nicht! Ich habe dir immer alle Freiheiten gelassen. Du durftest alles. Du hättest im Schlafanzug in die Schule gehen dürfen, wenn du gewollt hättest.«

»Ja schon. Aber durfte ich schüchtern sein? Sei doch mal mutiger. Geh doch mal ein bisschen aus dir raus. Du könntest so viel mehr aus dir machen. Davor brauchst du doch keine Angst zu haben!«

Ich schaute Paula an, die den Apfel, den sie gerade schälen wollte, wieder hinlegte und die Stirn runzelte.

»Wie oft habe ich das zu hören bekommen? Du hast mir immer gesagt, wie du mich gerne haben wolltest.«

Paula starrte mich sprachlos an.

»Ja, wild und aufsässig hätte ich immer sein dürfen. Aber nur in der Theorie! Nicht nur du willst so geliebt werden, wie du bist. Ich auch.«

»Aber das tue ich doch … Schätzchen, das tue ich doch. Ich habe doch immer … ich habe doch nie …«

»Okay, du hast nie gesagt: Was glaubst du eigentlich, wer du bist. Bei dir hieß es eben: Sei doch mal anders! Sei doch nicht so langweilig. Och, Maya, jetzt sei doch mal ein bisschen abenteuerlustig. Das waren deine Sätze. Und die höre ich hier immer noch!«

Ich deutete auf meinen Kopf.

»Und ich sehe dein Gesicht dazu vor mir. Und jetzt sag mir den Unterschied! Du hast genau das Gleiche gemacht wie deine Mutter. Die gleiche Botschaft! Nur in anderen Worten.«

Paula schwieg.

»Darüber muss ich erst mal nachdenken«, sagte sie nach einer Weile. »Aber, wenn das so ist … Also, das wollte ich nicht. Das wollte ich nie. Das musst du mir glauben, Maya, das musst du mir wirklich glauben.«

»Ich glaub's dir ja. Aber das ändert nichts!«

Paula war wirklich getroffen, aber ich musste es jetzt alles aussprechen.

»Und weißt du, ich konnte nie etwas sagen. Ich durfte dir nicht widersprechen. Weil wir zwei das Team waren, weil wir zwei das doch zusammen schaffen mussten. Ohne Männer. Oder auch mit Männern. Und jedes Mal musste ich sie akzeptieren. Jeden Mann, jeden Umzug, weil dein Glück davon abhing. Und weil dein Glück auch davon abhing, ob ich es dir leicht mache oder nicht. Och, Mayamia, jetzt mach es mir doch nicht so schwer. Guck mal, wir könnten es jetzt so schön haben. Jetzt gib uns wenigstens eine Chance.«

»O Gott«, sagte Paula. Das habe ich alles wirklich gesagt? Das ist … furchtbar.«

»Ich weiß, dass dich das verletzt hat, als ich nicht mit dir nach Berlin wollte. Da war ich einmal eigenwillig, wenn auch nicht so, wie du es gerne gehabt hättest. Wenn ich gesagt hätte, ich will die Schule unterbrechen und ein Jahr durch Australien tingeln, hättest du das wahrscheinlich gut gefunden. Aber zur Oma ziehen? Um Gottes willen!«

Sie sah mich erschüttert an. Das Verrückte war ja, dass ich verstehen konnte, warum sie all das gesagt hatte. Nicht, um mich kleinzumachen, sondern, um ihren Weg zu gehen. Aber wer dabei klein und schüchtern geworden war, das war ich. Dass ich keinen Vater hatte, war die eine große Bremse in meinem Leben. Der

Lebenshunger meiner mutigen schönen und doch so verletzlichen Mutter war die andere Bremse. Es war Zeit, sie zu lösen.

»Ich wollte auch, dass wir ein Team sind. Unbedingt. Das will ich auch immer noch. Und glaub mir, ich verstehe dich, und ich bin dir auch nicht böse, aber ich muss mich jetzt um mich selbst kümmern. Ich will dafür sorgen, dass es mir gut geht. Dafür bin ich selbst verantwortlich. Ich. Nicht du. Und auch nicht Harry. Das verstehe ich jetzt …«

Paula stand auf und nahm mich in den Arm. Wir hielten uns lange fest.

»Was soll ich denn jetzt machen?«, sagte sie leise. »Es tut mir so leid … ich weiß gar nicht, was ich sagen soll. Ich wollte doch alles besser machen. Ich habe dir das versprochen, damals. Ich wollte eine richtig gute Mutter werden. Die beste … und jetzt … ich war nie …«

Sie brach ab, und es dauerte einen Moment, bis das Wort über ihre Lippen kam.

»Ich glaube, ich war nie deine Mama.«

Sie lehnte ihre Stirn an meine, und unsere Nasenspitzen berührten sich.

»Du bist meine Paula«, sagte ich.

»Das ist nicht dasselbe«, flüsterte sie.

»Das stimmt wahrscheinlich«, flüsterte ich zurück.

Als der zweite Kuchen im Ofen war, saß die frischgebadete Oma unter ihrer Trockenhaube am Küchentisch und löste ihr Kreuzworträtsel in der *Frau im Spiegel*. Paula und ich richteten alles für den morgigen Tag her. Wir holten alle verfügbaren Vasen hervor, stellten Sekt kalt und polierten die Gläser noch mal nach. Es wäre Oma sehr peinlich, wenn irgendjemand ein Glas mit Streifen bekäme. Wir waren so gelöst und entspannt miteinander wie noch nie. Kein genervtes Augenrollen, kein ärgerliches Zischen, kein »Tsss«, kein Kopfschütteln. Wir waren alle drei verletzlich und gleichzeitig alle drei sehr gnädig miteinander, und wir waren aufgeregt, weil das Geburtstagswochenende jetzt begann.

Oma war eine strahlende Jubilarin und nahm die Vielzahl der Glückwünsche, Blumen, Ständchen und die Grüße der Bürgermeister und Ortsvorsteher mit Bravour entgegen.

Was wir drei Winterfrauen tatsächlich nie vergessen würden, war Paulas Lied, das sie im Anschluss an die Messe sang. Charlotte hatte sich *Abendstille* von ihr gewünscht. Als es so weit war, stand Paula auf und kündigte mit wenigen Worten an, dass sie für ihre Mutter ein Lied singen würde, das die Schönheit des Abends beschreibt und in dem das Glück und der Friede der Melancholie besungen wurden. Sie sang es ganz allein. Die Orgel schwieg, klar schwebte ihre Stimme durch den Raum. Oma traten die Tränen in die Augen, und ich verstand in diesem Moment etwas über meine Großmutter, was mir vorher nicht bewusst gewesen war. Nein, »verstehen« war das falsche Wort, es ging vielmehr um ein Mitfühlen. Ich fühlte mit meiner Großmutter mit, fühlte genau den Frieden und die Melancholie, die Paula erwähnt hatte. *Abendstille überall, nur am Bach die Nachtigall, singt ihre Weise klagend und leise durch das Tal.* Ich fühlte Trost.

Als Paula die kurze Strophe wiederholte, begannen einige in der Kirche leise in den Kanon miteinzufallen, als hätten sie es vorher abgesprochen. Immer mehr sangen mit, und ich sah viele feuchte Augen und verstohlen hervorgezogene Taschentücher. Oma versuchte erst gar nicht, ein Taschentuch zu finden. Sie ließ ihre Tränen einfach laufen, als würde sie sie gar nicht bemerken. Vielleicht bemerkte sie sie ja auch wirklich nicht. Sie weinte und lächelte dabei, bis der Kanon zu einem Ende kam und es wieder still wurde. Ich war mir sicher, dass jeder, der heute die Kirche verließ, diesen tröstlichen Klang mitnahm, weil doch jeder für irgendetwas Trost brauchte. Kleinen oder großen, je nachdem.

Als wir uns nach diesem Wochenende voneinander verabschiedeten, standen wir drei Winterfrauen im Hof zusammen wie ein Kleeblatt. Wir waren in den letzten Monaten zusammengewachsen. Je mehr man voneinander wusste, desto enger rückte man zusammen. Und mir fiel mit einem Mal auf, dass Oma jetzt die Einzige von uns war, von der wir hier überhaupt nichts wussten. Woher waren die Tränen gekommen, die sie während Paulas Lied geweint hatte?

Während der Autofahrt nach Frankfurt machte ich mir Gedanken, wie ich dafür sorgen könnte, dass sich in meinem Leben wirklich etwas änderte. Wie könnte ich meine Geschichte nun weitererzählen, wie könnte ich zur Heldin meiner eigenen Geschichte werden? Auf jeden Fall musste dieses Warten endlich aufhören. Wie lange wollte ich denn noch warten? Ich hatte es endlich geschafft, Paula zu sagen, was in mir vorging. Es war mir nicht leichtgefallen, aber es hatte so gutgetan, es auszusprechen. Die Angst, dass wir uns so zerstreiten würden, dass wir nicht mehr das »Team« waren, war verpufft. Denn das Gegenteil war passiert. Wir waren jetzt ein besseres Team als je zuvor. Wir hatten einander etwas von uns gezeigt.

Vielleicht würde es mir noch einmal gelingen, mich zu zeigen? Ich könnte versuchen, Lukas zu sagen, was ich über uns dachte. Wie unfair ich es fand, dass er weggegangen war, ohne mir eine Chance zu geben. Ich könnte versuchen, mich zu erklären und herauszufinden, ob er nur eine Art von Maya in seinem Leben haben wollte. Eine, die ich vielleicht gar nicht war und auch nicht werden wollte oder konnte. Dann müsste ich diese Antwort aushalten. Aber war das nicht besser, als zu warten und zu grübeln und aufzupassen, dass nichts passierte? Zu Hause stellte ich mich vor das Bild, das ich eigentlich für Lukas gekauft hatte. *No minute gone, comes ever back again.*

In seiner alten WG erreichte ich tatsächlich irgendwann jemanden, der seine neue Adresse hatte und mir sagen konnte, wo er arbeitete. Frankfurt – München, das ließ sich mit dem Zug an einem Tag hin und zurück bewältigen. Ich würde früh losfahren und mit dem letzten Zug zurückkommen. Im Zug dachte ich sogar darüber nach, dass ich umziehen könnte. Dass ich aus Frankfurt weggehen könnte. Dass ich mir einen neuen Job suchen würde. Vielleicht ja sogar in London? Oder in München? In der Spiegelung des Zugfensters sah ich mein vorsichtiges Lächeln. Es war so vieles möglich.

Ich kam schon vor zwölf Uhr am Hauptbahnhof in München an und fuhr ein paar Stationen mit der Straßenbahn bis nach Schwabing, wo sich die Universität befand. Am Eingang fragte ich nach Lukas Simoneit und erhielt eine Zimmernummer: 212 A, im zweiten Stock. Ich musste auf der Suche nach seinem Büro bestimmt dreimal durch sämtliche Flure des Gebäudes laufen. Es gab einfach kein Büro mit dieser Nummer. Irgendwann klopfte ich entnervt an der Tür zu Zimmer 210 A und fragte nach ihm und dem unauffindbaren Büro. Der Mann hinter dem Schreibtisch lachte und sagte, ich sei richtig.

»Sie sind im Sekretariat gelandet, da lang geht es zu seinem Büro.«

Er deutete auf eine Tür, die sich hinter ihm befand.

»Lukas ist nur leider nicht da. Er wollte mit ein paar Kollegen essen gehen.«

Die Tür zum Flur schwang direkt hinter mir noch einmal auf, und eine Frau steckte den Kopf zur Tür herein.

»Ist Lukas schon weg?«

»Der ist schon los«, rief der Mitarbeiter. »Aber hier ist Besuch für ihn.«

Er sah mich fragend an. »Wollen Sie vielleicht direkt mitgehen in die Mensa?«

»Wenn Sie mich mitnehmen?«

»Mach ich«, sagte die Frau und lächelte. »Ich bin Adriana, wir sind Kollegen.«

»Maya«, sagte ich. »Eine … Bekannte, aus Frankfurt.«

Wir gingen den Gang entlang, und plötzlich blieb Adriana abrupt stehen.

»Ach, Mist, ich habe etwas vergessen … und ich bin schon viel zu spät.«

Sie zog ihren Pulloverärmel hoch, um auf die Uhr zu schauen, und da sah ich die Uhr. Es war genau die Uhr, die Lukas und ich zusammen ausgesucht hatten. Sie war viel zu groß für Adriana, und das Armband saß locker an ihrem schmalen Handgelenk. Sie trug seine Uhr. Ich starrte auf die große Uhr an ihrem zierlichen Arm und bekam keinen Ton heraus.

»Ich muss noch ganz schnell etwas holen, ich renne. Wollen Sie warten oder vorgehen? Es geht einfach nur geradeaus …«

Sie deutete in die Richtung, in die ich gehen musste, und ich nickte nur, unfähig zu antworten. Adriana verschwand schnellen Schrittes, und es gab für mich jetzt nur noch eine Richtung, in die ich gehen konnte.

Zum Ausgang.

No minute gone, comes ever back again.

Ich versuchte, meine Traurigkeit mit Plänen zu vertreiben. Ich konnte auch ohne Lukas planen. Zumindest versuchte ich es mir einzureden. Ich schrieb Listen. Lange Listen. Jeden Tag aufs Neue. Womit sollte ich anfangen, wenn ich etwas ändern wollte?

»Neue Wohnung suchen« schrieb ich auf eine Liste. Die Erinnerung an dieses kleine luftige Apartment über der Galerie von Mary Claire in Whitstable hatte sich in meinem Kopf festgesetzt, und bestimmt würde mir ein Tapetenwechsel guttun. Eine neue Wohnung in Frankfurt zu finden war wahrscheinlich keine ganz einfache Übung. Außerdem war ich mir gar nicht sicher, ob ich nicht besser zuerst einen neuen Job finden sollte. Denn wenn ich meinen alten Job kündigte, dann würde ich nicht wissen, wohin es mich verschlagen würde. Also strich ich die ersten Worte oben auf der Liste durch und ersetzte sie durch »Kündigung schreiben«. Aber sollte ich kündigen, ohne einen neuen Job zu haben? Oder machte ich mir damit nicht selbst zu viel Zeitdruck? Und wäre die Gefahr zu groß, dass ich wieder irgendwo landen würde, wo ich gar nicht hinwollte, nur damit ich wieder einen Job hatte? Ich drehte mich mit meinen Überlegungen im Kreis.

Neuen Job suchen.

Alten Job kündigen.

Neue Wohnung suchen.

Das war wahrscheinlich die vernünftigste Reihenfolge. Und während ich einen neuen Job suchte, könnte ich damit anfangen, alles andere vorzubereiten. Die Wohnung aufzuräumen und einmal so richtig auszumisten und mich von Ballast zu befreien. Bestimmt war es möglich, ohne die Muschelkette weiterzuleben, die Paula mir mal bei einem Griechenlandurlaub vor zwanzig Jahren gekauft hatte, ohne die Notizen aus zehn Jahre alten Vorlesungen und ohne den Schlafanzug, an dem keine Naht mehr ohne Löcher war. Und ich könnte auch einen neuen Lebenslauf schreiben und alle Papiere für Bewerbungen vorbereiten. Ich saß auf dem Sofa und dachte darüber nach, womit ich anfange könnte. Aber ich stand nicht auf. Ich blieb sitzen. Die Erfahrung, die ich in München gemacht hatte, machte nicht gerade Mut zum Aufbruch.

Also saß ich weiter auf dem Sofa und entwarf immer neue Listen. Ich schrieb Briefe an Lukas, die ich nicht abschickte. Warum auch? Er hatte sich entschieden, und ich hatte es jetzt verstanden. Das Bild, das ich von England hierher und von hier nach München und wieder zurück geschleppt hatte, hing jetzt an meiner Wand. Jeden Tag, wenn ich daran vorbeiging, hielt ich Zwiesprache mit dem Paar, das vor dem Tor stand und zögerte, in den Garten einzutreten. Ich verstand die beiden so gut. Aber trotzdem. Ich wollte doch nicht ewig vor dem Tor stehen, während die Uhr immer weiter tickte.

Zwei Monate nach Omas Neunzigstem war mein dreißigster Geburtstag. Wir waren genau sechzig Jahre auseinander. Meine Oma hatte Paula recht spät bekommen, was unüblich war in dieser Zeit. Andererseits war in dieser Zeit so gut wie alles unüblich gewesen. Nach dem Krieg. Wenn ich sie dazu befragen wollte, würde ich es jedenfalls bald machen müssen. Auch das war ein Punkt auf einer meiner Listen.

Lange hatte ich keine Ahnung gehabt, wie ich ihn eigentlich feiern wollte, diesen großen Tag. Auch dazu hatte es etliche Listen gegeben. Erst hatte ich überlegt wegzufahren. In London zu feiern, mit Lucy und Jamie, oder alleine nach Paris zu fahren und im ›Café de Flore‹ einen Pastis zu trinken. Dann hatte ich überlegt, mir große bauchige Rotweingläser zu kaufen, die für mich der Inbegriff von Erwachsensein waren, und einfach hier zu feiern. Aber zu solchen Gläsern brauchte man eben auch einen Freundeskreis, mit dem man sich um einen großen Tisch zu einem Festmahl versammelt. Mein alter Freundeskreis aus Studienzeiten hatte sich aufgelöst. Es gab erste Hochzeiten, erste Kinder, erste Kredite, erste Eigenheime und zu viele Gespräche über Kacheln und Zinsen und Beförderungen. Da gehörte ich einfach nicht mehr dazu. Über meinen Job hatte ich keine neuen Freunde gefunden, und die Urban Explorers waren immer eher Yannicks Freunde gewesen. Lukas hatte ich wirklich gemocht. Aber Lukas war in München.

Schneller als mir lieb war, war mein dreißigster Geburtstag plötzlich da, und ich hatte mich letztendlich mit meiner Mutter und meiner Oma in Lerchenrod verabredet. Paula wollte sich um alles kümmern, ich sollte einfach nur kommen. Und wenn ich ehrlich war, freute ich mich darauf, auch wenn es bestimmt der unspektakulärste Plan war, den man fassen konnte. Ich lümmelte den halben Vormittag mit Tee und Keksen im Bett, wie ich das von Lucy in London gelernt hatte, und freute mich über einige Anrufe und Glückwünsche. Als ich nach dem Duschen vor meinem Schrank stand und überlegte, was ich anziehen würde, griff ich plötzlich nach dem grünen Seidenkleid von Lisette. Wann, wenn nicht heute? Paula würde sich bestimmt freuen, das Kleid wiederzusehen. Sie hatte es mir letztes Jahr geschenkt, mit dem Wunsch, es möge mir die große Liebe bringen. So wie es Lisette die große Liebe gebracht hatte. Da hatte ich mich noch geärgert, dass sie, wie immer, mit der großen Liebe ankam und die funktionierende Beziehung, die ich mit Yannick zu haben glaubte, nicht ernstnahm. Heute musste ich zugeben: Sie hatte recht gehabt. Die Beziehung hatte nicht funktioniert. Aber der großen Liebe war ich auch nicht begegnet.

Ich zog das Kleid an, das ich noch nie länger als ein paar Minuten hier vor dem Spiegel getragen hatte. Aber heute war mein Tag, heute würde ich es tragen und mich wie eine Prinzessin fühlen. Vielleicht, dachte ich, sollte ich einmal mich selbst so richtig gut finden? Eine Liebesgeschichte mit mir selbst beginnen? Ich drehte mich vor dem Spiegel, und die alte feine Seide tanzte um meinen Körper. Ich löste den Dutt, zu dem ich meine Haare auf dem Kopf geknotet hatte, und schüttelte die Haare. Oma und Paula waren beide blond, aber ich hatte Lisettes Haare geerbt, kastanienbraune Locken, die ich selten offen trug. Heute gefiel ich mir und lächelte die junge Frau an, die mir aus dem Spiegel entgegensah.

Es klingelte.

»Sendung für Winter!«, rief eine Stimme aus der Sprechanlage. Als ich die Tür öffnete, schaute ich in einen Blumenstrauß von rosa Rosen. Wer schickte mir rosa Rosen? Als der Bote verschwunden war, öffnete ich die Karte, die in dem Strauß steckte, und las:

Happy Birthday, Maya.
Denke heute an dich und Paula.
Bald mehr, Harry.

Harry. Er hatte sich an meinen Geburtstag erinnert. Er hatte meine Visitenkarte aufgehoben und er hatte nachgedacht. Er hatte über mich nachgedacht. Er hatte mich ernstgenommen. War das ein Zeichen, dass er annahm, dass er mein Vater war? Der mir heute Rosen zum Geburtstag schickte? Auf einmal zitterte ich. Ich wusste, die Rosen sollten sofort ins Wasser, ich sollte sie anschneiden. Aber gleichzeitig wollte ich Paula anrufen. Und Lucy. Sie mussten doch davon erfahren. Ich lief konfus in meiner kleinen Wohnung umher, von der Küche zurück ins Wohnzimmer, wo die Vasen waren, wieder in die Küche, wieder zum Telefon, den Strauß ließ ich dabei nicht los. Es war das erste Mal, dass ich ein Geburtstagsgeschenk von meinem Vater bekam. Mein allererster Geburtstag mit Vater. Ich senkte mein Gesicht in den Strauß von rosa Blumen und brach in Tränen aus.

Es klingelte wieder. Was denn jetzt noch, dachte ich, drückte auf den Öffner und versuchte, mir die Tränen aus dem Gesicht zu wischen, bevor ich die Tür öffnete. Und dann sah ich noch einen Blumenstrauß, einen sehr großen und sehr bunten Strauß. Und Lukas, der mich erschrocken anschaute.

»Schlechte Idee? Falscher Zeitpunkt?«, fragte er. »Ich kann auch gleich wieder gehen, wenn du das willst.«

Ich schüttelte den Kopf und zog die Nase hoch. »Komm rein.«

Er trat zögernd ein und schaute sich vorsichtig um, in der Erwartung, jemanden anzutreffen. Jemanden, der mir rosa Rosen geschenkt und mich zum Weinen gebracht hatte. Ich brauchte jetzt unbedingt ein Taschentuch, aber ich konnte den Strauß einfach nicht aus der Hand legen. Ich konnte auch Lukas den Strauß nicht abnehmen, und so standen wir minutenlang mit den Sträußen in der Hand voreinander und wussten nicht, was wir tun sollten. Was machte Lukas hier? Warum war er in Frankfurt, warum war er nicht in München, bei Adriana, die seine Uhr trug? Ich stammelte etwas von Wasser und Vasen und ging in die Küche. Lukas folgte mir und half mir, die Blumen zu versorgen. Meine linke Hand, in der ich den Strauß gehalten hatte, war ganz verkrampft, und ich versuchte die Finger zu strecken, um sie zu lockern, und wünschte, es gäbe auch eine so einfache Bewegung, mit der ich mich selbst entkrampfen könnte. Wir trugen die Blumen in mein Wohnzimmer und fingen beide gleichzeitig an zu sprechen. Dann mussten wir lachen. Endlich.

»Herzlichen Glückwunsch, Maya«

»Danke. Also, zwei Blumensträuße überfordern mich anscheinend maßlos. Lukas, was machst du hier?«

»Warst du in München?«, fragte er, und ich nickte.

Er erzählte mir, dass er vor zwei Wochen erfahren hatte, dass eine Frau in München gewesen war, die ihn besuchen wollte. Adriana hatte den Namen vergessen und war sich nicht mehr sicher, ob es eine Studienkollegin gewesen war. Ihr war nämlich erst vor zwei Wochen überhaupt wieder eingefallen, dass besagte Frau, die sie im Gang hatte stehen lassen, in der Mensa nie aufgetaucht war. Er hatte sich den Kopf zerbrochen, welche Studienkollegin es gewesen sein könnte, die ihn in München aufsuchen würde. Bis er noch einmal nachgefragt hatte, wann genau das gewesen war. Daran konnte Adriana sich erinnern, weil sie an dem Tag in mündlichen Prüfungen gesessen hatte. Es war der Tag, an dem er ihr seine Uhr geliehen hatte, weil sie kurz vor der ersten Prüfung in großer Hektik festgestellt hatte, dass ihre eigene Uhr noch zu Hause lag.

»Und als sie das erzählte, war ich mir ziemlich sicher, dass du es gewesen sein musstest. Und auch, warum du einfach verschwunden bist. Du hast die Uhr an ihr erkannt, oder?«

Ich nickte.

»Man sollte seine Uhr wirklich niemals jemand anderem geben. Da hatte der Verkäufer völlig recht.«

»Ganz schlechtes Timing.«

»Dass wir beinahe mal an einer Uhr scheitern, das hätte ich auch nicht gedacht.«

»Sind wir denn an der Uhr gescheitert?«, fragte ich ihn.

Er hob die Schultern.

»Ich bin hier.«

»Ja«, sagte ich. »Du bist da.«

»Ich weiß, dass das nicht leicht war für dich. Du kommst extra nach München, und dann siehst du meine Uhr an einem fremden Handgelenk. Das tut mir wahnsinnig leid. Wirklich.«

Ich nickte.

»Der Tag hat nicht zu meinen besten gehört.«

»Und ich frage mich gerade, wie dieser Tag heute weitergehen könnte. Wer schickt dir romantische rosa Rosen zum Geburtstag?«

Ich musste lächeln. Ich freute mich so sehr, Lukas zu sehen, und merkte erst jetzt, wie sehr ich ihn vermisst hatte. Diese Leichtigkeit, mit der wir uns unterhielten. Wir kannten uns so gut, und gleichzeitig wussten wir in diesem Moment gar nichts mehr voneinander. Waren vertraut und fremd zugleich und hatten Angst, zu viel von uns preiszugeben.

»Es sind keine romantischen Rosen. Es sind … stell dir vor, es sind Vater-Tochter-Rosen«, sagte ich und musste schon wieder schlucken, weil die Rührung darüber mir die Sprache nahm.

»Ich glaube, ich war eben eifersüchtig«, gestand er.

»Das war ich auch, als ich die Uhr gesehen habe.«

»Gehen wir was essen? Ich lade dich ein, und du erzählst mir alles.«

»Nein, das geht leider nicht … ich bin schon verabredet. Ich fahre gleich nach Lerchenrod, meine Mutter und meine Großmutter sind dort, die ganze Wintersche Großfamilie, du weißt schon.«

Hinter ihm hing das Bild an der Wand, sein Bild, wenn man es genau nahm. *No minute gone* … Jetzt oder nie, dachte ich.

»Aber ich lade dich ein. Was sagst du? Kommst du mit?«

Er lächelte. »Zu deiner Familie?«

Ich nickte.

»In die Bauernküche? Trautes Heim, Glück allein?«

»Ich befürchte, an Geburtstagen müssen wir in die gute Stube. Goldrandservice und so.«

»Kann ich denn da so mitkommen?« Er schaute an sich herunter. »Jeans und Pullover neben einer Prinzessin?«

»Das ist ein Kleid von Lisette«, sagte ich und strich über die verblichene grüne Seide. »Ich dachte, heute ziehe ich es mal an, vielleicht bringt es mir ja Glück. Und seitdem ich es trage, kommt ein Blumenstrauß nach dem anderen.«

Wir standen Arm in Arm vor dem Bild, das ich Lukas in München schenken wollte. Ich erzählte ihm, wie wütend ich auf mich gewesen war, dass ich die Zeit nicht genutzt hatte und ihn hatte gehen lassen. Wie sehr mich meine eigene Zurückhaltung ärgerte und dass ich das Leben viel mehr beim Schopf packen wollte.

»Ich werde bestimmt nie eine Draufgängerin, aber ich könnte doch wirklich spontaner sein und …«

»Unbedingt …«, sagte er und zog mich ein kleines bisschen näher zu sich. Ich schaute ihn an, und unsere Gesichter waren sich nah. Er war nur etwas größer als ich, und ich spürte die Wärme seines Gesichts dicht an meinem.

»Meinst du …?«, flüsterte ich und dachte, dass genau vor diesem Bild natürlich der richtige Platz war, um keine Minute mehr verstreichen zu lassen. Keine einzige Minute. Ich musste meinen Kopf nur ein wenig drehen, und schon würden unsere Lippen aufeinandertreffen.

Ich drehte den Kopf, und wir küssten uns. Ich hielt Lukas fest, ich lief nicht weg, ich versteckte mich nicht, ich zog ihn zu mir, schlang meine Arme um ihn und spürte, wie wir zusammen atmeten, spürte seine Arme um meinen Körper und konnte es nicht fassen, dass wir das nicht schon längst gemacht hatten. Wir lächelten uns an, und auch, als unsere Lippen innehielten, küssten wir uns mit unseren Blicken weiter und nutzten jede Minute, denn keine davon würde jemals zurückkommen.

Wir waren schon fast aus der Tür, als mir etwas einfiel. Ich zog noch eine Rose aus Harrys Strauß, um sie zusammen mit der Karte mit nach Lerchenrod zu nehmen. Die Fahrt verging wie im Flug, weil wir uns alles erzählten, was wir in den letzten Monaten voneinander verpasst hatten.

»Du bist irgendwie anders«, sagte er und lächelte mich an. »Ich weiß nicht, ob es das Kleid ist oder dein Geburtstag oder …«

»Oder«, sagte ich, »es ist das Oder.«

Als ich Paula die Rose gab und ihr Harrys Karte zeigte, murmelte sie, das glaube sie nicht. Dieser Idiot. Das glaube sie einfach nicht. Und auch auf die Gefahr hin, sich jetzt zu wiederholen, das könne sie einfach nicht glauben.

»*Bald mehr* steht da«, sagte ich. »Das heißt, er wird sich melden. Und das heißt doch, er hat etwas erfahren, was ihn überzeugt hat, oder?«

»Vielleicht, ja.« Paula nickte. »Vor allem heißt das, dass du so überzeugend warst, dass er das nicht einfach abtun konnte. Du warst sehr mutig.«

Mutig war kein Wort, das Paula je im Zusammenhang mit mir verwendet hatte. »Ich bin also mutig?«, fragte ich zurück, und Paula nickte. Wir mussten lachen.

Dann erzählte Paula, die die Rose nicht aus der Hand legte, wie ich zur Welt gekommen war und was sie damals dafür gegeben hätte, genau die Schwarzwälder Kirschtorte ihrer Mutter zu essen, die jetzt für mich auf dem Geburtstagstisch stand. Oma schwieg, nahm Paulas Hand, die keine Rose hielt, und drückte sie immer wieder. Sie war gerührt und versuchte das Gefühl zu vertreiben, indem sie Lukas erzählte, dass sie immer berühmt gewesen war im Ort für ihre Schwarzwälder Kirschtorte, aber dass diese hier bestimmt die letzte war, die sie gemacht hatte. Wir widersprachen laut, niemals, und sie würde doch noch viele Torten für uns machen. Aber sie wiegte bedächtig den Kopf.

»Es ist mir schwergefallen. Wenn Paula mir nicht geholfen hätte … Ach, es ist nicht schön, wenn man nicht mehr so kann, wie man will. Ihr müsst das jetzt lernen, wie man die so hinbekommt, damit die Kniffe in der Familie bleiben. Ich verrate euch alles, was ihr wissen müsst.«

»Es ist wirklich die beste Schwarzwälder, die ich je gegessen habe.«

Oma lächelte, als Lukas das sagte. Sie mochte ihn. Das war unverkennbar. Lukas wurde überhaupt freudig aufgenommen von Oma und Paula. Es war kein bisschen peinlich oder seltsam. Wir erzählten ihnen die Geschichte von der Uhr, und Paula konnte sich an das Bild in der Galerie in Whitstable erinnern, über der wir gewohnt hatten.

Paula und Oma hatten den Tisch wunderschön gedeckt, mit allen Frühlingsblumen aus dem Garten. Und diese besondere Geburtstagsstimmung war da. Wodurch entstand sie? Durch diese kleinen Blumen, die so oft vor meinem Teller gestanden hatten? Durch die Torte? Durch das Goldrandservice, das natürlich aus dem Buffet in der guten Stube hervorgekramt worden war, die Leinendecke, die ich so mochte?

Ich schaute zu Lukas, und unsere Blicke begegneten sich. In diesem Moment erkannte ich auch, woher dieses Geburtstagsgefühl kam. Es war wegen Lukas. Weil Lukas mit am Tisch saß, wusste ich, dass mein neues Lebensjahr anders sein würde, anders und neu und wundervoll. Es war tatsächlich so ein Gefühl wie früher, als ich mein erstes Fahrrad bekommen hatte und wusste, ab jetzt, mit einem Fahrrad, würde das Leben anders sein. Ich musste lächeln, und Lukas schaute mich fragend an. Nein, ich würde ihm nicht sagen, dass ich ihn gerade mit einem Fahrrad verglichen hatte, aber ich würde ihm sagen, dass er das schönstes Geschenk war, das mir heute gemacht worden war. Indem er heute einfach zu mir gekommen war.

Ich schaute in die Runde. Das war mein dreißigster Geburtstag. Der Tag war völlig anders, als ich ihn mir immer vorgestellt hatte, aber jetzt, in diesem Moment, dachte ich, es hätte nicht schöner sein können. Es war mein erster Geburtstag, an dem ich Eltern hatte. Der erste Geburtstag, an dem ich die Geschichte kannte, warum es mich gab auf dieser Welt. Ich hatte die Frau kennengelernt, die meine Mutter mal gewesen war, bevor sie meine Mutter wurde. Wie eine Freundin. Sie war ganz anders als ich. Aber wir mussten uns gar nicht ähneln, um uns nahe zu sein. Es war absolut okay, dass wir völlig unterschiedlich waren, und es war inspirierend, sie zu kennen. Paula, mit ihrem goldenen Haar, die die Rose nicht aus der Hand legte und manchmal die andere Hand nach mir ausstreckte und deren Augen ab und zu glitzerten. Sie war Paula, und sie war meine Mutter, und es war wichtig, das auseinanderzuhalten.

Oma freute sich, dass ihre Tochter an sie gedacht hatte, an dem Tag, als sie selbst Mutter geworden war. Auch das hatte sie erst heute erfahren. Dreißig Jahre danach. Unglaublich, dass nie darüber gesprochen wurde. Schweigen konnten wir gut.

Mir fiel das dritte Foto ein, das ich heimlich aus Paulas Bilderkiste mitgenommen hatte. Die junge Charlotte mit der kleinen Paula auf dem Arm. Ihr lächelnder Mund und ihr trauriger Blick.

Ich verrate euch alles, was ihr wissen müsst. Vielleicht sollte Oma uns nicht nur die Geheimnisse fürs Gelingen ihrer Torte verraten, vielleicht sollte sie uns lieber etwas von sich erzählen. Es war so schön, etwas voneinander zu erfahren. Es verband uns, es machte uns zu einer Familie, die zusammengehörte, es machte aus uns die Winterfrauen. Wir waren nicht mehr drei Perlen, die unabhängig voneinander in einer Schachtel herumkullerten. Durch die Geschichten, die wir erzählten, wurden wir Teil einer Kette. Ein Ende der Kette reichte in die Vergangenheit und eines in die Zukunft.

Ich sah von einem zum anderen. Zusammen mit mir am Tisch saßen meine Lieblingsmenschen. Oma, Paula, Lukas. Ich war die jüngste Winterfrau.

Ich war Maya, die nach der Liebe benannt worden war. Ich hatte herausgefunden, dass es sich lohnte, mutig zu sein, und ich wusste jetzt, woher ich kam. Und ich bekam meine Chance zu lieben.

Als es klingelte, sprang Paula sofort auf. Wahrscheinlich kamen jetzt die Nachbarn von nebenan, um Maya zu gratulieren. Gleich wäre die Bude voll. Doro und Wim und alle Kinder. Die Klingel war meistens nur eine Geste der Höflichkeit, um zu warnen, dass sie anrückten. Wahrscheinlich standen sie schon längst bei ihnen im Flur. Man konnte sich darauf verlassen, dass hier im Dorf alle mitfeierten, wenn es etwas zu feiern gab.

»Mach dich auf etwas gefasst«, rief Paula Lukas zu, bevor sie das Wohnzimmer verließ. »Jetzt kommt der große Ansturm!«

Aber als Paula in die Diele trat, stand da niemand. Anscheinend warteten sie heute doch alle höflich draußen. Sie öffnete die Tür mit einer großen Geste, in Erwartung der singenden Nachbarn. Aber vor ihr stand, in einen grauen Anzug gekleidet, ein kleiner alter Mann, den Paula noch nie gesehen hatte. Er schaute sie erschrocken an. Dass die Tür sich so schwungvoll und plötzlich öffnete, damit hatte er offensichtlich nicht gerechnet.

»Entschuldigung«, sagten beide gleichzeitig, und Paula glaubte, einen Akzent wahrzunehmen. Der Mann lächelte höflich und setzte seine Worte mit Bedacht.

»Entschuldigen Sie bitte die Störung. Wohnt hier Frau Charlotte Winter?«

»Ja«, sagte Paula und bat ihn herein, in der Hoffnung, dass es ihrer Mutter auch recht sein würde.

»Mama, du hast Besuch!«, rief sie ins Wohnzimmer. »Willst du mal herkommen?«

Es dauerte einen Moment, dann trat ihre Mutter zusammen mit Maya in die Diele. Paula ging einen Schritt zur Seite. »Mama, da ist der Herr …?« Sie schaute ihn hilfesuchend an. Er hatte sich nicht vorgestellt.

»Ich bin's«, sagte er leise, und sein Blick war unverwandt auf Charlotte gerichtet. »Der Muck. Hallo, Lotte …«

Charlotte sah ihn mit großen Augen an, und dann knickten ihre Beine weg, und sie sackte langsam zu Boden.

Maya hatte ihren Sturz noch abbremsen können, weil sie beherzt zugepackt hatte, aber es war ihr nicht gelungen, sie zu halten.

»Mama!« Mit einem Satz war Paula bei ihrer Mutter und kniete sich neben sie.

Charlotte war kreidebleich, aber ihr Herz schlug. Lukas rief geistesgegenwärtig den Notarzt, während Maya ihre Füße hochbettete und versuchte, sie anzusprechen. Charlottes Augenlider flatterten, aber sie fielen immer wieder zu.

Lieber Gott, mach, dass es kein Schlaganfall ist, dachte Paula. Bitte, bitte, nicht heute. Bitte nicht.

Irgendwann, es kam ihnen vor wie eine Ewigkeit, schlug ihre Mutter die Augen auf und schaute Paula direkt an.

»Wo ist der Muck?«

Paula verstand die Welt nicht mehr. Da hatte ihre Mutter einen Schwächeanfall, fiel in Ohnmacht, kam wieder zu sich und fragte als Erstes nach dem fremden Mann mit dem seltsamen Namen. Muck. War das ein Name? Aber irgendwo hatte sie ihn schon mal gehört. Paula wandte sich zu dem Fremden um. Der war nähergetreten, und Paula rutschte ein wenig zur Seite, um ihm Platz zu machen. Sie warf Maya einen fragenden Blick zu, und Maya hob hilflos die Schultern.

Es fiel ihm nicht leicht, sich zu Charlotte auf den Boden zu knien, er musste sich abstützen, und Lukas bot ihm seinen Arm. Als er neben Charlotte auf dem Boden kniete, beugte er sich über sie. Die beiden sahen sich stumm an.

»Lotte«, sagte er sanft.

Charlotte lächelte. Und dann schloss sie wieder die Augen.

»Mama? Mama …!«

Die Angst kroch Paula kalt den Rücken hinauf. Ihre Mutter reagierte nicht mehr. Sie nahm ihre Hand und hielt sie fest in ihrer. Als sie eine zarte Bewegung spürte, war sie erleichert und drückte die Hand fester. Sie hielt sich an dieser Hand fest, die ihr mit sanftem Gegendruck signalisierte, dass ihre Mutter noch da war. Dann schaute Paula den fremden Mann neben sich an.

»Wer sind Sie?«, fuhr sie ihn an. »Wer, um Himmels willen, sind Sie, dass meine Mutter sich so aufregt?«

Alle Blicke richteten sich jetzt auf ihn. Er war sichtlich bewegt. Seine Lippen versuchten, Worte zu formen, aber sie wollten nicht kommen.

»Es ist lange her«, sagte er schließlich. »Sehr, sehr lange her …«

Dann verlor sich sein Blick, und er schaute auf die Wand

hinter Charlotte. Dort schien er etwas zu sehen, was ihnen, die voller Sorge auf dem Boden um Charlotte herumknieten, verborgen blieb. Etwas, wovon nur Charlotte und er wussten. Etwas, das diese beiden Menschen verband.

Danksagung

Als ich mit diesem Roman begann, hatte ich die naive Vorstellung, nicht viel recherchieren zu müssen, weil ich in den Sechzigerjahren schließlich schon auf der Welt war. Aber während ich noch in bunten Frotteekleidchen im Sand spielte, stand Paula schon in geblümten Schlaghosen auf der Bühne, hat von Aufbruch und Ausbruch gesungen und ganz andere Erfahrungen gemacht. Zum Glück gab es Menschen, die ihre persönlichen Erinnerungen, ihr Spezialwissen oder Buchempfehlungen mit mir geteilt und mir dadurch geholfen haben, in diese Zeit einzutauchen. Das ging von Backhäusern, Trachtenröcken, Beathosen und musikalischen Erweckungserlebnissen, von Verhütung und Frauenrechten, Glashütter Manufakturen und Singen unter Viadukten bis hin zu dem Huhn Duckchen, dem Club E und den katholischen Schutzheiligen. Dafür geht mein herzliches Dankeschön an Lothar Klein, Monika Kraus, Katharina Nau, Regina Wlassitschau, Lisa Pfeffer, Eva Sartorius, Renate Stegerhoff, Michaela Lehmann, Wolfgang Horn, Helke Klein, Rita Hummel, Michael Zuch und an meine Mutter. Meine englische Kollegin Julie Wassmer und Gail Barnes haben mich auf eine herrliche Zeitreise ins London und Whitstable der Siebzigerjahre mitgenommen. Und natürlich musste ›The Old Neptune‹, der schönste Pub von ganz England, zu einem wichtigen Schauplatz werden. Für all diese inspirierenden Begegnungen zwischen der realen und der fiktiven Welt, die für mich zu den beglückenden Momenten beim Schreiben gehören, bin ich sehr dankbar. Dazu gehört auch die freundschaftliche und herzliche Begleitung der Winterfrauen-Trilogie durch meine Lektorin Karoline Adler und den dtv, dessen Liebe zum Buch immer spürbar ist, auch und gerade in Zeiten von Corona.

Mein Mann kam in diesem denkwürdigen Frühjahr 2020 zu dem Schluss, dass das Leben mit einer Schriftstellerin sowieso phasenweise einer Art von Quarantäne gleicht, und ich danke ihm von Herzen, dass er das Auf und Ab dieser schreibbedingten Quarantänezeiten seit Jahren mit mir durchlebt. Und dass er mir jeden Tag dampfend heißen, starken, süßen Tee bringt, von dem – da bin ich einer Meinung mit Maya und Paula – immer etwas Kräftigendes und Tröstliches ausgeht: *Thanks for the tea, my love.*

Mit der Spotify-Playlist zu ›Wilde Jahre‹ können alle mit auf eine musikalische Zeitreise gehen. Ich empfehle: Sessel zur Seite rücken und Musik laut aufdrehen!
www.dtv.de/wilde-jahre-playlist

Dörthe Binkert
VERGISS KEIN
EINZIGES
WORT
Roman
dtv

ANJA
JONULEIT
Herbstvergessene
dtv
Roman

ANJA JONULEIT
RABEN
FRAUEN
ROMAN
dtv